Rätsel um Amberleigh

ECON Historischer Kriminalroman

Zum Buch:

Nach dem rätselhaften Tod ihres Vaters muß die junge Amberleigh Dunne als Gouvernante arbeiten. Doch bald erhält sie einen Brief von der Stiefmutter ihrer Schulfreundin Elaine: Amberleigh soll als Gesellschafterin Elaines auf den Landsitz Carnhaven nach Irland kommen. Es ist das Jahr 1893, gerade hat man in Irland das Home Rule-Gesetz erlassen. Das Land ist in Aufruhr. Und auch in Carnhaven herrscht Unruhe. Amberleigh findet ihre Freundin rätselhaft bedrückt und sieht sich bald in einer grausamen Falle.
Drei Männer bemühen sich um sie, doch welchem kann sie trauen?

Die Autorin:

Bevor Carole Nelson Douglas begann, Krimis zu schreiben, war sie Reporterin in St. Paul. Bei ECON sind bereits ihre Krimis »Neun Leben sind nicht genug« und »Nachts sind alle Katzen schlau« mit dem Katzendetektiv Midnight Louie erschienen.
Sie lebt in Fort Worth, Texas, mit ihrem Mann und einer Menge Katzen.

Carole Nelson Douglas

RÄTSEL UM AMBERLEIGH

Ein viktorianischer Kriminalroman

Aus dem Amerikanischen von Brigitta Merschmann

ECON Taschenbuch Verlag

Ökologisch handeln:
Dieses Buch ist gedruckt auf 100% Recyclingpapier,
chlorfrei gebleicht.

Deutsche Erstausgabe

First published in the United States of America
Titel des amerikanischen Originals: Amberleigh
Aus dem Amerikanischen übersetzt von Brigitta Merschmann
Umschlaggestaltung: Molesch/Niedertubbesing, Bielefeld
Titelabbildung: »Als Großvater die Großmutter nahm«,
Hg. von G. Bulla, Scherz Verlag, Bern 1978
Lektorat: Barbara Platvoetz
Gesetzt aus der Bodoni und Charlemagne
Satz: HEVO GmbH, Dortmund
Druck und Bindearbeiten: Ebner, Ulm
Printed in Germany
ISBN 3-612-25062-0

Für Garson Kanin,
dessen Vertrauen in mein Schreiben
sich glücklich zu einem Kreis geschlossen hat.

The Minstrel Boy

The minstrel boy to the war has gone,
In the ranks of death you'll find him,
His father's sword he has girded on,
And his wild harp slung behind him;

»Land of Song«, said the warrior bard,
»Tho all the world betray thee,
One sword at least thy rights shall guard,
One faithful harp shall praise thee!«

The minstrel fell! but the foeman's chain
Could not bring his proud soul under,
The harp he loved ne'er spoke again,
For he tore its cords asunder.

And said: »No chains shall sully thee,
Thou soul of love and brav'ry!
Thy songs were made for the pure and free,
They shall never sound in slav'ry!«

Thomas Moore

Der junge Sänger

Der junge Sänger in den Krieg ist gezogen,
In des Todes Reihen findet man ihn,
Mit seines Vaters Schwert hat er sich umgürtet
und die kühne Harfe hinter sich geschlungen;

»Land des Gesangs«, sprach der Kriegerbarde,
»Wenn dich auch alle Welt verrät,
Ein Schwert zumal wird deine Rechte schützen,
Eine treue Harfe wird dich preisen!«

Der Sänger fiel! doch des Feindes Kette
Konnte sein stolzes Herz nicht bezwingen,
Die geliebte Harfe, nie sprach sie mehr,
Denn er riß die Saiten in Stücke.

Und sprach: »Keine Kette soll dich beflecken,
Du Seele der Liebe und Tapferkeit!
Deine Lieder sind für die Reinen und Freien,
Nie sollen in der Sklaverei sie erklingen!«

Thomas Moore

Prolog

Der Alptraum

Die Musik klang grell und mißtönend, eher wie ein falsch gespielter Grabgesang als nach den Hochzeitsakkorden von Mendelssohn. Doch die Braut ging festen Schritts weiter die Treppe hinunter, eine Traumbraut, die in Schichten von Tüll dahinschwebte. Illusion nennt man das.

War ich das oder eine andere?

Ihr Haar war von der Farbe des Feuers, ihr Gesicht blaß. Sie hielt einen Säugling im Arm, doch sie ging weiter, ohne sein Strampeln zu beachten, sie schritt feierlich dahin, mit diesem verzückten Ausdruck, der Bräuten so eigen ist, der jedem eigen ist, der eine Hauptrolle in einem Ritual spielt.

War ich das oder eine andere?

Eine ganze Reihe von Bräutigamen erwartete sie – schwarzumhüllte Schultern, die sich in der Traumferne verloren, abgewandte Gesichter. Es waren drei, und sie standen ganz still da, hatten der Braut die dunklen Rücken zugekehrt. Drei.

Sie ging zu ihnen hin. Der Mund des Säuglings war zu einem stummen Schrei aufgerissen, und ihr eigenes bräutliches Gesicht wirkte so starr und gemeißelt wie das einer Puppe. Der erste Mann wandte sich leicht zur Seite und hatte kein Gesicht. Der zweite glitt in einer scharlachroten Maske vorüber, als ob man seine Züge mit Blut übermalt hätte. Der dritte schwenkte herum, eine Narbe zog sich quer über sein Gesicht ... Die Braut hielt inne.

Die Musik hatte sich verändert, war zur Melodie eines alten Liedes, eines schlichten Liedes geworden. Von drei Männern. Von einem, der ging. Von einem, der sie nicht losließ, und einem, der liebte.

»Ich sehe einen Mann, der mich liebt,
Und ich sehe einen Mann, der mich verläßt,
Und einen dritten Mann,
Einen Mann im Schatten.
Und er ist der Mann, der mich betrübt ...«

Die Braut schwebte noch einmal an den Bräutigamen vorüber. Einer war gesichtslos, einer war körperlos, und einer war nicht makellos.

Als sie den mit Blumen geschmückten Kopf neigte, verwob sich das Dunkel hoch oben, das Dunkel, das sich in den fernen Dachsparren der Kirche verlor, zu einem Schleier, und senkte sich auf sie hinunter. Das Kind in ihren Armen wand sich unruhig, doch der Schleier verschluckte ihn ganz, und er war verschwunden. Die Bräutigame waren verschwunden. Der schwarze Schleier hatte sich wie ein Netz um sie gelegt und sie in einen Schacht zu Füßen der

Braut gerissen. Die drei Gesichter, bleich und nach wie vor unscharf, säumten den Grund des Schachts.

War es denn ein Schacht? Oder ein dunkles Oval, das sich zu einer rechtwinkligen Grube formte und dann zu einer sechs Fuß tiefen Erdspalte schrumpfte? Die Braut bückte sich und streckte die Hand nach dem Loch aus. Eine Hand, weiß und mit gespreizten Fingern wie die ihre, reckte sich ihr entgegen, wie ein Spiegelbild auf öligem, ebenholzschwarzem Wasser. Ihre Finger berührten sich – das blasse Gesicht der Braut verzog sich, zerteilte sich zu einem Schrei. Sie wich zurück, weg von dem Schacht, weg von den schwebenden, leeren Gesichtern, weit weg von der wächsernen Hand, die hell wie ein Totenlicht vor dem Schacht schimmerte. Alles wirbelte davon, selbst die Musik, mit dem Klageton von einem Dutzend gesprungener Darmsaiten, einer grausam zerschlagenen Harfe.

»Es ist die Wirklichkeit«, flüsterte eine Stimme. »Er ist Wirklichkeit, dieser Traum. Erinnere dich. Erinnere dich, erinnere ...«

Sie drehte sich um und sah sich einer ihr ähnlich blassen, verhüllten Gestalt gegenüber. »Elaine«, sagte sie und wußte nicht, ob es ihr eigener Name war, den sie hervorstieß, oder der einer anderen. »Elaine ...«

Die Musik kam zurück, schwoll an zu einem unmelodiösen Crescendo, das die Traumstimme vertrieb. Die Musik wurde zu Wind, zu Geheul. Die Braut legte beide Hände über die Ohren, und das rotglühende Haar, hell wie Feuerschein, umzuckte sie zusammen mit dem schwarzen Schleier, schlug ihr in das leichenblasse Gesicht.

»Ich werde mich erinnern«, versprach sie. »Ich werde mich erinnern ...«

War ich das? Oder eine andere?

1. Kapitel

Frühling 1887

Elaine und ich standen nebeneinander auf dem Podium, und ich spürte wie alle Augen in dem großen Salon von Miss Meachums Internat auf mir ruhten. Fünfzehn junge Stimmen trällerten »God Save the Queen« (lang schlage ihr altes, von schwarzer Baumwolle umhülltes Herz), und es fiel mir schwer, mich zu konzentrieren und auf Elaines klaren Sopran zu antworten.

Mein Blick wanderte langsam von dem gepflegten grünen Rasen, der von den geöffneten Verandatüren mir gegenüber eingerahmt wurde, zu dem nickenden Profil von Miss Priscilla, die energisch, ja verbissen auf die Melodiumorgel einhämmerte. Schließlich fiel mein Blick auf die verschwommenen Pastellgesichter über Pastellsommerkleidern und Pastellsommeranzügen.

Das Publikum. Stolze Eltern und Verwandte der auserwählten fünfzehn, die im Begriff standen, ihren Aufenthalt in Miss Meachums Schule für höhere Töchter zu beenden. Und danach sahen wir auch aus. Selbst »Mousie« Arbuthnot schien ihre Magerkeit abgelegt zu haben, sie wirkte richtig gesetzt in Dimitz mit blauem Zweigmuster.

Aber Elaine, Elaine sah aus wie ein Engel, dachte ich, als ich ihr zartes, von Locken umrahmtes Gesicht kurz im Profil sah. Elaine war ganz in weißen Organdy gekleidet, und sie war das einzige Mädchen mit vier Rüschenvolants am Rocksaum. Aber sie hatte ja von jeher immer nur das Beste von allem bekommen. Ich glaubte, einen schneidigen nilgrünen Hut zu entdecken, der nur zu Elaines Stiefmutter, Lady Devora St. Clare, gehören konnte, wie man hörte, eine der schönsten Frauen von London. Neben mir glitt Elaines Stimme gleichmütig zu einem hohen C hinauf. In diesem Augenblick hätte ich sie am liebsten durch eine Ohrfeige zum Schweigen gebracht, weil sie so unbekümmert war, weil sie ein Publikum aus eleganten Verwandten hatte, die sie wohlwollend betrachteten.

Nicht, daß man mich übersehen hätte.

Ja, vermutlich erregte ich einiges Aufsehen.

Durch die Versammlung ging ein Gemurmel wie das Summen eines Bienenschwarms nach dem Motto »Oh, Ihre Letitia sieht einfach hinreißend aus«. Und, das bildete ich mir jedenfalls ein, in verwundertem Ton: »*Das* ist also die kleine Dunne, da neben Elaine St. Clare. Sie haben doch sicher gehört ...«

Ja, sie hatten es sicher gehört. Inzwischen hatte es jeder gehört. Ich spürte, wie mir das Blut heiß in die Wangen schoß. Zugleich zog ich bittere Befriedigung daraus, hier neben den anderen zu stehen, dem Anschein nach ebenso gelassen und ahnungslos wie sie, die einzige, die ganz bestimmt nicht hierher gehörte. Die nie richtig hierher gehört hatte.

An dem Tag, als ich es erfuhr – war es wirklich erst einen Monat her? An diesem Tag war ich so unschuldig zu Miss Meachums Sprechzimmer hinuntergegangen. Es war nach dem Abendessen, an einem herrlichen Frühlingsabend.

»Komm schnell zurück«, hatte Elaine gesagt. »Bis zum letzten Läuten bleibt uns gerade noch Zeit für einen Spaziergang. Bestell der alten Prue, daß du versprochen hast, mir heute abend das Haar à la grecque zu frisieren und daß ich die Schule verlasse und Papa sage, er soll keinen einzigen Schilling mehr schicken, wenn sie dich zu lange festhält!«

Ich lachte und lief die alte Mahagonitreppe hinunter, ohne die leiseste Vorahnung.

Miss Meachums Sprechzimmer wirkte immer irgendwie verstaubt und feucht. Ganz gleich, wie hell es draußen war, es lag stets wie unter einer Glasglocke, in der sich der Staub von Jahren sammelte. Das Finstere Loch nannten wir Schülerinnen es, und es war der Schauplatz vieler peinlicher Verweise und unerwarteter Auseinandersetzungen mit den Eltern, die über das eine oder andere außer sich waren.

Was Letzteres betraf, so hatte ich nichts zu befürchten. Vater zeigte ein gnädiges Desinteresse an allem, was ich in der Schule tat oder nicht tat.

Auf mein Klopfen war hinter der Doppeltür Miss Meachums kaum vernehmliches »Herein« zu hören. Ich hatte sie immer in Verdacht, daß sie bewußt mit so leiser Stimme sprach, in der Hoffnung, irgendwann einmal eine Unglückliche dabei zu ertappen, wie sie eintrat, bevor sie es gesagt hatte.

Wie üblich hatte sie sich hinter ihrem seltsam zierlichen

Schreibtisch niedergelassen, und ihr rotbraunes Kleid verschmolz mit den purpurroten Vorhängen an dem Fenster hinter ihr. Als ich eintrat, schnellte ein kleiner, untersetzter Mann – aber mit einem sehr guten Schneider – wie ein Kobold aus dem Schatten eines Ohrensessels.

»Ach ja, Amberleigh«, sagte Miss Meachum in ihrem gewohnt trockenen Ton.

»Sie wollten mich sprechen, Miss Meachum?«

»Ja.« Sie legte eine ziemlich lange Pause ein, wohl eine weitere taktische Maßnahme, um Unsicherheit zu erzeugen. »Amberleigh, das hier ist Mr. Harwood.« Sie hielt wieder inne. Ich beschloß, nichts zu sagen und lächelte Mr. Harwood freundlich zu.

»... von Doyle, Martin and Chadwick«, fügte Mr. Harwood schließlich hinzu, als eine Art Anhaltspunkt. Es sagte mir nichts.

»Setz dich, Kind.« Miss Meachums Stimme klang fast herzlich.

Ich setzte mich unsicher auf den Ohrensessel neben Mr. Harwood. Allmählich spürte ich, daß etwas von großer Tragweite in der Luft lag.

»Mr. Harwood ist Anwalt, ein Geschäftspartner deines, äh, Vaters. Er ist in einer ziemlich dringenden Angelegenheit hier.« Eine weitere Pause entstand, dann war Mr. Harwood an der Reihe, zu dem abgehackten Gespräch beizutragen.

»Miss Dunne«, begann er ziemlich nervös. »Leider habe ich die traurige Pflicht, Ihnen mitzuteilen, daß, äh, daß Ihr Vater in letzter Zeit von schweren finanziellen Rückschlägen heimgesucht wurde, über die Sie in Unkenntnis gehalten werden beziehungsweise wurden.«

»Ich verstehe«, sagte ich, obwohl ich es nicht tat. »Dann

muß ich also nach Hause? Ist für meine restliche Zeit hier kein Geld da? Ist Vater ...«

Mr. Harwoods fleischige, mit einem Freimaurerring geschmückte Hand tätschelte hastig die Luft. »Nein, nein, Miss Dunne. Kein Grund zur Besorgnis, was diesen Punkt angeht. Das Schuljahr wurde im voraus bezahlt. Es handelt sich um etwas völlig anderes.«

Wie bedauernswert erleichtert er wirkte, weil er mich in diesem einen Punkt beruhigen konnte.

»Worum geht es denn dann?« Ich kämpfte gegen ein wachsendes Engegefühl in meinem Hals.

»Es, äh, es ... um ganz offen zu sein, Miss Dunne, es geht um Bankrott.«

»Bankrott?« Meine Nervosität verwandelte sich in Erstaunen.

»Ja, Bankrott.« Er schien sich die Häufung der Konsonante in dem Wort genußvoll auf der Zunge zergehen zu lassen, so wie es nur Anwälte können. »Um Ihnen das mitzuteilen, bin ich hier. Es ist absolut nichts mehr übrig. Selbst der Hausrat – Mobiliar, Bücher und so weiter – muß auf einer öffentlichen Versteigerung verkauft werden. Das Haus am Eaton Square gehört nicht mehr Ihnen. Es ist ein Fall von ... totalem Bankrott.«

»Aber warum erzählen Sie mir das? Bestimmt hätte Vater doch selbst kommen können. Oder schreiben können ...« Miss Meachum und Mr. Harwood wechselten rasch, wie in die Enge getrieben, einen Blick, und auf einmal wußte ich Bescheid. »Mein Vater ist ...«

»Verstorben«, sagte Mr. Harwood.

Ich ließ mich in die Tiefen des Ohrensessels zurücksinken.

»Es kam ganz plötzlich. Die Geschäfte Ihres Vaters liefen

schon seit einiger Zeit schlecht. Die enorme Belastung, ein schwindendes Vermögen umzuschichten – manche Männer sind dem nicht gewachsen, ganz besonders im Alter Ihres Vaters. Und da es keine bekannten Verwandten gibt, die es Ihnen hätten mitteilen können ... Übrigens war es Selbstmord.«

Ich umklammerte die Armlehnen des Ohrensessels, bis ich spürte, wie meine Nägel sich in die Polsterung gruben. Wie bezeichnend für Miss Meachum und Mr. Harwood und alle Menschen ihres Schlages, zuerst von finanziellen Katastrophen zu berichten und den Tod wie nebenbei zu erwähnen.

Kummer? Damals empfand ich keinen. Vater war immer zu sehr damit beschäftigt gewesen, das Vermögen zu vergrößern, das nun so jäh zerronnen war, als daß er mich wirklich hätte lieben können. Ich stellte ihn mir wieder vor – ein großer Mann mit ingwerfarbenem Haar, wie er sich in seinem Arbeitszimmer über Geschäftsbücher beugte und seiner einzigen Tochter in unregelmäßigen Abständen zwanzig Pfund als Geschenk zusteckte.

Ich wurde von Dienstboten großgezogen, Dienstboten, die von Zeit zu Zeit verschwanden, um durch neue ersetzt zu werden. Vater hatte wenige Freunde, nur »Geschäftspartner«, und selbst diese kamen selten zu uns nach Hause. Mein einziges Bindeglied zur Vergangenheit war Mrs. Bowers, die Haushälterin. Sie war seit der Heirat meiner Eltern bei uns, und sie erinnerte sich an meine Mutter. Allerdings wollte sie mir nie viel über meine Mutter erzählen. Sie dachte wohl, es stünde ihr nicht zu, doch sie war freundlich, und es störte sie nie, wenn ich hinter ihr her durchs Haus zockelte. »Früher war alles anders«, erklärte sie jedesmal, wenn ich sie nach der Vergangenheit fragte, und mehr wollte sie nicht dazu sagen.

Ja, jetzt war zweifellos alles anders. Bankrott. Mir war immer bewußt gewesen, daß ich nur die Tochter eines erfolgreichen Geschäftsmannes war, daß ich auf den Debütantinnenball, den die anderen Mädchen an der Schule als den eigentlichen Beginn ihres Lebens ansahen, würde verzichten müssen, daß kein Dunne, weder Vater noch Tochter, sich gesellschaftliche Beziehungen kaufen konnte – aber Bankrott. Das Muster meines Lebens löste sich auf, zerrann in meinen Händen, noch bevor ich es kannte. Was Vater wohl empfunden hatte, als er zu sterben beschloß? Ob er überhaupt an mich gedacht hatte? Ich fragte mich, wie er ... es getan hatte. Nein, eigentlich wollte ich es nicht wissen. Mit einer Pistole. Ja, so war es vermutlich. Eine Pistole, die im Arbeitszimmer widerhallte, diesem mir so vertrauten Arbeitszimmer ... ein Schuß, und dann brach ein Mann auf dem rotgeblümten Teppich zusammen. Vater. Plötzlich schnappte ich ein von Miss Meachums rauchiger Stimme gesprochenes Wort aus der gedämpften Unterhaltung der beiden auf, das mich aufhorchen ließ. » ... Skandal.«

Skandal? Ja, das war ein weiterer Gesichtspunkt. Alle meine Feindinnen hier an der Schule, nur deshalb etwas Besseres, weil das Vermögen ihrer Familien eine Generation zuvor angehäuft worden war – wie sie es genießen würden, nachts in ihren Zimmern in vertrauter Runde meine traurige Lage zu erörtern. Kleine Zirkel, die sich um vorschriftswidrige Kerzen und eingeschmuggelte Süßigkeiten scharten – oh, sie würden ihren großen Tag haben. Und dann die »Netten«, Wohlerzogenen, keine echten Freundinnen, sondern Bekannte, sie würden unvermittelt auf Distanz zu mir gehen. Nicht aus Bosheit, sondern weil sie schlicht und einfach nicht wußten, wie sie mich behandeln sollten. Ich wollte überhaupt nicht »behandelt« werden, weder schlecht noch wohlmeinend. Ich sah keinen Sinn darin, mich in die Herzen von Mädchen mit Familienwappen auf dem Briefpapier zu schmeicheln. Elaine war die einzige wahre Freundin, die ich hatte. Kurioserweise war ihre Familie die blaublütigste der ganzen Gruppe.

Arme Elaine. All das würde sie vermutlich mehr mitnehmen als mich. Wenn auch nicht übermäßig intelligent, ein wenig nervös und ziemlich eitel, so war sie dennoch meine wahre Freundin, vielleicht, weil sie ebenfalls nicht ganz hierher gehörte. Die Höchste und die Geringste in festem Bündnis. Elaine würde mir fehlen. Ich hatte damit gerechnet, daß ich sie gelegentlich sehen würde, wenn sie zum Einkaufen nach London kam oder zum Tee in das Haus am Eaton Square, während der Saison, wenn ihre Familie das Landgut in Irland verließ und ihr Haus in der Stadt bezog. Doch jetzt …

»Sie sehen also, Miss Dunne, ich habe mein möglichstes getan, um diese überaus heikle Angelegenheit in Ordnung zu bringen.« Mr. Harwoods Stimme schmeichelte mich in die Gegenwart zurück.

»Wann ist die, die …«

»Trauerfeier?« fragte er taktvoll. »Morgen. Um zwölf Uhr mittags in St. Clement's.«

Ich nickte geistesabwesend.

»Vielleicht möchtest du dich jetzt gern auf dein Zimmer zurückziehen, Amberleigh.« Miss Meachums Worte waren ein Befehl. Sie dachte nicht daran, einem überreizten und bankrotten Mädchen zu gestatten, noch zu bleiben und sich an ihrer nach Lavendel duftenden Schulter auszuweinen. Da hätte sie unbesorgt sein können.

Ich stand auf und ging schweigend auf den Korridor hinaus.

Es war Elaine, die mir das ganze Unglück meiner Lage vor Augen führte, als ich sie in mein Zimmer holte und ihr alles berichtete.

»Amberleigh, wie furchtbar!« rief sie. »Es tut mir so leid.«

Ich ging im Zimmer umher und packte die wenigen Dinge zusammen, die ich für die Fahrt nach London brauchen würde. Ich wollte zur ... Trauerfeier meines Vaters gehen.

»Amberleigh, ich begreife dich nicht. Es ist so unglaublich furchtbar. Wie kannst du so gefaßt sein? Selbstmord. Ach, Amberleigh, ich könnte es einfach nicht ertragen!«

Ich schaute Elaine an. Sie saß auf meinem Bett, mit den Fingern zupfte sie an der Stickerei der Tagesdecke. Ihr Gesicht war blaß vor Kummer, und selbst vom anderen Ende des Zimmers konnte ich die feinen blauen Äderchen auf ihrer hohen Stirn sehen.

»Es ist schon gut, Elaine. Du darfst dich meinetwegen nicht so aufregen. Es ist nun einmal eine Tatsache.«

Komisch, daß ich sie trösten mußte. Doch so war Elaine, ein wandelndes Ouija-Spiel, das eher auf die Freuden und Leiden anderer eingestimmt war als auf ihre eigenen. Ich glaube, ihre Anteilnahme ging mir näher als mein schmerzlicher Verlust.

»Wo wirst du jetzt hingehen, Amberleigh, was willst du tun?«

»Erst einmal fahre ich nach London, zum Begräbnis. Dafür ist noch genug Geld von Vaters letztem Scheck übrig. Und dann ... ich nehme an, ich könnte mich als Gouvernante verdingen oder sogar hier als Lehrerin. Bei Miss Meachum.« Wie zuwider es mir war, das zu sagen! Ich wollte nicht eine von diesen »Damen in beschränkten Verhältnissen« sein, die sich schon bald zu duckmäuserischen, mit Füßen getretenen Dienstboten der Sprößlinge des Adels degradieren lassen mußten.

»Es ist so ungerecht. Ich kann den Tod nicht ausstehen. Ich kann Beerdigungen nicht ausstehen«, sagte Elaine, und ihre Stimme klang wieder erstickt.

»Ich weiß.« Ich seufzte müde. »Elaine«, fuhr ich fort, mehr um sie von der Richtung abzubringen, die ihre Gedanken jetzt einschlugen, als aus Sinn für die schickliche Kleidung, »kann ich mir für das Begräbnis dein schwarzes Seidenkleid ausleihen? Das du trugst, als deine Großtante gestorben ist? Ich habe weder die Zeit noch die Mittel, um ...«

»Natürlich.« Elaine sprang auf, sofort abgelenkt durch den dramatischen Charakter des Anlasses. »Es ist schon eingepackt, aber ich finde es. Ich glaube, es ist in dem Messingkoffer.«

Sie wühlte in dem Schrankkoffer und tauchte schließlich mit dem Kleid über dem Arm wieder auf. Ich schlüpfte aus meinem Kleid, und die Seide schmiegte sich raschelnd um meinen Körper. Elaine hakte es zu, ich spürte ihre eiskalten Finger an meinem Nacken.

»Es ist etwas kurz«, bemängelte sie, kniete sich hin und zerrte nervös an dem Saum.

»Macht nichts. Ich gehe bei Corey's vorbei, wenn ich in der Stadt bin, und besorge mir eine Trauerhaube. Das gehört sich wohl so.« Ich schaute auf meine in Schwarz gehüllte Gestalt im Spiegel. »Wie gern hätte ich so helles Haar wie du, Elaine. Mit meinem unmöglichen Haar sehe ich in diesem Schwarz aus wie ein Clown.«

»Dein Haar ist schön. Ich hätte gern rotes Haar. Es ist so dramatisch. Auf der Beerdigung wirst du würdevoll und dramatisch aussehen. Vielleicht sieht dich ein attraktiver Gentleman und ist fasziniert von dir. Und dann heiratest du ihn, und er ist eigentlich ein Baronet, und ...«

»Attraktive Gentlemen tummeln sich nur in amerikanischen Groschenromanen auf Beerdigungen, Elaine, und du liest zu viele davon!« Gott segne das Mädchen – es war absurd, aber der Schreck ließ bereits nach.

Ich ging die mir so wohl vertraute Treppe hinunter und teilte Miss Meachum mit, daß ich nach London fahren wollte. Ich stieß auf eine Mauer mit rotbrauner Wolle gewappneten Widerstandes. Der Fall hätte anders gelegen, wenn ich meinen Wunsch eher zur Sprache gebracht hätte, sagte sie, dann hätte mich Mr. Harwood in die Stadt begleiten können. Er sei bereits aufgebrochen, um den Abendzug in die Stadt zu nehmen. So gedankenlos ich auch gewesen sei, es wäre in gewisser Weise verständlich und sie wolle veranlassen, daß Miss Priscilla mich begleitete. Es verschaffte mir eine gewisse Befriedigung, ihr mitzuteilen, daß die restliche Summe von Vaters Scheck nicht für zwei Fahrscheine reichte. Sie schauderte geradezu zurück bei der Erinnerung an meine neuerliche Mittellosigkeit. Es gehöre sich nicht für eine höhere Tochter, für eines ihrer Mädchen, murmelte sie, ohne Anstandsdame zu reisen. Es sei nicht »ladylike«. Am liebsten hätte ich sie darauf hingewiesen, daß ich aufgrund meiner plötzlichen Verarmung wohl kaum noch als »Lady« angesehen werden konnte. Statt dessen versprach ich feierlich, nur für die Dauer der mittäglichen Zeremonie zu bleiben und bei Einbruch der Dunkelheit zurück zu sein. Ich glaube, es hätte sie froh gestimmt, hätte ich die Absicht bekundet, das Schuljahr nicht zu beenden. Sie ging sogar so weit, mich zu bitten, keine Trauer zu tragen, da es für die anderen Mädchen »unerfreulich« sei. Ich erwiderte, ich könne es mir ohnehin nicht leisten. Es war ein sehr unangenehmes Gespräch, und ich war froh, als ich am folgenden Morgen die Schule verließ.

Allein zu reisen, war eine ganz neue Erfahrung, da Vater stets seinen Kutscher geschickt hatte und ich im Schutz unserer schaukelnden und knarrenden alten Equipage mit dem starken Ledergeruch nach Hause gefahren war. Ich fragte mich, in wessen Dienst die Equipage jetzt wohl stand.

Zum Glück lag Miss Meachums Internat ganz in der Nähe der Stadt. Ich brauchte nur eine Stunde lang die neugierigen Seitenblicke der anderen Passagiere im Zug auszuhalten. Es war eine Prüfung, alle paar Minuten in seinem Retikül wühlen zu müssen, um Fahrscheine und Droschkengebühr zu bezahlen. Doch die schlimmste Prüfung für Amberleigh Dunne war es, an diesem Mittag um zwölf Uhr am Grab ihres Vaters zu stehen und zu beobachten, wie er in dem schäbigen Sarg, den die Anwälte ihm von dem wenigen, was er hinterließ, zugestanden hatten, in die Erde hinuntergelassen wurde. Mr. Harwood war da, warf mir nervöse Blicke zu und leckte sich unablässig über die Lippen, während der Friedhofsgeistliche mit monotoner Stimme und fast ohne den Mund zu bewegen den Gottesdienst verrichtete. Abgesehen von Mrs. Bowers, die in ein großes weißes Taschentuch schniefte, und den Totengräbern waren wir die einzigen Anwesenden.

»Asche zu Asche ...« und ein kleiner Platz auf einem heruntergekommenen Friedhof waren alles an Feierlichkeit, was ein irischer Bankrotteur erwarten durfte. In diesem Augenblick wünschte ich mir, ich hätte meinen Vater so geliebt, daß ich eine wahrhaft Trauernde sein könnte, doch die einzigen Tränen, die hinter meinem schwarzen Schleier flossen, galten einem Vater, den ich nie gehabt hatte, nicht dem Mann, auf dessen Sarg nun trockene Erdklumpen polterten. In der Ferne hörte ich den Lärm der Großstadt, wo Leben und Tod unaufhörlich weitergingen. Ich spürte, wie eine fleischige Hand die meine drückte. »Meine liebe Miss Dunne ...« Ich hob meinen Schleier und sah Mr. Harwood unter bleischweren Lidern hervor an. Er wich unvermittelt zurück und murmelte etwas über seine Rückfahrt nach London. Ich glaube tatsächlich, dieser Mann hatte vor, mich zu einem Leichenschmaus und einem Schluck Madeira in den Nebenräumen seiner Kanzlei auszuführen! Ich drehte mich wieder um und schaute zu, wie der Erdhügel auf dem Sarg wuchs. Mrs. Bowers, deren Augen und Nase gerötet waren, kam vorsichtig näher und zog respektvoll an Elaines schwarzem Seidenärmel.

»Miss Amberleigh?« Es schien, als ob sie fest damit rechnete, daß ich sie nicht kannte.

»Oh, Mrs. Bowers, es war so lieb von Ihnen, zu kommen.« Ich wandte mich der pummeligen Frau zu, die offenbar als einzige echte Tränen um meinen Vater vergoß, die Tränen einer langjährigen Hausangestellten.

»Tut mir so aufrichtig leid, Miss Amberleigh. Mr. Dunne war kein harter Dienstherr, ruhig und immer ausgesprochen höflich zum Personal.«

»Wo gehen Sie jetzt hin, Mrs. Bowers?«

»Ja, man braucht sich doch keine Sorgen darum zu machen, wo ich hingehe. Ich bin Haushälterin, und mehr bin ich nie gewesen und werd' ich nie sein, bis man mich ebenfalls unter die Erde bringt. Um Sie muß man sich Sorgen machen, Sie sind's nicht gewöhnt, selbst für sich zu sorgen. Als mein Mann starb, und ich war gerade dreißig, und er starb, weil er in der Mine gearbeitet hatte, nicht wahr, da hatte ich keine Angst. Verdingte mich bei anderen Leuten, seit ich dreizehn war und konnte es wieder tun. Aber Sie, Miss Amberleigh, seit Sie ein ganz winziges Ding waren, Sie hat man nie und nimmer für schwere Zeiten erzogen.«

»Ich komme schon zurecht, Mrs. Bowers. Ich kann jederzeit eine Anstellung als Gouvernante oder Lehrerin finden.« Ein Hoch auf Miss Meachum.

»Ein so vornehmes Mädchen wie Sie? Es ist 'ne Schande, ja, das ist es, aber ich vergesse ja, was ich eigentlich wollte.« Sie holte ein mit Schnitzereien verziertes Kästchen aus ihrer geräumigen Handtasche und reichte es mir liebevoll.

»Schauen Sie hier.« Sie senkte ihre schwere Stimme zu einem Flüstern und zog verschwörerisch an meinem Ärmel. »Wie Krähen waren sie, diese Anwälte, ließen keinen Stein auf dem andern. Haben sogar die Wäsche von den Betten abgezogen, nicht wahr. Konnten die Finger nicht mal von dem kleinen Klavier aus Rosenholz lassen, das Sie so liebten. Aber ich hab' ihnen ein Schnippchen geschlagen. Das hier ist alles, was ich vor ihren gierigen Klauen retten konnte. Viel ist es nicht, aber ich hab' mir gedacht, ›Mary Bowers, es ist wenigstens etwas, und ich werd's tun!‹«

Ich öffnete das Kästchen. Darin lagen auf einem zerrissenen blauen Seidenfutter etwa ein Dutzend Schmuckstücke, altmodisch und nicht sehr wertvoll.

»Verstehen Sie nicht, Mädchen? Gehörten Ihrer Mutter. Es ist nicht allzu viel. Sie ist doch so jung gestorben, arme Kleine, und Ihr Vater hatte zu jener Zeit ja nicht so viel Geld. Wir lebten damals in einem kleinen Haus auf der Newcastle Street, nicht wahr. Hübsch, aber nicht sehr elegant. Ich hab' mir gedacht, daß Sie besonders die Opale wollten. Sie haben den Teint von Ihrer Mutter, um sie zu tragen.«

Ich befühlte die staubigen Filigranfassungen. Meine einzige Hinterlassenschaft. Und was würde Dunne, die demütige Gouvernante, mit diesen wenigen bescheidenen Schmuckstücken anfangen? Sie benutzen, um nicht ganz ihren Stolz zu verlieren? Eine schlichte Amethystnadel zu ihren billigen schwarzen Gabardine- und Jerseykleidern tragen? Ich nahm eine kleine, jedoch ausgezeichnet gearbeitete Kameebrosche heraus.

»Sie müssen die hier nehmen, Mrs. Bowers, weil Sie so freundlich waren, an mich zu denken.«

Ihre Augen leuchteten auf, als hätte ich ihr Perlen von unschätzbarem Wert geschenkt, als sie die Kameebrosche nahm und an ihrem üppigen Busen feststeckte.

»Es ist 'ne einzige Schande, nicht wahr, und Sie sind so gütig.«

Ich bot ihr an, sie in die Stadt mitzunehmen. Es schien, als sei sie mit jemandem hergefahren, der bereits weg war. Aber bevor wir aufbrachen, wollte ich noch eines tun. Es kümmerte mich nicht, ob es noch ein Pfund zusätzlich kostete, die Droschke warten zu lassen. Ich ging an den anderen Gräbern vorbei zum Ende des Friedhofs, mitten durch das kniehohe Gras. Die Sonne schien heiß, und der warme Aprilwind blies mir den Schleier aus dem Gesicht. Ich pflückte einen Strauß Gänseblümchen und Wildblumen, deren Namen ich nie erfuhr. Niemandsblumen. Dann ging ich zum Grab zurück. Das Loch war ganz aufgefüllt, die Männer waren gegangen und hatten eine offene Wunde in dem umliegenden Grün zurückgelassen. Mrs. Bowers kniete in der Nähe und stand hastig auf, wobei sie sich entschuldigend bekreuzigte.

»Ich hab' gedacht, es macht Ihnen vielleicht nichts aus, Miss, wenn ich ein paar katholische Gebete für Ihren Vater spreche ...«

»Nein, Mrs. Bowers, es macht mir nichts aus.« Ich legte die Wildblumen auf die frische Erde im Grab meines Vaters. Es schien irgendwie passend, sich von »Niemandem« Blumen zu borgen. Es war zumindest eine Ausgabe für die Beerdigung, über die sich die Anwälte nicht würden streiten müssen. Mrs. Bowers und ich fuhren nach London zurück, schweigend. Nachdem sie ausgestiegen war, fuhr ich gleich weiter zur Victoria Station, und das feierliche Klappern der Pferdehufe und die Schlange aus Droschken und Equipagen bildeten, fast wie ein Leichenzug, das Geleit zu meinen traurigen Gedanken. Einmal zog eine Equipage gleich mit meiner Droschke, ein Blick durch das Fenster, und es kam mir so vor, als sähe ich ein mir seltsam vertrautes Gesicht, einen bärtigen Mann, der ... doch die Equipage fuhr weiter, und ich blieb wieder mir selbst überlassen, ohne in London einer Menschenseele aus alten Zeiten begegnet zu sein. Bis auf Mrs. Bowers.

Ich ließ mich in den folgenden Wochen bei Miss Meachum treiben und lebte von dem Geld eines Toten. Miss Meachum hätte mich nur zu gern gebeten zu gehen, auch wenn mein Schuljahr voll bezahlt war, doch sie hatte wohl Angst vor Elaine. Oder vielmehr vor Elaines Stiefmutter, Lady St. Clare, die auf vertrautem Fuß mit den besten Familien der Londoner Gesellschaft stand. Ich war ihr ein-, zweimal in der Schule begegnet. Sie war das perfekte Beispiel dafür, was die Französischlehrerin meinte, wenn sie »*Formidable!*« sagte. Elaines Vater kam nie zu Besuch, ich schloß daraus, daß er das ganze Jahr über auf dem irischen Besitz blieb und ein wenig älter war als seine schöne Frau. Ich hatte mich immer gefragt, warum Elaine auf eine Schule wie die von Miss Meachum geschickt worden war. Ihre Familie konnte sich mit Sicherheit Gouvernanten leisten. Es war seltsam, daß man sie an einen Ort brachte, wo sie mit dem nicht ganz makellosen Nachwuchs des Kleinadels und des wohlhabenden Bürgertums Umgang hatte. Doch ich wollte ihre Familie nicht wegen ihrer exzentrischen Einfälle tadeln. Elaine war meine Freundin, und ich hatte nie dringender jemanden gebraucht, der sich um mich kümmert, als jetzt.

Die Schlußnote von »God Save the Queen« verklang. Als Miss Priscilla mit einem letzten Nicken ihres Kopfes und ihrer Spitzenhaube den letzten Akkord anschlug, ging eine Welle sanften Beifalls durch das Publikum und ließ die blumenähnlichen Gesichter, die vor meinen Augen verschwammen, erzittern. Zu meiner Empörung merkte ich, daß ich Tränen in den Augen hatte und wollte fortgehen. Elaine nahm meinen Ellbogen und zog mich auf den Korridor hinaus.

»Los! Laufen wir nach oben, und holen wir unsere Hüte. Wir können uns im Garten mit den anderen treffen.«

Unsere Mitschülerinnen waren vom Podium gestürzt, um sich unter ihre Familienangehörigen zu mischen, trotz Miss Meachums dringenden Befehls, sich würdevoll zu verbeugen, abzugehen und zurückzukommen, »wenn ich bitten darf, junge Damen«. Die dunklen Durchgänge waren verlassen, als Elaine und ich in höchst unmeachumhaftem Tempo die Stufen hochrasten.

Sie schob mich zu meinem Zimmer, lief den Flur hinunter und kam mit einem riesigen weißen Livorno verkehrt herum auf dem Kopf zurück.

»Wo ist denn dein Hut, Amberleigh?« Selbstvergessen und fröhlich rückte sie den ihren auf ihren langen blonden Locken zurecht.

Ich holte meinen gelben Strohhut mit den Gänseblümchen auf der Krempe aus dem Schrank und stellte ihn mir ohne den frivolen Blumenschmuck vor, was viel besser zu der unabhängigen Frau ohne Mittel paßte.

»Ich habe gedacht, daß ich ihn doch nicht trage.«

»Du willst ihn nicht tragen? Nachdem wir die ganzen Jahre diese lächerlichen kleinen Filzhüte tragen mußten? Amberleigh, sie sind doch göttlich und die ersten richtig eleganten Sachen, die wir bisher besitzen durften. Du solltest nicht vergessen, daß wir jetzt Damen sind.« Elaine schwebte durchs Zimmer, die Stupsnase in die Höhe gereckt, bis ihr Hut herunterfiel, sie sich vor Lachen bog und aufs Bett sank. Sie wirkte eine Spur zu überdreht. »Hör' mal! Ich will, daß du mein Haar zu einem Pompadour frisierst! Das wird eine Überraschung für sie sein.« Sie tänzelte zur Frisierkommode hinüber und gab mir die Bürste. »Einen ganz *magnifique* Pompadour.«

»Wie bei deiner Stiefmutter?« schlug ich vor und fuhr mit der Bürste durch ihr glänzendes Haar.

»Nein«, sagte sie. »Anders.«

Während ich mit ihrem Haar beschäftigt war, mußte ich uns einfach im Spiegel anschauen. Elaine, ganz versunken darin, die steifen Organdyrüschen zu glätten, die ihr wie weiße Flügel von den Schultern abstanden, und mich. Elaine, so hell und golden, und ich, so dunkel und blaß. Das alles gehörte plötzlich der Vergangenheit an. Sie fuhr nach Hause, für den Sommer nach Irland, und von dort ging es weiter zu einem Leben aus Debütantinnenbällen, Teegesellschaften, Theaterfesten, Essen und Tänzen. Ich ging ... ja wohin?

In der ersten Zeit nach Vaters Tod war Elaine zunächst voller Pläne für mich. Eine Stellung bei einer der Familien aus ihrer Bekanntschaft sei genau das richtige, etwa bei einer, die ein Sommerdomizil in der Nähe von Carnhaven unterhielt. Doch jedesmal gab es etwas auszusetzen. Die Kinder waren wahre Biester. Oder die Dame des Hauses war zu anspruchsvoll. Oder der Herr des Hauses war auf seine Art zu anspruchsvoll. Vielleicht mißfiel ihr der Gedanke, daß ich in Stellung ging, genauso wie mir. Auf der anderen Seite hatte sie sicher keine klare Vorstellung davon, was mir bevorstand. Ihr Haar war jetzt zu einer hohen, weichen Haube frisiert, und eine Strähne kämmte ich zu einer Locke, die ihr über die Schulter hing. Plötzlich schaute sie hoch und fing im Spiegel meinen Blick auf.

»Amberleigh, ich habe auch Angst.«

Ich legte die Haarbürste hin und holte ihren Hut vom Bett.

»Wovor solltest du denn Angst haben, Elaine?«

»Ich weiß nicht.« Sie sah zu, wie ich die breite Krempe auf ihren Kopf setzte. Ihre Augen lagen im Schatten der Krempe, und ihre Stimme klang erstickt, als sie wiederholte: »Ich weiß nicht. Das macht mir ja solche Angst.«

Ach, Elaine, dachte ich bitter. Du hast ja keine Ahnung, was richtige Angst ist, nur deshalb kannst du es in solch romantischem Licht sehen. Richtige Angst ist nichts, dessen Grund man nicht kennt, sie ist etwas, dessen Grund man nur zu gut kennt. Liebe Elaine, konnte sie denn etwas dafür, daß sie behütet wurde, reich war und geliebt?

»Dann komm mit«, rief sie plötzlich und lief zur Tür.

»Ich glaube, ich bleibe noch eine Weile hier oben.«

»Sei kein Dummkopf! Devora wartet. Und ich will, daß du auch Adrian kennenlernst. Mach nicht ein so betrübtes Gesicht. Es ist nichts dabei.«

»Ich möchte mich nicht aufdrängen ...«

»Ich ... ich möchte gern, daß du mitkommst, Amberleigh.« Elaines Stimme hatte einen bittenden Klang angenommen. Sie wirkte gedämpft und erregt zugleich. Ich dachte flüchtig, daß sie nicht nur Rücksicht auf mich nahm, sondern daß sie wirklich jemanden brauchte, der mit ihr über die weite Fläche des Zuchtrasens zu ihrer Familie hinunterging. Aber das war lächerlich.

»Dann bis in ein paar Minuten.«

Elaine drehte sich widerstrebend um und ging. Von draußen hörte ich das Geplauder fröhlicher Stimmen, und ich ging zu den geöffneten Fensterläden hinüber. Der Garten war mit den Pastellmenschen übersät, die ich im Salon gesehen hatte. Die breiten Hüte der Damen wippten und neigten sich, hier und da flatterte ein Sonnenschirm über einem blumenverzierten Strohhut wie ein Schmetterling über einer Blüte. Ich erhaschte einen Blick auf Elaines vier Organdyvolants, die den Hang hinunter zu dem nilgrünen Hut wogten, den ich vorhin schon gesehen hatte. Also war es tatsächlich Lady St. Clare gewesen. Devora wurde sie genannt. Ich strich mit meinen plötzlich feuchten Händen über den Rock meines blaßgrünen Kleids. Das letzte neue Kleid, das ich auf absehbare Zeit haben würde. Es wirkte wie eine schwache Imitation der vollendeten Eleganz, die Lady St. Clare vermutlich zur Schau trug.

Ich trat wieder vor den Spiegel. Heute sah ich ganz nett aus. Nicht hübsch wie Elaine und zart – nein, größer und vernünftiger, leider. Rasch faßte ich mein dunkelrotes Haar zu einem strengen Chignon zusammen. Es stand mir ganz und gar nicht. Ja, genauso würde ich als Dunne, die Gouvernante aussehen. Vernünftig, streng und unerträglich langweilig. Was für ein Schicksal. Ich nahm mein Haar zu einem lockeren Pompadour zusammen und fand im Schmuckkästchen meiner Mutter eine hübsche achteckige Bernsteinbrosche. Bernstein, Amber. Ob meine Mutter seinen goldenen Schimmer so sehr geliebt hatte, daß sie mich nach ihm benannte? Ich hatte mir nie etwas aus Bernstein gemacht, aus seiner trüben Farbe und den Flecken. Vielleicht konnte ich mich daran gewöhnen. Der gelbe Strohhut erhielt seinen Platz auf meinem rotbraunen Haar.

Ja, Miss Amberleigh Dunne, sagte ich mir, das ist deine letzte Gelegenheit, die Gutsherrin zu spielen. Ab morgen heißt es auf Arbeitssuche gehen, Mädchen. Ich lachte, weil ich mich so in Szene setzte, zog im Spiegel einen verführerischen Varieté-Schmollmund (Miss Meachum würde nie vermuten, was wir Mädchen alles von den unwahrscheinlichsten Quellen aufschnappten) und ging in besserer Stimmung zur Tür hinaus.

2. Kapitel

Es vergingen sechs lange Jahre, bevor mir der Name Carnhaven wieder zu Ohren besser gesagt vor Augen kam. Inzwischen war ich Welten entfernt von Miss Meachum und den Sorgen jenes Frühlingstages auf dem gepflegten Rasen Englands. Ich war sechs lange Jahre älter … und klüger? Nein, sehr viel klüger war ich wohl nicht, sonst hätte ich nicht so begierig nach Lady St. Clares Brief gegriffen, wie ich es in jener regnerischen Abenddämmerung in Boston tat.

Ihre Handschrift war überraschend kräftig für eine Frau von solch zerbrechlichem Äußeren – eckige, abgerundete Buchstaben, die nach hinten kippten. Doch ihr Briefpapier trug das St.-Clare-Wappen. Ich empfand nach wie vor Erregung und Scheu bei seinem Anblick, auch nach fünf Jahren erschöpfenden Dienstes in der bescheidenen Arena der begüterten amerikanischen Familie.

Gouvernante würde ich sein, so hatte ich damals vor dem Spiegel in der Schule prophezeit, und Gouvernante war ich. Und auf dem besten Wege dazu ... leigh ... nein, ich war bereits eine alte Jungfer.

»Meine liebe Amberleigh«, schrieb Lady St. Clare. »Freunde haben mir berichtet, daß Sie jetzt in Boston leben. Es ist eigenartig, aber Adrian Carstairs – ob Sie sich wohl noch an Adrian erinnern? – war gerade vor einem Jahr zu Besuch dort und hat sogar die Willoughbys kennengelernt, bei denen Sie, soviel ich weiß, in Stellung sind. (Wie ich vom Hundertsten ins Tausendste komme!) Auf jeden Fall, meine Liebe, hat mich das an Sie erinnert und an jene Jahre, als Sie und Elaine sich so nahe standen.«

So nahe. Und die Briefe, die anfangs so häufig kamen, wurden immer spärlicher und blieben dann ganz aus. Ich hatte immer das Gefühl, daß es nach ein, zwei Jahren einfach nichts mehr zu schreiben gab. Elaine, die sich mit der ganzen Jugend, Schönheit und dem gesellschaftlichen Status der St.-Clare-Erbin in die Londoner Saison stürzte, war schlicht zu sehr in Anspruch genommen von all diesen Dingen, um ihre Zeit mit dem Schreiben von Briefen an ihre »arme amerikanische Cousine« zu verbringen, die sich darum kümmerte, daß Kinder sich anständig benahmen und sich manchmal, o ja, selbst sehr leid tat.

Und doch kamen nach wie vor diese unerwarteten, rührend großzügigen Geschenke von Elaine aus Übersee. Französische Pralinen, deren kunstvolle Schachteln ebenso überzuckert waren wie ihr Inhalt. Eine Sammlung von Dikkens-Stichen, Stück für Stück hintereinander versandt, wie Schachfiguren, so daß man immer auf den nächsten Zug gespannt war. Und diese Unterschrift aus nur einem Wort: »Elaine«. Das sagte nichts und sagte alles. Wenn Elaine darüber hinausging, stumme Zeugnisse unserer Freundschaft aus Internatstagen zu schicken, würden vielleicht all die Worte aus ihr hervorbrechen, die sie nach meinem Gefühl immer zurückgehalten hatte.

Nicht sich selbst zuliebe. Wohl eher mir zuliebe. Ich erinnerte mich an ihre plötzliche Angst am Tag der Abschlußfeier, als draußen auf Miss Meachums gepflegtem Rasen nur völlig ungefährliche, vornehme Damen und Herren auf sie gewartet hatten. Sie schwebte über den Gartenweg zu ihnen wie ein Schmetterling der feinen Kreise zur Blüte der britischen Gesellschaft, ihre vier Rüschenvolants flatterten, und ich schaute oben vom Fenster aus zu. Ich wäre auch gern als Schmetterling in die Welt hinausgeflogen. Statt dessen war ich Miss Meachums Kokon in Gestalt einer Motte mit graubraunen Flügeln entschlüpft. Dunne, die Gouvernante. Dunne, die Tochter des Bankrotteurs ... Nein, es war nicht Elaines Schuld, nur der Lauf der Dinge.

Ich schämte mich plötzlich der Bitterkeit, die die trostlose Beacon-Hill-Aussicht aus rotem Backstein, grauem Himmel und kahlen Ästen vor meinem Schlafzimmerfenster in mir wachgerufen hatte. Wieso gab ich den guten Tagen die Schuld an den schlechten Tagen?

Lady St. Clares Brief erschien weniger Aufforderung, über mich selbst nachzudenken, als vielmehr wie das, was er war – ein harmloser, schlichter Brief. Erst Monate später sollte ich entdecken, daß er keineswegs harmlos war, und wenn jemand schlicht gewesen war, dann ich.

Der Anlaß ihres Schreibens war Elaine. Elaine sei es gar nicht gut gegangen. Ja, sie und Sir George seien ziemlich besorgt. Sie hätten überlegt, daß es Elaine vielleicht guttun würde, für eine Weile einen Menschen um sich zu haben, dem sie sich nahe fühlte, einen Menschen wie diese Amberleigh Dunne aus der Schule. Es sei natürlich sehr viel verlangt, aber ob ich mich nicht beurlauben lassen und eine gewisse Zeit bei Elaine auf Carnhaven verbringen könne? Es verstehe sich natürlich von selbst, daß ich für solch einen Aufenthalt entschädigt würde, ob wir es nicht wie eine Anstellung als Gesellschafterin betrachten könnten? Die Überfahrt könne durch die Bank von Boston arrangiert werden, falls ich so liebenswürdig sei, zu kommen. Um aufrichtig zu sein, Elaine sei apathisch, und sie befürchteten, daß ihr die Gesellschaft eines Menschen in ihrem Alter fehle, der sie ein wenig aufmuntern könne. Bitte kommen Sie.

Schon damals hätte sich alles in mir sträuben sollen bei einem so unverhüllten Angebot, meine Freundschaft zu kaufen. Die Wahrheit war, daß meine Anstellung ihrem Ende zuging. Meine beiden Schützlinge wuchsen schnell aus unserer gemeinsamen Zeit heraus. Der Junge war für eine Militärschule in Virginia bestimmt. Das Mädchen sollte eine Schule für höhere Töchter besuchen. Ich muß sagen, ich hielt den amerikanischen Brauch, die Kinder frühzeitig mit anderen zusammen in die Schule zu schicken, für besser als die britische Praxis, sie am Schürzenzipfel einer Reihe von Gouvernanten hängen zu lassen.

Und offen gestanden war ich mein jetziges Dasein leid. Harold Willoughby junior entwickelte die scheußliche Angewohnheit, Motten die Flügel auszureißen, und die schlaksige Emily wurde sehr zurückhaltend und albern. Meine eigene Mädchenzeit lag noch nicht so weit zurück, als daß ich sie aus zweiter Hand noch einmal durchleben mochte. Ein Urlaub in Irland würde mir überaus guttun. Außerdem war es nichts mit der Ungezwungenheit, die ich in Amerika gesucht hatte, der vielgerühmten Demokratie, die eine Brücke über die Kluft zwischen meiner Kinderstube und meiner gegenwärtigen Stellung schlagen sollte. Meine gesellschaftliche Stellung war, wenn überhaupt, noch zweideutiger als zuvor. Die begüterte amerikanische Familie, stellte ich fest, war vor allem begierig darauf, ihre britischen Standesgenossen zu imitieren. Und was meine Verheiratung betraf – sämtliche Illusionen in dieser Richtung schwanden rasch dahin.

Die mittellosen, jedoch ehrgeizigen Angestellten und Vertreter, die sich durch meine Stellung vielleicht nicht hätten abschrecken lassen, wurden von einer ganzen Heerschar heiratsfähiger, selbständiger Ladenmädchen und den neuerstandenen Künstlerinnen dieses furchteinflößenden Ungetüms, der Schreibmaschine, umschwirrt und nicht zu vergessen von den Töchtern aus bescheidener Familie, die sich keine Stellung zu suchen brauchten und Zeit für eine Brautwerbung hatten.

Ich war in einem starren häuslichen Rahmen gefangen und hatte die Wahl zwischen dem schwachsinnigen Jungen des Obst- und Gemüsehändlers, der in der Küche lauerte, um einen Blick auf meine unwiderstehlichen rotbraunen Locken zu erhaschen, und mich dazu trieb, der Köchin Zettel zu schreiben sowie dem seltsamen Junggesellen aus guter Familie, der mit Mama zu Besuch kam und kaum Notiz von mir nahm, wenn ich die Kinder aus dem Salon brachte, nachdem sie ihre guten Manieren unter Beweis gestellt hatten.

Oh, ich war sogar bereit zu einer Exkursion ins tiefste Afrika, um mir eine Ruhepause zu verschaffen. Irland war da noch besser. Und dieser Brief war eigenartig. Was fehlte Elaine nur? Lady St. Clares Worte deuteten auf irgendeine

Gemütsstörung hin. Aber was konnte Elaine so zusetzen? Ihr Reichtum? Ihre Erziehung? Vielleicht Überzüchtung. Sie war immer ein wenig ... nun, leicht erregbar und dabei hinfällig und unglücklich gewesen. Merkwürdig, daß sie noch nicht geheiratet hatte. Nach inzwischen fünf, nein, sechs Saisons in London. Und in gewisser Weise wohl auch ein Trost. Wir hatten beide die achtzehn längst überschritten, doch ich hatte meine sechs »Saisons« mit profaneren Beschäftigungen als der Suche nach einem Ehemann zugebracht. Vierundzwanzig Jahre bedeutete wohl schon alte Jungfer.

Das gab den Ausschlag für mich. Ich würde nur zu bald verwelken. Also auf nach Irland, dem Ursprung des leutseligen Officer O'Rourke, der jeden Abend stockschwenkend am Haus der Willoughbys vorbeischlenderte. Lebwohl Boston mit deinem endlosen roten Backstein, deinen dahingleitenden weißen Möwen, deinen ewigen Meeresfrüchten und deinen verkniffenen Nordstaatler-Frauen, die mich scharf im Auge behielten ... zumindest dafür bin ich noch nicht zu alt. Hinein in den Schrankkoffer mit meinen gestärkten Hemdblusen und meinen adretten Wollröcken und den hübschen Wochenendkleidern und -kostümen, die ich mir – ich konnte einfach nicht widerstehen – von meinen üppigen Ersparnissen hatte machen lassen, dem verwegenen Strohhut, den zu tragen ich mich nie ganz getraut hatte, wenn ich mit der Familie in die Adventistische Episkopalkirche ging, und mit dem Schmuck meiner Mutter. Ich fuhr endlich, in gewisser Weise, nach Hause.

Es war eine lange Reise. Zuerst scheute ich mich, die Decks des Dampfers zu erkunden, doch schließlich richtete ich mich auf einem Liegestuhl ein, mit einer Decke zum Schutz vor der Gischt des Atlantiks, zu einem genüßlichen

Lesemarathon, oder ich ging spazieren und dachte an gar nichts. Hin und wieder brachte das Schlingern des Schiffs mein schwer erkämpftes Gleichgewicht eines Landmenschen ins Wanken und führte mir vor Augen, daß es ganz und gar nicht natürlich war, wie ein Korken auf einem Teich zu schaukeln. Aber alles in allem war es eine schöne, wenn auch einsame Reise.

Ich ging in Queenstown an Land, einem schmutzigen, primitiven Ort, wo mich das geschäftige Treiben im Hafen erneut verlegen machte, das Kreischen der Möwen, die nur mir zuzurufen schienen: »Seht mal, da ist sie. Eine alleinreisende Frau. Niemand, der sie beschützt. Der auf ihr Gepäck aufpaßt, sie an den richtigen Ort bringt ...«

Ich hielt den letzten Brief von Lady St. Clare mit der Wegbeschreibung nach Carnhaven umklammert, so wie die alten Frauen mit den schwarzen Kopftüchern sich beim Betreten der Kirche am Kai an ihren Rosenkranzperlen festhielten. Ich war keine Papistin, trotz meiner halbirischen Herkunft, aber etwas mußte doch abgefärbt haben. Ich, mein Schrankkoffer, Taschen und weiteres Gepäck langten gemeinsam am Great-Western-Line-Bahnhof an, begegneten uns im richtigen Waggon wieder und traten die lange, ratternde Bahnreise nach County Clare an.

Sobald ich erst aus der schmutzigen Hafenstadt heraus war, zog mich die hügelige Landschaft Irlands in ihren Bann. Sie war tatsächlich ganz anders als die englische Landschaft. Unendlich grün. Ich hatte gewußt, daß sie grün sein würde, ein ebenso berühmtes Erzeugnis Irlands wie der Whiskey. Doch das echte, wahre Grün der Landschaft blendete mich – nur gewundene Steinwälle und -haufen lenkten das Auge von der Orgie in Grün ab, die sich am ganzen Horizont entlangzog und -schlängelte. Ich war fasziniert und seufzte zum erstenmal auf dieser Reise zufrieden auf. Aber ich war zu voreilig.

Bei meiner Ankunft in Glennverran wurde meine Zufriedenheit mit einem Schlag hinweggefegt. Der Bahnhof war ein schäbiges kleines Steingebäude mit nur einem Aufsichtsbeamten, der einen so starken Dialekt sprach, daß ich ganze fünf Minuten brauchte, um herauszufinden, daß das »Große Haus« zwölf Meilen entfernt lag und niemand von dort gekommen war, um mich abzuholen.

Ich zog den Brief von Lady St. Clare aus meinem Retikül. Das Datum war korrekt. Die Uhrzeit ebenfalls. Aber es war einfach niemand da, kein Kutscher, der mich in Empfang nahm, willkommen hieß und zum »Großen Haus« beförderte. Panik stieg von meiner Magengegend auf und breitete sich langsam bis in meine Arme aus. Welchen Sinn hatte es, dort herumzustehen, unter Fremden, die kein anständiges Englisch sprachen, so daß ich sie weder verstehen noch fragen konnte, was sie meinten?

Da mußte ein Irrtum vorliegen. Ich würde warten, sagte ich und setzte mich steif auf die harte Holzbank in der Mitte des Raums – auffällig, abgesondert und verlegener, als ein einzelner komischer alter Mann mich eigentlich machen sollte. Zumindest nach außen, so überlegte ich, war ich ein Bild der Gelassenheit. Meine Kleidung für diesen letzten Reisetag hatte ich – trotz der im Sitzen verbrachten Nacht im Zug – sorgfältig ausgewählt, um so weit wie möglich an meinen alten Status gegenüber den St. Clares anzuknüpfen: ein schicker Rock und eine kurze Jacke aus braunem Gabardine, am ausgestellten Saum und den herrlich überdimensionalen Keulenärmeln mit gelbem Band besetzt. Der Hut war braun, aus Gründen der Sparsamkeit, damit er zu mehr als einem Ensemble paßte, jedoch verwegen schräg, mit Federn geschmückt und mit einem wirklich eleganten Gesichtsschleier umwickelt, den man hinten zu einer Schleife band. Er war mein Lieblingshut und hatte mich bei einem von Bostons besseren Hutmachern ein kleines Vermögen gekostet. Er war – wenn ein Hut jemals einen Handschuh ersetzen konnte – mein Fehdehandschuh an Lady St. Clare und die herablassenden Günstlinge, von denen sie in meiner Phantasie umringt war. Er war das Abzeichen meiner Selbstachtung, das mich Castle St. Clare hocherhobenen Hauptes betreten lassen sollte.

Nach einigem Warten entledigte ich mich der kurzen gelben Glacéhandschuhe, die ich mir ebenfalls anläßlich der Reise selbst geschenkt hatte. Dann las ich in der Sammlung von Gespenstergeschichten von Sheridan LeFanu, die ich mir gekauft hatte, um mir die Zeit zu vertreiben. Ein irischer Autor für eine Irlandreisende. Aber ich war schon bald nicht mehr imstande, mich in das Abenteuer des »Zimmers im Fliegenden Drachen« und den »Grünen Tee« zu vertiefen. Es war nur allzu offensichtlich, daß ich, was die Bewohner von Carnhaven betraf, praktisch einer von LeFanus gespenstischen Besuchern hätte sein können. Man hatte mich vergessen. Verlegen ging ich zu dem Aufsichtsbeamten hinüber.

»Mein Herr? Ich fürchte, man hat meine Ankunft übersehen. Wäre es möglich …«

»Na, Miss, machen Sie sich darum man bloß keine Sorgen. Ich hab' vor 'ner guten Stunde 'nen Jungen geschickt, er soll im Haus Bescheid sagen, daß Sie hier sind und warten. Sie werden im Handumdrehen hier sein und Sie holen.«

Das schien so weit klar, also kehrte ich zu meiner Bank zurück und saß dort eine weitere Stunde, dann zwei, die ich mit Lesen und Selbstbetrachtungen zubrachte. Gerade als ich dachte, daß der Irrtum feste Absicht war, kamen von draußen Hufgetrappel und das Knarren eines Wagens.

Ich lief zum Schalter und zu dem alten Mann – jetzt unterhielt er sich mit einem mageren Jungen, der, während er in noch schlimmerem Dialekt mit dem Bahnhofsvorsteher schwatzte, die ganze Zeit mich und meinen phantastischen Hut anstarrte.

»Ach, Miss«, sagte der Bahnhofsvorsteher ein wenig widerstrebend. »Es sieht so aus, als ob oben beim Haus eine Jagd im Gange ist, und es tut ihnen aufrichtig leid, aber es war niemand da, der Sie abholen kann.« Ich muß niedergeschlagen ausgesehen haben, oder zumindest ließen meine feinen Federn wohl die Köpfe hängen, denn er fuhr schnell fort. »Aber kein Grund, sich Sorgen zu machen, Mädchen. Der junge John McLaren soll heute eine Lieferung zum Haus bringen und nimmt gerne einen Fahrgast mit. Los, Junge, bring die Koffer und Taschen der Dame raus.«

Der magere Bursche flitzte stumm zu dem dürftigen Gepäckhaufen, hob Stück für Stück auf, bis ich dachte, das Gepäck solle den Jungen tragen, nicht umgekehrt, und wankte damit hinaus. Ich folgte ihm etwas erleichtert nach draußen und blieb vor zwei Ackergäulen stehen, die vor den primitivsten Rollwagen gespannt waren, den zu sehen ich jemals das zweifelhafte Vergnügen gehabt hatte, sei es in den Straßen Londons oder Bostons.

»Na los, hilf der Lady schon rauf«, hörte ich den freundlichen Bahnhofsvorsteher neben mir sagen, und ich merkte plötzlich, daß ich nur sehr ungern verließ, was mir inzwischen wie ein Zufluchtsort erschien.

Und »der junge John McLaren« grinste verlegen, wobei er mehrere große Zahnlücken enthüllte, und hielt mir seine schmutzige Hand hin. Widerstrebend streckte ich meine Hand in dem gelben Glacéhandschuh aus und wurde kurzerhand neben ihn auf den Hochsitz gezogen, wo ich vergeblich die Röcke raffte, um das zwangsläufige Fadenziehen an dem groben Holzsitz zu vermeiden. Gleich darauf wurden meine Koffer von dem Jungen hinter mich geworfen. Als ich von meinem Sitzplatz aus die mir fremde Landschaft betrachtete, kam mir der Gedanke, daß ich in der Tat sehr hocherhoben auf Castle St. Clare einfahren sollte.

3. Kapitel

Es war eine lange, zum größten Teil schweigend zugebrachte Fahrt. »Der junge John McLaren« unternahm mehrere klägliche Versuche, in seinem gräßlichen Dialekt ein Gespräch in Gang zu setzen. Nach jedem Anlauf schrie ich höflich »Wie bitte?« gegen das Knirschen und Rumpeln der primitiven Räder und das Knarren des oft geflickten Pferdegeschirrs.

Schließlich verfielen wir in einvernehmliches Schweigen, und ich betrachtete alles rings um mich: die von Hekken eingefaßten Zufahrtswege, die aussahen, als führten sie nirgends hin, in der Ferne hier und da rauhe Felsnasen aus Kalkstein und – besorgt – mein eigenes Gepäck, das hinter mir auf dem Wagen ruckelte. Gott allein hätte verhindern können, daß der Straßenstaub bis zu meinem schicken Reisekostüm vordrang, und an diesem Tag hatte er Wichtigeres zu tun. Ich beobachtete, wie der Staub unaufhaltsam an meinem Rock hochkletterte. Als ich ihn abwischte, wirbelte ich lediglich kleine Wolken auf und bekam einen Hustenanfall.

Endlich erspähte ich vorn eine kultiviertere Landschaft und jenseits eines Buchenwäldchens gewaltige rote Ziegelschornsteine.

»Das Haus da, das muß doch Carnhaven sein.«

»Aye«, sagte mein Kutscher.

»Dann dauert es also nicht mehr lange?«

»Nein«, sagte mein Kutscher.

Zur Linken befand sich eine lange Auffahrt, die einen Bogen beschrieb, doch unser unförmiger Wagen blieb auf der geraden Straße. Ich bekam flüchtig das Haus zu sehen, seine gefälligen georgianischen Linien, die durch die Hecke blitzten wie das Gesicht einer Koketten durch die Stäbe ihres Fächers. Es sah groß aus. Und vornehm. Es sah herrschaftlich aus. Und es sah aus, als sollte ich es durch den Hintereingang betreten.

Wir hielten hinter dem Flügel, in dem die Küche untergebracht war und der auf die Stallungen und Nebengebäude hinausging. Der Fahrer sprang von dem Hochsitz hinunter, warf meine Habseligkeiten auf den gepflasterten Hof, und mir blieb nichts anderes übrig, als ohne fremde Hilfe über die riesigen Räder hinunterzuklettern. Ich drehte mich zum Haus um – und stand dem größten Hund gegenüber, den ich jemals gesehen hatte: ein zottiges graues Vieh, das mich direkt ansah –, ich schwöre, daß wir uns Auge in Auge gegenüberstanden, so groß war das Biest. Es starrte mich einen Augenblick ernst an, dann beugte es seinen Mammutschädel, um auf ekelhafte Weise an meinem Saum zu schnüffeln.

»Boru!« brüllte eine Stimme in der Nähe des Hauses. »Boru, du Gauner, du hast wirklich eine Art, die Damen auszuschnüffeln. Zurück, du Hund!« Ein junger Mann mit schwarzem Bart kam mit großen Schritten herüber, nahm die Kreatur am Halsband und zog sie weg.

»Er ist so sanft wie 'n Schoßhündchen, Miss, könnte keiner Fliege was zuleide tun. Halt still, du zottiges Biest, und denk an deine Manieren, oder du stellst mich noch als kompletten Lügner hin.«

Der junge Mann riß sich verspätet die Tweedmütze vom Kopf und enthüllte einen pechschwarzen Haarschopf, so zottig wie das Fell seines Hundes. »Sie wollen also ins Haus, Miss –«

»Dunne. Ja, ich bin ein Gast von Elaine, oder eigentlich von Lady St. Clare. Aber es gab ein – Mißverständnis, man hat mich am Bahnhof stehenlassen, also war dieser Herr so freundlich, mich herzufahren.« Ich zeigte auf den jungen John, der inzwischen bei einem Nebengebäude Säcke ablud.

»Die Jagd hat begonnen, und man hat Sie vergessen«, sagte mein neuer Bekannter mit demütigender Treffsicherheit. »Sicher, das kommt in dieser Zeit oft vor. Sobald der alte Sir George mit der Meute loszieht, macht alle Welt mit – oder zumindest alle Welt in dieser Gegend – und zum Teufel mit allem anderen. Ist schon gut, John, ich kümmere mich um die Lady.«

Ich drückte dem Fahrer ein Zweieinhalbschillingstück in die schmutzige Hand. Er grinste auf seine beunruhigende Art, berührte den Rand seiner Mütze, kletterte auf das Fuhrwerk und wendete das Gespann, wobei er derbe Befehle ausstieß und eine Staubspur aufwirbelte.

»In letzter Zeit war es hier in der Gegend trockener als

oben an St. Bridget's Well, sonst würde Ihr feines Kleid nicht so aussehen, als wären Sie quer durch die Sahara marschiert. Ich bringe Sie ins Haus und suche ein Plätzchen für Sie. Um Ihr Gepäck können sich die Dienstboten kümmern. Quade ist mein Name, Devlin Patrick. Und Ihrer?«

Inzwischen wurde ich geschickt in Richtung Haus gelotst, und mein Führer wischte mir auf sehr vertrauliche Weise mit seiner Mütze den schlimmsten Staub vom Rock. Doch ich war so überwältigt von seinem Redeschwall und dem großen Hund, der hinter uns hergetapst kam, daß ich sein Verhalten als ebenso natürlich empfand wie er.

»Amberleigh«, antwortete ich zerstreut.

»Amberlee? Na, was ist denn das für ein heidnischer Name? Bestimmt würde doch kein Heiliger im Paradies oder auch auf Erden seine Zustimmung zu solch einem Namen geben? Nichts für ungut, Mädchen, aber mit Ihrem echt irischen Haarschopf – ist 'n prächtiges Rot – sollten Sie Molly heißen. Oder Kathleen. Oder Sheilagh.« Und er stimmte ein Lied an, etwas über eine »dunkelhaarige Sheilagh«, die ins Feuer starrt ...

Ich sehe einen Mann, der mich liebt,
Und ich sehe einen Mann, der mich verläßt
Und einen dritten Mann,
Einen Mann im Schatten,
Und er ist der Mann, der mich betrübt ...

Es war eine traurige Melodie, und obgleich er einen klaren Tenor hatte, der sich in meinen Augen sehr gut zu Instrumentenbegleitung machen würde, sträubte sich in mir doch etwas gegen dieses Lied. Ich fröstelte kurz im Sonnenschein und blieb stehen.

»Ich bin Ihnen sehr dankbar für die Darbietung, aber wer sind Sie, und in welcher – Beziehung stehen Sie zu dem Haus?«

»Meinen Namen hab' ich Ihnen genannt, und was meine Stellung betrifft, Ma'am, ich bin nur ein einfacher irischer Bursche, dem man es gestattet, den hohen Herrschaften im Haus seine Aufwartung zu machen.«

Er machte eine förmliche kleine Verbeugung. Ich spürte, daß ich ihn beleidigt hatte, trotz seiner gleichbleibend guten Laune. In diesem Augenblick entdeckte ich ein Fahrrad, das an einer niedrigen Mauer rings um den Gemüsegarten lehnte.

»Sie müssen ganz in der Nähe wohnen«, sagte ich und wies mit dem Kopf auf die komplizierte Maschine.

»Ja, und das ist ein fabelhaftes Ding.« Sein Gesicht strahlte, als wir zu dem Gegenstand seines Stolzes hinüberschlenderten. »Es trägt mich bergauf und bergab, braucht nicht das kleinste Büschelchen Heu, hat weder Zähne noch Hufe, mit denen es mir zusetzen kann, und zur Pflege braucht man's bloß abzustauben. In die Reifen muß man schon ein Stück Arbeit stecken, klar, aber es bedarf keines Hufschmieds, um es zu richten. Haben Sie noch nie eine Runde mit dem Fahrrad gedreht?«

»Nein. Nein, wirklich, das könnte ich nicht. Ich mag nicht mal Pferde. Und ich bin dafür auch nicht angezogen, wie Sie sehen. Aber es ist eine faszinierende Maschine. Dann sind Sie ein Nachbar der St. Clares?«

»Immer noch drauf aus, mich in meine Schranken zu weisen, wie? Nun, es ist ganz einfach. Ich komme vom Trinity – ein College in Dublin«, fügte er auf meinen verständnislosen Blick hinzu. »Die St. Clares waren so großzügig, mich in den letzten Jahren dort studieren zu lassen, aus – Gefühlsgründen. Daher bin ich gewissermaßen ein Gelehrter, was ich auch beweisen kann, und ich bin wieder in der Grafschaft, um Überlieferungen und Liedgut dieser Gegend zu bewahren, die die Alten bei ihrem Tod mit ins Grab nehmen, wenn sie nicht jemand davon abhält. Und die St. Clares, tja, bestimmt bin ich eine ziemliche Enttäuschung, weil ich ihre Mildtätigkeit nicht dazu nutze, Rechtswissenschaft zu studieren, sondern Lieder sammle ... aber ich komme und gehe nach eigenem Gutdünken, niemand kann mich aufhalten, das kann kein Anwalt von sich behaupten. Niemand kann mich aufhalten, bis auf ein hübsches Mädel, das einen Führer braucht, versteht sich.«

Ich spürte, wie mir das Blut in die Wangen stieg. An soviel Aufmerksamkeit war ich nicht gewöhnt und auch nicht an einen so überschwenglichen Bewunderer. »Sollten Sie mich dann nicht lieber zum Haus führen?« fragte ich, und sofort geleitete er mich durch eine breite Tür und über einige Steinstufen in die geräumige Küche hinunter.

»Ah, Florence, Schatz, hier führe ich eine weitere Anbeterin vor Ihren Altar. Obgleich sie für Sie, meine liebe Amber-lee, *Mrs.* Featherstone oder die unnachahmliche ›Köchin‹ heißen muß, Spenderin auserlesenster Tafelfreuden. Und das hier sind die holde Sarah aus Liverpool, die anmutige Rosie« – das zu einem Dienstmädchen, das kaum vierzehn sein mußte – »und Mary, die sanfte Mary, sowie die tapferen Timothy und Terrence O'Halloran höchstpersönlich.«

Das Personal, das sich in der Küche aufhielt, war sicher nicht minder erstaunt als ich, daß wir einander vorgestellt wurden. Ich nickte allen zu. Die Mädchen kicherten und schienen zu überlegen, ob sie einen Knicks machen sollten, da sie keine Ahnung hatten, wo ich in dem Haushalt stand. Ich wußte es allerdings selbst nicht.

»Terry, Tim, bringt das Gepäck der Lady nach oben in die Halle. Sie mögen dann entscheiden, wohin sie von dort aus gehen. Ist irgendwer von der Familie da?«

Er erhielt prompt und bereitwillig Antwort. »Nur Miss Elaine. Sie hat sich ja nie viel aus Reiten gemacht, und seit sie wieder aus London zurück ist, noch weniger.«

»Genau die, die wir wollen. Ich bringe Miss Dunne zu ihr«, sagte er, lotste mich zügig durch die Küche, eine kurze Treppe hinauf, durch einen dunklen Korridor und um einige Ecken, bis wir unvermittelt in einer Halle mit hoher Decke standen. Ein schwarzgekleideter Butler kam schnell auf uns zu, als sei er auf übernatürliche Weise von unserem ein wenig unkonventionellen Auftauchen verständigt worden.

»Ach, Symes, genau der Mann, den wir brauchen. Das hier ist Miss Dunne, Symes, Miss Amberlee Dunne, ein Gast von Lady St. Clare, den ich angetroffen habe, wie er draußen auf der Suche nach einem Empfangskomitee über das Anwesen irrte. Also habe ich mich selbst erboten.«

»Man hat mich von Ihrer Ankunft unterrichtet, Miss«, erklärte Symes mit unerschütterlicher Förmlichkeit und schenkte Devlin Quade so wenig Beachtung, wie er es mit einer Fliege gemacht hätte, die sich auf seine Nase setzte, mit einer Erhabenheit, die einen vor Scham im Boden versinken lassen konnte. Devlin Quade schien jedoch keineswegs im Boden zu versinken.

»Miss Elaine ist im Atelier, glaube ich, Miss. Ich kann sie durch eines der Mädchen von Ihrer Ankunft in Kenntnis setzen lassen.«

»Ja. Ich würde Elaine gern so schnell wie möglich sprechen.«

Symes zog sich zurück, verließ mit vorgereckter Brust

den Raum. Ich drehte mich um und inspizierte die Halle. Ein hübsches Oberlicht über der Tür ließ einen blaß zitronengelben Keil aus Sonnenlicht herein. Ansonsten war die Empfangshalle so kühl und dunkel wie die Fliesen aus grauem Marmor, mit denen der Fußboden ausgelegt war. Im Hintergrund zog sich ein weißgestrichenes und mit Mahagoni verkleidetes Geländer in weitem Bogen an der Treppe zum zweiten Stockwerk entlang.

»Ich geh dann.« Devlins Stimme unterbrach meine Besichtigung der Örtlichkeiten. Ich sah ihn bereits durch eine Tür am anderen Ende der Halle in einen schmalen Durchgang entschwinden.

»Oh. Vielen Dank dann. Ich weiß zu schätzen, welche Umstände –«

»Wo man nichts bekommen hat, braucht man sich auch nicht zu bedanken.« Er lächelte, zog die Tür zu und ward nicht mehr gesehen, wie der Kobold in der Sage.

Es war totenstill in der Halle. Irgendwo tickte mit leisem und gleichbleibendem Schlag eine Uhr, ich konnte sie jedoch nicht entdecken. Ich stand da, die Hände vor der Brust gefaltet wie ein Kind, das seine besten Manieren zur Schau trägt. Ein wenig kam ich mir vor wie mein Gepäck – etwas, das man über die Hintertreppe hereingeschmuggelt hatte und in der Halle verschmachten ließ, bis andere entschieden, was weiter damit zu tun sei. Ich ging ein paarmal in der Halle auf und ab und horchte auf das hohle Klappern meiner Absätze auf dem harten Fußboden. Ich beschäftigte mich damit, nach der Uhr Ausschau zu halten und fand sie schließlich, hoch oben auf einem eigenen Regal und mit einem zu der Täfelung passenden Anstrich versehen. Das kunstvolle Zifferblatt zeigte halb drei. Ich war sechseinhalb Stunden nach Carnhaven unterwegs gewesen.

Hoch über mir hallte ein schwaches Klappern wider, und ich wandte mich gespannt der Treppe zu. An der Biegung kam Elaine in Sicht, sie ging eilig, doch mit Bedacht, ihre Hand lag am Geländer, ihr dunkler Rock bauschte sich unter einem weiten rosarot gestreiften Malerkittel. Ihr blondes Haar war nachlässig aufgesteckt, Ringellocken umwehten ihr blasses Gesicht. Ich war einen Augenblick erschüttert – als sie näher kam, sah ich die feinen Fältchen um ihre grauen Augen, der Preis, den man nach sechs Saisons für einen hellen Teint zu zahlen hat. Sie wirkte überhaupt ein klein wenig verblaßt – noch immaterieller, noch körperloser als schon zuvor.

»Amberleigh! Amberleigh! Devora hat mir gesagt, daß du heute ankommst, aber ich war oben und bin so in meiner Arbeit aufgegangen, daß ich es fast vergessen hätte. Kannst du mir verzeihen? Natürlich kannst du das, wir hätten ja gleich einen schlechten Beginn, wenn nicht.«

Elaine wischte sich mehrmals die Hände an ihrem tonverkrusteten Kittel ab, als wolle sie mich im Grunde nicht berühren. Als glaube sie im Grunde nicht, daß ich aus Fleisch und Blut war. Sie blieb kurz vor mir stehen, und ich stand gleichfalls starr da, nicht sicher, ob diese leicht zerzauste Person wirklich die penible Elaine war, die ich gekannt hatte. Dann umfaßte sie meine beiden Hände mit den ihren.

»Also, Amberleigh, du hast dich ja ziemlich verändert.« Sie hielt meine Arme vom Körper weg, um mich genauer anzusehen. »Du bist so schick und imposant. Bestimmt jagst du deinen Schäfchen schreckliche Angst ein. Es ist sehr komisch, aber als wir Miss Meachums Schule verließen, waren wir so … unfertig. Und jetzt sind wir ganz anders. Ja, es ist fast so, als hätten wir uns nie gekannt.«

»Aber Elaine ...« stammelte ich, überrascht von diesem reservierten Empfang. Ehe ich weitersprechen konnte, zog sie mich damenhaft an sich und umarmte mich, Wange an Wange, was seltsam war, weil wir stets an Gefühlsäußerungen gespart hatten. Sie begann, in der alten, vertraulichen Art zu plaudern. Ich hatte das beunruhigende Gefühl, daß Elaine wie das lange unbenutzte Schaukelpferd eines Kindes war – durch die Schwingungen eines vertrauten Schritts zum Leben erweckt und dennoch seit langem auf den Speicher der Erinnerung verbannt. Hätte ich nicht ein ganzes Regiment mit Seidenpapier ausgeschlagener französischer Pralinenschachteln erhalten, jetzt bescheidene Hüter von Haarnadeln und Bortenresten, nicht die ziemlich kostspielige Sammlung von Dickens-Stichen, die aufgerollt am Boden meines fast ganz mit Unterröcken vollgestopften Schrankkoffers lagen, dann hätte ich Zweifel gehabt, ob sie sich überhaupt noch an mich erinnerte. Oder ob sie Wert darauf legte. Dann fing ich wieder ein ängstliches Funkeln in ihren unsteten grauen Augen auf, die sich in meine zu brennen und mich stumm um Hilfe zu bitten schienen. Und ich wußte wieder, daß wir Freundinnen gewesen waren, es zu Recht blieben, auch wenn uns Jahre und der Atlantische Ozean getrennt hatten, und trotz der Einmischung von Lady St. Clare. Trotz unserer eigenen Fehler. Wir würden eine Zukunft haben, weil wir eine gemeinsame Vergangenheit hatten. Und doch, doch ... Da war ein schlaues, abwägendes Mißtrauen an ihr. Ein Beobachten, Warten. Ein Eindruck, der sich im Laufe der nächsten Tage noch häufiger einstellen sollte, als Elaine und ich mühsam unsere Freundschaft erneuerten, wobei ich manchmal noch daran zweifelte, ob es sie je gegeben hatte.

Doch im Augenblick führte Elaine mich ganz herzlich zu

dem Schlafzimmer, das mir gehören sollte. »Es liegt gleich neben meinem«, erklärte sie. »Devora will, daß wir zusammen sind.«

Ich stieg hinter ihr die ausladende Treppe hinauf. Die Stufen waren zwar flach, aber es waren viele, und ich war froh, als wir oben anlangten. Elaine führte mich durch einen breiten Korridor.

»Das hier ist mein Zimmer«, verkündete sie und öffnete die Tür zu einem unordentlichen, mit Aubusson-Teppichen ausgelegten Boudoir. Sie warf ihren Malerkittel mit den Tonspritzern nach unten auf ein satinbezogenes Sofa, bevor sie mich weiter durch den Flur führte. »Und das hier ist deins. Es kann gut sein, daß du mich von hier aus sogar atmen hörst«, bemerkte sie und wies mit dem Kopf auf ihr benachbartes Zimmer. Ihre Stimme klang feindselig, aber ich fühlte mich noch nicht sicher genug, um sie darauf anzusprechen.

»Es ist sehr gemütlich, Elaine«, sagte ich nicht ganz aufrichtig, denn Orientteppiche und Queen Anne entsprachen nicht gerade meiner Vorstellung von Eleganz, wenn auch alles bestimmt von sehr guter Qualität war.

»Wie war die Seereise?« Elaine setzte sich auf das Himmelbett und wirkte zum erstenmal ungezwungen und entspannt auf mich – wohl weil es ein für unsere Schulzeit so typisches Bild war.

»Lang. Eintönig. Was kann man auch anderes von einer Fahrt über den Ozean erwarten?«

»Frieden«, sagte sie in einem seltsamen Ton.

»Elaine, bist du – na ja, geht's dir auch gut? Ich bin gekommen, weil –«

»Ich weiß, warum du gekommen bist, Amberleigh. Du bist gekommen, weil *sie* dich gerufen hat. Alle kommen, wenn sie ruft.«

»Ich bin deinetwegen gekommen, Elaine. Weil deine Stiefmutter schrieb, du wärst nicht … glücklich. Und weil meine Anstellung zu Ende ging und ich nirgends sonst hingehen konnte«, fügte ich in einem Anflug von Ehrlichkeit hinzu.

»Wie wahr«, sagte Elaine mit einem sonderbar grüblerischen Ausdruck in den ernsten grauen Augen. »Du brauchst nirgends hinzugehen. Ich dagegen muß überall hingehen. Ich wünschte, ich wäre du. Frei.« Dann senkte sie den Blick und strich mit ihren ungewöhnlich langen Fingern über die Tagesdecke. Ich hatte vergessen, daß sie die Hände einer Harfenistin hatte. Eigentlich hatte ich mich kaum noch erinnert, wie sie war. Mir fiel ein, wie Elaines graue Augen eines Tages in meinem Zimmer in der Schule kohlschwarz geworden waren vor Angst bei der Aussicht, an den Ort zurückzukehren, an dem wir beide uns jetzt befanden. Oder hatte ich mir das nur eingebildet? Denn hier saß sie doch, gut sechs Jahre später, heil, unversehrt …

Es klopfte, und herein kam ein ganzer Schwung Burschen, die unter der Leitung von Symes das Gepäck brachten. Symes würdigte mich kaum eines Blickes.

»Ach, da sind deine Sachen, Amberleigh. Ich schicke Henrietta, damit sie dir beim Auspacken hilft. Sie ist meine Zofe, aber ich teile sie mit dir.« Sie blieb vor einem meiner ramponierten Koffer stehen und befühlte den Anhänger der Schiffahrtsgesellschaft. »Boston. Du mußt mir irgendwann einmal davon erzählen. Wenn man sich vorstellt, daß du so weit gereist bist …«

Dann war sie zur Tür hinaus und ließ mich inmitten meiner Koffer und Taschen und mit dem starken Eindruck zurück, daß ich an die Elaine von früher, die ich so gut gekannt hatte, daß ich wußte, was sie im nächsten Augenblick sagen würde, bisher noch nicht herangekommen war.

Allein in dem Zimmer, das mir gehören sollte, machte ich mich daran, mein von der Reise arg mitgenommenes Gepäck auszupacken. Alles würde noch einmal gebügelt werden müssen, wie ich entmutigt feststellte – die gestärkten Hemdblusen, die Unterröcke, selbst die robusten Wollröcke waren nach den zwei Wochen im Koffer ganz zerknittert. Ich breitete meine spärliche Garderobe auf dem Bett aus, um sie zu sortieren, zerbrach mir dabei allerdings mehr den Kopf über Elaine und den sonderbar gleichgültigen Empfang, der mir auf Carnhaven zuteil geworden war, als über den traurigen Zustand meiner Kleidung.

»Hallo.«

Ich fuhr herum. Die Stimme kam aus dem Flur, und es war wohl kaum die Begrüßung einer geschulten Zofe. Eine Frau stand in der Türöffnung – eigentlich lehnte sie am Türpfosten – und schaute mich aus neugierig funkelnden Augen an.

»Guten Tag«, sagte ich ratlos. War das Henrietta?

»Sie werden also hier wohnen?« Sie lächelte und sah mich fragend an.

»Ja, eine Zeitlang.«

»Dann sollten wir uns miteinander bekannt machen, finden Sie nicht auch? Ich heiße Norah. Norah Chandler. Ich wohne auch hier. Meine Güte, was für hübsche Sachen Sie haben. Wie können Sie den Überblick über so viele Kleider behalten? Ich würde mir nie soviel Kram aufhalsen. Ich führe gern ein ungebundenes Leben, wie die Zigeuner, wissen Sie. Jederzeit imstande, seine Sachen zu nehmen und weiterzuziehen.« Noch ehe sie mit diesem überraschend vertraulichen Kommentar fertig war, hatte sie aus schmalen hellbraunen Augen meine zerknitterte Garderobe inspiziert und sich im Zimmer umgesehen. Jetzt ruhte ihr Blick gespannt auf mir.

»Ich denke, wir würden alle gern ein ungebundenes Leben führen«, antwortete ich wohl leider ziemlich steif. »Nur können manche von uns es leichter in die Tat umsetzen als andere. Ich habe meine Habseligkeiten nie als Belastung empfunden – bis ich gesehen habe, wie dringend sie gebügelt werden müssen«, fügte ich resigniert hinzu. »Wann ich das schaffen soll, weiß ich nicht.«

Norah Chandler lachte, ein kehliges, fast spöttisches Lachen, das mich erneut ratlos machte.

»Na, Sie Gänschen. Solange Sie auf Carnhaven wohnen, brauchen Sie ihre Kleider niemals selbst zu bügeln. Das hier ist ein ›Großes Haus‹ mit einem wahren Heer von Dienstboten, die sich um solche Dinge kümmern. In Rom sollte man auch wie die Römer leben, und glauben Sie mir, die haben ihre Togen nicht selbst gebügelt.«

Norahs Kleidung schien bei genauerem Hinsehen überhaupt nicht gebügelt zu sein. Ich fragte mich, wieviel sie wirklich von der Haushaltsführung wußte und welche Rolle sie hier spielte. Irgendwie hatte ich nicht den Eindruck, daß sie zum Personal gehörte. »Aber Sie werden vermutlich einen Führer durch diese ... Ruine benötigen«, sagte sie lebhaft, schaute sich noch einmal um und zog sich dann wieder in den Schatten der Türöffnung zurück, »und ich bin hier die Hauptarchäologin, wenn es darum geht, Familiengeheimnisse auszugraben. Wenden Sie sich an mich, falls Sie die Meinung einer Expertin wollen. Und das werden Sie.« Sie war verschwunden, und als ich zur Tür ging, um ihr nachzusehen, war sie nirgends zu entdecken. Ich kehrte zu meinem mit Rüschenvolants besetzten Bett zurück und setzte mich auf den Brokatüberwurf. In diesem Moment kam ich mir ebenso erschlafft und fehl am Platz vor wie meine zerknitterten Kleider. War es ein Fehler gewesen, nach Carnhaven zu kommen?

4. Kapitel

Elaine hatte mich unerklärlicherweise verlassen, sobald ihre Henrietta – eine tapfere kleine waschechte Londonerin in solch gestärkten Kleidern, daß sie sich kaum bewegen konnte – meine Garderobe in Tragbares und Bügelbedürftiges getrennt hatte. Es gab sehr wenig Auswahl an Tragbarem. Ich entschied mich notgedrungen für eine kirschrote, mit gefälteltem schwarzem Chiffon überzogene Bluse und einen schwarzen Wollrock, der noch leidlich glatt war. Kirschrot war nie meine Farbe gewesen, dachte ich, während ich mich in dem leicht verkratzten ovalen Spiegel musterte, der dem Fußende meines Betts gegenüber hing. Doch es war in dieser Saison Mode. Zumindest wäre ich schick, wenn schon nicht gebügelt. Ich zog eine der schlichten Kameen meiner Mutter auf ein schwarzes Satinband und überlegte dabei, wo Mrs. Bowers jetzt wohl sein mochte, dann machte ich mich auf den Weg nach unten.

Um acht gab es Abendessen, hatte Henrietta gesagt. Und es war Abendkleidung erwünscht. Allerdings hatte niemand daran gedacht, mir zu sagen, wo sich das Speisezimmer befand. Am Fuß der Treppe trödelte ich etwas herum. Die Halle erschien mir wie ein alter Freund, so fremd war alles übrige. Links, rechts, geradeaus?

»Amberleigh, meine Liebe, da sind Sie ja!« Eine Gestalt in kaffeebraunem Chiffon eilte durch die Halle auf mich zu, löste sich aus den schwach beleuchteten Gefilden wie eine von Mr. Turners gemalten Lokomotiven aus dem Nebel.

»Ich bin zerknirscht, ganz und gar zerknirscht, weil niemand hier war, um Sie zu empfangen! Aber George wollte unbedingt reiten – es war solch eine Strapaze, alles so in letzter Minute zu bewerkstelligen –, kommen Sie, Sie hatten noch kaum Gelegenheit, die Familie kennenzulernen.«

Sie zog mich mit sich ins Speisezimmer – links also. War Lady St. Clare schon immer so groß gewesen? Ich bezweifelte es und schrieb den Unterschied dem entschiedenen Klappern zu, das von ihren Absätzen zu hören war. Sie schien nicht gealtert zu sein – stets an der Schwelle zu den fünfunddreißig. Etwa. Höchstens. Sechs Jahre hatten keinerlei Spur an ihr hinterlassen.

Im Speisezimmer hingen rings an den Wänden ehrfurchtgebietende Ölgemälde, die sowohl zeitlich als auch perspektivisch den Eindruck von Ferne vermittelten. Der unter den düsteren Landschaften versammelte kleine Kreis wirkte irgendwie überhell und unscheinbar. Elaine war da, lächelte mir flüchtig zu und spielte mit der Künstlerschleife, die sie zu ihrem pastellfarbenen Sommerkleid trug, und die Frau, die vorhin in meinem Zimmer vorbeigeschaut hatte – ihr Haar sah noch genauso unordentlich aus, auch wenn sie es mit halb sichtbaren Haarnadeln aus Schildpatt zu dicken Büscheln zusammengefaßt hatte.

Und ein Mann war da, ein massiger Mann in einer voluminösen Weste, die an den Knöpfen gefährlich spannte. »Nun, Devora, ist das dann die ganze Mannschaft? Setzt euch und fangen wir endlich an«, sagte er.

»Vielleicht möchtest du vorher noch unseren Gast kennenlernen«, sagte Devora gelassen. »Mein Gatte« – oh, wie dieses Wort sich in feinem Spott dehnte – »Sir George St. Clare. Jäger *extraordinaire.*« Sie lächelte über ihren Stegreifreim.

»Und mein Vater«, sagte Elaine unvermittelt. »Du bist meinem Vater noch nie begegnet, Amberleigh.«

»Nein«, erwiderte ich und war schon irgendwie zwischen die Fronten der beiden Frauen geraten, »ich hatte noch nicht das Vergnügen.«

»Guten Abend, Mädchen.« Sir George sah mich kaum an, als er seinen Rockschoß hob und Platz nahm.

Wir Frauen standen wie angewurzelt da. Ich wußte nicht recht, wie ich mich verhalten sollte, wenn der Herr zuerst Platz nahm. Devora winkte mich zu einem Stuhl gegenüber von Elaine, ging selbst zum anderen Tischende, und wir setzten uns alle. Ich warf einen Blick auf die überzählige fünfte, die meine Seite der Tafel mit mir teilte.

»Kennen Sie schon unsere liebe Cousine Norah, Amberleigh? Ja? Dann stelle ich sie Ihnen hiermit noch einmal vor. Da wir nun alle wissen, wer wir sind, könnten wir mit dem Abendessen beginnen.«

Devora nickte hoheitsvoll Symes zu, und gemächlich zog die Prozession aus Wild, Fisch und Gemüse an uns vorüber, aus der bei den St. Clares das Abendessen bestand. Devlin

Quade hatte recht gehabt. Mrs. Featherstone hatte ein Händchen für Saucen und überhaupt für Speisen, aus den berechenbarsten Geschmacksnoten machte sie etwas überraschend Neues.

Es war ein ziemlich schweigsames Mahl. Ich nutzte diese erste Gelegenheit, die einzelnen Mitglieder des Haushalts einer Prüfung zu unterziehen, um immer wieder einen Blick auf Sir George zu werfen, der mir fast angst machte, sowie auf Cousine Norah, die mir schlicht Rätsel aufgab.

Sir George war massig und hatte weißes Haar, so kurz geschnitten, daß es ihm in Borsten vom Kopf abstand, was mich an Drucke von Herren aus dem achtzehnten Jahrhundert ohne ihre Perücken erinnerte. Er schien zwei ganze Gesprächsthemen zu haben, die er in regelmäßigen Abständen der allgemeinen Aufmerksamkeit unterbreitete und auf die niemand einging. Ein Thema waren Jagden, an denen er teilgenommen hatte, das andere die skandalöse Schlamperei irischen Dienstpersonals und der irischen Rasse im allgemeinen. Im Laufe der nächsten Tage sollte ich die Beschaffenheit von Sir Georges Naturell besser kennenlernen, als mir lieb war.

»Verdammt ungeschicktes Frauenzimmer«, hörte ich ihn des Morgens brüllen, wenn Bridget, das Mädchen, das sein Frühstück brachte, zufällig mit der Tasse an die Untertasse stieß. Und Gott gnade dem Mädchen, wenn sie, vor lauter Angst zitternd, tatsächlich etwas zerbrach. Dann ergossen sich ohrenbetäubende Beschimpfungen in den Korridor.

Ich sollte herausfinden, daß sein Verhalten bei der Abendmahlzeit – der einzigen, die er mit der Familie zusammen einnahm – berechenbar war. Sein Beitrag zum Tischgespräch erschöpfte sich häufig in halblaut geäußerter Kritik an den Dienstboten, die so geräuschlos Mrs. Featherstones kulinarische Schöpfungen auf- und wieder abdeckten, einschließlich des unvermeidlichen Aufgebots an Kartoffeln, die auf jede erdenkliche Art zubereitet wurden und dennoch unverkennbar jene bescheidene Feldfrucht blieben.

»Sollen angeblich wegen dieser Dinger verhungert sein!« grollte Sir George dann. »Würde man nie vermuten, so wie die sich über den ganzen verflixten Teller verteilen, wie eine Meute, die die Witterung verloren hat. Wenn ich nie wieder eine verdammte Kartoffel zu Gesicht bekäme ... na, Mädchen, pass' doch auf, was du tust ... Diese Leute sind geborene Dummköpfe und Versager, sie haben keinen Sinn für Anstand und sind so unbeholfen wie ein neugeborenes Kalb ...«

Solche Hinweise auf Sir Georges ländlichen Horizont riefen regelmäßig die in der Stadt aufgewachsene Devora auf den Plan. »Ja, mein Lieber, du hast ganz recht. Aber ich weiß wirklich nicht, was man da tun kann. Ich bringe jedes Jahr so viele Dienstboten aus der Stadt mit, wie ich eben kann, ohne das Haus in der Stadt leer zurückzulassen. Und man muß einfach einheimisches Personal einstellen. Unsere Vorfahren sind mehrere hundert Jahre mit ihnen ausgekommen – ich denke, wir können uns für die Dauer einer Saison damit abfinden.«

Unterdessen kamen und gingen die Dienstboten wie farblose Schatten, die nicht hören konnten, unter dem wachsamen Blick des britischen Butlers Symes, der die Ansichten seines Herrn zu teilen schien. Ich zuckte über meiner Enten-Nieren-Pastete zusammen oder zerstampfte meine bescheidenen Kartoffeln zu einer Püreeversion des Rezepts.

Es lag nicht nur an meiner halbirischen Herkunft, daß

sich mir angesichts von Sir Georges unverhülltem Anti-Keltizismus der Magen umdrehte. In solchen Augenblicken wurde mir aufs peinlichste bewußt, mit welcher Arroganz ich auf die arme Mrs. Willoughby mit dem Doppelkinn in Boston herabgesehen hatte, weil sie jedesmal die Stimme senkte, wenn ein Dienstbote um den Eßtisch herumging oder den Salon betrat. Ich hatte über ihre Unfähigkeit gelacht, die Dienerschaft mit der Entschlossenheit derjenigen zu regieren, die es von Geburt an gelernt hatten. *Nouveau riche,* sagte ich mir in meinem Internatsfranzösisch. Ich hatte die Willoughbys als halbe Barbaren abgestempelt, wegen ihrer bürgerlichen Scheu, ihrer Unfähigkeit, so zu leben, als seien die Menschen, die für sie arbeiteten, ein solch gefühlloser Gegenstand wie ihr Eßbesteck oder eine Haarbürste.

Jetzt hingegen wünschte ich mir eine Prise Menschlichkeit zur Würze des Menüs aus Vorurteilen, das allabendlich am Tisch der St. Clares gereicht wurde. Allmählich verstand ich die Begeisterung der Iren für die Homerule. Ja, ich entwickelte sogar Sympathie dafür.

Aber an jenem ersten Abend war ich noch zu neu im Pferch, um mich gegen die Schafhirten aufzulehnen. Ich aß gehorsam mein Gemüse und mied das Dessert. Ich trank mein Glas Wein in kleinen Schlucken und antwortete leise, wenn man das Wort an mich richtete. Kurz und gut, ich war ein vorbildlicher Gast, während alle anderen sich erstaunlich exzentrisch gebärdeten.

Ich sollte im Laufe meines Aufenthalts noch ganz andere Exzentrizitäten auf Carnhaven ans Licht bringen. An den ersten Tagen dort erkundete ich zusammen mit Elaine den ganzen Besitz, sie in dem Bestreben, mir seine Herrlichkeiten zu zeigen, und ich, um das Rätsel ihrer Veränderung zu lösen. Sobald sie sich vom Haus entfernte, verwandelte sie sich wieder in das Mädchen zurück, das ich so gut gekannt hatte – hektisch, ein wenig oberflächlich vielleicht und stets mit diesem Kern von Mißtrauen, diesem überraschenden, feinen Zynismus, der mir selbst zu unseren idyllischsten Zeiten bei Miss Meachum aufgefallen war.

Am Mittwoch nachmittag hatte Elaine beschlossen, daß es höchste Zeit für mich war, eine Bootsfahrt auf dem See zu machen und nach dem Ungeheuer Ausschau zu halten, das angeblich in der Tiefe zwischen den Wasserpflanzen hausen sollte.

»Oh, Elaine, ich bin keine große Freundin von Wasser«, protestierte ich. »Zwölf Tage auf dem Atlantik reichen mir für dieses Jahr ...«

»Ach, komm doch mit! Es wird dir gefallen. Nur von dort kann man das Haus und die Anlagen, Vaters ganze kostspielige Landschaftsgestaltung aus der richtigen Perspektive sehen. Das wäre doch eine Idee. Du kannst dein albernes Skizzenbuch mitbringen, und ich übernehme das Rudern.«

»Können wir einfach so ein Boot nehmen, ohne zu fragen?«

»Natürlich. Wir nehmen die *Argonaut*. Die haben wir früher auch immer benutzt.«

Also ließ ich mich – mit Skizzenbuch und breitrandigem Strohhut unter dem Arm – von Elaine zu einer Stelle am Seeufer treiben, wo ein kleiner hölzerner Pier wie eine Zunge in die sanft plätschernden Wellen hineinragte. Als ich die *Argonaut* sah, mußte ich lachen. Noch nie hatte ein derart kleines und lädiertes Ruderboot einen solch königlichen Namen getragen. »Wie um alles in der Welt ist diese seeuntüchtige – Nußschale an so einen Namen gekommen?«

»Ich weiß nicht.« Elaine starrte geistesabwesend auf den See hinaus. »Steig ein, ich nehme die Ruder«, forderte sie mich auf. Ihr ganzes Benehmen hatte sich gewandelt. »Wir haben es immer so genannt. Immer«, sagte sie und ruderte, so wie sie es versprochen hatte, sehr kraftvoll.

Ich fing an, mich ausgesprochen unwohl zu fühlen. Es lag nicht nur an den trüben, unberechenbaren Tiefen des Sees, dessen Wasser nur etwa fünfzig Zentimeter von meiner Hand entfernt war, sollte ich Lust haben, die Finger hineinzutauchen. Es lag nicht an meiner instinktiven Angst vor tiefen Gewässern. Es lag an Elaine, sie war so unzugänglich und mir sonderbar fremd. Wenn meine Schützlinge sich ganz besonders ungezogen aufführten, etwas ganz und gar Gemeines getan hatten, dann sagte ich immer, es sei wohl der »Böse Zwilling« gewesen, der die unsägliche Tat begangen hatte. Und sie sagten ernst, ja, der »Böse Zwilling« sei ganz in der Nähe gewesen, und natürlich gab man ihm die Schuld. Es war ein Mittel, um Strafe und persönliche Beziehung auseinanderzuhalten, und gewöhnlich klappte es auch. Ich mußte jetzt einfach denken, daß Elaine tatsächlich einen »Bösen Zwilling« hatte und daß die andere mit mir im Boot saß.

Es dauerte seine Zeit, bis wir die Mitte des Sees erreicht hatten, von wo man, wie Elaine beteuerte, den besten Blick auf die Umgebung hatte. Ich staunte über ihre Kraft beim Rudern, wollte sie allerdings aus irgendeinem Grund nicht danach ausfragen.

Eine Zeitlang zeichnete ich pflichtbewußt. Cottages wie Kastell schmiegten sich an die grünen Hänge, und an einem herrlich blauen Himmel trieben weiche Wolken dahin – eine wenn auch klischeehafte Ode an die Natur und doch war ich nicht mit dem Herzen dabei. Schließlich fertigte ich noch einige flüchtige Studien von Elaine an und versuchte, den bitteren, verzerrten Ausdruck einzufangen, der über ihr blasses Gesicht huschte. Ich hatte mir fast schon eingeredet, daß ich den »Bösen Zwilling« zeichnete, als Elaine plötzlich ihren leeren Blick auf mich richtete.

»Amberleigh, du zeichnest ja mich! Laß mal sehen!« Das Boot schwankte heftig, als sie sich zu meinem Ende herüberbeugte.

»Nein!« rief ich leicht verzweifelt. »Du bringst das Boot noch zum Kentern!«

»Du hast doch nicht etwa Angst?« Elaine lachte, und die seltsame Entrücktheit von vorhin verschwand von ihrem fröhlichen, mädchenhaften Gesicht, hinzu kam ein ausgesprochen boshafter Ausdruck. »Wirklich, es ist völlig ungefährlich.« Sie legte je eine Hand auf die Ränder des Boots und fing an, es kräftig hin und her zu schaukeln, wobei sie aufmerksam meine Reaktionen beobachtete.

»Nein, lass' das. Das ist nicht lustig.«

»Du sagtest, sie sei nicht seetüchtig. Vielleicht hast du recht, Amberleigh, sie schaukelt tatsächlich ganz schön, nicht wahr?«

Dann begann Elaine zu lachen, dieses harte, rauhe Lachen, das ganz tief aus der Brust kommt, wie bei einem Kind, das die Oberhand behalten hat und es weiß. Es war nicht angenehm, dieses Kinderlachen, dort auf dem weiten, stillen See, und die Wellen gingen gut dreißig Zentimeter hoch, obwohl es ein windstiller Tag war. Plötzlich war das Ufer so weit weg, und ich spürte die Meter um Meter Wassers unter dem zerbrechlichen Holzboot.

»Elaine!« Echte Angst schnürte mir die Kehle zu. »Elaine!«

Sie hörte jäh auf und erschlaffte, starrte ins Boot, als sei es eine Kristallkugel. »Es war immer ein zuverlässiges Boot. Wir tauften es *Argonaut*. Du hättest nicht lachen sollen, Amberleigh.« Und weiter sagte sie nichts mehr zu mir, saß nur da, die Hände im Schoß gefaltet, und weinte lautlos. Ich begriff, daß ich das Boot beleidigt hatte, daß es für sie ein lebendiges Wesen war und ich ihm weh getan hatte.

»Es tut mir leid, Elaine«, sagte ich. Und ich ruderte zurück, denn sie schien so wenig im Boot anwesend zu sein wie ein Geist. Oh, es war ungeschicktes Rudern, zum Lachen, wenn jemand dort gewesen wäre und es gesehen hätte. Und hinterher mußte ich meine Hände drei Abende lang in Olivenöl baden und mit Flanell umwickeln, bevor die Blasen allmählich verheilten. Dafür akzeptierte Elaine mich danach, wie sie es zuvor nicht getan hatte.

»Geh heute mit mir zeichnen, Amberleigh«, forderte sie mich einige Tage später beim Frühstück auf, und in ihrer Stimme schwang echte Begeisterung. Wir waren beide Spätaufsteher. Vielleicht war der Grund für unseren Dornröschenschlaf, daß unsere Schlafzimmer nebeneinander lagen und keine von uns hörte, wie die andere sich regte. Oder vielleicht zeitigte auch die Landluft diese einschläfernde Wirkung auf meinen Organismus, jedenfalls schlief ich lange, ermattet von den langen Abenden nach dem Essen im Salon.

So trafen Elaine und ich morgens unsere Auswahl unter den auf der geplünderten Anrichte verbliebenen Köstlichkeiten, gewöhnlich kalter Schinken und Fleischpasteten, Kartoffeln und andere herzhafte Kost. Ich persönlich zog Croissants vor, doch von dieser kontinentalen Delikatesse waren, wenn ich dort anlangte, nur noch einige vielsagende Krümel auf einem Tablett übrig. Ich hatte Devora in Verdacht, daß sie meiner Sucht zuvorkam. Ich neigte dazu, ihr die Schuld an allem Unangenehmen zu geben.

»Du zeichnest doch nicht gern, Elaine«, wandte ich beim Frühstücksschinken ein.

»Aber du. Und ich habe gern einen Vorwand, um mich irgendwo hinsetzen zu können und meine Ruhe zu haben. Lass' uns heute zu dem kleinen See gehen oder zu der Pagode, nur weg vom Haus. Ich glaube, ich habe Heimweh nach dem kleinen See.«

Ich meinerseits brauchte keinen Vorwand, um zu Kohle- oder Pastellstift zu greifen, mir war die Aussicht willkommen, den kleinen künstlichen See zu erkunden, der hinter den architektonischen Gärten des Landguts von grünen Weidenbäumen und den leicht gewölbten Fußgängerbrücken eingerahmt war. Ich hatte eine Vorliebe für raffinierten Firlefanz, der meinen künstlerischen Arbeiten oft eine sentimentale Note verlieh, wenn man der hageren, fahlen Dame glauben konnte, die bei Miss Meachum den Kunstunterricht erteilte.

Elaine plünderte die Anrichte um einen reichlichen Vorrat an Leckerbissen für einen späteren Imbiß, schickte mich meine Malsachen holen und zog mich dann mit sich nach draußen, durch die Gärten und über den malerischen Pfad, der bis ans Wasser führte. Sie war wie ein kleiner Hund, der sein etwas gesetztes Herrchen zu einem Streifzug über die Heide ins Freie lockt. Seit meiner Ankunft hatte ich sie nicht so, ja, so munter erlebt. Sie war genau, wie sie im Internat gewesen war – temperamentvoll, kindlich, wirklichkeitsfremd. Allerdings war das sieben Jahre her.

»Oh, schau mal, jemand muß hier gewesen sein. Ich hatte schon befürchtet, daß die Pagode so früh im Jahr zugesperrt wäre, aber sie ist offen. Wie komisch.«

»Dieses Gitterwerk scheint man so leicht knacken zu können wie eine Nuß, Elaine. Vielleicht hat ein Wilderer oder sogar einer der Aufseher es aus irgendeinem Grund aufgebrochen.«

»Mag sein. Auf jeden Fall kannst du dich auf der Bank hier draußen einrichten, und ich setze mich nach drinnen und erzähle dir alles über Devoras Hausgesellschaft.«

»Hausgesellschaft? Hier?« Es setzte mich in Erstaunen, von auf Carnhaven ausgerichteten Lustbarkeiten zu erfahren. Es schien so weltabgeschieden zu sein wie ein Kloster, und ich ging davon aus, daß es schon immer so gewesen war.

»Ja, sie hat früher schon eine ganze Reihe solcher Gesellschaften gegeben. Bis vor kurzem. Mir ist schleierhaft, warum sie wieder damit anfängt, aber bei Devora weiß man ja nie so genau. Vielleicht liegt es daran, daß du hier bist. Ich habe die fertigen Briefe auf dem Tablett liegen sehen. Sie lädt die Maxwells ein – er ist ein Colonel und auf so eine lustige Art furchtbar steif, und sie, tja, sie ist derart hochtrabend, daß man zum Ausgleich das halbe Oberhaus einladen müßte. Außerdem Maisie alias Martha Dillingham, die Ehrenwerte, weil sie keine Konkurrenz für mich ist. Und sogar Adrian. Sie hat Adrian Carstairs eingeladen, kannst du dir das vorstellen?«

»Das hört sich ja so an, als gefiele dir der Gedanke nicht, daß Adrian Carstairs kommt. Ist er nicht ein Freund der Familie? Schließlich ist er damals sogar zu unserer Abschlußfeier bei Miss Meachum gekommen. Ist er noch unverheiratet?« Ich konnte mir ja vorstellen, daß Elaine sechs Saisons ungeschoren überstanden hatte; aber es war mir unbegreiflich, daß Adrian Carstairs, so wie ich mich an ihn erinnerte, es geschafft hatte, und das bei all den Londoner Mamas.

»Nein, nicht verheiratet«, sagte Elaine unverbindlich. Dann zog sie ihre Stupsnase kraus. »Sie wollte mich immer mit Adrian verkuppeln, weißt du. Dabei ist er eigentlich ein

Niemand. Außer, daß seine Familie im Süden eine Brennerei oder etwas Ähnliches besitzt und sehr, sehr reich ist. Aber Devora will nie näher darauf eingehen, woher das Geld genau stammt. Für sie zählt nur, daß sie es haben. Ich glaube fast, sie hofft auf einen neuen Versuch mit Adrian und mir. Devora gibt niemals auf. Das solltest du dir merken, Amberleigh.«

Elaines unbestimmte Anspielung irritierte mich. Und das Vorhaben, eine Seeuferszene zu zeichnen, die so sorgfältig arrangiert war wie dieser künstliche Teich, erinnerte an den Versuch, ein Porträt eines Porträts zu malen – es war unbefriedigend. »Wie lange ist es hier schon so?« fragte ich träge.

»Noch eines von Devoras Werken«, antwortete sie ziemlich scharf. »Es ist neu. Sie haben ihn angelegt, nachdem – nachdem ich ins Internat geschickt wurde.« Etwas an ihrer Stimme, ein Mißton, veranlaßte mich dazu, mich umzudrehen und sie durch das durchbrochene Gitterwerk zu beobachten. Sie hatte einen Finger in eines der Quadrate gesteckt und rüttelte an dem Holz herum. Das Gitter warf ein schachbrettartiges Muster auf ihr Gesicht, nur auf ein Auge fiel ein Viereck aus Tageslicht. Ihr Blick war leer, weit weg.

»Elaine, du durchlöcherst deinen Finger noch mit Splittern.« Ich klang wie eine Gouvernante.

»Ach ja?« fragte sie verträumt, nahm die Hand von der durchbrochenen Wand zwischen uns weg und legte sie in ihren Schoß. »Zeichnen langweilt mich wirklich, du hast recht«, sagte sie unvermittelt. »Ich glaube, ich mache einen Spaziergang.«

Sie sprang auf und stürzte zur anderen Seite der Laube hinaus, ohne sich noch einmal umzusehen, so als wäre sie ziemlich verärgert über mich. Bei dem nächsten Strich zerbrach ich meine Kreide – wohl halb aus Ärger, halb aus

Mißgeschick –, beschloß, noch zu bleiben und widmete mich der Aufgabe, den unglücklichen Schmierfleck, den ich gemacht hatte, zu übermalen.

Der See auf meinem Skizzenblock machte ohnehin keine Fortschritte. Ich hatte eigentlich angenommen, künstliche Seen und kostspieliger architektonischer Firlefanz wie Pagoden und Pavillons seien überholt. Doch die Vorlieben der Bewohner von Carnhaven schienen auseinanderzugehen, und eine ungeduldige Braut – wie schwer es auch fiel, sich Devora in einer derart verletzlichen Position vorzustellen – wollte wohl nur zu gern ihren Namenszug auf diese neue Leinwand, die ihr gehörte, setzen.

»Sie sind wirklich recht talentiert, Amberleigh.« Es war das sanfte Schnurren von Devora in all ihrer Katzenhaftigkeit. Ich war so in meine Träumereien vertieft, daß ich nicht gehört hatte, wie sie auf leisen Sohlen herankam. »Nein, klappen Sie das Skizzenbuch nicht zu, Ihre Arbeit sieht bezaubernd aus.«

»Vielen Dank, aber ich bin nur ein Amateur. Ich habe noch nie etwas ...«

»Unsinn.« Sie setzte sich neben mich und stellte ihren Korb mit Schnittblumen vor uns auf den Boden. Heute sah sie fast menschlich aus, die Ärmel ihrer Hemdbluse waren aufgerollt, und aus ihrer spitzenbesetzten Schürzentasche lugte eine lange Schere hervor. »Sie sind wirklich begabt, Amberleigh. Ich würde es gern sehen, wenn Sie Ihre Begabung auch nutzten. Wußten Sie, daß wir ein altes Atelier im Haus haben? O ja, es liegt im dritten Stock. Man hat dafür eigens einen ganzen Teil des Dachs abgetragen. Für eine von Georges verschrobenen Tanten, glaube ich. Ich wüßte keinen Grund, warum nicht auch jemand, der nicht so verschroben ist, es damit probieren sollte.« Sie lächelte.

»Das ist sehr nett von Ihnen, Lady St. Clare, aber das Skizzieren im Freien ist eher mein Stil. Ich fürchte, ich hätte sehr wenig Anregungen, wenn ich nur durch ein Dachfenster schauen könnte.«

Devora legte ihren braungelockten Kopf auf die Seite, eine Geste, die auf Männer ihre Wirkung nicht verfehlte, und zog meinen Skizzenblock nachdenklich zu sich heran.

»Was Sie brauchen, ist eine lohnende Aufgabe. Etwas völlig anderes als diese Schulmädchenversuche. Sehr gut auf ihre Art, natürlich, aber nicht – Öl. Eine große Leinwand. Warum nicht ein – ja, ein Porträt! Genau das. Ich wollte sowieso eines anfertigen lassen, und ich denke, Sie hätten einen ungewöhnlichen Zugriff. Probieren Sie es, Amberleigh, mag sein, daß das Ergebnis Sie selbst überrascht.«

Einen Augenblick lang ließ Devoras Begeisterung mich fast ihr Alter und meine Stellung vergessen. Einen Augenblick lang wirkte sie fast wie jemand, den Elaine und ich bei Miss Meachum kennengelernt und gemocht hatten.

»Ja, es wäre so amüsant, Amberleigh«, drängte sie mich. »Elaine vergräbt sich bereits den halben Tag im Atelier, sie bildhauert, und das recht gut. Wir drei könnten uns tagsüber zur Arbeit dorthin zurückziehen. Und könnten Bridget mittags ein Picknick bringen lassen – was essen Künstler noch mal –, kaltes Hühnchen zu warmem Wein? Und es würde Elaine sicherlich guttun. Ich finde, sie ist schon eine Spur, na, nüchterner geworden, seit ich sie ermuntert habe, mit Ton zu arbeiten.«

Was konnte ich darauf sagen? Ich sollte Elaine ja »Gesellschaft leisten«. Im Prinzip erteilte meine Dienstherrin mir die Anweisung, zu Pinsel und Farbe zu greifen, und der Gedanke war auch an sich verlockend. Ich dachte kurz darüber nach und willigte ein. Dann, wie zuvor Elaine, schien

Lady St. Clare plötzlich meiner Bank vor der Laube überdrüssig zu sein. Mit zusammengekniffenen Augen schaute sie zu dem künstlichen See hinüber, der mein Motiv gewesen war. Sie starrte ihn an, als hätte sie ihn noch nie zu Gesicht bekommen. Dann streckte sie ihren langen, anmutigen Hals und wandte sich mit dem ihr eigenen unnahbaren Ausdruck wieder mir zu.

»Ich freue mich, daß Sie mein Porträt malen, Amberleigh. Ich bin sicher, Sie werden es als sehr lohnend empfinden.«

Sie stand auf, schüttelte behutsam ihren Rock aus und ging so leise, wie sie gekommen war, über den Pfad zum Haus zurück, der Korb mit den langstieligen Blumen wippte dabei im Rhythmus ihres Schritts gegen ihre Hüfte. Sie war das Bild einer Kurtisane aus der Zeit Ludwigs XVI., dachte ich, ganz nonchalant und ländlich und doch irgendwie dekadent weltstädtisch. Ich seufzte. Mich würden niemals bewundernde männliche Blicke auf malerischen Pfaden und durch Marmorgänge in Ballsälen begleiten. Niemand würde mich je für etwas anderes halten als ich war – eine in jeder Beziehung langweilige moderne Person. Farblos, das war ich. In keiner Weise faszinierend und schillernd. Elaine war zumindest *interessant*, wenn manchmal auch eine Spur ermüdend.

Ich packte die Pastellstifte zusammen und ging langsam Lady St. Clare nach. Dabei fragte ich mich, ob sie wohl einen Hauch irgendeiner Essence d'Élegance zurückgelassen hatte, der sich auf mich übertragen könnte. Ich war bei dem großen Rhododendronstrauch in der Nähe der Terrasse angelangt, als ich ein scharfes Knacken wie von einem Zweig hörte und stehenblieb. Ein spitzes kleines Gesicht spähte durch den Rhododendron, doch schon im nächsten

Augenblick zeugte nur noch das Zittern der Blätter von der Anwesenheit eines Menschen. Ich fragte mich flüchtig, ob eine Elfe mir nachspionierte, wenig später schoß jedoch die Besitzerin des Gesichts hinter dem Strauch hervor und musterte mich ernst.

Es war ein Mädchen von etwa neun Jahren, wenn sie mir auch klein für ihr Alter vorkam – eine dunkelhäutige Göre in einem zerlumpten Kittel und dunklen Strümpfen mit großen Löchern. Ihre dichten schwarzen Wimpern berührten regelmäßig und scheu ihre Wangen.

»Guten Tag«, sagte ich.

Sie gab keine Antwort, hielt jedoch einen Ellbogen hinter dem Rücken umklammert und tänzelte spitzbübisch auf dem Weg herum. Sie sah aus wie ein Kesselflickerkind, und ich stellte die Vermutung an, daß sich solch eine Familie vielleicht auf dem Besitz niedergelassen haben könnte, um die Gartenarbeiten zu erledigen.

»Ist dein Vater …, das heißt, arbeitet er hier?« fragte ich.

Ihr Gesicht nahm einen verdrossenen Ausdruck an.

»Er ist weit, weit weg. Aber er ist ein böser Mann, und ich darf nicht über ihn sprechen.« Ich hatte eine gelispelte Version des hiesigen Dialekts erwartet. Statt dessen sprach sie das reinste Englisch diesseits des Hofes.

»Ich verstehe. Und deine Mutter, ist sie denn hier?«

»Natürlich ist sie *hier*«, antwortete das Mädchen und kicherte, fasziniert von dem Gedanken, daß eine Person »hier« war und doch nicht eigentlich »hier«.

Es gab mir Rätsel auf, dieses Mädchen, das von dem verhangenen Himmel herabgefallen zu sein schien. An ihr war etwas Vertrautes und doch auch Fremdes. Ich bemerkte den weichen braunen Flaum an ihren Unterarmen. Sie sah aus wie das Wechselbalg eines Affengotts, bei einer menschlichen Rasse ausgesetzt, die noch nichts mit ihr anzufangen wußte. Andererseits hatte ihre dunkle Haut einen goldenen Schimmer, ihre Augen waren auf anziehende Weise schräggestellt. Eines Tages könnte sie eine Schönheit werden.

»Wie heißt du?«

»Opal.«

»Opal. Das ist ein interessanter Name. Du mußt auch ein interessantes Mädchen sein.«

»Es bedeutet ›kostbarer Stein‹«, berichtete sie stolz.

»Ja? Das wußte ich nicht. Ich habe ein Armband mit Opalen. Vielleicht möchtest du es dir irgendwann einmal ansehen.«

Ihr Interesse war geweckt, aber sie hielt weiter Abstand. Ich hatte das merkwürdige Gefühl, daß sie wußte, wer ich war, und es gefiel mir nicht. Und trotz allem, dieser vertraute Gesichtsschnitt, auch die Art, wie sie dastand, das Gewicht auf einen Fuß verlagerte, einen Arm hinter den Rükken gedreht …

Norah. Man ersetze ihre helle Haut und ihr strohblondes Haar durch das Goldbraun und Schwarz dieses Kindes, und die Ähnlichkeit trat klar zutage.

»Du bist Norah Chandlers Tochter.«

Sie nickte, schoß zurück zu dem Strauch und riß einen blühenden Zweig ab. Sie zog ihn durch ihre zu einem Kreis geschlossene Hand, streifte die Blüten ab, die ihr wie rosarote, abgefädelte Perlen vor die Füße fielen. Sie hielt mir den seiner Blüten beraubten Zweig hin, doch als ich die Hand danach ausstreckte, schlug sie mir auf die offene Handfläche, kicherte und lief weg. Ich setzte meinen Weg zum Haus fort, mit einem Gefühl des Schreckens, das ich mir nicht zu erklären wußte.

Bis zum Nachmittag hatte Lady St. Clare einen wallenden

Malerkittel in mein Zimmer bringen lassen, zusammen mit einer Nachricht in ihrer kuriosen Handschrift, sie hoffe, es mache mir nichts aus, wenn sie selbst etwas ein wenig Weiblicheres zu unseren Sitzungen trage. Binnen weniger Tage hatten Devora, Elaine und ich es uns zur Gewohnheit gemacht, uns täglich um elf in unsere Künstlermansarde (etwa von der Größe eines mittleren Ballsaals) zurückzuziehen und bis zum späten Nachmittag dort zu arbeiten.

Ich liebte das alte Atelier unter dem Dach. Es ließ viel Licht herein und war sehr groß, wir mußten es nur mit einigen entbehrlichen Sägeböcken, Skulpturblöcken, Rohholztischen und ausrangierten leichten Stühlen teilen. Elaine nahm ihre Arbeit erstaunlich ernst – ein lebensgroßer Kopf, dessen Züge noch in dem harten Ton verborgen lagen. Devora lehnte elegant an einem der kleinen Stühle, in einem smaragdgrünen, mit Jet besetzten Abendkleid aus Seide – völlig unpassend zu der Stimmung der lichtdurchfluteten Mansarde –, und ich begann meinen täglichen Kampf mit Ölfarben, die sich nicht mischen lassen wollten, einer Palette, von der mir der Arm weh tat, und einer so großen Leinwand, daß ich manchmal träumte, ich müsse die ganze Welt malen.

Mir stand ein ganzer nagelneuer Satz Farben zur Verfügung, was mich überraschte, denn ich hatte gedacht, die Ausrüstung der verschrobenen Tante sei noch da. Ja, die Vorstellung, einen solch exzentrischen Pinsel aufzunehmen, hatte mir sogar gefallen. Auf diese Weise hatte ich keine Ausrede, ich konnte nicht behaupten, daß ein früherer Benutzer mir mein Geschick genommen oder daß die Absonderlichkeiten von Großtante Verschroben meine Hände verhext hätten.

Die Farben, die Pinsel, sie waren ebenso neu und unerfahren wie ich, und doch entstanden auf der Leinwand allmählich eine Gestalt und ein Gesicht.

»Ach, du machst so große Fortschritte, Amberleigh«, sagte Elaine eines Tages, als wir allein arbeiteten. Sie hielt inne und wischte sich vor dem Bild ihrer Stiefmutter die tonverkrusteten Hände ab.

»Devora ist in Grün immer so ... ganz sie. Eine Viper.« Sie sagte es ohne jeden Ausdruck. Ich drehte mich um, weil ich sehen wollte, ob es nicht nur ein Scherz war, doch sie hatte wieder so geheimnisvoll den Mund verzogen, wie so oft in dieser Zeit. »Devora ist eine Schlange, Amberleigh. Das sage ich dir nur, damit sie dich nicht beißt.«

»Komm wieder her, Elaine. Du kannst nicht einfach solche Andeutungen machen und dann weggehen. Wieso denkst du, daß Devora mich beißen will?«

»Das hat sie schon getan.« Ihr Gesicht war nach wie vor ernst.

Ich ging zu ihr hinüber, um dabei zuzusehen, wie sie den ewig unfertigen Kopf modellierte. Elaines lustlose Beschäftigung mit der Skulptur war fast zu einem reinen Ritual geworden, einer Aufgabe, der sie gehorsam nachkam, einer beruhigenden mechanischen Tätigkeit, der sie sich widerspruchslos unterzog. Machte sie es nur, weil Devora es ihr aufgedrängt hatte? Oder steckte mehr dahinter?

»Ach, Elaine, manchmal denke ich –«

»Ja, Amberleigh?« Sie wandte lediglich den Kopf, doch ihr Gesichtsausdruck, der reservierte Seitenblick erinnerten mich an den Tag im Boot. Der Elaine, die ich zu kennen glaubte, war wieder der unnahbare, unglückliche »Böse Zwilling« entstiegen. In diesem Augenblick glaubte ich fast, daß sie mich haßte.

»Hast du es nie mit Malen versucht, Elaine? Es ist ziemlich aufregend, die Ölfarben zusammenzustellen, in gewisser Weise fast so wie Bildhauern. Vielleicht würde es dir gefallen.« Ich redete, um zu reden, und ich wußte es. Ich hatte keine Ahnung, wie ich mit ihr umgehen sollte, wenn sie zu dieser neuen Person wurde. In dem Bemühen, das Thema zu wechseln, fing ich an, einige hier oben abgestellte Bilder durchzusehen. »Du hast ja auch gemalt, Elaine. Hier, ist das nicht von dir?« Ich hatte ihren Namen unten auf einer verstaubten Leinwand entdeckt und griff danach, um das Gespräch von der düster-prophetischen Wendung wegzusteuern, die Elaine ihm neuerdings zu geben wußte.

Doch als ich es mit einem Ruck zwischen den anderen Bildern hervorzog, bedauerte ich, es gefunden zu haben. Die Ausführung war mangelhaft – ein flaches, lebloses Ding. Es stellte einen jungen Mann dar, der tot zwischen Seerosenblättern im Wasser trieb.

»Es ist ganz – interessant. Elaine, du könntest es auch mit Malen probieren, falls du eine andere Beschäftigung suchst.«

»Nein«, sagte sie.

»Und das hier, was stellt es dar?«

Sie sah es nicht einmal an. »König Arthur auf dem Weg nach Avalon.«

»König Arthur fuhr doch auf einer Barke, oder nicht? Ich dachte, das wäre, ach, ich weiß nicht – Narziß vielleicht, wie er in seinem eigenen Spiegelbild ertrinkt. Oder ...« Dummes, dummes Geschwätz, nur um etwas zu sagen.

»Es ist König Arthur auf dem Weg nach Avalon, Amberleigh. Ich habe gesagt, daß er es ist, also ist er es auch. König Arthur auf dem Weg nach Avalon.«

Elaines helles Haar glänzte und schimmerte in dem einfallenden Licht, das uns beide umfing wie das einer Madonna von Rossetti. Ihr zartes Profil, der unförmige Malerkittel, der an ein mittelalterliches Gewand erinnerte – einen Augenblick lang sah ich sie als ein verschollenes italienisches Porträt, zwischen anderen verstaubten Leinwänden eingelagert und vergessen, die so unwirklich waren wie sie selbst.

Und ich dachte an Elaine. Die Lady of Shalott des verstorbenen Lord Tennyson. Ihre Namensschwester Elaine, die Lilienmaid von Astolat. Die »webt bei Tag und bei Nacht, ein Zaubernetz aus Farbenpracht«, während sie sich nach ihrem verschollenen Lanzelot verzehrt. Ich verstand plötzlich zum Teil die Veränderung an Elaine, die mich so verwirrte. Sie wartete. Ein passives Geschöpf, das wartete, träumte.

Auf wen wartete sie? Oder auf was?

5. Kapitel

»Du bist Rosie, nicht wahr? Ich habe Henrietta von dir sprechen hören. Wo ist die Speisekammer? Ist schon gut, ich brauche ein paar Lappen für die Ölfarben, und Lady St. Clare sagte, in der Küche wären vielleicht welche ...«

Auf dem unansehnlichen Gesicht der Küchenhilfe malte sich Erstaunen, weil jemand von der Herrschaft sie persönlich ansprach. Sie stammelte etwas, bis sie sich in ihrem eigenen schweren Dialekt verhedderte und verstummte.

Warum hatte ich mich nicht gleich selbst auf die Suche nach den Dingern gemacht? Sicher verbarg sich doch hinter einer dieser schmalen, nüchternen Türen ein Vorrat an ausrangierten Spül- und Poliertüchern. Selbst ein alter Unterrock hätte gereicht. Wo war nur Mrs. Featherstone – sie hätte der sprachlosen Rosie unverzüglich Beine gemacht.

»Sie will die Staubtücher, Rosie, im Schubfach in der Speisekammer.«

Die Hausangestellte, obgleich schon in mittlerem Alter, nickte stumm wie ein gefügiges Kind und verschwand hinter einer der Türen, die ich ins Auge gefaßt hatte.

»Vielen Dank, Norah. Ich wußte nicht, daß Sie hier unten sind. Ihren Akzent mag sie anscheinend lieber als meinen.«

»Daran liegt es nicht. Nein, die Vorlieben und Abneigungen der armen Rosie haben schon längst nichts mehr damit zu tun, wie sie lebt. Sie sind ihr fremd, sie hat ein großes Bedürfnis nach dem Vertrauten.«

»Ich wollte keine Umstände machen –« begann ich und kam mir vor, als wäre ich in ein Land eingedrungen, in dem alles, was ich tat, unter die Rubrik »Störenfried« fiel.

»Hören Sie auf, sich zu entschuldigen. Sie entschuldigen sich viel zu oft. Ich entschuldige mich nie, wenn es sich eben vermeiden läßt. Niemand nimmt einen ernst, wenn man sich ständig entschuldigt.«

»Es tut mir leid«, gab ich zurück, halb im Scherz und halb gereizt. Ich mochte es nicht, von einem Menschen belehrt zu werden, der unter Manieren verstand, daß man sämtliche Konventionen in Stücke zerhackte. Norah seufzte, fast so, wie man es bei einem ungezogenen Kind macht, das die elementarsten Dinge nicht lernen will.

»Hier, Feather hat immer einen Kessel heißes Wasser auf dem Herd stehen. Trinken wir etwas Tee. Ich glaube, Carnhaven bringt Sie allmählich ganz durcheinander. Kommen Sie, setzen Sie sich. Ich werde Sie schon nicht beißen.«

Ich setzte mich auf einen der Stühle an dem langen Holztisch, während Norah zwei schwere weiße Porzellantassen und ein Tee-Ei zum Vorschein brachte. Ich sah zu, wie sie über den weiten Steinfußboden ging. Sie trug eine noch ziemlich frische grau-weiß gestreifte Hemdbluse zu einem fast ansehnlichen Rock. Der Saum reichte ihr kaum bis zu den Knöcheln, allerdings hatte ich schon bemerkt, daß Norahs Füße ihr ganzer Stolz waren – heute steckten sie in hübschen Pumps mit ziemlich hohen Absätzen. Ihr ungezähmter Haarwust sah ausnahmsweise gewaschen aus, wenn auch trocken und strohig.

Es mußte enttäuschend sein, als Frau unattraktiv auszusehen und damit geschlagen zu sein, nicht einmal die kleinen Kunstgriffe zu beherrschen – von ihrer ungekämmten Haarmähne bis zu ihrer spindeldürren Figur. Sie war ein wandelnder Besenstiel von Frau. Kein Wunder, daß sie sich in der Spülküche wohler zu fühlen schien als an jedem anderen Ort in dem großen Haus.

»Ah, das dampft schön. Es geht doch nichts über frisch aufgebrühten, heißen englischen Tee, oder? Natürlich aus Ceylon.« Sie lachte wieder mit dieser Bitterkeit, die jede echte Fröhlichkeit in ihrer Stimme erstickte.

»Heute ist ein Tag zum Teetrinken.« Ich seufzte unverbindlich. »Und im Atelier ist es so langweilig. Ich kann mich nicht mal zwingen, so zu arbeiten, wie ich sollte.«

»Ach ja. Das Gemälde der hinterhältigen Devora. Der trügerischen Devora ...«

»Warum sagen Sie das?«

»Denken Sie das nicht auch?«

»Ich weiß nicht. Es fällt uns wohl leicht, Devora nicht zu mögen. Schließlich hat sie so vieles, was wir nie haben werden.«

»Hat sie das? Ich weigere mich, das zu glauben. Devora hat nichts. Darum ist sie ja so gefährlich.«

Es war das zweite Mal in drei Tagen, daß man mir Devora als gefährlich beschrieb. Mir lief ein Schauer über den

Rücken, trotz des würzigen Aromas des Tees, das meinen Kopf freimachte und neue Kraft durch meine Glieder strömen ließ.

»Dämonisieren wir alle Devora nicht ein wenig?« wandte ich schließlich ein. »Sie ist nur – unglücklich, denke ich.«

»Ja, aber sie kann es sich selbst nicht eingestehen. Die stolze Devora, wie sie bekennt, daß ihr glanzvolles Leben öde und leer ist und eingeengt durch diesen Klotz von Sir George – ›Georgie, Porgie, Pudding und Püree, küßte die Mädchen und tat ihnen weh‹ –, ich wette, genauso war es.«

Norahs volles Lachen wogte wie eine Sahnehaube über den Teetassen, ließ selbst in meiner ernsten Tasse das Spiegelbild eines Lächelns aufscheinen. Mit ihren braunen Augen schaute sie anzüglich in meine. Ich traute mich nicht zuzugeben, daß ich ihren Spottvers nicht ganz verstand. Ich hatte das Gefühl, daß es mir als Unreife ausgelegt würde.

»Es muß hier schwer sein für Sie«, wagte ich mich vor. »Für das Landleben scheinen sie zu sehr Verstandesmensch zu sein.«

»Ja, in diesem Haus gibt es wenig, was mich noch fesseln könnte. Es gibt natürlich noch andere – oh, hallo, Liebling. Komm, du mußt die neue Dame im Haus kennenlernen.«

Aus irgendeinem Grund wollte ich ihr nicht sagen, daß ich dem verwahrlosten Mädchen, das sich jetzt scheu an der Tür zur Speisekammer herumdrückte, bereits begegnet war. Opal anscheinend ebensowenig, denn sie kam vorsichtig zu uns herüber und heftete den Blick auf meine linke Schuhspitze.

»Sag Miss Dunne hallo, Opal, das schaffst du doch noch, oder, Opal, du mein schüchternes Pflänzchen?«

Opal bohrte die Hände tief in die Taschen ihres Kittels und starrte noch hartnäckiger auf meine faszinierenden

Füße. Ich wurde allmählich ebenso verlegen wie sie und wünschte, ihre Mutter ließe uns einander in Frieden ignorieren.

»In Ordnung, du kleine Stumme, geh wieder deine Schmetterlinge fangen. Aber nach dem Abendessen will ich dich zum Unterricht sehen.«

Das Mädchen huschte lautlos wie eine Waldfee zur Tür. Dort blieb sie jedoch stehen und warf mir einen fast hämischen, schlauen Blick zu, bevor sie den Knauf drehte und durch einen engen Türspalt hinausschlüpfte.

»Ich kann mir nicht erklären, woher sie diese Zurückhaltung hat«, sagte Norah und runzelte ihre hohe Stirn. Sie bog ihren Stuhl vom Tisch zurück, winkelte ein Knie an und stützte den Knöchel auf das andere Knie. Es war eine unhöfliche Pose, bei der sich ihr der Rock zwischen die Beine klemmte wie die Schürze einer Wäscherin.

Ich schob die Tasse weg, und einige Teeblätter trieben in dem Rest lauwarmer Flüssigkeit an ihrem Grund. Mir fiel erst jetzt auf, daß die Tasse einen Sprung hatte.

»Ich muß auch gehen. Ich wollte noch einiges erledigen, außerdem wartet Devora im Atelier auf mich.«

»Ja, ich auch.« Norah stand auf, so daß wir einander über den Stuhl hinweg ansahen. »Man hat ja immer irgend etwas zu erledigen.«

Ich nickte und ging energisch zum vorderen Teil des Hauses zurück, ich nahm nicht die Hintertreppe zum Atelier. Deshalb hatte ich nicht erwartet, daß sie mir folgen würde.

Sie holte mich ein, noch ehe ich auf halber Höhe der Treppe war. »Es ist schwierig, sich in diesem Haus zurechtzufinden, nicht wahr?« fragte sie atemlos. Ein Lächeln erschien auf ihrem Gesicht, das ihre Reizlosigkeit mit einem

Schlag fast ganz vergessen ließ. Eine innere Erregung hellte ihren Porridge-Teint auf. Hier, getrennt von der Familie und außerhalb der tristen Küche, wirkte sie strahlender, lebendiger.

»Hören Sie, kommen Sie mit auf mein Zimmer. Ich habe einige hübsche Stoffe, die ich aus Übersee mitgebracht habe, neben Opal die einzigen Schätze, die es lohnten, sie aus Indien mitzunehmen. Ich zeige sie Ihnen.«

Mit diesen Worten lockte sie mich hinter sich die Treppe hinauf, und die Staubtücher flatterten in meiner Hand wie eine Kapitulationsflagge.

»Falls Sie gern radfahren, ich habe eine Pumphose, die Ihnen passen könnte«, fügte sie hinzu und stieß die Tür zu ihrem Zimmer weit auf.

Der Raum lag nur ein Stück von Elaines und meinem Zimmer entfernt auf demselben Korridor, und doch betrat ich eine ganz andere Welt. Über jede Truhe und Kommode waren Stoffstücke in grellen, fremdartigen Farben gebreitet. Exotische kleine Schnitzfiguren grinsten anzüglich von einem Schreibtisch mit offenen Fächern, die mit einem erstaunlichen Sammelsurium von Papieren und Aktenmappen vollgestopft waren.

Bücher neigten sich wie betrunken zur Seite, die zerlesenen Einbände ließen vergilbte und brüchige Rücken sehen. Die Bücher reihten sich oben auf dem etwa zwei Meter hohen Kleiderschrank aneinander, türmten sich neben Stühlen und längs des Bettes zu schwankenden Stapeln. Hier diente eine gesprungene Vase als Stütze, dort ein Nachttopf, dem Blick ganz offen preisgegeben.

Ich taumelte über die Türschwelle in den überladenen Raum, atmete die Luft ein, die ein wenig muffig war von den lange gehorteten Dingen und in der noch der schwere Geruch von vor langer Zeit abgebrannten Räucherkerzen hing.

»Nehmen Sie Platz«, forderte Norah mich auf und räumte einen Zeitschriftenstapel und zwei ungleiche Paar Schuhe von einem ehrwürdigen Polstersessel. Sie streifte ihre Schuhe ab und schob die Füße in ein Paar abgewetzte, hinten offene Pantoffeln, die mit dem trockenen Kratzen eines Reptils über den Fußboden schleiften, wenn sie ging.

»Na, was halten Sie davon?« fragte sie, offensichtlich stolz auf ihren extravaganten kleinen Winkel von Carnhaven. Die Frage bezog sich vorwiegend auf den leuchtend bunten Schal, den sie mir zur Begutachtung hinhielt, nicht so sehr auf die Trümmer ringsum. Kein Wunder, daß sie sich selbst als »Archäologin« bezeichnete.

»Sehr – lebendig«, antwortete ich halb benommen. »Ich meine, das Muster ist sehr dicht. Schläft Opal auch hier?«

»Natürlich. Sie ist noch zu jung für ein eigenes Zimmer. Ich habe ein Rollbett, das ich ausziehen kann. Wie wär's dann hiermit? Es ist nicht ganz so auffallend, vielleicht eher nach Ihrem Geschmack. Europäischer. Man hat den Leuten auf dem Dorf bereits beigebracht, wie man richtig für die Engländer webt.«

»Es ist sehr hübsch, wirklich hübsch, aber eigentlich brauche ich kein neues Tuch –«

»Nehmen Sie! Ich habe noch ein ganzes Dutzend davon. Aber der Grund, aus dem ich Sie hergebracht habe, ist eigentlich ein anderer. Ich habe einige Flugblätter gemacht, die Sie vielleicht gern lesen würden. Haben Sie schon mal was von den Suffragetten gesehen? Ich habe etwas von den Pankhursts da –« Sie ging einen Stapel loser Blätter durch und schob sich ungeduldig das Haar aus den Augen. Ihr Pony reichte ihr bis zu den Wimpern. Plötzlich warf Norah den Blätterstapel vor sich auf den Teppich.

»Verdammte Haare, ich halte das nicht aus!« Sie griff in einen Nähkorb auf der anderen Seite des Stuhls und angelte sich eine spitze Schere. Es machte schnipp, und schon hatte Norah unvorsichtig drei Zentimeter Haar an der Stirn abgehackt. Die scharfen Silberspitzen kamen ihren Augen gefährlich nah.

»Norah! Um Himmels willen, nehmen Sie einen Spiegel – Sie werden sich noch blenden.«

Sie zuckte belustigt die Achseln. »Ich kann Dinge, die mich in Fesseln legen, nicht ertragen. Konnte ich noch nie. Von Vater bis zu *ihm*.« Sie hielt ihr flachsfarbenes Haar gerade von der Stirn weg und erntete es wie eine Weizengarbe. Die Streu verteilte sich ungehindert auf dem Fußboden und über die Blätter zu ihren Füßen. »Ich bin es gewöhnt, zu tun und zu lassen, was ich will. Und was einen Spiegel angeht, was sieht man schon darin außer Lügen? Oder glauben Sie etwa noch an Spiegelbilder, Amberleigh? Ich hatte angenommen, ein paar Wochen auf Carnhaven hätten Sie davon kuriert. Oh, aber ich bin ungerecht. Sie sind neu. Sie wissen so wenig. Wie ich früher, sind Sie eine Fremde aus einem fremden Land.«

»Eine Fremde aus einem – oh, Sie meinen Amerika. Aus welchem fremden Land sind *Sie* denn hergekommen?«

Ihre Stimmung hob sich angesichts meines Interesses, und sie packte mich besitzergreifend am Handgelenk, zog mich zur Tür hinaus, durch den Korridor, die Stufen hinunter und zu einem kleinen Sofa am Treppenabsatz. Es war dämmerig dort, eine Wirkung der düsteren Blumentapete und des Walnußholzes. Ein Trio aus Farnen auf hohen Ständern warf seine blättrigen Schatten auf uns.

»Indien.« Sie sprach das Wort aus, als sei es eine Zauberformel. Da saß Cousine Norah, hatte ein Lachen in den

Augen und einen ganz schmalen Mund, weil sie ein Lächeln unterdrückte. »Ja, Indien. Ich habe tatsächlich dort gelebt, wissen Sie. O ja, sieben Jahre. Dort traf ich *ihn*.« Bei diesem letzten Wort wurde ihr Ton schärfer, welches Gefühl sich dahinter verbarg, konnte ich allerdings nicht sagen. »Er wollte natürlich unbedingt nach Oxford, deshalb war es ganz natürlich, daß meine englische Herkunft sein Interesse weckte. Das und einige andere Dinge.«

»Aber wieso waren Sie in Indien? Ich dachte, Frauen – »

»Könnten nicht allein dorthin? O doch, zum Beispiel als Missionarinnen.«

»Sie waren Missionarin?«

»Ja, sehe ich nicht so aus? Oh, ich habe diesen ganzen sinnlosen Quatsch mittlerweile über Bord geworfen. Aber damals war ich sehr idealistisch. Ich dachte, ich könnte die ganze Welt zum Lamm Gottes bekehren. Den dreckigen Indern beibringen, sich zu baden, und ihren Kindern, auf Schaukelpferden zu reiten und nett zu den Kindermädchen zu sein, so ungefähr.« Sie ließ sich plötzlich ins Sofa zurückfallen, wickelte ihre unförmige rötlichbraune Wolljacke fester um ihre knochigen Arme und streckte die Füße in den schäbigen Pantoffeln aus. Ich bemerkte mehrere Kreise nackten weißen Fleischs rings um ihre Knöchel, wo die Strümpfe gerissen und nicht gestopft worden waren. Ein merkwürdiger Gegensatz zu ihrem sonstigen Stolz auf ihre Füße und Schuhe. Aber vielleicht war ich auch zu kritisch, man sollte nicht nach der äußeren Erscheinung gehen.

»Sind Sie nie eine Rechtgläubige gewesen? Vielleicht sind Sie es noch und wollen nichts von meinen ketzerischen Ansichten wissen. Dafür könnten Sie ja in die Hölle kommen!« Sie warf den Kopf zurück und lachte unbändig, aber ich hörte wieder die Bitterkeit aus der gekünstelten Ausgelassenheit heraus. Ihr Abfall vom Glauben mußte schmerzhaft gewesen sein.

»Ich weiß nicht recht, ob ich an den Himmel glaube, dafür weiß ich, daß ich der Vorstellung einer Hölle keine Bedeutung beimesse«, antwortete ich. »Vater hatte nie etwas für die Kirche übrig. Er nannte sie einmal einen ›Helfershelfer bei der Unterwerfung Irlands‹.« Es war mir ganz plötzlich wieder eingefallen.

»Ihr Vater war ein kluger Mann«, sagte sie, wieder ernst geworden, und setzte sich aufrecht hin. »Also hat er dieses ekelhafte, dumme Zeug von wegen ›liebe deinen Nächsten‹ und ›gib dem Kaiser, was des Kaisers ist‹ nicht an Sie weitergegeben. Tja, ich habe daran geglaubt. Deswegen habe ich meine Koffer gepackt und bin nach Indien gegangen.

Und die Menschen dort mußte ich einfach lieben. Sie waren arm, bitterarm. Als ich die Mission verließ, zog ich in eine Bruchbude in Bombay. Wir aßen auf dem Fußboden und wohlgemerkt mit den Fingern! Haferschleim und Curry, damit man die Fäulnis nicht schmeckte, das war auch schon alles. Ich hatte die ganze Zeit dort nur zwei Kleider. Aber so mag ich es. Ich mag das einfache Leben. Ist nicht alles eitel?«

Hätte ihre Stimme nicht ironisch geklungen, dann hätte ich einen Rest von religiösem Fanatismus dahinter vermutet. Ich konnte mir Cousine Norah lebhaft vorstellen, wie sie mit ihrem schmalen Gesicht, dem breiten Mund und den spitzen Ellbogen, von innen verklärt und in ein abgetragenes schwarzes Kleid gehüllt, in der Fremde auf Podien stand und das liturgische Buch der anglikanischen Kirche umklammert hielt. Ich sah die braunen Gesichter, vor ihr aufgereiht wie ein Heer schwärmerischer Ameisen.

»Warum sind Sie weggegangen?«

Es war eine harmlose Frage, doch aus ihren braunen Augen sprühten Funken. Bittere Erinnerungen. Jetzt erst fiel mir auf, daß Norahs strohblonde Haare an den Wurzeln dunkelbraun waren. Ich fand es eigenartig, daß jemand, dem weltlicher Tand zuwider war, sich für eine solch schmachvolle Praktik wie das Blondieren der Haare erwärmte. Und wozu der Aufwand, wenn sie es sich dann doch in fettigen Büscheln um den Kopf wickelte? Unansehnlich, und doch brannte in ihr eine verborgene Begierde nach etwas. Vielleicht nach Verständnis.

»Warum? Ich mußte gehen. Ich konnte nicht länger zu Hause bei meinem Vater bleiben. Ein hassenswerter Mensch, ein unerträglicher Mensch. Gemein und engstirnig. Ja, er ist mein Vater, aber, ach, Amberleigh, leben Sie mal bei solch einem Mann, dann würden Sie sich vielleicht auch in die Missionsarbeit flüchten. Es war eine gute Möglichkeit, von zu Hause wegzugehen. Natürlich war Vater entsetzt. Die Tochter eines Anwalts, die Tochter eines gutsituierten Anwalts, die Heim und Herd und alles, was ihr teuer war, verläßt, um sich nach einem anderen Erdteil einzuschiffen, nach einem elenden, von Menschen wimmelnden Land, wo die Menschen überdies wie die Tiere und mit den Tieren leben … Es war besser, als bei Vater zu leben.«

»Ich kann das nicht ganz nachempfinden. Mein Vater ist – früh gestorben.«

»Sie verurteilen mich, das sehe ich. Aber versuchen Sie mal, eines von acht Kindern zu sein, jedes nichts weiter als eine kleine Fußnote in der harten Jugend ihres Vaters. Eine Tochter, unverheiratet, die mit gut siebenundzwanzig Jahren noch zu Hause ist und keine Hoffnung, daß sie sich einen jungen sentimentalen Schwätzer von Vikar oder wenigstens einen Cousin vom Land als Ehemann ködert. Wir waren alle miteinander eine Enttäuschung. Und die arme Meg an diesem grauenvollen Ort in Sussex, obgleich niemand davon sprechen durfte, wie sie in jener Anstalt durch den Tag – kroch. Und meine kleine Schwester Katy – die Schöne, wie er sie nannte – lief mit einem Soldaten davon, einem weiteren Niemand im Familienstammbaum des Anwalts.« Sie lachte wieder, tief aus der Kehle und der Brust.

»Deshalb ging ich. Packte meine Sachen und ging. Haben Sie das nicht auch getan, einfach ein paar Dinge zusammengepackt und ein Schiff bestiegen? Nur mußte ich noch eine Missionarskirche finden, die mich unterstützte. Es war die Brüdergemeinde. Nicht die anglikanische Hochkirche, o nein, bewahre, noch ein Schlag für Vaters Ehrgeiz. Nur eine ernsthafte, fast unbekannte kleine Sekte, die nach Arbeitern im Weinberg Ausschau hielt. Sie bezahlten mir die Reise nach Indien. Und schickten mich in ein staubiges kleines Dorf, eine Fünftagereise mit dem Ochsenkarren von Kalkutta entfernt. Haben Sie schon mal einen Mann ohne Beine gesehen, der von einem elenden kleinen Wägelchen aus in den Straßen bettelt, die Augen voller Fliegen? Kinder, die mit Hunden um Abfälle kämpfen, im Schatten von Palästen, so reich mit Juwelen geschmückt wie ein farbiges Glasfenster an einer unserer sicheren Kirchen daheim? So war es. Und noch schlimmer.«

»Es muß furchtbar gewesen sein! Wie konnten Sie so leben?«

»Furchtbar? Ja, es war furchtbar.« Norah sprach das Wort irgendwie ehrfürchtig aus, mit einem nahezu religiösen Gefühl der Erfüllung.

»Ich dachte, ich hätte es schon schwer, als ich Miss Meachums Schule ohne Aussicht auf eine Stellung verließ«, sagte ich und erinnerte mich an jene quälenden Tage im Vorzimmer der Westaways Stellenvermittlung, bevor der Posten in Amerika frei wurde.

»Probleme zu haben war meine Bestimmung. So ist es bei den meisten Frauen. Und zum Glück auch, sie zu überwinden.«

»Wann haben Sie denn geheiratet? Sie müssen mehrere Jahre dort gewesen sein, Opal ist ...«

»Neun. Ja. Opal ist neun. Ich – oh, Sie dürfen mich nicht für schlecht halten, ich habe nicht geheiratet. Ich meine, die Ehe als Institution bringt den Frauen von Natur aus nur Nachteile, das müssen Sie doch selbst schon gespürt haben. Ich glaube ganz und gar nicht an die Ehe. Deshalb begnügte ich mich damit, nur mit ihm zusammenzuleben. Er glaubte ebenfalls nicht an die Ehe, o nein. Dann, als klar wurde, daß ich Opal erwartete – tja, da schwenkte er um. Heiraten, sagte er, wir müßten unbedingt heiraten, und er setzte sich durch. Das habe ich ihm nie verziehen.«

»Aber Norah, er hat es doch bestimmt gut gemeint, hat versucht, das – das Richtige zu tun ...« Ich verhaspelte mich, suchte nach Worten, die meinen Mittelklasse-Standpunkt nicht verrieten und ihre Gefühle weiter verletzten.

»Das Problem war, ihm war es nie ganz ernst mit der Überzeugung gewesen, daß die Ehe völliger Blödsinn sei. Er hat mich getäuscht. Und sobald er erst verheiratet war, konnte er leichter nach England gelangen. Außerdem wollte er Opal.« Ihre Stimme klang verbittert.

»Es ist doch nur natürlich, daß ein Vater zärtliche Gefühle entwickelt für ...«

»Es war ganz und gar nicht natürlich«, sagte sie und umklammerte meine Hände, als sie leise weitersprach. »Er glaubte auch nicht an natürliche Bande. Er dachte, ein Vater und eine Tochter könnten – sobald Opal alt genug wäre, verstehen Sie?«

»Was soll ich verstehen?« Ich spürte dunkel, daß ich ihre Andeutungen eigentlich hätte begreifen sollen, doch es gelang mir nicht. »Sie meinen, da war etwas Widernatürliches – Norah, ich würde Ihnen gern helfen, ich würde ja gern begreifen, aber – «

»Das haben sie Ihnen im Internat wohl nicht beigebracht, wie?« Sie sah fast triumphierend aus. »Inzest. Er wollte bei seiner eigenen Tochter liegen. Im biblischen Sinne.« Sie lehnte sich zurück und beobachtete mich, als die Erkenntnis mein betäubtes Hirn überwältigte. Ich hatte den Eindruck, daß sie sich irgendwie an dem Ausmaß meiner Bestürzung weidete.

»Das hat man davon, wenn man einen Schwarzen heiratet, das hätte mein werter Vater gesagt.«

»Einen Schwarzen? Aber war er denn nicht Inder? In Amerika betrachtet man das nicht als schwarz.«

»Hierzulande schon. Was glauben denn Sie, woher Opal ihre Hautfarbe hat? Nicht von meinem Milch-und-Käse-Teint – nein, es ist seiner. Das dunkle Rubinrot Indiens in ihrem Blut. Sie ist auch stark behaart, wissen Sie. Überall an den Armen und am Rücken. Ich muß es ihnen irgendwann einmal zeigen.«

Noch eine widernatürliche Note – wenn dieses Wort auch nie mehr dieselbe Bedeutung für mich haben würde –, seine eigene Tochter mit solchen Ausdrücken zu beschreiben. Vielleicht wollte die arme Frau ihr Mischlingskind ja am liebsten verstoßen.

»Und wie sind Sie zurückgekommen?«

»Die Mission. Sie haben mich geschickt, obwohl ich von ihrem Weg abgewichen war. Gute Christen, das waren sie. Sie schicken immer noch Kleidung für Opal. Ihn habe ich natürlich verlassen, wenn er mich auch zu halten versuchte. Einmal versetzte er einem Mann zwölf Stichwunden. Bei einer Dorfschlägerei. Zwölf Wunden. Es hätte auch mich oder Opal erwischen können. Er könnte immer noch kommen, mir folgen. So leicht wird er Opal nicht aufgeben. Sie ist jetzt neun, kommt langsam in das Alter. Darum halte ich unseren Aufenthaltsort geheim, darum quält mich der Gedanke so sehr, daß wir entdeckt werden, darum bin ich vor lauter Sorge oft halb wahnsinnig. Wenn die St. Clares nicht wären, um mich auf ihrem weitläufigen Gut zu verstecken – wollen Sie einen Brief von ihm sehen? O ja, er kann schreiben, ganz gebildet. Wenn man ihn sieht, wirkt er nicht unattraktiv, wenn man ihn reden hört – Sie würden ihn vermutlich für ganz charmant halten. Ganz charmant.«

Sie zog einen zerlesenen Brief aus der Rocktasche. Eine krakelige Handschrift zog sich schräg über dünnes ausländisches Papier. Ich schauderte fast davor zurück, es zu berühren, da es gewissermaßen von dem Ungeheuer besudelt war, das sie geschildert hatte.

»Er will mich zurückhaben«, sagte sie mit verkniffenem Lächeln, als ich seine Gegenattacken in dem Brief überflog. »Er sagt, ich sei dumm, sehen Sie, dumm, weil ich mir Sorgen um Opal mache, und daß es ihm gut geht. Sie dürfen nicht vergessen, daß er die Leute auf den ersten Blick für sich einnimmt. Das ist bei Männern wie ihm immer so. Wenn man ihn nicht besser kennt. Und er schreibt gut. Man muß zwischen den Zeilen lesen, das muß man bei Männern immer. Was halten Sie davon?«

Ich faltete den Brief zusammen und gab ihn ihr zurück. »Sie haben recht, er macht einen ganz vernünftigen Eindruck. Er erwähnt Ihre politischen Ansichten, was meint er damit?«

»Ach das. Ja, er hält es für abnorm, daß meine Sympathien den United Irish und der Homerule gehören. Sagt, ich lasse mich nur von dem Glanz der guten Sache blenden. Er streitet gern über Politik mit mir, er glaubt, daß es mich von anderen Dingen ablenkt. Männer sind oft so, wissen Sie. Tun so, als kümmere es sie, was in unserem Kopf vor sich geht.«

»Als Sie – sich keinen Illusionen mehr über ihn hingaben, nahmen Sie also das Kind und flohen?«

»Wie biblisch Sie sich doch ausdrücken! Sie können nicht alle Ihre Stunden geschwänzt haben.« Norah warf mir einen freundlich-amüsierten Blick zu. Ihr ganzes Gesicht leuchtete auf. Sie hatte einen verbeulten Kneifer hervorgeholt, als sie mir den Brief zum Lesen gab. Jetzt überflog sie das Geschriebene kurz durch die Brille, bevor sie den klein gefalteten Zettel wieder wegsteckte.

»Durchaus charmant. Zuerst«, sagte sie nachdenklich, und ihr Blick folgte der verblaßten Tinte mit etwas wie Bedauern. »Wie Blaubart. Und es gibt viele von seiner Sorte.« Sie sah mich kurz warnend an. Ich fragte mich automatisch, ob sie diesen Brief wohl immer bei sich trug. Aber das war ungerecht. Er war erst vor wenigen Monaten datiert.

»Er schreibt noch immer -?«

»O ja, natürlich. Er will mich zurückhaben. Er will uns zurückhaben. Ich lebe in der ständigen Furcht, daß er sich nicht mehr damit begnügt, uns gut zuzureden. Daß er kommt und uns holt. Auf die eine oder andere Art.«

»Machen Sie sich da nicht übertriebene Sorgen? Ich glaube kaum, daß er eigens von Indien herkommt, wenn Sie ihn vor, wie lange war das noch, sieben Jahren verlassen haben.«

»Acht«, berichtigte sie scharf, sie zischte es fast. Als sei jedes Jahr gewogen und für zu leicht befunden worden.

»Wenn ich nur sicher sein könnte, daß ich von ihm befreit bin. Zum Glück hatte ich Verwandte, auf die ich zurückgreifen konnte, so sehr es ihnen auch mißfällt.«

»Ach, ich glaube nicht, daß die St. Clares –«

»O doch. Sie dürfen nicht so gut von allen Menschen denken. Ich und Opal geben ihnen ein gewisses Prestige als Philanthropen, genau wie Sie. Carnhaven, Heim für ungeratene oder abgelegte Frauen, ja, das gefällt mir. Und Devlin Quade, noch so ein Wohltätigkeitsprojekt. Sie würden nur nie eine Frau ausbilden lassen, du liebe Zeit, nein. Wobei Frauen wie wir genau das dringender brauchen als Unterkunft und Verpflegung.«

»Also sind Sie eine Cousine von Elaine?« fragte ich, um von einem Thema abzulenken, das ihre Bitterkeit erregte.

»Ja.« Die braunen Wimpern an ihren schweren Lidern senkten sich über ihre Augen. Ich spürte, daß mehr hinter Norahs Geschichte steckte, etwas, das mir entging ...

»Leben Sie nicht gern hier?«

Sie seufzte und sank tiefer in das Sofa, ihre Knöchel bogen sich linkisch nach außen, und der Teppich warf unter ihren Füßen kleine Falten.

»Ich muß hier leben. Wenn ich die Wahl hätte, wäre ich nicht hier. Keine – Vitalität, kein echtes Leben. Nicht, wenn man in Kalkutta gelebt hat. Und es gibt viel zu tun, Arbeit, die ich hier nicht tun kann, indem ich mich hier vor diesem Mann verstecke. Er würde uns töten, wissen Sie. Das würde er wirklich tun. Oh, er ist ein Bastard!« platzte sie heraus. »Ein gemeiner, dreckiger, widerlicher Bastard, und er hat mich zu seiner Gefangenen gemacht. Aus siebentausend Meilen Entfernung.«

Ich sah sie in diesem Augenblick vor mir, wie sie auf der Hintertreppe verkümmerte, im Salon verwelkte, alt wurde, vertrocknete – auf ewig von dem Gedanken gemartert, was dieser Mann, mit dem sie vor Jahren zusammen war, ihr antun könnte.

»Haben Sie es den St. Clares erzählt, können sie nicht irgend etwas unternehmen?«

»Nichts. Er hat ja nichts verbrochen. Die Behörden haben keine Handhabe gegen ihn. Wir Frauen sind rechtlos, wissen Sie. Er ist immer noch mein Ehemann. Ich gehöre ihm. Und Opal auch. Wenn er käme und uns an den Haaren wegschleifen wollte – die Behörden würden ihm noch das Haarnetz dazu reichen. Es ist ein elendes Leben, nach der Pfeife eines jeden beliebigen Mannes tanzen zu müssen, an den man sich gebunden hat, besonders wenn er ein Bastard ist.«

Ich hatte an die Ehe nie anders als an eine adelnde Einrichtung gedacht, als meine natürliche Bestimmung. Der Gedanke, daß ich vielleicht nie heiraten würde, erfüllte mich mit eiskaltem Schrecken. Es ging mir nicht mal so sehr um das Heiraten an sich. Es ging darum, daß alle Welt wußte, daß niemand mich für heiratenswert hielt. Eher eine Frage des Stolzes als ein Herzensbedürfnis. Ein Leben als alte Jungfer – viele Frauen kamen damit zurecht. Diese Frau neben mir – das war der Widerspruch an Norah –, ihre Exzentrizität, ihre schlampige Kleidung, das war eher die Aufmachung einer alten Jungfer als einer Frau, die eine schockierende Ehe mit einem schockierenden Mann eingegangen war. Vielleicht versteckte sie sich jetzt vor allen Männern. Von dieser Seite hatte ich das Ganze noch nie gesehen. Ich hatte nur an beseligende Verbindungen gedacht, die im Himmel und in den Romanen irgendeiner Mrs. Sowieso geschlossen wurden.

»Das klingt alles so schrecklich, Norah. Aber Sie reden wie eine Suffragette.«

»Mein Gott, nein! Auf dieser Welt tut sich Größeres als das! Die Suffragetten denken, daß sie allein durch den Erhalt des Wahlrechts den Lauf der Dinge ändern, eine bessere Welt aufbauen, die Männerwelt, wie sie sagen würden, verbessern können, indem sie das Los der Frauen verbessern.« Ihre Stimme hatte einen höhnischen Klang angenommen. »Sie werden nicht nur keinen Erfolg haben, sie sind auch nicht zum Kern der Sache vorgedrungen. Ökonomie.«

»Ökonomie?«

»Ja. Sie regiert der Welt. Ihretwegen geifert der Pöbel in Kalkutta weiter nach dem Abfall. Ihretwegen«, sagte sie und nutzte den Vorteil, den sie sich durch ihr abstoßendes Bild verschafft hatte, »lastet England weiter schwer auf Irlands Schultern. Geld. Wer hat, was gebraucht wird, und wer will es, und wer kann es von dem einen Punkt zum anderen schaffen – darum dreht sich alles. Sie wissen, daß die Grundbesitzer das irische Land kaputtgemacht haben. Daher gibt es jetzt, wo man endlich davon spricht, daß die Pächter es erwerben können sollen, nichts als Brachland. Wertlos. Ganz County Clare. Doch die Engländer wollen es trotzdem nicht abtreten. Nicht, solange man noch einen Tropfen Schweiß – oder Blut – aus einer irischen Stirn pressen kann. Es ist ekelhaft. Man fragt sich, wie die Leute nachts schlafen können, wenn sie wissen, daß überall ringsum solche Greuel geschehen.«

»Sie glauben doch nicht, daß reine Bosheit das ganze Britische Empire lenkt? Ist es nicht lediglich Unwis-«

»Psst«, machte Norah herrisch. Sie packte mich an der Schulter. Ich hörte, wie das leise Geräusch der Schritte über uns aussetzte, als jemand auf den Plüschteppich trat, der bis in unsere Nische reichte.

»Nanu, Amberleigh … Norah. Meine Güte, haben Sie mich erschreckt. Ich hätte nie damit gerechnet, daß jemand in diesem Alkoven sitzt.« Devora, die aus dem zweiten Stock aufgetaucht war, preßte eine Hand an den Hals. Ich sah, daß ihre schweren Lider nervös zuckten, als sie kurz den Blick senkte.

»Es tut mir furchtbar leid, daß ich mir mit den Farblappen soviel Zeit gelassen habe, Lady St. Clare. Rosie konnte sie erst nicht finden. Und dann kam Norah, und wir haben Tee aufgebrüht –« Ich brach ab, wedelte zur Erklärung mit meinen Tüchern und fühlte mich elend. Ich hatte sie so lange im Atelier warten lassen, daß sie aufgegeben hatte und nach unten gekommen war.

»Macht nichts, meine Liebe«, sagte sie fast sanft. »Ich habe ohnehin ganz scheußliche Kopfschmerzen bekommen. Ich habe beschlossen, mich eine Weile hinzulegen. Elaine hämmert an ihrem schauderhaften Kopf herum – nicht, daß ich ihren Arbeitseifer nicht zu schätzen weiß. Aber ich fühle mich heute dem Modellstehen nicht mehr gewachsen. Ich bin sicher, Sie haben Verständnis. Wir sehen uns beim Abendessen.« Devora lächelte uns beiden geistesabwesend zu und ging langsam wieder nach oben zur nächsten Treppenbiegung.

»Migräne«, erklärte Norah knapp. »Es ist immer schlimmer geworden. Vor der Heirat mit Sir George litt sie nie darunter. Zumindest hat sie das immer behauptet. Manchmal treiben die Schmerzen sie fast zur Raserei. Das sind die einzigen Momente, in denen sie fast nett ist.«

»Wie furchtbar. Ich hätte sie nicht vergessen dürfen, es war gemein von mir –«

»Schon wieder Entschuldigungen?«

»Ich habe Devora immer nur für so, so arrogant gehalten,

wissen Sie, und vielleicht litt sie lediglich unter Schmerzen.«

»Sie *ist* arrogant. Und zwar so arrogant, daß sie es selbst nicht mal merkt.« Norah lächelte, fuhr sich vielsagend mit den Händen durch ihr strohiges Haar und zog es nach hinten. »Wenn ich eines Tages arrogant sein will, wird man es merken, glauben Sie mir. Ich würde meine Arroganz nicht an die Unwissenden verschwenden. Nein, ich würde die Nase richtig hoch tragen und meine Absätze in das Opfer bohren.« Sie lachte genüßlich. »Daß *ich* arrogant sein wollte, würde jeder merken.«

Ich lachte, wenn auch scheinbar auf Devoras Kosten. »Aber mal im Ernst, Norah, wieso sollte die Heirat mit Sir George der Grund für Devoras Migräne sein?«

»Jede Heirat mit einem Mann macht einem Kopfschmerzen«, gab Norah trocken zurück. »Nein, aber sehen Sie«, ihre Stimme wurde weich, zu einer cremigen Sauce, über einen Bissen Klatsch geträufelt, »die Kopfschmerzen kamen erst *nach* der Hochzeit mit ihm. Und vielleicht, weil sie nicht imstande war, eine andere Art von Schmerz für ihn zu empfinden.«

Das bedeutsame Funkeln in Norahs Augen steigerte meine Verwirrung noch.

»Ach, manchmal sind Sie so begriffsstutzig!« rief sie und zog mit den Händen ihre Rockfalten zusammen, um Wehen anzudeuten. »Einen Erben! Devora brachte keinen Erben zustande. Es war besonders ärgerlich, weil – nun, das war in grauer Vorzeit, und Sie sind eine Modernistin. Aber damals, vor Jahren, herrschte hier nicht gerade eitel Sonnenschein. Ich war eben aus Übersee gekommen, um mich unter den Schutz von Cousin George zu stellen, und er war zu sehr von seinem eigenen häuslichen Drama in Anspruch genommen, um den Zuhörer für meine ungehörigen Belange zu spielen. Ach, es war eine Zeit des Kummers, meine Freundin, eine Zeit des Kummers.«

Sie brach in ihr spöttisches Lachen aus. Carnhaven war keineswegs eine Zuflucht für die Heimatlosen und Bekümmerten, darauf wollte sie mich in ihrer bitteren Art hinweisen. Man hatte hier genug eigenen Kummer, ja zuviel, um für die Kümmernisse, die Zugvögel wie Norah und ich mitbrachten, mehr übrig zu haben als leise Verwunderung.

»Und Elaine ... Sie haben es doch bestimmt gemerkt, was macht Elaine Kummer?« fragte ich.

Norahs längliches Gesicht, das eben noch gelacht hatte, wurde undurchdringlich. »Elaine. Ich glaube, sie verliert den Verstand«, erklärte sie schroff, fast widerwillig. »Dahinter steckt ein Mann. Lassen Sie sich das gesagt sein, Amberleigh, hinter der Sache steckt ein Mann.« Sie stand unvermittelt auf und sah aus wie eine Kassandra, die gegen ihren Willen aus Troja verschleppt worden war, um ihre Prophezeiungen in den irischen Wind zu sprechen.

»*Cherchez l'homme*«, riet sie geheimnisvoll und ging schnell davon, wobei ihre verschieden langen Röcke wehten wie die Jacke einer Vogelscheuche auf dem Feld. Ich fröstelte kurz, dann stand ich auf und ging langsam zum Atelier zurück. Und zu Elaine.

6. Kapitel

Manchmal fragte ich mich, ob nicht Adrian Carstairs der Schlüssel zu Elaines Unpäßlichkeit war. Devora dachte zweifellos sehr häufig an ihn. Ich rief mir in Erinnerung, was ich von unserer flüchtigen Begegnung am Tag der Abschlußfeier vor so langer Zeit noch über ihn wußte.

Ich beschwor lediglich eine Schattengestalt im Sommeranzug und mit Hut herauf. Eine blaß-vornehme Gestalt, groß, doch nicht zu groß, breit, doch nicht zu breit. Wirklich, aber nicht allzu wirklich.

Elaine wurde immer verschlossener, je näher die Woche der Hausgesellschaft heranrückte. Sie zog sich zu dem unveränderten Tonkopf zurück, hämmerte an seinen Zügen herum, bis diese hin und wieder einen geradezu grotesken Ausdruck annahmen. Sie wurde unordentlicher denn je –

manchmal fiel es mir schwer, sie und Cousine Norah auseinanderzuhalten, wenn ich zufällig hinter der einen oder anderen oben durch den Korridor ging. Sie lebte geradezu in ihren farb- und tonbespritzten Malerkitteln und war überaus zerstreut. Für mich lebte dennoch unsere frühere Freundschaft wieder auf, zumindest im Keim. Ich war die einzige, die Elaine an sich heranzulassen schien. Den anderen gegenüber verhielt sie sich wie ein unbeweglicher Gegenstand, der rasch mit der Vergangenheit entwich, und die anderen schossen mit ihren Alltagssorgen an ihr vorbei.

Allmählich empfand ich das Atelier im dritten Stock als erdrückend. Ich fing an, es zu meiden, ließ Elaine allein und kümmerte mich nicht mehr um mein Porträt von Devora und ließ es unvollendet. Das grüne Kleid lag nach wie vor über dem Stuhl, wie eine zu klein gewordene und abgestreifte Schlangenhaut, damit ich es sorgfältig studieren konnte. Doch die schimmernde Seide, die Lichtreflexe auf dem Jetbesatz lockten mich nicht mehr. In dieser Zeit empfand ich ein leises Unbehagen bei dem Gedanken, mich mit Elaine zusammen in der Mansarde aufzuhalten. Von der Terrasse aus Pastelle zu zeichnen erschien mir irgendwie zuträglicher.

»Hallo, da ist ja schon eines der gesunden Landmädchen!« sagte eines Tages die Stimme eines Mannes an den Verandatüren und riß mich aus meinen Überlegungen. Ich wandte mich von der Landschaft ab, die ich gerade ohne rechte Lust zeichnete, und sah mich einem Paar gegenüber, das leicht schwankend in der Tür stand. Sie stützte sich auf seinen Arm, obwohl er ein sehr schmächtiger Mann war, der in ländlichem Tweed versank, und sie eine wahre Fregatte, stromlinienförmig von dem Bug ihres üppigen Busens bis zu den starken, jedoch strammen Hüften. An der anderen Seite gab ihr nur ein Sonnenschirm, der eine einzige Rüsche war, Halt. Ich sah wieder ihn an, mit seinem graumelierten Schnäuzer, altmodisch buschig, und seiner zurückhaltenden Freundlichkeit. Er trug so glänzend polierte Schuhe, wie ich sie noch bei keinem Menschen gesehen hatte.

»Frag die junge Dame nach ihrem Namen, Harold, da niemand hier ist, der uns vorstellen könnte«, sagte die Frau und stieß ihren Begleiter an. »Wie gedankenlos von Devora.«

»Ganz recht.« Er räusperte sich ein wenig verlegen. »Sie sind nicht zufällig Elaine? Nein, sie ist wohl kaum so groß geworden, war sie nicht so ein kleines blondes Ding?«

»Ich bin Amberleigh Dunne, eine Schulfreundin von Elaine.«

»Auch übers Wochenende hergekommen?« fragte die Frau.

»Nein, ich bleibe – länger«, sagte ich. Aus irgendeinem Grund hatte ich keine Lust, meine Stellung im Haushalt genau anzugeben.

»Das ist Colonel Maxwell«, sagte die Lady und trat auf die Terrasse hinaus, nachdem sie sich überzeugt hatte, daß ich anständig und nicht giftig war. »Und ich bin Mrs. Maxwell, aber Sie können mich Maude nennen, wenn wir wie alte Freunde miteinander umgehen wollen. Und wir sollten doch wohl alle wie alte Freunde miteinander umgehen auf einer Hausgesellschaft, nicht wahr?«

Wir drei saßen kurz in peinlichem Schweigen da – die beiden auf den Gartenstühlen, ich auf den Stufen, nicht sicher, ob es die Höflichkeitsregeln verletzte, wenn ich mich wieder meiner Zeichnung zuwandte.

»Schon viel geregnet hier?« erkundigte sich der Colonel

und betrachtete die Umgebung, als wolle er ihr die Antwort abringen.

»Mit Unterbrechungen. In Irland muß man ja immer mit Regen rechnen.«

»Ich weiß, was Sie meinen, meine Liebe«, sagte Mrs. Maxwell überschwenglich. Ich hatte zufällig ein Thema angeschnitten, das ihr Interesse weckte. »Nichts als Regen, ganze zwei Wochen lang, als wir im letzten Sommer bei den Caldwells waren. Ich kann allerdings nicht verstehen, warum sich hier jemand ein Haus hält, wo in Deauville oder an der Riviera fast umsonst solche drolligen kleinen Cottages zu haben sind, meine Liebe. Sind auch so primitive Menschen, die Iren. Das kommt von der Feuchtigkeit. Sie erzeugt Sommersprossen und ein mürrisches Wesen. Ich hatte noch keinen einzigen anständigen Hausangestellten irischer Abstammung. Haltet euch an die Deutschen oder die Franzosen, das sage ich immer meinen engsten Freunden, dann werdet ihr nie enttäuscht.«

Es entstand wieder eine Pause, während der ich meine Kreide in der Hand wog, und im Geiste erwog ich, ob es klug war, darauf eine Antwort zu geben.

Colonel Maxwell stützte das Kinn auf seine Hände, die um seinen an der Spitze mit einem Entenkopf versehenen Spazierstock geschlossen waren. »Man kann aber gut jagen«, bemerkte er kummervoll.

»Jagen! Allerdings. Dir gefällt es ja, mit den Männern loszuziehen und uns Damen beim Kartenspiel verdorren zu lassen. Das einzige, was man an Orten wie diesem unternehmen kann, sind lange Spaziergänge. Und sie sind immer sehr lang, meine Liebe, weil es in diesem unhöflichen Land zwischen einem Haus und dem nächsten nicht viel anderes als endlose Weite gibt. Nun, zumindest hat Adrian nicht viel fürs Jagen übrig, und er besitzt die Höflichkeit, etwas Zeit mit dem schönen Geschlecht zu verbringen.«

»Adrian Carstairs, meinen Sie?« Das war endlich ein Thema, zu dem ich etwas beizusteuern hatte. Über Adrian Carstairs war ich im Bilde. Er existierte tatsächlich und war nicht nur eine Ausgeburt von Elaines fiebriger Phantasie.

»Ja, sehr aufmerksamer Junge. Nicht die beste Familie, aber sehr vermögend und so weiter. Sie müssen wissen, Devora hat in den letzten paar Saisons große Hoffnungen in diesen Jungen und ihre Stieftochter gesetzt. Allerdings ist er ein ganz Raffinierter. Wozu heiraten, wenn sich die Londoner Schönheiten einem auch so an den Hals werfen, wie es die Mädchen heutzutage tun? Hätte man zu meiner Zeit nie geduldet. Zu meiner Zeit waren wir Mädchen sanftmütig, folgsam und zurückhaltend.«

Man konnte sich nur schwer vorstellen, daß Maude Maxwell jemals in ihrem Leben, von der Wiege an, auch nur einem dieser drei Adjektive entsprochen hatte. Ich konnte nicht anders, ich mußte lachen.

»Ja, es ist in der Tat zum Lachen, wenn man bedenkt, daß diese jungen Frauen sich mir nichts, dir nichts auf den Heiratsmarkt stürzen und nicht darauf warten, daß ihre Mamas ihnen den Weg weisen. Das schafft Rivalität und alle erdenklichen ungesunden Bedürfnisse. Nun, hier werden wir das nicht erleben. Soviel ich weiß, kommt Maisie Dillingham. Klug von Devora. Kein Problem für Elaine in dieser Hinsicht. Na, Maisie Dillingham muß auf die Siebenundzwanzig zugehen und ist ganz schön verzweifelt. Insofern sollte Devoras Elaine freie Bahn haben. Tja, Colonel, wir sollten uns langsam in unseren Zimmern einrichten, also los, an die Arbeit, alter Junge.«

Der Colonel war auf der Spitze seines Stocks fast eingenickt, doch er hob gehorsam den Blick wie ein gut dressierter Spaniel und stand auf, um seiner Frau von ihrem Korbsessel aufzuhelfen. Ich sah ihnen leicht belustigt nach, als sie langsam ins Haus rauschten.

»Sie sind ein außergewöhnlich geduldiges Mädchen.« Wieder eine Stimme, wieder eine Unterbrechung. Ich wandte mich dem Garten zu und sah einen Mann, der gleich hinter den Stufen im Schatten einer ziemlich imposanten, mit gelbblättrigen Geranien gefüllten Steinurne saß.

Komisch, daß ich mich nicht hatte erinnern können, wie Adrian Carstairs war. Jetzt, bei seinem Anblick, war sogleich alles wieder da.

»Entschuldigen Sie, daß ich mich nicht eher zeigen konnte und Sie von Ihren Gesprächspartnern befreit habe«, sagte er, »aber wie furchtbar peinlich, wenn man bedenkt, daß ich das Thema war. Das werden Sie mir doch hoffentlich nicht übelnehmen?«

Man konnte sich nur schwer vorstellen, daß jemand Adrian Carstairs etwas übelnahm, und er wußte es. »Sie erinnern sich noch an mich, oder?« fuhr er fort.

»Kaum.« Ich fing wieder an zu zeichnen.

»Amberleigh.« Als er meinen Namen sagte, schaute ich auf. »Solch einen Namen würde ich wohl kaum vergessen. Was haben Sie in all diesen Jahren angefangen, Amberleigh?« Er war zu mir gekommen und setzte sich neben mich auf die Stufen, obgleich ich ihn weder durch Worte noch durch Blicke dazu aufgefordert hatte.

»Sehr wenig«, sagte ich, und die Kreide flog geradezu über das Papier.

»Sie sind gereist.«

»Ich bin weggegangen, um zu arbeiten, kaum um zu reisen.«

»Die Willoughbys hielten große Stücke auf Sie.«

»Es überrascht mich, daß meine Qualifikationen Thema Ihrer geselligen Gespräche waren.«

»Oooh«, stöhnte er leise auf und schüttelte eine Hand, als habe er sich verbrannt.

Ich wagte kaum, ihn anzusehen. Ich wußte nicht, wie er es geschafft hatte, mich in so kurzer Zeit auf die Palme zu bringen, außer daß er mir diese schmeichelhafte männliche Aufmerksamkeit schenkte und ich mich darüber ärgerte. Sobald Elaine oder auch die verzweifelte Maisie auf der Bildfläche erschienen, würde er sich davonmachen, um ein lohnenderes Opfer rundum zu hofieren. Ich vermutete, daß er ein Schürzenjäger war, als ich sein leicht gebräuntes Gesicht, sein buttergelbes Haar und den Schnäuzer betrachtete. Er wäre bestimmt ein charmanter Tanzpartner und sähe in schwarzweißer Abendkleidung wie eine Marzipanfigur aus. Er war daran gewöhnt, den Frauen die Köpfe zu verdrehen, und das sollte ihm mit meinem nicht gelingen. Nicht Adrian Carstairs, ob vermögend, frei und ungebunden oder nicht.

Er blickte unbekümmert zum Haus, zweifellos stellte er sich auf sein nächstes Opfer ein.

»Ich bin mit den Maxwells zusammen im Zug gekommen«, erzählte er. »Was für ein Paar. Nicht einmal durch das Raucherabteil ließ sie sich abschrecken. Ich bin froh, daß hier noch jemand Vernünftigeres ist ...« Er ließ den Satz unbeendet, damit ich etwas sagte, aber ich zeichnete weiter.

Plötzlich griff er nach meinem Block und dem Kohlestift. »Darf ich?« Ich gab seinen blauen Augen nach, wenn sie auch nicht so strahlend waren wie die Devlins. Hastig kritzelte er etwas in eine Ecke des Blattes.

Es war eine junge Lady namens Dunn,

die finster blickte, wenn der Spaß begann.
So schwarz war ihr Blick,
daß einer Krähe sie glich.
Dafür hielt sie denn auch jedermann.

Es war ein witziger Stegreifvers, und ich lächelte gegen meinen Willen. »Krähen sind wenig anziehende Vögel«, sagte ich. Die falsche Schreibweise meines Nachnamens überging ich. »Ich glaube kaum, daß Sie mich mit solchen Vergleichen für sich gewinnen können, eine Krähe ist und bleibt ein unansehnlicher Vogel. Was ist bloß aus den galanten Dichtern geworden.«

»Die Zeiten stehen schlecht für solche Traditionen, Ma'am«, sagte er leichthin. »Immerhin ein Limerick – wir sind hier nur einige wenige Meilen von der Stadt Limerick entfernt, wußten Sie das?«

»Tatsächlich? Nein, das wußte ich nicht. Es wäre amüsant, einmal dorthin zu fahren –«

»Gestatten Sie mir, Sie zu begleiten.«

»Wir könnten Mrs. Featherstone ein Picknick zusammenstellen lassen, und Elaine könnte mitkommen und –«

»Wenn Sie die Ehestifterin spielen möchten«, sagte er ernst, »muß ich mein Angebot zurückziehen.«

Ich senkte den Blick. Es war nur natürlich, daß ich Elaine in Pläne dieser Art einbezog. Schließlich war ich hier, um ihr Gesellschaft zu leisten, oder nicht? Oder hatte ich ihren Namen erwähnt, weil da ein hartnäckiger kleiner Gedanke in mir bohrte, daß ich sie auf keinen Fall dabeihaben wollte? Was hatte es für einen Sinn, mir selbst etwas vorzumachen? Adrian Carstairs übte lediglich seinen Charme, um zu sehen, ob er noch wirkte, wie vermutlich an jedem bisherigen Tag seines behüteten Lebens. Ich war ein reines Experiment, das sich vielversprechend anließ. Oh, er war es mit Sicherheit gewöhnt, daß alle seine Experimente gut ausgingen. Ich konnte nichts weiter als eine Abwechslung für ihn sein. Es war kein Prestige daraus zu gewinnen, den Anhang, die bloße Begleiterin zu erobern. Aber vielleicht unterschätzte ich ihn auch. Er war raffiniert. Möglicherweise war es falsch, gegen jemanden voreingenommen zu sein, weil er ein Meister der gesellschaftlichen Täuschungsmanöver war, ebenso wie es falsch war, jemanden zu verachten, der sich plump und flegelhaft verhielt.

»Lady St. Clare hat die Hausgesellschaft ganz sicher nicht zu dem Zweck gegeben, damit sich die Gäste mit dem Dienstpersonal davonmachen«, sagte ich gedämpft. Komisch, Adrian Carstairs schleuderte ich ins Gesicht, was den Maxwells zu gestehen ich mich gescheut hatte.

Er wich leicht zurück, und sein Gesicht war einen Augenblick unbewegt. Dann sah ich, wie ein wissender Ausdruck in seine Augen trat, als habe er meine Stimmung abgeschätzt und nur allzu gut verstanden.

»Ich komme wieder«, sagte er leise und beugte sich ein wenig näher zu mir, als die Konvention es erlaubte, »wenn Ihnen mehr nach einem Limerick zumute ist und weniger nach Il Penseroso.« Und er holte seine Jacke von dem Strauch, über den er sie gebreitet hatte, und schlenderte ins Haus.

Mir war heiß vor Scham wegen meiner eigenen schlechten Manieren, und ich zermarterte mir das Hirn, was er mit »Il Penseroso« meinte. Und dann fiel es mir ein. Milton. Adrian Carstairs kannte flüchtig Milton, zweifellos einer der langweiligsten Dichter, die das siebzehnte Jahrhundert mit Blankversen überschwemmt hatten. Nun, es war ohnehin hoffnungslos. Ich hatte eine große Vorliebe für Coleridge und Tennyson. Wir waren dazu verurteilt, verschiedener Meinung zu sein. Angewidert warf ich die Kreide in die Schachtel. Wo steckte Elaine? Wäre Elaine hier gewesen, dann hätte Adrian mir nicht in einem stillen Winkel den Hof machen und Limericks ins Ohr flüstern können. Von nun an würde ich kühl und unnahbar sein. Adrian könnte so lange Verse schmieden, bis Milton wiederauferstand, was immer ihm das nützen würde. Ich packte meine Sachen zusammen und begab mich auf die Suche nach Elaine.

Das Atelier im dritten Stock war verlassen. Ich ging zu dem gesichtslosen Kopf hinüber, mit dem sie sich abplagte. Er war so rätselhaft wie eh und je, man konnte den Kopf sowohl als den eines Mannes als auch einer Frau interpretieren. Oder vielleicht ein wenig von beidem. Warum ermutigte Devora sie zu diesem Zeitvertreib? Warum zog Elaine sich immer wieder eisern in die Mansarde zurück, um den harten Ton zu formen, der sich jedem ihrer Gestaltungsversuche widersetzte? Warum sperrte Amberleigh Dunne sich Tag für Tag ein, um das Porträt einer Frau zu malen, die sie nicht leiden konnte?

Ich fand Elaine schließlich in ihrem Zimmer. Die Vorhänge waren zugezogen. Es war dämmerig und still dort, trotz des strahlenden Tages hinter den verhüllten Fenstern.

»Elaine, ruhst du dich aus?«

»Ja, ich ruhe nur aus, Amberleigh …« Sie lag auf dem Rücken quer über dem Bett, einen Arm hatte sie über die Augen gelegt.

»Die Gäste treffen ein. Vielleicht sollten wir nach unten gehen, um uns unter die Leute zu mischen, wie man es uns bei Miss Meachum im Anstandsunterricht beigebracht hat, weißt du noch? ›Mischt euch unter die Leute, Mädchen, unter die Leute. Steht nicht da und schlagt Wurzeln, das ist der erste Schritt, um ein Mauerblümchen zu werden.‹«

»Das Internat liegt so weit zurück, Amberleigh.« Elaine sprach verträumt, die Augen hielt sie nach wie vor zu. »Es war eine andere Welt. Ich habe es gehaßt!« stieß sie plötzlich hervor und stützte sich auf die Ellbogen. »Ich haßte es mehr als alles andere auf der Welt. Wenn du nicht dort gewesen wärst – man hätte mich niemals wegschicken dürfen. Niemals. Alles ist ihre Schuld. Es kümmert mich nicht, wenn sie mir Adrian Carstairs Tag und Nacht vorsetzt, ich will ihn nicht.«

»Du gehst in letzter Zeit nachmittags immer in dein Zimmer. Bist du müde? Schläfst du? Wenn es dir nicht gut geht –«

»Ich schlafe manchmal. Manchmal träume ich auch. Oder ich denke nur nach, vielleicht. Ich träume von geheimen Dingen … manchmal weiß ich nicht, ob es Wirklichkeit ist oder nicht. Oder bloße Träume …« Elaines Stimme war leise und eintönig. Ich schüttelte sie leicht an ihren schlaffen Schultern.

»Draußen ist ein herrlicher Tag. Der komische Colonel, von dem du mir erzählt hast, und seine Frau sind da. Komm mit mir nach unten, bitte, Elaine. Woanders wirst du dich besser fühlen, ich weiß, daß es so ist.«

Ich wollte nicht nur um Elaines willen, daß sie die Schwermut abschüttelte, die sie umgab wie ein düsteres Netz, ich wollte es um meinetwillen. Ich hatte immer gedacht, in ihrer Welt sei alles in Ordnung. Vielleicht hatte ich mir sogar in meinem tiefsten Herzen gesagt – »Wenn ich Elaine St. Clare wäre, hätte ich keine Probleme, ich wäre reich und glücklich …« Sie mußte einfach die sein, für die ich sie hielt, ebenso um meinet- wie um ihretwillen. Wenn es keine Elaine gab, in der sich mein Mißgeschick gebrochen spiegeln konnte, wenn sie aus meinem Leben verschwand, dann würde ich zulassen müssen, daß mein altes Leben sich in nichts auflöste, zur Erinnerung wurde. Die Erinnerungen würden nur mit Leben erfüllt, wenn ich selbst den Anstoß dazu gab, und dann wären es keine angenehmen Erinnerungen. Die Lebenden und die Toten.

Ich fröstelte plötzlich in dem dämmerigen Schlafzimmer, zum erstenmal seit meiner Ankunft auf Carnhaven wurde mir bewußt, daß die Dinge nicht waren, was sie schienen. Daß selbst ich nicht die war, für die ich mich hielt. Treue Freundin? Oder lästiger Parasit? Elaines geheime Träume mußten ansteckend sein. Und es mußten Alpträume sein.

Der Schleier, den meine Selbsterforschung und Elaines Geistesabwesenheit über die Woche breitete, glitt nur über uns beide. Die anderen lachten, spielten Whist, aßen, gingen spazieren, ruderten auf dem kleinen künstlichen See und benahmen sich ganz allgemein so, wie man es von Gästen einer Hausgesellschaft erwartet. Elaine und ich hielten uns an die Terrasse – ich war mit meinem Skizzenblock bewaffnet, sie saß müde in ihren weiten, hauchdünnen Sommerkleidern da und sah mehr nach einer Hausfee aus als nach der heiratsfähigen Tochter des Hauses. Und sie verhielt sich noch weniger so.

»Ich gehe zum großen See«, verkündete Adrian eines für die Jahreszeit ungewöhnlich heißen Tages und blieb vor uns beiden stehen. »Kann ich eine der Damen zum Mitkommen bewegen?«

»Warum nicht, auf dem See ist es bestimmt kühler. Nicht wahr, Elaine? Gehen wir.«

Adrian legte rastlos sein elfenbeinfarbenes Sommerjackett über seinen Arm. Er hatte nicht vorgehabt, Kindermädchen für eine Gemütskranke zu spielen.

»Geh du nur. Ich bin hier ganz zufrieden. Du bist an Reisen auf dem Wasser gewöhnt. Ich würde nur seekrank werden, Amberleigh.« Dabei liebte Elaine das Wasser, sie ruderte wie ein Junge, wie ich kurz nach meiner Ankunft hatte feststellen können. Sie warf mir aus ihren verschleierten grauen Augen einen verschmitzten Blick zu. Ich fragte mich, ob sie Adrian und mich in der Hoffnung zusammenbrachte, eine Brautwerbung zu fördern. Doch der Herr über die Hälfte der Whiskeyproduktion von ganz Irland konnte keine landlose halbirische Gouvernante als Gattin gebrauchen.

Adrian und ich gingen gerade die Stufen hinunter, als uns Devoras Stimme, die von den Verandatüren kam, innehalten ließ.

»Wenn Sie in die Sonne gehen, Amberleigh, sollten Sie lieber einen Sonnenschirm mitnehmen. Zuviel Sonne ist schlecht für den Teint, wie Sie wissen. Sie werden so viele Sommersprossen bekommen, daß Sie aussehen, als ob Sie Fleckfieber hätten.« Devora war elegant gekleidet, in elfenbeinfarbenen Batist und Spitze so fahl wie der Wintermond. Ich errötete unter den Sommersprossen, die der Sommer mir bisher schon auf Nase und Wangen getupft hatte.

»Sonnenschirme sind etwas für ältere Damen auf dem Nil.« Adrian lachte, nahm meine Hand und zog mich mit sich. »Zum Tee sind wir wieder zurück, Devora, wenn wir nicht in den See fallen oder das Ungeheuer uns in die Tiefe reißt.«

Ich lief hinter ihm über den Rasen, ohne Hut, mit flatterndem Skizzenblock. »Adrian, bitte, wir brauchen doch nicht so schnell zu gehen.«

»Wir konnten nicht schnell genug die Flucht ergreifen«, sagte er und ging in normalem Schrittempo weiter, vorbei an einem wildwuchernden Rhododendronstrauch. Er ließ meine Hand los, und ich war plötzlich schüchtern. Wir schlenderten zusammen auf den See zu.

»Es überrascht mich, daß Devora sich das gefallen läßt, solch eine, solch eine ...«

»Unverschämte Antwort?« Er grinste dabei unverschämt. »Von mir läßt sie sich eine ganze Menge gefallen, wissen Sie.«

»Aber von mir nicht«, erinnerte ich ihn. Wenn ich mit Adrian zusammen war, schien ich mich jedesmal geradezu getrieben zu fühlen, meine Stellung in schlechtmöglichstem Licht darzustellen.

Ein Windstoß fuhr unter meinen leichten Rock und hob kurz den Deckel des Skizzenbuchs. Einige Zeichnungen flatterten in die Höhe.

»O nein!« rief ich und lief los, um sie zurückzuholen. Adrian schloß sich mir an. Sobald die Blätter den Boden berührten, hielt er sie mit den Händen und sogar mit den Füßen, die in Gamaschen steckten, unten. Einige wollten wieder aufsteigen, als wir sie gerade einfingen.

»Da, ein Fersenabdruck in dem künstlichen See verleiht ihm irgendwie eine liliputanische Note, meinen Sie nicht auch? Sie können sagen, daß es zur Neuen Schule gehört.«

»Vielen Dank. Ich glaube, das sind alle, Adrian, und sie sind auch nicht allzu mitgenommen.« Ich hatte mich auf den Boden gesetzt, und Adrian ließ sich neben mir auf die Fersen zurückfallen. »Ich sollte wirklich einen Hut tragen«, sagte ich in die länger werdende Stille.

»Ich mag Sommersprossen«, sagte er.

»Sie scheinen Geschmack an allem zu finden, was Devora nicht mag«, antwortete ich leichthin und schaute wie gebannt auf die vertrauten Linien meiner Zeichnungen, als wären es neue Werke alter Meister.

»Nein, ich habe einfach einen ausgezeichneten Geschmack«, sagte er.

»Tja, ich werde zu den Sommersprossen auch noch Grasflecken bekommen, wenn ich nicht aufstehe.« Ich gab mir alle Mühe, beim Aufstehen nicht auf einen halben Meter Spitzenunterrock zu treten. »Dann sähe ich wahrhaftig aus, als hätte ich Fleckfieber.« Das letzte Worte sagte ich in übertrieben vornehmem Ton, und ich sah, wie sich um Adrians Augen Lachfältchen bildeten, als er mir aufhalf.

»Sie gehören ins Freie«, bemerkte er und schaute mich warm aus seinen blauen Augen an. »Sie riechen nach Wald.«

Es war eine kühne Bemerkung. Damen rochen angeblich überhaupt nicht. Obgleich die Hälfte aller Wale wegen ihres Ambras starben und sämtliche Parfümeure von Paris Tag und Nacht daran arbeiteten, noch ausgeklügeltere und teurere Düfte zu kreieren, diente das alles einer Wirkung, die unerwähnt bleiben sollte.

»Ich benutze kein Parfüm«, sagte ich ziemlich verlegen.

»Ich weiß«, sagte er leise.

Früher einmal hätten mich solche Worte bis zu den Haarwurzeln erröten lassen, statt dessen stockte mir der Atem, und ich spürte ein Prickeln von den Füßen bis zum Gesicht. Die Welt schien sich langsamer zu drehen, das Zirpen der Vögel klang wie das einer aufgezogenen mechanischen Spezies. Ich würde aufschauen, ich würde antworten, ich würde mich von ihm nicht einschüchtern lassen. Es war alles eine Frage der Geschicklichkeit, der Übung. Er dachte sich nichts dabei, und ich durfte deshalb nicht die Nerven verlieren.

»Ein Kenner der Feld-, Wald- und Wiesendüfte«, sagte ich spöttisch, mit einem Talent zur Koketterie, das mich selbst überraschte. »Wenn Sie Boote so gut steuern können wie das

Gespräch, müßte es eigentlich eine flotte Rundfahrt über den See werden.«

Wir standen einander gegenüber, dort auf der stillen Lichtung, so fern von der übrigen Welt, daß man einen Grashalm knicken hören konnte. Ich betrachtete ihn mit einem freimütigen Lächeln und blickte fest in diese gefährlichen tiefblauen Augen. Er kniff die Augen zusammen. Ihm gefiel dieses Spiel, und die Beute war es wert. »Dann kommen Sie.« Er nahm so sacht meine Hand, daß ich nur einen Schritt zurückzubleiben brauchte und wir wären wieder bloße Weggefährten, anstatt uns an den Händen zu halten. Ich ließ meine Finger passiv in seiner Hand liegen, und wir gingen nebeneinander in die Richtung des Sees.

Wir traten aus den letzten Bäumen hervor auf die Lichtung am Seeufer.

»Mist«, sagte Adrian leise und blieb unvermittelt stehen.

Ich sah den Gegenstand dieser Bemerkung ziellos vor dem Pier auf- und abspazieren. Maisie Dillingham, ganz brav in einem Nachmittagskleid, komplett mit Hut und Sonnenschirm, den sie lustlos in das Kiesufer bohrte. So ganz in Rosarot erinnerte sie mich an einen prächtigen afrikanischen Flamingo. Wenn ich schon groß für eine Frau war, Maisie war noch größer – eine Bohnenstange mit blasser Haut ohne jeden Glanz und strähnigem Haar von der Farbe dünnen Tees.

»Oh, Miss Dunne! Mr. Carstairs! Wie schön! Ich habe gerade überlegt, was ich anfangen soll, und da sind Sie. Sie wollen nicht zufällig eine Ruderpartie auf dem See machen – ich würde liebend gern eine Ruderpartie auf dem See machen, Mr. Carstairs, und ich bin sicher, daß Sie sich wunderbar darauf verstehen.«

Für mich war Adrian groß genug, nicht jedoch für Maisie

Dillingham. Trotz ihrer sorgfältig einstudierten krummen Haltung mußte sie zu ihm hinuntersehen. Eine Bitte hat nicht viel Wirkung von solcher Höhe aus.

Doch er ergab sich liebenswürdig, half uns beiden ins Boot – mir schien man viel ausgiebiger helfen zu müssen –, warf sein Jackett auf einen der mit Kissen bedeckten Sitze und ruderte gleichmäßig an der Uferlinie entlang.

»Oh, fahren Sie uns doch zur Mitte raus, Mr. Carstairs. Es ist immer soviel aufregender, richtig draußen auf dem See zu sein, meinen Sie nicht auch?« Was Adrian dachte, blieb das Geheimnis eines Gentlemans.

»Tja«, sagte sie, als wir gehorsam zur Seemitte befördert worden waren, wo Adrian eine Verschnaufpause einlegte und sich auf seine Ruder stützte, »wir scheinen keine sehr gesprächige Gesellschaft zu sein, nicht wahr?«

Ich fing Adrians Blick auf und lächelte. Maisie saß zwischen uns, und wenn sie auch die Stimmung spürte, so war sie doch nicht einfühlsam genug, um die wortlose Spannung, die seit dem Zwischenspiel im Wald zwischen Adrian und mir bestand, stören zu können. Maisie Dillingham hatte unserem Spiel ohne ihr Wissen Würze verliehen.

»Sie rudern so gut, Mr. Carstairs«, trällerte sie.

»Ja«, sagte ich mit feinem Spott. »Sie rudern so gut.«

»Ich begreife nicht, wie er es macht, es muß ja so schwierig sein. Ich bin froh, daß ich eine Dame bin und nicht solche Dinge wie rudern und sich den Bart stutzen zu tun brauche.«

»Ja, Maisie, es gibt eine ganze Reihe unangenehmer Dinge, die ein Gentleman tun muß«, pflichtete ich ihr boshaft bei. Ich ließ die Finger durchs Wasser gleiten, wozu es mich schon während meines Ausflugs mit Elaine gereizt hatte, aber da hatte ich mich nicht ganz getraut. »Es ist kalt«, sagte ich überrascht. »Und tief«, fügte ich an Maisie Dillingham gewandt hinzu. »Aber wir sind zweifellos in Sicherheit, Miss Dillingham, erschrecken Sie nicht. Mr. Carstairs ist ein Gentleman, mit dem es draußen auf dem See *sehr* sicher ist. Besonders im Moment.«

Adrian schlug plötzlich mit einem der Ruder aufs Wasser, und die Spritzer durchnäßten meinen Ärmel. Ich nahm den Arm vom Bootsrand und mußte lachen.

»Nein, spielen Sie nicht so mit uns, Mr. Carstairs«, rief Maisie. »Ich war sehr erschrocken. Angeblich soll ein Ungeheuer in diesem See hausen, wissen Sie. Vielleicht sollten wir lieber wieder zurückfahren. Ja, es sieht so aus, als ob es gleich regnen könnte.«

Adrian fügte sich erneut und ruderte die *Argonaut* geschickt zu ihrem Liegeplatz am Seeufer. Die Rückfahrt verbrachte ich damit, interessante Örtlichkeiten in der Umgebung zu diskutieren, die mir auf meinen Zeichenausflügen aufgefallen waren. Mit Maisie Dillingham.

Wir legten an, und Maisie trippelte dankbar in Richtung Pfad. Adrian hielt das Boot mit dem Fuß gerade so weit vom Steg weg, daß ich nicht aussteigen konnte und hielt dann, als er mich heraushob, mitten in der Bewegung inne. »Sie spielen riskant, Miss Dunne«, sagte er mir leise ins Ohr. Einen Augenblick befürchtete ich schon, daß ich ihn wirklich gekränkt hatte. Ich schaute in seine Augen, die nur wenige Zentimeter von den meinen entfernt waren.

Aber ich hatte ihn nicht gekränkt, ich hatte ihn erregt. Ich hatte diesen Blick in den Augen eines Mannes noch nie gesehen, erkannte ihn jedoch instinktiv. So wie Maisie Dillingham bereute ich es plötzlich, das Ungeheuer aufgeweckt zu haben, das in dem See lauerte.

Ungeheuer, so sagte man, verschlingen unvorsichtige Jungfrauen.

7. Kapitel

Ein Ausritt?« fragte Adrian am nächsten Morgen beim Frühstück verschlüsselt. Nur Elaine und ich waren da und plünderten die Anrichte. Ich vermutete, daß seine Einladung deshalb so knapp ausfiel, weil er nicht letztendlich wieder den Begleiter von Maisie Dillingham spielen wollte.

»Warum nicht«, sagte ich unverbindlich und fing Elaines Blick auf.

»Geh nur, Amberleigh«, sagte sie fest. »Du kannst Lady Jane nehmen. Sie ist meine Stute und so sanft wie ein Kätzchen.«

»Ich bin seit Miss Meachum nicht mehr geritten, Elaine, vielleicht solltest du lieber mitkommen ...«

»Nein, Amberleigh!« Es war ein Temperamentsausbruch, wie ich ihn selten an ihr gesehen hatte. »Adrian wird doch auf dich aufpassen, oder nicht?« Mit ihrer Bitte wandte sie sich an jemanden, der in der Ausübung solch unerschütterlicher Mittelklassetugenden wie auf Frauen aufzupassen äußerst bewandert war.

»Ich werde sie führen, als ob sie eine ältliche Äbtissin auf einer Pilgerfahrt wäre«, versprach Adrian feierlich.

»Na gut. Ich gebe mich geschlagen. Auf Wiedersehen, Elaine, möge die Schuld auf dein Haupt fallen.« Doch sie war geistesabwesend und bekam mein melodramatisches Getue kaum mit. Schließlich, als ich zur Tür hinausging, lächelte sie mir gemessen zu.

Adrian und ich hatten verabredet, uns in einer halben Stunde in der Eingangshalle zu treffen. Ich zog mich in mein Zimmer zurück, um mich den drei noch immer staubigen Taschen zu stellen, die ganz hinten in dem kleinen Ankleideraum verstaut waren. Das Reitkleid war ziemlich leicht ausfindig zu machen. Aber wo steckten die verwünschten Stiefel? Und das schwere Haarnetz? Das Haarnetz erwischte ich beim dritten Fischzug durch die Kommode. Die Stiefel standen in sich zusammengesunken wie Betrunkene hinten im Kleiderschrank.

Zum Glück paßte die Reitjacke noch. Unsere Reitlehrerin in Miss Meachums Internat war eine nachlässige Frau mit fleischigen Schultern gewesen, deren Ärmelnähte immerzu aufplatzten und die keine Korsetts bei ihren »Mädels« duldete. Gleich als ich das erstemal nach draußen in den Stallhof geführt wurde, musterte sie mich mit nur einem durchdringenden Blick und teilte mir Rocking Chair zu, das größte und frommste Reittier von allen. Aber ich hatte gelernt, anmutig in meinem Damensattel zu sitzen und im Trab zu reiten, ohne auszusehen, als würde ich bei jedem Schritt vom Pferd hinunterfallen. Mit dem leichten

Galopp war es eine andere Sache. Ich hatte den Verdacht, daß Rocking Chair nicht den gleichmäßigsten Gang diesseits von Steeple Downs hatte. Auf jeden Fall machte ich nie einen schnellen Ritt über das Moor, ohne damit zu rechnen, daß ich jeden Augenblick aus nächster Nähe die Flora studieren würde.

Adrian hatte ein Reitjackett und Reithosen aus hellbraunem Gamsleder aus seiner Besuchsgarderobe zum Vorschein gebracht. Ich würde mich mit feierlichem Schwarz begnügen müssen. Sowohl Stallburschen als auch Pferde stellten die Ohren auf beim Erscheinen dieses ungewohnten Paares. Schnelles Abschätzen geht nirgends so schnell wie auf einem Stallhof.

»Lady Jane für die Lady«, wies Adrian an. »Und was haben Sie für mich?«

Der Bursche streifte Adrian sofort mit diesem Blick, der einen Reiter für alle Zeit einordnet. »Da ist Lowboy, Sir – lassen Sie sich von dem Namen man nicht täuschen. Er taugt was. Und Jester, ’n bißchen aufbrausend und einer, der Tauziehen mit der Gebißstange spielen wird. Aber ich schätze mal, daß Gavotte mehr nach Ihrem Geschmack ist.« Er führte einen kräftigen, leichtfüßigen Fuchs nach draußen. »Und er ist ’n bißchen verliebt in Lady Jane da drüben, deshalb brauchen Sie sich keine Sorgen zu machen, daß er allzu weit vom Weg abkommt«, fügte er augenzwinkernd hinzu.

Ich schaute Elaines Stute an, ein hübsches kleines Pferd mit einer Blesse. Sie hatte blanke braune Augen, denen ich trauen zu können glaubte, und eine niedliche Art, mit dem Kopf gegen meine Schulter zu stupsen.

Der Stallbursche half mir in den Sattel, und nach langer Zeit überblickte ich die Welt wieder von dem einzigen Roßhaarsofa aus, das sich bewegt. Ich tätschelte Lady Janes glänzenden Hals und flüsterte ihr zu, daß wir Freunde sein würden.

Unter den Blicken der Stallburschen ritten wir die schattige Auffahrt hinunter.

»Sie sitzen auf ihr, als wären Sie gestern noch geritten«, bemerkte Adrian.

Ich rückte meine Reitkappe ziemlich verbissen zurecht. »Wir reiten noch im Schrittempo«, stellte ich fest.

»Dann lassen Sie uns Trab reiten.«

Er stieß Gavotte leicht in die Rippen, und der große Fuchs ging augenblicklich in Trab über. Ich hatte mich noch nicht entschieden, ob ich seinem Beispiel folgen sollte oder nicht, aber anscheinend war das auch nicht nötig. Lady Jane hob ihre zierlichen Fesseln und tänzelte ihm hinterher. Als mein Brustkorb auf und ab gerüttelt wurde, war ich jener Frau mit dem eisernen Rückgrat und ihrem Haß gegen Korsetts ausnahmsweise einmal dankbar. Hätte ich ein Fischbeinmieder getragen, dann hätte ich mich bei diesem Gerüttel zu Tode geschürft.

Adrian hatte Erbarmen mit mir und zügelte das Tempo zu Schritt.

»Noch da?«

»Mit Herz und Hut«, sagte ich atemlos. Er lenkte Gavotte von der Straße hinunter. »Nein, Adrian. Wirklich, auf der Straße zu reiten reicht mir. Es ist ewig her. Ich möchte sie lieber nicht verlassen.«

»Wir reiten auch ganz langsam. Und dieser Weg führt zu den Meeresklippen. Die Aussicht muß atemberaubend sein. Es sei denn, Sie haben auch Angst vor Höhe?«

»Nur wenn sie auf vier Beinen geht«, antwortete ich. Seine Stimme hatte eine herausfordernde Note, als stelle er mich auf die Probe. Er versuchte mich einzuschätzen, erkannte ich plötzlich, so sicher wie der Blick des Stallburschen über uns hinweggeglitten war. Er wollte herausfinden, was in mir steckte, war das nicht der Ausdruck? Ein Gefühl des Unwillens brannte tief in meinem Innern. Ich hatte nie behauptet, Diana Daring, Sportsfrau und Freigeist zu sein. Ich glaubte fast, daß er genau darauf aus war. Und hatte er das rückhaltlose Eingeständnis meiner Stellung bei den St. Clares, meinen ungekünstelten Ärger als Mut, als Feuer mißdeutet? Ich befürchtete es. Befürchtete es, weil er sich irrte. Ich würde nie zu den Frauen gehören, die anläßlich ihrer Rückkehr von einer Jagd in Afrika oder auf dem Weg zu einer Ausgrabung in Mittelamerika auf den Gesellschaftsseiten abgebildet wurden.

Doch ich gab Lady Jane einen Stups und folgte Adrian von der Straße hinunter, über das weite Heideland, das sich vor uns ausdehnte, auf die Kalksteinfelsen zu, die wie Gedenksteine vor dem grauen Himmel aufragten.

Wir ritten schweigend, ich dachte über meine neuen Einblicke nach, und Adrian schaute sich von Zeit zu Zeit nach mir um. Schließlich hielt er an und wartete auf mich.

»Hier ist es breiter. Ich möchte diesen Hang hoch. Glauben Sie, daß Sie es schaffen können?«

»Natürlich«, erwiderte ich, bevor ich den Hang noch richtig abgeschätzt hatte.

Also schlängelten wir uns durch schmale Korridore von Kalkstein aufwärts. Einmal drehte ich mich in meinem Damensattel um, schaute auf den Weg zurück, über den wir gekommen waren, und war überrascht, wie hoch wir uns befanden. Die Ebene dehnte sich unter uns wie ein zerknittertes Taschentuch aus Gras. Ich sah einige Ruinen – gelb und spitz – auf einer Lichtung, Carnhavens stumpfrote Schornsteine, die schemenhaft aus einem smaragdgrünen Kreis aus Vegetation ragten, den Shallowford-Bach, der sich durch Wald und Heide schlängelte. Shallowford House, unser nächster Nachbar, war den Blicken entzogen.

Als ich mich wieder nach vorn wandte, war ich überwältigt von der Wildheit des Reichs, das vor uns lag. Wir hatten nach und nach den Kamm erklettert, wie eine Wespe den Rand einer Untertasse. Eine felsige Landspitze ragte in das silbern glänzende Meer hinein. Wir befanden uns auf relativ flachem Grund, der sich meilenweit in alle Richtungen dehnte, sollten wir Lust haben, auf dem Kamm zu reiten.

»Es ist herrlich.«

Adrian lächelte über mein Lob seiner Fähigkeiten als Führer. »Haben Sie nicht auch das Gefühl, daß Sie hier im tiefsten Afrika sein könnten? Oder auf irgendeiner seltsamen Insel, wo nur Wind und Wasser zählen? Tut es Ihnen leid, daß Sie hergekommen sind?«

»Nein«, antwortete ich und meinte es ernst. »Warum hat man die Häuser nicht hier oben gebaut? Es gibt genug Fläche. Und wie würde man jeden Tag aufwachen!«

»Der Boden ist ziemlich karg für die Art von vornehmer Landwirtschaft, die die Gentry in dieser Gegend betreiben wollte«, erklärte Adrian. »Deshalb zog man sich von der Küste in die behaglichen kleinen Senken zurück.« Er drehte sich um und betrachtete das grüne Land unter uns.

»Was ist denn dahinter? Es sieht faszinierend aus, schauen wir es uns an.« Ich stupste Lady Jane an, und sie suchte sich ihren Weg über die unebene Fläche. Wir umrundeten gerade einen hohen Kalksteinvorsprung, mehrstöckig wie eine Hochzeitstorte, als plötzlich eine Stimme aus der Einöde kam.

»Hey, Mann! Halt! Sind Sie verrückt oder tollkühn?« Ein

Mann kletterte von der Spitze des Kalksteinausgucks hinunter. »Das hier ist tückischer Boden, das richtige für Dummköpfe und ihre Verwandten. Schaffen Sie die Tiere runter und sich selbst gleich mit, wenn Ihnen Ihr Leben lieb ist.«

»Auf mich wirkt er ziemlich solide«, widersprach Adrian.

»Aye«, sagte der Mann. »Zu solide. Da sind Senkgruben, die sich seit Ewigkeiten immer tiefer in den Boden bohren. Wenn man mal in eines reingerät, sind sie solide genug, um als Grab zu dienen.« Er zeigte hinter uns. Adrian stieg ab und führte Gavotte hinüber, während ich auf Lady Jane folgte. Eine flache Grube, etwa acht Fuß tief, klaffte unvermittelt in der Hochebene.

»Wenn Ihnen diese hier nicht gefällt, werfen Sie erstmal einen Blick in die da«, sagte der Mann mit einem gewissen Besitzerstolz. Diesmal stieg ich ebenfalls ab. Irgendwie erschien die Grube weniger tief, wenn ich festen Boden unter den Füßen hatte. Der Mann führte uns um einen weiteren Felsvorsprung herum und zeigte uns ein schmales Loch im Boden, mit einem Durchmesser von vielleicht sechs Fuß. Wir sahen ihn verblüfft an, weil sein Ton größere Wunder verheißen hatte. Und größere Gefahr.

»St. Bridget's Well, so wird's genannt. Von Anbeginn der Zeit. Aber man müßte tief klettern, um in der Quelle Wasser zu finden.« Er hob einen Stein auf und ließ ihn in den schwarzen Schlund unter uns fallen. Wir hörten ihn nicht auf dem Grund aufkommen. »Dieser Platz hier ist voll von Löchern. Ich halte Wache, damit keine Ziegen, dumme Viecher, die sie sind, beschließen, ihr Ende in der Grube zu finden. Aber das hier ist nicht der rechte Ort für Pferde.«

Adrian nickte und führte uns zu der Stelle zurück, an der wir heraufgekommen waren. Vom Kamm aus sah der Weg nach unten steil und schmal aus. Ich packte meinen Reitrock, während ich Mut sammelte.

»Wenn wir hinaufgekommen sind, kommen wir auch wieder hinunter«, sagte Adrian beruhigend. Doch als er mir half, wieder auf Lady Jane zu steigen, schwankte die Landschaft, und ich schien auf dem Rücken eines Riesenrosses zu sitzen.

Wir begannen mit dem Abstieg, nachdem wir unserem Ratgeber freundlich zugewinkt hatten. »Ein Glück, daß wir ihm begegnet sind«, bemerkte ich.

»Ja«, sagte Adrian. »Aber ich möchte wissen, wie viele Ziegen tatsächlich hierher geraten.«

Ich bat nicht um Aufklärung dieser Bemerkung. Der Weg nach unten wirkte um vieles steiler als unser langsamer Aufstieg. Ich lehnte mich gegen Lady Janes breites Hinterteil und hoffte, daß ich nicht über ihren langen, schlanken Hals und die rauhen Felsen hinunterrutschte, die den Weg säumten.

»So ist es richtig«, sagte Adrian hinter mir. »Sind Sie sicher, daß ich nicht voranreiten soll?«

»Dazu ist es zu spät. Nein, ich werde einfach Hals über Kopf den Hang hinunterstürzen – auf die eine oder andere Art.«

Meine tapferen Worte täuschten niemanden, am allerwenigsten Lady Jane. Sie suchte weiter ihren Weg nach unten und legte die Ohren an, als der Neigungswinkel des Abhangs sie immer schneller vorwärtszog. Offensichtlich wußte sie besser, was sie tat, als ich. Ich ließ dem Pferd seinen Kopf – obschon das, was ich davon sehen konnte, tief gebeugt und unter mir war –, ihr Rücken und ihr Hals waren eine einzige lange Rutschbahn ins Nichts. Ich klammerte mich ohne Hemmungen an meinem Sattel fest.

Endlich sah ich, wie das Land ebener wurde, und schließlich lag schönes grünes Gras unter Lady Janes Hufen. Der Kalkstein hinter uns verwandelte sich in eine Landschaft aus einem Alptraum. Adrian konnte jetzt auf gleicher Höhe mit mir reiten, sein Mund war schmal.

»Das hat mehr Mühe gekostet, als ich erwartet hatte. Wie fühlen Sie sich, Amberleigh? Sie sind gut damit fertiggeworden.« In seinem Ton schwang eine Bewunderung, die zuvor nicht dagewesen war. »Vielleicht könnten wir hier absteigen und ein Stück zu Fuß gehen.«

Erst als er mich hinunterhob, merkte ich, wie verkrampft meine Muskeln gewesen waren. Meine Knie zitterten ein wenig, und ich fragte mich, ob ich überhaupt stehen konnte. Aber es spielte keine Rolle, denn Adrian hielt mich weiter in den Armen. Meine Reitkappe fiel mir bei dem unsanften Abstieg von Lady Janes Sattel vom Kopf. »Scheint so, als wäre ich nicht richtig ausgerüstet«, bemerkte ich. Ich war völlig durcheinander und griff vergeblich nach dem Hut.

»Für mich sind Sie gut genug ausgerüstet«, sagte Adrian. Ich spürte, wie sein Schnäuzer mich kitzelte, als er sich vorbeugte, um seine Lippen auf meine zu pressen. Sein Arm umschlang höchst anerkennend meine ungeschnürte Taille.

»Ich fürchte«, sagte ich, als ich mich losmachte – denn so durfte es nicht weitergehen –, »daß ich mit einem Hut ausgerüstet war, den ich zurückholen sollte.« Ich wußte nicht recht, was ich tun sollte, wenn er den Hut nicht beachtete und sich in der gegenwärtigen Art auf seine Besitzerin konzentrierte.

»Sie sind mit einer ganzen Reihe ungünstiger Dinge ausgerüstet«, sagte er leise, in neckendem Ton, und fuhr mit dem Zeigefinger über die lange Reihe von Hornknöpfen vorn an meiner Jacke. Er bückte sich, um die Reitkappe aufzuheben, während ich auf seine Bemerkung mit dem Erröten reagierte, die sie verdiente.

Es war schrecklich unverfroren von ihm – vermutlich war er deshalb ein solcher Herzensbrecher. Er huldigte dem äußeren Schein. Kleider machten nicht nur Leute, überlegte ich, gelegentlich sorgten sie auch dafür, daß ein Mann sich ordentlich benahm. Die Näherinnen bei Miss Meachum, die diese quälend langen Knopfleisten anbrachten, hatten nicht umsonst genäht. Wenngleich mir nicht einleuchtete, wozu eine alte Jungfer von vierundzwanzig Jahren solche unnatürlichen Hemmnisse brauchen sollte.

Wir stiegen wieder auf und ritten schnell zurück. Das Gespräch wandte sich wieder normalen Dingen zu. Ich begann mich zu fragen, ob überhaupt etwas vorgefallen war, ob ich mir die ganze Sache nicht nur eingebildet hatte. Wir lieferten unsere Pferde im Stall ab und gingen zum Haus.

»Ein Ausritt, den ich so bald nicht vergessen werde«, sagte ich leichthin, als wir uns drinnen trennten, staubte meinen Rock ab und ging ein, zwei Schritte die Treppe in der Halle hinauf. Im kühlen Schatten der verlassenen Eingangshalle wurde unsere Unterhaltung ziemlich einsilbig.

»Ich auch nicht«, erwiderte Adrian genauso leichthin. Oder vielleicht auch nicht so leichthin. »Ich fahre für eine Weile in den Süden«, verkündete er plötzlich.

»Ach?«

»Ja. Aber Devora wird mit Sicherheit noch einmal Gäste einladen. Gewöhnlich zu Weihnachten.«

»Weihnachten. Na, vielleicht kommen Sie dann wieder, und wir können einen weiteren Anlauf in Sachen Selbstmord zu Pferd unternehmen.«

Weihnachten. In vier Monaten. Er hörte sich nicht sehr

sehnsüchtig an … Ich schlang die Hände um den großen Blätterknauf am Geländerpfosten und lehnte mich zurück. »Also sehe ich Sie vielleicht zu Weihnachten.« Ich sah ihn nicht direkt an.

»Ich hoffe es. Werden Sie sich darauf freuen?« Sein Ton war unbeschwert, sein Blick nicht.

»Freuen? Ein Faktotum der Familie ist immer froh, wenn ein Gast ihrer Herrschaft kommt.« Nein, das war überhaupt nicht, was ich hatte sagen wollen. Warum hatte ich –

Adrian bedeckte meine Hände mit seinen. »Seien Sie nicht so halsstarrig –« begann er und beugte sich zu mir, so daß ich direkt in seine blauen Augen sah.

»Amberleigh! Amberleigh! Wenn Sie frei sind, erwarte ich Sie in meinem Zimmer.«

Devora hielt sich hoch oben anmutig am Geländer fest und ließ violetten Chiffon – und eine gewisse Gehässigkeit in ihrer Stimme – über die Balustrade zu uns herabwehen. Ich stand automatisch still, ganz zerknirscht, als sie ohne ein weiteres Wort verschwand und ich mir vorkam wie ein Mädchen vom Lande, das man an der Gartenpforte mit seinem Galan erwischt hatte.

»Ich auch«, sagte Adrian leise und frech und kam noch näher.

»Was – oh«, sagte ich, als ich die Anspielung auf sein Zimmer begriff. Ich schlug ihm leicht auf den Unterarm und lief die Treppe hinauf.

Erst oben im Korridor wagte ich darüber nachzudenken, was geschehen war. Er hatte von Anfang an mit mir geflirtet, ja. Doch selbst Herren, die gern Spielchen spielen, legen den Damen nicht die Arme um die Taille oder – oder küssen sie, dachte ich. Es war das erste Mal, daß mich jemand geküßt hatte. Ich hatte die Hoffnung aufgegeben, daß mich in meinem ganzen tristen Leben jemals ein Mann küssen würde. Und jetzt war es passiert. Ich setzte mich aufs Bett und versuchte, es noch einmal nachzuerleben. Ein Mund an einem Mund, mehr war es nicht. Was war das Geheimnisvolle daran? Es war kein Erdbeben gewesen. Andererseits war es wohl ganz angenehm. Mir hatte das Herz geklopft, wie alle Romanschriftstellerinnen es versprachen, aber das war reine Vorfreude gewesen.

Nein. Ich durfte Adrian nicht trauen. Es war höchstwahrscheinlich ein reiner Flirt, mehr nicht. Zweifellos entlockte er weitaus mehr Frauen als mir Küsse. Vielleicht war es sogar eine Art Sport für ihn. Ich durfte dieser Sache nicht zuviel Bedeutung beimessen. Ich durfte mein Herz nicht verlieren – oder auch etwas anderes Unwiederbringliches, dachte ich, als ich die Hornknöpfe öffnete.

Und doch widerstrebte es mir, mein schlichtes Reitkostüm abzulegen. Ein anderer Mensch würde zum Vorschein kommen, wenn ich wieder in normaler Tageskleidung aus Gabardine und Georgette steckte. In meiner alltäglichen Strenge sah ich im Spiegel längst nicht so interessant aus. Doch Devora war nicht so interessiert an meiner Erscheinung.

Ich fragte mich, warum sie wohl so herrisch nach mir gerufen hatte. Nur um mich von Adrian wegzulocken? Hatte der Anblick, wie wir uns dort am Geländerpfosten unterhielten, sie wütend gemacht, sah sie, als Adrians blonder Kopf sich mir zuneigte, Elaines Chancen davonfliegen? Ich steckte meine Bluse so gut es ging in den Rock und hastete durch den Flur zu ihrer Tür. Mir war, als drehte ich mich um mich selbst, und ich wußte nicht, wieso. Ich hüpfte ein-, zweimal, dann machte ich mir Sorgen, daß nüchterne, wachsame Augen mich sehen könnten, und blieb abrupt vor Devoras Tür stehen. Sie war geschlossen.

8. Kapitel

Lady Devora St. Clare hatte bisher weder Elaine noch mich jemals in ihr Wohnschlafzimmer gebeten. Ich stand unschlüssig draußen vor der dunklen Tür und klopfte schließlich mit einer Beiläufigkeit an, die hoffentlich meine Nervosität verbarg.

»Herein«, sagte Devora, und ich fand mich in einem rosaroten und grauen georgianischen Boudoir wieder.

»Schließen Sie die Tür, Amberleigh. Nein, richtig. So ist es besser. Und kommen Sie hierher zum Fenster. Wir müssen uns ernsthaft unterhalten, also setzen Sie sich.«

Ich wünschte plötzlich, ich hätte ein feines Taschentuch mitgebracht, das ich in meinen Händen drehen konnte – ganz gleich was, wenn es mir nur mehr zu tun gab, als auf der Kante von Devoras Rosepointstuhl zu sitzen und meine Rockfalten zurechtzuzupfen.

Sie saß von dem kleinen grauen Schreibtisch, der zum Fenster stand, abgewendet. Das grelle Licht, das durch die hohe Scheibe einfiel, ergoß sich über mein Gesicht und blendete mich fast.

»Seien Sie nicht so erschrocken, meine Liebe«, sagte Devora. »Zumindest jetzt noch nicht.« Ihr Gesichtsausdruck war gegen das helle weiße Licht, das sie umrahmte, nicht zu erkennen. »Es geht um Elaine«, sagte sie schließlich und seufzte. »Sie müssen es bemerkt haben. Es ist mehr als die Niedergeschlagenheit einer jungen Frau bei der Aussicht auf ein Leben als alte Jungfer. Oder ein Anfall von ›mal de mère‹. Was sich natürlich auf mich bezieht ...« Ihr leises Lachen gab mir die Gelegenheit, den Witz zu begreifen. »Mal de mer«, französisch für Seekrankheit, umgewandelt in »mal de mère«, krank durch die Mutter. Oder Stiefmutter in Elaines Fall.

»Ja. Elaine hat wenig Geduld mit mir. Ich bin sicher, sie hat es Ihnen erzählt, Amberleigh. Aber ich bin nicht die böse Stiefmutter aus dem Märchen. Und was ich tue, tue ich für Elaine, das müssen Sie mir glauben. Es ist schwer, in eine Familie mit einem Mädchen zu kommen, das nur wenige Jahre jünger ist als man selbst und entschlossen, einen nicht zu mögen. Ich habe mein Bestes getan. Aber es hat nicht gereicht.«

Devora stand auf, zog ihren leichten Morgenmantel hinter sich und entfernte sich. Als sie sich wieder umdrehte, fiel das Licht vom Fenster voll auf ihr Gesicht. Sie sah abgespannt aus.

»Amberleigh, Elaine ist nicht ... ganz gesund in letzter Zeit. Deshalb dürfen wir ihr wohl keine Schuld geben. Ich habe weiß Gott alle nötigen Sicherheitsvorkehrungen getroffen. Ich habe sie bis hin zu der harmlosesten Teegesellschaft beaufsichtigt. Ich habe ihre Saisons organisiert und meine Pflicht erfüllt, bis ich davon Falten bekam, das schwöre ich.

Ich habe ihr viele – nein, Dutzende – geeigneter junger Männer vorgeführt. Manchmal mußte ich mich sogar selbst benutzen, um sie zu ihr zu locken. Und dennoch zeigte das Mädchen keinerlei Interesse an einem von ihnen. An keinem einzigen. Sie tat nichts, um sie zu Aufmerksamkeiten zu ermuntern, sie achtete nicht auf ihre Galanterien ... deshalb kann ich nicht verstehen, wieso oder wie oder wer – ach, was hat es für einen Zweck? Was hat es für einen Zweck, sich mit der Vergangenheit aufzuhalten? Oder es Ihnen schonend beizubringen? Elaine ist in anderen Umständen, Amberleigh. Ich dachte, Sie hätten es inzwischen gemerkt. Ich dachte, ganz Glenverran hätte es inzwischen gemerkt.«

Ich glaube, ich sprang auf. Zumindest stand ich Lady St. Clare gegenüber. Auf ihrem besorgten Gesicht zeigte sich keine Spur von Unaufrichtigkeit. Die Bitterkeit, mit der sie eine Braue höher als die andere zog, leicht die Lippen verzog, war der Beleg für eine traurige Tatsache, die sie akzeptiert und verarbeitet hatte.

»Elaine? Oh, Lady St. Clare –«

»Es ist kein Irrtum möglich, Amberleigh. Ich habe es von ihrem Mädchen, Stone, erfahren. Sie hat es mir nicht einmal selbst gesagt. Stone glaubt, sie weiß es nicht einmal.«

»Aber bestimmt wäre es mir doch aufgefallen. Ich bin fast ständig mit ihr zusammengewesen ...«

»Sind Sie das, Amberleigh?« unterbrach Devora mit einem scharfen Unterton. Ich wußte, daß sie auf Adrian anspielte, aber in diesem Punkt würde ich mich nicht verteidigen. »Sie ist im siebten Monat, Amberleigh, im siebten

Monat«, fuhr sie fort, ging zum Schreibtisch zurück und nahm einen Brieföffner aus Elfenbein. »Wir haben Glück, daß man so wenig sieht.« Sanft zog sie die Klinge durch ihre geschlossene Hand. »Ich habe in dieser schwierigen Situation mein möglichstes getan. Um herauszufinden, wer – ich habe ihr eine halbe Stunde zugesetzt. Aber wenn man versucht, das Mädchen festzunageln, ist es, als wollte man … eine Schleife aus Nebel binden.« Ihre Hände, schlank und elegant, machten eine hilflose Geste, eine schloß sich so fest um den Brieföffner, daß sie ihn wie eine Waffe zu halten schien.

Unvermittelt schlug sie mit dem Dolch aus Elfenbein auf ihre offene Handfläche.

»Genug der sinnlosen Fragen.« Devora setzte sich und sah mich wieder gegen das Fenster an. »Ich habe arrangiert, daß Elaine und Sie Ferien machen. Einen Zeichenausflug in den Norden, werden wir sagen. In Wahrheit habe ich einen vertrauenswürdigen Arzt und eine vertrauenswürdige Kinderfrau gefunden, die diese Art Dienst mit Diskretion zu leisten pflegen. Sie und Elaine werden zu ihnen fahren und dort bleiben, bis das … Kind zur Welt kommt. Eine Familie wird für das Kind gesucht und angemessen entschädigt. Dann werdet ihr nach Carnhaven zurückkehren und so leben wir bisher. Keine von euch darf – jemals – irgend etwas über diese Sache verlauten lassen. Das ist alles, Amberleigh.«

Sie warf den Brieföffner beiseite und fing an, ihre Korrespondenz durchzusehen. Audienz beendet. Amberleigh Dunne, bezahlte Gesellschafterin, hatte ihre Instruktionen. Amberleigh Dunne, bezahlte Gesellschafterin, konnte gehen.

Doch Amberleigh Dunne war auch eine Freundin. War

dies der Zeitpunkt, einen bestimmten Tonfall zu kritisieren, sich darüber zu streiten, auf welche Weise meine Hilfe verlangt wurde? Sie wurde gebraucht. Und sehr dringend. Elaine, wie schwer es fiel, sich Elaine als, nun, als gefallene Frau vorzustellen. Elaine, die ein Kind unter dem Herzen trug. Ich versuchte sie mir in den Armen eines Mannes vorzustellen, und meine Phantasie sträubte sich. Besonders, da Lady St. Clare Elaines völliges Desinteresse an den Londoner Junggesellen enthüllt hatte.

Ich war nicht einmal so sicher, ob ich viel mehr als Elaine darüber wußte, wie solche – Dinge passierten. Ich wußte nur von dieser seltsamen Spannung zwischen einem Mann und einer Frau, wie sie mit dieser Spannung spielen konnten und es Flirt nannten. Ich wußte nur von meiner eigenen Unwissenheit über das, was jenseits der »zärtlichen Küsse« und »leidenschaftlichen Umarmungen« geschah, über die Mrs. Radcliffe und die anderen Romanschriftstellerinnen nicht hinausgingen. Elaine – ausgerechnet. Die kindliche, so ganz und gar unschuldige Elaine. Kein Wunder, daß sie so unzugänglich war, ihre Stimmungen so wechselhaft waren. Kein Wunder, daß sie uns alle vor Rätsel gestellt hatte.

Inzwischen stand ich vor Elaines Tür, ohne recht zu wissen, wie ich dorthin gekommen war, ich wußte nur, daß ich so schnell den Flur hinuntergelaufen war, wie die Gedanken durch meinen Kopf rasten.

Die Tür war geschlossen, das Zimmer verlassen.

»Elaine? Elaine?« Dann sah ich sie, neben dem Bett auf den Boden gesunken, an die Wand gekauert, mit den Händen hatte sie den Bettüberwurf hinuntergezogen.

»Elaine.«

»Sie will, daß ich weggehe, Amberleigh. Sie hat es gerade gesagt. Ich will nicht weggeschickt werden. Bring sie dazu, daß sie mich hierbleiben läßt, Amberleigh. Ich will nicht weggehen. Wenn ich weggehe, werde ich – jemanden nie wiedersehen. Bring sie dazu, Amberleigh, bring sie dazu.« Sie schluchzte wild und hielt sich an meinen Armen fest. Ich half ihr auf, und zum erstenmal bemerkte ich, wie unförmig ihr Körper war.

»Pssst, Elaine. Hier, ich kühle dein Gesicht mit etwas Rosenwasser, wenn du nur ein bißchen aufhörst zu weinen. Elaine, hör auf zu weinen. Ich fahre mit dir, und wir kommen wieder nach Carnhaven zurück. Wirklich, das tun wir. Ich sorge dafür. Ich werde so gut auf dich aufpassen. Aber warum, ach warum hast du es mir nicht gesagt – vielleicht hätte ich ... etwas tun können?«

»Wenn ich weggehe, werde ich ihn nie wiedersehen. Nie mehr, nie mehr. Deshalb haben sie mich ins Internat geschickt, weißt du. Sie taten so, als wäre das nicht der Grund, aber ich wußte es. Nie mehr, nie mehr.«

Sie überließ sich einem fiebrigen Kummer, der mir das Herz zerriß. Sie war wie ein Porzellanvogel, dessen spröde Federn eine nach der anderen absplitterten, vor meinen Augen verlor sie unaufhaltsam den Verstand, und ich konnte nichts tun, um ihr zu helfen.

»Du bleibst bei mir, bleibst immer bei mir?« flehte sie. »Weil das die einzige Möglichkeit ist, wie ich bestimmt wieder zurückkommen kann. Ich darf nicht weggehen, sie werden ihn töten, ich weiß, sie werden ihn töten –«

»Elaine, wer ist ›er‹? Sag's mir.«

Ihr Gesicht wurde zu einer ausdruckslosen Maske. »Ach, was für eine seltsame Frage, Amberleigh. Weißt du, ich weiß es nicht. Manchmal glaube ich, daß ich es weiß, aber dann wieder nicht. Sie ist eine so ferne, schwache Sache, die Erinnerung. Aber du wirst mit mir gehen, ich weiß, daß du es tun wirst. Und wir werden zurückkommen, und wir werden es niemandem sagen. Versprich, daß du es niemandem sagen wirst. Nicht mal, daß wir wegfahren. Versprich es, versprich es, versprich es.«

»Elaine, natürlich werde ich dein Geheimnis bewahren. Es wird sein wie in der Schule, wenn wir den Anstandsunterricht schwänzten, weißt du noch, und Miss Meachum ließ mich zu sich kommen und war so schrecklich wütend, und ich verriet ihr nie, wo wir gewesen waren oder was wir getan hatten. Und es war nur, um an einem schönen Herbsttag Blätter auf dem Teich schwimmen zu lassen. Du weißt, daß ich es nicht verraten werde.«

Schließlich hatte ich sie beruhigt, und als ich sie verließ, klammerte sie sich wie ein quengeliges Kind an den Bettüberwurf.

Doch mich selbst hatte ich nicht beruhigen können, deshalb ging ich kurz in mein Zimmer, nahm ein Tuch und verließ leise das Haus über die Dienstbotenstiege. Erst als ich die offene Rasenfläche überquert hatte, die an den Wildgarten grenzte, erlaubte ich es mir, über die Enthüllungen der vergangenen Stunde nachzudenken, so groß war meine Angst, daß man irgendwie meine Gedanken lesen könnte.

Ich setzte mich auf eine Steinbank und bemerkte die weichen Wolken, wie sanfte Bergkuppen, über mir, die seltsame Art, wie das Grün ringsherum vor dem blaugrauen Himmel einen fast phosphoreszierenden Schimmer annahm.

Der Stein war kalt, noch ganz feucht von Morgennebel und vom Tau. Aber es gefiel mir, wie hart er sich anfühlte, seine unnachgiebige Festigkeit. Er würde mir beim Nachdenken helfen.

»Schwarze Sheilagh, schwarze Sheilagh, warum starrst du ins Feuer?«

hörte ich Devlin Quades Stimme hinter mir.

»Denn da ist ein Mann, der mich liebt
Und 'n Mann, der mich verläßt
Und 'n dritter Mann,
Ein Schattenmann,
Und er ist der Mann, der mich betrübt …«

Er setzte sich rittlings auf die Steinbank, um mich anzusehen, während sein Lied verklang. »Und da ist ein mißmutiges Mädchen, glaube ich«, bemerkte er und sprach damit das erste Ergebnis meiner Selbstbetrachtung aus.

»Was tun Sie hier? Es gibt gleich Regen.«

»Wenn Regen mich davon abhalten könnte, irgendwohin zu gehen, würde ich mich nie vom Torffeuer meiner Mutter wegrühren«, sagte er. »Noch würde überhaupt ein Ire auch nur einen Finger krumm machen, ob am Pflug oder im Pub. Es gibt fast immer ›gleich Regen‹, wissen Sie.«

»Offenbar ist mir dieser Umstand bisher entgangen«, erwiderte ich und zog mein Tuch fester um mich.

»Und was tun *Sie* hier – eine kalte Steinbank anwärmen, während die andern im Großen Haus mit ihren Ouija-Spielen spielen und dergleichen?«

Er schien eine ziemlich genaue Vorstellung davon zu haben, wie die Gentry sich an feuchten, trüben Tagen amüsierte. »Ich nehme an, alles, was *Sie* brauchen, um sich zu unterhalten, ist ein kleines Gespräch …« sagte ich spitz.

»Und gelegentlich einen kleinen Schluck von etwas Stärkerem«, bemerkte er mit einem Augenzwinkern. Ich versuchte, kein mißbilligendes Gesicht zu machen, schaffte es jedoch nicht. Devlin Quade schien seiner Herkunft insofern treu zu bleiben, als er die Flasche mehr liebte als die

Teetasse. Kein Wunder, daß die Iren immer so streitsüchtig waren.

»Aber warum ›sitzest du am Wasser, Lady‹, wenn Sie auf den Beinen sein und etwas Farbe im Gesicht bekommen könnten? Gehen wir ein Stück.«

Mit Devlin ging immer alles so leicht. Auch der große graue Wolfshund, der nie weit war, erhob sich vom Rasen und folgte uns wie ein zottiger Schatten. Wir gingen schnell am Saum der Rasenfläche entlang und weiter zu dem Wald, der sich zum See hinunterzog. Hinter uns türmte sich Carnhaven auf, gestochen scharf gegen den weichen dunkelgrauen Himmel wie eine Kameebrosche aus Karneol. Die Luft war kühl, aber ich schien solchen Empfindungen gegenüber taub zu sein. Und Devlin, Devlin trug seine abgewetzte Jacke, als sei sie aus Hermelin.

Ich strebte immer zu dem rechten Pfad, der zu einer Waldlichtung führte, die ich besonders mochte und den Feenkreis nannte, doch unter Devlins Führung hielt ich mich links. Unter den feuchten, ausladenden Ästen der Birken war es noch kälter, doch so still und friedlich, als ob die kühle, nasse Luft eine heilende, beruhigende Wirkung hätte. Meine Gefühle waren wie ein Strang aus Garn, der entwirrt wurde, mein Kopf wurde wie der Himmel von einem sanften Wind freigeweht. Devlin summte leise, als wir raschelnd durch die dichteste Stelle des Waldes gingen. Diesmal war es der »Minstrel Boy«. Ich fing an, sein Repertoire wiederzuerkennen.

»Das andere war schottisch, nicht wahr?« sagte ich.

»Was?«

»Das ›Warum weinst du am Wasser, Lady‹. Das ist ›Jock O'Hazeldean‹.«

»Und es gibt doch hoffentlich kein Gesetz dagegen, daß einem schottische Melodien gefallen?« Er lächelte.

»Sie sind bloß so durch und durch irisch, ich hätte nicht erwartet, daß Sie zu einem Dudelsack marschieren.«

»Keiner von uns müßte ›so durch und durch irisch‹ sein, wenn man uns jemals erlaubt hätte, irisch zu sein. Sehen Sie nicht selbst, wie verwunderlich es ist, daß Sie über die Hälfte Ihrer Herkunft nichts wissen, nur weil es unpopulär war?«

»So habe ich nie darüber nachgedacht, Devlin. Aber was spielt das alles für eine Rolle? Es ist doch nur eine Frage von Namen und Orten und wer wen Herrn oder Diener nennt. Wozu solch ein Durcheinander daraus werden lassen? Dabei werden mit Sicherheit schlimme Dinge herauskommen.«

»Nein, herrliche Dinge, ernste Molly. Wir werden nicht mehr lange stillhalten. Wissen Sie, was Transsubstantiation ist? Natürlich nicht, Sie haben nie richtig Ihren Katechismus gelernt. Einfach ausgedrückt – lang, lang ist's her, seit ich Father McManus als Ministrant hinterhergezockelt bin –, es ist der Teil der Heiligen Messe, wenn der Priester den Weinkelch und das heilige Brot hebt und es durch seine Worte in den Leib und das Blut unseres Erlösers Christus verwandelt.

Ob Sie daran glauben oder nicht«, sagte er ungeduldig, als sich auf meinem Gesicht das anglikanische Entsetzen ob solcher Behauptungen widerspiegelte, »was mit Irland passieren wird, ist ganz ähnlich. Es wird sich für immer verändern, dasselbe sein und auch nicht, verstehen Sie? So, wie die Zeit und der Herr es von jeher bestimmt haben. Und dafür wird Blut fließen, unsere Transsubstantiation. Das ist bei Wundern oft so.«

»Aber *Ihr* Blut, Devlin? Sie sind bei den United Irish, oder? Ist es das wert? Die Truppen wissen, wie man mit Aufständen fertig wird, sie haben in Südafrika gelernt, in Indien ...«

»Und recht haben Sie, Irland mit diesen armen Ländern zu vergleichen. Kolonien.« Er spie das Wort förmlich aus. »Mehr ist Irland jetzt nicht, eine verdammte Kolonie. Wir sind als Menschen ebenbürtig. Wir fangen gerade erst an herauszufinden, daß hier unten große Bücher geschrieben wurden, als John Bulls Vorfahren sich die Stirn noch blau bemalten.«

Wir waren einen weiteren Abhang hinuntergegangen, und Devlin nahm mich am Ellbogen, damit ich auf dem rutschigen Moos und Gras nicht fiel. Vor uns lagen ein offener Platz und die goldgrauen Ruinen eines Kalksteingebäudes, die Ruinen, die ich an diesem Morgen mit Adrian von den Klippen aus gesehen hatte.

»Devlin – was ist denn das? Ich habe es noch nie von so nahem gesehen. Es ist, als entdecke man einen Rosinenkuchen in einem Kohlenkeller. Bezaubernd.«

»Na, jetzt fallen Sie mal nicht den Hügel runter. Haben Sie die alte Abtei noch nicht gesehen? Ist kein Wunder, keiner macht sich viel daraus. Es sind die Überreste eines jener Orte, wo der Gänsekiel uns die Muttersprache ersetzte, als sie später in unseren Köpfen zum Schweigen gebracht wurde. Früher mal kamen sie vom Haus hierher, um zu picknicken«, sagte er bitter und setzte sich auf eine der rauhen Steintreppen, die zum Himmel und nicht viel mehr führten.

»Und jetzt tun sie es nicht mehr? Wie komisch. Ich finde, solch einen Platz vergißt man nicht leicht.« Ich setzte mich zu Devlin auf die Stufen und mied dabei vorsichtig eine kleine violette Blume, die zwischen den Steinen blühte.

»Sie haben es nicht mehr gemacht, seit sie mich zum Trinity schickten, und auch davor schon nicht mehr. Seit

Elaine weg war – sie und Jason waren es, wissen Sie, die an diesem Fleck hingen.«

»Jason?«

»Aber das muß vor zehn Jahren gewesen sein. Damals war ich selbst noch ’n Junge und nicht allzu vertraut damit, was im Haus passierte. Obwohl wir zusammen spielten, wenn ihre stolze neue Stiefmutter nicht hinsah. Und in jener Zeit nannte man sie ganz einfach Deborah, wenn ich mich recht erinnere, weil ich wegging, zur Schule, und ’nen ganz wirren Kopf kriegte von dem Lernen und anderen albernen Beschäftigungen. Noch nie hat eine griechische Zeile auch nur einen Deut daran geändert, wie viele Kartoffeln auf einem Stück unfruchtbaren Bodens wachsen oder wie viele Witwen ein Fischerdorf ergeben. Na, das wär’ doch mal ’ne Rechenaufgabe, um die Tutoren in Verlegenheit zu bringen, obwohl sie auf diese Art der Wissenschaft wohl lieber verzichten.«

Aus irgendeinem Grund löste der Name Jason eine Erinnerung bei mir aus. Ich hätte schwören können, daß ich den Namen auf Carnhaven noch nie gehört hatte, doch irgendwie war ich auch nicht überrascht, ihn zu hören. Auf eine unbestimmte Art paßte er.

»Wer war Jason? Also Devlin, schwingen Sie nicht wieder eine von Ihren politischen Reden. Sie haben mich neugierig gemacht. Wer ist er?«

»Der Bruder«, sagte er und heftete seine weitgeöffneten blauen Augen auf mich. »Aber das wußten Sie doch bestimmt? Wenn sie auch nicht oft darüber reden. Sie muß es Ihnen erzählt haben. Drüben in Ihrem Internat. Es gab einen furchtbaren Krach, als es passierte. Sie kam aus der Schule zurück wie ein Geist, und wie ein Geist verschwand sie auch wieder dorthin. Und in all diesen Jahren habe ich

Elaine nicht wiedergesehen. Nach dem ersten Schock schien sie es gut zu verkraften. Ich dachte, sie wäre ganz darüber hinweggekommen, sonst hätte ich nie – aber darin steckt ein Geheimnis, das nicht mal Boru aufspüren könnte.«

»Devlin! Sie haben immer noch nichts erklärt. Wollen Sie sagen, Elaine hatte einen Bruder? Einen Bruder, der –?«

»Starb? Ja, und auf ganz schlimme Weise. Das ist einer der Gründe, aus dem Ihre Ladyschaft die Fahrräder haßt, die man jetzt häufig auf dem Land sieht. War 'n Unfall, so sagt man. Da unten, wo jetzt der kleine künstliche See ist. Ein Haufen verbogener Speichen und mittendrin der fürchterliche Qualen leidende Junge. Er lebte noch kurz, wissen Sie. Doch er war schon tot, als Elaine aus diesem Internat herbeigeholt wurde. Man sagt, sie war acht Tage lang so rasend wie eine Banshee. Doch Devora schickte sie wieder weg, und sie schien es überstanden zu haben.«

»Ein Fahrrad? Aber da ist jetzt doch nur der See – ich verstehe, er kam später. Und das Boot, ich verstehe jetzt auch, wieso das Boot die *Argonaut* genannt wurde ... aber haben ihn denn alle vergessen? Warum wird er nie erwähnt? Es ist nicht ... natürlich. Und als ich Elaine bei Miss Meachum kennenlernte, es muß hinterher gewesen sein, aber sie trug nie Trauer, sie kam mir nie wie jemand vor, der gerade ein nahes Familienmitglied verloren hat –«

»Es war praktischer für alle, ihn zu vergessen«, sagte Devlin hart. »Für die frischgebackene Braut, obwohl sie damals noch nicht wußte, daß sie unfruchtbar war und Elaine die Erbin bleiben würde. Und Elaine, nun, sie hatte immer schon die Angewohnheit, zu vergessen, was ihr Kummer machte, von einem Dorn im Fuß bis zu größeren Sachen. Es gab Leute, die sagten, es sei praktisch für sie alle, zu vergessen. Und praktisch, daß die Bremse versagte.«

»Sie meinen doch nicht – es war ein gewaltsamer Tod?« Devlin lachte über meinen melodramatischen Ausbruch, und ich lachte mit. Es war leicht, in der feuchten Luft um die seit langem verlassene Abtei das Schlimmste anzunehmen. Leicht, sich vorzustellen, wie in graue Kapuzengewänder gehüllte Geister von einer eingestürzten Säule zur nächsten huschten. Ich fröstelte ein wenig, und Devlin legte mir den Arm um die Schultern.

»So.« Er lachte. »Wenn ich Sie vor Angst hätte wahnsinnig machen wollen, hätte ich mir dafür einen geeigneteren Ort ausgesucht. Nein, Jason war immer ein leichtsinniger Bursche, zu Mutproben oder Späßen aufgelegt, und fast immer waren Elaine oder ich bereit, mitzumachen. Aber er war fünfzehn und wurde immer leichtsinniger. Er schien dazu geboren zu sein, Dinge zu tun, die andere nicht mal zu denken wagten – in der kleinen Bucht zwischen den Felsen zu schwimmen, sein Pferd über Hindernisse springen zu lassen, die ein Jäger nicht mal bei Rückenwind versuchen würde – nein, Jason legte es auf einen Sturz an, und endlich fand er die Maschine, die ihm den Gefallen tat. Jetzt werden Sie keine Runde mehr auf meinem Rad drehen wollen, ich kann es Ihnen an den Augen ablesen, Sie denken – ›Devlin Quade, Sie wollen mich umbringen, das ist es, was Sie wollen, wenn Sie sagen, ich soll auf einem dieser teuflischen Fahrräder fahren –‹«

»Ich bin keineswegs sicher, ob Sie nicht finstere Absichten verfolgen, mein Herr«, sagte ich leichthin und löste mich aus seiner freundschaftlichen Umarmung. Trotz seines jungenhaften Verhaltens und seines unverfänglichen Geplänkels war es am besten, ihn nicht zu allzu großer Vertraulichkeit zu ermutigen. »Jedenfalls«, fügte ich hinzu, »ist es Ihnen doch nicht völlig ernst mit dem ›Sammeln von Melodien‹, wie Sie es ausdrücken? Das ist doch eine Art Tarnung für irgendeinen politischen Unfug, den – und ich wünschte, Sie würden mir sagen, *was* es ist, anstatt verschwommene Reden zu schwingen – Sie vorhaben? Die Musik ist doch ein bloßer Vorwand, oder?«

»Musik ein bloßer Vorwand für einen Iren? Ach, nur die Engländer können einem gebürtigen Iren das Herz ausbrennen, und ja, Ihres ist nur noch eine winzige verschrumpelte Backpflaume, wenn Sie das fragen können. Amberleigh, Amberleigh, sehen Sie nicht die Musik überall um Sie herum hier in diesen Felsen und Hängen, hören Sie nicht das Wiehern und Muhen und Bellen, die wilden Schreie der Seevögel – und der Meereswitwen?

Das Lied der See und der sanfte warme Wind von weither aus Mittelamerika, die Hallos der Hecken und Steinhügel – sie sind in unserer Sprache, unserem Gälisch, und wir finden es endlich wieder, nach Jahrhunderten des Schweigens und dem Verbot der Briten, in unserer eigenen Sprache zu sprechen.

›Killarney‹, über den Hügeln, kennen Sie es? ›Killarney‹ nennt man es. Aber es war Cill Airne, die Kirche der Beeren, und das bedeutet mehr und sagt sich in unserer gälischen Muttersprache besser als in sämtlichen Anglisierungen der Christenheit. Und Bridget's Well, kannten Sie das gälische Wort für ›Brunnen‹? ›Domhnaigh‹. Na, dieses Wort ist doch ein sanftes, flüsterndes Klagen, wie man es in keiner anderen Sprache der Welt findet. Wir sind ein ganzer Kreis, der im alten Land ausschwärmt und versucht, seine Art zu sprechen aufzuzeichnen, bevor das alles für immer im Meeresdunst und zu den Silkies entschwindet. Es ist eine ebenso große Schlacht wie das, was Sie ›Politik‹ nennen, und vielleicht die bessere. Deshalb habe ich auch das Trinity verlassen – man wollte mir unbedingt fürchterlich trockenes Wissen einhämmern, wo doch die wahre Gelehrsamkeit hier draußen auf mich wartete ...«

Devlin runzelte die Stirn, und eine sehr feine, aber ernste Falte erschien auf seiner jungen Stirn. »Sie verstehen mich nicht. Vielleicht werden Sie es eines Tages tun, wenn Sie Ihren Teil an Erfahrungen auf dieser weiten, wunderbaren Welt gesammelt haben ... aber genug des Geschichtsunterrichts. Lächeln Sie für mich, und ich erzähle Ihnen eine Geschichte. Was für 'ne Geschichte hätten Sie gern?«

Devlin lehnte sich mit dem Rücken gegen die Steinstufen und wartete, daß ich die Richtung bestimmte, so wie er gesagt hatte. Es war, als sei mir eine Privataudienz bei einem König der Kobolde gewährt worden, als habe mich ein freundlicher Geist an der Hand in ein Land geführt, in dem Kummer und Müdigkeit verboten waren. Das Problem Elaines, ihre traurige Lage saßen noch bleischwer auf der Steinbank drüben auf Carnhaven. Sie würden dort auf mich warten wie ein schlimmer Traum. Doch im Augenblick befand ich mich auf einer üppig grünen Lichtung unter einem ungetrübten Himmel, und ich konnte mich eine Weile ausruhen.

Als ich mich an diesem Abend zum Essen anzog, hatte ich nichts mit irischen Geschichten und der jüngsten Geschichte der St. Clares im Sinn.

Ausnahmsweise frisierte ich mein Haar mit derselben Sorgfalt, die ich während der Schulzeit zu speziellen Anlässen auf Elaines Haar verwendet hatte. Als Ergebnis hatte ich einen schiefen Pompadour von imposanten Ausmaßen und Schmerzen in den Armen. Dahin hatte Adrian Carstairs mich gebracht.

»Oh, das sieht ja schauderhaft aus«, sagte Elaine, als sie den Kopf durch die Tür steckte, um mich zum Essen abzuholen. Ihre Offenheit hob meine Stimmung nicht gerade.

»Ich weiß nicht, warum du das sagst«, erwiderte ich kühl und versuchte die Erkenntnis zu unterdrücken, daß sie ausnahmsweise vollkommen recht hatte.

»Laß mich mal«, befahl sie wie eine Kinderfrau und streckte die flache Hand nach der Bürste aus. Ich legte sie ein wenig heftiger darauf als nötig.

»Du brauchst mich nicht mit der Bürste zu schlagen, nur weil ich ehrlich bin«, protestierte Elaine. »Du mußt ja eine feine Gouvernante sein. Dreh dich jetzt mal um, ich will am Hinterkopf anfangen.«

Ich zupfte noch einmal meinen lavendelfarbenen Faltenbesatz zurecht, bevor ich meine Haartracht zögernd Elaine überantwortete. Ihre Hände fuhrwerkten über meinem Kopf herum, und ich kam mir so ziemlich wie eine mehrstöckige Hochzeitstorte vor oder wie eine Kirche, die ihre architektonische Würde zu wahren hatte, während ihr Turm neu gerichtet wurde.

»Ich brauche eine Haarnadel, glaube ich«, murmelte sie konzentriert.

Ich tastete in dem kleinen geschnitzten Kästchen herum, das Mrs. Bowers mir vor so langer Zeit gegeben hatte, und fand schließlich eine Amethystnadel, die Elaine mir aus den Fingern riß und in mein Haar pikste.

»Au, du hast mich gestochen! Wirklich, Elaine, es ist viel besser, wenn ich die Zofe spiele und du die Herrin. Ich bin doch kein Nadelkissen.«

»Sei nicht gehässig. Du weißt genau, daß du bloß nervös bist, weil es mit dir und Adrian vorangeht.«

»Sei nicht albern, Elaine. So, das reicht. Wenn es mit

Adrian und mir ›vorangehen‹ würde, dann wäre ich wohl kaum gehässig, wie du es nennst.«

»Ach, wärst du nicht, nein? Aber ganz ehrlich, ich bin so froh, daß du ihn mir vom Leib gehalten hast – jetzt guck nicht so böse, es ist bloß eine Redensart. Ich nehme an, er ist ganz in Ordnung und dazu ein ziemlich guter Fang, aber sehr lustig ist er nicht«, fügte sie fast wehmütig hinzu. »All diese Spaziergänge und Unterhaltungen und Verbeugungen und Bootsfahrten machen mich ganz nervös. Manchmal denke ich, ich muß schreien.«

Sprunghaft wie sie war, wurde Elaine von meiner schlechten Laune angesteckt und verfiel zusehends in ihre gewohnte Lustlosigkeit. Ich hätte mich schütteln können, weil ich zuließ, daß meine Gereiztheit die einzige echte Begeisterung, die sie in dieser Woche gezeigt hatte, erdrückte. Und das nach den Enthüllungen dieses Nachmittags, die wir beide so mieden wie eine Katze eine Schlammpfütze.

»Was soll ich hierzu tragen – ich bin immer so unentschlossen.« Elaine reagierte unweigerlich darauf, wenn man sie in Modefragen bestimmen ließ. Sie kramte mit mir in dem Schmuck meiner Mutter.

»Nun, dein Kleid hat ein Blumenmuster, es ist sehr hübsch – übrigens, ich habe Devora sagen hören, daß Männer bei allem Lavendelfarbenen völlig schwach werden, und wenn man bedenkt, daß man es früher als Halbtrauer trug – ich würde Grün nehmen, Dunkelgrün. Hast du keine Bänder in dem Farbton?«

Wir begaben uns zu dem Korb mit den Bändern, der im Schrank hing, und gruben schließlich ein schmales Band aus, so sattgrün wie das Moos, das sich um die dicken Stämme der Eichen im Wald von Carnhaven rankte. Es erinnerte mich an die Volkssagen, die Devlin an diesem Nachmittag für mich lebendig gemacht hatte. Elaine band es mir um den Hals und machte auch eine Schleife für mein Haar.

»So, kein Schmuck«, sagte sie und trat zurück. »Devora wird von Schmuck nur so strotzen. Sie legt es immer darauf an, die Dinnergäste zu beeindrucken. Und jetzt, da Maisie Dillingham weg ist, versuch bitte, ein wenig mit Adrian zu flirten, Amberleigh. Nur so kann ich noch eines von diesen Essen überstehen. Wenn ich nicht schon auf Frühstück und Tee verzichten würde, dann würde ich überhaupt nicht zu Abend essen.« Wir senkten beide den Blick. Ich konnte mir gut denken, warum sie in den letzten Wochen Frühstück und Vormittagstee mied.

Ich hatte sie noch nicht richtig angesehen, trotz der Anprobe mit all diesen Bändern und dem so hoheitsvollen Pompadour, daß er die Männer in die Knie zwingen würde. Sie war meine Freundin, so wie sie es immer gewesen war. Keine Enthüllung, die Lady St. Clare in ihrem schattigen Boudoir machen konnte, würde etwas daran ändern. Als ich einen letzten Blick in den Spiegel warf – Gott sei Dank, sie hatte mich tatsächlich besser frisiert –, sah ich, daß sie damit beschäftigt war, die Bänder hinten an meinem Kleid zu glätten. Mein Blick glitt verstohlen zu ihrer gut versteckten Taille und wich entsetzt zurück.

Es war ihr Geheimnis. Es könnte sogar nur Einbildung von ihrer Stiefmutter sein. Und es war schwer zu bemerken bei diesen gut geschnürten Miedern, die wir trugen, bei unseren bauschigen Röcken und den Schichten schützender Unterröcke darunter.

»Im siebten Monat.« Wie lang war das? Sollte sie einem Ballon auf dem Flug über den Kanal ähneln? Oder sollte sich ihr Zustand kaum bemerkbar machen? Ich glaube nicht, daß ich jemals im Leben eine – schwangere Frau gesehen hatte. Oder zumindest nicht wissentlich. Mrs. Willoughby hatte eine Schwester in anderen Umständen gehabt. Doch selbst in Amerika ging sie selten aus, ich jedenfalls hatte sie nicht zu Gesicht bekommen, nicht Häubchen noch Turnüre.

Und doch würde Devora kaum davon sprechen, daß sie uns wegschicken wollte, um es »auszustehen«, es sei denn, ein Unwetter größeren Ausmaßes braute sich zusammen. Es war so verwirrend – Elaine hatte keinen Blick für einen Mann, der so bewandert und charmant war im Umgang mit den weiblichen Anwesenden wie Adrian, und doch sollte ich glauben, daß sie –

»Warum so nachdenklich? Adrian beißt nicht, auch wenn ich nicht darauf aus bin, mit ihm zusammen zu sein. Komm mit nach unten.«

Im Salon unterhielten wir uns alle steif, während wir auf den Beginn des Essens warteten.

»Reizendes Kleid, meine Liebe«, sagte der Colonel. Er zwinkerte mir zu, seine Augen blitzten wie die perfekt polierten Spitzen seiner Abendschuhe.

Seine Dame zog einen Schmollmund. »Bezaubernd vielleicht, aber zu meiner Zeit trug man so was nicht. Nun, Sie sind jung, und Sie ziehen keinen Tadel auf sich, meine Liebe, aber zu meiner Zeit war Halbtrauer eine ernste Angelegenheit. Ich weiß nicht recht, was diese jungen Dinger im Kopf haben. Bald werden sie den jungen Männern noch selbst ihre Hand anbieten – und wer weiß, was sonst noch? —, anstatt schön auf den Antrag zu warten.«

Maude Maxwell zog ein dunkel bedrucktes Tuch über den sehr züchtigen Halsausschnitt ihres dunkelblauen Kleids und schaute stirnrunzelnd in meine Richtung. Ich mied standhaft Adrians Blick, der, wie ich wußte, lässig am

Kamin stand und sein Sherryglas hielt wie ein Mann, der auf den Brandy wartet.

Lady St. Clare stellte ihr kurzstieliges Glas heftig auf dem Tablett ab. »Unsinn, Maude. Wie kannst du nur weiter in einer ganz anderen Zeit leben? Das Leben in London war zu deiner Zeit längst nicht so bunt und glanzvoll, und ich würde eher sterben, als wieder Reifröcke und Kapuzenhäubchen zu tragen. Nein, jetzt ist es besser. Ich glaube nicht, daß dieses Land in diesem Jahrhundert bisher ruhig genug und in der Lage war, die Art Leben zu ermöglichen, das ich führen möchte. Oh, ich wünschte, ich wäre in London, George –« Devora wandte sich spontan an Sir George, und bei dieser Bewegung klimperten ihre Juwelen. »Das Leben in County Clare ist so öde!«

»Ich denke, es wäre nicht so öde, wenn man Ire wäre.«

Alle Köpfe wandten sich der Rednerin zu, deren sanfte Stimme wie eine Granate in die Runde geplatzt war.

Es war Norah, die still in dem abgesondert stehenden Ohrensessel kauerte und nachdenklich in ihr bernsteinfarbenes Glas blickte. Es war der einzige Schmuck an ihrer unscheinbaren Gestalt, und es schien alle übrigen genauso zu fesseln wie sie. Ein kleines kokettes Lächeln spielte um ihre dünnen Lippen. Das Kerzenlicht fiel weich auf ihre Löwenmähne, die ausnahmsweise ordentlich um ihren länglichen Kopf gewickelt war. Sie lachte, als sie unsere verständnislosen Blicke sah. »Es war nur eine Zwischenbemerkung. Achten Sie nicht auf mich.« Und sie lachte wieder in sich hinein, das spöttische Lachen des Beobachters.

Sir George, der schon den ganzen Abend übellaunig und gekrümmt in seinem Staat dagesessen hatte, beugte sich auf dem Sofa vor und stellte sein leeres Sherryglas ab. Das Glas wirkte in seiner großen plumpen Hand zierlich und wie ein

Spielzeug. Er sah aus wie ein unbeholfener Erwachsener, der ein Puppenhausglas an seinen Platz zurückstellt. Es fiel mir schwer, mir vorzustellen, daß er ein so empfindliches Mädchen wie Elaine gezeugt hatte. Ihre Augen folgten ebenfalls seiner Bewegung. In ihrem Blick lagen Sorge und eine gedämpfte silberne Glut – Ärger.

Ich sah Adrian an und erschrak fast, als ich feststellte, daß er mich bereits ansah. Und doch war es eine Freude, sich nach all den erregten Blicken, die an diesem Abend getauscht worden waren, in seine kühlen blauen Augen zu versenken. Adrian gehörte zu den wenigen Männern, denen Abendkleidung schmeichelte. All der schlichte, steife schwarze Stoff hüllte ihn ein, wie eine Scheide ein Schwert überzieht. Sein vergoldetes Haar und sein Schnäuzer fingen das Nachtlicht ein und warfen es zurück. Der Abend zeichnete Schatten von Entschlossenheit und Vornehmheit auf seine Züge, die das Tageslicht weicher machte. Ich dachte wieder, daß Adrian mir gefährlich werden könnte. Er lächelte mir langsam zu, ohne die Lippen zu öffnen. Ich erwiderte das Lächeln.

»Das Abendessen? Ist es nicht soweit, Devora?« nörgelte Sir George fast. Das Sherryglas traf zu hart auf den Tisch und bekam einen Sprung. Er war in Stimmung für Wein, in einem laufend nachgefüllten Glas, nicht für dieses saft- und kraftlose Getränk vor dem Essen. Devoras Stirn umwölkte sich. Das gute Kristall – ich konnte förmlich sehen, wie sich dieser Gedanke in ihrem Kopf formte –, das gute Kristall, und der Trampel, den ich geheiratet habe, macht einen Sprung hinein.

Sie stand rasch auf und fing Symes' Blick von der Halle auf. Sie nickte einmal, und wir bildeten eine Schlange. Adrian tauchte irgendwie neben mir auf. »Einer bleibt übrig«, verkündete Devora an niemand speziell gerichtet. »Ich habe unseren Nachbarn von Shallowford eingeladen, aber er mußte absagen. Es wäre so oder so einer übriggeblieben«, fuhr sie fort und streifte Norah, die die Nachhut bildete, mit einem verächtlichen Blick. Devora zog ihre Schleppe hoch und folgte dem Colonel in die Halle, Elaine nahm trotzig den Arm ihres Vaters, an dessen anderer Seite Maude Maxwell marschierte. Dann kamen Adrian und ich. Norah beharrte auf ihrer unschicklichen Rolle als Einzelgängerin und blieb hinter uns. Es machte mich nervös. Als Adrian meine Hand drückte und auf seinen Arm legte, versteifte ich mich und schaute nach vorn. Ich ließ meine Hand so leicht auf seinem Ärmel ruhen wie ein Spinnweben. Ich hatte keineswegs vor, mich bereitwillig vor seinen Wagen spannen zu lassen, zur geheimen Belustigung der anderen, ob hinter oder vor mir.

Das Abendessen war eine Katastrophe. Selbst Mrs. Featherstones Saucenkünste bei der Ente, ihr Talent fürs Dessert, ihre Geschicklichkeit mit Gewürzen konnten die langweilige und lustlose Gesellschaft nicht retten. Devora hatte sich mit Colonel Maxwell und Adrian umgeben. Ich war zu Sir George verbannt, der kaum etwas sagte, und zu Norah, die sehr oft in sich hineinlächelte. Ich wußte nicht, welcher Tischpartner mich mehr ärgerte. Nur einmal während des Essens kam eine Unterströmung an die Oberfläche und schlug ihre Wellen in den Bemerkungen Devoras, der Maxwells und Adrians über das gesellschaftliche Leben in London.

»Ich werde morgen abreisen müssen, Devora«, verkündete Adrian zwischen dem Wild und dem Salat. »Es ist unvermeidlich, und ich hoffe, Sie denken nicht schlecht von mir.«

Ich vermutete, daß er seine Ankündigung vor der ganzen

Runde machte, um Devoras sicherem Protest zuvorzukommen. Elaine blickte auf, biß sich auf die Unterlippe und belauerte Devora wie eine Katze. Devora blieb ihrerseits so beherrscht wie dieses unerschütterliche Tier angesichts der offensichtlichen Fahnenflucht von ihrer Hausgesellschaft. Und ihren Verkuppelungsplänen. Wobei ich nicht weiß, wie sie von Adrian erwarten konnte, daß er lammfromm die Tarnung für Elaines Zustand spielte.

»Wenn Sie müssen, Adrian. Ich bin sicher, wir armen Landmäuse haben einer Stadtkatze wie Ihnen nicht sehr viel zu bieten.«

Eine bescheidene Devora war mehr, als selbst Adrian ertragen konnte.

»Es liegt nicht daran, daß man hier auf Carnhaven nicht gut jagen könnte, Devora«, antwortete er gelassen und hob sein Weinglas wie zu einem Toast. »Die Beute hat sich nur als unerwartet schwer zu fangen erwiesen. Ein Rückzug empfiehlt sich, glaube ich.«

Elaine hielt den Atem an, von Norah war ein leises, kehliges Lachen zu hören, das länger andauerte als das Schweigen, und ich hielt die Hände fest im Schoß gefaltet und versuchte, Devora nicht anzusehen. Wie allen anderen, mißlang es mir. Ihr blasser Teint hatte sich zu einem stumpfen, gewöhnlichen Rot verfärbt. Doch sie hob ebenfalls ihr Glas. »Dann auf eine bessere Jagd anderswo, Adrian. Sie wissen, ich wünsche Ihnen nur das Allerbeste. Wenn Sie nur meine Wünsche befolgen würden.«

Danach hielten wir alle den Mund. Symes war mit seinen Anweisungen an die Dienerschaft gesprächiger als wir an dieser Tafel. In zufälliger Reihenfolge gingen wir nacheinander aus dem Speisezimmer, wobei es Adrian irgendwie gelang, zurückzubleiben und mich zu streifen. Er holte mich an der Tür ein.

»Wenn jetzt Weihnachten wäre«, neckte er mich leise, »dann hinge mehr von diesem Türbogen als leere Luft.«

»Glauben Sie, Devora wird Sie noch einmal über ihre Türschwelle treten lassen, ganz gleich zu welcher Jahreszeit und ob Mistelzweige oder Eisenhut dort hängen?«

»Weihnachten« – ganz sacht strich Adrian mit den Fingern über meinen nackten Unterarm – »ist die Zeit der Vergebung. Und der Vereinigung.«

Das war das letzte, was ich von ihm sah, denn er zog sich in die Bibliothek zu Sir Georges langersehntem Brandy, zu dem Zigarrenrauch und den unzusammenhängenden Gesprächen zurück, die Gentlemen in meiner Vorstellung führten, sobald sie von der geschwätzigen Konversation an der Tafel befreit waren. Obwohl unsere Tischrunde nicht gerade sonderlich lebhaft oder gesprächig gewesen war.

Ich schützte Kopfschmerzen vor, nachdem ich kaum eine halbe Stunde mit den anderen Frauen im Salon verbracht hatte. Elaine stahl sich leise mit mir nach oben.

»Du hast nicht viel aus deiner Chance gemacht, Amberleigh«, warf sie mir an meiner Tür lustlos vor. »Manchmal mache ich mir Sorgen um dich. Wenn ich nicht dafür sorge, daß du unter die Haube kommst, wer dann? Aber ich will auch nicht, daß du Carnhaven zu schnell verläßt, ich – ich möchte nicht, daß du gerade jetzt gehst.« Sie senkte den Blick auf ihre in weißen Handschuhen verschränkten Finger. »Ich war nicht immer sehr liebenswürdig zu dir, Amberleigh. Aber ich bin froh, daß du gekommen bist. Ich bin so froh, daß du gekommen bist.«

Sie ging davon und verschwand durch ihre Tür, ohne sich auch nur einmal nach mir umzusehen.

9. Kapitel

Wir hatten fertig gepackt für unseren »Zeichenausflug« in den Norden. Das war, was Devora jedem sagte, der es hören wollte. Und bestimmt kritzelte ihre zierliche Perlmuttfeder diese Botschaft in Form munterer kleiner Briefe an ihre halbe Bekanntschaft. Alles, um Mutmaßungen zuvorzukommen. Das Zeichnen, meine einzige damenhafte Fertigkeit, schien also doch noch von Nutzen zu sein.

Unsere eilige Abreise ließ uns keine Zeit für einen gefühlvollen Abschied von dem Atelier im dritten Stock. Und ich war froh darüber. Elaine ging umher wie eine Schlafwandlerin. Ihre Träume hatten sich schließlich als Alpträume herausgestellt. Ich gab Lady St. Clares Porträt ohne jedes Bedauern auf, in dem Wirrwarr um Elaines Zustand vermißte ich es überhaupt nicht. Aber kurz vor unserer Abfahrt fand ich mich doch noch einmal in dem gefilterten Sonnenlicht ganz oben im Haus wieder.

Elaine, die alles geduldig über sich hatte ergehen lassen, war verschwunden. Der Wagen wartete, die Fahrscheine waren gekauft, und an die entgegenkommenden Menschen, die solcherlei Dienste arrangierten, war viel Geld gezahlt worden.

Als letztes probierte ich es in der Mansarde, und dort fand ich Elaine, zur Tarnung in einen kurzen grauen Reisemantel eingemummt und mit einem kleinen pflaumenblauen Hut auf ihrem hellen Haar. Sie sah fast wie ein Soldat von der Heilsarmee aus in ihrem schlichten Aufzug. Als ich den Raum betrat und stehenblieb, schwangen meine Röcke kurz über den Boden und wirbelten Staubkörner auf, die wie Feenstaub in den Sonnenstrahlen tanzten. Elaine sah selbst wie verblaßt und staubig aus, wie jemand, der sich fast unmerklich aus der Welt der Lebenden ringsum zurückzog. Die Lilienmaid von Astolat, die »drei Schritt' durchs Zimmer ging und, sich wendend, den Spiegel der Länge nach zersprungen sah ...«

Ihre behandschuhten Hände ruhten fast zärtlich auf dem Tonkopf, und ihr Kinn lag darauf. Es war eine dramatische Pose.

»Wir müssen gehen.« Ich sah keinen Grund, anders als ganz offen mit ihr zu sprechen. Bedeutungsnuancen prallten dieser Tage an ihr ab.

»Ja.« Sie rührte sich nicht.

Ich ging zu ihr hinüber, wobei ich mir in diesem stillen, sonnendurchschienenen Raum laut und unbeholfen vorkam, und nahm ihre Hände von dem Tonkopf herunter. Er war so unfertig wie eh und je. Wenn es ihr Liebster war, den sie da bildhauerte, dann war es ein Schattenliebster gewesen, eine Gespensterromanze.

»Meins ist noch nicht fertig«, sagte sie schwermütig.

»Nein, aber du kannst es fertigmachen, wenn du zurückkommst.«

»Ich werde diesmal doch zurückkommen, oder, Amberleigh? Ich möchte so gern zurückkommen. Aber er wird fort sein. So wie zuvor. Ich will auf Wiedersehen sagen.«

»Natürlich willst du das.« Es war sinnlos, sie auszufragen, das hatte ich inzwischen gelernt.

»Deine Arbeit wird auch niemals fertig werden«, fügte sie hinzu, und aus ihren sanften grauen Augen warf sie mir einen prüfenden Blick zu, der irgendwie geheimnisvoll war.

»Meine Arbeit ...?«

»Deine. Und ihre.« Mit dem Kopf deutete sie auf die Staffelei, und die kleinen scharlachroten Federn auf ihrem Hut erzitterten.

Ich drehte mich zu meinem Gemälde von Devora um und bemerkte erst jetzt, daß es von seinem gewohnten Platz weggestellt worden war.

»Ich glaube, Devora ist aus allen Nähten geplatzt«, sagte Elaine mit einem leisen boshaften Lachen.

Ich ging hinüber, um die Leinwand umzudrehen, und sah eine Reihe gezackter Schnitte, die Devoras lebensgroße Gestalt zerfetzt hatten. Es war unwiderruflich und rettungslos häßlich in seiner Zerstörung.

»Na, das ist mal ein Porträt, das dem Gegenstand gerecht wird«, sagte Elaine, ging zur Tür und wartete dort auf mich.

»Hast du -?«

»Amberleigh, du weißt genau, daß ich nicht fähig bin, irgend etwas *Böses* zu tun«, sagte sie, halb spöttisch und halb wie ein kleines Mädchen, das sich durch eine ungerechte Beschuldigung gekränkt fühlt.

Ich warf die Leinwand hin und folgte ihr hinaus. Es spielte keine Rolle, wer es getan hatte. Ich bezweifelte ohnehin, ob eine von uns den Mut haben würde, unsere künstlerische Ménage à trois in dem Atelier unter dem Dach wiederaufzunehmen. Ich half Elaine, langsam und gleichmäßig die vielen Stufen vom obersten Stockwerk zur Eingangshalle des Hauses hinunterzugehen, wo Devora wartete, um dafür zu sorgen, daß wir sicher in die Kutsche gehoben wurden und uns auf den Weg machten.

»Auf Wiedersehen, meine Lieben«, trällerte Devora munter unter den skeptischen Blicken von Symes und dem Dienstmädchen. »Ich wünsche euch schöne Ferien, und zeichnet viel …« Wir ratterten von diesen falschen, glockengleichen Klängen begleitet davon, und Elaine seufzte tief, als Carnhaven zu unserer Rechten vorbeizog und dann schnell aus dem Blickfeld verschwand.

Als wir an dem kleinen Bahnhofsgebäude aus Stein anlangten, stand der Ortszug vibrierend auf dem Gleis bereit. Elaine, ich und unser Gepäck wurden in den Zug befördert wie ein Haufen Post nach Ulster. Oder wie Staub, der unter den Teppich gekehrt werden sollte, war das nicht passender? Sie war so weiß und wächsern – ich zögerte, ihr meine Gedanken zu offenbaren. Es war eine Schande, wie Devora sie behandelte. Aber vielleicht war Elaine daran gewöhnt.

Wir rumpelten einige Meilen an der Küste entlang, und ich tröstete mich, indem ich die felsige Landschaft betrachtete, die sich zum Meer hinunterwand, wo das Wasser sie zu tausend kargen Buchten und Halbinseln zerklüftet hatte. Schließlich wandte sich unser Gleis landeinwärts, und selbst dieser trostlose Ausblick war verschwunden.

Endlich wechselten wir den Zug. Wir stiegen in eine noch kleinere Ortsbahn in Richtung genau der Küste, die wir zuvor verlassen hatten. Hier wurde der weiße Umschlag geöffnet, den Devora mir vor unserer Abreise anvertraut hatte, und eine demütigende Überraschung kam zum Vorschein. Fahrscheine, die auf andere Namen lauteten. Bates und Waterman. Schlichte Namen, die keine Aufmerksamkeit erregten und dem Gedächtnis der Beamten entschlüpfen würden wie Morgennebel. Namen ohne Bedeutung. Pseudonyme. Elaine nahm kaum Notiz von dem »Miss Bates, Miss Waterman«, das uns der Schaffner zusammen mit unseren ungültig gemachten Fahrscheinen entbot. Mich traf es tief.

Noch ein grauer irischer Nachmittag, der in den Abend überging und an den der Regen eine stete Drohung oder Verheißung war. Hier waren die Sitze durchgescheuert und die Strecke holperig. Elaines Federn zitterten in der muffigen Abteilluft wie die Hand eines Dorfältesten. Es war dunkel, als wir an einem einsamen Bahnsteig ausstiegen – bestand ganz Irland aus nichts anderem als diesen Bahnhofsgebäuden aus Stein und verlassenen Bahnsteigen, gedacht einzig für die Füße der Durchreisenden, der Sorglosen, der Heimatlosen? Ein Wagen und ein Kutscher erwarteten uns. Er eingemummt, der Wagen unauffällig. Seine ungehobelte männliche Stimme suchte uns in der Dunkelheit – »Miss Bates und Miss Waterman?« –, und er beförderte uns in unser Exil, weit weg von der moralischen Welt, unser Exil für die nächsten paar Wochen.

Twin Beeches, so hieß der Ort, wie ich später erfuhr. In jener Nacht war er lediglich ein großes Cottage mit einem von Kohlenstaub abgedeckten Feuer und einem alten Himmelbett in jeder der geräumigen Schlafkammern. Elaine schlief in ihrem auf Anhieb ein, während ich mich die halbe Nacht aufgeregt hin und her wälzte – ganz wie auf unserer Eisenbahnreise.

Es hatte diesen seltsamen Geruch nach Feuchtigkeit, der

den nicht so vornehmen Behausungen Irlands eigen war, dachte ich, als das klare, kalte Morgenlicht durch meine schäbigen Fensterläden schnitt. Ich schlich barfuß über den eiskalten Holzfußboden, um mir den Ort anzusehen, der Elaines und mein Heim sein sollte, während sie die Folgen einer Verrücktheit ausstand, der sie keinen Namen geben wollte.

Da waren sie. Die Buchen, deren verdrehte graue Stämme sich mit in gewisser Weise bewundernswerter Zähigkeit an die Kalksteinböschungen der einsamen Straße über die Heide klammerten. Dahinter erstreckte sich meilenweit die windgepeitschte Küste – felsig, von Nebel eingehüllt und dennoch irgendwie funkelnd im schwachen Licht eines umwölkten Himmels.

Ein trostloser Ort, um trostlose Mädchen unterzubringen, die in tiefer Nacht weggeschafft wurden, um ihre Schande vor der Welt zu verbergen, dachte ich. Man sollte annehmen, daß diese Mütter, die keine sein durften, einen verhängnisvollen Geschmack an Felsklippen, an klatschenden Wellen und nebligen Stränden finden würden, die aussahen, als könne ein Mensch von dort in eine andere Welt gehen, ohne daß man es bemerkte.

Ich fröstelte und schaute mich nach meinem Gepäck um. Da, in einem Haufen neben der ältlichen Kommode mit dem brandneuen umhäkelten Zierdeckchen – ich erkannte die institutionelle Fingerfertigkeit, die mir von Miss Meachum her vertraut war. »Heimelige Atmosphäre für Mädchen in anfälligem Zustand«, konnte ich sie beim Anblick dieses kleinen Accessoires aus Leinen annoncieren sehen.

Ich bezweifelte allerdings, daß sie wirklich auf diese Weise annoncierten, in eng gedruckten Kästen unten auf der Seite. Nein, man rief wohl kaum der ganzen Welt zu, daß man ein Geschäft daraus machte, dafür zu sorgen, daß Gerüchte eben Gerüchte blieben. Ich zog mich in dem eiskalten Raum rasch an und vermißte zum erstenmal die choreographierte Unterwürfigkeit, die das Feuer in meinem Schlafzimmer nie ausgehen und meine Kleider stets abgebürstet im Schrank hängen ließ. Ich mußte dreimal in den vollgestopften Schrankkoffer eintauchen, um einen warmen Wollrock und eine passende Bluse zu finden. Zum Schutz vor dem Klima innen im Haus nahm ich noch ein Tuch und ging in die Halle.

Halle? Es war lediglich eine Holzgalerie mit einem ehrwürdigen Geländer, das nach unten in einen einzelnen großen Raum führte. Irgend etwas an dem Haus machte mich schwermütig. Vielleicht waren es die Tierköpfe an den Wänden – ihre dummen Augen und unerbittlichen Geweihstangen waren irgendwie entmutigend. Unsere stummen Mitopfer.

Ich durchquerte leise den großen offenen Hauptraum mit dem Steinfußboden. Wie ich vermutet hatte, bildeten eine Vorratskammer und Küche den hinteren Teil des Hauses. Ich ging eine Steintreppe hinunter in einen Raum mit niedriger Decke, in dem es ganz angenehm nach Würstchen und Porridge und überhaupt freundlichen Kochdünsten roch.

»Schon auf? Hier werden Sie sich früh genug an den ländlichen Rhythmus gewöhnen, schätze ich. Na, setzen Sie sich, wenn Sie Hunger haben, und fangen Sie an zu essen. Sind Sie das Mädchen, das gebären soll, oder die Freundin? Nicht nach dem Appetit, würd' ich sagen. Dann also die Freundin. Tja, wir wollen keinen sentimentalen Quatsch in Ihrer Zeit hier, Mädchen. Wir wissen, was wir tun.«

Ich ließ das unerhört große Stück Brot fallen, das ich auf

die Aufforderung der Frau hin von einem runden Laib abgebrochen hatte. Sie war eine grobknochige Frau in einem sackartigen geblümten Kleid mit einem Gesicht so rosig und breit und ausdruckslos wie ein Dorset-Schinken. Die beiden fleischigen Arme, in die gepolsterten Hüften gestemmt, sahen wie eine Verlängerung ihres Gesichts aus.

»Ratherskittle ist mein Name, Missy. Und *Mrs.*, wenn ich bitten darf. Und lassen Sie diesen Großstadtblick – mein Gesicht ist für eine ganze Weile das einzige, das Sie hier zu sehen kriegen, außer ihrem und dem im Spiegel. Der Doktor stellt sich erst ein, wenn ihre Zeit kommt.«

Damit wandte sie sich wieder einer großen schwarzen Pfanne zu, in der etwas Fettiges brutzelte. Ich spürte, wie mein Appetit mit jedem Augenblick abnahm, wandte mich ab und zerpflückte mein Brot in kleinere Bissen, die jedoch unberührt blieben.

Ein dumpfer Schlag auf den Tisch vor mir ließ meinen Kopf ruckartig hochschnellen.

»Hier. Nehmen Sie 'n bißchen Fett für Ihr Brot«, sagte die Frau namens *Mrs.* Ratherskittle, die sich kurz von ihrer Pfanne abgewandt hatte, um mir ein helles Stück Butter hinzuknallen. Es war köstlich und frisch und munterte mich etwas auf, im Gegensatz zu ihrem Verhalten.

»Sie scheinen Erfahrung in diesen Dingen zu haben«, bemerkte ich zaghaft, während ich das grobe Brot mit Butter bestrich.

Sie richtete ihre kleinen Augen von unbestimmbarer Farbe nach oben, wo Elaine vermutlich noch schlief.

»Ich war Hebamme für mehr von diesen Stadtmädels, als sie wissen möchten. Oder als die Männer, die sie später heirateten. Und davor war ich im Bellevue in London. O ja, so mancher Winzling hat in meinen Händen das Licht der Welt erblickt, nachdem ich ihn rausgeholt hatte.« Sie bewegte ihre fleischigen Finger. Unmöglich, sich vorzustellen, daß diese stumpfen Werkzeuge dabei halfen, Säuglinge auf die Welt zu holen. Aber sie schien stolz auf ihr Geschick, und ich zweifelte nicht daran, daß sie kompetent war.

»Und ein-, zweimal hab' ich auch geholfen, sie anders rauszuholen, wenn Sie wissen, was ich meine«, fügte sie mit abstoßender Vertraulichkeit hinzu. »Wenn früh genug Alarm geschlagen wird und die Familie verzweifelt genug ist ... Obwohl die Bezahlung nie so gut ist wie für die segensreiche Tat, ein Kind auf die spezielle Welt zu holen, in der es später aufwächst.« Ihre finsteren Andeutungen weckten einen schlimmen Verdacht in meinem Hinterkopf, doch ich schüttelte diese trüben Gedanken ab und konzentrierte mich auf das Greifbare. Sie würden tun, was sie schon viele Male zuvor getan hatten. »Der Doktor« – zumindest gab es einen – würde später kommen.

»Und was sollen wir tun, bis -?«

»Tun Sie, was Sie wollen!« schnaubte sie. »Schließlich zahlen ja Sie für das Vergnügen. Ich bitte Sie bloß darum, daß Sie mir bei der Geburt nicht in die Quere kommen. Ich hatte schon Begleiterinnen da, die ganz gelb wurden und einen Ohnmachtsanfall kriegten. Die behindern mich nur, wenn ich meine Arbeit tun will. Sie beide sind diejenigen, die zahlen. Ich koch' und mach' sauber und helf' dem Doktor, wenn es soweit ist, und krieg' meine fünf Pfund im Monat. Aber ich hoffe, daß Sie Köpfchen haben, Mädchen, weil der Doktor manchmal nämlich nicht rechtzeitig kommt, und dann – glauben Sie, Sie können dann helfen?« Ich wußte nicht zu sagen, ob sie es ernst meinte oder mich nur quälen wollte.

»Ich denke schon«, konnte ich zwischen zwei Bissen von dem zähen Brotlaib hervorstoßen.

»Tun Sie nicht so ängstlich – es passiert wahrscheinlich gar nicht. Diese sieht aus wie ein richtiger Engel. Ich hab' sie gestern abend gesehen, und diese Mageren sind wie dazu geschaffen. Na, ich dagegen hatte ganz schöne Mühe mit meinen eigenen.« Sie lachte rauh und tätschelte den aufgeblähten Bauch, über dem sich ihr Kleid bauschte. »Bin jetzt allerdings zu alt dafür. Ganz gut so.«

Ich floh, sobald ich eine angemessene Portion Brot hinuntergewürgt hatte, und zog mich in Elaines Zimmer zurück. Sie war wach, ihr Blick hing an den Fensterläden.

»So, ich mache das hier auf, damit du nicht über den Fußboden gehen mußt und Frostbeulen kriegst, wenn du – du hast doch Hausschuhe mitgebracht –, ah ja, da sind sie. Tja, wir haben wohl nichts anderes zu tun, als aufzustehen und uns hier umzusehen, oder?«

Sie rührte sich nicht, aber ich glaube nicht, daß sie sich entmutigt fühlte. Das Licht fiel auf das Fußende ihres Bettes, und ich dachte überrascht, daß man von ihrer Schwangerschaft kaum etwas merkte, obwohl sie schon so weit fortgeschritten war.

»Ein Junge«, erklärte Mrs. Ratherskittle nach einem Kennerblick auf Elaines Taille, als ich sie, angekleidet zum Frühstück, hinunterbrachte. »Kann immer sagen, wenn's ein Junge ist – sie liegen lang und flach. Sind leichter durchzukriegen, unter uns gesagt, was, Mädel?« Mrs. Ratherskittles abscheuliche Anspielungen hatten keine Wirkung auf Elaine.

»Ein Junge? Ich glaube, das würde mir gefallen, Amberleigh«, sagte sie verträumt zu mir, als ob wir die Vorzüge von Earl Grey im Vergleich zu Ming-Tee erörterten.

»Milchbrei, das wird Ihren Bauch beruhigen«, erklärte Mrs. Ratherskittle barsch, als sie einen Teller Porridge, mit

Rosinen bestreut, vor Elaine hinstellte. Zumindest schien diese Frau zu wissen, womit sie sie füttern mußte: Elaine schlang es methodisch und widerspruchslos hinunter.

Und so begann jeder unserer Tage in Twin Beeches. Jeden Morgen wachte ich vor Elaine vor, zog sie aus dem Bett, in dem sie wie im Morast zu versinken drohte, und nahm sie mit hinunter zu Mrs. Ratherskittles geräuschvollen Wohltaten.

Es war ein eisiger, feuchter Ort, mit noch weniger Sonne, als durch die Wolkenschleier an der Küste auf Carnhaven hinunterschien. An jenen ersten Tagen gingen wir viel – die einsame Straße hinunter, an den Meeresklippen entlang, aber nicht zu nah heran –, unsere Tücher fest um uns gezogen wie Talismane. Mit der Zeit machte sich die große Wölbung von Elaines Schwangerschaft allmählich bemerkbar. Sie neigte sich auf sonderbare Art hintenüber und tat ihre schwankenden Schritte an meinem Arm. Schließlich beunruhigten mich unsere Spaziergänge, und wir verbrachten viele Stunden im Cottage eingesperrt, wo wir Gesellschaftsspiele spielten, die ich früher verabscheut hatte, als hinge unser Leben davon ab.

»Ich habe keine Geduld dazu!« sagte Elaine eines Tages gereizt und warf die Karten eines Spiels hin, dessen Name nicht ihre gegenwärtige Stimmung widerspiegelte.

Ich hob sie auf.

»Und lass' sie da liegen, Amberleigh – du räumst ständig hinter mir her, als ob ich krank wäre. Ich bin nicht krank. Mir geht es sehr gut.«

Ich warf ihr einen Blick zu, sprachlos über ihren scharfen, schrillen Ton.

»Nein, laß – ich hole sie!« sagte Elaine zerknirscht, ließ sich unbeholfen auf die Knie fallen und sammelte die verstreuten Karten auf. Mittendrin hörte sie auf.

»Amberleigh. Ich habe Angst. Ich habe solche Angst.« Tränen quollen zwischen ihren geschlossenen Lidern hervor. Ich saß hilflos da und konnte nichts tun. Konnte ich ihr denn sagen, es würde alles in Ordnung kommen, daß sie es heil überstehen würde?

Ich wußte es nicht. Und Mrs. Ratherskittle sprach nicht sehr für die Sicherheit des Unternehmens, dem Elaine inzwischen achteinhalb Monate nähergerückt war.

»Hatte eine Steißlage«, erzählte sie mir zum Beispiel in rauhem Flüstern, wenn ich allein zum Frühstück herunterkam, »im Bellevue. Das Schlimmste, was ich je erlebt hab'. Das Baby so verbogen wie eine Haarnadel. Und Blutungen. Himmel, ich dachte, die Frau würde nie mehr aufhören. Schwer zu sagen manchmal, ob sie jammern um des Jammerns willen oder weil das Fieber kommt. Manchmal sind die, die am besten aussehen, ganz blaß und so friedlich, nicht wahr, das sind die, die sterben, ganz schnell. Und still. Ich schätze, ich selbst würd' kräftig jammern. Sie haben noch nichts Kleines bekommen? Nein, noch eine ›Miss‹, so wie die andere, he?« An dieser Stelle lachte sie, ein hohes, pfeifendes Lachen, bei dem ich fast mit den Zähnen knirschte. »Na, Sie haben ja noch Zeit, Mädchen, warten Sie nur nicht zu lange ...«

Schwacher Trost. Ich war nicht sicher, ob ich so wie Elaine sein wollte, die sich in ihrem Cambraikleid vor meinen Augen immer weiter aufblähte wie ein Ballon, der sinnlose Tränen über ein Gesicht, so dünn und verschrumpelt wie ein getrockneter Pfirsich, liefen. Sie sah furchtbar aus, hatte keine Farbe mehr, ihr Haar war strähnig und leblos. Und immer noch wenigstens zwei weitere Wochen dieses ewigen Wartens. Mindestens. »Könnte auch später werden, viel später.« Noch so ein kluger Ausspruch von Mutter

Ratherskittle. »Diese Erstlinge lassen sich Zeit. Und warum auch nicht? Würden Sie oder ich etwa schneller in diese schlimme Welt schlüpfen wollen als unbedingt nötig?«

Ich hätte dableiben sollen, um Elaine über ihre Tränenflut und ihre panische Angst hinwegzutrösten. Ich hätte ihr die Hand reichen sollen – aber ich war müde, war es leid, darauf zu warten, daß die Verrücktheit einer anderen Frau ihr vorherbestimmtes Ende nahm. Ich sprang auf und lief aus dem Zimmer. »Ich mache einen Spaziergang«, rief ich hinter mich. Ich weiß nicht, ob sie mich hörte, und es war mir auch gleichgültig.

Scharfer Wind, der über die Straße fegte, mein Tuch wegriß und kalte Luftpfeile in meinen Körper trieb. Ich wickelte die Finger in die dicke Wolle, doch trotzdem blieben sie eiskalt. Grau. Es war immerzu grau hier. Nicht die kleinsten Sonnenstrahlen, die hinter dem Wolkenvorhang hervorbrachen, um die Felder und Moore mit lebendigem, funkelndem Grün zu überziehen.

Es gab auch kaum Grün hier. Nur Graubraun von den schmutziggrauen und gelben Moosen, die wie Lebewesen an dem kargen Fels hingen, der in das Meer hinausgriff. Wonach? Gesellschaft? Was geschah jetzt auf Carnhaven? Flatterte Devora in ihrem fahlen Elfenbein und der Spitze über irgendeinen leuchtenden Rasen? Wer machte ihr seine Aufwartung, eine amorphe männliche Gestalt in ländlichem Tweed? War es ein städtischer Verehrer verheirateter Damen? Oder Adrian? War Adrian Carstairs dort, über den Billardtisch gebeugt, sein Gesicht rotgolden im Licht der Deckenlampen – nein, warum sollte Adrian dort sein? Warum klebte ich ihn in mein geistiges Bilderbuch? Nicht vor Weihnachten, hatte er gesagt. Und er hatte mir die Rückkehr versprochen, nicht Devora, die sich eifersüchtig über das Geländer beugte und mich rief, um meine Dienste in Anspruch zu nehmen.

Doch ihr Rufen hatte es beendet, oder nicht? Man ließ Elaine und mich für drei eintönige Monate verschwinden, und Adrian war frei, sich anderweitig zu amüsieren, zu beschäftigen, sich mit anderen Frauen abzugeben. Hatte Devora nicht gesagt, sie habe schon einmal den Lockvogel für Elaines Verehrer gespielt? Vielleicht probierte sie ihre Verführungskünste aus, um zu sehen, ob es noch funktionierte.

Eigentlich hatte ich keine Angst davor, was Devora tun könnte, sondern davor, was Adrian nicht tun könnte. Er könnte mich nicht für unentbehrlich halten. Er wollte vielleicht nicht aus den zwanglosen, hochnäsigen Kreisen herausrutschen, zu denen ihm der Geschäftssinn seines Großvaters auf so praktische Weise Zutritt verschafft hatte.

Ich saß oben auf der Klippe und sah zu, wie sich die Wellen in der Ferne und unter mir an den Felsen kräuselten. So zart sahen sie aus, diese Wellen – Spitzenarmbänder an aristokratischen Händen. Kalte Hände, riesenhafte Hände, die den Unvorsichtigen in Stücke reißen würden, wie ein Dinnergast, der eine besonders saftige Taube zerlegte. Mir war kalt, und ich kam mir winzig und zerbrechlich vor, gefangen in den Plänen eines größeren Wesens als ich. Ich schaute auf die See hinaus und zum Himmel, und einen verrückten Augenblick lang spürte ich die ungeheure Weite der Welt – eine riesige Fläche harten Felsens, der sich über den Rand des Planeten wölbte und auf ein fremdes Universum hinaussah. Ich war ein bloßes Pünktchen auf dieser gigantischen Kugel. Eine zu schnelle Bewegung, und ich konnte in diese graue Kuppel der Ungewißheit über mir geschleudert werden. Es war ein Wunder, daß wir uns überhaupt halten konnten, mit unseren unbedeutenden beschuhten Füßen auf unserem kargen planetarischen Felshaufen ... andererseits gelang es ja nicht jedem.

Ich zog mein Tuch fester um mich, doch nur die Bewegung wärmte mich etwas, sonst nichts. Entsprang denn nichts anderes als Whiskey und Wasser aus diesem feuchten Ödland im Norden? Und Wolle, durchweichte Wolle mußte es sein, Wolle, die das Weben nicht lohnte, Wolle im melancholischen Farbton des Himmels, Grau.

Bald würde ich in tiefer Melancholie versunken sein. Aber ich fragte mich, ob das so schrecklich wäre. Ich würde eine gewisse Harmonie finden, indem ich meine Stimmung der Landschaft anpaßte und einfach, ohne Verstand, die Gedanken über mich hereinbrechen ließ, im selben brutalen Rhythmus wie Wellen, die gegen Felsen schlugen –

»Amberleigh! Amberleigh! Bitte komm zurück. Du bist so hoch geklettert. Bis dahin schaffe ich es nicht.«

Elaines Stimme, fein und klagend, zog mich wie eine Nabelschnur aus meinen Wasserphantasien. Ich schaute mich nach ihr um, windgepeitscht und mit erschöpftem Gesicht, wenige Meter unter mir auf dem holprigen Pfad. Hinter ihr lagen ein sanfter Felsabhang, die Straße und das groteske Twin Beeches.

»Was machst du bloß da oben?« wollte sie wissen.

10. Kapitel

Ich werde trübsinnig«, sagte ich mit einiger Bitterkeit und viel Wahrheitsgehalt. Und ich hatte mir Sorgen gemacht, daß Elaine dem Gesang der Brandungssirenen Gehör schenkte! Eine armselige tragische Heldin wäre ich, mich Träumereien an der See hinzugeben, während doch eine andere nicht auf sich aufgepaßt hatte.

»Dann komm runter«, befahl Elaine, und in ihrer Stimme war wieder ein wenig von ihrem alten herrischen Tonfall. »Ich mußte so weit laufen, um dich zu finden, und mir ist schwindlig. Es tut mir leid wegen der albernen Karten. Ich weiß auch nicht, weshalb ich so ein Brummbär bin –«

»Na, du brauchst es nicht der ganzen Welt zuzurufen, ich komme schon runter, Elaine. Und ich war gar nicht ärgerlich auf dich, ich war ärgerlich auf mich selbst.«

Ich rutschte halb zu ihr hinunter. Ihre Röcke wölbten

sich grotesk über ihrem wachsenden Bauch – sie sah ein wenig aus wie Tweedledee oder sein Zwilling. War es ein böser Zwilling, fragte ich mich plötzlich – aus den amüsanten Büchern von Mr. Carroll, doch das sagte ich ihr nicht. Oder wie Humpty Dumpty, ein Riesenei, das an einem Abgrund hockte und zerbrechen würde.

»Du hättest nicht allein hier heraufkommen sollen, Elaine.« Wieder sprach ich angriffslustiger, als ich beabsichtigt hatte, zweifellos aus Schuldbewußtsein, weil ich der Grund für ihre Suche war.

»Wenn du weg wärst, wenn du böse auf mich wärst, Amberleigh, könnte ich das alles nicht durchstehen. Einen Moment lang dachte – dachte ich ... Du würdest mich doch nicht verlassen, Amberleigh? Nicht jetzt? Ich könnte es nicht ertragen, wirklich, ich – ich könnte nicht allein zu Deborah zurückgehen. Ich weiß nicht, was ich tun würde – am liebsten würde ich sie umbringen. Hattest du nicht auch schon mal Lust, sie bei ihrem schlanken Hals zu packen und ihn ihr umzudrehen? Ich ja. Ich habe es mir vorgestellt. Vielleicht hätte ich es nicht tun sollen, aber ich hab's getan. Und besonders in letzter Zeit. Warum besonders in letzter Zeit, wo ich so seltsame Träume hatte ...?«

Elaine ging freundschaftlich neben mir, stützte sich ein wenig auf meinen Arm und flüsterte mir die Worte ins Ohr, bevor der Wind sie einfangen und entführen konnte. Es waren häßliche Worte, aber ich hielt es für besser, daß sie sie aussprach und dadurch bannte.

»Oh, ich bin so müde. Es war eine lange Strecke. Und ich bin gelaufen. Ich hatte Angst, du wärst weg. Aber das war dumm, wohin hättest du denn gehen sollen? Wir sind hier ausgesetzt, du und ich, ganz so wie Robinson Crusoe. Und Mrs. Ratherskittle ist unser Freitag. Ich möchte wissen, ob sie Menschenfleisch ißt?«

»Nein! Sie ist eine freundliche Dame, wenn auch etwas seltsam. Und sie ist eine gute Hebamme, sonst wäre sie nicht hier. Du mußt daran glauben, Elaine.«

»Ich habe geträumt – neulich nachts, nein, ich hab's dir nicht erzählt, du machst dir immer solche Sorgen, wirklich, Amberleigh, du bist so eine alte Frau manchmal. Ich habe geträumt, *er*« – ihr Blick senkte sich auf ihren vorstehenden Bauch, mit einem jungfräulichen Schamgefühl, das ich nur an Elaine überzeugend fand –, »er wäre trocken geworden und hart, ganz purpurrot und blau, wie ein bemalter Pfirsichkern. Ist das nicht merkwürdig? Was meinst du, was hat das zu bedeuten?«

Ich schluckte, angewidert von dem Bild, das sie da für mich gezeichnet hatte. Elaine, wie sie über die Felsen einer Traumlandschaft taumelte, mit einem aufgedunsenen, unfruchtbaren Bauch vor sich.

»Und kleine Hände kamen heraus, Amberleigh. So geschickte kleine Hände. Wie von einem Elf. Und sie winkten mich herbei ... Ich habe sehr lange darüber nachgedacht, bevor ich wieder einschlief ...«

»Es war nur ein Traum. Träume haben nichts zu bedeuten. Du weißt doch, dieser ganze Unsinn ist etwas für Damen, die aus Teeblättern lesen und in der Bibliothek Séance spielen.«

»Und dann träumte ich von Lämmern, hübschen, flauschigen Lämmern. Vielleicht hatte ich sie gezählt, um wieder einzuschlafen – sie spielten auf einem großen grünen Feld, und die Sonne schien und es war so fröhlich dort. Die Sonne schien, und sie hatten goldenes Fell. Wie die Sonne. Was hatte denn das wohl zu bedeuten?«

»Elaine, wenn du ein Orakel wolltest, hättest du dir eines besorgen müssen. Ich kann nur mit der ziemlich begrenzten Bildung von Miss Meachum aufwarten, wie du weißt. Ich weiß ganz bestimmt nicht, was deine Träume zu bedeuten haben. Aber ich würde sagen, der fröhliche folgte auf den – beunruhigenden Traum, deshalb brauchst du dir keine Sorgen zu machen.«

»Ich mache mir keine Sorgen. Manchmal denke ich, daß ich mir nicht genug Sorgen mache. Aber es ist auch so, als ob das alles einer anderen passierte, verstehst du? Ich wünschte, ich würde mir mehr Sorgen machen, so wie du, Amberleigh. Ich glaube, es ist sicherer, irgendwie.«

»Es ist zeitaufwendiger, das kann ich dir sagen ... aber Elaine, willst du mir nicht sagen -?«

»Dir was sagen, Amberleigh?« Ihre grauen Augen durchbohrten mich mit ihrer Unschuld, als sie das fragte. Was sonst sollte ich wissen wollen, als was jede Klatschbase von Glennverran zu wissen begehrte: Wer? Ich senkte den Blick auf den harten, felsigen Pfad zu unseren Füßen. Die Antwort würde sie mir schon aus freien Stücken geben müssen.

Elaines Finger gruben sich plötzlich wie Klauen in meinen Unterarm. »Elaine, was ist los, dein Gesicht ist so ...«

»Oh.« Sie war stehengeblieben und schloß die Augen, als befürchte sie, die Erde würde ins Wanken geraten. »Jetzt ist es weg. Solch ein – Schmerz –, es hat mir fast die Luft weggenommen. Beeil dich doch, Amberleigh. Ich glaube, ich werde – unwohl.«

Ich führte sie zum Cottage zurück, so langsam und vorsichtig wie ein Schlepper, der einen Ozeandampfer in den Hafen zieht – dies war nicht der Zeitpunkt, um in Sandbänke zu geraten oder auf Grund zu laufen. Elaine verzog alle paar Minuten das Gesicht und legte eine Pause ein, während ich ungeduldig neben ihr aufstampfte und sie wieder einige Meter weiterzog, sobald es ihr Zustand erlaubte.

»Mrs. Ratherskittle, Mrs. Ratherskittle!« Mein Rufen weckte den alten Mann, der einige Arbeiten am Haus erledigte, und ließ die Ziege um die Ecke des Nebengebäudes spähen. Mit dem Geschrei, das ich anstimmte, hätte man die ertrunkenen Seeleute aufwecken können. Aber keine Mrs. Ratherskittle. Ich lotste Elaine zum Hintereingang des Cottages und rief dabei weiter nach meiner unsichtbaren Retterin. »Mrs. Ratherskittle, kommen Sie bitte. Sie ist krank. Ich glaube –«

Endlich schaute ihr rotes, derbes Gesicht zur Hintertür hinaus. »Na so was, sie wird gleich gebären, und dazu noch vorzeitig. Wer hätt's gedacht?«

»Sie hätten mit Sicherheit daran denken sollen«, fuhr ich sie an und setzte Elaine behutsam auf einen primitiven, mit Binsen gedeckten Küchenstuhl.

»Wie oft kommen die Schmerzen?« fragte Mrs. Ratherskittle unverblümt und beugte sich hinunter, um taktlos auf Elaines Bauch zu drücken.

»Alle paar Minuten, aber es hat gerade angefangen.«

»Ihr Fruchtwasser ist noch nicht rausgekommen – ich kann's nicht verstehen, das ist immer das sicherste Zeichen ...« Mrs. Ratherskittle legte ihre schmale Stirn in Falten und betrachtete Elaine, als wäre sie ein Laib Brot, der zu schnell aufgegangen war.

»Wasser?« Elaine runzelte ebenfalls die Stirn. »Ich glaube, gestern nacht – es war furchtbar naß, aber ich wollte kein Theater machen, wissen Sie ...«

»Herr im Himmel und St. Georg! Na schön, Mädchen, wir bringen Sie besser nach oben und bereiten alles vor. Der Doktor kommt erst in einer Woche, also sind wir auf uns gestellt.«

»Auf uns? Aber können Sie nicht telegrafieren?«

»Bis er hier eintreffen würde, hätten wir Drillinge am Hals und das erste wäre einen Monat alt. Jetzt packen Sie sich mal einen Arm, und helfen Sie mir, unsere Lady hier aufzuheben.«

Gemeinsam brachten wir Elaine nach oben zu ihrem Himmelbett, zogen ihr Nachtkleidung an und deckten sie zu wie ein krankes Kind. Nur war es nicht die Aufgabe eines Kindes, die ihr bevorstand. Inzwischen krümmte sie sich häufiger vor Schmerzen, und in den Pausen murmelte sie, ich solle sie niemals verlassen, bei ihr bleiben, dasein ...

»Mrs. Ratherskittle.« Ich hatte mich von Elaine weggestohlen, zu der stämmigen Hebamme, die ein furchteinflößendes Sortiment von Metallinstrumenten in einem Becken sammelte. »Wie lange wird es dauern, was müssen wir tun?« zischte ich, aber sie ging kaum darauf ein.

»Sie sollen tun, was man Ihnen sagt, Mädchen, dann haben wir das hier im Handumdrehen überstanden. Ich hab' Hunderte geholt und nicht mehr als ein Drittel verloren. Also tun Sie, was ich Ihnen sage, und klappen Sie mir man bloß nicht zusammen. Das ist alles, was der Herr von uns Menschen erwartet, und es ist auch alles, was ich von Ihnen erwarte.« Sie stieß mich aus dem Weg und brachte ihre – Ausrüstung zum Bett.

Also tat ich, was sie sagte, meine Hilfe bestand darin, die Schweißperlen von Elaines Gesicht zu wischen und Selbstbeherrschung zu lernen, als ihr Stöhnen im Laufe der Stunden lauter und häufiger wurde. Ausnahmsweise blieb die drückende Luft in diesem trostlosen Cottage unbeachtet. Wir warteten, wir zwei, während die Stunden sich um die Spule von Elaines Niederkunft drehten – eine Nabelschnur aus Zeit.

Sie sagte nicht viel – ich hatte erwartet, daß sie sich in

diesen letzten Stunden mehr denn je auf meinen Zuspruch verlassen würde. Doch sie lag von uns abgesondert da, ihr helles Haar auf dem Kissen ausgebreitet wie sehr feiner Flachs, ihr Blick auf einen Punkt jenseits des schlichten kleinen Zimmers geheftet. Zwischen den Schreien, die immer schneller kamen, lag sie erschöpft da, keuchend wie ein wildes Tier, das von menschlichen Augen entdeckt worden war und es nicht wagte, in die Freiheit auszubrechen.

»Aha, ich kann jetzt den kleinen Kopf sehen«, krächzte Mrs. Ratherskittle triumphierend und rollte ihre schlampigen Ärmel hoch. »Jetzt ist es an mir, den kleinen Bastard rauszuziehen.«

Wut stieg mir in die Kehle – so etwas zu sagen, hier und jetzt ... Aber Elaine hörte nichts mehr, ihr Kopf warf sich auf dem Laken herum, ihre Hände kneteten an den Stoffbändern, die Mrs. Ratherskittle um die Pfosten des Kopfteils befestigt hatte.

Ich blieb auf halbem Weg zwischen Elaine und der rotgesichtigen Frau, die mit ihr am Fußende des Bettes ächzte. Ich schwankte dazwischen, das Phänomen zu beobachten und es zu meiden. Die fleischigen Hände der Hebamme verschwanden unter dem Nachthemd – bestimmt griff sie doch nicht einfach hinein, um den Säugling herauszuziehen? –, und sie bellte von Zeit zu Zeit wie ein Feldwebel.

»Pressen, mein Mädchen, mit Ihrem ganzen Willen und von ganzer Seele, wenn Sie es hinter sich bringen wollen. Ich ziehe, aber Sie müssen auch pressen.«

Ich stand hilflos und wenig hilfreich am Fußende, während Mrs. Ratherskittle Elaines Kind in die muffige Nachtluft des Cottages am Meer lockte und beorderte.

»Eine Decke!« befahl sie schließlich, als sie ein kleines blaurotes Etwas aus prustendem Fleisch im Arm hielt und es kräftig durchschüttelte, nachdem sie ihm Mund und Hals ausgesaugt hatte. Fast würgend holte ich ein frisches grünes Wolltuch aus der Kommode. Mrs. Ratherskittle wickelte den Säugling ein, der jetzt schrie wie eine wütende Katze, und legte ihn auf Elaines plötzlich wieder kleinen Bauch.

Die fleischigen, mit Blut befleckten Unterarme der Hebamme hingen jetzt fast leblos an ihren Hüften herunter, wie ein bratfertig gemachtes Stück Fleisch in der Küche von Carnhaven. Elaines Arme hoben sich schwach zu dem Baby, wie um es zu umarmen, dann fielen sie zurück. Sie sah wie halbtot aus, hatte keine Farbe im Gesicht, bis auf zwei rote Flecke auf den Wangen. Fiebrige rote Flecke.

»Wir warten noch auf das andere, dann schaffen wir Ordnung.« Mrs. Ratherskittle blies die Worte fast aus, wie ein verschnaufendes Pferd. »Zumindest sind Sie mir nicht in Ohnmacht gefallen«, gestand sie mir zu und musterte mich beinahe anerkennend. »Ich wette, Sie haben's nicht eilig, hinzugehen und desgleichen zu tun, wie die Priester sagen«, sagte sie mit einem kurzen Nicken zum Bett und einem knappen Lachen.

Ich dachte nicht daran, ihr zu antworten.

Elaine schlief schließlich ein und atmete durch die geöffneten Lippen. Der Säugling, inzwischen nicht mehr so purpurrot, aber immer noch von einer Art weißem Belag überzogen, schlummerte ebenfalls, in einer primitiven, mit Decken ausgeschlagenen Holzwiege.

Ich folgte Mrs. Ratherskittle blind in die Küche hinunter.

»Na, jetzt stolpern Sie mir man bloß nicht auf der Treppe, Mädchen, nachdem wir alles so gut überstanden haben. Allerdings harte Arbeit – die Männer haben ja keine Ahnung, was sie verpassen. Wenn sie es wüßten, würden Sie der Länge nach hinfallen, nicht wahr. Ich hab' hier 'n bißchen was,

Mädchen«, sagte sie, holte einen Geschirrkrug aus einem Schrank und nahm so zärtlich den Deckel ab, wie sie das Baby aus seiner Mutter hervorgeholt hatte. Sie legte den Kopf zurück, entblößte das rot-weiße Doppelkinn, das sich gewöhnlich in ihren Kragen flüchtete, und trank einige kräftige Schlucke.

»Nehmen Sie was, Miss, davon kriegen Sie wieder Farbe im Gesicht. Und an ein paar anderen Stellen, bestimmt. Dann holen Sie sich eben einen Becher dafür, wenn Sie so empfindlich sind. Sie werden sich gleich besser fühlen.«

Ich goß etwas in einen Becher. Ein dünner, klarer Bach floß in das Geschirr.

»Jetzt verschütten Sie es man nicht, Kind. Diese Städterhände, die Sie da haben, werden nie zu was taugen. Zu kostbar, um es zu verschütten, oder? Und sagen Sie's man bloß nicht dem Doktor, wenn er kommt. Ich trink nicht viel, und auch nur danach.«

Ich nippte von dem Gebräu und erwartete eine Art Landbier. Weißes Feuer versengte meine Lippen, und fast spuckte ich es wieder aus. »Sie brauchen es, auch wenn Sie's nicht wissen, also trinken Sie, Miss, trinken Sie«, drängte Mrs. Ratherskittle, also tat ich es. Es war, als entzünde sich das kleine Feuer oben in Elaines Zimmer in meinem Bauch und breite sich langsam in meinen Gliedern aus. Ich setzte mich an den Tisch und seufzte. Ich ließ die Schultern hängen und merkte erst jetzt, daß ich die Fäuste geballt hatte.

»So ist's richtig. Hätte schlimm werden können. Allerdings nicht allzu unappetitlich. Der Doktor kommt noch rauf, um sich die beiden anzugucken, und dann schaffen wir das Kleine an einen anderen Ort. Und Sie beide können dahin zurückgehen, wo Sie herkommen.«

»Das Baby. Wo schicken Sie es hin? In ein Armenhaus?«

»Bei all dem Geld, das solche Leute wie Ihre Freundin haben? Nein, er wird in zehn Jahren nicht in ’ner Mine schuften, dieser Junge. Ein hübsches, behagliches Heim haben wir für ihn gefunden, und für eine hübsche monatliche Summe, damit man für ihn sorgt.«

»Wer nimmt denn das fremde Kind eines anderen?«

»Eine Menge Leute. Die, die selbst keine kriegen können. Sie wissen, daß er von guter Herkunft ist. Zumindest zur Hälfte, wie? So viele ihr Leben geben würden, um sie nicht zu kriegen, so viele gibt es, die töten würden, um sie zu kriegen.« Sie nickte wissend und trank einen langen Schluck aus dem Krug. Ich zitterte schon beim Zusehen, wie diese Feuerration in ihre Eingeweide rann.

»Bellevue. Wir hatten ein paarmal Schwierigkeiten im Bellevue. Da war eine Frau, die mit Mop und Eimer kam und die Flure putzte und auf den Knien schrubbte, damit niemand ihr Gesicht sah. Wollte unbedingt ein Kleines haben. So unbedingt, daß sie eines Tages in die Station ging, wo sie die junge Jenny Matthews fand, die ihr erstes erwartete, das zu früh kommen sollte. Sie hat sie getötet, ja, hinter dem Vorhang, hat ihr die Kehle durchgeschnitten, und als das Blut noch aus dem Hals der Mutter spritzte, hat sie das Baby einfach aus ihr rausgeschnitten. Es hat sogar überlebt, doch. Die Polizei hat sie gefunden, als es auf der Straße hieß, in ihrem Zimmer würd’ ein Baby ermordet, und es war bloß das vermißte Kind, das nach Milch schrie, weil die arme dumme Frau nicht wußte, wie sie es füttern mußte, obwohl sie eine so tadellose Operation hingekriegt hat, wie ich es seinerzeit bei einigen Ärzten gesehen habe ...«

Ich stemmte mich mit den Händen hoch und ging schwankend vom Tisch weg. »Ich werde mich um Elaine kümmern, ich –« Der Hauptraum lag vor mir, und ich nahm einen tiefen Zug von seiner irgendwie frischeren Luft. Sollte sie in der Küche weiterfaseln, ich würde nicht zuhören. Ein Gefühl der Angst durchströmte mich, wie der Gin, mit dem sie ihre schaurigen Erinnerungen befeuerte. Ich würde bei Elaine sitzen, beim Himmel, bis wir von diesem furchtbaren Ort wegkamen. Weg von dieser abstoßenden Kreatur – zurück in eine normale Welt. Zurück nach Carnhaven.

11. Kapitel

Die Oktobersonne wärmte noch die Bucht, als der Wagen um die letzte Biegung fuhr und Carnhaven in unser Blickfeld kam.

»Ich bin zu Hause, Amberleigh«, sagte Elaine und lehnte ihren Kopf mit den scharlachroten Federn aus dem Fenster. »Es ist wahr. Oh, wie mir Carnhaven gefehlt hat.«

Sie hatte sich neben mir zurückgelehnt und zog nervös die Handschuhfinger straffer. Ich konnte irgendwo in der Vergangenheit Devoras Stimme hören, wie sie ihr diese Geste aufnötigte. Devora bekam ihren Willen, auch bei den Eigensinnigen. Es hatte außer Frage gestanden, daß Elaines Kind eiligst zu dem Heim geschafft würde, wo es erwünscht war. Manchmal fragte ich mich, wie Elaine imstande gewesen war, das zuzulassen, doch ihr schienen die mütterlichen Instinkte zu fehlen, die, wie ich geglaubt hatte, mit jeder

Geburt einhergingen. Sie betrachtete das Kind beinahe so wie einen Schmetterling, der sich an einem Sommertag auf sie gesetzt hatte – etwas Seltsames und Schönes und Fremdes und Häßliches, das sie einmal berührte und sie erzittern ließ und dann verschwunden war.

Ich kümmerte mich mehr um ihn als sie in den wenigen Wochen, bevor das sittenstrenge Paar von dem behaglichen Hof kam, um ihn abzuholen. Ich war mir nicht zu gut, in seinen niedlichen Zügen nach einer Ähnlichkeit mit einem Vater zu suchen, den ich vielleicht kannte. Doch sein rotes kleines Gesicht gab keinen Hinweis auf seine väterliche Abkunft. Seine blauen Säuglingsaugen rollten verschwommen und ausdruckslos hinter den winzigen Lidern.

Einmal bückte ich mich, um ihn in seine Wiege zu legen und hatte flüchtig ein Gefühl der Vertrautheit. Mein Herz hüpfte, und die Zeit schien einen Augenblick stillzustehen, während ich den Säugling im Arm hielt. Dann ordnete ich die Erinnerung ein: Es war der Kopf der Skulptur, an den ich erinnert wurde – mit seinen unbestimmten, immerzu sich verändernden Zügen, den halbgeformten Zügen, die sich an dem einen Tag undeutlich im Ton abzeichneten und sich am nächsten wieder in ihn zurückstahlen.

Würde er mir für immer so in Erinnerung bleiben, dieser ausgesetzte Erbe, dieser Junge? Der bald zu einer anderen Frau verpflanzt werden sollte, in eine andere Umgebung, der weniger über Carnhaven wußte als die Erdhörnchen, die über seine Rasenflächen huschten?

Unnatürlich, ich fand die ganze Sache unnatürlich. Aber was konnte ich tun? Nichts, als Elaines Sohn der Anonymität zu überliefern, die Devora für ihn bestimmt hatte. Und selbst wenn Elaine ein Interesse daran gehabt hätte, Protest zu erheben – ich blickte kurz zu ihrer schlafenden Gestalt hinüber, die sich in dem Berg von Leinen verlor –, vielleicht war sie keine Mutter, der man ein bedürftiges menschliches Wesen anvertrauen konnte, es fiel ihr schwer genug, für sich selbst zu sorgen.

»Wie willst du ihn nennen, Elaine?« hatte ich einmal gefragt, als sie ihn stillte. Sein kleines Gesicht war in den Spitzenrüschen und Bändern des Bettjäckchens verborgen, das sie zu dieser Gelegenheit schamhaft trug.

»Ihn nennen?« Sie schaute zu dem blassen, rundlichen Gesicht ihres Sohnes hinunter. Kein Sonnenstrahl war ihm durch sorglose Tage im Freien gefolgt. Seine Haut war so alabastern wie Devoras gepuderter und abgeschirmter Teint. Er schien ein unwirklicher Mensch zu sein, eine Skizze ohne Farbe, die noch ausgefüllt und mit Leben versehen werden mußte. Ich wollte, daß er einen Namen hatte. Mir wäre in der ganzen Sache wohler, wenn er einen Namen hatte.

»Ihn nennen? Wir müssen ihm doch keinen Namen geben, Amberleigh, oder?« fragte Elaine langsam und schaute mit ihren hellgrauen Augen in meine, auf eine Art, bei der es mich kalt überlief. »Immerhin wird er bald der Pflegesohn anderer Leute sein –«

»Ja, ich weiß. Ich bin – froh, daß du das verstehst. Aber du hast das Recht, ihm einen Namen zu geben.«

»Na schön, wie wär's mit –« Irgendein Gedanke lag ihr auf der Zunge, nur ihre silbernen Augen hielten ihn zurück. »Ich hatte an J-James gedacht, daran hatte ich gedacht. Aber nein. Er wurde zu Michaelis geboren, nicht wahr? Dann also Michael. Ich werde ihn Michael nennen.«

Aber sie tat es nie. Sie nannte ihn nie bei irgendeinem Namen. Ich nannte ihn Michael. Sogar Mrs. Ratherskittle nannte ihn Michael. Nicht aber Elaine, nicht einmal an dem

Tag, Wochen später, als das verlegene Paar von weiter oben im Norden kam, um ihn abzuholen.

Und ich war es, die ihn übergab. Elaine hatte sich geweigert, in den Hauptraum des Cottages hinunterzukommen und dort auf die künftigen Eltern zu warten. Ich erwartete sie und hielt Michael dabei in einem Arm. Meine Finger spielten nervös an dem schmalen Bernsteinreif um meinen Hals – der einzige Schmuck, den ich von Carnhaven mitgenommen hatte, und das auch nur, weil ich ihn oft zu dem cognacfarbenen Reisekostüm trug.

Ich erinnerte mich daran, wie mich das Halsband als Kind fasziniert hatte, wenn ich in dem geschnitzten hölzernen Schmuckkästchen kramte, das Mrs. Bowers vor den Aasgeiern am Eaton Square gerettet hatte.

»Babyperlen«, hatte Mrs. Bowers sie genannt. Möglicherweise sogar die meiner eigenen verstorbenen Mutter, als Säugling um ihren Hals gelegt, um Kinderkrankheiten abzuwehren. Ich hatte sie ebenfalls getragen, so vermutete Mrs. Bowers, auch wenn sie nicht dabeigewesen war. Und ich sollte sie für meine eigenen Kinder aufbewahren, hatte sie gesagt. Die Armen, sie schienen mir hier auf Twin Beeches so fern zu sein wie der Mond.

Ich öffnete den zierlichen geschnitzten Bernsteinverschluß und zog die schlanken Perlen, die festgewordenem Honig glichen, durch meine kalten Hände. Sie fühlten sich irgendwie ölig und schwer an, als seien sie aus etwas geformt, das einmal warm und flüssig war, so wie Blut. Und das stimmte ja auch. Ich hatte gehört, daß vor Urzeiten harzige Tränen aus Bäumen im Fließen Insekten eingefangen hatten und dann erstarrt waren, um zu dieser halbedlen Substanz zu werden.

Es war ein reiner Reflex. Ich streifte den Schmuck über

Michaels Kopf, er sollte nicht ohne etwas, das er sein eigen nennen konnte, in die weite Welt hinausgehen. So wie Mrs. Bowers etwas für mich gerettet hatte, sollte ich es für ihn tun. Das Halsband, so eng, daß es mich fast würgte, hing auf die Brust des Babys herab. Ein Talisman, um Diphtherie und Husten und die Pocken zu bannen. Ein Talisman von einer Patin – keiner Fee vielleicht, aber mehr war nicht verfügbar.

Und so trat ich ihn ab, an diese Frau in ihrem steifen, miserabel geschnittenen Sonntagsstaat und dem unmöglichen Hut mit den harten roten Kirschen auf der Krempe, die auf- und abtanzten. Gute Leute. Einfache Leute. Nicht-Devora-Leute. Der Ehemann nickte mir zu und fragte: »Haben Sie 'nen Namen für ihn?« Irische Leute.

»Michael.«

Der Bauer nickte mit seinem ergrauten Kopf. Er sah älter aus, aber ich schätzte ihn auf höchstens vierunddreißig, mit einer vom Wind ausgedörrten und rissig gewordenen Haut und Zahnlücken, die den falschen Eindruck erklärten. »Michael«, sagte er, ließ es sich mit seiner irischen Aussprache auf der Zunge zergehen, als ob es ein Segensspruch wäre, und lächelte. Es war, als breche die Sonne durch die Wolken, in meiner Vorstellung ließ das Lächeln die Falten in seinem Gesicht verschwinden. »Ist 'ne gute Wahl.«

»Wir werden ihn sehr gerne so taufen lassen«, sagte die Frau ein wenig atemlos und hielt das formlose Bündel wie ihren besten Sonntagskrug, der einen Sprung bekommen hatte. Michaels hellblaue Babyaugen schienen sich einmal in meine Richtung zu drehen, oder doch nicht?

»Es wird 'ne katholische Taufe sein«, fügte der Mann respektvoll, aber mit einem trotzigen Unterton hinzu. Ich nickte stumm.

»Tja, wir danken Ihnen, Miss –« Er wirkte unschlüssig, welche Anrede er für mich benutzen sollte. Mir kam der Gedanke, daß die beiden mich für Michaels Mutter hielten.

»Oh, er ist nicht meiner. Bitte, sorgen Sie gut für ihn. Und ich werde Ihre Privatsphäre nicht verletzen, aber wenn ich vielleicht Ihren Namen wissen dürfte, wo Sie ihn hinbringen –«

Das Paar tauschte einen Blick aus, und sie umfing ihr Bündel fester. Michael gluckste.

»Kelly. James Kelly aus Tyrone.«

Sie wandten sich hastig ab, als hätten sie dadurch, daß sie ihren Namen nannten, das Wort gesprochen, durch das sich ihr Gold in Stroh verwandeln würde, und verließen Twin Beeches.

Wir verließen es bald danach.

»Es ist Zeit auszusteigen, Amberleigh«, drängte Elaines Stimme mich. »Carnhaven. Wir sind da. Wieso starrst du so in den Wald? Das Haus ist in dieser Richtung.«

Es war keine Devora da, um uns zu begrüßen, nur Symes kreuzte unseren Weg, hob ermahnend eine Augenbraue in Richtung eines Lakaien, der ungeschickt eine Tasche hinter uns fallen ließ, und schickte uns in die kalte Halle. Immer noch irgendwie feindselig.

»Man könnte fast annehmen, die Jagd hätte begonnen und sie hätten uns vergessen«, bemerkte ich, an Elaine gewandt, als mir meine Ankunft hier einfiel. Nur Devlin Quade fehlte, wie er um die Tür zur Halle spähte, ansonsten schienen die Uhr und die Stille dieselbe Stunde wie Monate zuvor zu schlagen. »Sind sie auf der Jagd, Symes?«

»Nein, Miss. Lady St. Clare ist auf ihrem Zimmer und erledigt ihre Korrespondenz, glaube ich, und Ihr Vater ist in London.«

Wir gingen allein nach oben, und nur Elaines Henrietta – »Stone«, wie Devora sie passender nannte, in einem Ton, der so hart war wie das Mineral, das der Name bezeichnete – hieß uns auf Carnhaven willkommen. Henrietta huschte unparteiisch zwischen meinem und Elaines Zimmer hin und her – schüttelte Kleider aus und verteilte Handschuhe und Strümpfe an ihren Platz –, wie ein Mutterspatz, der mit Zwillingen geschlagen war.

»Hier, ich kümmer' mich schon drum, Miss Elaine. Sie setzen sich hin und legen die Füße hoch – ich hab' den ganzen Tag gesessen und drauf gewartet, daß Sie beide heimkommen«, hörte ich sie durch die angelehnte Tür trällern. Im nächsten Augenblick erschien Henriettas unermüdliches spitzes kleines Gesicht in der Tür, und ich war an der Reihe.

Es ging »Setzen Sie sich, Miss Amber«, und »Machen Sie sich man keine Gedanken, Miss Amber« (sie beherrschte nie die dritte Silbe meines Namens), bis ich Zuflucht in Elaines Zimmer suchte. Am Schluß bekamen wir das Abendessen auf einem Tablett für uns beide gebracht. Als die Dunkelheit den Glanz des großen Hauses dämpfte, seine weißen Ziergiebel in feindselige Schatten hüllte, schien jegliches Leben zu verstummen. Ich sah vor meinem geistigen Auge, wie Elaine und ich mäuschenstill in unserem durch den Lampenschein erhellten Raum aßen und unter uns alles in Dunkelheit getaucht war, ausgenommen die vom Feuer erwärmte Küche, wo Mrs. Featherstone wohl noch mit dem Speiseplan für den morgigen Tag und den Küchenmägden kämpfte.

Es schien eine solch riesenhafte Muschel zu sein, um so wenige und winzige Kreaturen zu beherbergen.

Aber ich hatte unrecht – an diesem Abend waren mehr

als wir zwei und das Personal munter. Nach dem Abendessen kam Devoras Zofe zu mir, und ich folgte ihr feierlich zu Devoras Suite. Anscheinend hatte sie uns doch nicht vergessen.

»Amberleigh. Mein Gott, Sie sind dünn geworden. Und blaß. Was war es denn für ein Haus?« Devora saß auf einer Chaiselongue und polierte sich mit einem Leder mit silbernem Bügel die Nägel. Ihr Haar war offen und ließ sie jünger aussehen, wie eine Schulkameradin.

»Hatten Sie – das heißt, ich hatte eigentlich gedacht, daß Sie etwas darüber wüßten, als Sie uns dorthin schickten.«

»Himmel, nein! Wenn Sie glauben, daß ich zu meiner Zeit solch einen Schlupfwinkel brauchte, dann irren Sie sich gewaltig. Nicht, daß es an Männern fehlte, die mir mit großer Wonne dabei geholfen hätten – all diese Tugendhaftigkeit, letztlich ganz unnötig ...«

Der Satz blieb unbeendet, als sie eine kunstvoll gravierte Silberfeile auswählte und anfing, die rauhe Oberfläche rhythmisch über ihre Nägel zu ziehen. Bei dem Geräusch marschierten Ameisen meinen Rücken hoch. Unnötige Tugendhaftigkeit – natürlich, sie hatte nie aufpassen müssen. Sie war nicht imstande, Kinder zu gebären.

»Nein, meine Liebe« – Devora machte eine plötzliche Bewegung in ihrem Morgenrock, raffte den Rock hoch und warf ihn irgendwie schroff über ihre Knie –, »ich hatte mir das Haus vorher nicht angesehen. Die meisten meiner auf Abwege geratenen Freundinnen sind, wenn ich überhaupt von ihrer Schande erfuhr, in Schweizer Sanatorien geschickt worden. Und das ganz früh, wenn die Konsequenzen noch – nun, sie brauchten nicht zur Welt zu kommen ...« Ihr helles Lachen zerrte mir zusammen mit der Feile an den Nerven.

»Es war ein furchtbarer Ort, Lady St. Clare«, sagte ich freiheraus und setzte mich unaufgefordert auf den fein bestickten Beistuhl. »Ich staune, daß Elaine und ich überhaupt dort herausgekommen sind. Noch viel mehr der Säugling. Die Frau, die sie dort hatten, war so – gefühllos. Und der Arzt traf nicht einmal rechtzeitig zur Niederkunft ein. Ich würde nicht dafür bezahlen, wenn ich an Ihrer Stelle wäre.«

»Nicht bezahlen? Meine Liebe, ich müßte selbst dann dafür bezahlen, wenn es ein Schweinestall am Rand eines Sumpfes gewesen wäre. Nicht bezahlen heißt es aufdecken. Und das wollen wir doch nicht. Wollen Sie, daß Elaine von der einzigen Gesellschaft ausgestoßen wird, die sie je kannte, von der Liste aller Leute gestrichen wird? Nicht eine einzige Teegesellschaft am Montagnachmittag, zu der sie noch eingeladen würde? Mir wurde gesagt, es sei ein ehrbares Cottage am Meer. In guter Lage mit sanften Brisen und gesunder Luft. Ein wenig primitiv, kein Zweifel, wenn man an amerikanische Tüchtigkeit gewöhnt ist.« Sie zog eine fein gezupfte Augenbraue hoch, verwundert über meine Empfindlichkeit, bevor sie den Blick wieder auf ihre glänzenden, hellen Nägel senkte.

»Um Tüchtigkeit ging es dabei wohl kaum, Lady St. Clare. Ein wenig Menschlichkeit wäre eher angebracht gewesen –«

»Ja, ja, ich weiß, ihr habt beide eine schlimme Zeit durchgemacht, und ich will es nicht verharmlosen, im Ernst, Amberleigh. Es ist nur so, daß man diese Dinge am besten schnell vergißt. Und wenn man sich doch daran erinnert, dann mit einer netten kleinen Schicht Amnesie über den – rauheren Tatsachen.« Sie warf die Instrumente zur Maniküre hin und schritt zum Fenster. Elaine hatte recht gehabt –

ihr Hals war dünn und am Nacken wie geschaffen, um zuzudrücken. Ich fragte mich, wie Sir George der Versuchung widerstand. Aber vielleicht war das ja der Grund, warum ihre Schlafzimmer eine Klammer um das Haus bildeten, mit vielen Zimmern als Pufferzone dazwischen.

»Ich bin sehr zufrieden damit, wie Sie mit dieser Situation fertiggeworden sind, Amberleigh. Sehr vernünftig. Keine hysterischen Anfälle. Ich weiß, es ist nicht leicht für Sie gewesen, aber vielleicht liegt Ihre Belohnung ja in dem Wissen, daß Elaine diese Tortur höchstwahrscheinlich überstehen wird, indem sie sich nur noch an weniges erinnert. Sie hat die Gabe, Dinge zu vergessen.«

»Vielleicht, weil so vieles von dem, was sie erlebt hat, getrost vergessen werden sollte«, sagte ich, nicht ohne boshaften Unterton.

Devora drehte ihr feingezeichnetes Gesicht auf diesem unbeweglichen, arroganten Hals. »Um so besser für uns. Und für sie. Ich bin mir durchaus bewußt, daß es für Elaine vermutlich ganz anders ausgesehen hätte, wenn Sie nicht gewesen wären, Amberleigh. Dafür bin ich dankbar. Aber verwechseln Sie Dankbarkeit nicht mit einem Freibrief für alles.«

Ihre leise Warnung hielt mich auf dem bestickten Stuhl fest, meine Füße schienen zu schrumpfen, bis sie zu hoch über der Kante baumelten. Ich zog fast den Kopf ein wie ein Kind. Ihr Ton hatte die Gegenwehr aus mir herausgeschnitzt, wie ein scharfes Messer Fruchtfleisch aus einer Melone schält.

»Elaine scheint es gut zu gehen.« Sie wechselte das Thema und ihr Benehmen, kam herüber und blieb vor mir stehen. Ich bedauerte, daß ich mich hingesetzt hatte, es brachte mich in eine schwache Position, in die eines Kindes, das hereingerufen wird, um der Schulleiterin vorgeführt zu werden.

»Sehr gut. Man würde es kaum vermuten. Es war keine leichte Zeit –«

»Ich will mit Sicherheit keine Einzelheiten. Mein Gott, Amberleigh, denken Sie daran, daß Damen solche Dinge zwischen sich und den Bettlaken verborgen halten.« Ich wurde rot, als sie wieder ihren Platz auf der Chaiselongue einnahm. Die Bewegung, mit der sie sich den Morgenrock über die Knie zog, hinterließ einen Riß in dem dünnen Stoff. »Ist denn nichts von Dauer? Nun, im nächsten Frühjahr wollte ich sowieso etwas Passenderes für den Kontinent. Ich werde einfach nach Dublin und zu Alfred Manning fahren müssen. Vielleicht kann ich dort auch etwas Schickes für Sie finden, hmm? Amberleigh, ich habe überlegt, daß ich etwas unternehmen muß, um Elaine behutsam in die normale Gesellschaft zurückzuführen. Man kann nicht zulassen, daß sie sich in eine Einsiedlerin verwandelt, wissen Sie. Selbst diese kurze Abwesenheit ist kaum zu entschuldigen. Was halten Sie von einem Fest?«

»Ein Fest? Ist das nicht zu herzlos? Schließlich hat sie gerade erst einen kleinen Sohn im Säuglingsalter Wind und Wellen dieses furchtbaren Nordlandes überlassen –«

»Hören Sie auf! Ich lasse nicht zu, daß Sie es so darstellen. Für diesen – Jungen wird gut gesorgt. Wir haben unsere Pflicht und Schuldigkeit getan. Und Feste sind gar nicht so herzlos. Sie wissen, wie leicht Elaine – versinkt. Wir müssen ihr Auftrieb geben. Ich verlasse mich auf Sie, Amberleigh, daß Sie sie daran hindern, sich mit dem Auf und Ab der Gezeiten, die in ihrem Kopf herrschen mögen, treiben zu lassen. Sie wissen, wie anfällig sie ist. Ich kann es wirklich nicht dulden, daß sich mir noch einer von diesen unglaublichen St. Clares entfremdet. Ich verbringe ohnehin schon genug Zeit hier. Bald werde ich so gut wie allein sein. Sie werden nicht für immer hierbleiben. Helfen Sie mir, sie aufzuwecken.«

In ihrer Stimme schwang echtes Gefühl. Mir gefiel es, wie sie Elaine mit dem Meer verglich. Ich tat es selbst weiß Gott oft genug. Es gab sogar Augenblicke, in denen Elaines Stimmungen in mir die Befürchtung weckten, daß sie ein Feenkind war – ein todgeweihtes Wesen, zum Spaß auf Carnhaven losgelassen, damit sie ungewollt Schaden anrichtete, wie es nur jemand kann, der den Boden unter den Füßen verloren hat. Oder war es *nicht* ungewollt? War Elaine überhaupt nicht bewußt, daß ihre Schande zwei weitere feine Linien in die glatten Flächen von Devoras elegantem Gesicht gegraben hatte?

»Sie meinen, ein Fest würde ihr guttun, Lady St. Clare?«

»Es würde uns allen guttun, da bin ich sicher. Ich kann sogar Adrian Carstairs einladen.« Ihr Blick schätzte mich ab, als diese letzten fünf Silben mich unvorbereitet trafen.

»Gewiß wird jeder, den Sie einladen, imstande sein, Elaine zu zerstreuen, wenn ich auch sicher bin, daß Adrian« – ich ließ absichtlich seinen Nachnamen aus – »es besser könnte als die meisten. Meinen Sie nicht auch?«

Ihre Wangen färbten sich rosarot. Einen Augenblick lang war ich sicher, daß sie ihn in der Zeit von Elaines und meiner Abwesenheit getroffen hatte. Getroffen hatte? Die ganze Eifersucht, derer ich fähig war, schrie, daß es höchstwahrscheinlich mehr gewesen war als das. Und jetzt ließ sie ihn vor mir baumeln wie einen Knochen vor dem sabbernden alten Boru und erwartete, daß ich galumphierte, um es mit dem so passenden Wort von Mr. Carroll zu sagen.

»Ich weiß wohl kaum, wie gut sich Adrian in letzter Zeit

zerstreuen kann. Ich habe ihn seit jener Hausgesellschaft, bevor ihr Mädchen abfuhrt, nicht gesehen.« Es war ein Geständnis, und eine schneidende kleine Stimme in meinem Kopf kommentierte: »Nicht, weil du es nicht versucht hättest, möchte ich wetten.«

»Mir schwebt eine größere Gruppe für dieses Fest vor, ich denke, vielleicht sogar einige der jungen Offiziere aus der Kaserne – nicht zu viele von den rangniederen Leuten, natürlich, aber Captain Mayfair wird wissen, wen man einbeziehen soll. Versuchen Sie doch, sie dafür zu begeistern, Amberleigh. Ich denke, es hängt eine Menge davon ab.«

Es hängt eine Menge davon ab.

Diese Worte fielen mir im Laufe der nächsten Wochen wieder ein, wenn ich Elaine dabei beobachtete, wie sie sich fast nachlässig auf den Ball vorbereitete. Ball nannten wir es, obwohl die Dienstboten in der Wäschekammer darüber kicherten. Und es den »Nach dem Fall«-Ball nannten. Sie waren witzig und derb, diese Bridgets und Marys und Kathleens und nahmen sich ihr Pfund Fleisch von denjenigen, die sie bis zum Umfallen schuften ließen. Die Tänze, zu denen Schuld die feinen Herrschaften veranlaßte, amüsierten sie. Doch ihre Verachtung schien sich in keiner Weise gegen Elaine zu richten, sie behielten ihre Geheimnisse für sich und die Wäschekammer. Elaine schien eine bloße Zuschauerin ihrer eigenen Schande zu sein. Es war Devoras Anmaßung, über die sie sich in halb geflüsterten Gesprächen lustig machten, die ich zufällig auf dunklen Gängen und um verwinkelte Ecken mithörte. Niemand schien Elaine für eine zentrale Figur in ihrer eigenen Tragödie zu halten. Diese Erkenntnis beunruhigte mich. Es war, als sei sie über jede Schuld erhaben, über jeden Vorwurf, so der Welt entrückt, daß keine rein sterblichen Rücksichten für sie galten.

Doch sie war sterblich genug, um eine neue Robe für diesen Ball zu fordern, der sie wieder in die feinen Kreise einführen sollte. Devora lieh ihr ihre Zofe – eine vollendete Näherin –, die einen Wasserfall aus getupftem Tüll und gelbem Satin für Elaines wieder schlanke Figur zauberte.

Devora zeigte sogar Interesse an meiner Garderobe. Zunächst bestand sie lediglich darauf, daß ich eine ihrer abgelegten Abendroben trug. Als ich ein eigenes Kleid aus grünem Samt vorzeigte, das ganze drei Saisons alt war und noch ganz annehmbar, ließ sie sich nicht davon abbringen, daß ihre Étoile es für mich auffrischte.

Irgendwie wurde ich den flinken Fingern der dunkelhäutigen kleinen Französin übergeben, und mein schlichtes Kleid wurde mit schwarzer Spitze und Pailletten überzogen. Als sei es noch nicht Strafe genug, daß Étoiles Nadel Flitter an meinem Busen befestigte, kam Devora während der Anprobe hereingetanzt und erklärte, daß ich ein neueres Korsett tragen und es ausnahmsweise richtig fest schnüren müsse.

»Wirklich, Amberleigh, Sie wollen doch nicht aussehen wie eine *deutsche* Prinzessin, oder?« Ihr Ton besagte deutlich, an welcher Stelle ihrer Skala der Eleganz deutsche Prinzessinnen rangierten. Elaine, die geduldig darauf wartete, bis sie an der Reihe war, Étoile ausgeliefert zu werden, lächelte schwach bei dieser Bemerkung – das erste Lächeln, das ich seit unserer Rückkehr zu sehen bekam. Ich seufzte und zog den Bauch ein, während Étoile die langen Bänder straffzog, bis meine Taille zu einem bloßen Faden zurechtgeschnürt war und mein Busen und die Hüften aus dem Korsett quollen wie Lava. Aber Devoras Anweisungen hatten ihre Vorteile. Ich hatte nie so modisch, so verführerisch ausgesehen wie jetzt im Spiegel, nachdem Étoile von mir zu Elaine gegangen war, um ihr zu Diensten zu sein.

Die Farbkombination aus Grün und Schwarz ließ mich eine Spur erfahrener aussehen. Das enggeschnürte Korsett verlieh mir eine Silhouette, die Hüfte und Busen runder erscheinen ließen. Es wurden keine Taschentücher mehr gebraucht, um irgendeinen Mangel auszugleichen. Ich lächelte, als ich mich an die Haufen schneeweißer gestärkter Tücher erinnerte, die wir Mädchen bei Miss Meachum benutzten, um uns vorn auszustopfen, in der vergeblichen Hoffnung, ein sehenswertes Ergebnis zu erzielen – etwas, das nicht einmal Miss Lillian Russell Schande machen würde. Jetzt sah ich ein, daß weit raffiniertere Kunstgriffe als jene Spitzentücher vonnöten waren, um Stundengläser aus uns zu machen. Ich strich mit den Händen über meine Taille und zwängte einen letzten Atemzug hinein. Meine Lunge tat weh. Heute abend würde Maßhalten mein Motto sein. Maßvolles Atmen, maßvolle Schritte – andernfalls würden sich meine unverbesserlichen Knöchel in meiner schweren Schleppe verfangen und mich zum Straucheln bringen.

Und maßvolle Hoffnungen? Ich steckte einen mit Topasen besetzten Schildpattkamm in mein aufgetürmtes Haar. Es war das erste Mal, daß ich Adrian nach mehr als drei Monaten wiedersehen würde. Angeblich war ich mit Elaine verreist, um zu zeichnen. Sah ich aus, als hätte ich mehr getan, als auf einem primitiven Herd im wilden nördlichen Irland dahinzuköcheln? Vielleicht hatte Devora sich deshalb um meine äußere Erscheinung gekümmert, um den Eindruck zu fördern, daß wir tatsächlich gereist waren, daß wir Dublin gesehen hatten ... Was von meinem Bauch übrig war, was nicht in meinen Brustkorb gequetscht war, war aufgewühlt von dem Gedanken, daß wir über unseren Aufenthaltsort ausgefragt würden. Ich kam mir fast wie eine Hochstaplerin vor – wurden meine Finger deshalb so eiskalt? Oder lag es an Adrian? Plötzlich wollte ich ihn unbedingt wiedersehen, als sei er der Schlüssel zu einem geheimen Teil von mir, den ich aufschließen wollte.

Ein Wimmern aus dem Zimmer neben meinem riß mich aus meinen Selbstbetrachtungen.

»Ich will nicht gehen! Laß mich in Ruhe!« Elaine kauerte auf dem Frisierstuhl, von mir abgewandt, die Arme fest um ihre Taille geschlungen, als ob sie Schmerzen hätte. Ihr Korsett war erst halb geschnürt. Die rosaroten Bänder fielen an ihrem Rücken hinunter bis auf den Fußboden, wo sie wie schlaffe Rattenschwänze lagen.

Henrietta stand da und sah verärgert aus und erschrocken, die Hände in die stämmigen Hüften gestemmt und deutliche Worte auf der Zunge.

»Na na, Miss Elaine. Tun Sie Henrietta so was nicht an. Sie müssen sich fertig anziehen für Mylady. Sonst feuert sie mich noch, bestimmt. Und Sie wollen doch nicht, daß Ihre Henrietta vor die Tür gesetzt wird, oder? Sehen Sie, hier ist Miss Amber. Sie wird die Sache in Ordnung bringen. Ich lass' Sie mit Miss Amber allein.«

Henrietta ging dankbar hinaus und ließ mich in dem Zimmer, in dem überall Unterröcke herumlagen und wo die steife gelbe Satinrobe fast aus eigener Kraft neben dem Bett stand, zurück.

»Na, dann helfe ich dir mal mit dem Rest. Hat sie dich zu fest geschnürt? Glaub mir, ich hätte selbst auch nichts gegen eine kleine Erholungspause. Vermutlich will Devora uns beide wie Würste verschnüren und irgendwo einlagern.«

Ich dachte, ihre instinktive Abneigung gegen ihre Stiefmutter würde Elaine aufrütteln, doch sie rührte sich nicht. Das dünne Unterkleid spannte sich über ihren Schultern, so daß sich ihre Schulterblätter scharf in dem Stoff abzeichneten. Sie war so dünn geworden. Alle jungen Mütter, die ich kannte, waren runde, mollige Wesen, wie Mrs. Willoughby, die jedes zusätzliche Kinn dem jeweiligen neuen Baby zuschrieb.

»Elaine, bist du krank? Weinst du?« Sie schüttelte meine Hände mit einem konvulsivischen Zucken von ihren Schultern ab.

»Ich werde nicht gehen, es ist ihre Idee! Sie will mich demütigen. Ich kann nicht gehen. Nicht heute abend, Amberleigh. Es gibt gute Gründe. Mir ist alles irgendwie wieder eingefallen.«

Sie warf sich gegen das Fenster, fast wie ein gezähmter Vogel, der instinktiv ins Licht fliegt. Der irische Abend verblaßte über den Anlagen von Carnhaven. Der Ball begann um neun, bis dahin hätte sich Dunkelheit ausgebreitet und die Gäste könnten in von Lampen erleuchteten Wagen am Eingang vorfahren und im flackernden Schein der großen Fackeln zu beiden Seiten der Türen aussteigen.

Doch jetzt liebkoste das Licht noch den Horizont. Der Himmel – noch vor wenigen Augenblicken blau – verdunkelte sich, bis nur noch der Abschnitt über dem Horizont sein ultramarinblaues Leuchten behielt – ein tiefer, gläserner Reflex von dem Rest des Sonnenlichts, das sich über den Rand der Welt ergoß. Es war eine wunderschöne Tageszeit, meine liebste, doch Elaine spürte darin Gefahr.

»Du darfst nicht verletzt werden, Amberleigh!« sagte sie, fuhr plötzlich herum und packte mit festem Griff meinen Arm. »Ich lasse nicht zu, daß man dich verletzt. Ich habe Angst – ich habe mich erinnert. Mich an alles erinnert. Warum mußte das sein? Gewöhnlich ist es fort, fort wie ein Irrlicht. Ich habe Angst um dich, Amberleigh, Angst, daß du verletzt werden könntest. Was ist das –« Ihre grauen Augen hefteten sich wieder auf die Aussicht draußen vor dem Fenster, die Rasenflächen und die dunklen, gebeugten Schultern der fernen Bäume. Eine Gestalt ging am Rand der Lichtung, wo die architektonischen Gärten endeten, bahnte sich langsam ihren gewohnten Weg zum hinteren Teil des Hauses.

»Großer Gott, Amberleigh«, sagte Elaine. Ihr Gesicht war zu einer Art stummem Schrei erstarrt, beugte sich ohne jede Anmut zum Fenster und der undeutlichen Gestalt zu, fast wie ein Hund in der Meute, der an den Leinen zerrt. »Er ist hier. Ich wußte, daß er kommen würde. Meistens hat er sein Alltagsgesicht, aber dadurch darfst du dich nicht täuschen lassen, Amberleigh. Das andere Gesicht ist noch da. Das tote. Ich habe es schon lange nicht mehr gesehen. Er paßt gut auf. Er weiß, daß es mich aufregen würde. Aber heute abend, ich weiß, daß er es heute abend haben wird. Ich kann nicht gehen, zwing mich nicht dazu, ich weiß nicht, was ich tun werde, wenn du mich zwingst. Das darfst du nicht, das darfst du nicht!«

Sie schluchzte und klammerte sich an die Vorhänge, als wären sie der Rock einer Lieblingskinderfrau und sie ein Kind von drei Jahren.

Ich rief nach Henrietta.

»Hol Lady St. Clare«, sagte ich entschlossen. Henrietta lief den Flur hinunter, ihre flinken kleinen Absätze klopften auf das Hartholz.

Devora tauchte bedrohlich aus dem Dämmerlicht auf wie eine Dämonenkönigin, funkelnd in Tüll und Jet und einer kupferroten, mit ebenholzschwarzem Netzgewebe überzogenen Robe.

»Es geht um Elaine.«

»Ich verstehe.« Sie warf kaum einen Blick ins Zimmer und auf die halb angezogene Gestalt Elaines, die am Fenster zusammengesunken war. »Dann lassen Sie Stone bei ihr. Sie ist daran gewöhnt. Wenn es so sein soll, Amberleigh, dann soll es eben so sein. Ich kann nicht behaupten, daß ich nicht enttäuscht bin, aber es hat keinen Zweck, das Mädchen zu zwingen – ich muß nach George sehen. Gott, diese St. Clares!«

Sie raschelte in die andere Richtung davon. Ich hatte nicht angeboten, bei Elaine zu bleiben, wie ich ziemlich kalt überlegte, als ich langsam zu meiner Tür ging und mich in meinem Zimmer einschloß. Der Gedanke war mir gekommen, aber ich hatte es nicht angeboten. Heute abend wollte ich mich nicht um Elaine kümmern. Ich wollte mich in meinem verschönerten grünen Kleid nach unten begeben, um Eis und Punsch zu genießen, Komplimente und Geplauder, Aufforderungen zum Tanz und ... vielleicht sogar Adrian. Elaine würde mir diesen Augenblick nicht mißgönnen, dachte ich, als ich meinen schwarzen Fächer aus Seide nahm und die Kerzen ausblies. Sie war es mir schuldig.

12. Kapitel

Seltsam, wie hübsches Gefieder einen sich spreizen läßt wie eine Pfauenhenne. Ich schwang meine Schleppe im Bogen hinter mich und rauschte sicheren Schrittes über den Fußboden des Salons. Adrian hatte ich noch nicht erblickt. Ich war begierig darauf, Adrian zu sehen. Ich schaute mich in der Menge der Fremden um, auf der Suche nach seinem glänzenden goldenen Kopf.

Sie ähnelten exotischen Vögeln, die Gäste, Vögeln, die in einem eleganten Hof die Hälse beugten, scharrten und pickten. Die Federn auf den Köpfen der Damen spreizten sich wippend über dem Meer aus Körpern wie bei einem Kakadu. Die Männer in ihrem eintönigen Schwarz und Weiß waren die trister gefiederten Männchen des Vogelkönigreichs – und wahrlich schwer voneinander zu unterscheiden. Wo war Adrian, warum hatte ich ihn noch nicht gesehen?

Dort, an der Wand, von der Witwe in braunrotem Satin und Peridot festgenagelt, das war doch bestimmt er ... nein. Ich blieb stehen. Plötzlich fühlte ich mich wie so viele Jahre zuvor auf Miss Meachums Podest. Das zischende Rascheln des Tafts wirkte wie ein gehässiges Flüstern, das durch die Versammlung von Freunden, Nachbarn, Bekannten der St. Clares lief.

Ich hielt inne, um mir mit dem Seidenflitter, der von Devoras abgelegten Kleidern stammte, Luft zuzufächeln. Ich brauchte einen Hauch schmeichelnder Luft für meine brennenden Wangen. In diesem Augenblick sah ich Adrian, in einem Knäuel von Paaren in der Mitte des Zimmers. Ich erkannte das Ekel Sally Compton von der Schule unter ihnen, die mit dem hochmütigen Getue und der unerbittlichen Selbstsicherheit. Tja, es ließ sich nicht umgehen, also glitt ich weiter, um Adrian zu begrüßen, wobei mein Herz klopfte, wie es bestimmt nicht sollte.

»Adrian.«

Er wandte sich von dem Kreis ab und erkannte mich mit einem Aufblitzen in seinen Augen.

»Ja?« fragte er dann höflich. Zu höflich.

Ich starrte ihn an, sah seinen ausweichenden Blick, sah, wie sich das Leuchten, das sich in seinen Augen gezeigt hatte, weit zurückzog, hinunter in einen Graben hinter seiner ausdruckslos-höflichen blauen Iris. Dort war kein Willkommen, keine Gemeinsamkeit für mich.

»Ich – ich habe Sie nur seit unseren Ferien nicht mehr gesehen, Elaines und meinen Ferien. Ich wollte Ihnen nur sagen, daß das – Zeichnen sich gelohnt hat. Ich dachte, es würde Sie interessieren.« Ich mußte etwas zu dem Fremden sagen, dem ich auf die Schulter getippt hatte, in der Hoffnung auf mehr als dieses mir zugewandte ausdruckslose, eiskalte Gesicht.

»Das tut es«, sagte er förmlich, als spreche er zu der Witwe in Rotbraun. »In letzter Zeit habe ich selbst nicht viel in dieser Richtung gemacht. Nach einer gewissen Zeit erschöpft es einen, meinen Sie nicht auch?«

Er schaute sich in der Runde nach Unterstützung um, und ich sah, wie ihre stummen Blicke mich streiften, voller, konnte es sein, Verlegenheit? Aber Sally Compton war keineswegs verlegen – ihr Gesicht war erfüllt von einer selbstgefälligen Verachtung, die auf mich niederging wie kalter Aprilregen.

Ich wich einen Schritt zurück und verfing mich augenblicklich in meiner Schleppe. Ich war gezwungen, still stehenzubleiben.

»Hmf, wir gehen besser hinein zum Abendessen, sonst gibt uns Devora noch die Schuld, wenn der Räucherschinken kalt wird, wie?« sagte ein beleibter Mann mit einer Taubenbrust. Er schloß mich nicht ganz in den Blick ein, den er durch die Runde der kleinen Gruppe schweifen ließ. Wie durch Zauber lösten sie sich in einzelne Paare auf und schlenderten zum Speisezimmer.

»Sally?« sagte Adrian und streckte seinen Arm aus. Sie machte sich nicht einmal die Mühe, einen triumphierenden Blick in meine Richtung zu werfen.

Mich ließ man wie betäubt, in meiner Pracht gefangen, allein in der Nähe der Wand und einer leeren Stuhlreihe stehen. Einige wenige Nachzügler standen noch hier und da im Raum. Ich ging zu den Resten des Punschtischs hinüber, schälte mich aus meinen Handschuhen und goß mir selbst ein Glas ein – es war niemand da, um es für mich zu tun –, auch wenn der kirschsüße Geschmack das letzte war, was ich brauchte, um die Bitternis aus meinem Mund zu spülen.

»Aha! Molly Malone. Ganz allein schon. Wir wollen mal sehn. Und wartet auf wen? Zweifellos auf diesen strammen Kerl von einem Iren. Nein? Wie ist es Ihnen in der Zwischenzeit ergangen, Ma'am?«

Ich war nicht in der Stimmung für die Possen von Devlin Quade, doch als ich mich umdrehte, stellte ich fest, daß er in seinem geliehenen Abendanzug ziemlich attraktiv wirkte, wenn auch etwas beengt.

»Also, ich hätte kaum erwartet, Sie hier zu sehen, Devlin.«

»Nein, aber ich mache mich hier nützlich, und die Lords und Ladys des Hauses lassen mich zu gewissen Gelegenheiten mitfeiern.«

»So wie mich.«

»So wie Sie. Aber sehen Sie sich an, ganz und gar aufgeputzt, muß eine der Roben Ihrer Ladyschaft für den Opernbesuch sein. Und doch grün. Sagen Sie mal, Mädchen, hat sich nicht ein ganz kleines bißchen grünes Blut in Ihren halbirischen Adern geregt, als Sie diese Farbe anzogen?«

»Ich wollte aus der Wahl meiner Robe ganz bestimmt keine patriotische Geste machen, Devlin.« Ebensowenig hatte ich in mein liebstes Verteidigungsmittel, Sarkasmus, verfallen wollen, doch da war er.

»Ich wollte ja nur darauf hinweisen, daß schon Männer dafür gehängt wurden, weil sie diese Farbe trugen.«

»Und Frauen, weil sie sie nicht trugen? Sie werden keine Anhängerin der United Irish aus mir machen, Devlin, trotz meiner roten Haare.«

»Aye, Trotz ist hier das richtige Wort. Ich dachte einfach, Sie wollten uns 'ne Botschaft übermitteln ...« Er zuckte die Achseln mit einem gewissen ironischen Charme, der mich gewöhnlich entwaffnet hätte. Heute abend zerrte er an meinen Nerven wie Devoras Feile.

»Sie meinen, daß selbst das, was ich trage, einen politischen Sinn haben muß? Nun, für was in eurem ärgerlichen Land gilt das schon nicht? Ich habe dieses Kleid vor drei Jahren in Boston machen lassen, ohne jeden Gedanken daran, daß ich auf dieser oder sonst einer Seite des Atlantiks damit für irgendeine Sache eintrete. Grün war sehr schick in jenem Jahr. Und Lady St. Clare war so freundlich, mir ihre Näherin zu leihen, um es à la mode zu machen. Deshalb werde ich es tragen, und zwar ohne Gewissensbisse!«

»Ja, ich sehe schon, Ihrer Ladyschaft ist es gelungen, ein vollkommen normal gebautes menschliches Wesen in eine moderne Version von Old Dobbin zu verwandeln«, sagte er und musterte meine vornehme Silhouette, die mich begeistert hatte, als ich mich seitlich im Spiegel betrachtete. »Das war überaus großzügig von ihr«, fügte er so trocken hinzu, daß ich es nicht überhören konnte.

Meine Seiten taten weh von der Umklammerung durch Devoras strenges Korsett, die dünnen Sohlen meiner Tanzschuhe verwandelten die Holzplanken unter meinen Füßen in glühende Scheite. Ich bekam Kopfschmerzen, der festliche Abend war schal, und ich kam mir wie dressiert und albern vor. Und ich glaube, mein Herz brach. Devlin Quade war eine lohnende Zielscheibe für meine schlechte Laune.

»Und wo, bitte sehr, Devlin Patrick, ist die berühmte irische Galanterie, die Wortgewandtheit, die aus jedem Mann einen Dichter macht und aus jeder Frau eine Königin? Wenn Sie ein Beispiel dafür sein sollen, möchte ich annehmen, daß sie sich am selben Ort befindet wie Ihre Manieren – unwiederbringlich verloren!«

»Nun warten Sie mal, Mädchen.« Devlins Stimme war jetzt gedämpft und einschmeichelnd. Er erwischte mein Handgelenk, als ich gerade nervös meinen Fächer in Bewegung setzen wollte. »Ich wollte Sie nicht verärgern, plustern Sie sich nicht so auf. Und es wäre nur halb so schön, ein wenig an Ihren Federn zu zupfen, wenn Sie nicht gar so ein hübscher Anblick wären.«

Ich wagte es nicht, zu ihm aufzusehen, denn ich merkte, daß ich, statt wütend zu sein, wie ich gedacht hatte, den Tränen nahe war.

»Na na«, sagte er, nahm mir sanft mein unberührtes Punschglas ab und führte mich zur Wand hinüber, weg von den wenigen um den Tisch verteilten Gästen. »Sie machen das ganz tapfer, und niemand, der Sie kennt, macht Ihnen wirklich einen Vorwurf. Also halten Sie diesen feinen roten Kopf hoch, und lassen Sie sich von keinem dieser Modegecken auch nur im mindesten einschüchtern.«

Ich schaute Devlin erstaunt ins Gesicht. Seine klare Stirn war leicht in Falten gelegt, seine blauen Augen waren freundlich, besorgt, betroffen – so ganz anders als der neckende, oberflächliche Devlin, den ich kannte, daß mich sein aufrichtiger Blick plötzlich verlegen machte – ich spürte, daß ich eine verbotene Grenze überschritten hatte.

»Devlin, was meinen Sie damit? Natürlich bin ich etwas nervös wegen solch eines Fests, welche Landpomeranze wäre das nicht? Aber ich habe keinen Anlaß ... mich in Szene zu setzen. Ich verstehe nicht.«

»Amberleigh.« Er nannte mich so selten Amberleigh, daß ich mit doppeltem Ernst zuhören mußte. »Amberleigh, man weiß es notgedrungen. Und jetzt werden Sie herausfinden, wer Ihre Freunde sind. Sie können nicht geglaubt haben, daß man ein verflixtes Genie sein müßte, um sich auszurechnen, wozu die plötzliche Reise nach Norden, wo niemand, der seine fünf Sinne beisammen hat, zu dieser oder auch einer anderen Jahreszeit mit dem Plan dorthin fahren würde, zu malen. Und man konnte sich schnell denken, aus welchem Grund Sie so plötzlich aus Amerika hierherkamen … oder weshalb Sie sich Tag für Tag in diesem Atelier verkrochen haben. Es war tapfer von Ihnen, jetzt zurückzukommen und es durchzustehen, und liebenswürdig von den St. Clares, Sie zu beschützen, auch wenn man sie so nicht kennt. Sie verfügen über den Mut, den Irland braucht. Wenn Sie mit uns zusammenarbeiten würden, richtig zusammenarbeiten, dann bräuchten Sie nicht hierzubleiben. Wir könnten Sie in einen anderen Bezirk schicken, wo niemand es wüßte. Aber für mich spielt es keine Rolle.« Er richtete sich auf, nachdem er diese ungewohnt ernste Rede gehalten hatte. »Ich soll mich beim Abendessen nicht aufdrängen, deshalb gehe ich jetzt. Aber denken Sie darüber nach.«

Devlin klopfte mir verlegen auf die Samtschulter und ging. Ich hörte seine schweren Stiefel auf den polierten Böden hallen und segnete ihn, weil er nüchtern gewesen war, weil er aufrichtig war, weil er Mitgefühl hatte und weil er mir gesagt hatte, was ich aus Dummheit nicht selbst gesehen hatte.

Sie alle – die Gäste, Nachbarn, Dorfbewohner, Familienmitglieder, selbst Adrian – sie alle glaubten, *ich* sei diejenige, deren Indiskretion der Anlaß für die dreimonatige Flucht nach Norden gewesen war. Ich, die ich mich meiner illegitimen … Nachkommenschaft entledigt hatte, war nach Carnhaven zurückgekommen, um Bälle zu besuchen und so zu tun, als sei nichts geschehen. Ich, nicht Elaine. Elaine war in Sicherheit. Hinter einem Schutzwall aus meiner Person.

Mir war plötzlich übel, und ich suchte Kühlung an den Verandatüren und auf der dahinterliegenden Terrasse. Meine Schleppe, zuvor mein ganzer Stolz, schleifte brutal über die Steinplatten. Ich spürte mit einer gewissen Genugtuung, wie sie hängenblieb und riß. Ich wollte Zerstörung hören, als Echo meiner eigenen Vernichtung.

Kein Wunder, daß Adrian sich so geschmackvoll von jeglichem Eindruck der Freundschaft mit mir befreit hatte! Kein Wunder, daß er jetzt Sally Compton den Hof machte. Würde er ein paar Zeilen auf ihren Skizzenblock schreiben? Würde er mich im mindesten vermissen? Hatte das zwischen uns so wenig Substanz gehabt? Ich setzte mich auf eine Steinbank und schürfte plötzlich mit der Handfläche darüber, während ich mir die Wut verbiß. Es tat weh. Noch tat also etwas weh, ich war nicht ganz gefühllos, leer, unnütz ... Daß Adrian es nicht besser wußte, mir überhaupt nicht vertraute –

»Ich bitte um Verzeihung, Ma'am, haben Sie Schmerzen?«

Die Stimme kam von den Verandatüren. Ich drehte mich um und sah einen Mann im Abendanzug, der sich gegen das Licht in seinem Rücken abzeichnete.

»Nein. Ich bin nicht – krank. Ich, ich habe mein Kleid verdorben, fürchte ich fast. An der Bank. Ich werde es ausbessern müssen.«

Er trat ein Stück weiter auf die Terrasse hinaus, und ich war gezwungen, zu ihm aufzusehen. Das schwache Licht vom Salon fiel auf mein Gesicht.

»Oh, Sie sind es.« Ich hatte den Eindruck, daß seine Stimme kalt klang.

»Kennen wir uns?«

»Hugh Davenant. Nachbar. Von Shallowford.« Er zeigte in die Nacht, etwa in die Richtung des Feenkreises. Wie schön mußte es sein, von anderswo zu kommen, dachte ich.

»Sie sind das Dunne-Mädchen, nicht wahr? Geht es Ihnen auch bestimmt gut?«

Er streckte die Hand aus, um mir aufzuhelfen, und ich erhob mich, schöpfte Kraft aus einer ungeahnten Quelle, um den Kopf hochzuhalten, wie Devlin es mir eindringlich geraten hatte.

»Da, Sie haben sich verletzt.« Er schaute auf meine zerkratzte Handfläche und dann in mein Gesicht.

Er war groß, aber nicht so groß, daß sein Gesicht im Schatten lag. Ich stellte fest, daß er einer von diesen schlanken, muskulösen Männern war, die man oft auf einem Pferd sieht oder an der Spitze eines Regiments. Oder auf einem Richterstuhl. Eine seltsame Narbe zog sich schräg über seinen linken Wangenknochen und die Schläfe; ich schloß, daß ich mit dem Regiment richtiggelegen hatte. Er hob meine Hand in den Lichtschein zwischen uns und untersuchte sie.

»Ein Kratzer, aber einer, der schlecht heilt. Ich an Ihrer Stelle würde mich darum kümmern.« Ich wollte gehen, doch er hielt meine Hand fest.

»Vielleicht haben Sie es übertrieben«, sagte er und maß mich mit einem abschätzenden Blick, der sonst wohl Zuchtstuten vorbehalten war, ein Blick, den ich wohl noch öfter auf mich ziehen würde. Seine Augen, in dem Dämmerlicht von unbestimmbarer Farbe, glitten an mir hinauf und hinunter, auf eine Art, daß ihm wohl selbst die Tränen am Grund meiner Schleppe nicht verborgen blieben. Er schaute mich an, als sei ich ein Stück Waterford- Porzellan, ein kunstvoll gearbeiteter, spröder Gegenstand, bei dem er entscheiden konnte, ob er zerbrach oder nicht.

»Wie heißen Sie?«

»Amberleigh«, antwortete ich, von der Konvention zur Höflichkeit gezwungen.

»Nun, Amberleigh, ich würde diese Hand auf der Stelle behandeln.«

»Ich möchte behaupten, es besteht keine große Eile.« Ich riß meine Hand los, obwohl er mein Handgelenk so fest hielt, daß meine Haut brannte, als ich es befreite. »Ich bezweifle, daß es die Art von Verletzung ist, bei der eine Narbe zurückbleibt.«

Ich hatte die einzige Waffe gewählt, die derjenigen, die er gegen mich gerichtet hatte, ebenbürtig war. Ein solch gutaussehender Gentleman empfand Entstellung sicher als eine ebenso bittere Last wie einen zugrundegerichteten Ruf. Bei dem Wort »Narbe« funkelten seine Augen in der Dunkelheit, und ich spürte leises Bedauern, weil ich einem Fremden eine solch vorschnelle, scharfe Antwort gegeben hatte.

»Nein«, stimmte er dann zu. »Bis zum nächsten Mal, Miss Dunne.«

Und ich drehte mich um und rauschte in den verlassenen Salon zurück, durch die Halle und die breite, geschwungene Treppe hinauf. Das Haus war still, bis auf das gedämpfte Klirren von Besteck, Stimmengemurmel aus dem Speisezimmer und das leise Echo von Hugh Davenants Schritten, als er über den Hartholzboden zu den anderen ging.

In meinem Zimmer angelangt, stand ich zerrissen und zerfetzt mitten im Raum, eine Cinderella, die zu ihrer Asche zurückgekehrt war. Dann riß ich die Verzierungen herunter, unvorsichtig, wie jemand, der nicht damit rechnete, sie noch jemals zu tragen. Mein Nachthemd hüllte mich ein wie ein Totenhemd. Zu Bett. Ich stand daneben und wußte, daß ich nur schwer würde einschlafen können. Nein, es gab noch etwas, das ich wissen mußte. Etwas, das nur sie – ohne Lampe ertastete ich mir den Weg in Elaines nebenan gelegenes Schlafzimmer.

Ich hatte mich darauf verlassen, daß das Mondlicht mich leiten würde, doch was es in dieser Nacht an Mond gab, war von Wolken, so lockig und unschuldig wie Lammwolle, eingefaßt. Durch Elaines Fenster sah ich den Mond hinter ihnen scheinen wie eine Kerze durch eine Milchglaskugel. In der Dunkelheit darunter schimmerten nur die Baumwipfel in der gedämpften Beleuchtung. Ich hörte Elaines regelmäßigen, fast lautlosen Atem.

Nein, ich konnte nicht schlafen. Momentan haßte ich sie. So zu schlafen, wie ein Baby, nach allem, was sie durchgemacht hatte – und ich, die ich die Last ihres Fehltritts trug, ich wälzte mich auf einem Nadelbett des Bedauerns, auf einer dornigen Matratze der Rebellion gegen Ungerechigkeit, gefesselt in den Bettlaken meines eigenen Edelmuts und der Verleumdung preisgegeben.

»Elaine.« Ich mußte zweimal ihren Namen sagen und sie rütteln, um sie aus ihrem Dornröschenschlaf zu wecken.

»Was ist?« fragte sie unerschrocken, obwohl sie mitten in der Nacht geweckt wurde. Sie hatte keine wahre Furcht in sich, das war ihr Problem.

»Ich bin's, Elaine. Amberleigh. Ich – konnte nicht schlafen. Ich will wissen, ich muß wissen, wirklich, ich muß, oder ich werde niemals mehr schlafen können. Wenn ich dafür schon untergehen soll, und es macht mir nichts aus, ich will nicht, daß du ... Elaine, wenn ich den Kopf dafür hinhalten soll, habe ich ein Recht darauf, verstehst du das nicht?«

»Ein Recht? Wovon redest du –?«

»Zu wissen. Wer. Wer der – Vater ist. Ich kann mir nicht vorstellen, wen du … wer er ist, Elaine, ich habe ein Recht auf das ganze Geheimnis.«

»Vater? Amberleigh, ist etwas mit Vater? Geht es ihm gut –?«

»Nicht *dein* Vater, Elaine.« Ich hielt sie fest und weinte fast vor Verzweiflung. »Deinem Vater ist nichts passiert. Nein, es geht um den Vater deines Babys, des kleinen Michael. Ich muß es wissen.«

»Mein Baby – ich hatte einmal ein Baby, eingehüllt in ein langes Spitzenhemd. Aber wir haben es weggegeben, als ich älter wurde. Zu jemandem im Dorf, glaube ich. Ein kleines Mädchen, das keine Puppe hatte. Natürlich war das, bevor Devora kam. Ich nannte sie Jonathena. Wenn ich später eins gehabt hätte, dann hätte ich es nicht nach einem Jungen benannt.«

Ich erkannte Elaines liebliche, vernünftige Stimme der Unvernunft. Und seufzte.

»Dein Baby, Elaine, das kleine, das du auf Twin Beeches in den Armen hieltest, weißt du nicht mehr? Ich hoffe so, daß du dich erinnerst. Wenn du es nicht tust, dann gebe ich vielleicht einfach auf.«

»Oh, gib nicht auf, Amberleigh. Das darf man niemals tun. Du hattest ein schweres Leben. Weißt du noch, als dein Vater, nun ja, diese Sache tat? Und du hast mein Kleid getragen. Ich habe noch andere Kleider, wenn du sie tragen willst. Ich werde dir immer helfen, Amberleigh. Du bist meine wahre Freundin.«

Wieder seufzte ich und ließ mich neben ihrem Bett auf die Fersen zurückfallen.

»Aber, Amberleigh«, sagte sie dann, und ihre Stimme war

von einer schneidenden Klarheit, die ich nie zuvor gehört hatte. »Du darfst mich niemals bitten, mich an Dinge zu erinnern, die ich nicht mehr weiß. Niemals.«

Ich stand auf und entfernte mich von dem Himmelbett. Es gefiel mir nicht, wie die Vorhänge sich zu mir hinneigten. Meine Füße waren kalt. Natürlich hatte ich keine Hausschuhe angezogen. Ihr Feuer bestand nur noch aus Glut. Es mußte spät sein. Ich sollte zu meinem eigenen warmen Bett zurückgehen. Mir war kalt. Ich glaube nicht, daß mir je zuvor so kalt war. Ich fand den Weg zur Tür und öffnete sie einen Spaltbreit, so daß ein Lichtstrahl aus dem Flur ins Zimmer fiel und es durchschnitt wie einen Apfel.

»Gute Nacht, Amberleigh«, sagte Elaine leise von der dunklen Hälfte des Mondes.

13. Kapitel

Am Morgen lag meine grüne Samtrobe dort, wohin ich sie am Abend zuvor geworfen hatte – in einem Haufen auf dem Teppich, eine abgestreifte Hülle, deren Besitzerin ausgeschlüpft war und sie als eine Markierung zurückgelassen hatte.

Also hatte ich schließlich doch geschlafen. Durch das Fenster drang kein Morgenlicht herein, es mußte schon spät sein.

Ich fühlte mich leicht krank, übersättigt. Ich erinnerte mich an meine Tränen, die im Kissen erstickten Schluchzer. Die vielen Ungerechtigkeiten meiner Lage, die ich mir wieder und wieder aufgezählt hatte. Und ich erinnerte mich an die vielen Phantasiegespräche mit Adrian.

»Sie sehen also, Adrian, ich kann nicht alles erklären, aber Sie haben nicht verstanden …«

»Ich verstehe nur zu gut, Miss Dunne ...«

»Adrian, Sie müssen mir glauben, an meinem Verhalten in der letzten Zeit ist nichts, wofür ich mich entschuldigen müßte ...«

»Meine liebe Amberleigh, ich war ein Dummkopf, verzeihen Sie mir ...«

Meine liebe Amberleigh, aber sicher. Nein, es ließ sich nicht mehr ungeschehen machen. Selbst wenn es mir irgendwann einmal freistehen sollte, meine Zwangslage zu erklären, wenn er sich mutig entschuldigen sollte, gefolgt von der Erklärung seiner ewigen Liebe, es war zu spät. Diese eiskalte Abfuhr gestern abend, dieser kalkulierte Rückzug paßten nicht zu einem Mann, dem ich mein Herz schenken wollte. Er war oberflächlich, und ich hatte es geahnt. Und dennoch, dennoch war ich verzweifelt.

Als ich schließlich angezogen war und einen belebenden Spritzer Rosenwasser auf meinem gezeichneten Gesicht verrieben hatte, bestätigte die Uhr meine beim Erwachen angestellte Vermutung – schon weit nach zwölf. Ich hob die »kühne grüne Robe« auf, die zu tragen Devlin Quade mich bezichtigt hatte. Der Samt fühlte sich wie Moos an und lag auf meinen Händen wie ein lebendiges Wesen. Wie eine lebende grüne Schlange. Es hieß, es gäbe keine Schlangen in Irland. Außer ...

»Devora ist eine Schlange, Amberleigh.« Ich hörte wieder Elaines leise, feste Stimme. An jenem Tag im Atelier hatte Elaine gesagt, daß Devora mich bereits gebissen habe. Und ich hatte gedacht, sie hätte nur wieder phantasiert! Ich warf das Kleid hin und eilte in die Halle, wo ich fast mit Cousine Norah zusammenstieß.

»Morgen, Norah.« Ich ging schnell weiter, denn ich hatte nicht die geringste Lust, in den Sog ihrer Schwärmereien zu geraten, in die Strudel ihrer leidenschaftlichen Neugier gerissen zu werden. An diesem bitteren Morgen hatte ich den Verdacht, daß sich hinter ihrer Intellektualität ein großer Durst nach Klatsch verbarg. Und ich wäre Nektar für dieses Verlangen.

»War es ein nettes Fest, Amberleigh?« rief sie mir durch den Flur hinterher, aber ich war weit genug weg, um es zu überhören.

Ich klopfte kräftig an Devoras Tür, denn ich wußte, wenn ich meinem Schwung jetzt Einhalt gebot, würde ich mich still in mein Zimmer zurückziehen und mich in hilflose Tränen flüchten. Es gab etwas, das ich wissen mußte. Wenn ich schon den Kopf hinhalten sollte, dann hatte ich ein Recht darauf zu erfahren, warum. »Kommen Sie herein, Amberleigh. Na, meine Liebe, Sie sehen ja fürchterlich aus. Oh, das war nicht besonders taktvoll von mir. Aber ich schwöre, man braucht einen Tag, um nach einem solchen Fest wie dem von gestern abend wieder einen klaren Kopf zu bekommen.

Norah sagt, Sie waren bis jetzt noch nicht unten zum Frühstück. Und kein Abendessen gestern. Ich erinnere mich ganz deutlich, daß jemand sagte, Sie seien nicht zum Abendessen gekommen. Lord Hugh meinte, Sie hätten ihr Kleid verdorben, aber Sally Compton sagte, sie finde, es sähe vollkommen verderbt aus ... ach, nicht amüsant? Es tut mir leid, daß Sie Adrian verpaßt haben. Er bestand darauf, gleich heute früh abzureisen, sagte, er habe eine wichtige Verabredung in London, aber das haben diese Männer ja immer. Und so fehlt mir für den Rest der Woche ein Mann, höchst unaufmerksam von ihm. Ich werde ihn durch Bobby Howard ersetzen müssen. Oder möglicherweise durch Hugh, wenn ich ihn dazu überreden kann.

Nun, setzen Sie sich, meine Liebe, und machen Sie nicht ein solch … grimmiges Gesicht. Was ist denn los?«

Devora fuhr mit ihrer eingehenden Toilette fort, wobei sie die ganze Zeit mit mir plauderte, als sprächen wir lediglich über eine nette, aber ziemlich lange Abendunterhaltung, an der wir beide gleiches Interesse hätten. Etwas an der Art, wie sie die Braue hochzog, als sie sie mit einem Stift nachzog, vertrieb jede Schüchternheit, die ich noch gehabt haben mochte.

»Anscheinend hat es ein sehr ernstes Mißverständnis gegeben, Lady St. Clare. Die Leute scheinen zu glauben, daß der Ausflug nach Norden meinetwegen stattgefunden hat.«

»Na, dann lassen Sie sie doch. Was spielt es für eine Rolle, wenn sie denken, Ihr Gesundheitszustand sei nicht der beste …«

»Es ist keine Frage dieser Art von Gesundheitszustand, Lady St. Clare. Sie scheinen alles erraten zu haben, nur glauben sie, daß ich und nicht Elaine es für angebracht hielt, in aller Stille zu entbinden. Ich nehme an, man denkt sogar, daß ich aus diesem Grund Amerika verlassen habe und hierhergekommen bin.«

»Ehrlich gesagt begreife ich nicht, wieso man überhaupt denken sollte, daß eine von euch in anderen Umständen war. Auf seiten der Leute von Galway gibt es keine Indiskretion – o nein, meine Liebe, und es war eine ziemliche Summe nötig, um das sicherzustellen.

Wenn die Schuld auf Sie gefallen ist, dann ist das bedauerlich, Amberleigh, aber ich sehe wirklich nicht, was ich dagegen tun könnte. Außer, der ganzen Welt Elaines Torheit zu verkünden. Ist es das, was Sie wollen? Falls ja, werde ich es nicht nur nicht tun, ich werde auch dafür sorgen, daß es keinerlei Zweifel mehr gibt, wer aus welchem Grund in den Norden gegangen ist.«

Sie hörte auf, sich mit einer Hasenpfote Rouge aufzulegen und schaute mich über das abgetrennte Glied des Tieres hinweg gelassen an. Ich setzte mich auf dem Rosepointstuhl anders zurecht und dachte, wie gern ich sie nur einmal fassungslos erleben würde.

»Es ist keine Überraschung für Sie, nicht wahr, Lady St. Clare? Ich hätte es gleich von Anfang an durchschauen müssen. Elaine ist von hier, ich komme aus dem Exil. Niemand würde von Elaine einen Fehltritt erwarten, aber eine Fremde – die aus Amerika gekommen ist, ein Mädchen, das niemand kennt ... Ja, ich glaube, die ganze Einladung war eine – eine Maske für das, was eigentlich vorging. Sie haben mich aus Sorge um Elaine hierhergelockt und mich dem hiesigen Klatsch vorgeworfen, um abzulenken!«

»Sie sind gut bezahlt worden. Sie können gehen. Ich werde Ihnen sogar helfen, eine neue Stellung zu finden, wo niemand zu wissen braucht, was der ländliche Klatsch in Glennverran behauptet.«

»Aber solche Dinge haben es an sich, einem überallhin zu folgen. Und was ist mit den Leuten, die ich hier kenne, die das von mir denken, die glauben ...«

»Ach, Adrian meinen Sie? Ja, ich denke, Adrian war ein wenig enttäuscht, armer Junge. Andererseits hatten Sie in dieser Hinsicht doch niemals ernste Hoffnungen, oder, Amberleigh? Denn, wirklich, er wird ein wohlhabendes Mädchen aus, verzeihen Sie mir, passender Familie heiraten. So wie Elaine. Das hätten Sie wissen sollen.«

»Vielleicht. Aber wenn ich alles gewußt hätte, was ich hätte ›wissen sollen‹, wäre ich Ihnen nicht von Nutzen gewesen.«

»Amberleigh, was soll ich sagen – Sie wollen es so, daß ich eine Art Ränkeschmiedin bin, die Sie durch einen Trick dazu gebracht hat, daß Sie, nun, Elaines Rolle spielen? Wie hätte ich voraussehen können, was die Leute denken werden? Wie hätte ich das alles planen sollen? Wirklich, Sie schreiben mir mehr Intelligenz zu als meine glühendsten Verehrer. Wenn Sie das Gefühl haben, sich rechtfertigen zu müssen, sagen Sie Ihren Freunden die Wahrheit. Sagen Sie es Ihnen.« Ihre klaren Augen sahen mich völlig ausdruckslos an. Hinter diesem Blick und an ihrem Tonfall spürte ich, daß sie ihr Opfer ganz durchschaut hatte. Ich würde es niemandem sagen können, weil ich Elaine niemals dem aussetzen könnte, was ich jetzt durchmachte.

Devora lachte, als sie mir diese Schlußfolgerung vom Gesicht ablas.

»So ernst, so betrübt, Amberleigh. Ja, wir müssen eine interessante Anstellung in der Nähe von London für Sie finden, wo die ländlichen Sorgen bald vergessen sind – würde Ihnen das gefallen?«

»Ich glaube, es wäre das beste für mich, wenn ich abreise«, stimmte ich ihr steif zu. »Ich werde Sie wissen lassen, wenn ich Pläne machen kann.« Und ich stand auf und ging ohne ein weiteres Wort hinaus. Sie sah mir nicht einmal bis zur Tür nach. Ich hörte, wie sie die Bürste durch ihr dichtes braunes Haar zog, noch bevor ich mich zwei Schritte von ihr entfernt hatte.

Also so sollte es sein. Zum Dienstboteneingang hinausgeschafft, wenn niemand hinsah. Natürlich. Das Porträt, die langen Nachmittage, die wir im Kittel im Atelier zugebracht hatten. Nicht nur um Elaine zu verstecken und abzulenken, sondern auch, um mich an sie zu binden, mich vor denen zu verbergen, die niemals glauben würden, daß ich es war, die das Kind haben würde ...

Und noch schlimmer. Es würde noch schlimmer kommen. So sollte es für immer sein – Adrian, der mit dem ersten rötlichen Schimmer des Morgens nach London eilte. Dieser Mann in der Verandatür gestern abend, der sagte »Oh, Sie sind es«, auf eine Art, die nur eines bedeutete. Es sollte so sein, daß ich mich für immer aller Ambitionen, aller Hoffnungen entledigte, dem Schicksal zu entgehen, für das Vaters Tod und Miss Meachums Erziehung mich so perfekt vorbereitet hatten. »Dunne, die Gouvernante.«

Wieder in meinem Zimmer, holte ich hastig das dicke cremefarbene Papier heraus, das ich für meine Post benutzte. Es war unbedruckt. Es hatte wenig Sinn, es mit einer Adresse zu versehen, wenn meine sich so oft änderte. Ich entwarf sofort ein paar Zeilen an die Willoughbys, in denen ich erklärte, daß meine Anstellung bei den St. Clares sich ihrem Ende nähere und um eine zweite Referenz von ihnen bat. Ich brauchte diesem unschuldigen Bostoner Ehepaar ja nicht zu erzählen, daß sie meine erste Referenz sein würden; von Lady Devora St. Clare würde ich keinen Gefallen annehmen. Ich schrieb den Brief in meiner besten Handschrift ab und lief hinunter, um ihn auf das Tablett in der Halle zu legen, damit Symes ihn bei der Post aufgeben ließ.

Auf halber Höhe der Treppe traf ich auf Cousine Norah, die herunterkam und sich mit ihrem gewohnten seitlichen Gang dicht an der Wand hielt. Manchmal erinnerte sie mich an einen Krebs oder an eine Spinne – mit ihren mageren, spitzen Gliedern und ihrem rundlichen Körper.

»Das war vielleicht ein Fest, was?« sagte sie mit einem fast hübschen Lächeln. Mir fiel auf, daß Cousine Norah gar nicht so uninteressant wäre, wenn sie nur ein wenig sorgfältiger Toilette machen würde. Ich hatte sie gestern abend am Rand der Gesellschaft gesehen, entsann ich mich, in einem seltsam geschnittenen langen Rock, wie sie sich an ihrem

Umschlagtuch festhielt. Ich erinnerte mich sogar, Devlin mit ihr tanzen gesehen zu haben, aber er hatte ja auch ein gutes Herz und, offen gesagt, wohl ein wenig zuviel Punsch getrunken. Es fiel mir nicht schwer, mir vorzustellen, daß er Mitleid mit dieser Frau hatte. Er hatte ja sogar Mitleid mit mir gehabt.

»Ja, eine ziemlich große Sache«, sagte ich leichthin, entschlossen, nicht die kleinste Bemerkung zu Salz auf meinen Wunden werden zu lassen.

»Das war ein hübsches Kleid, das Sie da getragen haben«, sagte sie fast schüchtern. »Ich hatte nichts Passendes, deshalb habe ich mir mit einem Kleid aus Indien beholfen.«

Ich hatte sie nie Interesse an Kleidern bekunden hören. Sie schien mit mir über das Fest plaudern zu wollen, wie zwei Freundinnen, die einen aufregenden Abend noch einmal durchleben. Ich hätte ihr vielleicht sogar den Gefallen getan, wenn der gestrige Abend nicht noch zu nah gewesen wäre.

»Es sah sehr nett aus«, log ich in kühlerem Ton, doch sie überhörte meine Abfuhr, und ihre Augen wurden schmal, als sie sich zu mir beugte. Ich nahm den muffigen Geruch wahr, den sie stets auszuströmen schien, als lege sie sich nachts in Kampfer eingewickelt in einer Schublade schlafen.

»Sie haben es ganz richtig gemacht«, flüsterte sie verschwörerisch, mit dem Anflug eines aufmunternden Lächelns. »Ich mag Menschen, die durchhalten. Sich nicht in einem Winkel verkriechen. Ich kann Leute nicht ertragen, die nicht offen zu den Dingen stehen!«

Etwas an der Bewunderung, mit der sie mich ansah, als sei ich eine Art Heldin, weil ich angeblich gegen den Strich der Gesellschaft lebte, widerte mich an. Sie begeisterte sich für meinen Skandal; auf irgendeine paradoxe Weise stieg ich dadurch in ihrer Wertschätzung. Doch an dieser Wertschätzung war mir nicht gelegen.

»Nett von Ihnen, das zu sagen, Norah – tja, ich muß weiter. Ich habe mich noch nicht bei Elaine gemeldet.« Ich zwängte mich vorbei und ging schwungvoll die Stufen hoch. Es wäre nicht gut, sie wissen zu lassen, daß ihre Bemerkungen mich mutlos gemacht hatten, ihre »trotzige Verächterin der Konvention« am liebsten auf den Stufen zusammengesunken wäre und die Scharade aufgegeben hätte.

14. Kapitel

Wenn der Ball vorüber ist
Und die Nacht vergangen,
Gibt es so manches Herzeleid,
Nach dem Ball …

Dieses Lied war in Amerika während meines Aufenthalts dort sehr beliebt gewesen, und seine leichte kleine Melodie ließ mich mechanisch durch die Woche tanzen, die auf den großen Carnhaven-Ball folgte.

Nach den fieberhaften Vorbereitungen für die Festlichkeit breitete sich Lustlosigkeit im gesamten Haushalt aus. Selbst Devora wurde träge und fing an, lange beim Kaffee im Frühstückszimmer mit Blick auf die Terrasse zu sitzen. Die Terrasse war mir inzwischen ein Greuel. Ich mied sie. Sie war die Privatbühne für meine höchstpersönliche Version von »Romeo und Julia« gewesen. Dort war ich Adrian begegnet. Dort hatte er mir mit seinen dichterischen Einfällen und sarkastischen Zärtlichkeiten zugesetzt.

Wie lautete das Wort, das er auf meinen Skizzenblock geschrieben hatte? Die seltsam weichen Silben, von denen er sagte, das sei ich? E-phe-mer. Das war es. Ich war später zu dem großen Wörterbuch in der Bibliothek gelaufen, um es nachzuschlagen. Vergänglich. Ein griechisches Derivat, das eine flüchtige Sache bezeichnete.

Wie recht er gehabt hatte. Ich war von einem Kontinent zum anderen geflattert, von einem sicheren Kokon zu Hause und bei Miss Meachum zu einem haltlosen Leben in einer Welt, die mir keine neue Nische zu bieten hatte. Motte. Ein guter Vergleich. Ein literarischer Vergleich, den selbst Mr. Carstairs zu schätzen wissen würde, wo immer er auch war. Ein schmuckloses Geschöpf, auf seine Weise nützlich, indem es Schädlinge vertilgt, die andere als Ärgernis empfinden. Aber ein Geschöpf der Dämmerung. Ein Geschöpf, das, vielleicht, vom Feuer angelockt wurde. Adrian hatte für mich gebrannt. Und nun war er fort, und mir blieb es überlassen, die Glut mit den Schlägen meiner matten, graubraunen Flügel anzufachen und auf eine neue Flamme zu hoffen.

Nun, das würde ich nicht tun. Im November wurde ich vierundzwanzig. Sollte mein Leben davon überschattet sein, daß ein Mann meine Ahnung, daß er meine Ergebenheit nicht wert war, bestätigt hatte? Ich würde diese Demütigung vergessen, die tiefe Überzeugung, daß Adrian, wenn er nicht zu seinen Kreisen, in seine Zeit gehört hätte, vielleicht mehr für mich gewagt hätte als einen harmlosen Flirt. Da war auch noch Elaine, die sich langsam erholte und um die ich mich kümmern mußte. Und meine Abreise. Ich würde abreisen, sobald sie zur Ruhe kam, sobald ich konnte. Ein neues Leben anfangen, weiterziehen – wie eine Motte – an einen anderen Ort – ach, die Gerüchte würden mich hetzen. Devora hatte mich fürs Leben gezeichnet, als sie ihre Netze weit nach einem Sündenbock ausgeworfen und mich eingefangen hatte. Aber in meiner Position würde selbst das vorübergehen. Niemand hatte wirklich so großes Interesse an der Vergangenheit einer Gouvernante, wenn sie für den derzeitigen Augenblick – gezähmt schien.

In jenen Wochen, die auf den Ball folgten, klammerte ich mich an das Haus und hing diesen düsteren Gedanken nach. Ich klammerte mich an Carnhaven wie ein schiffbrüchiger Seemann an sein Floß. Es gab Jagden an diesen eisigen graugrünen Tagen – Tage, an denen Carnhaven wie ein Bild unter der kalten Glätte einer beschlagenen Kristallkugel wirkte. Manchmal spähte ich von den Fenstern im zweiten Stock zu der Jagdgesellschaft auf den tänzelnden Pferden im Hof hinunter. Es waren Nachbarn, die nach Carnhaven kamen, um über die Kämme zu reiten und die Zäune zu nehmen und einem lebendigen Wesen nachzujagen, bis es sich ein letztes Mal keuchend der Meute stellte. Sir George war dort draußen auf dem Pflaster, hielt seinen Abschiedstrunk gen Himmel, mit einem Gesicht so rot wie sein Jagdrock – »Hast du Sir George bei Tagesanbruch gesehn, hast du Sir George gesehn in seinem Mantel so bunt, hast du Sir George gesehn mit hocherhobenem Becher, weißt du, daß er seine Tage so beschließen wird?«

Elaine ritt nie, wodurch ich bei meinen Streifzügen durch das Haus eine gewisse Gesellschaft hatte. Devora ritt allerdings, sie hatte großstädtischen Schick in ihrem schwarzen Jackett und dem hochmodischen knöchellangen Rock, das braune Haar hinten in ihrem länglichen, geschmeidigen Nacken in einem Haarnetz zusammengefaßt. Der Nachbar, Davenant, war auch dabei. Er war von meinem Fensterplatz aus kaum zu erkennen, aber irgendwie gelang es mir stets, das Weiße einer Narbe zu sehen, so dachte ich jedenfalls. Sein großes, geschmeidiges schwarzes Pferd rieb oft seine Flanken an Devoras wohlerzogenem Braunen. Und auch der Squire war da, so hager und schlau, wie Sir George rund und träge war. Und zwei altjüngferliche Damen aus einer sehr alten Familie der Gegend, deren eisgraues Haar unter den Krempen ihrer mottenzerfressenen Reitkappen hervorquoll. Sie waren jedesmal hinter dem Jagdreiter und der Meute, diese beiden, wenn die Gesellschaft aufbrach. Und Sir George erklärte beim Abendessen, daß sie immer zur Stelle waren, wenn das Tier erlegt wurde.

So trieb ich am Rande dessen, was man als die Wintergeselligkeiten auf Carnhaven betrachten konnte, dahin. Einmal kamen die Maxwells zur Jagd, und abends spielten wir lustlos Karten zusammen. Doch sie erinnerten mich an das, woran ich nicht erinnert werden wollte – manchmal wollte ich über die Schulter des Colonels mit dem Samtaufschlag Ausschau nach jemandem halten, der weltmännisch und vergoldet am Kamin stand und einen Likör trank.

Ich konzentrierte mich darauf, die anstehende Partie zu gewinnen und vergaß, mich nach Phantomen des Feuerscheins umzusehen.

Der Brief. Ich wartete auf den Brief. Aus Amerika. Der Brief, der mir die Tür öffnen würde zu – nun, zu etwas anderem. Freiheit von Devoras Einmischung. Wenn er nur käme, aber ich mußte zwei Monate für die beiden langsamen Atlantiküberquerungen der Post berechnen. Und weitere Wochen, damit Mrs. Willoughby sich in ihrem Wohnschlafzimmer einschließen und an die lästigste Pflicht überhaupt machen konnte – Briefe zu schreiben. Dann, als die Wochen sich hinzogen mit Tagen plötzlichen Schneefalls und ebenso plötzlicher Schmelze, gefolgt von bitterer Kälte und dann wieder einer Ruhepause, mußte ich mir auch noch in Erinnerung rufen, daß die Willoughbys oft davon gesprochen hatten, den Winter im Süden zu verbringen. Vielleicht war dies das Jahr des ihnen lange vorenthaltenen plötzlichen Reichtums, und mein Brief ruhte auf einem Silbertablett in Boston, unter unbeantworteten Einladungen und geschäftlichen Rundschreiben begraben.

Geduld. Elaine schien immer noch Unterstützung zu brauchen. Ich war da, vielleicht reichte ihr das. Doch als der Frühling kam, wuchs ihre Rastlosigkeit zusammen mit meiner. Wir sahen zu, wie das Braun sich zurückzog und der große grüne Teppich aus Moos und Gras sich ausbreitete, mit dem sich meine Rastlosigkeit schließlich legte.

Doch wo ich nachließ, schien Elaine seltsamerweise an Vitalität zu gewinnen. Der Winter ging in den Frühling über, und Elaine – wie ein Kind, das sich von einem Fieber erholt – wollte unterhalten werden.

»Amberleigh!« Ich erkannte diesen störrischen Ton wieder und unterdrückte die Gereiztheit, die er neuerdings in mir erzeugte. »Ich will etwas *tun*. Du sitzt nur mit diesem schrecklichen Skizzenbuch auf dem Schoß da und zeichnest Ruderer auf dem See. Du wirst fast in Afrika sein in diesem Buch, wenn du nicht bald aufhörst.«

Es war ein übermäßig heißer Apriltag mit viel Sonne.

»Was würdest du denn gern tun?« Ich klappte schnell das Skizzenbuch zu. Ich legte in letzter Zeit tatsächlich eine Vorliebe für Seeszenen an den Tag.

»Wenn wir mehr wären, könnten wir eine Partie Krocket organisieren.«

»Krocket? Das habe ich seit Jahren nicht gespielt! Wie wär's mit Tennis – ist ein Netz da, das wir benutzen könnten?«

»O ja, aber das ist so aktiv, Amberleigh. Man wird dabei sehr feucht. Außerdem glaube ich nicht, daß ich –« Elaine warf mir einen umschleierten Blick zu und stand auf. Ich hatte vergessen, daß sie sich vielleicht immer noch zu unwohl fühlte, um über den Rasen zu hetzen, und hätte mich selbst erwürgen mögen, weil ich sie an die Vergangenheit erinnert hatte.

»Na gut. Aber wir zwei können nicht allein spielen. Wen können wir denn noch holen?«

Elaine dachte kurz nach. »Symes?« Sie kicherte boshaft. »Ich würde liebend gern sehen, wie Symes' Kugel fast bis zu den Hebriden getrieben wird. Es wäre ein Spaß, ihn zum Spielen zu zwingen.«

»Ihn können wir nicht darum bitten, obwohl du recht hast. Ich würde auch gern sehen, wie er den Kugeln quer über den ganzen Rasen hinterherrennt. Sieh mal, da ist Devlin, er kommt auf seinem Fahrrad. Ich habe ihn den Winter über kaum gesehen. Er spielt bestimmt mit uns.«

Elaine hielt die Hand über die Augen, um die kleine Gestalt auszumachen, die die Zufahrtsstraße entlangfuhr, vermutlich um Mrs. Featherstone den Hof zu machen, die ihn freigebig verpflegte, wohl um sich dafür zu revanchieren, daß er ihr freigebig schmeichelte. Sie beide hatten eine spezielle Art, die Dinge zu würzen – die eine mit deftigen Saucen, der andere mit deftigen Redensarten.

»Na schön«, sagte Elaine plötzlich, als treffe sie eine wichtige Entscheidung, anstatt nur einen Mitspieler auszuwählen. Ich mußte über den halben Hof laufen, um in Rufweite zu sein. Devlin warf einen unschlüssigen Blick in Richtung Küche, stieg jedoch bereitwillig von seiner Maschine und ging mit mir zu Elaine, wobei er sein Rad schob. Ich konnte mir eine Bemerkung nicht verkneifen.

»Devora würde Sie umbringen, wenn sie sähe, wie Sie dieses Ding über den Rasen von Carnhaven schieben.« Die

Räder hinterließen ihre unverkennbaren Spuren auf dem kurzgeschorenen Rasen.

»Devora wird nie wütend auf mich.« Devlin grinste. »Obwohl sie es sollte.«

»Ich glaube, Sie könnten sogar eine Todesfee zähmen, wenn Sie wollten, Devlin Quade.«

»Mit Ihnen hatte ich nicht viel Glück«, erwiderte er. »Sie tragen immer noch Ihre Farben der Orange Order und sind auch noch ganz selbstzufrieden dabei.«

»Des einen Freud' kann des andern Leid sein«, antwortete ich wenig originell.

»Aber wenn die andern ihr Leid satt haben, dann nehmen Sie den einen ihre Freuden«, sagte er. Ich verzichtete darauf, das Thema weiterzuverfolgen. Diese Gespräche brachten keinen von uns auch nur um einen Zentimeter weiter.

Elaine hatte bereits einen Gärtnerjungen losgeschickt, um das Spielgerät zu holen. Wir drei begaben uns gemeinsam zu einem länglichen, ebenen Rasenstück in der Nähe des Buchsbaumirrgartens, wo der Junge schon die Tore in die Erde schlug. Wir hatten ein ehrfurchtgebietendes Spielfeld, mit dem Buchsbaum auf der einen Seite als natürlicher Grenze und dem Beginn des Wildgartens auf der anderen.

»Wir sind zu wenige oder zu viele«, stellte ich unvermittelt fest.

»Wie philosophisch«, sagte Devlin.

»Nein« – ich stöhnte auf –, »ich meine, zu dritt können wir wohl kaum Mannschaften bilden. Es sei denn, einer von uns wechselt immer die Seiten. Ich wünschte, wir hätten die volle Teilnehmerzahl.« Ich holte probeweise mit meinem Krockethammer aus und schlug eine der bunten Kugeln. Sie rollte schnell über den Rasen in die Buchsbaumhecke.

»Jetzt hast du's geschafft, Amberleigh.« Elaine lachte. »Wenn du so schlägst, dann spielt es keine Rolle, wie viele spielen, dann haben wir bald keine Kugeln mehr, mit denen wir spielen können.«

Aber meine Kugel war nicht für immer verloren. Sie kam brav wieder aus der Hecke heraus, in der Hand eines Mannes, der mit Devora einen Spaziergang in dem Irrgarten gemacht hatte.

»Darf ich dies dem Eigentümer des gewaltigen Schlägers zurückgeben?« fragte er und ging auf Devlin zu.

»Es ist meine«, gestand ich gezwungenermaßen und kam mir so überhitzt und so wenig damenhaft vor wie ein Faustkämpfer. Er ließ sie in meine Hand fallen, wobei er aussah, als glaube er nicht recht, daß ich sie so weit geschlagen hatte.

»Lord Hugh und Devora können mitspielen!« sagte Elaine so schnell und so begeistert, daß niemand die Möglichkeit hatte, sich taktvoll aus der Affäre zu ziehen, nicht einmal Devora. Sie verlagerte nervös ihren Sonnenschirm und sah skeptisch auf ihr feines Spitzenkleid.

»Im Gegensatz zu diesen Mädchen bin ich kaum für körperliche Betätigung angezogen ...«

Lord Hugh hatte einen Schläger genommen und untersuchte den Griff, ob er sich verzogen hatte. »Ich habe seit Jahren nicht gespielt«, bemerkte er. Das genügte Devora. Jedem Mann ihres Interesses, der ein eigenes Interesse äußerte, wurde sein Wunsch standhaft erfüllt, wenn es in ihrer Macht stand.

Devlin zog sein abgetragenes Tweedjackett aus, und wir wählten unsere Farben. Ich bekam Rot, Elaine Gelb, Devora Grün, Lord Hugh Orange, und für Devlin blieb Blau übrig. »Das ist vielversprechend«, merkte er an. »Die Farben sind höchst passend ausgefallen.«

»Ich dachte eher, Sie hätten eine Vorliebe für Grün, Quade«, sagte Lord Hugh und legte seine Jacke sorgfältig über den leeren Behälter für die Kugeln.

»Das ist richtig, das ist richtig. Und es verschafft mir einzig ein noch größeres Vergnügen, wenn ich sehe, daß es einer Dame zugute kommt.« Er verbeugte sich vor Devora, sah mit einem Zwinkern in seinen blauen Augen jedoch mich an.

»Wie wollen wir spielen?« fragte Elaine. »Wir sind immer noch ungerade. Wir sind nur fünf. Es sei denn, einer setzt immer aus ... wir können nicht drei und zwei in je einer Mannschaft haben.«

»Ich bin beidhändig, ich wechsle immer«, erbot sich Devlin.

»Sie folgen dem biblischen Rat, Ihre Linke nicht wissen zu lassen, was die Rechte tut, wie, Quade?« Lord Hugh holte lässig mit einem Schläger aus und sandte eine scharf angeschnittene Kugel über das kurze Gras.

Devlin wurde leicht rot, er wollte antworten, aber Elaine, die nichts von der Spannung, die sich auf dem Rasen aufbaute, bemerkte, platzte heraus: »Ach, sprecht doch nicht in Rätseln! Regeln wir es und spielen wir.«

»Ich habe nichts dagegen, zu zweit zu spielen«, sagte Lord Hugh. »Sie drei spielen in einer Mannschaft. Devora und ich werden uns nach Kräften bemühen.«

Wir drei tauschten Blicke aus, offenbar dachten wir dasselbe: Devora könnte ebensogut eine Scheune umwerfen wie eine Kugel durch ein Tor schlagen. Lord Hugh würde so gut wie allein gegen uns drei spielen. Elaine, erinnerte ich mich, hatte einen mittelmäßigen Schlag, ich hingegen war recht gut gewesen, und ich hatte nicht vor, jetzt nachzulassen.

Devora war als erste an der Reihe und ließ Lord Hugh den Sonnenschirm über sie halten, während sie sich anschickte, den Startpfosten zu berühren und dann durch die ersten beiden Tore zu spielen.

»Da!« schrie sie auf. »Ich habe den Pfosten verfehlt und werde zurückkommen müssen. Das ist ja eine sehr – ärgerliche Zerstreuung.«

Ich war die nächste und schlug geschickt und mit einem genußvollen Blick zu Devora durch das Doppeltor, mein Selbstvertrauen wuchs durch den glücklichen Beginn. Anschließend schaffte ich das erste Einzeltor, begleitet von einem überraschten und bewundernden Aufschrei von Devlin, und nahm diesen Tribut mit einem Schwenken meines Schlägers entgegen. Mein nächster Schlag war ein langer, harter Treibschlag zum Mitteltor. Ich kalkulierte, daß ich, wenn der Boden so angelegt war, wie es aussah, wenn meine Arme immer noch so kräftig waren wie bei Miss Meachum und wenn das Glück auf meiner Seite stand, die Kugel mit einem Schlag hindurchspielen könnte. Ich nahm genau hinter dem Punkt Aufstellung, an den ich zu gelangen wünschte, und schwang den Schläger im Stil eines Gentleman direkt vor mir. Es gab einen gewaltigen dumpfen Knall, und die Kugel begann fröhlich davonzurollen, ihr rotierendes Leuchtendrot war ein farbenfroher Akzent auf dem grünen Rasen.

Doch sie verlangsamte eher, als ich erwartet hatte, die Bahn war holperiger, als ich gedacht hatte. Die Kugel streifte flüchtig das Tor und blieb knapp dahinter liegen. Wir schlenderten alle hinüber, um ihre Position zu beurteilen, versammelten uns rings um sie, als sei sie ein Schatz, den jemand ausgegraben hatte.

»Sie ist durch!« Das war Devlin, der triumphierend klang.

»Ach ja?« Devora, die skeptisch klang.

»Natürlich ist sie durch!« Elaine, leicht rebellisch.

»Gut.« Lord Hugh, entschieden.

»Kann ich meinen nächsten Schlag machen?« fragte ich gelassen und tänzelte, entsetzlich selbstgefällig über einen solch kleinen Triumph, zu der Kugel hinüber. Der Stolz verpuffte, denn mein Schlag traf die Kugel seitlich statt von vorn, und sie kullerte etwa einen Meter weit, bevor sie liegenblieb.

Lord Hugh gab Devora ernst den Sonnenschirm zurück, versetzte seinem Orange einen scharfen Schlag, grub sich unter den beiden Toren hindurch und brauchte zwei lange Schläge bis zum dritten. Beim zweiten Schuß kam er hindurch und näherte sich dem nächsten Tor, wobei er mein Rot passierte. Wir übrigen warteten mit fieberhafter Ungeduld. Wir konnten leicht verlieren, ohne überhaupt ins Spiel gekommen zu sein.

Doch am nächsten Tor stockte er, die Kugel landete unbeholfen seitlich vom Holz, schaffte es nicht, in einem sauberen Bogen hindurchzukommen.

Elaine fing als nächste an, überraschend stark. Über das erste Tor schlug sie hinaus, kam jedoch auf eine gute Position zurück. Devlin war der letzte. Ich konnte selbst von der anderen Seite des Spielfelds das Funkeln in seinen blauen Augen sehen, als er blitzschnell den Pfosten traf, durch die Doppeltore zog, den ersten einzelnen Drahtbügel spielte und dann seine Position für das Mitteltor wählte.

Devora mußte für ihren nächsten Versuch zwangsläufig zum Startpfosten zurückgehen und uns übrige an unseren jeweiligen Toren zurücklassen. Lord Hugh war zu weit entfernt, um ihr auf Wunsch den Sonnenschirm zu halten. Mißmutig legte sie ihn auf den Boden, bevor sie ihren

Schläger nahm. Diesmal verfehlte sie den Pfosten um gut fünfzehn Zentimeter.

»Ich werde das hier niemals schaffen, und ihr werdet alle schon wieder zurückkommen«, jammerte sie hilflos. Ich war sicher, hätte ein Gentleman sich erboten, ihr die Grundlagen des Spiels beizubringen, sie hätte mit Freuden gelernt. Doch die hier anwesenden Gentlemen musterten konzentriert den Rasen und warfen einen Blick auf ihr nächstes Tor. Und ich hatte die Chance, sie alle zu überholen.

Ich schlug meine Kugel sauber durch das nächste Tor, dann vollführte ich einen Kraftschlag, um sie für einen geraden Schlag auf das Doppeltor am Ende der Bahn in Position zu bringen. Sie rollte wunderbar in die perfekte Position. Ich konnte der Versuchung nicht widerstehen, einen triumphierenden Blick auf meine zurückfallende Konkurrenz zu werfen.

Lord Hugh lächelte mir über das Spielfeld hinweg knapp zu, nahm seinen Schläger und studierte eingehend das Tor. Ein unmöglicher Schlag. Ich war sicher, daß er es verfehlen würde, und dann wäre mein nächster Gegner Devlin, der noch drei Runden hinter mir lag. Doch Lord Hugh tippte seine orangefarbene Kugel leicht an, sie streifte den Drahtbügel und blieb nur wenige Zentimeter hinter dem Tor liegen. Weit genug allerdings, daß wir diesmal nicht herbeieilten, um ihre Position zu bestimmen. Es war noch ein langer Weg bis zum nächsten Tor, und der Winkel war tückisch. Ich wartete geduldig bei meiner Kugel.

Plötzlich kam die orangefarbene Kugel in solch einem Tempo über den Rasen auf mich zugerollt, daß ich gut dreißig Zentimeter zurücksprang, um ihr auszuweichen. Sie rollte eher aus, als man angenommen hätte – wieder tat der

Boden das seine, um das Spiel zu verwirren – und blieb mit einem ganz sanften Klicken direkt neben meiner Kugel liegen.

»Etwas nicht in Ordnung, Miss Dunne?« fragte Lord Hugh liebenswürdig, als er herübergeschlendert kam, um seine Kugel zu begutachten. Ich versuchte, ein unbekümmertes Gesicht zu machen.

»Ach Amberleigh, er krockiert dich mit Sicherheit«, sagte Elaine und schaute auf die beiden Kugeln, die in derselben Mulde lagen.

Ich wünschte, sie hätte nicht erwähnt, daß er die Möglichkeit hatte, meinen Ball wegzuschlagen, vielleicht war es ihm gar nicht eingefallen. Doch er setzte seinen in teurem Schuhwerk steckenden Fuß auf seine orangefarbene Kugel, sagte »Rot und Orange vertragen sich nicht besonders, nicht wahr?« und rammte seinen Schläger mit solcher Wucht gegen die Kugel, daß die Vögel aus dem Buchsbaum hinter uns aufflogen. Meine rote Kugel schoß über den Boden wie ein vor der Meute aufblitzender Fuchsschwanz und verschwand aus dem Blickfeld ins Gebüsch.

»Über die Linie, über die Linie!« schrie Elaine, ganz offen frohlockend. »Sie haben Ihre Runde vergeben, Sie haben sie vergeben!« Lord Hugh sah leicht verärgert aus. Er hatte mich nur für eine Runde aus dem Spiel werfen wollen. Jetzt saß er fast genauso fest wie ich, bewegungslos wie ein gestrandeter Wal.

Elaine hüpfte zu ihrer Position, spielte die Kugel durch das Mitteltor, schoß jedoch über das kritische Tor hinaus und blieb neben Lord Hughs mattgesetzter orangefarbener Kugel liegen. Devlin nahm mit entschlossener Miene und einem boshaften Funkeln in den Augen seinen Schläger. Es war ein Kinderspiel für ihn, weiterzukommen, er war im letzten Durchgang genau da liegengeblieben, wo er sollte. Nachdem Devlin durch das Tor gespielt hatte, studierte er sehr sorgfältig das Spielfeld und schwang nachdenklich seinen Schläger, dann schlug er die blaue Kugel mit solch einer Sicherheit, Genauigkeit und Kraft, daß sie exakt neben der orangefarbenen landete. Ohne innezuhalten, trat er mit seinem robusten Budapester auf die blaue Kugel und schoß die orangefarbene zum Spielfeldrand. Sie blieb dicht vor der natürlichen Grenzlinie des Rasens liegen, die das Krocketfeld vom Wäldchen trennte.

»Das bringt mir dann ja wohl noch zwei Schläge ein«, sagte Devlin und schlug seine Kugel mit Leichtigkeit in Richtung Tor zurück, schnellte hindurch und weiter in Richtung zu dem Doppeltor auf halber Strecke der Bahn. Ich tapste um einiges anmutiger zum Rand, um meine Kugel zu suchen, als ich es noch vor einem Augenblick getan hätte, da ich gesehen hatte, wie Devlin mir zuzwinkerte, als er sich bückte, um durch das Tor zu spielen, und weil ich ihn lieber gewinnen sehen wollte als Lord Hugh.

Lord Hugh war ebenfalls seine Kugel suchen gegangen und fand sie an einer leicht zugänglichen Stelle. Meine war nicht so leicht zu entdecken.

»Erinnern Sie sich noch genau, wohin Sie meine Kugel verschlagen haben?« fragte ich schließlich, als ich es leid war, mich im Schatten des Wäldchens durch Gebüsch und Mücken zu kämpfen. Er verstand meine Andeutung und kam herüber, um sie zu suchen.

»Eigentlich macht es mir keinen Spaß, andere zu krockieren, wissen Sie.«

»Wieso denn nicht, es gehört doch zum Spiel«, antwortete ich und schwor mir, daß ich sein Orange in den Hades und wieder zurück befördern würde, sollte ich die Gelegenheit dazu bekommen.

»Ich kann verstehen, daß Sie das sagen. Sie spielen, um zu gewinnen, Miss Dunne.« Er sagte das Wort »Miss« mit einer gewissen Unlust, als widerstrebe es seinem Zartgefühl, jemanden so anzureden, von dem er wußte, was er zu wissen glaubte.

»Tut das nicht jeder?«

»Es hängt doch sicher vom Spiel ab, finden Sie nicht auch?«

»Nein. Es gibt ganz bestimmte Regeln, und entweder man befolgt sie alle, oder man muß sich damit abfinden, daß man – disqualifiziert wird.«

»Oh, ich kann mir nicht vorstellen, daß Sie sich, gleich unter welchen Umständen, dafür qualifizieren, disqualifiziert zu werden«, bemerkte er verschlüsselt und brachte meine Kugel aus einem Haufen Kiefernnadeln zum Vorschein. »Einer der Vorzüge, ein Märtyrer zu sein«, fügte er hinzu, als er sie mir reichte, »ist, daß es *Ihnen* jetzt gestattet ist, sie einen Meter ins Feld zu legen und das ganz nach Geschmack. *Ich* muß meine von der Stelle aus spielen, an die der junge Quade sie befördert hat.«

Ich nahm meine rote Kugel mit wenig Freude entgegen. Auch wenn ich sie so vorteilhaft wie nur möglich plazierte, war es ein langer Weg. Devlin war bereits mir direkt gegenüber. Selbst Elaine befand sich am Mittelpfosten. Doch ich legte den ganzen Schwung in den Schlag, den ich hatte, die Kugel sprang über den Rasen, und schon in der nächsten Runde würde ich das Tor erreichen und weiterkommen. Die orangefarbene Kugel kam wieder auf mich zugesprungen, diesmal blieb sie jedoch diskret in einiger Entfernung liegen. Wir hatten jeder unseren Durchgang, wobei Devora nach wie vor unwillig das Schlußlicht bildete.

Ich passierte problemlos Elaine – Lord Hugh war mir allerdings dicht auf dem Schläger – und holte schließlich Devlin ein, der in aller Eile auf den Zielpfosten zuhielt. Wir bildeten im letzten Tor vor dem Ziel ein Paar und verständigten uns mit Blicken stillschweigend darauf, Lord Hugh, der als einziger aus seiner »Mannschaft« die Stellung hielt, in seine Schranken zu weisen. Doch das Orange hing an uns, wie der Mond um die Erde kreist. Diesmal kam die Kugel still und leise herangerollt und schmiegte sich an die blaue. Lord Hugh schlenderte herüber, ohne einen von uns anzusehen, und schickte Devlin und seine Kugel zum Teufel in den Buchsbaum hinüber, jedoch noch innerhalb des Felds. Er hätte ebensoleicht wieder mich krockieren können. Ich weiß nicht, ob ihn Höflichkeit abhielt oder ob er nur Devlin als die größere Gefahr eingeschätzt hatte.

»Sie spielen, um zu gewinnen«, bemerkte ich ironisch, als er sich seiner Kugel widmete, während Devlin seine besiegten Farben holen ging.

»Nachahmung ist die aufrichtigste Form der Schmeichelei«, sagte er. Ich wußte nicht, ob er meinte, daß er meine Philosophie des Siegens nachahmte oder daß ich seine Worte von vorhin wiederholte. Doch es war keinesfalls nur nachgeahmtes Geschick, wie er mit einem Schlag durch das Tor zog und die perfekte Position für einen geraden Schlag auf den Zielpfosten einnahm.

Ich rieb leicht die Hände an meinem dunklen Wollrock, zu warm für einen solchen Tag, aber ein ausgezeichnetes Mittel, um Ängste aufzusaugen. Es war ein Kinderspiel weiterzukommen, und ich schlug die Kugel mit eben soviel Kraft, daß sie in der Nähe des Doppeltors landete, das zwischen mir und dem Sieg stand. Es war ein spitzer Winkel. Ich dachte, daß ich von der Stelle, wo meine Kugel gelandet war, ein Tor machen und dann für das zweite zurückkommen könnte.

Doch die leuchtendorange Kugel lag verlockend nahe im Gras. Es war ein kürzerer, ein direkterer Schuß. Ich würde für mein Leben gern meine Kugel zu der von Lord Hugh treiben und ihn auf eine Weise krockieren, an die er sich erinnern würde. Bis auf den Umstand, daß ich im Krockieren, die Kugel meines Gegners zum Teufel zu schicken, nie sonderlich geschickt gewesen war. Ob es an einem zu weichen Herzen lag oder an den weichen Schuhen, die Frauen trugen und die ihnen nicht genug Halt beim Schlagen gaben, wußte ich nicht. Andererseits, wenn ich auf das Orange zielte und es verfehlte, wäre ich das perfekte Opfer. Er könnte mich in aller Ruhe wegschießen, zwei Schläge dafür einstreichen und ohne mit der Wimper zu zucken den Sieg einheimsen.

Ich nahm den Schläger und bemerkte erst da, daß alle sich versammelt hatten, um zuzusehen, in dem Bewußtsein, daß das Spiel hier und jetzt entschieden wurde. Lord Hugh war gelassener als die anderen, obwohl doch sein Schicksal auf meinem Schläger lag. Ich erinnerte mich an seinen Tonfall, als er gesagt hatte »Sie sind es«, am Abend des Balls, hob meinen Schläger und holte energisch aus – mein Blick brannte sich in das Tor, auf das ich zielte. Die rote Kugel rollte graziös los und durch das erste Tor, dann blieb sie ein wenig weiter entfernt davon liegen, als ich geplant hatte. Ich mußte noch einen engen Schlag durch ein schräg stehendes Tor vollführen, um in diesem Spiel zu bleiben.

Ich ging den Schlag vorsichtig an, doch die Kugel prallte von dem Drahtbügel ab und blieb liegen, in dem Niemandsland zwischen den beiden Drahtbügeln. Lord Hugh rückte zu seiner orangefarbenen Kugel vor und ließ sie förmlich an meinem gehandikapten Rot vorbeidonnern, gegen den Zielpfosten schlagen und so den Wettkampf beenden.

»Hugh! Das war hervorragend gespielt. Sie müssen mir zeigen, wie man das so klug anstellt«, trällerte Devora.

»Sie haben doch jemanden in allernächster Nähe, der Ihnen den einen oder anderen Schlag zeigen könnte«, bemerkte er, holte seine Jacke und zog sie mit einiger Erleichterung an.

»Amberleigh? Na, man lernt ja nie aus, welche Talente unsere teure Miss Meachum ihren Schützlingen mitgegeben hat, aber ich bin sicher, Krocket sollte eigentlich nicht dazugehören. Es ist so anstrengend! Allerdings hätte ich nichts dagegen, dieses schlaue leise Antippen der Kugeln zu lernen. Es erinnert einen an Billard, ohne all den Zigarrenrauch.«

Devlin kam herbeigestapft, um seine Kugel hinzulegen.

»Sie werden 'ne neue brauchen, fürchte ich. Diese hier haben Sie ziemlich übel zugerichtet, Mylord.« Er schaute Lord Hugh mit einem Ausdruck an, der mehr besagte als seine Worte.

»Vielleicht kenne ich meine eigene Kraft nicht«, erwiderte Lord Hugh und drehte die angeschlagene blaue Kugel langsam in den Fingern.

»Wenn Sie sie nicht kennen, es gibt andere, die sie gern kennen würden«, sagte Devlin ruhig.

»Dann werden wir noch ein Spiel machen müssen.« Lord Hugh warf die Kugel plötzlich Devlin zu. Er fing sie auf, und seine Zähne blitzten weiß in seinem ländlich gebräunten jungen Gesicht auf. »Aye, Mylord«, sagte Devlin, und sein breiter Dialekt ahmte die Stimmen der Feldarbeiter nach, die dem Herrn immer noch ihre Reverenz erwiesen.

Lord Hugh nahm Devora und ihren Sonnenschirm. Sie zogen sich zum Tee ins Haus zurück und ließen uns drei erhitzt und staubig und irgendwie ausgeschlossen zurück.

15. Kapitel

Elaine wirkte wieder rastlos.

»Ich werde mich hinlegen, Amberleigh«, sagte sie schließlich und hielt die grauen Augen zu Boden gerichtet, als ob sie etwas verloren hätte. »Bis später.«

Devlin schien etwas sagen zu wollen, doch Elaines flüchtiger Blick fing seinen auf, bevor sie sich abwandte. Er ließ unvermittelt ab. Sie lief den Rasen hinauf wie ein verschrecktes Rehkitz, während Devlin und ich ihr stumm hinterhersahen.

»Madam, möchten Sie ein Stück gehen?« sagte er dann. Mir fiel kein überzeugender Grund ein, es ihm abzuschlagen, außer vielleicht Devoras wachsamen Blick von der Terrasse, wo ich hin und wieder zwei winzige Gestalten flattern sah wie weiße Motten.

Wir gingen am Rand des Wäldchens entlang.

»Devlin!« Er lachte, als ich mich beim Anblick eines hageren grauen Schattens, der sich aus einer Gruppe von Buchen löste und in großen Sätzen auf uns zulief, an seinen Arm klammerte.

»Nur Boru. Sehen Sie sich an, wie das Vieh seine lange rote Zunge raushängen läßt. Man würde nie denken, daß er noch einen Zahn im Maul hat.«

Der riesige Hund kam zu Devlin, setzte sich vor ihm hin und lehnte seinen zottigen Kopf bewundernd an Devlins Hüfte. Ich riskierte es, dem Tier vorsichtig den Kopf zu tätscheln. Es ließ diese Vertraulichkeit nur so eben über sich ergehen.

»Wie lange war er schon dort, Devlin?«

»Den ganzen Nachmittag. Diese Viecher haben zuviel Verstand, um unbewachte Nachmittage damit zu verbringen, in der heißen Sonne bunten Kugeln quer über das Gelände nachzujagen. Nur verrückte Hunde und Engländer tun das. Boru ist nicht verrückt. Nur gerade soviel, um Seine Lordschaft in Stücke zu reißen, wenn er zu leicht gewonnen hätte.«

»Sie mögen Lord Hugh nicht.«

Devlin zuckte die Achseln. »Er ist Engländer.«

»Ich auch.«

»Ganz und gar nicht. Sie glauben bloß, es zu sein. Aber der Allmächtige schenkt diese schlangengrünen Augen und diesen brennenden Dornbusch von Haar keinem von denen, die zu stumpfsinnig sind, um das Land ihrer Väter zu erkennen, wenn sie es sehen.«

»Sie sind näher an Blau«, fuhr ich ihn an.

»Manchmal«, sagte Devlin und beugte sich vor, um unter meine gesenkten Lider zu spähen, »aber momentan braut sich da ein Galway-Bay-grünes Unwetter zusammen. Es ist doch nicht mein Vergleich mit einer Schlange, der Sie aufgebracht hat? Sie sollen sehr weise Tiere sein. Vielleicht sind wir deshalb immer noch an die Orangenen gekettet. Uns wurde mit den Schlangen durch St. Pats Stab auch all unsere Weisheit ausgetrieben.«

»Ich muß protestieren, wenn Sie solch einen Unsinn reden, Devlin. Sie scheinen zwanghaft den Nächstbesten – einwickeln zu müssen, so habe ich es die Stallburschen sagen hören. Und Sie sind fest entschlossen, alles an mir irisch oder von politischem Interesse zu finden. Die Wikinger hatten ebenso rote Haare wie die Kelten, müssen Sie wissen. Vielleicht bin ich ja die langverschollene Ururenkelin von Erik dem Roten. Sollte ich dann nach Norwegen gehen und dort eine Revolution anzetteln?«

»Die Wikinger. Das war vielleicht ein blutrünstiger Haufen. Haben die Küsten in Blut und Feuer getaucht. Aye, Rot war ein prächtiges Banner für sie. Und uns wird es ebenfalls nützlich sein, bis wir fertig sind.« In seiner Stimme schwang eine uralte Feindschaft, die mich an aufgespießte Köpfe und andere Schrecken denken ließ. Es tat mir leid, daß ich etwas so Kriegerisches wie die Normannen erwähnt hatte.

»Und Elaine?« fragte ich unbeschwerter. »Sie ist Engländerin, und doch mögen Sie sie. Das tun Sie doch, oder?«

Er heftete seine funkelnden Augen auf mich, mit einem sehr merkwürdigen Blick, der mich kalt zu durchbohren schien. Er runzelte die Stirn.

»Elaine«, sagte er langsam. »Die kleine Erbin. Ja, ich mag sie. Aber ich würde auf sie aufpassen, wenn ich ihre Freundin wäre. Sie hat tiefen Kummer.«

Wir gingen eine Zeitlang schweigend. Dann sprach Devlin weiter, fast so, als rezitiere er ein altes Märchen über die See oder die Feen.

»Wir waren Freunde, so wahre Freunde, wie die junge Schloßherrin und der junge Schloßherr es mit dem Sohn eines Pächters sein können, Jason, Elaine und ich, und es überrascht Sie vielleicht zu hören, wie die Jungen in diesem alten Land Freundschaft schließen ... Dann war Jason tot, und die Kerze erlosch. Elaine war fort, auf ihrer Schule, und ich auf meiner. Die St. Clares bestanden darauf, oder vielmehr Ihre Ladyschaft. Ich war der erste Akt dörflicher Wohltätigkeit der frischgebackenen Braut. Und der letzte. Vielleicht habe ich mich ja zum Schlimmen entwickelt. Ist egal. Das Trinity war nichts für mich. Es war eher Grausamkeit als Güte, mich dorthin zu schicken – zum Glück hatte ich ein dickes irisches Fell und genug Grips, um mich in jenen Jahren warmzuhalten.

Als ich nach Glennverran zurückkam, war Elaine schon in London und spielte die Debütantin. Absolvierte ihre ›Saison‹, wie ein Pferd im Zirkus durch den Reifen springt. Sie war immer zu fein dafür, zu eigensinnig für die Gebißstange. Ich wußte, daß es früher oder später zum Vorschein kommen würde.«

»Manchmal weiß ich nicht, was ich mit ihr anfangen soll, Devlin«, gestand ich. »Manchmal macht sie mir sogar angst, und ich bin dann so ratlos –«

Er nickte, ein Windstoß glättete sein struppiges Haar und ließ ihn älter, ernster aussehen, wie das Messingbild eines jungen toten Ritters auf dem Kirchhof.

»Elaine.« Devlin seufzte. »Zuerst Jason tot. Und jetzt Elaine so gut wie. Aber sie war nie dazu bestimmt, sich in Labasheeda zur Ruhe zu legen.«

»Laba- was?« Ich fürchte, ich sah wieder einmal verwirrt aus, denn über Devlins ernstes Gesicht breitete sich plötzlich ein Lächeln.

»La-ba-shee-da. Ein Ort gleich hier in County Clare. ›Bett aus Seide‹ übersetzt man es. Sie ist nicht dazu geboren, sich auf Seide zu betten, ihr Weg war ein Dornbusch nach dem anderen.« Seine blauen Augen blickten verschleiert in meine verwunderten Augen. Er streckte die Hand aus und zerwühlte mir das Haar, als wäre ich Boru. »Aber kommen Sie mit, Sie haben versprochen, eine Fahrt auf meiner Maschine zu machen. Wann wäre es günstiger als jetzt?« Er führte mich bereits nicht besonders unauffällig zu dem Teufelsding, das bedrohlich an einem kräftigen Eichenstamm lehnte.

»Devlin, nein! Ich bin dafür nicht angezogen –«

»Sie sind ganz richtig so. Natürlich, Sie haben den halben Nachmittag auf dem glühend heißen Rasen verbracht – eine Fahrt im Schatten kann Ihrer Garderobe auch nicht mehr schaden.«

Er nahm das Fahrrad vom Baum weg und fuhr schnell die Zufahrt hinunter, die einen Kreis zum Haus beschrieb. »Sehen Sie. Ist nicht mehr dabei, als auf einer Stute zu reiten. Oder auf dem alten Boru hier.«

Ich schaute skeptisch auf unseren zottigen Schatten. Nein, ich würde nicht gern auf seinem breiten grauen Rükken sitzen, wenn ich auch annahm, daß er mich so eben tragen könnte. »Ich habe nicht allzuviel für Pferde übrig, Devlin, und reite nur, wenn ich unbedingt muß. Aber in Ordnung. Sie denken vermutlich, daß ich es nicht kann. Geben Sie mir die Maschine ... oh, sie ist schwerer, als sie aussieht. Und was mache ich mit meinen Röcken, wenn ich fragen darf? Nein, ich will es nicht hören – ich schaffe es schon.«

Ich brachte es zuwege, das Ding zu besteigen, meine Unterröcke waren in der Mitte gerafft und wallten unbeholfen an den Seiten herunter. »Und jetzt bewege ich einfach die Füße auf und ab, auf diesen Dingern hier ...«

»Pedale. Und Sie steuern mit dem Lenker. Sie müssen das Rad ein bißchen hin und her bewegen, oder Sie kippen um wie ein Gemüsekarren.«

»Ein netter Gedanke, Devlin. Ich kann mich doch nicht verletzen, oder?«

»Nein, nein, ich habe nie gesehen, daß sich jemand mehr als eine Schramme am Knie geholt hätte – aber mit diesen Unterröcken scheint das nahezu ausgeschlossen. Ich gehe vorläufig mal lieber neben Ihnen –«

Mit einem letzten stummen Stoßgebet, daß mich keine Katastrophe ereilte, trat ich auf die Fußpedale und spürte, wie das Fahrrad sich schlingernd in Bewegung setzte ...

»Jetzt halten Sie nicht an! Strampeln Sie weiter, Amberleigh, ich halt's fest, aber Sie müssen das verdammte Ding in Schwung bringen ...«

Das Vorderrad schwankte heftig hin und her, trotz Devlins Bemühungen, es festzuhalten. In einem Anfall von Furcht wurde mir bewußt, daß es, wenn es schon schwierig war, mit Würde aufzusteigen, geradezu würdelos sein würde, wieder abzusteigen.

»Ich kann es nicht, ich kann nicht. Halt! Devlin, lassen Sie mich herunter –«

»Aber Sie machen es doch schon. Sehen Sie, ich halte Sie jetzt bloß im Gleichgewicht. Sie werden schon noch das Gefühl dafür kriegen.«

Das Rad erzitterte plötzlich unter meinen Händen und ruckte scheußlich auf und ab, als der Reifen über einen Stein auf der Straße fuhr. Ich merkte, daß ich mich inzwischen ziemlich rhythmisch fortbewegte. Dann begriff ich, daß Devlin hinter mir zurückgeblieben war.

»Devlin«, rief ich und wandte den Kopf, um nach ihm zu sehen. Das Rad drehte sich mit meinem Kopf. Ich fühlte, wie die ganze Welt heftig zur Seite kippte – das Fahrrad wurde von mir weggeschleudert, und wir landeten beide mit Schlagseite auf der staubigen Straße. Eines der Räder drehte sich noch. Einen Augenblick lang stand ich unter Schock und hatte die größte Lust in Tränen auszubrechen, so wie damals, als ich mit dem Kopf auf die dunkle Hintertreppe am Eaton Square gekracht war. Mrs. Bowers hatte mir tagelang Törtchen und Pudding gegeben, um mich über meinen Sturz zu trösten. Jetzt kam nur Devlin herbeigeeilt, auf seinem Gesicht kämpften Sorge und Lachen miteinander.

»St. Ambrose beschütze uns! Gott, Amberleigh, Sie sind ein herrlicher Anblick! Aber sind Sie auch in Ordnung?«

»Ja-a«, sagte ich und verbiß mir meine kindischen Regungen. »Nein, ich will noch kurz sitzen bleiben. Ich will erst sichergehen, daß ich noch ganz bin.« Devlins blaue Augen blickten fest in meine, forschten nach Anzeichen einer tödlichen Verwundung, dann sprudelte ihm das Lachen zu den Augen und zum Mund hinaus.

»Sie hätten sich sehen sollen – wie eine Wolke, die mit einer Flugmaschine zusammenstößt. Puff! Sie müssen eineinhalb Meter in die Luft geflogen sein. Aber jetzt sind Sie in Ordnung? Sie sind nicht ärgerlich?« Er hob mich auf, klopfte mich ab und drückte meine steifen Schultern. Ich war sehr wohl ärgerlich und konnte mich nicht entscheiden, ob Devlin oder seine Maschine eher meinen Zorn verdienten. »Ich nehme an, Sie nähern sich keinem dieser Dinger mehr auf fünf Meilen«, sagte Devlin nüchtern.

Es war diese Annahme, die mir den Rest gab.

»Und wieso nicht, wenn ich fragen darf? Ich mache jetzt

gleich noch einen Versuch, falls Ihre dumme Maschine den Sturz überlebt hat.«

Devlin wirkte überrascht, doch er richtete das Ding auf und drehte geheimnisvoll ein paarmal an den Rädern, wobei er unbestimmte Laute von sich gab. Schließlich verkündete er, es sei alles in Ordnung. Ich schaffte es, rittlings auf das Ding zu steigen, hockte wieder auf dem unbequemen Ledersitz, und wir setzten uns im Wackeltempo die Straße hinunter in Bewegung. Diesmal schien ich schneller in den Rhythmus zu verfallen. Als Devlin zurückblieb, zuckte ich mit keiner Wimper. Die kleine Maschine rollte fröhlich die Straße hinab. Ich fand eine Wagenspur und fuhr darin weiter. Das Tempo wurde gleichmäßiger.

»Aber wie halte ich an?« rief ich zu Devlin zurück, als mir ein grausiger Gedanke kam.

»Die Handbremse, drücken Sie sie an die Lenkstange«, schrie er.

Ich probierte es, und das Fahrrad verlangsamte so prompt wie Lady Jane, wenn man am Zügel zog. Es machte großen Spaß, ein Gefühl des Fliegens und der Freiheit war in dem Wind, der mir durchs Haar fuhr.

»Beschreiben Sie einen Kreis«, wies Devlin mich an, seine Stimme war inzwischen ein ganzes Stück weit weg.

»Wie?«

»Drehen Sie das Rad langsam, aber gleichmäßig nach links, bis Sie wenden.«

Beinahe kippte ich wieder um, aber nachdem ich eine linkische Kreisbahn auf der Straße gezogen hatte, sah ich wieder in Richtung Carnhaven und Devlin, der mir mit großen Schritten auf der Straße hinterherlief. Ich war überrascht, wie weit ich gefahren war, und wollte zurückfahren, als ich das kleine schwarze Viereck eines offenen Wagens in meine Richtung kommen sah. Vermutlich Devora auf einer Spazierfahrt mit ihrem Verehrer. Es war entmutigend, Gegenverkehr zu haben, direkt darauf zu strampeln zu müssen. Doch ich heftete den Blick auf die Straße und hielt das Rad fest im Griff.

Devora lenkte ein neues Gespann aus Fuchsstuten. Dann fiel mir der neue Zweispänner wieder ein, von dem sie so begeistert erzählt hatte – ein hübscher kleiner, adrett lackierter Zweispänner mit Zügeln wie Bändern und zwei zierlichen Pferden, die ihn zogen.

Ich registrierte den flotten Rhythmus der Pferde, wie ihre zarten Fesseln den Straßenstaub hinter sich aufspritzen ließen, wie eine Katze, die durch Milch watet. Devora saß ebenso zierlich auf dem Ledersitz und spielte mit den flatternden Zügeln. Lord Hugh saß lässig neben ihr mit der Miene eines trägen Panthers, der ein Kätzchen beim Herumtollen beobachtet.

Ich hielt meine Füße weiter in Bewegung und den Blick überwiegend zu Boden gerichtet. Devlin zog auf der anderen Straßenseite gleich mit mir, doch dann fuhr der Wagen zwischen uns hindurch. Genau in diesem Augenblick hob die Fuchsstute, die mir am nächsten war, ihren muskulösen Nacken und drehte ein Auge in meine Richtung. Die andere kam aus dem Tritt, ihre glänzenden Bäuche rieben sich aneinander, und sie wieherten kehlig. Mein mechanisches Roß geriet ins Wanken. Eines der Pferde hob die Vorderbeine und bäumte sich halbherzig auf, jedoch hoch genug, daß ich aus vollem Herzen vor diesem Unheil Reißaus nahm. Der Reifen schwenkte in Richtung auf den grasbewachsenen Straßenrand, dann einen kleinen Hang hinunter.

»Springen Sie runter, springen Sie runter, Amberleigh!« rief Devlin von irgendwo hinter mir. Ich hörte den Schrei einer Frau und ließ die Maschine ohne mich weiterlaufen. Das Reißen der Unterröcke war zu hören und ein ohrenbetäubendes Krachen auf dem Boden. Diesmal war ich nicht zu benommen, um zu sehen, wie Devlins Fahrrad direkt auf eine ehrwürdige Eiche zuraste und an ihrem Fuß zusammenfiel.

Jetzt hatte Devlin kein Lachen in den Augen, als er zu mir geeilt kam. »Der Himmel verschone uns, Amberleigh, atmen Sie noch?«

Ich muß tatsächlich noch geatmet haben, denn ich bezweifle, daß mein Herz sonst so gepocht hätte. Devlin ging in die Knie und zog mich hoch, so daß ich saß. »Haben Sie sich die Hände verletzt?« fragte er und untersuchte nacheinander alle Finger. »Den Kopf?«

»Mir geht es ganz gut, Devlin. Wirklich. Sie sollten lieber ihr Fahrrad untersuchen. Ich glaube nicht, daß es ohne gutes Zureden noch eine Runde dreht.« Meine Stimme war atemlos, etwas zitterte darin, das einem Lachen ähnelte und doch weit entfernt davon war.

»Verdammtes Fahrrad«, sagte Devlin und sah so erschrocken aus, daß ich fast die Wellen der Angst vergaß, die durch meinen Bauch fluteten.

»Nein, gehen Sie, und holen Sie das Ding, oder Sie verlieren noch einen lebenswichtigen Teil. Und lassen Sie mich allein, damit ich meine eigenen verstreuten Einzelteile aufsammeln kann.« Ich fing an, den Boden nach meinen verschwundenen Haarnadeln und der weißen Spur meines bezwungenen Unterrocks abzusuchen.

Lord Hugh stand im Schatten oben auf der Straße und musterte die Szene.

»Kann sie aufstehen?« fragte er. Devlins Hand lag an meinem Ellbogen, und ich schüttelte sie ab.

»Natürlich kann ich das.« Ich stand taumelnd mit der schon gewohnten Anmut und Würde auf, die ich in der vergangenen halben Stunde an den Tag gelegt hatte. Der zerfetzte Rüschensaum meines Unterrocks hing wie eine Kapitulationsflagge um meine Füße, mein Haar fiel mir wirr in den Nacken. Mir war heiß und gleichzeitig kalt vor Angst. Und oben auf der Straße wartete Devora mit verkniffenem Mund, während die Fuchsstuten ungeduldig tänzelten.

Devlin fing an, mich abzuklopfen, obwohl ich nicht wüßte, was das nützen sollte, wenn ich von den Haaren bis zu den Füßen voller Staub und Gras war.

»Lassen Sie mich in Ruhe!« sagte ich störrisch, selbst erschrocken über meinen leidenschaftlichen Ton. Devlin war ebenfalls erschrocken, denn er trat zurück wie ein gescholtenes Hündchen und beobachtete mich unter gesenkten Lidern hervor. Ich fühlte mich erhitzt und gedemütigt. Devora würde über mein Aussehen nörgeln und mit dieser weichen, vernichtenden Stimme »ts, ts« machen, und Lord Hugh würde in seiner herrischen Art auf mich hinuntersehen ... Devlin war noch da, er hatte sich nicht abgewandt, um nach dem Fahrrad zu sehen, sondern blieb stehen wie von einer unsichtbaren Leine gehalten. Mir wurde plötzlich bewußt, daß zumindest ein Teil meines Unbehagens bezüglich des feinen Paares aus dem Haus – und ich dachte dabei nicht an die Pferde – daher kam, daß ich in solch freundschaftlichem Umgang mit einem landlosen irischen Burschen gesehen wurde. Ich hatte immer größere Ambitionen gehabt.

Ich streckte Devlin die Hand hin. »Aber wenn Sie mir den Hügel hinaufhelfen würden, wäre ich Ihnen dankbar.« Er kam zu mir getrottet wie Boru und zog mich den Hang hinauf, als sei ich eine Teetasse.

Devora wartete, sie stand noch in dem neuen Zweispänner, und ihr Sonnenschirm hing wie betrunken über ihre Schulter. Ihr Gesicht war so weiß wie frischgewirkte Spitze und irgendwie auch so spröde. Schmale weiße Fältchen der Anspannung zogen sich an der Furche zwischen ihren Brauen entlang – ihr einziges Zugeständnis an das Altern – und an zwei neuen Furchen von ihrer Nase zum Mund.

»Ich dulde das nicht! Sie werden nie wieder – auf dieses ekelhafte Ding steigen. Haben Sie mich verstanden? Ich dulde es nicht.« Die Rüsche an dem Sonnenschirm erzitterte bei ihren Worten.

»Lady St. Clare, 's ist nicht Amberleighs Schuld, meine Maschine hat den Schaden angerichtet ...«

»Amberleigh, ja?« Ihre zornigen Worte holten zum Schlag gegen Devlins halbe Verteidigungsrede zu meinen Gunsten aus. »Vielleicht sind Sie ja interessiert an einer ausrangierten Gesellschafterin, junger Mann.« Devoras dünne, blasse Hände drehten den Sonnenschirm auf ihrer Schulter, das bunte Muster überzog ihr Gesicht mit Karnevalsfarben, dort auf der heißen Straße. Devlins Mund bewegte sich, doch ausnahmsweise kam keine Erwiderung über seine Lippen.

»Es ist wohl kaum ein Fall für den Gerichtstag, Devora«, warf Lord Hugh ein. »Ein harmloser ländlicher Zusammenstoß. Ich bin sicher, das Mädchen meinte es nicht böse –«

»Ich hätte getötet werden können. Getötet. Es ist schon einmal passiert. Die Zügel waren wie Spinnweben, ich konnte sie nicht halten – wir hätten alle getötet werden können. Sie werden nicht noch einmal auf diesem Ding fahren, Amberleigh. Nicht, wenn Sie Carnhaven Ihr Zuhause zu nennen wünschen. Das ist alles.«

Sie setzte sich steif hin. Hugh Davenant zuckte die Achseln und tauschte einen Blick mit Devlin, dann stieg er auf den Wagen und nahm die Zügel. Das Gespann setzte sich rasch in Bewegung, längst über die Panik hinweg, die mein Untergang gewesen war, und wendete auf der Straße. Die Wagenräder quietschten und rollten wieder an uns vorbei, zurück zum Haus. Bald war die Gruppe wieder nur ein kleiner schwarzer Fleck in der Ferne.

»Sie ist so wütend wie eine Pferdebremse in einem Hühnerhaus«, sagte Devlin, »die auf Fleisch aus ist, in das sie stechen kann, und sie hat nichts als Federn vor sich.«

»Ja«, sagte ich und wandte mich ab, weil ich Angst hatte, in Tränen auszubrechen, und nicht wollte, daß er es sah. Ich suchte mir einen Weg den Hang hinunter zu den Überresten seiner herrlichen Flugmaschine. Zumindest hatte sie mich fliegen lassen. Und mich fast endgültig aus dem Hause gejagt.

»Sie meinte es nicht so, sie ist ganz Pfeffer und sehr wenig Salz. Also nehmen Sie sie nicht so wörtlich.«

»Sie meinte die anderen Sachen, die sie sagte –« Meine Kehle schnürte sich zusammen. Ich gelangte zu dem Schluß, daß weitere Diskussionen über die Szene das letzte waren, was ich wollte. »Können Sie noch irgend etwas retten?«

»Das weiß ich leider nicht. Und ich werd's nicht wissen, bis nicht einige der Burschen einen Blick darauf geworfen haben. Ich versteh' mich nicht besonders darauf, das Ding in Schwung zu halten, wissen Sie. Hatte nie Sinn für die praktischen Grundlagen.« Devlin seufzte und hob mechanisch einen losen Teil seines einst intakten Fahrrads auf.

»Ich komme mir fast wie eine Mörderin vor.« Ich betrachtete reuevoll das Wrack.

»Ach, um Gottes willen, Amberleigh. Und auch um aller

Heiligen willen, wenn Sie mich wegen einer kleinen Gotteslästerung so ansehen wollen. Sie wird sich wieder beruhigen. Und es war ja nicht Ihre Schuld. Es war ihre, weil sie Kutscherin gespielt hat, wenn Sie meine Meinung wissen wollen. Wenn Davenant die Zügel gehalten hätte, wäre das nie passiert. Hören Sie zu, ich bring Sie jetzt zum Haus zurück, und Sie ruhen sich aus, oder was immer ihr Damen tut, wenn ihr gestürzt seid, und bis zum Abendessen werden es alle vergessen haben.«

»Und würde sich auch eine Ihrer irischen Rebellenladys ausruhen, wenn sie gestürzt wäre?«

»Da bin ich sicher.« Er lächelte.

Wir schlenderten den Rasen hinauf, Arm in Arm, und ausnahmsweise einmal verspürte ich den Wunsch, mich auf jemanden zu stützen. Ich brauchte tatsächlich Ruhe. Ich hatte das Gefühl, daß ich an diesem Nachmittag zweimal haarscharf davongekommen war, und ich wollte alles hinter mir lassen.

Wir bogen gerade ab, um zur Rückseite des Hauses zu gehen, als ich das starke Gefühl hatte, beobachtet zu werden. Ich drehte mich um und ließ den Blick über die Straße gleiten – verlassen und still, als hätte nie ein Fuß oder ein Huf sie berührt. Ich warf einen Blick zur Terrasse – still, ohne jede Bewegung eines Vorhangs oder Ärmels. Aus irgendeinem Grund schoß mein Blick nach oben, zu einer seltsamen Spiegelung in einem der Fenster im zweiten Stock: ein Muster auf dem Mittelpfosten, wie Blätter, die Licht und Schatten auf das Fenster warfen. Doch dort wuchsen keine Bäume, die diese Illusion schaffen konnten. Vor meinen Augen löste sich diese Anomalie in ein kreidebleiches Gesicht auf, hier und da mit einer dunklen Mulde anstelle der Gesichtszüge – wie das Gesicht des Mondes in einer klaren Nacht.

Wie ein Totenschädel. Ich blinzelte, um besser zu sehen, und die Vision schmolz aus meinem Blickfeld, und nur der schwarze, starre Blick eines leeren Fensters blieb zurück.

»Amberleigh?« Devlins Stimme klang so besorgt, daß die Erscheinung im Fenster in der Tiefe seiner blauen Augen versank, als ich mich ihm zuwandte.

»Es ist schon gut«, sagte ich schnell, um jeden Zweifel zu zerstreuen.

Er nahm meine Hand von seinem Arm und tätschelte sie. »Träumen Sie nicht von Fahrrädern«, sagte er, bevor er sich zu Fuß auf den Rückweg die Straße hinunter machte.

Aber ich tat es. Und die Frau, die darauf fuhr, hatte ein weißes, verhärmtes Gesicht und trug einen hohen, spitzen Hut. Sie fuhr wie der Wind, und sie versprach, es mir heimzuzahlen.

16. Kapitel

Die Sonne fiel gerade auf den von Tau getränkten Boden, und die Vögel waren wach und stimmten ihr frühmorgendliches Gezwitscher an. Zum erstenmal, seit ich auf Carnhaven war, ging ich nach draußen, um etwas zu tun, das *ich* tun wollte, aus keinem anderen Grund, als daß ich es tun wollte. Ich fühlte mich nützlich, zumindest für mich selbst, sogar abenteuerlustig. Ich hatte immer schon mit Aquarellfarben anhand der lebenden Natur experimentieren wollen – eine Herausforderung, die weit über die albernen Salonpastellbildchen, die man uns in der Schule hatte malen lassen, hinausgingen. Jetzt hatte ich diese Herausforderung angenommen, hatte mich zu ungehöriger Stunde gezwungen, wach zu werden, mich mit Skizzenblock, Farben und Pinseln bewaffnet und ging beschwingt den kleinen Feldweg an den Kuhweiden des

Landguts entlang. Die Luft war tödlich kalt, aber mein Wollplaidtuch – ein Geschenk von einer der Kanadareisen der Willoughbys – schützte mich vor der irischen Luft. Das blasse Licht der Morgensonne verlieh der Landschaft eine zitronengelbe Frische. Die Launen, Temperamentsausbrüche und Wutanfälle der letzten paar Tage schienen wie weggespült.

Das Ziel meines Ausflugs war, was meine blühende Phantasie gleich beim erstenmal, als ich es während eines meiner Streifzüge mit Elaine entdeckt hatte, den »Feenkreis« getauft hatte. Es war eine ein Stück von der Straße entfernte Lichtung mit einem ausgesprochen praktischen, gestutzten Baumstamm als Sitzplatz und einer hohen, uralt aussehenden Kiefer, die etwas weiter in der Lichtung stand und die Tannen ringsum überragte. Ich war fasziniert von diesem Baum und seiner rotbraunen Rinde. Seine Höhe war überwältigend, fast übernatürlich. Ich stellte mir vor, daß ein uralter Druide, das letzte Mitglied einer aussterbenden Dynastie, sich durch Zauberei in diesen Baum verwandelt hatte, um zuzusehen, wie die moderne Welt vor seinen Augen ihre Straßen anlegte und ihren belanglosen Geschäften nachging. Und die ganze Zeit hielt der weise alte Baum mit seinem Urteil zurück, für eine Zeit, wenn er wieder regieren würde. Eine Phantasievorstellung für das Schulzimmer, ja. Aber meine eigene. Ich hatte mich mehrmals nach dem Baum erkundigt – bei Elaine, Devlin, sogar den Einheimischen –, niemand schien zu wissen oder sich dafür zu interessieren, welchen ich meinte, was seltsam war, denn man sollte doch meinen, daß solch ein ungewöhnlicher Baum ein Wahrzeichen der Gegend war.

All diese Überlegungen gingen mir durch den Kopf, als ich mich daranmachte, Farbstreifen auf meinen unberührten weißen Block aufzutragen. Zuerst Himmelblau, dann der Boden. Ich warf eine kräftige Vertikale für meinen Baumstamm aufs Papier, dann sah ich mir den Mischmasch an, der aus meinem Pinsel floß. Aquarelle waren nicht so einfach, wie das Resultat vermuten ließ. Himmelblau und Grasgrün flossen an der Horizontlinie zusammen und vermischten sich zu dem schmutzigblauen Farbton einer Gewitterwolke, kaum eine zutreffende Wiedergabe des herrlich heraufdämmernden Tages.

Ich seufzte und schaute mich kritisch auf der Lichtung um. Zeichnen war eine Sache. Es wäre ein leichtes für mich, mit Kohle das Unterholz zu skizzieren, die rauhen Rinden, selbst die zarten Grashalme. Aber wie sollte man diese formlosen Farbkleckse zu einer wirklichkeitsgetreuen Szene gestalten? Also, dieser weiße Fleck da – ich konnte nicht einmal sagen, ob es eine Wildblume oder ein riesiger Pilz war oder ... Ich ging, nicht gerade in bester Laune, hinüber, um mir das Ding mit dem Blick des Künstlers anzusehen.

Aber es war überhaupt kein Naturphänomen. Es war die Hand eines Mannes. Und an der Art, wie er die Finger krümmte, erkannte ich instinktiv, daß mit dem Mann, zu dem sie gehörte und dessen Körper halb im Unterholz verborgen lag, etwas nicht stimmte.

Vorsichtig schob ich die Äste auseinander, um ihn mir genauer anzusehen, wobei mein Magen sich seltsam zusammenkrampfte. Er lag mit dem Gesicht nach unten, gekleidet in einen dunklen Pullover und eine ebensolche Hose. Ich berührte seinen Kopf und stellte fest, daß er noch warm war. Im nächsten Augenblick war ich schon zu dem Baumstamm zurückgelaufen, um das Glas mit Deckel zu holen, das Mrs. Featherstone mir für das Wasser mitgegeben hatte.

Ich hatte vor, ihn, falls er noch lebte, mit einem in Wasser getauchten Farblappen wieder zu Bewußtsein zu bringen.

Doch als ich ihn umdrehte, wobei ich beide Arme zu Hilfe nahm, um seinen schweren Körper zu bewegen, ließen mich zwei Dinge erstarren – der Blutfleck, der vorn seinen Pullover durchtränkte, und die Tatsache, daß es Devlin Quade war.

Wie unendlich viel schlimmer noch, jetzt, da ich ihn kannte! Hätte es sich um einen Fremden gehandelt, wäre ich nicht in solche Panik geraten. Ich wich in einer Art panischem Schwindel zurück, zu ängstlich, um ihn zu berühren, voller Furcht, daß er sterben könnte, noch während ich hier hilflos auf den Fersen saß. »O mein Gott«, murmelte ich leise und mit voller Absicht, und das verbotene Mittel, den Namen des Herrn zu mißbrauchen, war seltsam beruhigend.

»Denk nach«, befahl ich mir und atmete unregelmäßig in meine Hände, die ich vor den Mund geschlagen hatte. Die Wunde. Von einem Schuß? Mußte so sein. Devlin Quade. Mit einer Schußwunde. Oh, Devlin ... Denk nach. Meine Lichtung. Morgendämmerung. Ja, es mußte etwas mit dem Untergrund zu tun haben, mit den United Irish. Eine britische Kugel? Eine irische Kugel? Spielt keine Rolle. Nicht in der Nähe seines Herzens. Bauchwunde. Schlimm? Wo hatte ich es gelesen ... bei Kipling? ... Druck. Druck ausüben. Das war als Kind mit mir gemacht worden, ich hatte es selbst gemacht, um die kleinen Blutungen zu stillen, die sich meine Schützlinge zugezogen hatten. Ich fing an, das feine kanadische Tuch in breite Streifen zu zerreißen, bis meine Finger von der Reibung brannten, als ich mich abmühte, festgewebte Wolle von Wolle zu trennen. Sobald ich alles verknotet hatte, wickelte ich meinen behelfsmäßigen

Verband mühsam um Devlins Brust, und als das geschafft war, ließ ich mich wieder auf die Fersen zurückfallen und versuchte noch einmal, klar zu denken.

Geistesabwesend folgte ich einem spontanen Impuls und tupfte mit meinem nassen Lappen seine Stirn ab, ohne eine Reaktion zu erwarten. Doch seine Lider zuckten, und ich sah einen blassen Schimmer der berühmten blauen Quade-Augen. Ich bezweifle, daß er mich sehen konnte oder daß er wußte, wo er war. Sein Gesicht verzerrte sich, als er mit schrecklich heiserer Stimme flüsterte – »Sie kommen ...« Dann war er wieder bewußtlos, und ich blieb allein zurück und zermarterte mir das Hirn.

»Oh, Devlin«, sagte ich fast wütend, schaute auf sein blasses Gesicht hinunter und kaute rücksichtslos an meinem Daumennagel. »Sie kommen«, hatte er gesagt. Wer? Was? Wieso? Wann? Wohin? »Sie« mußten hinter ihm her sein. Die Jagd war eröffnet, der Fuchs war aufgestöbert worden, und hier war die Hauskatze, der es überlassen blieb, sich der Meute zu stellen. Ich schaute mich verzweifelt auf der Lichtung um. Was vor fünf Minuten noch so verlassen, so sicher und bezaubernd schien, war jetzt erfüllt von unheimlichem Geraschel, plötzlicher Stille und einem Phantasieaufgebot von gefährlichen Männern.

Ich fröstelte – aus sinnloser Furcht, aber auch, weil ich mein Tuch geopfert hatte. Wenn ich ihn verstecken könnte ... Mein Blick suchte ein letztes Mal die Landschaft ab. An einer Seite der Lichtung türmte sich der Erdboden unvermittelt auf und bildete einen kleinen steilen Hügel, dichtbewachsen mit Unterholz und Bäumen. Wenn ich Devlin dort hinaufschaffen könnte – sie würden nie vermuten, daß ein Verwundeter solch einen Hang hinaufklettern könnte –, dann könnte ich ihn verstecken, bis ich Hilfe geholt hatte. Welcher Art, wußte ich nicht, aber darüber konnte ich mir später den Kopf zerbrechen. Vielleicht wäre es sein Tod, ihn zu bewegen, aber wenn er am Rand der Lichtung liegenblieb, wäre es nicht besser.

Ich fing an, ihn über den Boden zu ziehen, wobei ich häufig stolperte, wenn sich meine Absätze hinten in meinem Rock verfingen. Anfangs war es nicht so schwer. Ich packte ihn unter den Armen und warf mich nach hinten zum Fuß des kleinen Hügels. Dann, mit einer Schläue, die meinem Selbstbild schmeichelte, beseitigte ich die Hinweise auf unseren Weg, indem ich die Gräser rund um die Spuren seiner Absätze aufrichtete. Der Aufstieg war eine andere Sache. Mein Saum ging in Fetzen, als ich immer wieder auf meinem Rock ausglitt, während ich mich das Gelände hinaufkämpfte. Die Nähte meiner Hemdbluse spannten sich und platzten dann unter meinen Armen und an meinem Rücken. Mein Gedächtnis grub absurderweise das Bild meiner Reitlehrerin bei Miss Meachum aus, der mit den offenen Achselnähten. Höchst undamenhafte Schweißtropfen rannen auf meine Augenlider. Als ich innehielt, um mir die Stirn mit dem Handrücken abzuwischen, war sie hinterher schmutzverschmiert. Einmal schlug mir ein kleiner Halm in den Augenwinkel, und ich mußte stehenbleiben, geblendet, während mir Tränen über die Wangen liefen.

Nach endlosem Kampf legte ich eine Pause ein, um abzuschätzen, wie weit ich gekommen war. Drei Meter den Hang hoch. Hoch genug, um einem flüchtigen Betrachter zu entgehen, aber kein Schutz vor den suchenden Blicken eines Verfolgers. Ich riß mich zusammen und begann von neuem, Devlin so sanft ich konnte nach oben zu schleifen. Ich wurde sehr müde, aber ich fand heraus, daß ich mich antreiben konnte, indem ich leise verbotene Wörter vor mich hinmurmelte. Ich begriff allmählich, wieso die Männer das Fluchen nicht aufgeben wollten, trotz der inständigen Bitten sowohl der Frauen als auch der Kirche. »Jesus Christus«, murmelte ich als Zeichen der Anerkennung für einen der lichteren Momente des Stallburschen. »Fahr zur Hölle«, ächzte ich im Gedenken an einen lauteren Protestruf von Sir George, an die arme Bridget gerichtet. Ich war fast oben auf dem Hügel angelangt, fast in Tränen aufgelöst und auf jeden Fall halbtot vor Anstrengung, als ich mit einiger Befriedigung »Verdammte Schweine!« zischte und Devlin über die letzte Bodenwelle hievte. »Verdammte Schweine« war eine Eigenschöpfung von mir aus den beiden schlimmsten Ausdrücken, die meine jungfräulichen Ohren jemals aufgeschnappt hatten.

Ich drehte mich um, nicht imstande, mich aus der Hocke aufzurichten, und sah mich dem schlanken schwarzen Bein eines meiner Ansicht nach ganz prächtigen Pferdes gegenüber, das ebenso still auf dem Reitpfad hinter mir stand, wie sein Reiter auf ihm saß. Ich schaute weiter nach oben in das gelassene Gesicht von Lord Hugh.

Mein Herz fing an wie rasend zu pochen, und ich zitterte. »Sie kommen«, hatte Devlin gesagt. Das hier waren nicht »sie«. Aber aus »ihnen« konnte, wenn sie sich trennten, einer werden. Lord Hugh stieg ab. Instinktiv trat ich zwischen ihn und Devlin, der nach wie vor bewußtlos, vielleicht sogar inzwischen tot auf dem Boden lag. Lord Hugh schien überrascht, weil ich ihn aufhielt. Er sah mich fest an, dann sprach er in ganz normalem Ton.

»Machen Sie Ihren Morgenspaziergang immer so früh, Miss Dunne? Wenn Sie gestatten –« Er schob mich bedächtig zur Seite und kniete nieder, um Devlin zu untersuchen. Sachverständig hob er ein Augenlid, fühlte nach dem Puls, suchte die Wunde und sah sie sich an.

»Dieser Mann muß sofort zu einem Arzt«, sagte er, während er sich aufrichtete und sich in einer unbewußten, gespreizten Geste die Hände abwischte, was mich aus irgendeinem Grund schaudern ließ. »Ich bringe ihn hin. Helfen Sie mir, ihn auf Blackbriar zu heben.« Er hatte bereits einen Arm Devlins um seinen Hals gelegt und hielt ihn aufrecht. Die plötzliche vertikale Position ließ einen frischen leuchtendroten Fleck auf den Streifen meines dunklen Tuchs erblühen. Ich wich zurück, von der Überzeugung übermannt, daß Devlin sterben würde, noch während ich mich sagen hörte: »Ein Arzt? Nein. Er kann nicht zu einem Arzt ...«

Lord Hughs Augenbrauen hoben sich, doch seine Miene blieb unverändert. Flüchtig sah ich einen zufriedenen Ausdruck über sein attraktives Gesicht huschen, der sich dann in der schrecklichen Narbe an seinem linken Auge verlor. Ich war froh, daß ich nicht wußte, was er dachte.

»Nein, natürlich nicht«, sagte er leise. »Helfen Sie mir«, befahl er. Gemeinsam hoben und zogen wir Devlin in den Sattel. Lord Hugh stieg schnell hinter ihm auf. »Ich würde Ihnen empfehlen, sich wieder an Ihren ›Morgenspaziergang‹ zu machen. Verraten Sie nichts hiervon.«

Blackbriar bahnte sich langsam den Weg über den schmalen Pfad und verschwand. Ich sank auf die Knie und dachte eine Weile nach, bis ich wieder normal atmete. Matt und benommen stolperte ich den Hang hinunter zu meinen Aquarellfarben, ohne viel davon mitzubekommen.

»Naaa, was für'n Irenmädel ha'm wir denn da, Kameraden?« sagte eine britische Stimme in einem ordinären Londoner Dialekt. Ich fuhr herum und sah eine Gruppe britischer Soldaten von den Bäumen ausschwärmen. Jetzt glaubte ich zu wissen, wer »sie« waren.

»Bei meiner Ehre und bei Gott«, sagte ein anderer in einer groben Imitation des irischen Dialekts, »zu dieser Zeit is' doch ganz bestimmt keine anständige Frau unterwegs?«

»Nee, nur wenn sie unanständige Dinge im Schilde führt«, erwiderte die erste Stimme, und ein stämmiger Mann mit verschlagenem Blick und kräftiger Gesichtsfarbe kam drohend auf mich zu.

»Was hat sie hier wohl gemacht, Männer?« fragte er die anderen in der Art eines Schauspielers. »Beeren gepflückt?« höhnte er und griff nach meinem Rock, um den zerfetzten Saum zu zeigen. Ich wirbelte herum und schaute in die Arme eines schlaksigen Mannes, der mich geschickt an sich drückte und dann dem ersten zurief: »Guck mal hier, Baskins, die Dame mag mich lieber, oder, Rotschopf? Die Damen hatten noch nie viel für die Burschen aus Liverpool übrig, das wissen nämlich nur wir Kerls aus Lydgate, was den Damen gefällt.« Er drückte mich kräftiger, bis ich dachte, meine Rippen, wenn schon nicht meine Korsettstangen würden brechen.

Ich hatte noch kein Wort gesagt. Offenbar hielten sie mich für eine Einheimische, eine irische Verbündete des Untergrunds, und für Freiwild. Allein und zu dieser Zeit war ich in der Tat schutzlos. Ich wußte, daß sich in meinem reisemüden Akzent Englisch und Amerikanisch vermischten, doch ich nahm das gepflegteste Mayfair-Englisch zur Hilfe, das mein Gedächtnis hergab, und legte los.

»Gentlemen!« sagte ich gedehnt in solch vornehmem Ton, daß der Mann, der mich festhielt, mich losließ, als habe er sich verbrannt. »Es ist mir wahrlich ein Rätsel, was Sie auf diesem Grund und Boden zu suchen haben. Sie sollten wissen, daß dies das Landgut der St. Clares ist – kein öffentliches Gelände, auf dem jeder, der Lust dazu verspürt, spazierengehen kann. Wenn Sie in offizieller Mission hier sind«, fügte ich hinzu und musterte kühl ihre Uniformen, »dann sollten Sie besser heute vormittag bei Sir George im Haus um Erlaubnis nachsuchen.«

Der erste Mann, Baskins, runzelte die Stirn und trat von einem Fuß auf den anderen. Das britische Klassensystem hatte den Vertretern der unteren Klasse mit ihrer ordinären Sprache, die als gemeine Soldaten dienten, sofortigen Respekt vor kultivierter Ausdrucksweise angezüchtet – und er wirkte, trotz meines aufrührerischen irischen Äußeren.

»Es ist schlimm genug«, fuhr ich fort, während ich meine Malutensilien einsammelte, »daß ich mich von einer Schwalbe, die es auf mein Frühstückscroissant abgesehen hatte, zu einer fruchtlosen Verfolgungsjagd durch Brombeer- und Dorngesträuch habe verleiten lassen. Ich bin absolut nicht bereit, mich auf meiner eigenen Wiese anpöbeln zu lassen, auch nicht von der königlichen Armee!«

Ich ging langsam die Straße hinunter, ohne einen Blick zurück, doch meine Beine zitterten bei jedem Schritt.

Es dauerte bis zum Mittagessen, bis ich mich beruhigt und wieder gefaßt hatte. Ich trieb mich in der Küche herum, da ich wußte, daß Gerüchte über verhaftete Mitglieder des Untergrunds hier zuerst ankamen. An diesem Tag gab es kein Geflüster, nicht einmal eine Andeutung, daß etwas im Schwange war.

Elaine überredete mich zu einer Spazierfahrt in dem kleinen Dogcart, und ich stimmte zu, weil ich begierig auf jede Nachricht aus der Außenwelt war. Lord Hugh hatte mir nicht das Versprechen gegeben, Devlins Zustand geheimzuhalten. In meiner Fassungslosigkeit hatte ich es ihm auch nicht abverlangt. Meines Wissens konnte Devlin inzwischen schon im Gefängnis der Kaserne verrotten. Oder tot sein. Ich konnte den unbekümmerten jungen Mann, der in den vergangenen Monaten durch den St.-Clare-Haushalt geflattert war, immer noch nicht mit der blassen, stummen Person in Einklang bringen, die man im Unterholz zurückgelassen hatte. Im Leben konnte es doch nicht so schlimm zugehen. So erbarmungslos. Nicht jeder hing einer geheimen Sache an und führte heimliche Missionen aus. Vielleicht verdiente er es, gefangengenommen zu werden. Vielleicht hatte er etwas Schreckliches getan. Jemanden getötet. Alles für die geweihte Sache Irlands. Vielleicht hätte ich ihn lieber dort liegenlassen sollen, damit er verblutete oder sich dem unbarmherzigen Trupp britischer Soldaten, die ihm auf den Fersen waren, stellen mußte. Doch das war ein fadenscheiniges Argument und kein echtes Gefühl. Ich war von Angst überwältigt. Wohin ich auch ging, sah ich Orte, die mich an ihn erinnerten. Ich hatte unablässig sein Bild vor Augen – wie er lachte und Elaine und mich in seinem reizenden Dialekt neckte, die Verkörperung all dessen, was ich über irischen Charme gehört hatte. Dann schob ich das Bild seines weißen Gesichts und der schrecklichen Wunde über das, was ich sonst von ihm wußte, und wurde wieder von Angst übermannt. Lord Hugh konnte man nicht trauen, soviel war mir klar. Wenn ich bis morgen nichts gehört hatte, mußte ich es selbst herausfinden. Ich konnte so nicht weitermachen.

Am folgenden Vormittag war ich, wenn möglich, noch verzweifelter als zuvor. Ich hatte nichts gehört. Ich hatte wenig geschlafen. Ganz angespannt vor Sorge beschloß ich, Lady Jane satteln zu lassen, nach Shallowford hinüberzureiten und von Lord Hugh höchstpersönlich Rechenschaft zu verlangen.

Aber Lady Jane war nicht da. Und daher war es Jester, der Wallach mit einem boshaften Funkeln in seinen samtbraunen Augen, den satteln zu lassen und zu besteigen ich mich genötigt sah. Die Stallburschen schauten mit unverhohlener Spannung zu, wie ich mich in den Sattel setzte. Doch ich hielt die Zügel straff, und Jester und ich trabten ziemlich harmonisch zur Straße.

Man kam so nach Shallowford, wie der Name sagte – über eine kleine Bogenbrücke aus Stein über einem seichten Flüßchen mit einer so schnellen Strömung, daß das Schilf am Grund horizontal floß anstatt senkrecht zu stehen. Jester wieherte angesichts der ungewohnten Richtung, bereitete mir jedoch nicht mehr Probleme als eine Blase am Finger, weil ich ihn so fest im Zaum halten mußte. Shallowford House war neuer, als ich erwartet hatte. Ich schätzte, daß es im Laufe der letzten siebzig Jahre erbaut worden war, getreu dem relativ jungen und dramatischen neugotischen Architekturstil gestaltet. Wenn es Carnhaven an Ehrwürdigkeit auch nicht das Wasser reichen konnte, so wirkte Shallowford doch zehnmal älter, imposanter und geheimnisvoller als Elaines georgianisches Heim. Ich ritt in einen schattigen Säulengang ein, der mit solch üppigen Kletterranken bewachsen war, als stammten sie schon aus der Zeit der Kreuzzüge. Ein Stallbursche kam herbeigelaufen, um Jester zu nehmen und ihn beim Hof anzubinden. Ich läutete kühn an der Tür mit ihrem Bogenfenster aus Buntglas. Den Mann, der mich hereinließ, schien mein Besuch nicht im mindesten zu überraschen – allerdings scheinen alle guten Butler der Überraschung so wenig fähig zu sein wie eine gedämpfte Forelle.

»Wenn Sie bitte hier warten möchten, Miss. Ich werde Seiner Lordschaft mitteilen, daß Sie da sind.« Er kehrte wenig später zurück. »Seine Lordschaft kann Sie jetzt empfangen. Wenn Sie die Güte hätten, hier entlang zu kommen. Seine Lordschaft ist oben im Wohnzimmer.«

Und dort war Seine Lordschaft in der Tat, in einem Gobelinrock in orientalischem Design mit einer malvenfarbenen Krawatte, las die *Times* und trank Kaffee aus einer Minton-Tasse. Ich wartete, bis der Mann sich auf Lord Hughs »Vielen Dank, Stevens« unter Verbeugungen zurückgezogen hatte und die Tür schloß.

»Es tut mir leid, wenn ich Sie bei ihrer morgendlichen Meditation störe, aber ich muß wirklich wissen, was Sie mit Devlin Quade gemacht haben.«

Lord Hugh faltete abgespannt die Zeitung zusammen, als sei eine lästige Person zu Besuch gekommen, um mit ihm über Nationalökonomie zu diskutieren.

»Es war wirklich sehr unklug von Ihnen, hierher zu kommen, Miss Dunne. Man stellt bereits Nachforschungen im Dorf an, und ich habe die starke Vermutung, daß diesmal selbst die großen Häuser nicht sakrosankt sind. Ihr Freund führte etwas im Schilde, was den Behörden ganz und gar nicht gefiel, nehme ich an.«

»Vielleicht war es viel unklüger von mir, ihn überhaupt wegbringen zu lassen! Aber es war unumgänglich. Die Soldaten waren schon auf der Lichtung, als ich hinunterging.«

Er hob die rechte Augenbraue, was mich, auch wenn es das nicht sollte, an die Narbe an seiner linken erinnerte. »Sie haben sich zweifellos mit Ihrer üblichen Finesse gegen sie behauptet.« Ich wollte protestieren, doch er brachte mich durch eine Handbewegung zum Schweigen.

»Ihrem, äh, Mitverschwörer geht es recht gut. Zumindest ist er am Leben, was mehr ist, als eine ganze Anzahl dieser verrückten irischen Rebellen für sich beanspruchen kann. Ich mache mir nichts aus der Sache, und ich mache mir nichts aus ihren Anhängern«, sagte er und musterte mich kühl. »Aber ebenso mache ich mir nichts daraus mitanzusehen, wie hilflose Männer zu leicht geschnappt werden. Eine Schwäche der Davenants, die, soviel ich weiß, bis zum Bürgerkrieg zurückreicht. Ihre Soldaten hätten ihn nicht besonders sanft angefaßt, wenn sie ihn gefangengenommen hätten.«

Sein Kammerdiener, ein drahtiger Mann in mittlerem Alter mit humorvollen Augen, tauchte in diesem Moment aus einem angrenzenden Raum auf. Lord Hugh wandte sich ihm mit einem Ausdruck von Erleichterung zu.

»Ah, Hemlock. Zeigen Sie der Lady, daß für unseren Fang gut gesorgt wird. Ich glaube, das ist alles, was sie interessiert. Hemlock hat als Sanitäter in Indien gedient – er ist ebenso in der Lage, alles von Wundbrand bis zu Kobrabissen zu kurieren, wie die Nachwirkungen des Bacchus nach einer in Verehrung dieser Gottheit zugebrachten Nacht zu lindern.«

Eine Trinkorgie, meinen Sie, sagte naserümpfend die Moralistin in mir, aber ich hielt den Mund und folgte Hemlock in ein kleines Ankleidezimmer, wo Devlin auf einem Feldbett lag.

»Er kommt wieder in Ordnung, Miss. In einigen Tagen können wir ihn an einen sichereren Ort bringen. Bis dahin braucht er unbedingt Ruhe und weniger Blutverlust«, sagte Hemlock in einem überraschend kultivierten Bariton, während ich halb damit gerechnet hatte, daß er sprach wie der Sergeant auf dem Exerzierplatz aus einem von Mr. Kiplings Gedichten.

Ich schaute Devlin an. Er war noch so blaß, wie ich ihn zuletzt gesehen hatte. Ich zog meine Lederreithandschuhe aus und legte den Handrücken an seine Stirn. Kühl, kein Fieber. Er schlief, glaube ich, aber ich konnte nicht sagen, ob es ihm schlechter oder besser ging als zuvor. Ich seufzte.

»Er kommt in Ordnung, Miss.« Hemlock verfiel fast in seinen Dialekt in dem Bestreben, mich zu beruhigen. Ich schaute ihn prüfend an und glaubte ihm auf diesen Blick hin. Dieser Mann mit den ausgeprägten Falten um den Augen und dem ordentlichen grauen Schnurrbart vereinte das Beste von all dem auf sich, was typisch britisch war. Er wußte, was sich gehörte, hatte jedoch ein Herz. *Er* trank bestimmt noch Tee und nicht Kaffee zu seiner Morgenmahlzeit.

»Sie behalten ihn noch etwas da?« fragte ich Lord Hugh, als ich ins Wohnzimmer zurückkam.

»Ich kann ihn ja wohl schlecht wieder hinauswerfen. Ja, ich behalte den jungen Narren hier, bis er sich genügend erholt hat, um ins Dorf zu gehen. Father McManus wird zweifelsohne wissen, an wen er ihn verweisen muß. Diese Priester stecken gewöhnlich bis zu ihrem römischen Kragen in diesen Dorfintrigen. Aber ich wäre Ihnen sehr verpflichtet, wenn Sie ihm, sobald er sich erholt hat, nicht sagten, bei wem er die ersten paar Tage seiner Genesung verbracht hat. Ich bezweifle, daß er sich an viel erinnern wird, und ich bin wirklich nicht der Meinung, daß eine Anklage wegen Kollaboration ein angemessenes Entgelt für mein … gutnachbarliches Verhalten ist.«

»Mylord«, sagte Hemlock diskret vom Fenster aus, wo er die Kleidung seines Herrn für den Tag bereitgelegt hatte.

Lord Hugh war so schnell am Vorhang wie eine Zibetkatze. »Der Captain und sein Adjudant. Tja, tja, tja. Ich dachte mir ja, daß die großen Häuser diesmal nicht von einer höflichen Anfrage verschont bleiben würden, Hemlock. Am besten bringen wir sie über die Dienstbotenstiege hinaus.«

Hemlock führte mich schon am Ellbogen hinaus, als Lord Hugh fluchte und uns zurückhielt. »Nein, da steht ihr Pferd, klar zu sehen, bereits von weitem. Das geht nicht.«

Hemlock und ich standen mitten im Raum stocksteif da. Ich warf einen verzweifelten Blick zu dem kleinen Raum, in dem Devlin verborgen war, doch Hemlock schüttelte den Kopf. Wir standen alle drei da und schauten uns gehetzt um, als spielten wir Verstecken. Plötzlich kniff Lord Hugh seine haselnußbraunen Augen auf eine abschätzend-belustigte Art zusammen, bei der mir bang ums Herz wurde.

»Es gibt nur eine Möglichkeit, wenn man meinen Ruf in Betracht zieht – und den Ihren«, zischte er mir zu, packte mich am Handgelenk, warf meine Handschuhe, Reitkappe und Reitpeitsche auf eine Chaiselongue in der Nähe und zog mich in das benachbarte Zimmer. »Hemlock, Sie führen sie herein, ohne vorher anzuklopfen«, befahl er.

Hemlock erbleichte bei der Aussicht auf dieses absichtliche Pflichtversäumnis. *Sein* Ruf wurde genauso gering geachtet wie der meinige, dachte ich bitter.

Das benachbarte Zimmer war ganz offensichtlich Lord Hughs Schlafkammer.

Himmelbett, chinesische Truhen und dergleichen verliehen dem Raum eine Note orientalischer Opulenz, die, auch wenn ich wußte, daß es Mode war, mir wie die tiefste Dekadenz vorkam.

»Ziehen Sie Ihre Jacke aus«, befahl er und ging durch den Raum, um die Bühnenrequisiten für unser kleines Schauspiel anzuordnen.

»Nein«, protestierte ich. Es reichte, den Kopf für Elaines Indiskretion hinzuhalten. Aber sie war meine alte und liebe Freundin. Ich hatte eigentlich kaum eine Wahl gehabt. Und nun sollte ich erneut meinen Ruf opfern. Es wurde zur Gewohnheit. »Laßt das doch Amberleigh machen.« Sollten sie derweil Kuchen essen. Oh, Lord Hugh hatte sein heimliches Vergnügen daran, die Schlange. Kein Zweifel, er dachte, daß es mir recht geschehe und daß es ein kleiner Preis für die Unterstützung Devlins sei.

»Welche Hingabe«, sagte Lord Hugh, während er sich wie ein Kalif auf ein Récamier-Sofa bettete und auf das Polster neben sich klopfte. »Nein? Vielleicht können wir etwas weniger Künstliches, Zwangloseres arrangieren.«

Er kam zu mir, und als ich mich abwandte, umarmte er mich von hinten und fing an, die Knöpfe an meiner Jacke zu öffnen und wie der Schurke in einem Melodrama an meinem Nacken zu knabbern.

Es machte mich rasend, daß ich gezwungen war, ihn mit mir spielen zu lassen, aber ich wehrte mich nur halbherzig, weil ich wußte, daß ich um Devlins willen das Spiel zu Ende spielen mußte. Stiche mit dem Titel »Der Lebemann auf dem Vormarsch« blitzten vor mir auf. Ich wußte, daß wir aussahen, als spielten wir ein Liebesspiel von Zurückweisung und Nachgeben. Ich bemerkte auch, fast abwesend, daß Lord Hugh geschickt genug war, seine narbige Gesichtshälfte abgewandt zu halten, wenn er zärtlich zu einer Frau war. Seine aufmerksamen Lippen wanderten näher zu meinem Mund, doch ich hielt so verbissen das Gesicht abgewandt, daß ich dachte, mein Hals würde mir brechen. Einfach abscheulich. Doch seltsamerweise spürte ich einen gewissen elementaren Reiz. Obwohl ich seinen Annäherungsversuchen widerstand, obwohl ich mich nicht von ihm angezogen fühlte, ja, sogar abgestoßen, war es, als werde das unsichtbare Netz einer Macht, die er besaß, über mich geworfen.

Wie überaus beunruhigend, der alleinige Gegenstand solch konzentrierter Aufmerksamkeit zu sein! Ich hoffte inständig, ich könnte aufhören, so still dazustehen wie eine Porzellankatze, während er mich mit vorgetäuschten Intimitäten bestürmte, seine Finger in meinen Haaren verflocht und sich überhaupt benahm, als sei ich zu seinem persönlichen Vergnügen auf der Welt. Er spürte, wie unangenehm ich diese Scharade empfand, das wußte ich. Doch je mehr ich dieses Gefühl zu ignorieren oder dagegen anzukämpfen suchte, desto stärker wurde es. Es war ein ganz und gar sinnloser Kampf Wille gegen Wille, als erwarte er, daß ich auf eine bestimmte Weise reagierte. Und, da er darum betrogen wurde, wollte er diese Reaktion von mir erzwingen. Ich riß mich zusammen, um mich ernsthaft loszumachen – sollte Devlin doch für sich selbst sorgen –

»Captain Mayfair, Mylord«, ließ sich der willkommene Bariton von Hemlock vernehmen.

Ich sprang etwa einen Meter von Lord Hugh weg, wie ein Kaninchen, das aus einer Falle befreit wird, und schaute in die fassungslosen blaßblauen Augen eines sehr korrekten, sehr britischen, sehr jungen Militärs. Ich spürte, wie heftig mir das Blut ins Gesicht schoß. Das erstaunte Gesicht meines Zeugen war noch von Babyspeck gerundet, so daß der Schnäuzer lächerlich und wie nachträglich hinzugefügt wirkte.

»C-Captain Thaddeus Mayf-fair, zu Ihren Diensten, M-M- Mylord«, sagte er mit einer Verbeugung. Ich fragte mich, ob er wohl immer stotterte oder ob meine Unehre zu seinen Sprechschwierigkeiten beigetragen hatte. Lord Hugh war selbstverständlich völlig unbefangen. Wieso sollte er auch nicht?

»Sehr erfreut, Captain«, sagte er und streckte die Hand aus. »Sie haben mich in einem peinlichen Moment erwischt.« Diese Bemerkung veranlaßte alle, einander erschrocken anzusehen. Lord Hugh führte uns gemächlich ins Wohnzimmer zurück. »Beim Frühstück, meine ich«, erklärte er mit einer Handbewegung zu dem Silbertablett.

»Natürlich«, bestätigte Captain Mayfair allzu eifrig.

»Andererseits«, fuhr Lord Hugh fort, »wer rechnet schon damit, daß die britische Miliz zu dieser Zeit auf den Beinen ist? Hemlock, etwas Kaffee vielleicht, für den Captain. Oder Tee? Nein? Dann erlauben Sie mir, Sie nach Ihrem Anliegen zu fragen.«

»M-m-m-mein Anliegen«, wiederholte Captain Mayfair matt, als ob er es komplett vergessen hätte. Er sah mich unsicher an, dann Hemlock, der gequält an der Tür stand. Und dann, da er noch recht jung war und unerfahren in diesen Dingen, räusperte er sich und fing an.

Ich nahm meine Reitkappe, ging zum Fenster hinüber und hörte kaum auf seine Erzählung über den Flüchtigen, der seit zwei Tagen gesucht wurde. Oder auf seine Entschuldigungen, weil er Lord Hughs – h-häm – Haushalt in Unruhe versetzt hatte. Oder auch seine Versicherungen, keiner der Befehlshaber glaube ernsthaft, daß ein Mitglied der hiesigen Gentry einen dieser fanatischen »Home Ruler« versteckte. Ich dachte statt dessen darüber nach, was Captain Mayfair sagen würde, wenn er wieder bei seinesgleichen war und es sich mit einem Whisky und Soda gemütlich gemacht hatte. »Ein ziemlicher Schock, wißt ihr. Nicht zu übersehen. Die kleine Dunne, die oben auf Carnhaven zu Besuch ist. Natürlich hatte ich von der Reise in den Norden gehört? Aber ich kann euch sagen, ich war völlig sprachlos. Verdammtes Pech. Was konnte ich tun? Stellte meine Fragen und trat schnell den Rückzug an. Verdammtes Pech.«

Ich warf einen verstohlenen Blick auf Hemlock, der mannhaft in der Nähe der Tür litt. Ich merkte, daß er sich so hingestellt hatte, daß die Tür zum Ankleidezimmer fast nicht zu sehen war. Ich hatte nicht einmal ein Rascheln aus seiner Richtung gehört. Allerdings mußte Diskretion ja wohl auch eine Haupttugend des Kammerdieners von Lord Hugh sein.

Captain Mayfair erkundigte sich höflich, ob Lord Hugh Einwände gegen eine Befragung seines Haushalts bezüglich des Flüchtigen habe. Lord Hugh erwiderte, er habe in der Tat Einwände, gestatte jedoch die Befragung, um sein Personal von jedem Verdacht zu befreien. Captain Mayfair fragte anschließend, »eine reine Formsache, Sie verstehen«, ob Lord Hugh irgend etwas über den Aufenthaltsort des Burschen wisse. Lord Hugh verneinte gelassen. Captain Mayfair fragte mich, ob ich etwas von dem Vorfall wüßte. Ich verneinte. Captain Mayfair verabschiedete sich, um reihum das Personal zu befragen.

Ich stand mit dem Rücken zum Zimmer und hielt den Blick auf den Hof unten gerichtet, während das Klappen der Tür, das Geraschel der Uniformen und ein darauffolgendes Zeitungsgeraschel anzeigten, daß Captain Mayfair gegangen war. Einen Augenblick lang gab ich mich dem Genuß hin, mich von diesen Geräuschen überspülen zu lassen wie von einer traumfernen Welle, die nichts mit mir zu tun hatte. Es war ein schönes Gefühl, diese Distanz, nach der Hauptrolle, die ich noch eben hatte spielen müssen ...

Als ich mich vom Fenster abwandte, bemerkte ich, daß Hemlock ängstlich besorgt an der Tür wartete, daß Lord Hugh sich wieder hinter der *Times* eingerichtet hatte, und ich roch das durchdringende Aroma von Kaffee. Ich durchquerte schnell das Zimmer, um meine Handschuhe und meine Reitpeitsche von der Chaiselongue zu nehmen, und hoffte nur noch auf rasches Entkommen.

»Sie sind falsch zugeknöpft«, ließ sich eine liebenswürdige Stimme hinter der Seite mit dem »Wirtschaftspanorama« vernehmen.

Ich schaute hinunter, sah den Stoffhügel, den der fehlgeleitete Knopf verursachte, und warf meine Sachen hin, um die lästigen Hornknöpfe aus ihren Schlaufen zu zerren und die richtige Ordnung herzustellen. Ich würde diesen Raum nicht in einer Art und Weise verlassen, die weiteren Personen Anlaß zu Spekulationen bot. Captain Mayfair war schlimm genug. Andererseits würde ich ihn vermutlich nie wiedersehen. Es sei denn ... ich hielt unglücklich im Zuknöpfen inne. Es sei denn, ich blieb lange genug auf Carnhaven, um noch einen von Devoras Bällen zu erleben. Dann würde er dort sein, mit seinem Galadegen, Sherry trinken und mich mit kleinen, wie zufälligen Bemerkungen durchbohren. »Die da, ja, die da habe ich schon mal gesehen. Nicht direkt kennengelernt, wenn Sie verstehen, was ich meine. Ich würde mich von ihr fernhalten, mein Junge, es sei denn, Sie geben sich mit einer verschwiegenen Tändelei im Buchsbaum zufrieden?« Diese Bemerkung richtete der Captain meiner Phantasie an den attraktiven jungen Subalternoffizier, der in Erwägung gezogen hatte, mich um einen Tanz zu bitten ... Aber ich brauchte mir keine Szenen auszumalen, um zu wissen, wie hartnäckig Klatsch an einem festhängen konnte. Und das hier, diese Szene vorhin, hatte alles noch schlimmer gemacht, als es Devora in ihrem herzlosen Versuch gelungen war, Elaine auf Kosten einer anderen zu retten.

Ich sammelte meine Besitztümer auf und rauschte zur Türschwelle, wo Hemlock wartete wie ein angebundener Spaniel. Mein Blick fiel auf die Tür zum Ankleidezimmer. »Ich kann ihm nur raten am Leben zu bleiben«, drohte ich, an niemand speziell gerichtet, und marschierte aus dem Zimmer. Hemlock folgte mir durch den Flur, bis ich einen freihängenden Spiegel fand und davor stehenblieb, um meine Reitkappe aufzusetzen.

»Es tut mir leid, Miss«, sagte er sehr leise und als koste es ihn einige Mühe. »Seine Lordschaft ist gewöhnlich ganz Gentleman –«

»Ganz Wilder, meinen Sie wohl.« Ich würde bei keinem der beiden ein Blatt vor den Mund nehmen.

»Es war die einzige Lösung in dieser mißlichen Lage, Miss, das verstehen Sie doch.«

»Vielleicht. Aber er brauchte es nicht noch zu genießen. Einen guten Ruf erwirbt man sich nur schwer – Diener ebenso wie Frauen. Einmal verloren –« Hemlocks Blick hatte mich gestreift, als ich eine Verbindung zwischen unserer jeweiligen Stellung im Leben zog – und er nickte ernst.

»Ich bitte für meinen Herrn um Verzeihung«, sagte er. »Es war ein gemeines Spiel. Ich kann ihn nur mit der Vermutung entschuldigen, daß seine Unkenntnis, wieviel von der guten Meinung der Welt abhängen kann, ein Ergebnis seines Rangs ist.«

Hemlock gehörte nicht zu denen, die persönliche Dinge über diejenigen sagten, denen sie dienten. Mir wurde klar, daß er ebenso tief beschämt worden war wie ich. Seine Worte waren ebensosehr ein Balsam für meine verletzten Gefühle wie seine medizinischen Künste Leben für Devlin bedeuteten. Es wäre töricht von mir gewesen, wenn ich die Linderung, die er mir durch seine Worte verschaffen konnte, zurückgewiesen hätte.

»Vielen Dank, Hemlock. Ich bin froh, daß Sie mich verstehen. Wie können Sie bei ihm bleiben?« fragte ich, als wir unseren Weg fortsetzten und die Hintertreppe hinuntergingen. Etwas in dem Gesicht des Mannes, das gerade noch sehr offen gewesen war, verschloß sich. Eine Mauer der Zurückhaltung stand plötzlich zwischen uns. »Seine Lordschaft ist ein sehr guter Herr, Miss.« Er sprach die Worte wie eine Formel.

Ich blieb auf der Treppe stehen, um ihn anzusehen, in der Gewißheit, daß der Mann, der mit mir zusammen den Flur entlanggegangen war, ein ganz anderer war als das vorsichtige Geschöpf, das diesen letzten Satz geäußert hatte.

»Hemlock? Sie wollen mir als nächstes doch nicht weismachen, daß er ein Gentleman ist und ein Gelehrter und zehn Pfund im Jahr an das Heim für in Not geratene Geschäftsleute spendet?«

»Es sind zwanzig Pfund. Für die Gesellschaft zur Unterstützung in Not geratener Reinemachfrauen.«

»Ja, ich kann mir vorstellen, daß er sich recht gut darauf versteht, den abhängigen Klassen unter die Arme zu greifen. Tja, da müssen wir eben einfach unabhängig bleiben, nicht wahr, Hemlock?«

»Wenn Sie meinen, Miss«, sagte Hemlock ernst, führte mich durch eine Seitentür auf den Hof und wartete, bis ich sicher auf Jesters breitem Rücken saß. Ich hakte meinen Stiefel fest in den Steigbügel und raffte meine Röcke über dem Sattelknopf. Dabei versetzte ich Jester einen energischen Klaps mit der Reitpeitsche. Wir trabten in vollkommener Harmonie vom Hof, beide mit sehr geradem Rücken, für den Fall, daß uns von den Fenstern über uns irgendwelche Blicke über den Rand einer Minton-Tasse hinweg folgen sollten.

Auf der Straße angelangt, bezahlte ich teuer für diese Geste. Jester, der mehr als einen gemächlichen Spazierritt gekostet hatte, verlangte es nach einem Galopp. Es erforderte die ganze Kraft meiner Armmuskeln, um sein hartes Maul unter Kontrolle zu halten, so daß wir in holperigem Trab zu den Stallungen und dem wenig schmeichelhaften Erstaunen der Stallburschen von Carnhaven zurückkamen.

17. Kapitel

Und so verliefen die Tage wieder im gewohnten Gleis nach den Schrecken des Feenkreises. Es war merkwürdig, noch ein weiteres Geheimnis zu bewahren, von dem niemand etwas ahnte. Und noch merkwürdiger, daß die Verhältnisse auf Carnhaven sich weiter in ihrer festen häuslichen Umlaufbahn drehten, unerschüttert von dem Drama auf Leben und Tod, das sich nicht weit von der klassischen Türschwelle des Großen Hauses ereignet hatte.

Niemand wunderte sich über Devlins Abwesenheit. Oder sagte auch nur etwas darüber. Er pflegte ohnehin zu kommen und zu gehen wie ein Irrlicht. Nur ich machte mir Sorgen um ihn, nur ich rechnete damit, mit meiner Komplizenschaft bei seinem Verschwinden konfrontiert zu werden.

Oh, Sir George schimpfte an diesem Abend beim Essen

über die »verdammte Frechheit dieses Würstchens«, nach dem offiziellen Verhör des Personals durch Captain Mayfair. Ich bekam nichts von dieser Untersuchung mit. Vielleicht wurde ich nicht in die allgemeine Vernehmung einbezogen, weil ich mich bereits auf Shallowford verantwortet hatte. Dieser Umstand ließ auf Feingefühl, Zurückhaltung auf seiten von Captain Mayfair schließen. Der Gedanke an meine kompromittierende Lage an diesem Morgen in Lord Hughs Räumen ließ mich schaudern.

»Man könnte meinen, jemand sei über Ihr Grab gegangen, Amberleigh.« Norah Chandlers wachsame braune Augen durchbohrten mich am Abend dieses schlimmen Tages über das weiße Tischtuch hinweg.

»Oh, vermutlich hat sie sich nur eine Erkältung geholt, von all diesen frühmorgendlichen Zeichenausflügen. Sie müssen wirklich besser auf sich achtgeben, meine Liebe.« Eine so besorgte Devora war eine Devora, vor der man auf der Hut sein mußte.

»Aber hier passiert so wenig«, warf Elaine zu meiner Verteidigung ein, »da muß man sich mit etwas beschäftigen.«

»Warum nicht mit einer guten Sache?« sagte Norah herausfordernd. Stille breitete sich über den langen Tisch, bis das Kratzen von Besteck der einzige Kommentar war, den jemand abgeben wollte. Aber Captain Mayfair war bereits vergessen.

Wie ich vorausgesehen hatte, gaben wir alle drei nach Elaines und meiner Rückkehr aus dem Norden unsere künstlerischen Projekte im Atelier auf. Devora, weil sie die Wahrheit nicht länger in Malerkittel zu hüllen brauchte. Elaine, weil sie eher stieftöchterliche Pflicht als eigener Wunsch dorthin geführt hatte. Und vielleicht auch, weil das Gesicht, daß sie während ihres – Zustands verfolgt hatte, ihren Geist verließ, als sie von dem Kind entband.

Und ich – ich, weil ich verbittert war wegen meiner Torheit, meiner leichten Kapitulation vor Devoras Doppelspiel. Ich war nicht mehr in der Mansarde gewesen seit dem Tag, als Elaine und ich zu dieser allzu durchsichtigen Reise gen Norden aufgebrochen waren und ich Devora in Fetzen vorfand, zumindest auf ihrem Porträt.

Aber ich war rastlos und vielleicht eine Spur nervös in dieser Zeit, die auf Devlins Verwundung folgte. Um mich zu trösten, ging ich zu dem einzigen Raum im ganzen Carnhaven-Haus hinauf, der in und aus sich friedlich wirkte. Zu meiner Überraschung stieß ich dort auf Elaine, die aus dem kleinen runden Fenster starrte, von dem man auf die Gärten blickte. Sie fuhr zusammen, als sich unter meinem Fuß ein Dielenbrett bog und Protest äußerte.

»Amberleigh.« Ihre Wangen liefen so rosarot an wie ein Sonnenuntergang in Aquarellfarben. »Ich habe mich gefragt, ob irgend etwas hier ist, das ich nicht hier oben lassen sollte.« Der Blick ihrer grünen Augen schweifte durch den Raum, als wolle sie den ganzen Inhalt nicht sehen, während sie zugleich nach einem Vorwand suchte. Er blieb nirgends hängen, stellte ich fest, weder an dem zerfetzten Porträt Devoras noch an dem Tonkopf, mit dem Elaine sich im vergangenen Sommer so lange gequält hatte. Ob sie wußte, fragte ich mich, daß dieses ganze von Devora angeregte »künstlerische Sich-ausdrücken« eine List war, um ihre Schande zu verbergen? Elaine hatte mich vor Devora gewarnt, allerdings neigte Elaine dazu, unbestimmte Warnungen auszusprechen. Ich ging zu dem Tonkopf hinüber und strich mit dem Daumen über eine rauhe Stelle an der unfertigen Stirn. Elaine trat erschrocken einen halben Schritt vom Fenster weg, sie streckte gebieterisch die Hand aus, um mich davon abzuhalten.

Dann wurde sie sich ihrer spontanen Geste bewußt, kam gelassen auf mich zu und redete zu mir. Das verstörte Mädchen von vor einem Augenblick hatte sich in dem gedämpften Tageslicht aufgelöst wie Alice auf der anderen Seite des Spiegels, wo sie von einer verzerrten Welt in die nächste glitt.

»Ich bin diesen Kopf zutiefst leid«, sagte sie, und ihre Stimme zitterte so leicht, daß ich es fast nicht wahrnahm. »Ich glaube nicht, daß ich – ihn beenden werde.« Sie verzog die Lippen fast zu einem Schmollen, als sie mich beobachtete, nachdem sie diese Erklärung abgegeben hatte, trotzig, falls ich ihr widersprach. Ich tat es nicht. »Du warst so gut zu mir, Amberleigh«, platzte sie dann heraus, als sei ihr bewußt, daß sie mich zu weit trieb. »Wirklich, ich bin dir dankbar. Aber du darfst nicht so – ernst mit mir sein. Das macht mich schrecklich nervös, kannst du das nicht verstehen? Komm, gehen wir nach unten. Ich mag diesen Raum nicht – hier spukt es, das habe ich schon immer gespürt.«

Einen sonnigeren, wärmeren und trockeneren Raum – einen Raum, der vor lauter Licht und Leere in der Luft zu schweben schien, wo keine Schatten fielen – konnte man sich nur schwer vorstellen. Aber ich würde nicht »ernst« sein, wie sie es nannte, und mit ihr darüber streiten.

Elaine blieb stehen, bevor wir die Tür hinter uns zuzogen.

»Weißt du«, begann sie, während sie sich umdrehte, um die weißgestrichene Tür zu schließen wie den Deckel eines Buches, das sie sich entschlossen hatte nicht zu lesen, »ich habe überlegt, daß ich Devlin in letzter Zeit kaum zu Gesicht bekommen habe.« Sie schnitt ein neues Thema an, ein alltägliches Gespräch, um mich abzulenken. »Und du?«

Jetzt war ich an der Reihe, sie hinzuhalten.

»Devlin? Na so was, nein, ich denke nicht. Nun, du kennst ja Devlin. Er ist vermutlich unterwegs auf Landstraßen und auf Heideland, das auf keiner Karte verzeichnet ist, auf der Suche nach unsäglichen Balladen aus der alten Zeit. Wie er dieses Kauderwelsch aufschreiben kann, ist mir schleierhaft.«

Elaine nickte befriedigt.

Ich war die erste von uns beiden, die Devlin wiedersah, vierzehn Tage später, an einem naheliegenden Ort – Mrs. Featherstones Küche. Es genügte nicht, daß die St. Clares von acht bis zehn Frühstück reichen ließen, einen üppigen Vormittagstee um elf, ein Mittagessen um eins, den Nachmittagstee um vier und Abendessen um acht. Nein, mein jugendlicher Appetit wollte auch noch zwischendurch gestillt werden.

Ich hatte mir angewöhnt, zu Mrs. Featherstones Hoheitsbereich hinunterzulaufen, um ein Vor-oder-nach-dem-Tee-Dessert aufzutreiben. Heute wehten Stimmen im Gespräch vom Fuß der Treppe hinauf, woher gewöhnlich nur der Duft von Gebackenem und energische Anweisungen heraufzogen.

Ich ging um die letzte Biegung der Treppe und fand die Tür untypischerweise geschlossen vor. Ich horchte einen Moment, bevor ich sie aufstieß.

»Devlin! Ich dachte mir schon, daß ich da Ihre Schmeichelstimme höre. Na so was, Sie –« Mrs. Featherstone warf mir einen beunruhigten und warnenden Blick zu und stützte sich mit ihren kräftigen Händen auf das Nudelholz, mit dem sie leicht einen Klumpen Teig bearbeitet hatte.

Devlin saß am Arbeitstisch, auf einem Hocker, den er herangezogen hatte. Ein wenig steif saß er da, bemerkte ich.

»Kath-leeeen Ma-vourrrr-neen, das Morgengrauen

briiiii-cht an ...« fing er bei meinem Erscheinen übertrieben an zu singen, und Mrs. Featherstone griff sich verzweifelt an die Stirn.

»Schsch, meine Junge. Du willst wohl, daß der ganze Haushalt, die ganze Nachbarschaft herbeieilt, um zu fragen, wo du warst und was du gemacht hast? Du kannst dem Mädchen auf jeder Lichtung in ganz Clare vorsingen, wenn du willst, aber nicht in meiner Küche.«

»Außerdem, Devlin, die Dämmerung ist längst vorüber«, stellte ich fest, während ich zu den beiden hinüberging. Ich war glücklich, ihn zu sehen. Und Feather war glücklich, ihn zu sehen. Sie war nie so glücklich, als wenn sie jemanden anfuhr.

»Wenn Sie Fremde füttern, Feather, haben Sie dann auch etwas für mich?«

»Mit Ihnen, ihm und Miss Blowsy füttere ich ein halbes Regiment«, brummte sie, klatschte kräftig in die Hände, um das Mehl loszuwerden, und brachte einen angeschlagenen geblümten Teller zum Vorschein, gehäuft voll mit kleinen Rosinenkuchen. »Rosie wird kaum zu bändigen sein, wenn ich ihre Belohnung nach dem Staubwischen weggebe, einen ganzen Teller davon will das Mädchen, tatsächlich. Aber ich denke, ihr zwei könnt sie dringender brauchen.«

Ich nutzte die Zeremonie, in der der Kuchen herumgereicht wurde, als Tarnung, um Devlin ausgiebig zu mustern. Er wirkte verkleinert, als säße er einen Meter weiter weg, als er es tatsächlich tat. Sein rauher schwarzgrauer Pullover trug nicht dazu bei, die Blässe seines Gesichts und seiner Hände zu mildern.

»Na, ich kann sie eigentlich nicht brauchen, glaube ich«, erwiderte ich und biß dennoch heißhungrig in die krümelige Köstlichkeit.

»Miss Norah eigentlich auch nicht«, sagte Feather scharf, nahm ihr Nudelholz und fing wieder an, kräftig zu rollen. Der Teig darunter glättete sich, als habe er ein Eigenleben und wollte sich ganz dünn machen. Mrs. Featherstone mochte es, wenn Leute in ihrer Küche aus- und eingingen. So fühlte sie sich wohl. Nur Norah, Devlin und ich, abgesehen von der Dienerschaft, hielten uns gern in dem großen, mit Steinfliesen ausgelegten Raum auf, der von einem Ungetüm von Holzkohleofen an einer Wand beheizt wurde. Doch Feather strömte eine eigene, rauhe Wärme aus, die zu empfinden Menschen wie Devora und sogar Elaine vielleicht zu dünnblütig waren.

»Es ist ja nicht so, daß es mir nicht gefällt, wenn man meine Kochkünste zu schätzen weiß«, fügte Feather zu Norahs Appetit hinzu. »Aber sie wird allmählich zu einem richtigen Dickerchen. Was dir nicht schlecht bekommen würde, mein Junge.«

Devlin zuckte unter ihrem durchdringenden Blick die Achseln, stopfte einige Kuchen in seine Jackentaschen und antwortete ungezogen mit vollem Mund.

»Weiß nicht, Feather. Ich muß schlank bleiben für die Jagd, weißt du.« Er zwinkerte. »Kommen Sie mit, Amberleigh, ich möchte einen Spaziergang mit Ihnen machen.«

»Ich habe kein Tuch dabei«, wandte ich ein.

»Nehmen Sie das hier«, sagte Devlin und zog lässig ein Plaid von einer Stuhllehne.

»Aber –« sagte ich, und das Tuch schleifte hinter mir auf dem Boden, und ich folgte Devlin zur Hintertür hinaus. Devlin inspirierte mich unweigerlich zu »Abers«. Das war wohl einer der Gründe für seinen Charme.

»Können Sie weit gehen?« fragte ich unvermittelt, als wir auf den Hof traten und Devlin mich über den Weg um die

Stallungen herum führte. Er bewegte sich irgendwie vorsichtig, und das Bild, wie er im Feenkreis zusammengesunken am Boden lag, blitzte vor mir auf. »Devlin, sind Sie – na, jetzt kann uns ja niemand hören –, sind Sie wieder gesund?«

»Voll und ganz«, erwiderte er, holte einen Kuchen hervor und aß, während er die Äste über uns betrachtete.

»Nun, warum zerren Sie mich dann so aus dem Haus? Ich würde an einem solch nassen Morgen keinen Spaziergang machen, nur um mir die Zeit zu vertreiben. Sie haben mich in dem Glauben gelassen, daß Sie krank sind, und dabei sind Sie stark wie ein Pferd«, provozierte ich ihn.

»Aye, sicherlich.« Devlins Grinsen verwandelte sich in eine Grimasse, als wir zur Abtei abbogen. Ich behielt den Pfad und Devlin sorgfältig im Auge. Ich hatte damit gerechnet, ihn wiederzusehen, doch nicht so plötzlich. Und so – ja, was? Lag es am Aussehen seiner Haut, die so fahl war wie Pergament und so gespannt? An dem wie verwässerten Blau seiner Augen? Als sei er eine County-Clare-Schürze, die auf dem Waschbrett geschrubbt und zum Trocknen auf den nächsten Dornbusch gehängt worden war ...

»Devlin. Ist es nicht noch zu früh? Also, für mich sehen Sie überhaupt nicht gut aus. Warum wollten Sie, daß ich so weit mit Ihnen rauskomme? Sie sehen erschöpft aus.«

»Und werd's bald wirklich sein, wenn ich all Ihre Fragen beantworten will«, sagte er in einem schwachen Abklatsch der alten Spitzzüngigkeit. Er führte mich um eine halbverfallene Mauer herum zu unserem vertrauten Sitzplatz auf den Abteistufen zum Himmel. Er setzte sich auf einen Pfeiler aus Kalkstein, der auf exakt gleicher Höhe mit ihm war, wie ich feststellte, und wirkte erleichtert.

»Ich sollte mich nicht zu oft im Haus rumtreiben. Man hat verbreitet, daß ich vor der Episode im Wald zum Trinity zurückgefahren wäre und dort eine Weile bleiben wollte. Als Grund für meine Abwesenheit. Die Räder der Täuschung mahlen sehr schnell in Glennverran, wie Sie gemerkt haben werden.«

»Aber ich freue mich wirklich, Sie zu sehen, Devlin, zu wissen, daß Sie wohlauf sind. Auch wenn Sie sich übernehmen.«

»Es ist Ihr Werk, daß ich zu dieser Berühmtheit gelangt bin, Lady«, sagte er und zuckte zusammen, als er auf den feuchten Steinstufen der Abtei sein Gewicht verlagerte. »Father McManus hat mir alles erzählt. Wie Sie mich den Klauen des Haufens entrissen und Hilfe geholt haben –«

Ich hatte nicht damit gerechnet, daß er darüber Bescheid wußte. Lord Hugh und Hemlock hätten meinen Anteil an der Rettung nicht weiterzugeben brauchen, als sie Devlin in die Obhut des Dorfpriesters überstellten. Ich fragte mich, warum sie es getan hatten.

»Na ja, Sie haben eine vollkommen harmonische Landschaft in Unordnung gebracht – ich konnte nicht zeichnen, bevor ich das Gelände nicht von überflüssigen Körpern befreit hatte ... Aber Sie sehen noch nicht ganz gesund aus, Devlin. Ich wünschte, Sie würden sich wieder in der Höhle verkriechen, in der Sie sich versteckt haben mögen, und ausruhen.«

»Ich hatte noch einen Auftrag in der Nähe zu erledigen. Mußte sowieso herkommen. Da dachte ich, ich geh' selbst zu Ihnen, um Ihnen zu sagen, daß ich noch nicht bereit für sechs kräftige Männer und ein Begräbnis bin.«

»Einen Auftrag? Auf Carnhaven? Für wen?«

»Ach, Sie sind schlau und ich noch so konfus, daß ich Ihnen mehr verrate, als ich sollte. Sie wollen sich aus unseren unwichtigen politischen Aktivitäten raushalten, also sind

Sie draußen, bis auf 'ne kleine Rettung und Rehabilitation, vielen Dank, Mum.«

Es war wohl kaum fair, jetzt in Devlin zu dringen, wie nervös mich seine Andeutung auf irische Sympathisanten auf Carnhaven auch machte. Ich verzichtete mit einem Seufzer darauf, ihn weiter auszufragen.

»Aber diese Nacht, als ich draußen im Wald lag, war sehr seltsam«, fügte er hinzu.

»Seltsam? Man hat Sie fast getötet – ich würde das nicht nur seltsam nennen!«

»Ein ganzer Trupp Briten war mir auf der Spur, verstehen Sie nicht? Wenn mir einer oder zwei von ihnen über den Weg gelaufen wäre und einen Schuß abgegeben hätte oder so, na, das wär' ganz natürlich gewesen. Aber ein ganzer Trupp. Das bringt mich auf den Gedanken, daß ich vielleicht verraten wurde.«

»Aber was haben Sie da draußen gemacht? Ich habe jetzt ein Recht darauf, es zu erfahren.«

»Das einzige, worauf Sie jetzt ein Recht haben, Mädchen, ist meine Dankbarkeit.« Devlins Lächeln gab seinen blauen Augen etwas Farbe zurück. »Sie müssen sich das Recht auf unsere Geheimnisse verdienen. Auch wenn Sie Mrs. Quades Sohn ganz allein ein gutes Stück durch die Gegend geschleppt haben und er dabei wie gewohnt ein plumper, nutzloser Kerl war.«

»Devlin.« Ich legte meine Hand auf seinen Arm und brachte ihn so zum Schweigen. »Darüber sollte man keine Scherze machen. Und ich habe auch ein Geheimnis, das ich Ihnen erzählen kann, wenn Sie mir nur ein bißchen von der Sache erzählen.«

»Ein Geheimnis? Was für ein Geheimnis könnten Sie haben?«

»Ich habe Sie nicht zu Father McManus' Sakristei geschleppt, wissen Sie, Devlin. Lord Hugh und sein Diener Hemlock haben mir geholfen. Auf Shallowford.«

»Verdammt! Ich will verdammt sein, und ich übertreibe nicht. Na, das ist vielleicht eine Überraschung. Ich hätte geschworen, daß der Schwarze Hugh mich gefesselt dem Soldatenpack übergeben hätte. Er muß einen Grund dafür gehabt haben.« Das angestrengte Nachdenken ließ seine blauen Augen brodeln. Ich befürchtete, daß ich eine Gedankenkette in ihm in Gang gesetzt hatte, die für mich selbst keinen Platz mehr übrigließ.

»Devlin, ich bin offen zu Ihnen gewesen. Jetzt erzählen Sie schon. Sie müssen sich noch vor Tagesanbruch in der Nähe herumgetrieben haben. Warum sind Sie auf Carnhaven herumgeschlichen?«

»Nicht auf Carnhaven, mein Schatz. Es war am See.«

»Am See?«

»Und mehr erzähl' ich Ihnen nicht, Mädel, also locken Sie mich nicht mit Ihren grünen Augen. Das ist nicht fair, ich bin ein verwundeter Mann.« Er hob die Hände, und ich gab nach.

»Es ist ohnehin lächerlich, von Carnhaven als einem Zentrum der Rebellen zu reden«, sagte ich, ebenso um mich selbst zu überzeugen wie Devlin. »County Clare liegt so weit entfernt von jedem Handelszentrum, es liegt so fernab von Handel und Wandel wie – wie die Mongolei.« Ich umfing mit einer Handbewegung den leeren grauen Himmel über uns.

»Vielleicht gerade darum, meine geheime Molly.«

Ich warf ihm einen ärgerlichen Blick zu. Krank oder nicht, Devlin Quade nahm sich zu viele Freiheiten mit meiner Herkunft heraus. Oder meinem fehlenden Sinn dafür, wie er sagen würde.

»Ich sehe, daß Spott die einzige Anerkennung für meine geleisteten Dienste ist, mein Herr. Ich verstehe nicht, was Sie meinen, und ich bin sicher, Sie werden nichts tun, um mich aufzuklären, denn Sie machen zwar immer viele Worte, aber die sagen viel weniger, als Sie meinen.«

»Oder sie bedeuten weniger, als ich sage«, gab Devlin so rätselhaft wie eh und je zurück.

»Aber warum sollte Carnhaven das Zentrum von irgend etwas sein? Sie müssen zugeben, daß man wohl schwerlich einen verschlafeneren, weniger mysteriösen Ort auf dem Land finden kann.«

»Zunächst einmal haben hier die ganzen Scherereien angefangen, vor Hunderten von Jahren. Oh, nicht genau hier, aber ganz in der Nähe«, fügte Devlin auf meinen erstaunten Blick hinzu, um mich zu beschwichtigen. »Kennen Sie denn nicht die Geschichte der ersten de Clares, die so schmählich zu einem letzten Nachfahren zusammengeschmolzen sind, Sir George?«

»Ich ahne, daß ich sie bald kennen werde«, bemerkte ich bissig.

Devlin lehnte sich gegen die Stufen, kniff die Augen zusammen und starrte mit leerem Blick auf eine drei Fuß breite Fensteröffnung, die auf eine freie Wiese und einen Steinhaufen hinausging. Ich begriff, daß mir eine Belagerung in Form eines einseitigen Vortrags bevorstand und lehnte mich gegen die Mauer. Devlin begann mit seiner Geschichte, seine melodische Stimme hob und senkte sich in einem geheimen Rhythmus, der wirkte wie das gedehnte, stete Rauschen des Meeres in einer ruhigen Nacht.

»O ja, die St. Clares sind eine äußerst alte anglo-irische Familie, obschon ich wohl nie erfahren werde, wie das ›St.‹ angehängt wurde. Nachfahren von Richard de Clare, der ersten englischen Bestie, die irischen Boden trat, das sind alle St. Clares – bis hinunter zu den Cousins dritten Grades, auch wenn seitdem siebenhundert Jahre lang Wasser den Berg hinuntergeflossen ist. Aber kennen Sie die Geschichte nicht?«

Ich lächelte zum Zeichen, daß er fortfahren sollte.

»Aye. Leider muß ich die Geschichte mit dem Geständnis beginnen, daß es ein Ire war, der die Insel als erster verriet. Dermot MacMurrough, König von Leinster, nur eine Grafschaft östlich von hier. Er war ein tapferer Mann, ein Krieger mit nur einer einzigen Schwäche. Ihr Name«, fuhr er mit einem Augenzwinkern fort, »war Devoragilla, und sie war Tiernan O'Ruirc vermählt, einem stolzen Mann und Hitzkopf, ebenso wie er ein König von eigenen Gnaden. Oder Ungnaden.

Es gibt solche Frauen, hat man mir erzählt, mit einem Antlitz oder Wesen, daß Könige einander an die Kehle gehen. Ich habe nie eine gesehen, die eine ganze Nation in den Ruin treiben könnte, bitte vielmals um Entschuldigung, aber es muß sie geben, oder die Dichter hätten nichts mehr zu berichten.

Es war in der Mitte des zwölften Jahrhunderts, und außerdem eine stürmische Zeit. Dermot wollte sie besitzen, und die Lady, nun, die Ladys haben meist nichts dagegen, besessen zu werden. Also überfiel Dermot mit einer Schar kräftiger Männer die Festung O'Ruircs und kam mit Devoragilla heim nach Leinster. Natürlich gab er sie wieder zurück, innerhalb eines Jahres, und zusammen mit hundert Unzen Gold für Tiernan O'Ruirc, um den Schmerz zu lindern.

Aber Gold und Devoragilla reichten O'Ruirc nicht. Er rief die Clans zusammen, gab Leinster und Dermot Mac-

Murrough eins aufs Haupt und trieb sie mit Gewalt fast bis zum Meer zurück. Und dann kam der Augenblick, für den Irland seither unablässig bezahlt hat. MacMurrough, geschlagen und darob mißvergnügt, katzbuckelte vor Henry II. in London. ›Henry von Anjou‹ nennen die Geschichtsbücher ihn – selbst erst wenige Generationen von den normannischen Horden entfernt, die unter William Britannien eroberten. Und Henry II. übergab unser Land an Richard de Clare, Earl von Pembroke und dennoch nur ein Glücksritter, so wie alle in der damaligen Zeit. Richard scharte eine kunterbunte Truppe aus Glückssuchern um sich und vereinigte sich mit MacMurrough, um die Iren bis zur Küste der Insel zurückzudrängen und darüber hinaus. Für seine Mühe erhielt Richard de Clare MacMurroughs wunderschöne Tochter – solche Töchter sind immer wunderschön in der Sage, oder nicht? –, auf jeden Fall wurde Aoife seine Braut.

So begann es mit einer Frau, und es endete mit einer Frau. Was man poetische Gerechtigkeit nennen könnte und was vielleicht der Grund ist, weshalb es so viele Dichter in Irland gibt, denn nur so können wir überhaupt irgendeine Gerechtigkeit bekommen.« Devlins Blick kam aus nebliger Ferne zurück und ruhte mit einem belustigt-zynischen Ausdruck auf mir.

»Und die St. Clares sind Nachfahren jenes Richard de Clare? Und von Aoife? Eine romantische Geschichte, Devlin, und bestimmt wahr, zumindest der militärische Teil. Aber Devoragilla? Wirklich, Sie können nicht von mir erwarten, daß ich an diesen Zufall glaube –«

»Ach, Sie meinen unsere Devora? Ich wär' bereit, die Seele meiner Mutter zu verpfänden, daß Gott sie als Deborah schuf, schlicht und einfach. Oder zumindest ist das der

Name, der ihr im Angesicht Gottes und der Gemeinde bei ihrer Taufe gegeben wurde. Aber sie muß vor nicht allzu langer Zeit Bruchstücke von der Legende gehört und sich mehr ihrem eigenen Geschmack entsprechend umbenannt haben. Sie hat viel Sinn für Dramatik, diese Lady. Und gehört nicht zu denen, die sich einen Vorteil nicht zunutze machen.«

»Und glauben Sie, daß ich mich ebenfalls umbenannt habe?«

»Na, ich behaupte doch nicht, daß Sie einen anderen Namen angenommen haben, Mädel, sondern daß der, den man Ihnen gegeben hat, nicht im geringsten zu Ihnen paßt. Wer möchte schon nach einem kleinen gelb-braunen Stein heißen, wenn Sie 'ne Glenna oder 'ne Mavis sein könnten oder –«

»Aber das sind auch Namen von Dingen, Devlin. Ein Vogel oder ein Ort, ein Tal. Es sind nur irische Dinge, das ist alles. Nein, ich werde meinen Namen behalten, vielen Dank. Er mag sonderbar sein, aber ich bin daran gewöhnt. Und er ist eines der wenigen Dinge, die meine Mutter mir hinterlassen hat und über die ich noch verfüge.«

»Na, Sie haben auch immer noch Ihren Mutterwitz, wenn ich mich nicht täusche«, erwiderte Devlin und grinste.

»Manchmal habe ich da meine Zweifel.« Ich seufzte. Ich fühlte mich Devlin so nahe, wie wir da im dunstigen Tageslicht saßen und uns Geschichten erzählten. Ich wünschte fast, ich könnte mir bei ihm einen Teil meiner eigenen Geschichte von der Seele reden. Ich blickte zu ihm hinüber. Er saß vorgebeugt, die Arme auf seine Knie gestützt, und zerrupfte abwesend einen langen Grashalm. Er sah jungenhaft aus in dem weichen Licht, fast wie der kleine Bruder von jemandem damals in der Schule, sein schwarzer Bart eine

Unabhängigkeitserklärung, die noch nicht unterzeichnet war. Sicher, er spielte ein gefährliches Spiel mit den Rebellen, aber war es für ihn denn mehr als ein Spiel? Irgendwie hatte ich das Gefühl, ich sollte mir mein Zutrauen für einen alten, weißhaarigen und weisen Menschen aufheben. Es war nicht der letzte Fehler, den ich auf Carnhaven begehen sollte.

Devlin stand steif auf, und ich bot ihm für den Rückweg meinen Arm an. Statt dessen ließ er mich seinen nehmen. Für ihn zählte immer die Geste, die weiße Feder. Wir schlenderten zum Haus zurück.

»De Clare«, sagte ich schließlich und spielte mit dem Klang des Namens. »Ist das der Grund, warum so viele Namen in dieser Gegend – ich habe mich oft gefragt, wieso ...«

»Warum es in dieser Gegend so viele französische Namen gibt? Bei den Adelsfamilien? So wie –«

»St. Clare, zum Beispiel. Und – und –« Ich suchte nach einem weiteren Beispiel, doch mir fiel nichts ein. Bis auf – »Davenant«.

Devlin warf den übel zugerichteten Halm weg und betrachtete mich aus seinen strahlenden, belustigten blauen Augen. »Ja, der auch. Es ist viel Französisches in vielen Engländern. Ich wünschte bloß, sie zögen nach Osten statt nach Westen, wenn sie nach Land Ausschau halten.«

»Das haben Sie ja versucht, aber dabei ist nicht besonders viel herausgekommen.«

»In Irland kommt für sie auch nicht allzuviel dabei raus«, sagte Devlin grimmig. Er bückte sich, um etwas zu pflücken und reichte mir ein großes dreiblättriges Kleeblatt, das er zwischen den langen Gräsern entdeckt hatte. »Vergessen Sie nur nicht, daß Devora im Innern lediglich eine Deborah ist.« Er grinste. »Und Sie sind Irin.«

18. Kapitel

Devlin begleitete mich bis zum Rand der Rasenfläche, dann tippte er sich an die Mütze und verschwand wieder in dem üppigen Grün. Ich ging mit beschwingtem Schritt ins Haus – es war solch eine Erleichterung zu wissen, daß er wohlauf war. Die ganzen letzten Tage hatte ich die Last geheimer Sorge getragen und war froh, sie loszuwerden.

Elaine kam aus ihrem Zimmer und auf mich zugestürzt, als ich oben an der Treppe anlangte, fast, als ob sie auf mich gelauert hätte.

»Amberleigh«, flehte sie, während sie mich in ihr Zimmer zog, »du mußt das hier für mich wegbringen. Und es in das Boot legen. Du weißt schon, die *Argonaut*. Da ist eine Ritze zwischen dem Sitz und der Seitenwand. Rechts, in Richtung zum Bug. Sie ist schon ewig dort. Schieb es einfach da hinein. Bitte tu es für mich, bitte.«

»Elaine, was hast du jetzt wieder vor? Ich werde versuchen, dir zu helfen, aber du mußt mir sagen, was du vorhast.«

»Ich kann nicht. Ich – kann nicht. Ich habe es gesehen. Ich erinnere mich. Vielleicht wird er das auch. Ach, frag mich nicht. Amberleigh, wenn du nur wüßtest, würdest du mir helfen, ohne daß ich dich bitten müßte. Aber ich kann es dir nicht sagen. Du bist doch meine Freundin? Du haßt mich nicht, weil ... wegen dem, was ich getan habe. Du tust es doch! Alle tun es ...« Sie brach schluchzend ab. Sie tat mir leid, und auf mich war ich wütend wegen meiner Schwäche.

Es war Zeit für den Tee, bevor ich die Gelegenheit fand, mich wegzuschleichen zu meinem heimlichen Gang zu dem künstlichen See und dem Pfad durch den Wald zum Großen See. Wie das Pech es wollte, lief ich dabei Devora in die Arme, als sie und Lord Hugh – natürlich – einen Spaziergang durch das Buchsbaumlabyrinth machten – offenbar eine Lieblingsbeschäftigung der beiden und noch ein Grund, ihnen beiden zu mißtrauen. Der Zettel in meiner linken Hand glitt schnell in eine Rockfalte an meiner Seite.

»Himmel, Amberleigh! Du machst mich um fünf Jahre meines Lebens älter, in meinem Alter ein viel zu großer Verlust. Wie ihr jungen Dinger neuerdings um die Ecken stürmt!«

»Meine Liebe«, sagte Lord Hugh ruhig zu Devora, wobei er meine Anwesenheit nicht im geringsten zur Kenntnis nahm oder zum Ausdruck brachte, daß er mich kannte, »in Ihrem jetzigen Alter oder welchem Alter auch immer würde der Verlust oder der Zugewinn von fünf Jahren nicht das geringste an dem grundlegenden Charme Ihrer Persönlichkeit ändern.« Devora sah bei seiner galanten Bemerkung so zufrieden aus wie eine Katze, von deren Schnurrbart Sahne troff, lachte tief aus der Kehle und sah Lord Hugh vertraulich an. Doch wie ich ihn kannte, war ich nicht allzu sicher, daß seine Worte auf eine optimistische Auslegung abzielten.

Ich wollte mich gerade wegstehlen, als Lord Hugh blitzschnell eine Hand ausstreckte und mich am Handgelenk festhielt. Dem linken Handgelenk.

»Aber Sie haben recht«, sagte er zu Lady St. Clare, »diese, äh, Kinder laufen tatsächlich viel zu ungestüm umher, um Erbstücke zu tragen, möchte ich meinen. Welch bezauberndes Armband«, sagte er, hob und inspizierte mein Handgelenk und den Armreif mit viel zu gleichgültigem Blick. Ich hatte den Filigranreif meiner Mutter mit den Opalen, den ich am Morgen angelegt hatte, ganz vergessen. Wer auch immer gesagt hatte, Opale brächten Unglück, hatte es genau getroffen.

»Ja.« Meine Stimme klang in meinen Ohren heiser. »Von meiner Mutter. Sie hat es mir hinterlassen.« Oder vielmehr Mrs. Bowers. Ich wehrte mich, als Lord Hugh meine Hand umzudrehen versuchte, unter dem Vorwand, das Armband genauer zu betrachten. Er wußte, daß ich eine Nachricht überbrachte. Er begann, Druck auf mein Handgelenk auszuüben, doch ich packte den Zettel fester.

»Welch feine Filigranarbeit ... Handwerkskunst wie diese wird es nie wieder geben«, säuselte er, während er seinen abscheulichen Griff um mein Handgelenk weiter verstärkte. Ich spürte, wie meine Finger sich lockerten und mir Tränen in die Augen schossen.

»Hugh. Sie halten sich so lange bei einem albernen Armband auf«, unterbrach Devora mit einem verblüfften Blick in meine Richtung. »Kommen Sie, lassen Sie das Mädchen ihren Spaziergang fortsetzen. Solange sie nicht auf einem dieser garstigen Maschinen fährt, kümmert es mich nicht, was sie tut. Nehmen wir Tee zu uns – es ist fast vier.«

»Na schön«, stimmte er zu und stieß mein Handgelenk geradezu von sich. Ohne einen Blick zurück schlenderten die beiden davon. Dennoch war es viel zu riskant, die Botschaft jetzt zu dem Boot zu bringen, entschied ich. Ich würde bis zum Einbruch der Dunkelheit warten müssen.

Aus reinem Aberglauben kehrte ich in mein Zimmer zurück und legte das unglückselige Opalarmband für heute ab. Wenn ich Elaines Botengang trotz des katastrophalen Fehlstarts noch machen wollte, dann konnte ich jedes nur mögliche gute Omen brauchen.

Ich ging Elaine suchen und traf sie schließlich im Gewächshaus an, einem nach Süden gewandten verglasten Raum, der erst kürzlich an das Haus angebaut worden war. Elaine saß sanftmütig in der feuchten Helligkeit und zupfte Blätter von langstieligen Rosen aus den Gärten ab.

»Du meine Güte, Elaine, ich hatte keine Ahnung, daß Gärtnerei zu deinen Interessen gehört.«

»Gehört sie nicht«, antwortete sie ernsthaft und riß so jäh einen kleinen blättrigen Zweig ab, daß sie sich mit einem dicken Dorn den Daumen aufritzte. »Oh! Wie furchtbar.« Elaine saugte rebellisch an ihrem Daumen und warf mir einen warnenden Blick zu.

»Oh, siehst du, Devora, jetzt habe ich mich doch tatsächlich mit einem Dorn gestochen. Bist du sicher, daß du diese albernen Dinger in Vasen füllen willst? Ich finde, sie sollten in einen Käfig gesperrt werden.«

Devora spähte hinter einem hohen Bestand exotischer

Grünpflanzen hervor, die in diesem feuchten Klima so gut gediehen. Eine freundlich helle Schürze schützte ihr Seidenkleid, und sie schwang eine einschüchternd lange Gartenschere. Lord Hugh, schloß ich, war nicht zum Tee geblieben.

»Wirklich, Elaine, ich hatte gedacht, du könntest mir irgendwie von Nutzen sein. Die Rosen stehen jetzt in voller Blüte, und ich hatte den ganzen Sommer noch keine im Haus. Bald wird der Frost sie welken lassen – ja, ich sehe es, ein schlimmer Kratzer«, sagte sie, als Elaine gedankenlos einen rubinroten Blutstropfen auf die feine Rüsche an ihrem Handgelenk fallen ließ. »Ich schwöre dir, du wirst dein ganzes sterbliches Leben lang ein Kind bleiben.« Devora legte besorgt die Schere auf einen Tisch vor uns und hob dann einen Armvoll Rosen auf den Tisch. »Na, dann geh Stone suchen, sie wird sich darum kümmern. Amberleigh kann mir bei dem Rest helfen.«

Ich sah zu, wie Elaine, mit der ich mich unter vier Augen hatte unterhalten wollen, verschwand, während ich dableiben mußte, um mit Devora zusammen Blumen zu arrangieren. Ich spielte mit dem Gedanken, mir einen Kratzer zuzufügen, damit ich mich ebenfalls auf elegante Art entziehen konnte, statt dessen ergab ich mich jedoch in mein Schicksal und ordnete die Rosen zu Devoras Zufriedenheit an.

Dann ging ich Elaine suchen.

Sie war in der halbdunklen und selten benutzten Bibliothek, einem Raum, moderig von niemals gewendeten Seiten und allmählich verrottendem Leder.

Ob ich die Nachricht unbedingt überbringen müsse, fragte ich sie. Es schien ein kindisches Unternehmen zu sein. Für wen war sie gedacht? Es gab niemanden, der sie entgegennehmen konnte, wirklich –

»Ich möchte in mein Zimmer gehen«, sagte sie mißmutig, nicht willens, etwas auf meine Argumente zu erwidern. Dabei schaute sie auf die düsteren Regale, als lauerten versteckte Ohren zwischen den Seiten von Plinius. Also marschierten wir wieder nach oben, ich fast am Ende meiner Geduld, bis Elaine mich in ihr geblümtes Boudoir zog und, sobald die breite Tür sich hinter uns geschlossen hatte, anfing, im Flüsterton verzweifelt auf mich einzureden.

»Sie ist für *ihn*, begreifst du das nicht, Amberleigh? Warum zwingst du mich, dir alles bis ins kleinste zu erklären? Tu nur diese eine Sache für mich, und ich werde dich nie wieder um etwas bitten. Früher habe ich immer Nachrichten dort hinterlassen. In dem Boot. Es war unsere liebste Poststelle. Und Devora hat nie davon erfahren. In der *Argonaut*. Bitte.«

»Elaine, du bringst mich so durcheinander – na schön, ich werd's versuchen. Was kann es schon schaden? Aber wenn *er* hier ist – bist du sicher, daß er hier ist? Daß du ihn nicht einfach von irgendwo – beschworen hast, wozu nur du Zutritt hast ...?«

Elaine senkte ihre hellgrauen Augen auf ihre Hände, in denen sie den Zettel hielt, den ich ihr hatte zurückgeben wollen. Eine Träne hing in ihrem linken Augenwinkel.

»Ich will es versuchen. Es ihm zu sagen. Daß wir ihn Michael genannt haben. Vielleicht kommt er. Vielleicht wird er es lesen. Ich weiß, daß er über die *Argonaut* Bescheid weiß ... Schhhh!« warnte sie plötzlich.

Mit erstaunlicher Falschheit tauschte Elaine ihre Schutzlosigkeit gegen alltägliches Verhalten und überließ es mir, den kleinen Zettel unter die Manschette meines Ärmels zu schieben.

»Oh. Verzeihung, wenn ich störe, meine Damen.« Norah

Chandler stand irgendwie erwartungsvoll in der Tür zu Elaines Schlafzimmer. »Na dann, hat eine von Ihnen etwas violetten Zwirn? Vielleicht hat Henrietta irgendwo einen Vorrat. Ich habe versucht, diese alberne Hemdbluse auszubessern. Ich muß sie noch länger tragen, ich habe sie erst seit ein paar Jahren.«

Elaine und ich wechselten einen Blick. Die violette Seidenbluse, die von Norahs Hand herabhing, war grauenhaft, sowohl in Farbe als auch Schnitt – sie täte besser daran, sie zu Schals oder Taschentüchern zu zerschneiden.

»Lassen Sie mal sehen«, verlangte Elaine, plötzlich ganz kühl und sachlich. Norah breitete das jämmerliche Ding auf dem Bett aus. Eine Naht am Unterarm war gerissen und zu einem großen Loch geworden. Elaine schüttelte ihren blonden Kopf.

»Mag sein, daß Henrietta oder Devoras Étoile etwas aus violetter Seide haben, um es damit auszubessern, Norah, aber warum vergessen Sie es nicht einfach? Das Ding ist wirklich hinüber.«

Norah ließ sich neben ihrer abgetragenen Hemdbluse nieder. Sie streichelte den Stoff zärtlich, bevor sie ihr kleines Nähkästchen und die schwere Stoffschere daneben legte. »Eigentlich ist es ein recht guter Stoff, wissen Sie«, erklärte sie fast traurig. »Seide aus Ceylon, wie die Tempeltänzerinnen sie tragen. Ich habe sie in Bombay von der Frau eines Sergeanten für mich machen lassen. Ich habe sie zu meiner Hochzeit getragen.«

»Sie haben Glück, daß die Motten noch nicht darüber hergefallen sind«, sagte ich in die peinliche Stille, und dann wurde mir mein Fauxpas bewußt.

»Ich hatte gehofft, ich könnte etwas Modischeres daraus machen«, sagte sie und beugte sich darüber, so daß ihr Gesicht hinter ihrem achtlos aufgesteckten Haar verborgen war. Etwas an ihrer Stimme erweckte in mir den Wunsch, hundert Meilen weit weg zu sein.

»Aber was zum Teufel sollte es nützen?« fuhr Norah auf. »Wozu soll man schick aussehen? Sie kriegen natürlich immer ihren Willen, und uns Frauen bleibt es überlassen, die Dinge zusammenzuflicken und unser Leben neu zuzuschneiden und wieder ganz schief und krumm zusammenzunähen.« Sie griff erregt nach der Schere und schnitt brutal in die pflaumenfarbene Seide, die in langen Streifen von den Schneiden floß wie das Rote Meer, als es sich vor Moses teilte.

»Oh, nicht –« begann Elaine, abgestoßen von Norahs Wildheit, wenn sie auch selbst zu der Verstümmelung geraten hatte. Norahs Schere schnitt ein großes viereckiges Stück aus dem Rückenteil.

»Hier«, sagte sie bitter und schwenkte es in der Luft. »Wenn es Ihnen so gut gefällt, benutzen Sie es, um Ihre Tränen zu trocknen. Sie werden es brauchen. Dafür sorgen die schon, die Mistkerle.« Sie schaute kurz in unsere entsetzten Gesichter, warf das violette Banner Elaine zu und steckte sich Überreste der Bluse und ihre Schere unter einen Arm. Wir sahen eine Zeitlang stumm auf die offene Tür, durch die sie verschwunden war.

»Sie ist völlig verbittert«, sagte Elaine leise. »Wegen ihres Ehemannes, meine ich.«

»Bist du es nicht auch manchmal?«

»Nein. Ich mag es nicht, mich an Dinge zu erinnern – dann fühlt mein Kopf sich wie zusammengedrückt an.« Sie rieb sich die Stirn, bis eine rote Stelle auf ihrer blassen Haut zurückblieb. »Aber gegen *ihn* habe ich nichts. Es war einfach etwas, das einmal geschah, vor langer, langer Zeit.

Oder so scheint es jedenfalls. Und ich glaube mich zu erinnern, es scheint, als erinnerte ich mich, daß es schön war – oh, aber frag mich nicht, es ist am besten, wenn ich mich überhaupt nicht erinnere. Wenn du mich dazu bringst, mich zu erinnern, wirst du gehen müssen, Amberleigh, und damit hat es sich.« Elaines schmale Hand hatte mich am Handgelenk gepackt, und ich riß mich los, plötzlich kam sie mir überreizt und bedrohlich vor. Es war der »Böse Zwilling«, der wieder in Erscheinung trat, um mich zu verwirren – welche war die Elaine, die ich kannte, und welche die, die mich vor Rätsel stellte?

»Ach, es tut mir leid, habe ich dir weh getan, Amberleigh?« Elaines hellgraue Augen hefteten sich auf mein Handgelenk und die weißen Male, die von meinem Fleisch verschwanden, noch während sie hinsah. »Verstehst du, wenn du nur diesen Zettel für mich überbringen würdest, dann wäre alles wieder in Ordnung. Ich werde manchmal so rastlos«, klagte sie, warf sich geradezu gegen das Fenster und legte ihre langen Finger fächerförmig an die Scheibe. Sie spreizte die Hände so weit wie eine Ertrinkende.

»Manchmal glaube ich, ich würde mich besser fühlen, wenn ich von hier wegginge, doch dann sehe ich, wie das Sonnenlicht sich auf dem kleinen See spiegelt, und ich schaue auf dieses ganze Grün um mich herum – der Boden, die Bäume, wie es früher war und noch ist –, und ich kann nicht weggehen, ich kann nicht weggehen.« Sie ging zum Bett und dem violetten Viereck darauf zurück. Sie holte eine Schere aus der hohen chinesischen Truhe und fing an, die Kanten des Vierecks gerade zu schnipseln. »Sieh mal, Norah hat es richtig zerhackt. Ich werde es gleichmäßig schneiden, und dann kann man es verwenden. Für irgend etwas. Ich kann es nicht leiden, wenn Dinge halb gemacht werden. Ich mag es, wenn Dinge fertig sind.«

»Ich überbringe die Nachricht, Elaine«, sagte ich leise zu ihrem Rücken und dem weichen blonden Haar, das über das Stoffstück gebeugt war – Norahs Pose von vor einigen Minuten so ähnlich und so unähnlich. Der anmutige Pompadour vor mir nickte einmal, gleichzeitig mit dem Schneiden der Schere.

Ich ließ sie allein und ging in mein Zimmer, brachte mein Haar in Ordnung und nähte den ganzen Nachmittag Knöpfe an. Zuerst war ich versucht, Elaines Botschaft zu lesen, unterdrückte diesen unehrenhaften Impuls jedoch schnell. Ich vergaß den Zettel in meinem Ärmel sogar, bis beim Abendessen die Ente zur Hälfte vertilgt war. Ich schaute mich am Tisch um. Sir George aß wortlos das wenige, das er zu sich nahm, und Symes stand hinter ihm, um das beständig sich leerende Glas nachzufüllen. Wir Damen blieben bei unseren gewohnten zwei Gläsern Wein. Devora war blaß auf der anderen Seite des schneeweißen Tischtuchs, mit zwei violetten Daumenabdrücken unter jedem Auge. Ich tippte auf Migräne und bemerkte, daß sie immer noch mit ihrem ersten Glas Weißwein spielte. Ganz friedlich saß mir gegenüber Elaine. Wenn ich sie in diesem Augenblick nach ihrer dringenden Nachricht gefragt hätte, würde sie nur aufschauen, etwas verwirrt, und fragen »Wie bitte?«, mit einer Stimme, so klar wie die Consommé, mit dem unsere Mahlzeit begonnen hatte.

Norah, stellte ich fest, hatte ein Band aus kariertem Taft in ihr nachlässig aufgestecktes Haar geflochten. Es hing dort wie ein böser Gedanke, seine flotte Buntheit täuschte niemanden. Ich wünschte, Devlin wäre da; er würde unseren schwerverdaulichen Gängen etwas Würze geben. Zwischen der Ente und der Nachspeise würde er mehr fallenlassen als nur seine Serviette. Ich lächelte bei der Vorstellung, daß der Eßtisch der St. Clares so revolutioniert werden sollte. Vielleicht war es das, was die United Irish meinten – kein oberes und unteres Ende der Tafel mehr, kein Salz mehr für irische Wunden. Ich hätte meine Tischgenossen gern in einer Fischerhütte gesehen – würden sie dann auch so überlegen tun?

»Wo wollen Sie hin, Amberleigh?« fragte Devora nach dem Essen, als ich von dem gewohnten Weg zum Salon abwich und mich zur Treppe wandte.

»Ich fühle mich nicht wohl, Lady St. Clare, ich dachte, ich verbringe den Abend auf meinem Zimmer. Um auszuruhen.«

Devoras braune Augen drückten mich kurz gegen die gestrichene Täfelung. »Ich hoffe, es ist keine Migräne, meine Liebe. Migräne kann sehr beunruhigend sein. Hoffen wir, daß es nur die Grippe ist.«

»Ich glaube, so etwas Ernstes ist es nicht, Lady St. Clare, aber ich werde versuchen, mich nicht zu übernehmen.«

Sie nagelte mich mit einem weiteren scharfen braunen Blick an die Täfelung. »Nein. Ich bezweifle auch, daß Sie sich jemals ›übernehmen‹ würden, Amberleigh.«

Als ich die halbdunkle Treppe hinaufging, warf ich einen Blick zurück. Devora stand noch immer am Fuß der Treppe, eine Hand an ihre Schläfe gepreßt und mit geschlossenen Augen. Sie taumelte einen Augenblick, dann griff sie nach dem Geländer, richtete sich auf und ging weiter. Die Schmerzen, dachte ich, mußten furchtbar sein. Schlimm genug, um sie zur Raserei zu bringen und in eine nebelhafte, unscharfe Welt zu versetzen, in der die Dinge ins Wanken gerieten. Arme Devora. Ich war zu hart mit ihr ins Gericht gegangen. Vielleicht verdiente sie mehr Trost, als Sir George ihr geben konnte. Vielleicht wollte sie nur das Beste für Elaine.

Genau wie ich. Weshalb ich mich in mein Schottencape einwickelte und über die Dienstbotenstiege an der Küche vorbei in die schneidende Herbstluft hinausging. Ich sah meinen Atem in dem Licht, das aus der hinter mir zuschwingenden Küchentür fiel. Ich tastete nach dem Papier an meinem Handgelenk. Weg! Nein, da. Es hatte sich nur im Ärmel auf die andere Seite geschoben.

Schnell. Schnell zum See. Den Botengang erledigen. Die Stelle finden, wo der Zettel deponiert werden sollte, und dann zurück. Bis dahin brauchte es nicht einmal völlig dunkel zu sein. Es war immer noch ziemlich hell, als ich über den Hof und um den Stall herum ging. Einmal blieb ich stehen und blickte zum Haus zurück, das von dieser Seite schwach beleuchtet war. Es wurde schneller dunkel, als ich erwartet hatte, als senke sich ein riesenhafter Kerzenlöscher langsam für die Nacht über Carnhaven. Ich drehte mich um und ging noch schneller am Waldrand entlang, machte einen Bogen um die architektonischen Gärten mit ihren geometrischen Wegen. Dort würde ich so leicht auffallen.

Mein Herz schlug schneller, und dann schlug es im Gleichtakt mit meinen Schritten. Der Erdboden war hart, unter meinen Füßen knackten Zweige und raschelten trostlose Haufen windverwehter Blätter. Devlin hätte keine Angst, abends durch diese Landschaft zu gehen. Er hatte es schon getan, mit den United Irish. Vielleicht waren sie heute nacht sogar auch hier draußen – der Gedanke ließ mich unter der warmen Wolle über meinem Gabardine frösteln. Zu leicht für solch eine Nacht. »In solcher Nacht wie dieser …« Das war eine Zeile aus einem Gedicht, welchem Gedicht? Mein Gedächtnis ließ mich im Stich. Ein Geräusch. Da, links hinter mir. Was war das? Ein Kobold aus dem

Moor? Ein schneller brauner Fuchs, der vom Hügel heim in seinen Bau lief? Tom, Tom, des Pfeifers Sohn, stahl ein Schwein und rannte davon ... Es war erstaunlich, welcher Unsinn einem durch den Kopf ging, wenn man gegen die Angst ankämpfen mußte. Ich stolperte über meine eigenen eilig ausschreitenden Füße und ging bewußt langsamer. Meine Röcke rauschten mit dem Wind. Hier, hier war die Stelle, an der ich die Skizzen verloren hatte und Adrian mir half, sie aufzusammeln und mir gesagt hatte – vor wie langer Zeit? Vor einem Sommer. Eigentlich einem ganzen Leben. Jener sanfte Sommertag, vom Wind erfaßt und davongewirbelt wie meine Skizzen. Adrian davongewirbelt wie die Skizze eines Mannes. Die Lichtung wirkte feindselig und unglücklich, und ich hastete weiter. Jetzt über den Pfad zum See hinunter. Jetzt die Stelle, an der Maisie Dillingham in ihrem sommerlich rosaroten Organdy auf- und abgegangen war.

Schon dunkel, das dunkle Wasser klatschte an den Steg und das kleine Boot. Die *Argonaut*. Ein tapferer Name für solch ein mitgenommenes Gefährt. Ich mußte tapfer sein. Vorsichtig ging ich zum Ende des Stegs und tastete nach der Vertäuung des Ruderboots. Ja, ganz sicher und straff festgebunden. Ich konnte in das Boot steigen. Ich trat hinein, und mir wurde flau im Magen, als es leicht auf den sanften Wellen schaukelte.

Ich schloß die Augen vor der Dunkelheit und tastete mich zu der Stelle, von der Elaine gesprochen hatte, die für Nachrichten bestimmte Lücke. Wer würde hierherkommen? Ein Hirngespinst aus ihrer Vergangenheit? Ein geisterhafter Bruder, mit dem sie früher gespielt hatte? Oder ein Mann, ein Mann, der tatsächlich ihr Liebhaber gewesen war. Ich bezweifelte fast, daß es ihn gab. Er war vergessen, so wie das Kind mit den unbestimmten Augen, das auf einem unbekannten Schoß im Norden schlummerte. Vielleicht war er ein Londoner, ihr ehemaliger Liebhaber, irgendein übriggebliebener Lothario von Devoras letztem Versuch, für eine erfolgreiche Saison zu sorgen und eine gute Partie für Elaine zu finden. Es spielte keine Rolle, ich war hier – ich hatte geheime Zeilen in meinem Ärmel und rang auf einem schwankenden, schäbigen kleinen Ruderboot, auf einem irischen See, von dem man sagte, er beherberge ein Ungeheuer, mit der Angst. Mrs. Willoughby, wo sind Sie? Wo bleibt Ihr Brief? Holen Sie mich zurück nach Boston und in ein Leben der Vernunft, als alte Jungfer und ins Schulzimmer. Elaine, es wäre am besten gewesen, du hättest mich ebenfalls vergessen, alles bei Miss Meachum zurückgelassen, für die Motten. Was konnte ich ihr noch nützen? Da ich mich selbst in ihre sinnlosen Phantastereien hineinsteigerte.

Oder waren sie das doch nicht? Ich kramte die Nachricht aus meiner Manschette, ein viel schwierigeres Unterfangen, als sie hineinzuschieben. Die Suppe auszulöffeln war immer schwieriger, als sie sich einzubrocken. Und wenn Elaine tatsächlich einen geheimen Liebhaber hatte – einen unbestimmten, geheimnisvollen, unheimlichen Mann? Vielleicht unterschätzte ich sie, vielleicht gab ich den Kurier für einen übelgesinnten, übelwollenden Mann ab, der Elaine weiteren Schaden zufügen würde. Einer von Norah Chandlers Art von Männern, vielleicht ein Niemand, der seine schwache Beziehung zu den St. Clares zu festigen suchte. Inzwischen sah ich schon Zigeuner und hartherzige Erpresser aus Soho vor mir. Ich streckte die Hand aus, um die Nachricht an ihren Platz zu legen, und hinter mir krachte etwas. Wie ein Schuß. Als ginge die Welt unter. Die

Posaunen des Jüngsten Gerichts. Ich fuhr herum, im Boot zusammengekauert. Die kostbare Nachricht glitt mir aus den Fingern und über den Rand des Boots. Es kümmerte mich nicht. Ich starrte in die Schwärze. Die stille, undurchsichtige Schwärze. Die Linie aus jungen Bäumen und Unterholz ein Stück vom Ufer entfernt, die bei Tag waldig und verwildert aussah, war jetzt ein mitternächtliches Geheimnis. Ich war fast froh, daß ich sie nicht sehen konnte.

Ich richtete mich halb auf und huschte aus dem Boot. Meine Knie zitterten, als ich auf dem Pier stand, und meine Hände waren feucht. Ich schob mich den Steg hinunter, ängstlich darauf bedacht, kein tiefes schwarzes Wasser mehr hinter mir zu haben. Nicht einmal wenige Zentimeter.

Ein weiteres Krachen, weiter weg. Sollte ich sprechen? Es spielte keine Rolle, ich öffnete den Mund, um einen Laut von mir zu geben, doch der Laut, der sich in meinem Hals bildete, blieb dort hängen und wollte nicht hörbar werden. Da war jemand. Es mußte so sein. Ein Jemand. Ein Mensch. Wer? Die Irish? Devlin? Oder – Elaine? Sie war die einzige, die von meiner Mission wußte. Hatte sie, sprunghaft wie sie war, ihre Meinung geändert, beschlossen, ihre Nachricht zurückzuholen, war sie gekommen, um mich aufzuhalten? Also brauchte ich mir wegen der lästigen Nachricht, die jetzt durchnäßt am Ufer dahintrieb, keine Gedanken mehr zu machen. Ich war keine schlechte Botin. Sie wollte nicht, daß der Zettel hierblieb, das war es.

Ich trat weiter auf den Abschnitt offenen Geländes zwischen dem weiten Wasser auf der einen Seite und dem wilden Wald auf der anderen hinaus. Skylla und Charybdis. Ich saß in der Falle. Aber vielleicht war es nur Elaine. Ich hätte Gesellschaft auf dem Rückweg nach Carnhaven. Gut. Die Dunkelheitsängste hatten mich schreckhaft gemacht. Einen Augenblick lang zögerte ich, diesem Krachen zu antworten, der seltsam zurückhaltenden Person, die hinter einer Wand aus wilden Gräsern und jungen Bäumen in der Dunkelheit stand.

Es mußte Elaine sein.

»Elaine, du bist es, nicht wahr? Du machst einen Spaziergang, nicht wahr?«

Es mußte Elaine sein.

19. Kapitel

Elaine«, flüsterte ich. Das sanfte Klatschen des Sees wurde nicht unterbrochen. »Elaine, es ist alles in Ordnung, du kannst jetzt herauskommen.« Ein, zwei Schritte, und ich war auf dem steinigen Ufer. Ein plötzliches Kratzen, und ich fuhr herum. Nur die *Argonaut*, die den Steg streifte. Unheimlich, wie ein bei Tag so zugänglicher und belebter Ort des Nachts so rauh und beunruhigend werden konnte. Ich hörte Schritte, drehte mich um und sah Elaine langsam aus dem Schatten der Buchen treten. Sie war in einen langen Umhang eingewickelt und ging merkwürdig.

»Also, Elaine, hier bin ich, was ist los? Was ist denn so dringend, daß ... Elaine? Warum antwortest du nicht?«

Sie kam weiter auf mich zu, und das weiche Streifen ihres Umhangs über den Boden war lauter als ihre Schritte.

Sie ging beinahe verstohlen, und irgend etwas an ihr, eine Drehung oder der Schatten einer Bewegung, erinnerte mich an einen Menschen – der verwundet war. Flüchtig dachte ich an Devlin und die Gefahr, die nachts draußen lauert, und ich befürchtete, daß sie ebenfalls zur Beute eines umherziehenden Trupps von Patrioten geworden war. Oder von Soldaten.

»Oh, Elaine ... hier, laß mich dir helfen.«

Ihre Hand griff nach meinem Arm und packte ihn so fest, daß sie mich mit ihrem Gewicht fast zu Boden drückte.

»Liebhaber«, flüsterte sie mit heiserer Stimme. »Sie sind jetzt alle fort. Alle Liebhaber, alle Verehrer.«

»Elaine, lach nicht so, es ist – furchterregend. Erinnerst du dich wieder, ist es das? Bitte, das darfst du nicht. Es ist nicht gut für dich. Du mußt so sein, wie du immer warst. Wir können nicht so weitermachen, immer dafür sorgen, daß du nicht in Dinge zurückgleitest, an die nur du dich erinnern kannst. Komm von hier weg, zum Haus.«

»Nein, das können wir nicht, können nicht so weitermachen. Ich habe mich um alle gekümmert. Alle Liebhaber. Und die Geliebten. Bis auf dich, Amberleigh, um dich habe ich mich noch nicht gekümmert. Arme Amberleigh.« Ihre Hand griff wie liebkosend nach meinem Gesicht.

»Lass' mich los. Elaine! Du weißt doch, du machst mir angst, wenn du so bist. Wie an dem Tag auf dem See. Es ist nur ein böser Traum, wirklich. Laß los!«

Ihr Griff war fester geworden. Mir war plötzlich wieder, als dehnten sich unermeßliche Tiefen unter uns, als hinge ich über einem Krater ohne Boden, und die Angst war schlimmer, weil es nicht die Tiefen eines dunklen Gewässers waren, die ich fürchtete, sondern das Dunkel von Elaines Erinnerung, das mich immer tiefer hinunterzog.

»Elaine, ich bin deine Freundin. Komm zum Haus zurück. Bitte Elaine, bist du verletzt? Kannst du gehen?«

Ihre Stimme war immer noch heiser, ihre Worte waren wirr, zusammenhanglos. Sie war ein anderer Mensch, der »Böse Zwilling«, der sich mir auf dem See offenbart hatte.

»Freundin?« zischte sie. »Ich habe keine Freundin. Keine einzige. Nur Liebhaber. Ich mag – Freunde nicht. Ich hasse Freunde. Sie tun dir weh und treten dich, treten dein Herz mit Füßen. Sie verlassen dich für Liebhaber. Sie verlassen dich alle für Liebhaber.

Ich hatte einst ein Baby«, schluchzte sie plötzlich. »Ein ganz kleines Baby. Aber ich gab es für die Liebhaber weg. Immerzu für Liebhaber. Du hast einen Liebhaber.« Ihre Stimme wurde scharf, anklagend. Etwas darin machte, daß sich mir der Magen zusammenkrampfte, der Atem stockte.

»Nein, Elaine, das ist ein Irrtum. Du weißt, daß das ein Irrtum ist.«

»Ich weiß es, ich weiß es! Du hast einen Liebhaber. Ich kümmere mich um meine Freundinnen mit Liebhabern. Ich lindere den Schmerz. Schmerzlinderung, es sollte der Name eines Krauts sein. Ich bin ein Kraut, ich kümmere mich sehr gut um sie. Um sie alle. Um alle ihre Liebhaber. Männer sind Tiere!« stieß sie giftig hervor. »Sie treten dein Herz mit Füßen, und sie lassen die Tür offenstehen, wenn sie gehen.«

Ihre brüchige Stimme wurde in der Dunkelheit fast zu einem eigenen Lebewesen. Ich wich zurück und zog mein Tuch enger um mich, um ein Schaudern zu unterdrücken. Sie war in dieser Nacht kein … normaler Mensch.

»Die mit den Tieren gehen, sollen auch sterben wie die Tiere. Amberleigh, du hältst dir ein Tier an Halsband und Kette. Oh, mach dir nicht die Mühe, es abzustreiten. Die anderen stritten es ab, aber ich, ich habe es ihnen gezeigt, ich habe es ihnen kurz vor dem Ende gezeigt. Ich zeigte ihnen das Tier. Am Schluß ...«

Sie kam drohend auf mich zu. Ich drehte mich um, rannte ein paar Schritte am Seeufer entlang, blieb stehen und sah mich um. Sie folgte mir gleichmäßig, kühl, was mich noch mehr ängstigte. Es sah Elaine so gar nicht ähnlich. Das alles sah Elaine so gar nicht ähnlich.

Ich tauchte in die Bäume auf der anderen Seite der Lichtung am Seeufer ein. Flüchtete mich unter Äste, glitt auf Zweigen und Blättern aus, die den Waldboden bedeckten. Weiter, weiter über die Lichtung, durch den Wald und durch den Feenkreis. Dann würde ich auf der Straße auskommen. Es war noch nicht so spät, kurz nach Sonnenuntergang, bestimmt wäre noch jemand auf der Straße. Ein Farmer, ein Pächter, ein Förster auf der Suche nach abendlichen Wilderern. Irgend jemand. Sie war immer noch hinter mir, ich hörte sie auf dem Boden scharren, ihr schweres Atmen. Oder war es mein eigenes? Nein, ich konnte nicht zur Straße laufen. Wollte ich denn, daß jemand sie so sah? Ich würde sie in die Irre führen, sie ermüden. Sie war nicht kräftig. Wenn ich sie laufen lassen, sie erschöpfen und zurücklocken konnte ... Lady St. Clare würde es erfahren müssen. Wie schlimm, daß sie es schaffen würde, ihre Stieftochter auf Dauer in Mißkredit zu bringen, aber es ließ sich nicht ändern. Im Augenblick war Elaine ganz und gar verrückt.

Und sie kam näher. Ein Stechen in meiner Seite ließ mich nach Luft schnappen und fast stehenbleiben, aber ich erreichte die Lichtung, stürzte den Hügel hinauf, den ich so gut kannte von dem Tag, als ich Devlin nach oben gezogen hatte, und hastete über den Reitpfad. Erstaunlicherweise lief Elaine direkt hinter mir. Ich hatte auf einen Vorsprung gehofft, um sie abschütteln zu können, aber sie blieb immer nahe genug, um das Rascheln zu hören, wenn ich weiterlief. Ich konnte sie nicht abschütteln, wie ein Fuchs die Meute nicht abschütteln kann. Ein Fuchsbau! Das war es, was ich brauchte, einen Bau, in den ich verschwinden konnte, in dem ich mich verstecken konnte, bis Elaine wieder sie selbst war. Spring durchs Unterholz, lauf, lauf, renn weiter. Einen Ort, um sich zu verstecken. Ein Versteck. Den Hügel hinunter, so schnell, daß ich dachte, ich würde fallen. Hier müßte ich sie doch abschütteln können ... Nein! War sie überhaupt ein Mensch? War sie ...?

»Elaine, laß mich los!« Ich schluchzte, als sie von hinten meine Hand packte und mich im Kreis drehte, bis wir beide übereinander auf den Erdboden fielen, der mit Zweigen und Steinen übersät war. »Elaine, du bist nicht du selbst, Elaine ...«

Ein jäher Feuerblitz zuckte an meinem Arm hoch, und mein ganzer Körper erschauerte. Betäubt erstarrte ich und spürte noch einen kaltheißen Schnitt in meinem Gesicht. Etwas Warmes rann mir an Wange und Handgelenk hinunter. Aus irgendeinem Grund blitzte das Bild von Devlin im Unterholz vor mir auf.

Ein Messer. Sie hatte ein Messer.

Ich schleuderte sie mit einer Kraft von mir weg, die ich für verbraucht gehalten hatte, Überlebenswille raste durch meinen Körper wie Feuer durch einen Hochofen. Der Schmerz verbrannte mir bereits Gesicht und Arm.

Ich rappelte mich auf und fing wieder an zu laufen, dabei hatte ich gedacht, ich könne nicht einmal mehr kriechen. »Elaine, Elaine ...« flüsterte jemand schwach. Ich glaube, ich war es.

Jetzt jagte ich zwischen Bäumen dahin, achtete nicht

darauf, wenn Äste mich peitschten, achtete auf gar nichts, nur darauf, über die nächste Erhebung zu kommen, hinunter, hindurch, hinüber. Fort. Und immerzu hinter mir ihre dumpfen Schritte. Ein gedämpftes Schlagen wie von meinem Herzen.

Jemand schluchzte. Ein Schatten, der neben mir zu laufen schien. Ich wünschte, er wäre still, er würde verraten, wo ich war. Der Hügel lief am Fuß in eine dunkle Masse aus. Mein umnebelter Verstand stellte sich Wild vor, Druiden und dann Elfen. Elfen. Die Brücke. Es waren die Umrisse der Shallowford-Brücke. Ich taumelte darauf zu, dann bog ich scharf zur Seite ab und stolperte bis zu den Knien in das eiskalte Wasser. Ich kauerte mich hinter ein hohes Schilfbündel und erstarrte. Wie die Hasen, die auf den offenen Rasenflächen von Carnhaven überrascht wurden und dummerweise im hellen Tageslicht stocksteif dastanden, in der Hoffnung, daß man sie nicht bemerkte.

Jetzt gab es kein Tageslicht.

Ich hörte Bewegung, ein abscheuliches Gemurmel aus Worten, die keinen Sinn ergaben. Das Schilf zu meiner Linken neigte sich kurz raschelnd im Mondlicht, als sei eine Hand darübergefahren. Oder ein Messer. Dann war es still. Ich wagte nicht einmal, das Gewicht auf meinen schmerzenden Knöcheln zu verlagern. Ich wartete lange Zeit, umklammerte meine Arme mit den Händen und stillte das Blut, das aus der Feuerspur auf meinem Arm floß. Ich glitt ein Stück an dem schlammigen Ufer hinunter. Es kümmerte mich nicht. Alles brannte, verbrannte. Es mußte die Sonne sein, die aufging.

Ich erwachte von der richtigen Sonne, die durch die Baumstämme fiel, kalt und steif, und jemand sagte »Großer Gott« und hob mich aus dem Wasser. Dann erinnere ich mich an nichts mehr ...

Irgendwo war eine andere Sonne, eine kühle, milchige Sonne, die über meinem Kopf schmolz und zerlief. Ich spürte, wie mein Nacken sich zurückbog, als treibe ich im Wasser, aber ich fühlte kein Wasser. Ich trieb, trieb unter der milchigen Sonne.

Ich sah genauer hin. Alles über mir war weiß. Ich war verwirrt. War der Himmel erblaßt? War ich ... Der weiße Himmel löste sich in eine vertraute Form und Substanz auf. Ein Baldachin, ein Gazebaldachin an einem Bett. Ich drehte den Kopf und lag mit der Wange auf glattem, kühlem Leinen. Ein leichtes Feuer brannte in meinem Gesicht und an meinem Arm. Ich hob den Arm probehalber – er war mit etwas Weißem umwickelt. Auf meine Bewegung hin flatterte etwas auf der anderen Seite des Zimmers, und ein Mädchen kam raschelnd herüber.

»Jetzt wach, Miss? Ach ja, und es hat seine Zeit gedauert. Möchten Sie vielleicht, daß ich die Vorhänge aufzieh', oder wollen Sie noch 'n kleines bißchen schlafen? Na, bleiben Sie nur so liegen, und schlagen Sie nicht um sich, oder Mr. Hemlock wirft mich raus. Wenn Sie ganz aufrichtig schwören, daß Sie sich nicht rühren, nicht mal mit der Wimper zucken, lauf ich und hol den guten Mann, wie er's mir aufgetragen hat ...«

Das kleine Dienstmädchen mit der weißen Haube, die auf ihrem dichten schwarzen Haar saß, drohte mir noch einmal mit dem Finger und verschwand.

Wo war ich? Wann war ich? Oder, schlimmer noch, war ich überhaupt? Dann erinnerte ich mich an das eisige Wasser, das mir gegen die Beine schlug, und die kalte, schlangengleiche Liebkosung des Schilfs.

Und ich erinnerte mich an Elaine. Großer Gott (wieder dieser Ausdruck), großer Gott, was sollte aus Elaine werden? Was *war* aus ihr geworden?

»Es war richtig, mich gleich zu rufen, Cathleen«, ließ sich eine tiefe Stimme aus dem Korridor vernehmen. Im nächsten Augenblick kam Hemlock geschäftig ins Zimmer geeilt.

»Hemlock, sind Sie es? Dann bin ich wohl auf –«

»Auf Shallowford, Miss. Ja, Sie waren sogar im Shallowford selbst und in einem schlimmen Zustand. Der Gärtnerjunge hat Sie im Morgengrauen gefunden, und zum Glück war ich schon auf und konnte veranlassen, daß Sie anständig versorgt werden. Also ...« Hemlock zog einen Stuhl heran, stützte die Hände auf die Knie und setzte eine strenge Miene auf.

»Es sieht so aus, als hätten Sie kein Fieber, dem Herrn sei Dank, trotz Ihres Bads. Glück haben Sie, daß es ein klarer irischer Bach war, in dem sie Ihre nächtliche Waschung vorgenommen haben. In Indien ist das Wasser so verd-, äh, so unglaublich schmutzig, wenn man auch nur einen Finger hineintaucht, heißt das drei Monate Malaria. Jetzt regen Sie sich mal nicht auf, Miss, es ist für alles gesorgt. Der Arzt aus Glennverran war da, um Ihre Verletzungen zu untersuchen. Sie haben sich eine ziemlich lange Wunde an Ihrem Arm zugezogen – nichts Ernstes, sagt der Arzt, obwohl sie das alle sagen, aber in diesem Fall hat er recht. Wird Sie nicht in Ihrer Bewegungsfreiheit beeinträchtigen. In Indien habe ich Männer gesehen, die sich geweigert haben, sich wegen eines solchen Kratzers behandeln zu lassen, deshalb besteht kein Grund zur Sorge. Ach, und eine kleinere Wunde an Ihrem Kopf. Die Heilung wird eine Weile dauern, aber nach ein paar Monaten wird man nicht mal mehr wissen, daß Sie verletzt waren.«

Ich hob den linken Arm und schaute mit einiger Verwunderung auf den Mull, der ihn vom Handgelenk bis zum Ellbogen einhüllte. Der Ärmel des Batistnachthemds war von der Schulter bis zum Handgelenk aufgetrennt.

»Wir werden die Verbände zweimal am Tag wechseln, wegen der Sauberkeit. Cathleen kann das für Sie machen, aber ich möchte es mir von Zeit zu Zeit ansehen. Und Sie müssen sie nach dem Anziehen in Ruhe lassen.«

Hemlock stellte den Stuhl an seinen Platz zurück und schickte sich an, das Zimmer zu verlassen. »Seine Lordschaft wird mit Ihnen reden wollen. Darüber, was direkt vor seiner Türschwelle vorgefallen ist.«

Aber ich wollte nicht mit Lord Hugh über das reden, was geschehen war, auch nicht mit Captain Mayfair oder mit irgend jemandem.

Und noch sollte ich nicht ausgefragt werden. Ich verschlief den größten Teil des Tages, mir war kalt, und ich war noch immer benommen von meiner Nacht in den Schlammarmen des Shallowford. Zu essen bekam ich nur Brühe und Porridge, und Kitty, wie die dunkelhaarige Cathleen lieber genannt werden wollte, kümmerte sich um mich. Am Dienstag erlaubte man mir, mich aufzusetzen, in einer abgelegten Bettjacke mit chinesischen Drachen und Fledermäusen aus rotbraunem und blauem Satin, an deren früheren Besitzer ich nicht einmal denken wollte.

Kurz nachdem ich meine Vormittagsattacke aus weiterem Brei und Tee mit Zitrone und Honig überstanden hatte, klopfte Hemlock und trat mit ungewohnter Zurückhaltung ein.

»Seine Lordschaft wünscht zu wissen, ob Sie bereit sind, ihn zu empfangen«, erkundigte er sich förmlich.

Ich seufzte und stellte den Rest des Tees beiseite. Die Anordnung der Blätter in dem weißen Bauch der Tasse sah nicht wie zufällig aus, obschon ich keine Expertin im Lesen solcher Zeichen war. »Ich bezweifle, daß ich jemals bereit sein werden, Seine Lordschaft zu empfangen«, sagte ich zu Hemlock, »aber tisch auf, MacDuff.« Ich zupfte die Bänder an der gräßlichen Bettjacke zurecht und faltete die Hände über der Bettdecke.

»Guten Morgen, Miss Dunne, Sie sehen etwas munterer aus als gestern morgen.« Lord Hugh folgte Hemlock energisch ins Zimmer und zog sofort einen Stuhl an mein Bett. Es sah nach einem ausgedehnten Verhör aus.

»Wenn Sie das sagen können«, erwiderte ich mürrisch, »sollten Sie in Erwägung ziehen, für das Parlament zu kandidieren. Für die Partei der Wortverdreher. Aber ein Schlagabtausch ist wohl kaum, was Sie wollen, also verlangen Sie Ihre Erklärungen und verzichten wir auf die Platitüden.«

»Ich stelle mit Vergnügen fest, daß Ihre Erfahrung Sie nicht … umgänglicher gemacht zu haben scheint.« Er konnte es sich nicht versagen, das letzte Wort zu haben und hob dabei eine Braue. »Also gut«, fuhr er fort, lehnte sich auf dem zierlichen kleinen Stuhl zurück und streckte seine in Stiefeln steckenden Beine aus. »Ich möchte wissen, was Sie an dem besagten Abend draußen gemacht haben, wie Sie verletzt worden sind, von wem und wie Sie schließlich in den Genuß der Annehmlichkeiten des Shallowford kamen.«

»Nun, wie nett von Ihnen, sich nach meinem Befinden zu erkundigen. Es geht mir sehr gut, vielen Dank, nachdem ich fast tödlich verwundet wurde und außerdem ertrunken bin.«

»Ich lasse die Gebote der Höflichkeit einzig auf Ihren Vorschlag hin außer acht, Miss Dunne. Und falls Sie glauben, daß eine Dosis Spitzzüngigkeit mich ablenken wird, täuschen Sie sich. Ich will Erklärungen, keine kindischen Spielchen.«

»Mir scheint, Gastfreundschaft gibt einem unter diesen Umständen kaum einen Freibrief, jemanden auszuhorchen.«

Er stand auf und stellte den Stuhl weg, alles in einer Bewegung.

»Na schön, wenn Sie mich nicht mit einer Erklärung der Ereignisse beehren wollen, werde ich Captain Mayfair zu Rate ziehen müssen. Ich hatte gehofft, diese Angelegenheit im stillen regeln zu können, denn was auch immer dahinterstecken mag, es gereicht weder einem von uns noch der näheren Umgebung zum Vorteil.«

»Nein! Nicht Captain Mayfair. Ich habe wirklich keine Lust, Captain Mayfair ständig zum Zeugen meiner Torheiten zu machen. Sie sagen, diese ›Angelegenheit‹ könnte vertuscht werden – meinen Sie das ernst?«

»Natürlich.« Er setzte sich wieder hin, nachdem er den Stuhl wieder neben mein Bett gerückt hatte, rittlings. Ich kam mir mehr denn je wie im Zeugenstand vor, wog jedoch meine Möglichkeiten gegen den ernsten Ausdruck auf Lord Hughs Gesicht ab.

»Warum kümmert es Sie überhaupt, was mir zugestoßen ist?«

»Tut es nicht«, antwortete er prompt. »Aber ich habe gewisse … Interessen in dieser Gegend, und ich möchte nicht, daß sie durchkreuzt werden. Ich werde alles mir Mögliche tun, um sicherzustellen, daß das nicht passiert, verstehen Sie mich?«

Seine Augen waren hart wie Obsidian. Zum erstenmal fiel mir auf, daß sie von einem eigenartigem Haselnußbraun waren, manchmal so gelb wie die Augen einer Katze oder so dunkel und fern wie eine Gewitterwolke. Momentan wurde mir letzteres zuteil. Ich konnte mir denken, was ihn beunruhigte – Devora wurde immer öfter mit seinem Namen in Verbindung gebracht. Sir George würde nicht ewig leben, und dann könnte er als der jüngere Mann leicht zusätzlich zu seinem jetzigen ausgedehnten Besitz die Herrschaft über Carnhaven übernehmen. Gut ausgedacht. Inwieweit würde es Elaine schaden, wenn ich ihm auch nur einen kleinen Teil der Wahrheit erzählte? Hatte Devora wenigstens ihm die Wahrheit über ihre Stieftochter anvertraut? Elaine war allerdings die Erbin – würden sie es nicht gern sehen, wenn sie für unzurechnungsfähig erklärt wurde, diese Turteltauben mit den Diebstahlsplänen? Oh, sie waren beide abscheulich, und ich sollte ihm kein Sterbenswort erzählen.

»Sie gehören zu den United Irish, nicht wahr?« fragte er.

»Nein! Das heißt«, improvisierte ich, »nicht ernsthaft. Ich habe lediglich eine Nachricht für ... jemanden überbracht. Und irgendwie hat jemand davon erfahren und versuchte, mich abzufangen, das ist alles.«

»Eine ganz schöne Sammlung von ›jemands‹. Sie haben selbstverständlich keine Ahnung, wer Sie angegriffen hat. Was ist aus der Nachricht geworden?«

»Sie ist weg. Im Ernst. Ich muß sie verloren haben. Ich bin so gelaufen, durch die Bäume, am Feenkreis vorbei, wissen Sie ... und den Pfad hinunter ... bis ich zur Brücke gelangte. Da konnte ich nicht mehr laufen und versteckte mich.«

»Sie sind von der Straße *weg*gelaufen? Warum?«

»Bin ich das? Gott, ich hatte keine Ahnung, wohin ich lief, das kann ich Ihnen versichern. So allein da draußen in der Dunkelheit, mit jemandem hinter mir –« Der Schauder, mit dem ich diese hübsche Ansprache beendete, war nicht gespielt, denn ich spürte wieder den Verfolger im Nacken.

Hemlock, der bisher stumm danebengestanden hatte, hustete tadelnd. Ich fürchte, er fiel auf mein Theaterspiel herein, der liebenswerte Mann. Lord Hugh warf ihm einen ungeduldigen Blick zu, rückte jedoch etwas mit seinem Stuhl ab.

»Und Sie haben die Nachricht ›verloren‹?«

Ich nickte unschuldig.

»Was für eine Geschichte.« Er stand auf und ging im Zimmer auf und ab. »Und wer, glauben Sie, hat Sie verfolgt? Nicht einer der Irish, Sie geben ja zu, daß Sie als Kurier für sie unterwegs waren. Captain Mayfairs Leute würden kaum Messer durch den Wald spazierenführen …«

»Sie wären überrascht, was Captain Mayfairs Männer mit einer Frau allein anstellen würden, mein Herr. Ich bitte sie, diese Leute nicht so ganz und gar freizusprechen, bis Sie nicht einiges über sie wissen.«

»Nun, auf jeden Fall würden sie es nicht mit Messern tun. Welcher Mann würde ein Mädchen des Nachts durch den Wald verfolgen und dabei ein Messer schwingen? Das hört sich nach einem Schauerroman an.« Seine Stimme troff derart von Sarkasmus, daß ich ihn unbedingt verwirren wollte.

»Es war kein Mann.«

»Kein Mann?« Er und Hemlock tauschten einen bestürzten Blick aus, und Lord Hugh kam wieder näher an mein Bett heran. »Wollen Sie uns glauben machen, daß eine Frau Ihnen durch halb County Clare nachgelaufen ist? Mit einem Messer? Sie müssen den Verstand verloren haben!« Er schnaubte verächtlich.

»Wenn ich eine Bemerkung machen darf, Mylord«, sagte Hemlock und trat zu seinem Herrn. »Die Gesichtsverletzung.«

»Was?«

»Die Gesichtsverletzung deutet auf eine Frau hin, Mylord.«

»Nicht unbedingt«, sagte Lord Hugh vieldeutig. Doch sie sahen beide auf den Mull seitlich an meinem Gesicht. »Dann halten Sie es also für eine vorsätzliche Tat?«

Ich tastete nach dem großen Mullstück an meiner Wange. »Gesichtsverletzung?« fragte ich ängstlich. »Hemlock, Sie sagten, es sei mein Kopf ...« Ich hatte einfach angenommen, der Verband sei teils auf meinem Gesicht, weil er an meinem Haar nicht befestigt werden konnte, doch als ich mit den Fingern meine Wange abtastete, spürte ich als Reaktion einen Schmerz, der mir sagte, daß das Messer seine Spuren auf meinem Gesicht hinterlassen hatte.

»Es wird wieder verheilen, Miss. Na, ich habe zu meiner Zeit Männer gesehen ...« Er warf einen Blick auf seinen Herrn und ließ den Satz unbeendet.

Lord Hugh war in Gedanken versunken, er hatte die Arme vor der Brust gekreuzt und merkte anscheinend nicht, daß sein Diener bei dem Versuch steckengeblieben war, mich hinsichtlich möglicher Narben zu beruhigen, im Beisein eines Mannes, der seine ganz offensichtlich bis an sein Lebensende behalten würde.

»Eine Frau.« Lord Hugh schien die Vorstellung zu prüfen. »Sie lügen doch nicht in diesem Punkt, oder?«

Ich ließ mich zu keiner Antwort herab, aber ich denke, er las die Wahrheit in meinem Gesicht. Er ging noch ein paarmal stumm durch den Raum, dann blieb er unvermittelt am Fußende des Betts stehen.

»Wer ist Ihr Liebhaber?«

Ich wurde dunkelrot, vom Kragen der Bettjacke bis zu den Wurzeln meiner roten Haare. Hemlock senkte rücksichtsvoll den Kopf angesichts der Taktlosigkeit dieser Frage.

»Sind wir demnach wieder beim Aushorchen angelangt?«

»Mein Interesse ist rein sachlicher Natur«, antwortete er kalt. »Es könnte Licht auf die Identität Ihres Angreifers werfen, es könnte bedeuten, daß es ganz und gar nichts mit den Rebellen zu tun hatte. Ganz Glennverran kennt Ihre Geschichte, mein Mädchen, es hat keinen Zweck, es zu leugnen. Ist er mit Ihnen aus Amerika hergekommen? Oder stammt er von hier ...?«

»Ich kann mir nicht im mindesten vorstellen, wie das, was Sie mich fragen, in irgendeiner Weise mit dem zu tun haben soll, was geschehen ist. Aber es war eine Frau, das weiß ich, weil ich zuerst dachte, sie sei ... jemand anders.«

»Und Sie wollen mir nicht sagen, wer –«

»Ich habe keinen Liebhaber! In ganz Irland ist nicht Platz genug für einen Liebhaber für mich. Sie sollten nicht davon ausgehen, daß jeder in solche gemeinen kleinen Intrigen verwickelt ist, wie Sie ihnen selbst frönen. Ich bin hier, um mich um meine Freundin zu kümmern und nicht, um Liebesbriefe zu sammeln und – und Liebhaber!«

»Ich hatte den Eindruck, als wären Ihnen die Vorteile einer solchen Sammlung durchaus bewußt«, gab er zurück, endlich getroffen, »zumindest, als es um gewisse Brennereien ging.«

»Welch abscheuliche Unterstellung!« sagte ich, weil es der Wahrheit entsprach. »Sie scheinen zu glauben, daß Sie ein hilfloses Opfer vor sich haben, das Sie nach Belieben beleidigen können. Ich würde Ihnen eher – diese Vase vor die Füße schleudern, als ein weiteres Wort mit Ihnen zu wechseln.«

In sinnloser Wut nahm ich wahllos eine Preziose vom

Nachtschrank und machte mich bereit, damit zu werfen. »Ich rate Ihnen, mich in Ruhe zu lassen«, drohte ich. »Ich habe etwas Schreckliches durchgemacht, aber Sie bringen mich zu der Überzeugung, daß es noch Schlimmeres gibt.«

Hemlocks ernste Miene wirkte wie aufgeklebt, als er die Szene beobachtete, und ich war wohl wirklich ein Bild für die Götter, wie ich so auf dem Bett kniete und mit der Vase herumfuchtelte, in dieser grotesken Bettjacke. Lord Hugh verdrehte nur die Augen zur Zimmerdecke und ergriff, dachte ich zumindest, die Flucht, wenn er auch sein Bestes tat, zur Tür hinauszuschlendern, als sei es seine eigene Idee gewesen. Hemlock zwinkerte mir zu, als er die Tür hinter sich zuzog.

Alles in allem hatte ich ein ziemliches Triumphgefühl. Lord Hugh hatte sich vollauf von den Einzelheiten meines katastrophalen Ausflugs ablenken lassen, und ich bezweifelte, daß er noch lange an die »Nachricht« denken würde.

Ich untersuchte meine Waffe, bevor ich sie wieder auf den Nachtschrank stellte. Ein sehr feines chinesisches Exemplar, glaube ich, und recht wertvoll. Ich war froh, daß ich es nicht gebraucht hatte, um meinem Standpunkt Nachdruck zu verleihen.

Sobald ich mich überzeugt hatte, daß sie beide gegangen waren, glitt ich aus dem Bett, immer noch etwas wacklig auf den Beinen, und ging zum Spiegel hinüber. Es kostete mich einige Mühe, aber ich schaffte es, die verletzte Seite meines Gesichts freizulegen. Ein scheußlicher Schnitt zog sich an meiner Schläfe entlang, an den Rändern purpurrot und schwarz, das rohe Fleisch näßte. Plötzlich wurde mir übel bei dem Anblick – kein Wunder, daß Hemlock von einer »Kopfwunde« gefaselt hatte, es war eine furchtbare Entstellung, und ich wäre auch in Tränen ausgebrochen, wenn ich daran geglaubt hätte, daß es helfen würde. Dunne, die Gouvernante würde jetzt nicht mehr mit der Holztäfelung verschmelzen. Es blieb nichts anderes übrig, als mein Gesicht neu zu verbinden und zu beten, daß wenigstens die Zeit mir freundlich gesonnen war.

Elaine, Elaine hätte mir das niemals angetan. Es mußte jemand anders gewesen sein – die Stimme war abgehackt, rauh gewesen, es konnte jeder gewesen sein. Jede Frau. Wie mochte es Elaine gehen, dachte ich. Wie würde es Amberleigh Dunne gehen, dachte ich um einiges ironischer. Und wie mochte es der Messerstecherin gehen, dieser gesichtslosen Figur, die verfolgte und zustach und selbst das Schilf zwang, sich vor ihr zu verbeugen und ihr zu dienen, wie mochte es ihr ergehen, und wer war sie?

Ich fing an, von alledem Kopfschmerzen zu bekommen und sank in das weiche Leinzeug. Es war später Nachmittag, und als ich aufwachte, war Lady St. Clare da.

»Ich schwöre, Amberleigh, Sie haben Ohren wie eine Katze. Gerade wollte ich mich wegschleichen, ohne Sie aufzuwecken, und Sie schlagen die Augen auf und erwischen mich. Es macht nichts, ich habe beschlossen, Sie heute noch nicht nach Carnhaven mitzunehmen.«

Sie sah atemberaubend aus in einem grauen Melton-Kostüm mit Biberpelzbesatz, so überaus korrekt und nach Stiefmutter, daß man ein ganz und gar undankbarer Mensch war, wenn man an ihrer Aufrichtigkeit zweifelte. Doch ich tat es.

»Nicht nach Carnhaven?« Ich spürte einen Stich unbestimmter Angst. Wollten sie Elaine von mir fernhalten? Oder mich von ihr? Oder verfolgte sie einen bestimmten Zweck damit, mich in Lord Hughs Klauen zu lassen? Mein Kopf fing wieder an, weh zu tun.

»Nein, meine Liebe«, sagte sie beschwichtigend. »Es nützt Ihnen viel mehr, sich hier auszuruhen von Ihrem – Erlebnis, obwohl ich mir nach Hughs Bericht beileibe nicht erklären kann, was in Wahrheit passiert ist.« Ihr »in Wahrheit« nannte mich eine Lügnerin, doch ich stellte fest, daß es mir gleichgültig war, was sie von mir dachte.

»Und Elaine, was wird aus Elaine, wenn ich nicht mitkomme?«

»Ach, Amberleigh!« Ihr perlendes Lachen war wie ein Band aus Spitze, das sich von einer Spule wickelte, ein hübsches Ding, allerdings künstlich hergestellt. »Wir haben Sie kaum angestellt, um dem Mädchen jede einzelne Stunde des Tages Gesellschaft zu leisten! Elaine geht es gut, ganz gut jetzt. Sie scheint vergessen zu haben ... alles. Und ich will, daß es so bleibt, Amberleigh. Übertriebene Sorge von Ihrer Seite könnte ihre Erinnerungen wieder aufleben lassen. Insofern solltet ihr beide vielleicht Ferien voneinander haben. Ich denke, wir haben eine weise Entscheidung getroffen.«

Ein Klopfen an der Tür kam meinem Protest zuvor. Lord Hugh trat ein, in einem Aufzug, in dem ich ihn nie zuvor gesehen hatte, in Reithosen, Stiefeln und einem dicken Pullover.

»Ich habe einen Wagen für Sie und das Mädchen vorfahren lassen, Devora, aber warum haben Sie diese Taschen von Carnhaven mitgebracht?«

»Ein paar Sachen für Amberleigh«, sagte sie, stand auf und ging mit schwingenden Röcken zu ihm. »Ich denke, es ist besser, wenn sie noch einige Tage hierbleibt.«

»Den Teufel tun Sie!« Ich hatte ihn noch nie so zornig gesehen. »Ich glaube nicht, daß Sie überhaupt denken, Devora. Ich will nicht, daß Shallowford gerade jetzt von einem genesenden Schulmädchen und einer ganzen Schar ihrer Freundinnen belagert wird, die täglich zwischen hier und Carnhaven hin- und herpilgern.«

»Hugh.« Devoras Ton war zugleich ein Befehl und eine Bitte, in ein und derselben Silbe. »Ich hasse es, Ihnen Ungelegenheiten zu bereiten, aber es liegen dringende Gründe vor ... haben Sie jemals erlebt, daß ich Ihnen ohne Grund zur Last gefallen bin?«

Sie war dicht an ihn herangetreten und schaute zu ihm auf, den Kopf genau im richtigen Winkel auf die Seite gelegt. Er bewegte die Lippen, als wolle er ihr antworten. Stattdessen packte er sie fest an ihrem eleganten Ellbogen und führte sie auf den kleinen gotischen Balkon vor den Fenstern hinaus. Ich sah, wie ihr Hut heftig nickte und Lord Hughs unnachgiebigen Rücken. Meine Meinung in der Angelegenheit, so schien es, war nicht gefragt. Es gab eine gedämpfte Diskussion, dann schnaubte Lord Hugh verächtlich etwas von »Ballast« – zweifellos eine schmeichelhafte Anspielung auf mich.

Kurz darauf kamen sie wieder herein. »Also«, sagte Devora, zog ihre braunen Glacéhandschuhe straff und stieß erleichtert einen kleinen Seufzer aus. »Es ist abgemacht, Amberleigh wird bleiben.« Sie beugte sich anmutig hinunter und streifte meine Wange mit den Lippen. »Dann werden wir Sie irgendwann auf Carnhaven wiedersehen, Amberleigh, meine Liebe. Nun, keine Sorge, es ist alles arrangiert. Hier wird es Ihnen weitaus besser gehen, als wenn Sie überstürzt nach Carnhaven zurückkehren. Dort herrscht ein solches Chaos.«

»Glauben Sie, sie wird entstellt bleiben?« murmelte sie an Lord Hugh gewandt, als sie zur Tür hinausschwebte. »Es wird ihre Chancen nicht gerade erhöhen ...«

Hemlock kam geschäftig hereingeeilt, bevor ich lange über ihre letzte Bemerkung nachgrübeln konnte. Er war offenbar davon verständigt worden, daß ich in seiner Obhut bleiben sollte.

»Oh, Hemlock, bitte machen Sie sich meinetwegen nicht solche Umstände. In letzter Zeit tun Sie nichts anderes, als Kranke zu pflegen.«

»In diesen Zeiten wird es Schlimmeres geben als Kranke«, sagte er grimmig.

Meine Genesung war wohl kaum das, was man im konventionellen Sinne darunter verstand. Ich brachte meine Tage damit zu, in Shallowford House herumzulaufen, auf der Suche nach Zerstreuung. Lord Hugh hatte sich für diese Woche nach London begeben – sobald mein weiterer Aufenthalt auf Shallowford beschlossene Sache war, hatte er dringende Geschäfte anderswo zu erledigen, schon eine Erleichterung für mich, doch es fiel mir sehr schwer, mich in dem stillen Haus zu unterhalten. Die Bibliothek mit ihren zahlreichen Regalen in Leder gebundener Schlafmittel langweilte mich bald, wenn ich auch einige amerikanische Bücher und Richard Burtons Berichte über das Leben in Arabien faszinierend fand. Es gab keinen einzigen guten amerikanischen Groschenroman, genau das, was ich brauchte, um mich davon abzulenken, was möglicherweise auf Carnhaven geschah oder auch nicht geschah.

Hemlock war dageblieben, um mich zu pflegen, wenngleich das nur hieß, daß er einmal täglich das Wechseln meines Verbands überwachte. Jeden Nachmittag nutzte ich die Gelegenheit, nahm einen Handspiegel, ging zum Fenster und besah meine Schläfe in dem unerbittlichen Tageslicht. Hemlock mißbilligte meine Besessenheit und warnte mich, es werde Wochen und Monate dauern, bis die Narbe heile. Meine tägliche Untersuchung zeigte mir lediglich eine gezackte Linie wunder Haut, die mich gleichermaßen faszinierte wie abstieß. Sie schien nicht im mindesten zu mir zu gehören.

Eines Abends war ich in einen weiteren von Burtons Reiseberichten vertieft und hatte mich dazu zufrieden in einen großen roten Ledersessel in der Bibliothek gekuschelt, als Lord Hugh zurückkam.

»Also hier sind Sie«, sagte er, schloß die Tür und kam auf mich zu. »Mit Devora ist alles geklärt. Diesmal sollen Sie auf jeden Fall nach Carnhaven zurückgehen. Morgen.« Er nahm mir das Buch aus der Hand, ohne um Erlaubnis zu fragen, und las den Titel. »Burton?« Er sah belustigt aus. Ich hatte das unangenehme Gefühl, daß Richard Burton nicht als die vornehme Lektüre junger Damen galt. Oder alter Jungfern, da ich nicht mehr so jung war und das auch nicht vergessen durfte.

Er setzte sich auf die Armlehne des Stuhls gegenüber und enthielt mir das Buch vor, als ich danach griff. »Hemlock hat mir berichtet, daß Sie in niedergeschlagener Stimmung sind«, sagte er und sah mich scharf an, wie er es vermutlich bei einem lahmenden Pferd gemacht hätte.

»Hemlock hätte Ihnen nichts dergleichen erzählen sollen. Es geht mir sehr gut, vielen Dank, und ich werde nur zu froh sein, nicht länger auf Ihre freundliche Gastlichkeit angewiesen zu sein.«

»Sarkasmus ist eine Waffe der Jugend«, sagte er.

»Vielleicht sollte ich das als Kompliment auffassen?« gab ich noch sarkastischer zurück. Lord Hugh sah mich fest an, ohne eine Antwort darauf zu geben.

»Kommen Sie mal her«, sagte er schließlich und winkte mich zum Fenster, wo die Sonne im Westen den Himmel bereits mit rosaroten Aquarellfarben bepinselte. Er drehte mich herum, so daß ich ihm in dem Alkoven gegenüberstand, dann hob er mein Kinn und hielt mein Gesicht seitlich ins Licht. Ich zuckte zusammen, doch bevor ich diesen Impuls bedauern konnte, stellte ich fest, daß er es nicht bemerkt zu haben schien und meine Schläfe mit der Eindringlichkeit eines Kenners musterte, der einen enttäuschend fehlerhaften Edelstein begutachtet.

»Werde ich es überleben?« fragte ich schnippisch.

»Schon möglich.« Lord Hugh ließ die Hand von meinem Gesicht sinken. Dann, mit einer entschlossenen Geste, drehte er mich vom Fenster weg. »Aber ich denke, Sie sollten einen – praktizierenden Chirurgen aufsuchen. Ich kenne genau den richtigen in London. Ich bringe Sie morgen hin.«

»Aber Lady St. Clare erwartet ...«

»Lady St. Clare erwartet, was ich ihr sage. Ich werde eine Nachricht schicken, daß Sie sich verspäten. Es wird sich nur um ein paar Tage handeln. Seien Sie morgen in aller Frühe reisefertig, wenn wir die Kanalfähre am Mittag erreichen sollen. Zum Abendessen werde ich nicht hier sein.« Und er verließ die Bibliothek ohne ein weiteres Wort, ohne zu sagen, aus welchem Grund ich seinen »praktizierenden Chirurgen« aufsuchen sollte, oder zumindest, um wen es sich handelte. Es war irgendwie merkwürdig, wie er bei den Worten innegehalten hatte, als mache er einen Scherz, den nur er verstand.

Während des langen, stillen Abendessens in dem verlassenen Speisezimmer hatte ich viel Zeit, die verschiedenen Möglichkeiten in Betracht zu ziehen. Am Ende stand ich wegen Lord Hughs Unberechenbarkeit jedoch wie gewöhnlich immer noch vor einem Rätsel.

Die Reise nach London änderte nichts an meiner Unsicherheit. Sie erinnerte mich an meine Jungfernschiffsreise nach Irland, bis auf den Umstand, daß ich jetzt einen Begleiter hatte und Hemlock, der die Fahrkarten erstand, Gepäckstücke zählte und sich um all die unfeinen Kleinigkeiten kümmerte, mit denen eine alleinstehende Frau selbst fertigwerden mußte. Lord Hugh war schroff und zog sich auf der Überfahrt über den Kanal zum Kartenspiel in den Salon zurück. Im Zug las er ausgiebig Zeitung und verwies mich darauf, unser rasches Fortkommen von bukolischen Wiesen zu dem sich ausdehnenden Netz von Fabriken, Wohnhäusern und Handelshäusern, aus denen London bestand, zu verfolgen. Unsere Kutsche fuhr nicht in Richtung Harley Street, was mich überraschte, sondern zu einem gepflegten Wohngebiet hinter Belgravia. Es war unwahrscheinlich, daß sich ein Chirurg zu dieser Zeit – Big Ben schlug sieben Uhr – in seinen Praxisräumen aufhielt.

Wir hielten an einem Stadthaus aus Ziegelsteinen und wurden von einem Butler in einen Salon geführt. Ich konnte es mir kaum versagen, alles anzustarren, der Raum war so voller seltener und schöner Dinge, so ganz anders als die strenge georgianische Schlichtheit von Carnhaven.

Da waren mit Edelsteinen besetzte Ziereier auf vergoldeten Ständern, samtbezogene Kästchen, Porzellanfiguren von Schäferinnen, die mit ihren Schäfern zusammen in einer verschwenderischen Fülle von Blumen und Lauben ruhten, goldene Cupidos, die Kandelaber trugen, ein schwarzlackiertes Klavier in einer Ecke bei den Fenstern mit den schweren Vorhängen und mehrere gewagte Gemälde an den Wänden, die mich fast erröten ließen.

»Es handelt sich um einen *Wiener* Arzt«, sagte Lord Hugh mit einem besonders boshaften Funkeln in den Augen, als er bemerkte, wie ich die Nippsachen betrachtete. Und ich kam mir tatsächlich vor wie in der Sahnefüllung einer prächtigen Wiener Torte.

Plötzlich wurden die Türen geöffnet, und eine Frau glitt in den Raum. »Hugh! Wie schön, Sie zu sehen. Wann sind Sie angekommen? Die Stadt hat Ihnen in dieser Woche doch bestimmt nichts zu bieten? Es findet keine einzige Dinnerparty statt, für die es sich lohnen würde, auf ein Mittagessen zu verzichten – der Skandal scheint für den Rest der Saison gepackt zu haben und abgereist zu sein, und ich bin viel zu nüchtern, um zu glauben, daß Sie nur gekommen sind, um mich zu besuchen.«

Ich hatte noch nie eine Frau wie sie gesehen. Sie war gertenschlank und schien in einer Robe aus schimmmernder Gaze zu schweben. Ihre Stimme war voll, wie Wiener Crème, und die englischen Worte glitten ihr von der Zunge, als seien sie in Butter getunkt und in Zucker gewälzt worden. »Ich habe Ihnen eine Patientin mitgebracht, Louisa«, sagte Lord Hugh und zeigte auf mich, die ich sprachlos auf dem Puff aus pfirsichfarbenem Samt saß.

»Ah, wer ist das? Das Licht ist so dunkel, ich habe das Mädchen kaum gesehen. Walters, die Lampen, bitte. Wir sparen nicht am Öl, wie Sie wissen.« Der Butler, der nicht annähernd die Zurückhaltung von Symes oder Lord Hughs Butler besaß, warf seiner Herrin sogar einen ärgerlichen Blick zu, als er schnell die Dochte hochdrehte und sich dann zurückzog. Das Licht zeigte einen größeren Reichtum an Farben im Raum, aber Louisas schönes Gesicht verblaßte, als der hellere Schein ihre Schätze vorteilhafter ausleuchtete. Sie war, wie ich feststellte, über vierzig.

Ich war überrascht.

20. Kapitel

Was meinen Sie mit ›Patientin‹, Hugh? Meine Dienste sind wohl kaum medizinischer Natur«, sagte die Frau und schaute ihn belustigt und gespannt an. »Ist das eines Ihrer kleinen Spiele?«

»Zeigen Sie es ihr«, befahl er mir, und ich stand halb benommen auf, ging zu ihr hinüber und strich die Haarsträhnen zurück, die ich über meine Narbe frisiert hatte. Sie runzelte die Stirn und wich bei dem Anblick meiner wunden Haut leicht zurück. Dann nahm sie mich am Kinn und zog mich sanft in den Lichtschein einer der Lampen.

»Ja? Es ist schlimm, wird sich aber bald bessern.« Wir schauten beide Lord Hugh an, was von uns erwartet wurde.

»Bald reicht nicht«, erwiderte er und blickte ziemlich ungeduldig auf seine Taschenuhr. »Ich will sie morgen zum Abendessen ins Alcott's ausführen, Louisa, und ich dachte, es wäre doch interessant zu sehen, was Sie in der Zwischenzeit aus ihr machen können.«

»So? Ja, es wäre faszinierend. Und wie ist das passiert, Kleines?« Sie streichelte zerstreut mein Haar, doch in ihren Augen lag ein nachdenkliches Funkeln.

»Das tut nichts zur Sache, ich verlasse mich darauf, daß Sie es aussehen lassen, als wäre es nie passiert.« Er stand auf, offensichtlich war er fertig mit uns. »Ich komme um sieben vorbei. Benachrichtigen Sie Hemlock in meinem Club, wenn Sie irgend etwas brauchen, Louisa.« Lord Hugh war bereits an der Tür des Salons und schien darüber froh zu sein, doch er wandte sich noch einmal zu uns um, bevor er ging. »Louisa, sagen Sie niemandem, daß ich in der Stadt bin.«

Wir blieben allein, standen einander gegenüber, und Louisa musterte mich auf eine Art, die ich mir nicht zu deuten wußte.

»Sind Sie eine gute Freundin von Hugh?« fragte sie und führte mich zum Feuer. Der Blick, den sie auf mein Gesicht heftete, fand dort keine befriedigende Antwort. »Nein. Ihr … Vater, ist er ein Freund von Hugh?«

Ich schüttelte den Kopf. »Mein Vater ist tot.« Es war das erste Mal seit vielen Jahren, daß man mich aufforderte, es auszusprechen, und die Worte gingen immer noch in meinem Kopf los wie eine Pistole. Flüchtig zog das Haus am Eaton Square vor meinem geistigen Auge vorbei, mit all seinen früheren Bewohnern, und dann war es verschwunden.

»Also, wir stecken Sie für heute ins Bett, und morgen früh fangen wir mit den Vorbereitungen für das Alcott's an.«

Ich war müde, wie sie bemerkt hatte, und folgte ihr sanftmütig eine mit dickem Teppich ausgelegte Treppe hinauf, durch einen schwach beleuchteten Flur und in einen

Raum, der ebenso reich verziert und mit Polstern versehen war wie ihr Salon im Erdgeschoß. Sie zog an einer kleinen Klingelschnur am Kamin, und eine Zofe mittleren Alters erschien umgehend.

»Tilde, gut. Immer schnell, meine zuverlässige Tilde. Wir haben einen Gast. Sorg' dafür, daß Walters das Feuer anzündet, und du suchst ein Nachthemd für sie heraus. Ach, und am besten packen wir schon heute abend ihre Sachen aus, sonst zerknittert noch alles.«

Mit vereinten Kräften entkleideten sie mich und steckten mich ins Bett wie ein Kind, unter ein Federbett, das so hoch und leicht war, daß ich gleich nach dem Einschlafen träumte, ich sei in einen Wiener Windbeutel verwandelt worden.

»Ja«, hörte ich Madame Louisas Stimme durch Berge von Schlagsahne sagen, »schlafen Sie. Wir haben morgen viel Arbeit vor uns.«

Ich wachte auf, überrascht, daß ich in einem fremden Haus, einem unbekannten Bett so tief geschlafen hatte. Es war das Klirren von Tildes Frühstückstablett, das mich aufweckte, aber bevor ich mich darüber hermachen konnte, kam Madame Louisa ins Zimmer gerauscht, dicht gefolgt von einem blonden Staubwedel von Hund mit einer grünen Schleife über seinen weitstehenden grünschwarzen Augen.

»Jetzt ist keine Zeit dafür!« Sie klatschte an Tilde gewandt in die Hände, und die grobknochige Zofe bewegte sich mit erstaunlicher Anmut. Madame Louisa bezog in der Mitte des Zimmers Posten und gab durch rasche Gesten ihrer kleinen eckigen Hände ihre Anweisungen. Das wallende Fellknäuel wirbelte um ihre Knöchel und quiekste in regelmäßigen Abständen. »Still, Éclair, mein Herz«, gurrte sie ihm zu, bevor sie sich mit strengen Worten an uns wandte.

»Sie. Aufgestanden und das Gesicht waschen. Tilde, hol

du ihr einen meiner Morgenmäntel. Ich habe Horst überredet, heute nachmittag zu kommen, aber dazu mußte ich ihm den Mond mit einer Kette daran versprechen, also müssen wir vorbereitet sein. Oh, und Tilde, mein Kaffee – ohne meinen Kaffee werde ich zu nichts imstande sein.«

Binnen weniger Minuten hatte man mich in ihr Schlafzimmer gebracht, auf eine geschnitzte Truhe am Fuß ihres üppig ausgestatteten Satinbetts plaziert und dort mit großen Augen zurückgelassen, während sie und Tilde in einem angrenzenden Ankleidezimmer ein Kleid nach dem anderen durchgingen. Éclair klickerte auf ihren winzigen Nägeln zwischen uns hin und her.

Grüner Satin, lavendelfarbener Taft, schwarze Peau de Soie und gelbe Seide – die Kleider, die Louisa aus ihrem Schrank hervorzauberte, erstaunten mich. Ich war verliebt in jedes, das sie zum Vorschein brachte, bis das nächste kam. Dann schien das folgende wieder das schönste Kleid auf der ganzen weiten Welt zu sein. Wie war sie an so viele herrliche Kleider gekommen?

Aber *mein* Geschmack interessierte Louisa nicht im mindesten.

»Grün? Genau das, was man erwartet. Wir dürfen es ihnen nicht zu leicht machen. Hugh würde uns niemals verzeihen. Was meinst du, Tilde, lavendelfarben? Bei dem Teint, sehr gut. Das Haar, nein. Schwarz? Ah ja, Schwarz ist eine Farbe, die zu Ihnen paßt, Kind. Was hat dieser so seltsame Name zu bedeuten, Amber Leigh? Ja, Schwarz ist etwas für Sie, aber warten Sie noch fünf Jahre, und dann gehen Sie nie ohne aus. Aber was machen wir jetzt?«

Sie verschwand noch einmal im Ankleidezimmer, tauchte triumphierend wieder auf, beförderte mich zu dem Wandspiegel und hielt mir dort ein üppiges weißes Spitzenkleid vor.

»Aha! Tilde, ich wußte, wir würden genau das richtige finden. Und jetzt besetzen wir es – womit?«

Die tüchtige Tilde – ich konnte verstehen, weshalb ihre Herrin ihren Namen mit Respekt aussprach – war bereits zur Stelle mit einem Korb voller Bänder aus Seide und Samt, aus Taft und Organdy, kariert, gestreift und in Regenbogenfarben. Da waren Perlen- und Brillantenschnüre. Goldborten und winzige Tüllblumen mit funkelnden Knospen. Louisa kramte in dem Korb mit der Vorsicht eines Chirurgen, ein Auge auf mich gerichtet, das andere auf die Accessoires. Ich stand untätig daneben und hielt nur das Kleid, während sie ein seltenes und wunderschönes Band nach dem anderen darauf legte. Schließlich erregte eine Rolle aus aquamarinblauem Samtband ihre Aufmerksamkeit.

»Ja, das ist genau das richtige. Zwei Längen Bänder an jeder Schulter, denke ich, Tilde, eines an der Turnüre und kleine am Saum vorn. Und auch ein Kopfputz.«

Doch zunächst mußte das Kleid anprobiert werden. Louisa saß da und trank ihren Café au lait aus einer vergoldeten Tasse (Éclair leckte den Rest von der Untertasse), während Tilde mir mit wenig Unterstützung des Gegenstands das Korsett schnürte.

»Enger, enger an der Taille, Tilde. Sie wird nie hineinpassen, wenn wir es nicht ganz fest machen. Zuviel Landleben, Amber Leigh, zuviel Schinken und Würstchen.«

Doch als das Kleid über meinen Kopf glitt, paßte es an der Taille, und es waren sogar noch zweieinhalb Zentimeter Raum. »Macht nichts, heute abend lassen wir einen Zentimeter nach. Aber nicht mehr.«

Beide schoben und hefteten und zogen an mir. Meine Füße steckten sie in weiße Satinslipper, die kniffen. »Aber macht nichts«, sagte Louisa.

Als ich schließlich fertig angezogen war, warf Louisa einen letzten Blick auf mich, dann nickte sie. Ihre Zufriedenheit fand ein jähes Ende.

»Ach«, deklamierte sie so tragisch, daß sie die Duse in der Rolle der Phädra hätte sein können, »wir brauchen noch eine Sache. Ah, ich hab's! Tilde, lass' diese Nachricht zu Hemlock im Falstaff bringen. Wir brauchen noch etwas Zuckerguß für unseren Kuchen.«

Dann wurde mir das Kleid von den Schultern gezogen, ich wurde wieder in meinen Morgenmantel gesteckt und bekam ein Croissant und Café au lait. Tilde war mit dem Kleid, einem Nähkorb sowie entschlossenem Gesicht verschwunden.

»Jetzt heißt es Baden für Sie, und dann müssen wir uns um Horst – und um das Gesicht – kümmern.«

Ich fragte mich, was um mein Gesicht »kümmern« bedeuten mochte, als ich in einen kleinen holzgetäfelten Raum geführt wurde, wo eine Porzellanwanne in eine Art Wandschrank eingelassen war, in die Wasser aus Rohren hineinlief.

»Herrlich, ja?« Louisa strahlte. »Sie können sich nicht vorstellen, wie angenehm das ist. Tilde, ihr Bad.«

»Ich kann allein baden«, protestierte ich, eine der wenigen Gelegenheiten, daß ich etwas in meinem eigenen Interesse sagen konnte.

»Nicht so, wie meine Tilde es kann.« Und damit überließ sie es mir, mich vor Tilde zu entkleiden, ein gründliches Abschrubben mit einem breiten Schwamm über mich ergehen zu lassen und zum Schluß ein Eintauchen in das Wasser, das so parfümiert und ölhaltig war, daß ich mich schon schuldig fühlte, weil ich darin lag.

Am frühen Nachmittag wurde ich wieder zu Louisa geführt, die in ihrem Ankleidezimmer mit dem erstaunlichsten Menschen wartete, den ich je gesehen hatte. Er hatte einen großen toffeefarbenen Pompadour, trug ein Hemd mit weiten Ärmeln, keine Jacke, um den Hals eine schlaff herunterhängende Krawatte und hatte ein längliches, kummervolles Gesicht, das bei meinem Anblick noch düsterer wurde.

»Ja, Horst, das ist unser kleines Experiment. Setzen Sie sich, meine Liebe, damit Horst sich ein Bild machen kann.«

»Hmm«, machte Horst, während er mein noch feuchtes Haar durch seine Finger gleiten ließ. Er hatte lange Fingernägel. Ich machte meinen Nacken steif, bis mir klar wurde, daß es mein Haar war, um das Horst sich kümmern sollte. Ich hatte schon von Männern gehört, die Frauen die Haare frisierten, hätte allerdings nie gedacht, daß ich der Gegenstand einer solch skandalösen Prozedur werden würde.

»Niederschmetternd schwierig, Louisa. Ich kann nichts tun, ohne etwas abzuschneiden. Es muß ab. Dieser ganze Haarwust. Ab damit. Und hätten wir genügend Raum und Zeit, sollte die Farbe etwas gedämpft werden, ehrlich gesagt. Ja, ich sehe das Problem hier«, sagte er und untersuchte wieder mein Gesicht. Ich härtete mich allmählich gegen diese Untersuchungen ab und wich kaum noch zurück. »Daher das Schneiden. Aber ich kann eindeutig etwas für Sie tun«, sagte er gedehnt.

»Schneiden? Louisa, ich glaube nicht ...«

»Gut«, stieß sie hervor. »Dann also abschneiden.«

Also fiel mir die Hälfte meines schönen roten, halbirischen Haarschopfs in einzelnen Strähnen in den Schoß, während Horst irgend etwas aus einer Oper vor sich hinsummte und an meiner Stirn und meinen Schläfen schnippelte. Mein Hals wurde steif, meine Füße waren halb eingeschlafen, und mir war schlecht vor Hunger. Ich hatte nur Louisas lebhaftes Gesicht im Spiegel, und es war nichtssagend. Als nächstes wurde die Lockenschere hervorgeholt und tauchte irgendwo über meinen Augen ein und wieder auf. Ich nahm allmählich den unverwechselbaren Geruch abgesengter Haare wahr.

Schließlich wurde Horst entlassen, unter Austausch vieler Wangenküsse, und ich wurde wie ein Schaf zu dem Wandspiegel geführt. Mein Haar war zu einem imposanten Pompadour aufgetürmt, doch vorn und an den Seiten war es so geschnitten und gewellt, daß es in kleinen Löckchen herunterhing. Ich wußte nicht recht, ob es mir so gefiel, allerdings war die Narbe hinter den roten Fransen kaum zu sehen.

»Großartig«, sagte Louisa, »wirklich großartig. Wegen der Farbe hat Horst allerdings unrecht. Schmollen Sie nicht, es wird Ihnen schon sehr bald gefallen.«

Wieder wurde ich geschnürt und in Unterröcke gesteckt. Schließlich geleitete Louisa mich zu ihrem verlockenden Frisiertisch, den ich den ganzen Nachmittag über bestaunt hatte.

»Aber ich male mich nicht an, Louisa«, sagte ich skeptisch. »Ich glaube nicht, daß es zu mir paßt.«

»Es paßt zu jeder, Liebchen, und besonders zu Ihnen im Moment.« Und sie tauchte ihre kräftigen kleinen Finger nacheinander in eine Ansammlung dicker Glastöpfchen und trug alles auf mein Gesicht auf. Danach waren meine Wangen rosiger, meine Lippen rot, meine Brauen und Wimpern dunkler und meine Augen strahlender, denn sie träufelte eine klare Flüssigkeit in jedes, die einen Moment brannte.

»Kneifen Sie sich immer in die Wangen, bevor Sie Ihr

Zimmer verlassen. Wenn Sie mehr Farbe in den Lippen wollen, beißen Sie hinein, wenn Sie allein sind. Halten Sie das Gesicht straff, nicht hängenlassen, und immer die Augenbrauen in die Höhe. Sie müssen denken wie eine Königin, hm?«

Schön zu sein, klang mehr nach Folter, als die Sache wert war, doch Louisa fuhr mit ihren Kommentaren fort, während sie mir ein neues Gesicht schminkte. Schließlich holte sie ein großes Glas mit einem farbigen Balsam aus einer speziellen Schublade, strich mein neues, modisches Kraushaar zurück und trug die Salbe auf die gezackte Spur rosaroter Haut an meiner Schläfe auf. Die Narbe verblaßte, während ich ihr zusah. Meine staunenden Augen begegneten ihren im Spiegel.

»Jetzt werden Sie nicht mehr so vorschnell über die feine Kunst des ›Anmalens‹ urteilen?«

»Nein, Louisa. Es ist ein Wunder. Ich hätte mir niemals träumen lassen, daß sie einfach so verschwinden könnte. Es ist wirklich phantastisch.«

»Braves Mädchen«, sagte sie.

So war es ein neues und ein altes Ich, das vorsichtig in das inzwischen mit aquamarinblauen Schleifen verzierte weiße Spitzenkleid gehüllt wurde.

»Was ist denn los, Amber Leigh? Sie sehen nicht zufrieden aus.«

»Es ... es hat keine Ärmel. Ich bin nicht an ärmellose Kleider gewöhnt.«

»Unsinn. Die Ärmel reichen so.«

Ich musterte meine bloßen Arme. Bis auf fünf dürftige Zentimeter Spitze, die von dem Oberteil über meine Oberarme verliefen, war ich vollkommen entblößt.

»Und das Oberteil, es ist so ... nun, heute nachmittag saß

es noch nicht so«, jammerte ich und beäugte bedauernd das Dekolleté.

»Natürlich nicht, was glauben Sie denn, warum ich Tilde den ganzen Nachmittag an den Änderungen habe arbeiten lassen? Das ist jetzt nicht der Zeitpunkt für einen Anfall falscher Bescheidenheit, sie sind modisch! Außerdem haben wir Ihnen die Handschuhe noch nicht angezogen. Handschuhe machen viel aus. Oh, und hier – dies wird Sie auch etwas mehr anziehen.« Louisa wickelte eine kleine Schachtel aus, die auf einem Tablett lag. »Ja, sehr hübsch. Hugh hat gut gewählt«, sagte sie und nahm ein Halsband mit zwei Reihen Perlen und einem riesigen, viereckig geschliffenen Aquamarin in der Mitte aus der Schachtel.

Sie befestigte sie schnell um meinen Hals, half mir in die langen weißen Handschuhe und führte mich zum Spiegel. Das Tageslicht ließ nach, die Nacht senkte sich über die Stadt. Irgendwo in all den von Lampen erleuchteten Zimmern traten andere Frauen vor ihre Spiegel, um einen letzten Blick auf das Ergebnis ihrer Bemühungen zu werfen. Doch eine von ihnen war eine große, schlanke Frau, deren Hals und Schultern vor dem Schein eines weißen Kleides schimmerten, um deren Hals ein glitzernder Edelstein lag und deren rotbraunes Haar auf ihrem Kopf aufgetürmt war wie eine Krone.

»Nun?« sagte Louisa.

Ich schüttelte den Kopf, wie betäubt. Das Glitzergeschöpf im Spiegel schüttelte ebenfalls den Kopf. Ich hob leicht die behandschuhten Arme; der Geist im Spiegel imitierte die Geste.

»Kaum zu glauben, daß ich das bin. Ich meine, ich. Sie sind tatsächlich eine Chirurgin, Louisa.«

Sie wirkte verblüfft über meine anerkennende Bemerkung, lächelte jedoch zufrieden. »Und das Haar, es paßt so gut. Siehst du, Tilde, Horst hat die Locken seitlich nach vorn auf den Kopf gezogen, wie einen flotten Hut. Du mußt es dir merken. Es wird bald die Mode sein, Amber Leigh. Und Sie werden es einführen. Im Alcott's.«

»Louisa, das reicht doch. Muß ich unbedingt noch irgendwo hingehen? Was ist dieses ›Alcott's‹?«

»Hörst du, Tilde, es gibt immer noch Unschuldige auf dieser mühseligen Welt.« Louisa wirkte schockiert über meine Unwissenheit. »Das Alcott's ist nur der soigniertesteste, schickste, wie sagt man ... distinguierteste Ort in London. Ein Ort, zu dem die sehenswerten Leute gehen, um von anderen sehenswerten Leuten gesehen zu werden. Zum Abendessen, nach dem Theater, der Oper ...«

»Ein öffentliches Restaurant? Nein, wirklich, das könnte ich nicht. Ich habe noch nie in der Öffentlichkeit gegessen, ich bin sicher, es gehört sich eigentlich nicht. Wenn ich mit Lord Hugh hingehe, wäre das, nun, ein Skandal. So etwas macht man nicht in Boston. Oder in Glennverran. Louisa, verlangen Sie das nicht von mir.«

Aber sie schaute mich nur mit diesen Augen wie Schokoladentörtchen an, dem Blick, der sagte: »Einen ganzen Tag meines Lebens habe ich geopfert, um Sie schön zu machen, und Sie vergelten es mir so.«

Daher lauschte ich nur widerspruchslos ihren letzten Anweisungen, als ich wie an Soldat, der an die Front geht, mit einem weißen Satinretikül als Montur und einigen Tupfern Gardenienparfüm als Munition ausgerüstet wurde.

»Jetzt hören Sie mir mal gut zu, Amber Leigh. Essen Sie einen Bissen von allem, aber nur ganz wenig. Sachte bei den Weinen, mein Kind. Sie sind dort, um gesehen zu werden, aber nicht, um die Leute dazu zu zwingen, und um zu beweisen, daß ein Kratzer noch nicht das Glas verdirbt, hm?«

Ich hätte darauf hinweisen können, daß ich dafür Beweis genug hatte, daß es nicht nötig war, mich vor aller Welt zur Schau zu stellen. Andererseits wollte Lord Hugh wohl, nachdem er mich zu seiner Zauberin gebracht hatte, die Illusion erproben. Der Gedanke machte mich nervös.

»Beeil dich, Tilde.« In Louisas Stimme lag eine gewisse Schärfe. »Es ist fast sieben, und Hugh wird gleich hiersein. Ach, ein Umhang, wir haben keinen Umhang ... Tilde, hol mir das weiße Cape, das Lamm mit dem Marabou ... keine Zeit, bring es nachher. Hugh ist da.«

Sie erwischte mich am Handgelenk, kaum daß ich Zeit gehabt hatte, die breite Schleppe hochzuheben und ihr den Flur hinunter zu folgen. Oben an der Treppe ließ sie mich los, um vor mir die Stufen hinunterzuschweben. Ich blieb zurück, kam mir plötzlich lächerlich vor.

»Hugh! Hugh!« Ich hörte ihre Stimme von oben, sie klang wie ein aufgeregtes Kind am Weihnachtsmorgen. »Du mußt es sehen. Es ist ein Wunder.«

Als ein »Wunder« betrachtet zu werden, half dem Überraschungspaket auf der Treppe nicht gerade dabei, hinunterzugehen, ohne über ihre Schleppe zu stolpern oder sich in den allzu engen Schühchen den Knöchel zu verstauchen. Aber es war besser, als Gouvernante genannt zu werden, und der Gedanke an die langen, grauen Tage, die mir für den Rest meines Lebens bevorstanden, reichte, um die in mir verborgene Duse zum Vorschein zu bringen. Ich zwang meine behandschuhte Hand, die sich an dem polierten Walnußgeländer festgeklammert hatte, leicht über das glatte Material zu gleiten. Ich hörte auf, ängstlich auf die Stufen zu starren und hob den Kopf. Wenn man schon für Schönheit leiden mußte, nun, dann war sich den Hals zu brechen eine schnellere Todesart als die meisten anderen. Ich dachte an die Hackneys, diese glänzenden, hochtrabenden Tiere, die vor die elegantesten Wagen von London gespannt wurden. Ich hielt den Kopf höher, bog die Schultern zurück und hatte zum erstenmal das Gefühl, daß ich meinem Bild im Spiegel wahrhaft entsprach.

Ich würde mich vor Lord Hugh nicht blamieren. Ich würde ein Riesenerfolg sein. Ich würde für einen Tag eine Devora sein. Ich würde sämtlichen Bauern meiner bäuerlichen Herkunft zum Stolz gereichen. O ja, das würde ich, wenn nur dieses Flattern in meinem Magen und dieser Krampf, der sich hinten in meinem Nacken ankündigte, nicht wären.

Lord Hugh und Louisa warteten am Geländerpfosten und unterhielten sich leise. Ich wünschte, ich könnte still und leise kehrtmachen und wieder zum Treppenabsatz verschwinden.

Aber es war zu spät.

»Da ist sie.« Louisa spießte mich mit ihrer Stimme auf. Wie einen Schmetterling auf Samt. Lord Hugh, der im Abendanzug streng wirkte, drehte sich um, um sich das Exemplar anzusehen, und als er mich erblickte, erstarrte sein Gesicht völlig, wurde ganz und gar ausdruckslos. Ich stockte, in der plötzlichen Gewißheit, daß die Schminke geschmolzen war und mir übers Gesicht lief, daß mein Haar wirr herunterhing, daß das Kleid sich in Fetzen aufgelöst hatte.

Zu meinen Füßen schoß ein Fellknäuel vorbei, als eine Welle aus blondem Haar flink die Treppe zur Halle hinunterrollte.

»Na, Éclair, du böses, böses Mädchen! Du hast den Auftritt unserer Miss Amber Leigh verdorben, du Kokotte.« Louisa schloß den kleinen Hund in die Arme und verfolgte strahlend den Rest meines Abstiegs.

»Ausgezeichnet, Louisa, man kann sich fast mit Ihrem Schützling sehen lassen.« Lord Hugh nahm ein duftiges Cape von der wartenden Tilde entgegen und umhüllte damit meine allzu enthüllten Schultern, dann bot er mir förmlich den Arm. Ich nahm ihn zögernd und bereute den Tag – gestern –, als ich diesem verrückten Ausflug in die Stadt zugestimmt hatte.

Lord Hugh half mir geschickt in einen Einspänner, gemietet, wie ich feststellte, aber von erster Qualität. Die kleinen Wagenlaternen flackerten in dem mit Plüsch überzogenen Inneren. Ich geriet plötzlich in Panik. Was hatte ich mir dabei gedacht, allein mit einem Mann loszufahren, der bestenfalls ein Fremder war und höchstwahrscheinlich alles andere als ein Heiliger? Doch er warf sich auf den Sitz gegenüber und schenkte mir sehr wenig Aufmerksamkeit.

Nach sehr kurzer Zeit hielt der Wagen an, und ich wurde vor einer Tür hinausgehoben, die von grellen Laternen beleuchtet und von einem Mann im Paletot bewacht wurde.

»N'Abend, Mylord«, sagte diese gute Seele und öffnete die Türen für uns. Ich schwebte hindurch, wobei mir das Herz bis zum Hals schlug und bestimmt gleich das Perlenhalsband sprengen und den schwarzweißen Marmorfußboden des Foyers mit Perlen übersäen würde. Ein Majordomus tauchte hinter mir auf, Louisas Cape wurde mir von den Schultern gezogen, noch bevor ich das Bedauern, das ich bei dem Verlust seines schützenden Vorhandenseins empfand, richtig wahrgenommen hatte.

»Sagt Ihnen der Godolphin-Raum zu, Mylord?« ließ sich eine weitere zuvorkommende Stimme hinter mir vernehmen. Ich machte mir kaum die Mühe, mich umzusehen, welch anderen Begleiter wir auf unserem Weg angezogen hatten.

»Nein, Nevins. Heute abend schwebt mir der Regency-Raum vor, am Kamin, wenn es Ihnen möglich ist.«

»Aber gewiß, Mylord.« Und auf ein Tippen Lord Hughs an meinen Ellbogen hin reihte ich mich hinter Nevins in die Prozession ein. Die Schleppe zog hinter mir her, mit diesem befriedigenden schweren Gefühl, das nur ein guter Schneider einem vermitteln kann. Ich zog die ganze Zeit die Brauen à la Louisa hoch, und ich hielt auch den Kopf hoch, wie es mir eine andere Person geraten hat, die weniger bewandert in Modefragen war. Nevins schlängelte sich flink zwischen einer Anzahl runder, mit rosarotem Leinen gedeckter Tische hindurch, die zur Hälfte mit mehreren äußerst wohlhabend aussehenden Einzelpersonen besetzt waren, und durch einen Türbogen in einen mit Kirschholz getäfelten Raum, der darüber mit einer grünen Brokattapete ausgeschlagen war.

Lord Hugh führte mich zu einem kleinen Tisch in der Nähe eines prasselnden Kaminfeuers. Ich legte mein Retikül seitlich neben mein funkelndes Gedeck und fing an, die Handschuhe auszuziehen durch die kleinen Schlitze mit den Perlenknöpfen an den Handgelenken. Diese Aufgabe erforderte meine ganze Aufmerksamkeit, wenn ich nicht wild mit den Ellbogen herumfuchteln wollte. Ein weiterer förmlich gekleideter Kellner kam hinzu, während ich damit beschäftigt war, und Lord Hugh gab Anweisungen für das Essen, dabei rasselte er so schnell eine ganze Anzahl französischer Gerichte herunter, daß ich es trotz der löblichen Bemühungen von Miss Prue mit meinem Schulmädchen-Französisch nicht verstehen konnte. Aber ich glaubte, den Ausdruck für Kalbshirn aufzuschnappen.

Nachdem ich mich endlich der Handschuhe entledigt und mich verstohlen in dem überwiegend leeren Raum umgesehen hatte, schaute ich Lord Hugh an. Er probierte einen Weißwein, den ein weiterer Mann bereithielt. Nachdem er genickt hatte, wurde mein Glas gefüllt, wir blieben uns selbst überlassen und sahen einander über die rosarote Tischwäsche mit dem Tafelaufsatz aus Hyazinthen und Schleierkraut hinweg an.

»Haben Sie noch nie auswärts gegessen?« erkundigte er sich, etwa so, wie ich zu einem Oxford-Studenten gesagt hätte »Haben Sie noch nie etwas gelesen?«

»Nein«, sagte ich knapp, immer noch unschlüssig, ob mir das Ganze gefiel. Er lachte leise, und ich nippte an dem Wein. Er war besser als alles, was ich bisher getrunken hatte. Ich mußte mich zusammennehmen, um an Louisas Anweisung zu denken, wenig zu essen und fast nichts zu trinken.

»Und in – war es nicht Philadelphia – in dieser Stadt, gab es dort keine öffentlichen Restaurants?«

»Boston. Keines, in das ich in meiner Position hätte gehen wollen.«

»Ja. Sie waren dort Gouvernante?«

»Ja. Oder zumindest kümmerte ich mich um die Kinder. Ob ich ihnen überhaupt etwas beigebracht habe, ist eine andere Frage.«

»Sie waren keine gute Erzieherin?«

»Oh, ich habe ihnen schon Vorschriften gemacht, aber amerikanische Kinder sind sehr unabhängig, wissen Sie. Keine Verbeugung vor der Miss um der Höflichkeit willen, sondern nur, wenn es ihnen etwas einbringt. Praktisch veranlagte kleine Biester, würde ich sagen.«

»Ich bin überrascht, daß Sie solche Willensstärke für

einen Fehler halten. Aber Sie hatten nicht ursprünglich vor, Lehrerin zu spielen, oder?«

»Nein, ich hatte überhaupt keine Pläne gemacht, das war ja das Problem. Als Vater ... starb, stellte ich ohnehin fest, daß kein Plan etwas hätte ändern können. Es war kein Geld da.« Ich sah ihn offen an, als ich das sagte. Falls er eine Bemerkung hatte machen wollen, entschied er sich dagegen.

»Und Ihr Vater, er war Importeur, oder nicht? Ich erinnere mich an einen Dunne auf dem Bradstreet Square, der einige recht hübsche Sachen hatte – Kristall und solche Ziergegenstände.«

»Ja, Vater führte überwiegend Sachen aus Schottland und Irland ein, Leinzeug und Spitze, Glas, Wolle und Whiskey ...«

»Ah, das ist nun wirklich eine Ware, die einzuführen sich lohnt. Was man auch sonst über Irland sagen mag, an seinem Whiskey kann man gewiß nichts aussetzen.«

»Ich hatte das Vergnügen noch nicht«, erwiderte ich etwas steif, obschon Vater nie enthaltsam und ich insgeheim begierig gewesen war, von dem Getränk zu kosten, zu dem die Herren sich mit ihren Zigarren zurückzogen.

Die Suppe wurde gebracht, und das Gespräch verstummte, während ich das Platzgedeck musterte und schließlich den richtigen Löffel unter den etwa zehn Stücken aus Silber fand, die vor mir angeordnet waren.

Es war eine trübe, sumpfähnliche Brühe, in der einige kleine schwarze Dinger schwammen, nach denen ich mich lieber nicht erkundigte. Doch sie schmeckte angenehm unaufdringlich, und ich spielte mit dem unerfreulichen Gedanken, daß es sich vermutlich nur um Pilze handelte und wahrscheinlich noch giftige dazu.

Lord Hugh widmete sich voll und ganz seiner Suppe. Ich

beobachtete, wie der Schein des Feuers auf seinen klaren Gesichtszügen tanzte und fragte mich, wieso er mit einemmal so gnädig mir gegenüber gestimmt war, nachdem er zuvor bei jeder Gelegenheit so abscheulich und beleidigend gewesen war. Wo hatte er sich diese so auffällige Narbe zugezogen? Ich ließ schnell den Blick darüber gleiten. Wenn man sich mit Lord Hugh unterhielt, sah man gewöhnlich überall-, nur nicht dorthin. Sie war nicht lang, aber tief, und verunstaltete ein Gesicht, das eines Lord Byron würdig gewesen wäre, wenngleich es etwas sturer wirkte. Eine bittere Sache, wenn man ansonsten gesund, wohlhabend und attraktiv war.

Gesichter waren schon merkwürdig, dachte ich, während ich Lord Hughs schmales glattrasiertes Kinn betrachtete. Wenn ich jemals ein finsteres Gesicht gesehen hatte, dann dieses hier. Devlin mit seinem schwarzen Haarschopf und dem kurzgestutzten schwarzen Bart hätte eigentlich bedrohlich aussehen müssen, doch er wirkte so munter und freundlich wie ein kleiner Hund. Es war ein Gesicht, dem man Vertrauen schenkte, während sein Besitzer einen rasend machen konnte.

Lord Hugh hingegen war nach Art eines Windhundes gebaut, jener unnahbaren, aristokratischen Spezies, die ganz Geschmeidigkeit und ohne Ecken und Kanten war. Er hatte ein Gesicht, dessen Blick man nicht gerne begegnen mochte, aber andererseits lag das ja vielleicht an der Narbe. Selbst Adrian, der für einen Mann recht gut aussah, hatte sich hin und wieder entspannt und gelächelt, mit einnehmenden Lachfältchen um den Augen. Das war ein Grund, warum ich – fast – mein Herz an ihn verloren hatte. Aber Lord Hugh konnte ich mir nicht mit Lachfältchen vorstellen, selbst wenn sein Leben davon abhinge. Nein, er hatte mich aus einem besonderen Grund zu dieser Maskerade eingeladen, und eher würde es einen trockenen Tag an der Galway Bay geben, als daß er mich zu dem Zweck benutzen sollte, den er im Sinn haben mochte.

Er schaute auf, ertappte mich, wie ich ihn betrachtete, und kniff leicht die Augen zusammen. Ich hatte die Geistesgegenwart, nervös wie ein Schulmädchen auszusehen und mich schnell wieder meiner Suppe zuzuwenden.

»Ihr Vater ist kürzlich gestorben?«

»Vor einigen Jahren.«

»Und das Importgeschäft?«

»Aufgelöst.«

»Sie haben keine anderen Verwandten?«

»Praktisch keine. Meine Mutter starb kurz nach meiner Geburt und Vater, nun, Dutzende schmarotzender Cousins statteten ihm einen Besuch ab, aber keiner von ihnen blieb lange oder kam wieder. Jedenfalls habe ich sie nicht oft genug zu Gesicht bekommen, um sie gut zu kennen.«

»Und Ihre Mutter, war Sie ebenfalls Irin?«

»O nein, Mutter war so angelsächsisch wie Alfred der Große selbst. Nein, Vater war der einzige Fremde unter uns. Ich nehme an, es war nicht leicht, in einem England zu leben, das einen aufgrund seiner Herkunft mit Herablassung behandelt. Und vermutlich war nicht gerade Dank von seiner Verwandtschaft dafür zu erhalten, daß er anglophil geworden war.«

»Aber Sie wissen nichts über die Familie Ihrer Mutter?«

Ich wurde dieses Verhörs anstelle eines Gesprächs allmählich überdrüssig und beschloß, ihm etwas Würze zu geben, als unser erster Gang gebracht wurde.

»Sie scheinen überaus interessiert an meinen Vorfahren zu sein«, bemerkte ich. »Oder geht es um meinen Stammbaum?«

Er war halb durch einen Teller mit etwas Dampfendem verborgen, den der Kellner vor ihm hinstellte, als ich diese letzte Bemerkung machte, trotzdem sah ich, wie ihm um die Wangenknochen eine leichte Röte ins Gesicht stieg. Etwas hatte voll ins Schwarze getroffen. Er klopfte leicht gereizt mit der Gabel auf die Tischdecke.

»Mir liegt sehr viel daran, daß Sie dieses Gericht probieren, Miss Dunne«, sagte er überraschend liebenswürdig und wechselte damit das Thema. »Für jemanden, der in den Küstenstaaten von Nordamerika gelebt hat, müßte es ein besonderer Genuß sein.«

Ich spießte die glitschige Masse auf dem Sèvres-Porzellan auf die Gabel und kostete einen dampfenden Bissen.

»Hier ist es natürlich eine ziemliche Seltenheit«, fuhr er fort und beobachtete mich dabei. »Man findet selten so gut zubereiteten Aal anderswo als in Paris. Solch ein köstlicher Geschmack, finden Sie nicht auch? Ich glaube, Sie sollten besser etwas Wein trinken, Sie sehen etwas mitgenommen aus. Eine echte Seltenheit, wie ich schon sagte, wenngleich es tatsächlich Menschen gibt, die so empfindlich sind, daß sie sich an der Beschaffenheit solch eines Gerichts stören. Dumm von ihnen, meinen Sie nicht auch?«

»Ganz und gar nicht«, erwiderte ich, als ich aufgehört hatte zu husten. »Ich kann mir nicht vorstellen, daß irgend jemand gern den zerstampften … Körper eines vollkommen harmlosen Meerestieres verzehrt. Es war sehr unfair von Ihnen, mich nicht vorzuwarnen. Ich glaube kaum, daß das freundlich von Ihnen war, Lord Hugh.« Es war das erste Mal, daß ich ihn bei seinem Vornamen nannte, und ich legte die ganze Eiseskälte hinein, die ich in einer solch kurzen Silbe unterbringen konnte.

»Ach, kommen Sie, meine liebe Amberleigh«, erwiderte

er sogar noch liebenswürdiger. »Sie haben kaum von dem Gericht probiert, und wenn Sie nicht so überempfindlich hinsichtlich seiner Zusammensetzung wären, könnte ich mir denken, daß Sie es für eine köstliche Saucen- und Gewürzmischung halten würden.«

»Vielen Dank, nein. Louisa sagte, ich solle Vorsicht walten lassen und sehr wenig zu mir nehmen, oder ich würde mir die Haare vom Kopf essen.«

»Louisa ist eine ausgezeichnete Lehrmeisterin«, sagte er in einem so merkwürdig ausdruckslosen Ton, daß ich ihn scharf ansah. Er hatte den widerlichen Aal halb aufgegessen und ließ keinerlei Anzeichen erkennen, daß er aufhören wollte. Ich würgte fast wieder und trank zum Ausgleich viel mehr Wein, als Louisa vermutlich gutgeheißen hätte.

Wie abstoßend von ihm, daß er das Zeug selbst bestellt hatte – Überraschungen dieses Schlages gehörten wohl zu den »kleinen Spielchen«, auf die Louisa sich bezogen hatte. Ich fragte mich, welch anderer »kleiner Spielchen« er sich befleißigte. Andererseits wollte ich lieber nicht darüber nachdenken. Er war mein einziger Begleiter für den Abend.

»Hat es Ihnen in Amerika gefallen?«

»Ich würde sagen, ich habe nie darüber nachgedacht, ob es mir dort gefiel oder nicht. Ich konnte dort einfach eine Anstellung finden, und, ja, mir gefiel gewissermaßen der Gedanke, zu reisen, anderswo zu leben, irgendwo in der Fremde.«

»Und war es fremd?«

»Eigentlich nicht. Jeder in Boston war verzweifelt bemüht, so zu tun, als sei er oder sie wie alle anderen – in London oder Paris.« Darüber lachte er, und ich merkte, wie ich an der Beschreibung von Boston und meiner Jahre dort Gefallen fand.

»Es ist unglaublich, wie die Amerikaner, nachdem sie sich von Großbritannien gelöst haben, jetzt den halben Tag damit zubringen, englische Gebräuche, Umgangsformen und Kleidung zu imitieren. Im Ernst, ich konnte es nicht verstehen.

Mrs. Willoughby war eine sehr nette Dame mit einer Art, die so pompös war wie ihre zahlreichen Doppelkinne, aber sie hätte wohl ihr halbes Leben und sogar ihre geliebten, mit Schokolade überzogenen Kirschen für einen Titel dahingegeben. Und da sie keinen bekommen konnte, benahm sie sich, als hätte sie einen, bis der arme Mr. Willoughby sich gleich in seine Rechnungsbücher vertiefte, wenn er aus dem Büro nach Hause kam. Wenn nicht Adel sie fasziniert, dann garantiert Geld, und ich habe noch nie soviel davon verschwendet gesehen.«

Lord Hugh lachte jetzt offen, und ich schämte mich ein wenig, weil ich Leuten einen Spiegel vorhielt, und noch dazu einen unfreundlichen, in deren Heim ich gelebt hatte.

»Aber sie waren keine schlechten Menschen, sie waren eigentlich sehr warmherzig und gütig. Ich lachte darüber, wie sie um ihre Dienerschaft herumschlichen, so daß man sich gewissermaßen fragte, wer denn nun wem diente, aber ich habe sie nie ein unfreundliches Wort vor einem von ihnen sagen hören.« Ich schwieg einen Augenblick. »Das habe ich auf Carnhaven oft erlebt.«

»Carnhaven ist nicht typisch«, sagte Lord Hugh.

»Nein? Ich denke, vielleicht doch. Und nicht nur, weil ich irisches Blut in mir habe, das gar nichts zählt. Ich halte mich für eine Engländerin, und das bin ich, welche Beweisgründe man auch dagegen anführen mag. Es ist schlicht grausam, wie diese Menschen behandelt und ganz offen verachtet werden. Es sind gute, ehrliche Menschen. Aber irgendwie haben wir Engländer ihr Land in Besitz genommen, und die Iren sind nichts als Ungeziefer, das unter unseren privilegierten Füßen zertreten wird.«

»Sie haben mit Devlin Quade über Politik gesprochen, wie ich sehe.«

»Ich habe mit niemandem über ›Politik‹ diskutiert. Es macht mich nur betroffen, wenn ich mitansehe, daß Menschen wie Vieh behandelt werden. Es macht mich verlegen. Es ist nicht gütig.«

»Was Sie sagen, erinnert mich an Indien. Da würden Sie wirklich miterleben, wie Menschen wie Vieh behandelt werden. Und übrigens auch Vieh wie Menschen, weil sie dort heilige Kühe haben, an denen sich niemand bei strenger Strafe zu schaffen machen darf, und wenn ein ganzes Dorf vom Hungertod bedroht ist. Das wäre nun wirklich ein Land, das es verdient, Ihren Unwillen zu erregen, Miss Dunne. Es ist bedauerlich, daß Sie es nicht gesehen haben.«

»Es ist weit bedauerlicher, daß es nicht Ihren Unwillen erregt hat, Mr. Davenant«, fuhr ich ihn an und warf ihm, indem ich seinen Titel fallenließ, den Fehdehandschuh hin.

Doch er sah nur belustigt aus.

»Dann gehören Sie zweifellos zu diesen fanatischen Homerulers? Ich bitte Sie, Ihre Stimme, wenn schon nicht Ihre Gefühle im Zaum zu halten. Solche Ansichten passen nicht hierher.«

Ich blickte in die Runde und stellte überrascht fest, daß der Raum sich während unseres Gesprächs gefüllt hatte – falls etwas, das sich am Rande einer Auseinandersetzung bewegte, Gespräch genannt werden konnte. Die meisten Tische waren mit zwei oder drei Herren in Abendkleidung besetzt. Doch zumindest an zwei Tischen saßen noch andere Paare, und ich seufzte erleichtert auf, als ich sah, daß die

Frauen ehrbar waren. Oder falls sie es nicht waren, so hielten sie sich zumindest gut.

Ein weiterer Teller war erschienen und fast unangerührt wieder verschwunden, bevor das Geflügel gebracht wurde, und darüber machte ich mich mit all dem Appetit her, den Fasten erzeugt.

»Sie haben mir nicht geantwortet. Glauben Sie, die Homerule wäre Irland dienlicher?«

»Ich möchte wissen, weshalb Ihnen meine Ansichten Probleme bereiten. Ich bin doch nur eine unwissende Frau.« Und ich wandte mich mit verdoppeltem Eifer wieder der jungen Taube zu. Mit diesem Vogel wurde man nur schwer fertig, und ich trug meine Wut an seinen unschuldigen Knochen aus.

»Daß ich ein intelligenter Mann bin, heißt noch längst nicht, daß ich nicht daran interessiert wäre, was unwissende Frauen denken.«

Und er lächelte. Zur Hölle mit ihm. Ich sollte ihm einen Vortrag halten, der seine Vorrechte dahinschmelzen ließ.

»Mir ist ziemlich klar, daß man ein besiegtes Volk, wenn man es nach vierhundert Jahren nicht davon überzeugen kann, so zu verharren, ebensogut in die Freiheit entlassen könnte. Würden Sie ein Pferd behalten, daß Sie nicht reiten könnten? Natürlich nicht.«

»Viele Männer tun das«, warf er zynisch ein, aber ich beachtete die Anspielung nicht und fuhr schnell fort.

»Die Iren – und um die Wahrheit zu sagen, ich habe sie überhaupt erst kennengelernt, seit ich auf Carnhaven bin, aber ich schwöre, ich kenne sie besser als die meisten britischen Einwohner –, die Iren sind nicht dazu bestimmt, Halbbürger zu sein, denen es die Verwaltung verbietet, in ihrer eigenen Sprache zu lesen oder zu schreiben, sie zu sprechen, deren Land in karge Flecken aufgeteilt wird, die kaum die Tiere ernähren, geschweige denn den Haushalt. Ihre Katen sollten ihnen selbst gehören, die Grundbesitzer sollten enteignet werden oder was immer man tun würde, und wir überschlauen Briten sollten das Land in Frieden lassen.«

»Und wenn wir gingen, was, meinen Sie, würde dann aus ihren Skizzenblock-Katen werden? Irland ist kein Garten, kein Eden, wenn die Iren einen auch glauben machen wollen, daß es so ist. Im großen und ganzen sind die Ernten, die es hervorbringt, mickrig und die Anzahl seiner fabrizierten Güter dürftig. Regieren ist mehr als schöne Phrasen zu dreschen und das Volk unters Joch zu beugen, wie Sie es in ihrem unschuldigen Altruismus nennen würden. Es ist auch, Industrie in ländlichen Gebieten anzusiedeln, die Ortschaften zu entwickeln, die Bücher zu führen und das ganze verdammte Land in Gang zu halten. Sie würden in den Atlantik rutschen, wenn Mutter England sie nicht an den Rockschößen festhielte!«

»Sie sprechen von der Warte des Privilegs aus, weil sie niemals Not erfahren mußten, wie es ist, seinen eigenen – Aal zu verdienen oder sich allein durchzuschlagen, und wenn Sie glauben, daß Irland noch viel länger unterdrückt werden kann, dann sehen Sie sich die Menschen nicht richtig an, und Sie sehen sich Ihre eigenen Schwächen nicht an.«

Ich muß ihn mittlerweile voller Wut angestarrt haben, denn meine Hände lagen zu Fäusten geballt auf dem makellosen Leinen. Lord Hugh sah selbst ziemlich aufgebracht aus, doch er gab mir keine Antwort.

»Nun, ich sehe mir Miss Dunne an«, sagte er schließlich in gelassenerem Ton, »und ich denke, sie sollte sich einmal selbst in einem Spiegel ansehen.«

Ich lehnte mich auf meinem Ohr zurück, plötzlich wurde mir bewußt, daß ich wohl kaum das Bild kühler Eleganz abgab, für das ich angezogen war, wenn ich Messer und Gabel hielt wie Waffen und die Griffe in das Tischtuch stieß, um meinen Standpunkt zu unterstreichen. Ich legte sie auf meinen Teller zurück.

»Ich denke, Sie werden hinter diesem Vorhang einen Erholungsraum finden«, sagte Lord Hugh und zeigte auf einen grünen Brokatvorhang hinter uns. Ich reagierte auf sein Stichwort, nahm mein leichtes Retikül und zog mich zu dem Durchgang zurück.

Dahinter befand sich ein Warteraum, ohne Aufsicht. Ich ging in einem der zahlreichen Spiegel, die rings im Zimmer aufgestellt waren, auf mich zu. Mein Gesicht war sehr rot. Nicht nötig, es mit der Hasenpfote Madame Louisas aufzufrischen, die die stets tüchtige Tilde in mein Retikül gesteckt hatte. Ich hatte nicht gedacht, daß es mir mit meinen Bemühungen um ein Gespräch so ernst gewesen war. Andererseits hatten wir ziemlich nahe am Feuer gesessen.

Auf einem Ständer befanden sich ein kleiner Wasserkrug und ein Becken mit einigen bestickten Handtüchern daneben. Ich befeuchtete eines der Tücher und drückte es mir auf Wangen und Gesicht. Ich lehnte die Stirn gegen den Spiegel. Er fühlte sich kühl an.

Warum war ich mitgekommen? Lord Hugh spielte ein undurchsichtiges Spiel, und es war dumm von mir gewesen zu glauben, ich könnte es mit ihm aufnehmen. In den letzten beiden Stunden hatte er mehr über mich erfahren, als irgend jemand auf Carnhaven nach mehreren Monaten wußte. Und was wußte ich von ihm? Nichts, außer der Fassade, die er mir zu präsentieren willens war. Meine Überzeugung, daß Elaine von seinesgleichen echte Gefahr drohte, wuchs.

Ich sah im Spiegel, wie der Vorhang sich bewegte und hörte eine munter plaudernde Frauenstimme – » ... etwas Neues für ihn ... was meinen Sie, wo er sie gefunden hat, dieses erstaunliche Haar ... « Ich drehte mich. Zwei Frauen von einem Tisch am anderen Ende des Speiseraums betraten meinen Zufluchtsort. Sie hörten jäh auf zu sprechen. Mit gesenktem Blick schoben wir uns höflich aneinander vorbei, und ich kehrte erfrischt in den grünen Raum zu dem Schlachtfeld des rosaroten Leinens zurück.

Lord Hugh war offenbar zu denselben Schlußfolgerungen gelangt wie ich. Er schob mir äußerst liebenswürdig den Stuhl zurecht und lenkte das Gespräch auf seine Abenteuer in Indien, die eigentlich zur Hälfte erfunden klangen, so exotisch waren sie. Ich hatte Indien immer für eine von Mr. Kipling und den Soldaten, die dort dienten, zum Zeitvertreib erfundene Geschichte gehalten.

»Stört es Sie, wenn ich rauche?« fragte Lord Hugh während einer Pause. Ich denke, es hätte mich stören sollen, aber ich nahm an, daß es keinen anderen Raum gab, in den man sich zurückziehen konnte, und verneinte. Er zog ein flaches Silberetui aus seiner Brusttasche und holte die schlankste und kleinste Zigarre heraus, die ich jemals gesehen hatte. Es war ein dunkler Zylinder aus Tabak, und ich wußte gleich, daß es eine Zigarette war, hatte jedoch nie zuvor in meinem kurzen Leben eine gesehen.

Ich sah fasziniert zu, als er sich das Ding anzündete und einen Schwall blauen Rauchs durch die Nase ausstieß. Ich hatte noch nie jemanden mit einer Zigarre dieses Kunststück vollführen sehen. Von meiner Warte aus war es vielleicht das erstaunlichste Ereignis des ganzen Abends, Lord Hugh hingegen schien völlig zu entgehen, wie extravagant ich seine Gewohnheit fand.

Er lehnte sich in seinem Stuhl zurück und trommelte mit seinen manikürten Fingern auf das rosarote Leinen, während er rauchte und mich aus seinen gelben Augen betrachtete.

»Zumindest war dieser Abend ein *succès d'estime*«, verkündete er schließlich und trank einen Schluck von dem Brandy, der neben seinem Arm stand. Ein einziges Glas Wein wurde offenbar als ausreichende Menge Alkohol für eine Lady betrachtet, denn neben meinem Arm befand sich nur Luft.

»Wie meinen Sie das?« fragte ich.

Bevor er antworten konnte, glitt sein Blick plötzlich an mir vorbei, er stand auf und streckte jemandem hinter mir die Hand hin.

»Trevor«, sagte er, »ich hatte halb damit gerechnet, jetzt aus Bombay von Ihnen zu hören.«

»Hugh.« Der andere Mann blickte zu mir hinunter, und mir gefielen weder sein Blick noch sein Anblick. Er war von mittlerer Größe, hatte seidiges blondes Haar, das nach hinten frisiert war, und einen kleinen hellen Schnäuzer. Er mußte über fünfzig sein, denn sein Gesicht, obschon recht angenehm, hing hier und da in kleinen Wülsten herab. Seine Miene war arrogant, und arrogant musterte er mich auch, während er mit Lord Hugh sprach, seine wässerigen Augen schossen von meinem Aquamarinhalsband über mein rotes Haar zu meinem modischen Dekolleté. Ganz besonders zu meinem Dekolleté. Ich spürte, wie mir die Röte ins Gesicht stieg, so zwangsläufig wie das Wasser bei Flut.

»Nein, diese Unternehmung habe ich verschoben.« Er drehte sich wieder um und durchbohrte mich von oben mit seinem Blick. Diesmal erwiderte ich den Blick, so unverbindlich, wie ich konnte, aber ich erwiderte ihn. Ich würde die Augen nicht niederschlagen wie ein Schulmädchen.

»Und Ihre charmante Begleiterin?« Er wandte sich mir zu, um vorgestellt zu werden.

»Sie kommt vom Lande«, sagte Lord Hugh unerschütterlich.

»Eine Ihrer irischen Entdeckungen, Hugh? Niemand von uns kann sich erklären, weshalb Sie sich in dieser von Aufrührern wimmelnden rückständigen Provinz verkriechen. Es sei denn, Sie graben solche Edelsteine wie diese hier aus …«

Mit dieser galanten Bemerkung streckte er die Hand nach meiner aus, aber ich beschloß, sie ihm zu verweigern. Bevor ich mein Vorhaben in die Tat umsetzen konnte, hörte ich zu meiner Rechten das Rascheln von Satin.

»Mein Retikül«, rief ich, bestürzt, es auf dem Fußboden liegen zu sehen. Lord Hugh und der Ober bückten sich schnell danach, der Ober richtete sich mit der Trophäe in der Hand auf und überreichte sie mir triumphierend. Mir fiel ein, daß Lord Hugh ziemlich nah an meiner Tasche gestanden hatte, bevor sie hinfiel.

»So oder so, Hugh, ich darf nicht herumtrödeln. Kommen Sie vorbei, wenn Sie nicht mit solch temperamentvoller Gesellschaft belastet sind. Dann unterhalten wir uns.« Der Mann namens Trevor streifte mich mit einem zornigen Blick, verneigte sich vor Lord Hugh, dann schlängelte er sich zwischen den kleinen Tischen hindurch nach draußen.

»Selig sind die Friedensstifter«, murmelte Lord Hugh vor sich hin. »Ich möchte Selden momentan lieber nicht zum Feind haben, also könnten Sie sich vielleicht zu einem Lächeln und einem Kopfnicken durchringen, wenn wir gehen. Oder wäre das zu kompromittierend für eine Lady mit Ihren moralischen Prinzipien?« zischte er, während er meinen Stuhl zurückzog. Ich wurde rot bei dieser Erinnerung daran, daß ich in gewissen Kreisen eine gefallene Frau war.

Der Zufall wollte es, wie er es vorausgesehen hatte, daß wir Trevor Selden im Foyer einholten. Im helleren Licht des Kronleuchters gefiel mir sein Äußeres noch weniger. Er nahm gerade seinen Spazierstock und Hut entgegen, als mir von dem aufmerksamen Bediensteten mein Cape um die Schultern gelegt wurde. Ich nickte dem Wurm hoheitsvoll zu und ließ ihm mein strahlendstes Lächeln zuteil werden. Sein Interesse flammte überraschenderweise wieder auf – er richtete sich höher auf, betrachtete mich vielsagend, verneigte sich noch einmal vor Lord Hugh und ging besänftigt von dannen.

»Sehen Sie, Honig ist anziehender als Galle.«

»Nur, wenn man Schlangen anlocken möchte«, sagte ich.

»Hier handelt es sich um eine Schlange, mit der ich dringendstens Frieden zu halten wünsche. Vielen Dank für Ihre Unterstützung, das ist fast das einzige, was diesem Mann Befriedigung verschafft.«

»Er sieht verlebt aus«, bemerkte ich, während er mir in die wartende Kutsche half.

»Das ist er. Und er denkt vermutlich das gleiche von Ihnen.«

»Wieso liegt Ihnen daran, solch einem abstoßenden Mann zu schmeicheln?« fragte ich, weil mir plötzlich klar wurde, daß zu den Eigenschaften, die ich von Lord Hugh erwartete, bestimmt nicht Zurückhaltung gehörte. Im Dämmerlicht der Wagenlampen sah er unangenehm berührt aus. »Nennen Sie es Berufung«, sagte er geheimnisvoll und auf eine Art, die keine weiteren Fragen duldete.

Der Wagen schlingerte unerwartet um eine Kurve, und wir wurden mit solch einem Ruck hoch- und wieder hinuntergeschleudert, daß meine doppelreihige Perlenkette klapperte wie eine Kastagnette. Ich tastete schnell mit den Fingern danach und überzeugte mich, daß sie heil war.

»Sie mögen dieses Schmuckstück?« fragte Lord Hugh.

»Ja, schon«, sagte ich, weil ich nicht zu angetan von etwas scheinen wollte, das ich ihm verdankte.

»Seltsam, auf was Frauen ansprechen«, überlegte er laut. »Wenn Sie mehr davon wollen«, sagte er und deutete mit dem Kopf auf die Perlen, »sollten Sie lieber netter zu den Seldens dieser Welt sein.«

Meine Ängste vor einem Verführungsversuch lebten augenblicklich wieder auf.

»Mit Glas wäre ich ebenso zufrieden«, sagte ich steif.

»Und wenn Sie sich Glas nicht leisten könnten?«

»Dann Beeren.«

Da lachte er, so herzlich, daß es mir angst machte, denn ich sah keinen Witz darin.

»Hier«, sagte er, »wenn Sie nicht jetzt schon Perlen gegen Beeren eintauschen wollen, sollten wir sie besser entwirren.«

Ich wandte den Kopf und spürte einen Widerstand, als das Cape sich in dem Verschluß verhakte. Lord Hugh beugte sich über den Sitz und machte sich an den Perlen zu schaffen. Mein erster Impuls war, zurückzuweichen, doch ich wandte nur den Kopf, um es ihm zu erleichtern. So mußte einem Hasen in der Falle zumute sein, wenn der Jäger kam, um ihn zu holen, davon war ich überzeugt, denn ich wußte nicht, ob Lord Hugh beabsichtigte, mich zu erwürgen oder mich zu küssen, wobei ich ihn durchaus beider Handlungen für fähig hielt.

Doch er entwirrte lediglich die Perlen, lehnte sich wieder zurück und schlug abwesend seine weißen Handschuhe gegen seine Hand. Ich kam mir vor wie ein preisgekröntes Pferd, das man in die Manege traben ließ, damit es Bänder für seinen Herrn gewann, und das dann auf dem Heimweg hinter dem Wagen laufen durfte, nachdem es seine Aufgabe erfüllt hatte.

Und, dachte ich, wenn ich ein solch durchschlagender Erfolg gewesen war, so sollte gewiß nicht Langeweile die Empfindung sein, die ich in einer männlichen Brust erregte. Allerdings war Lord Hugh wohl kaum typisch zu nennen.

Einen Moment lang wünschte ich, Adrian säße mir gegenüber. Ich sah fast sein blondes Haar im Lampenlicht schimmern, spürte seinen besonderen, warmen und irgendwie – prickelnden Blick auf mir.

»Sie sehen wundervoll aus, Amberleigh«, würde er sagen. »Ich hatte keine Ahnung, daß Sie solch eine Schönheit sind. Ich war ein Narr, Amberleigh, weil ich nicht erkannt habe, daß Sie für mich bestimmt sind. Ich habe nie wirklich geglaubt, was man behauptet hat ...«

»Ach nein?« würde ich unnahbar und vornehm zur Antwort geben. »Wie schade, daß Sie mich nie richtig gekannt haben, Adrian, es hätte so, so ...« Vielleicht würde ich nicht mit ihm spielen, vielleicht würde ich ihn zurücknehmen. Als hätte ich ihn jemals gehabt. Vielleicht gab es immer noch eine Möglichkeit ...

»Das Abendessen muß Ihrer Stimmung förderlich gewesen sein. Woher das Mona-Lisa-Lächeln?« Lord Hughs Bemerkung durchbrach die Oberfläche meiner Träumereien, wie ein Stein einen stillen Teich erschüttert.

»Weil ich vermute, daß wir am Ende unserer Reise angelangt sind«, fuhr ich ihn an und war froh, als ein jähes Rucken der Federung nach vorn und nach hinten meine

Worte bestätigte. Als er mir hinaushalf, versuchte er, seinen durchdringenden Blick auf mein Gesicht zu heften, aber ich hielt den Kopf tief gesenkt und beschäftigte mich eingehend damit, meine Schleppe zu richten und meine Röcke auszuschütteln. Es war demütigend, von Lord Hugh dabei ertappt worden zu sein, zu träumen wie ein Schulmädchen, und ich beschloß, daß mir das nicht wieder passieren sollte.

In der Eingangshalle wartete die treue Tilde. Sie hatte sich auf das Sofa im Musikzimmer gekuschelt, sei jedoch auf unser Klopfen gekommen, sagte sie, während sie mir liebevoll das Marabou-Cape abnahm.

»Wie ist es gegangen?« Da war eine Gespanntheit, die auf Tildes unscheinbarem Gesicht zu sehen ich niemals erwartet hätte.

»Ganz ordentlich«, sagte Lord Hugh, der ihr verwehrte, ihm seinen Abendmantel abzunehmen und ihn achtlos über eine Bank warf. »Nein, sehr gut«, berichtigte er sich, als Tilde ein enttäuschtes Gesicht machte. »Sie und Louisa können sich Ihre Mühe als hohes Verdienst anrechnen.« Er lächelte und kniff sie in ihre vergrämte Wange. »Sie haben es schließlich geschafft, aus einem Kieselstein einen Diamanten zu schleifen. Aber sie wird Ihnen mit Sicherheit selbst alles darüber erzählen. Und ist *sie* …« Er wies mit dem Kopf zur Treppe, und es war faszinierend zu hören, wie ein und dasselbe Personalpronomen einen so verschiedenen Akzent erhalten konnte, dachte ich bei mir. Tilde hatte zur Antwort genickt, und Lord Hugh verließ uns ohne ein weiteres Wort und ging mit einer merkwürdig verhaltenen Energie die Stufen hoch. Ein knisterndes Da-stimmt-etwas-nicht-Gefühl lag in der Luft, aber ein rascher Blick zu der phlegmatischen Tilde überzeugte mich, daß ich von ihr keinen Aufschluß erhalten würde.

»Also war es ein Erfolg?« fragte sie und machte sich bereits an meinem Besatz zu schaffen und untersuchte meine Schleppe auf Schäden, als ich vor ihr die Treppe hochstieg. Im oberen Flur war alles still. Ich hörte kein Stimmengemurmel, obwohl dafür schon die dicken Eichentüren sorgten.

In meinem eigenen Zimmer – in letzter Zeit wurde es mir allmählich zur Gewohnheit, das Schlafzimmer zu wechseln – befreite mich Tilde geschickt aus meiner Robe und dem Stützzeug. Sie war anders als alle Dienstboten, die ich kennengelernt hatte, denn ich merkte, daß sie mich niemals »Miss« nannte.

»Ja, vermutlich schon ein Erfolg«, versicherte ich ihr schließlich. »Wenn man es einen Erfolg nennen kann, Seitenstiche zu haben und Füße, die sich wie halbamputiert anfühlen.« Ich streifte erleichtert die quälend engen, wenn auch wunderschönen Abendschuhe ab. »Aber ich glaube, ich sah ganz hübsch aus, ganz – makellos. Tja, ein Mann hat mir sogar anzügliche Blicke zugeworfen ...« Ich ging zum Spiegel, in dem ich jetzt ganz anders aussah. Das war mit Sicherheit eines von Tildes Nachthemden, Louisa würde niemals solch einen praktischen Flanell tragen. »Das hier ...« Ich strich die roten Fransen zurück, die mir allmählich vertraut wurden, und untersuchte die Seite meines Gesichts. » ... das hier kann korrigiert werden. Ausgelöscht. Das ist ein wahres Wunder für mich.«

»Sie sahen – sehr hübsch aus«, sagte Tilde energisch, offenbar überzeugt, daß zu viel Lob verdarb, doch ich spürte, daß sie stolz auf ihre Leistungen war.

»Es war nichts anderes als ein Wunder, und ich bin Ihnen und Madame Louisa sehr dankbar, daß Sie es bewirkt haben.«

Tilde wurde zu meiner Überraschung rot. Sie zog den Kopf ein und schob sich langsam auf die Tür zu. »Ich helfe Ihnen morgen früh beim Packen«, sagte sie fast unhörbar, als sie den Flur hinunter floh.

Menschen waren solche Überraschungen. Hier in diesem Knusperhaus lebte eine Frau mit einem Gesicht wie eine Distel und der Empfindlichkeit eines Stiefmütterchens. Ich war froh, daß ich mich speziell bei ihr bedankt hatte.

Ich sprang in besserer Stimmung ins Bett. Morgen konnte ich beinahe als mein altes Ich nach Carnhaven – und zu meinen Problemen mit Elaine – zurückkehren. Ich fragte mich, weshalb Elaine in letzter Zeit meinen Gedanken so fern war, wo ich doch besessen von ihr hätte sein sollen. Man hatte mir wirklich nicht die Zeit gelassen, das Rätsel um sie zu entwirren, doch ich würde es lösen, nach meiner Rückkunft.

Und Adrian. Ich hatte lange Zeit nicht an ihn gedacht, bis ich sein Bild in der Kutsche heraufbeschworen hatte. Vermutlich befand er sich jetzt in London, vielleicht nicht einmal allzu weit von hier entfernt. Wenn ich all meine Gedanken auf ihn konzentrierte und zu ihm schickte, wenn ich mit all meiner Willenskraft nach ihm rief, könnte ich ihn dann erreichen? Ich versuchte es, in meinem Kopf sagte ich wieder und wieder seinen Namen. »Adrian ... Adrian ...« Ich hörte auf. Und wenn es klappte? Ich stellte verwundert fest, daß ich immer noch Tränen hatte für Adrian und Amberleigh und für das, was hätte sein können.

Der morgige Tag brachte diese reizvolle Fahrt über den Kanal – ich freute mich auf ein wenig Wind und Wasser, um wieder einen klaren Kopf zu bekommen, die Romantik daraus zu vertreiben. Morgen würde ich Hemlock wiedersehen – seltsam, ich hatte sein aufmunterndes Wesen vermißt, nachdem ich eine Woche auf Shallowford mit ihm verbracht hatte. Hemlock war jetzt vermutlich im Falstaff Club und wartete treu auf seinen säumigen Herrn. Eine ganze Menge Leute, die heute nacht in London wach waren und nachdachten, sagte ich mir.

Und Lord Hugh und Louisa, ich fragte mich, was sie wohl vorhatten. Es war irgendwie merkwürdig. Zu wissen und doch nicht zu wissen. Das war noch ein Rätsel, an dem zu arbeiten sich lohnte, wenn ich die Zeit dazu hatte.

Ich überlegte, wieso Lord Hugh niemals etwas wegen seiner Narbe unternommen hatte, es war doch augenscheinlich leichter, als man dachte. Wenigstens brauchte ich mir in dieser Hinsicht keine Sorgen zu machen, zweifellos würde meine Narbe verschwinden, wie Hemlock versprochen hatte. Ich mochte Hemlock, er hatte eine ehrliche, offene Art, weigerte sich, Spielchen zu spielen. Nun, er war mir ausgewichen in der Frage, wo meine Verletzung war, allerdings konnte ich das dem Mann schwerlich zum Vorwurf machen. Doch das war so gut wie vorüber, oder …?

Ich glaubte, daß ich weiter nachdachte, aber irgend etwas mußte passiert sein, denn als nächstes dachte ich, daß es Morgen war.

21. Kapitel

Als ich aufwachte, schien die Sonne durch die Vorhänge, und Madame Louisa war mit einem Boudoirstuhl an mein Bett gerückt. Sie trug einen hauchdünnen Morgenmantel und sah frisch und lebendig aus. Doch auch wenn sie sich mit dem Rücken zu dem starken Tageslicht gesetzt hatte, eine Gewohnheit von ihr, dachte ich, konnte ich das feine Faltennetz an ihrem Mund und an den Augen sehen. Es war, als sähe man eine Stereoptikonkarte erst klar, dann als Doppelbild durch den Sucher – alles zerfloß ein wenig.

»Ich habe Ihnen von Tilde die heiße Schokolade und ein Croissant bringen lassen – aber nur, weil Sie gestern einen solch anstrengenden Abend hatten. Man darf es mit diesen Dingen nicht übertreiben, oder die Figur ist dahin, und wer würde Sie dann noch wollen, hm, Liebchen?«

»Mich will so oder so keiner«, antwortete ich etwas spitz, während ich heißhungrig das Croissant zerbrach und verschlang und nach einem weiteren griff.

Madame tippte mir aufs Handgelenk, um mich abzuhalten.

»Da habe ich etwas anderes gehört. Lord Hugh und ich hatten gestern nacht ein langes Gespräch über Sie. Nun machen Sie nicht ein so ärgerliches Gesicht, es ist nur natürlich, daß ich mir Gedanken gemacht habe, wie mein Protégé sich gehalten hat. Hugh sagt mir, daß Sie ein Triumph waren, daß jeder im Alcott's Ihrem Tisch mit Blicken gehuldigt hat.«

Ich hatte den Anstand, rot zu werden.

»Sie kennen diese Stadt ja nicht, Amber Leigh, aber Hugh Davenant kennt sie. Und er sagt, Sie waren ein überraschender Erfolg. Hugh gehört im allgemeinen nicht zu denen, die sich überraschen lassen, zumindest von Frauen. Also fragte ich ihn über Sie aus, und er erzählte mir, daß Ihre Aussichten, sagen wir ... nicht gut sind. Wie Sie dazu kamen, bei den St. Clares zu leben und natürlich von Ihrer – Indiskretion. Nun seien Sie mal still, und hören Sie mir zu.«

Sie erhob sich und ging langsam zum Fenster, bevor sie sich wieder zu mir umwandte.

»Sie werden sich in Ihrer – relativen ländlichen Unschuld gefragt haben, wie genau ich in all das hineinpasse. Einige aufgeklärte Angehörige des Hochadels von England – und Sie wären überrascht, wie wenige davon es heutzutage gibt – bringen mir ihre Söhne zur ... Unterweisung. Sie könnten mich gewissermaßen eine Lehrerin nennen.« Die Ironie in ihrem Lächeln, als sie das sagte, schien auf sie zurückzufallen und sie zu treffen.

»Es ist keine schlechte Einrichtung. Diese Engländer haben auf erschreckende Weise die Fähigkeit, ihre natürlichsten Neigungen zu ersticken, während ich schon früh in meinem Leben herausfand, daß ich gewisse ... Bedürfnisse hatte, die bei einer Frau nicht immer zulässig sind, nicht einmal in Europa, wo man es besser wissen sollte. Lassen Sie sie sich niemals von jemandem einreden, Amber Leigh, daß eine Frau ihre Rolle im natürlichen Ganzen als Pflicht ansehen muß. Aber ich glaube, Sie wissen das.«

Was konnte ich ihr sagen? Sie nahm mich offenbar als das befleckte Landmädchen, für das ganz Glennverran mich hielt. Und ich hatte noch keinen Weg gefunden, es abzustreiten, ohne Elaine schlecht zu machen.

»Also ist es eine sehr gute Einrichtung, meine Liebe«, fuhr Madame Louisa fort und trat lächelnd seitlich ans Bett, während ich nervös an der Bettdecke zupfte. »Ich habe meine Schar von Jungen, meine Studenten, die zu einer Frau von meinem Temperament wirklich viel besser passen als ein Mann von nachlassender Kraft oder einer, der durch seine Geschäfte abgelenkt ist. Aber verstehen Sie mich nicht falsch, ich schlage Ihnen kein solches Leben vor.«

Sie machte eine Pause, während ich über ihre Worte nachdachte. Louisa senkte den Kopf und spielte mit ihrem Gürtel, und ich sah den Schimmer von Grau, der das Braun zu trüben begann. Plötzlich begriff ich die Beziehung zwischen ihr und Lord Hugh.

»Und er, er war einer von ›Ihren Jungen‹, nicht wahr?« wollte ich wissen.

»Einer der ersten«, sagte sie lächelnd und mit einem Blick zur Seite, der nichts sah. »Hugh war wirklich ein reizender Junge. Und er stand vor einer glänzenden Karriere, wissen Sie, im diplomatischen Dienst. Und dann schickten sie ihn in diese Wildnis, die sie ein Land nennen, mit dem England selbst dann nichts anzufangen wüßte, wenn wir es durch das Blut unserer jungen Männer endgültig erobern würden. Und er kam als das zurück, was man einen Mann nennt und überhaupt nicht mehr reizend. Es war mehr als die Narbe – eine Narbe hätte den Jungen, den ich kannte, nicht so verbittert.«

Ich beobachtete den sanft schwingenden Schatten der Vorhänge auf der Bettdecke, und wir schwiegen.

»Aber sie verlassen mich schließlich alle, meine Jungen.«

»Sie ...«

»Ja, Amber Leigh, fahren Sie fort – wir reden doch sehr offen miteinander.«

Ich mochte ihr Lächeln sehr gern – es war sanft und klug, und ich konnte sie nicht für eine schlechte Frau halten.

»Sie liebten ihn, nicht wahr, ich meine, liebten ihn wirklich?«

»Ich liebte alle meine Jungen«, sagte sie knapp, stand auf und entfernte sich.

»Aber ihn mehr«, beharrte ich. »Es erklärt ...«

»Nichts.« Ihre Stimme war kalt. »Nein, ich war schon älter, als ich anfing. Ich bin immer älter. Und sie lösen sich ab, genauso wie sie es bei ihren Mamas tun. Aber ich lehre sie, gute Liebhaber zu sein, das ist mein Beitrag an die Welt. Und sie hat es weiß Gott nötig. Es gibt Ehefrauen und Geliebte, die mich dafür segnen würden.

Und aus diesem Grund spreche ich mit Ihnen darüber, meine Amber Leigh«, sagte sie, kam zurück und griff nach meinen Händen, um meine Aufmerksamkeit zu erlangen. »Sie sind jung, und ich sehe, daß Ihnen, was selten ist, diese – diese alberne britische Angst vor der Liebe abgeht. Wenn das Leben Ihnen keine Aussichten bietet, die in Betracht zu ziehen sich lohnt, denken Sie an folgendes: Sie könnten sein, was Sie gestern abend waren – eine begehrte, angebetete Frau. Sicher, Sie sind nicht wirklich eine Schönheit, aber Sie könnten als solche gelten, wenn man es richtig anfängt. Und Sie sind klug, mehr als klug genug, um mit einem Dutzend Männern zurechtzukommen. Ich könnte Sie beraten – Sie würden ein amüsantes, glanzvolles Leben führen.«

Ich war sprachlos, eine Seltenheit für eine Frau mit meinem gewöhnlich so offenherzigen irischen Mitteilungsdrang. »Aber was Sie vorschlagen, ist nichts anderes, als daß ich eine ... eine verrufene Frau werde!«

»Oh, um Himmels willen, Sie hören sich an wie Hugh.« Sie legte die Hände an den Kopf und fuhr zum Fenster herum. »Ich versuche lediglich, einem – einem heimatlosen Mädchen ein Lebensziel zu bieten –« Sie hielt lange inne. »Und ich bin einsam. Sie könnten hier bei mir leben. Es gibt niemanden, mit dem ich reden kann, Tag für Tag.«

Ihr zartes Profil hob sich scharf gegen das helle Licht ab, und da verstand ich – sie alterte, verblaßte, hoffte, ihre Mädchenzeit in einer jüngeren Frau noch einmal zu durchleben.

»Sie meinen, Lord Hugh gefiel die Idee auch nicht?« fragte ich und überlegte, weshalb sein Sinn für Moral so plötzlich wieder aufleben sollte.

»Oh, Hugh war furchtbar belustigt, er sagte, ich träume zuviel. Daß Sie lediglich ein ›Experiment‹ seien und ›im übrigen eine eitle, altkluge kleine Lügnerin‹. Daß es niemals seine Absicht gewesen sei, den Kuppler für kostspielige Huren zu spielen.« Ihre Stimme war mit jedem Wort tiefer und bitterer geworden.

»Aber«, sagte ich und vergaß die Beleidigungen gegen

mich angesichts ihres Kummers, »er hat Sie so ja gut wie eine ... eine –«

»Ich weiß.« Sie seufzte. »Manchmal ist es schwer, sich daran zu erinnern, welch reizender Junge er einmal war. Mit dem Hugh von heute ist es fast immer schwierig. Nun, er sagt, er bringt Sie heute nachmittag zurück, also müssen wir Sie fertigmachen. Aber nichts kann Sie daran hindern, über den Kanal zu mir zurückzukommen, falls Sie sich entschließen, es mit meiner Welt zu versuchen. Denken Sie daran, Amber Leigh. Wir werden uns schreiben«, befahl sie knapp, und in ihrer Stimme lag wieder etwas von der teutonischen Disziplin. »Aber wissen Sie«, sagte sie plötzlich und ließ sich neben mich auf das Bett sinken. »Ich glaube, es ist das hier« – sie strich sanft meine neuen Locken von der Narbe –, »was Hugh so unvernünftig Ihnen gegenüber macht. Und doch, wäre das nicht gewesen, dann wären wir uns niemals begegnet. Deshalb ...«

Madame Louisa rauschte aus dem Zimmer und schickte wenig später Tilde, damit sie mir beim Packen meiner neuen Schätze half – das Kleid, die jetzt leicht angestoßenen Schuhe und die Sache, die mir am meisten bedeutete, der große Tiegel mit dem Wunderbalsam, der Narben unsichtbar machte. Ich konnte kaum glauben, daß ich das alles behalten sollte, doch Tilde sorgte unerbittlich dafür, daß es eingepackt wurde. Das Aquamarin- und Perlenhalsband hielt ich kurz in den Händen, bevor ich es zwischen die Unterröcke schob – ich hatte widerstreitende Gefühle ihm gegenüber. Es war wertvoll und doch nur Flitterzeug, ein Requisit in einem jetzt vergangenen Stück, für Lord Hugh. Und es war eine Kostprobe des Lebens, das Louisa mir bot. Ich liebte es, weil es selten und echt und wertvoll war. Und ich haßte es, weil es etwas war, das ich Lord Hugh zu verdanken hatte, der vorübergehend zu meinem Gönner geworden war, nur weil er wußte, wie es war, durch den Haß eines anderen Menschen fürs Leben gezeichnet zu werden.

Etwas von Madame Louisas Schminke haftete an diesem Morgen noch auf meinen Wangen. Entweder das, oder ich war nervös, weil ich heimkehrte. Carnhaven schien so fern. Dorthin zurückzugehen war ein Ziel, dem ich mich erst jetzt mit einigem Gleichmut zu stellen vermochte.

»Miss Dunne!« sagte Hemlock mit einem verblüfften Blick, als ich in die Halle kam, während Lord Hugh sich von meiner Mentorin verabschiedete. »Sie sehen aus, als hätten Sie einen Monat auf dem Land verbracht anstatt eine Nacht in der Stadt«, sagte er unverblümt, dann erinnerte er sich augenblicklich wieder an seine Stellung und preßte unzufrieden mit sich die Lippen zusammen.

»Es tut gut zu wissen, daß wenigstens einige aus unserer Gruppe aufmerksam sind, Hemlock.« Ich lächelte, während ich meine engen Glacélederhandschuhe überzog. »Vielleicht hilft uns das, reibungslos an unseren Bestimmungsort zu gelangen.« Doch ich hatte vergessen, was Hemlocks Erstaunen mir in Erinnerung rief – mein Kopf zeigte noch das Ergebnis der Bemühungen des unschlagbaren Horst. Ein Blick in den Spiegel überzeugte mich, daß selbst Devora nicht umhin kommen würde, die Veränderung zu bemerken. Ich sah viel weniger nach Landmaus aus und eher nach Stadtkatze. Wie jemand, dem Beachtung gezollt werden mußte. Es war unglaublich, was äußere Dinge an einem bewirken konnten. Ich kam mir auch gebieterischer vor. Als könne ich mit großen Schritten nach Carnhaven gehen, die Zügel an mich nehmen und Devora ein, zwei Dinge lehren. Diesmal würde ich das Rätsel, als das Elaine sich darstellte, lösen. Oder ich würde die ganze Sache aufgeben und gehen.

Lord Hugh durchquerte schließlich die Halle, zog wortlos Hemlock und mich in seinem Kielwasser mit und stieg in den Einspänner. Hemlock fuhr hoch droben mit dem Kutscher, aber es entstand kein Gespräch, das man drinnen mithören konnte. Die Strecke zur Waterloo Station war mir vertraut, die Straße war überfüllt mit Droschken und Rollwagen und einigen wenigen Equipagen hier und da.

Ich rief mir das letzte Mal in Erinnerung, als ich zu einem Londoner Bahnhof gerattert war, das war nach dem Begräbnis meines Vaters gewesen. Ich fragte mich flüchtig, ob es wohl möglich wäre, an seinem Grab haltzumachen, aber Lord Hughs Gesicht sah heute morgen sentimentalen Gesten nicht zugänglich aus. Ich erinnerte mich, wie sehr meine letzte Kutschfahrt aus London heraus einem Leichenzug geähnelt hatte. Dieser Tag war fröhlicher, heller. Es wehte eine frische Brise, die einem die Röte in die Wangen trieb und das Herz aufgehen ließ. Hemlocks tadellose Planung sorgte dafür, daß unsere Gesellschaft von der Kutsche durch den Bahnhof ins Zugabteil befördert wurde, noch ehe ich recht die Zeit hatte, das Leuchten in der Spätsommerluft zu untersuchen.

An Bord des Schiffes auf unserer verlängerten Kanalüberquerung entfloh ich zur Reling, um darüber nachzudenken. Hemlock bildete in kürzester Zeit meine Nachhut.

»Sie mögen die Luft auch?«

»Gelegentlich, Miss«, antwortete er unverbindlich.

»Warum stehen Sie dann so da und sehen verlegen aus? Man hat Ihnen doch nicht die Anweisung erteilt, mich zu bewachen?«

Seine herabgezogenen Mundwinkel bestätigten meine Vermutung.

»Hemlock«, tadelte ich.

»Seine Lordschaft hat den Eindruck, daß Sie das Unglück anziehen«, erklärte er peinlich berührt.

Ich dachte über den Vorwurf nach. Es stimmte. Was wußte Hemlock von mir, bis auf die beiden höchst unkonventionellen Auftritte, die ich in seinem gewöhnlich so beschaulichen Haushalt gehabt hatte? Einmal, um Rechenschaft über einen Verwundeten zu verlangen, den dorthin zu bringen ich geholfen hatte. Und dann selbst verletzt, nachdem man mich durchnäßt in dem friedlichen Bach liegend gefunden hatte, der vor seiner Haustür vorbeiplätscherte.

»Sie wissen nicht, was Sie von mir halten sollen, nicht wahr, Hemlock?«

»Ich weiß nicht recht, ob es mir zusteht, etwas dazu zu sagen, Miss.« Sein Ton war korrekt, allerdings wenig aufschlußreich.

»Wann wäre es denn passend, etwas dazu zu sagen? Wenn ich, sagen wir, die Haushälterin auf Shallowford wäre, würden Sie mir dann Ihre Meinung sagen?«

»Wohl kaum, Miss. Die Haushälterin steht an erster Stelle in der Hierarchie, und trotz meiner engeren Beziehung zu dem Herrn würde ich kaum ein vertrauliches Gespräch mit ihr führen.«

»Nun, dann in meiner alten Rolle als Gouvernante.«

»Es würde sich nicht für den Kammerdiener geziemen, sich in Fragen der Kindererziehung einzumischen«, erwiderte er steif, wenngleich hypothetisch.

»Dienstmädchen dann«, schlug ich verärgert vor.

»Nun, ja, Miss. Das heißt, wenn Sie ein Dienstmädchen wären, dann hätte ich allerdings unter Umständen das Gefühl, daß es mir zusteht, mich mit meinen persönlichen Ansichten an Sie zu wenden.«

Ich lachte, bis ein gesetztes Paar, das einen Spaziergang

an Deck machte, stehenblieb, um mich mit seinen ausdruckslos-höflichen Blicken aufzuspießen. »Oh, Hemlock, Sie sind wie jeder einzelne Mann auf der Welt seit dem Paradies. Sie können sich nicht mit einer Frau unterhalten, es sei denn, sie ist Ihnen gesellschaftlich untergeordnet. Es tut mir leid, erfahren zu müssen, daß der Diener ebenso abweisend sein kann wie der Herr.«

Hemlock drehte seine überaus korrekte Melone einmal in den Händen. Seine Augen blickten instinktiv nach links, dann nach rechts, und dann – als er sicher war, daß wir allein waren – seufzte er.

»Nein, ich weiß nicht, wie ich Sie einordnen soll, Miss. Ich würd' sagen, Sie sind eine von diesen modernen Damen, die rauchen und Automobile fahren, aber ich weiß, das ist nicht Ihr Stil, wie man so sagt. Aber was sollte es für eine Rolle spielen, was ich denke? Ich kann mich nicht erinnern, daß schon mal jemand danach gefragt hätte.«

»Dann haben Sie nicht mit den richtigen Leuten verkehrt, Hemlock. Das kommt dabei heraus, wenn man im Dienste eines Barbaren steht. Uns allen ist wichtig, was andere denken. Und ob sie gestärktes Leinen oder Zelluloidkragen tragen, sollte nicht den geringsten Unterschied machen.«

»Nun, ich weiß lediglich«, sagte Hemlock und drehte seinen Hut in den Händen, als wolle er ihm Schwung geben und ihn in den Himmel emporschleudern, »daß es für mich nicht den geringsten Unterschied macht, aus welchem Grund Damen ihre Reisen antreten, wenn das manch einer auch anders sehen mag.«

Aus seinen Augen leuchtete Aufrichtigkeit. Es hatte ihn einiges gekostet, seiner eigenen Meinung Ausdruck zu verleihen. Ich hatte vergessen, was er sonst noch von mir wußte, die Gerüchte, die von einer Küche zur anderen in jedem großen Haus von County Clare gingen. Ich hatte mich selbst als die anständige kleine Frau gesehen, die ich war, nicht als die befleckte Jungfer, als die mich mein Ruf zeichnete, andernfalls hätte ich nicht so offen zu Hemlock gesprochen. Was mochte er jetzt von mir denken, weil ich ihn auf solch dreiste Art zu einem näheren Gespräch herausgefordert hatte?

Ich wurde rot.

»Ja, ich scheine in letzter Zeit sehr reisefreudig zu sein. Ich hoffe, Sie denken nicht, daß diese Reise hier etwas anderes war als –« Ich konnte den demütigenden Satz nicht beenden. Mir war tatsächlich wichtig, was die Leute dachten; mir war wichtig, was Hemlock dachte.

»O nein, Miss. Von dieser Seite weht der Wind keineswegs. Aber ich frage mich, weshalb sind Sie mitgekommen? Er hält es nicht für unter seiner Würde, einen Menschen auf seine eigene raffinierte Weise zu verspotten …« Er verstummte, schuldbewußt, wie ich vermutete, weil er seinen Herrn so ungehörig charakterisiert hatte.

»Es wurde mir befohlen, Hemlock, deswegen. Bestimmt können Sie das doch verstehen. Ich hatte keine Ahnung … Er sagte mir, er wolle mich zu einem Chirurgen bringen, ich hatte kaum eine Möglichkeit, dagegen zu protestieren.«

»Ah.« Hemlock nickte. Er schien noch etwas sagen zu wollen, hielt jedoch inne. Der Hut drehte eine weitere endlose Runde in seinen Händen. »Sind Sie sicher, daß Sie nicht lieber reingehen möchten, Miss? Der Wind ist stark genug, um einem den Hut vom Kopf zu reißen –«

Ich zog meine fünfundzwanzig Zentimeter lange Hutnadel ein Stück heraus, damit Hemlock sie sehen konnte, und lächelte. »Ich glaube kaum, daß der Wind stark genug ist, um das hier loszumachen. Sie sehen also, ich bin gut geschützt vor Wind und was sonst noch auf dem Deck umherstreichen mag. Also gehen Sie wieder rein, Sie sind nicht geschaffen für frische, graue Tage auf See, das merke ich gleich.«

»Indien ist mein Verderben gewesen, Miss. Hat mich krank vor Heimweh nach Feuchtigkeit und heißer Sonne gemacht.« Hemlock grinste. »Nun, wenn es Ihnen nichts ausmacht, gehe ich rein.«

»Und teilen Sie Seiner Lordschaft mit, daß ich geradezu an der Reling festgebunden bin, so daß niemand Suchmannschaften auszuschicken braucht, wenn wir ankommen, wenn Sie so nett wären.«

Ich wandte mich wieder der windgepeitschten grauen See zu und dem endlosen Horizont, der in der Ferne auf- und abwogte. Ich vergaß ständig, daß ich für die Welt zwei Gesichter hatte. Das Gesicht, das Devoras Intrige über mein eigentliches gestülpt hatte, war wie eine zweite Haut für mich. Es mußte ja jeden abschrecken; manch einem mußte ich als eine ganz eigenartige Sünderin vorkommen, mit meiner kaum getrübten Miss Meachum-Unschuld – ohne jede Patina des Lasters, die meinen lauteren Charakter überzog.

Und nun hatte ich eine wahre befleckte Lady kennengelernt. Eine angemalte befleckte Lady. Es war äußerst unschicklich von Lord Hugh gewesen, eine unverheiratete Dame wie mich an einen solchen Ort zu bringen. Andererseits ließ ich erneut diese Maske von Devora außer acht, die mich mehr zeichnete, als die kleine Narbe es jemals vermochte. Diese Reise war ebensosehr eine Geste des Spotts wie des Mitgefühls gewesen, schloß ich, als der Wind mir die neuen Fransen aus dem Gesicht peitschte. Ausnahmsweise einmal hatte ich nicht den Wunsch, mich hinter meinem Haar oder meinem Schleier zu verbergen. Ja, es steckte ein Kern von Mitgefühl darin, das glaubte ich fest. Mehr Mitgefühl, als selbst Adrian mir am Abend des Carnhaven-Balls über seine unbekümmerte Schulter hinweg gezeigt hatte, als er für immer aus meinem Leben verschwunden war. Welche Ironie. Und Devora – Devora würde es nicht gefallen, daß ich als Begleitung nach London ausgewählt worden war. Vielleicht würde sie sich sogar das Schlimmste dabei denken. Gut. Wenn ich schon als schwarzes Schaf abgestempelt werden sollte, dann könnte ich wenigstens die Befriedigung haben zu wissen, daß es jemanden elend machte.

Und Elaine. Gab es jemanden, der elender war als Elaine? Warum? Warum nahm ich so gelassen die unglaubliche Tatsache hin, daß sie ihr illegitimes Kind bekommen hatte, aus der unrechtmäßigen Vereinigung, die vorausgegangen war, und dennoch eine offene Frage blieb? Vielleicht nahm ich zu vieles auf Carnhaven so hin, wie es nach außen erschien. Ich mußte wieder als Fremde dorthin kommen, so vorsichtig seine Geheimnisse ergründen, wie Madame Louisa in ihren Korb mit den Bändern griff, und die Spur zutage fördern, die sich am vielversprechendsten erwies.

Irgend etwas hatte sich dort ereignet, das Elaines Verderben gewesen war. Soviel wußte ich. Und Devora kannte seinen Namen und wollte ihn nicht aussprechen. Lord Hugh hatte ebensolches Interesse an den Geheimnissen Carnhavens wie ich. Adrian war – lediglich jemand, den ich einmal gekannt hatte und vermutlich nicht in die dortigen Ereignisse verwickelt. Und der Rest – Hemlock, Devlin, Norah Chandler, Mrs. Featherstone – standen zu dem Haupträtsel in keinerlei Beziehung. Es sei denn, es hatte etwas mit Devlins United Irish zu tun. Sein Gesicht blitzte vor meinem geistigen Auge auf, mit schwarzem Bart und jünger aussehend denn je. Aber war er so? War er nicht ein weiterer »äußerer Anschein«, den ich so hinnahm?

Bei dem Gedanken an Schwarzbärte schweifte mein Blick ab und blieb an der Gestalt eines genau solchen Mannes hängen, der in einigen Metern Entfernung an der Reling lehnte. Er hatte mich direkt angestarrt. Ich blickte schnell zur Seite, um ihn von solchen Freiheiten abzubringen, doch irgend etwas sagte mir, daß sein Blick nicht von dieser Art gewesen war. Ich spürte, wie sein Blick an der Seite meines Gesichts entlangwanderte. Ich schaute in die entgegengesetzte Richtung – nichts als die verlassene Reling und jenseits davon graue Wellen, die sich rhythmisch hoben und senkten. Ich fand einen Vorwand, um hinunterzusehen, und warf ihm noch einen verstohlenen prüfenden Blick zu. Hartes, bärtiges Profil, in mittleren Jahren, schlichte Kleidung, fast düster ... und etwas Vertrautes – aber war er näher gekommen? Ich fuhr unvermittelt herum und lehnte mich rücklings gegen die Reling. Mein Herz klopfte unter meinem Reisemantel. Da, die Tür zur Hauptkabine – weiter zu meiner Linken entfernt, als mein Deckgefährte es zu meiner Rechten war. Ich suchte das offene Deck nach dem spießigen Paar ab, das mich auf mein Lachen hin fixiert hatte. Verschwunden. Vermutlich von dem Anblick einer Frau vertrieben, die sich offen mit einem Mann unterhielt ... Hemlock. Ich wünschte, ich hätte ihn dableiben lassen. Aber ich benahm mich ja lächerlich. Wieso sollte ich zum Opfer von jemandem werden? Blackbeard war doch lediglich ein Handlungsreisender für Zahnpulver. Oder ein sauertöpfischer schottischer Pfarrer in Ferien. Alles andere als eine Gefahr für mich.

Ich streifte ihn wieder mit einem Blick. Wieder war er näher gekommen. Er wandte sich von der Reling ab und kramte eine Pfeife aus einem Beutel, stopfte sie sorgfältig mit Tabak. Ein scharfes, würziges Aroma stieg mir in die Nase, gerade als sein Blick erneut meinen kreuzte. Ich starrte angestrengt auf meine Schuhspitzen, die unter meinem wehenden Rock sichtbar waren. Vielleicht mißdeutete er einfach meine Stellung, vielleicht machte er einer weiblichen Reisegefährtin nur schöne Augen ... Ich bildete mir das alles ein, wie es alte Jungfern eben taten. Sich unheimliche Bewunderer erfanden, um ihr Gefühl der Zurückweisung zu lindern. Ich sollte mich eigentlich geschmeichelt fühlen, nicht bedroht. Nicht dieser Motte in meinem Hals erlauben, mit den Flügeln gegen alle Wahrscheinlichkeit anzuschlagen. Ich umklammerte die Reling mit einer behandschuhten Hand und stieß mich ganz allmählich ab. Mein »Gefährte« schien es nicht bemerkt zu haben. Dann, ganz schnell und, wie ich hoffte, lautlos, rannte ich in Richtung Tür und der Kabine dahinter. Die Metallklinke war kalt und schlüpfrig unter meinen Händen, eine Windbö suchte sich ausgerechnet diesen Augenblick aus, um die Tür zuzudrücken, so daß sie meinen verzweifelten Bemühungen widerstand. Über meine Schulter sah ich, daß der bärtige Mann mit großen Schritten auf mich zukam.

»Verflixt«, zischte ich leise, dann spürte ich endlich, wie die Tür plötzlich nachgab und in den schmalen Treppenaufgang aufsprang. Meine Wange prallte gegen Baumwollstoff.

»Laufen Sie ein Hindernisrennen oder –«

Da stand ich, eingekeilt zwischen Lord Hugh auf der einen Seite mit seinen endlosen Fragen – ich glaube, der Mann kannte keinen schlichten Aussagesatz – und der bärtigen Bedrohung ohne Worte. Doch Blackbeard hatte seine unheimlichen Züge in das völlig gewöhnliche Gesicht eines Doktors der Medizin oder eines Büroangestellten oder überhaupt eines ganz ehrenhaften Menschen umgewandelt. Er zwängte sich mit einem Kopfnicken an uns vorbei und tippte sich, an mich gewandt, an seinen Hut von gedeckter Farbe.

»Sie scheinen immer gerade gerannt zu sein, wenn ich Ihnen begegne«, bemerkte Lord Hugh. »Waren es diesmal Runden um das Deck, während Sie eine Botschaft für die United Irish überbrachten?«

»Jede Botschaft, die ich jetzt schicken wollte, müßte ich durch Winkzeichen übermitteln«, empörte ich mich, während ich meinen Hut zurechtrückte. »Nein, es ist einfach windiger geworden, und ich hatte beschlossen, Zuflucht unter Deck zu suchen, sagt man das nicht so?«

»Ich wollte Sie ohnehin holen kommen. Hemlock hatte nichts Besseres zu tun, als Kindermädchen zu spielen, warum haben Sie ihn nicht gelassen?«

»Weil ich nachdenken wollte.«

»Und das erfordert Einsamkeit?«

»Ja.«

»Sie scheinen unbedingt die Einsiedlerin spielen zu wollen, Miss Dunne, mit Sicherheit eine wenig lohnende Haltung für jemanden in Ihren Jahren. Kommen Sie mit hinunter, Hemlock sucht nach einem Partner zum Kartenspielen.«

Natürlich wurde ich dazu abkommandiert, Gesellschaftsspiele mit den Dienstboten zu spielen, so wie ein lästiges Kind in Pflege gegeben wird. Ich konnte mich eines Lächelns nicht erwehren; so war Mrs. Bowers mit mir umgegangen, wenn ich ihr mit neun Jahren im Weg gewesen war – »Ab mit dir, Jenkins sucht nach einem Partner zum Kartenspielen, aber schlag' ihn bloß nicht, du Frechdachs.« Jenkins war ein guter Lehrer gewesen; Hemlock ging gleich in den ersten Runden unter und schlug schnell eine Partie amerikanisches Rommé vor. Ich willigte ein. Jenkins war früher ein Meister des Rommé gewesen. Der Tag, an dem ich wußte, daß ich ihn schlagen konnte, war der Tag, an dem ich wußte, daß ich zu alt für solche Zerstreuungen war.

Doch es half, die eintönige Reise schneller vergehen zu lassen. Und ich hatte so auf eine helle, flotte Überfahrt gehofft – nicht dieses Pflügen durch eine mürrische See. Ich blickte mich in dem kleinen Salon um. Lord Hugh hatte sich an einem Alkoventisch niedergelassen, in ein Bündel Papiere vertieft, die er aus einer Mappe zog. Blackbeard trank im Rhythmus der sanften Schaukelbewegungen des Schiffes Tee und musterte mich beständig über die Tasse hinweg.

»Es ist Ihr Spiel, Miss Amberleigh, möchten Sie abwerfen oder nicht?«

Hemlocks ungeduldiges Drängen lenkte meinen Blick wieder auf die Karten, die fächerförmig in meiner Hand ausgebreitet waren. Mein Blick blieb an dem Kreuzbuben hängen, einem recht übel aussehenden bärtigen Kumpan bei näherem Hinsehen.

»Nein – ich, ich passe ...«

»Hii-Hii«, frohlockte Hemlock, »dann ist es mein Rommé. Dieser Bursche hier hat nicht umsonst all diese Zeit im Schatten Kalkuttas gehockt. Ich hab' mein erstes Spiel gewonnen.« Vor lauter Aufregung ließ Hemlocks sorgfältig geschulte Sprechweise eine Spur nach. Ich sah, wie Lord Hugh am anderen Ende des Raums eine seiner dunklen Augenbrauen hob. Er stopfte die Papiere wieder in seine

Mappe und kam zu dem mit Tuch bedeckten Tisch herübergeschlendert, auf dem in einträchtigem Durcheinander mein Hut und die Überbleibsel unseres Kartenspiels ruhten.

»Hemlock, ich habe Sie nicht mehr so jubeln hören, seit Sie damals auf der Veranda des Regimentsclubs in Kalkutta Bobby Bakers Fuchsstutfohlen gewonnen haben.«

»Aye, Mylord, aber Sie haben gleichzeitig Seiner Allmächtigen Earlschaft im Spielsaal drinnen ihren Beschäler abgenommen ...«

Hemlock schickte sich zu einem weiteren vergnügten Gackern an. Ich hatte sein Lachen noch nie gehört, und es versetzte mir einen Schock. Lord Hugh lächelte nachsichtig. Zum erstenmal konnte ich mir Hemlocks Loyalität gegenüber seinem Herrn erklären. Damals war es anders gewesen, eine Art Kameradschaft, die Geburt und Stellung überwand. Alle Männer, alle Soldaten – manche Offiziere und manche lediglich Gemeine – waren zusammen in Mr. Kiplings Land der mörderischen Sonne und der zerlumpten Ungläubigen geschickt worden. Es war eine Art männlicher Gemeinschaft, die wie eine unterirdische Quelle unterhalb allen täglichen Auf und Abs der Herr-Kammerdiener-Beziehung verlief und über die ich niemals eine Brücke schlagen konnte. Es war eine Art Intimität. Und es hatte nichts damit zu tun, daß einer Herr war und der andere Diener.

Ich sammelte die Karten ein und legte eine einfache Patience, an die ich mich von jenen endlosen Nachmittagen auf Twin Beeches gut erinnerte. Mein Blick suchte nach Blackbeard und fand ihn an anderer Stelle – in einem anderen Alkoven, wo er jetzt die Pfeife rauchte, die ich ihn hatte stopfen sehen.

»Sie sehnen sich tatsächlich nach Einsamkeit«, sagte Lord Hugh, beugte sich vor, um meine Karten zu betrachten, und zog sich einen Stuhl heran. Durch seine Position versperrte er mir die Sicht auf Blackbeard; ich wußte nicht zu sagen, ob absichtlich oder unabsichtlich.

»Ich spiele eine Partie mit Ihnen, wenn Sie so geschickt sind, daß Sie Hemlock über einen Sieg zum Jubeln bringen«, bot er an.

»Ich glaube nicht, daß mir Ihre Einsätze liegen«, sagte ich. Nein, das war eine dreiste Bemerkung, so hatte ich es gar nicht gemeint. »Außerdem besitze ich keine Pferde, um die ich spielen könnte.« Ich strich die Karten zusammen und machte mich daran, sie neu zu legen.

»Wir brauchen nicht um etwas Konkretes zu spielen.«

»Worum wollen Sie denn spielen«, fuhr ich ihn an, »um meine Tugend? Ach, richtig, ich hatte vergessen, daß ich sie ja gar nicht mehr habe.« Die Karten landeten schnappend in perfekten Reihen auf dem Tisch, nur daß ich acht legte anstelle der üblichen sieben.

»Vielleicht haben Sie dafür immer noch – Informationen?« Sein Blick hing weiter an den Karten, als sei er neugierig darauf, wie ich mich aus der Klemme, in die ich mich selbst hineinmanövriert hatte, wieder befreien würde.

»Welcherart Informationen wünschen Sie? Über den Teepreis in China? Wie man eine Spitzenmanschette richtig knöpft? Welche Farben zusammen Grün erzeugen? Ich verfüge über Informationen aller Art.« Ich legte das Muster für acht Reihen und fing achtlos an zu spielen. Übrigens lief es gar nicht schlecht.

»Nein, Sie sind so erfindungsreich, Miss Dunne«, sagte er schließlich und schaute von den Karten hoch in meine Augen, »daß ich bezweifle, ob ich mit all den Informationen, um die Sie mit mir spielen würden, mithalten könnte. Es war nur so ein Gedanke.«

Lord Hugh zog sich von dem Spieltisch hoch und kehrte zu seinen geheimnisvollen Papieren zurück. Einen Augenblick lang verspürte ich den glühenden Wunsch, ein wenig zu schnüffeln. Ich hatte wieder freie Sicht auf Blackbeard, und er saß nach wie vor an einer Stelle, von der aus er mich – oder unsere ganze Gesellschaft beobachten konnte. Ich beendete die Patience, alle acht Reihen. Und ich gewann.

Unsere Landung war frostig, nur unterbrochen von den Rufen über uns kreisender Möwen. Hemlock sorgte dafür, daß wir schnellstens vom Dock in die Droschke und weiter vom Bahnhof zum Eisenbahnwaggon kamen. Ich verlor irgendwo auf dem Weg meine Handschuhe, und Lord Hugh verlor einmal fast seine Mappe, glaube ich. Es gab große Aufregung, und er und Hemlock ließen mich allein, um Erkundigungen einzuziehen. Als sie zurückkamen, hielt Lord Hugh die Mappe fest unter dem Arm.

»Steigen wir ein«, sagte er knapp, zog mich am Ellbogen von meinem Platz im Bahnhofsgebäude hoch und hetzte mich an den Gleisen entlang. Er stieß mich praktisch die Stufen zu einem Waggon hinauf, dann durch zwei weitere Wagen und wieder aus dem Zug hinaus. Wir überquerten weitere Gleise und bestiegen schließlich einen Waggon an einem Zug, der in entgegengesetzter Richtung zu dem ersten stand.

»Was tun Sie?« fuhr ich ihn an, als er unser Abteil ausgewählt hatte und Hemlock das Handgepäck verstaute. »Ich habe meine Handschuhe verloren, und ich glaube, Sie haben den Verstand verloren, wenn nicht den Richtungssinn. Wie soll mein Gepäck uns je einholen? Wir fahren doch nach County Clare, oder etwa nicht? Sie planen doch nicht noch eine unpassende Reise, hoffe ich –«

»Patience«, flüsterte er mit ironischer Miene. Er zog die Vorhänge zu und schloß die Tür. Ich fing an, mich ausgesprochen eingeengt zu fühlen. Selbst Hemlocks Anwesenheit beruhigte mich nicht. Ich hatte fast Sehnsucht nach Blackbeard. Zum erstenmal kam mir der Gedanke, daß man unserer Reisegesellschaft folgte, und zwar meinetwegen.

Ich setzte mich schweigend hin und dachte über die Situation nach. Meine Hände waren wie Eis, aus Furcht und wegen der fehlenden Handschuhe. Ich hatte es mir schon einmal gesagt: Lord Hugh war ein Mann, von dem ich nichts wußte, und vermutlich alles andere als ein Heiliger. Der Zug war mit einem Ruck angefahren, und ich setzte meine Überlegungen im Rhythmus der Räder fort.

Lord Hugh ist ein Rät-sel. Konnte Blackbeard ein Beschüt-zer sein? Wo fah-ren wir hin? Könnte Blackbeard ein Ver-bün-de-ter sein? Lord Hugh ist ein Rät-sel …

22. Kapitel

Irgendwo, weit weg, jenseits einer schmalen schwarzen Lache über meinem Kopf, hatte sich etwas verändert. Ich kämpfte mich nach oben, durch das dunkle, ölige Wasser, das mich zudeckte. Meine Wange traf auf etwas Kaltes und Hartes. Schwarz, es war alles schwarz. Meine Augen versuchten umsonst, die Düsternis zu durchdringen, bis ein Schnappen hinter mir meinen Kopf herumfahren ließ. Es war Hemlock, der sich mit erhobenen Armen gegen ein gedämpftes Licht abhob.

»Nur ich, Miss, ich hole das Gepäck herunter.«

Ich schaute wieder auf die strenge Dunkelheit im Zugfenster und auf den Rahmen, an dem mein schlafender Kopf gelehnt hatte. Jenseits der Schwärze der anbrechenden Nacht erkannte ich endlich die Umrisse des kleinen Bahnhofs von Glennverran, die funkelnden Gleise glitten im trüben Licht der Laternen davon. Ein Zischen entweichenden Dampfs war zu hören und das gleichmäßige Schnaufen der Lokomotive, die auf dem Gleis vibrierte. Wir hatten angehalten.

»Wir kommen zu spät«, sagte ich plötzlich, stand auf und stieß mir prompt den Kopf an dem Gepäcknetz über mir.

»Hier, Miss, Sie warten besser, wo Sie sich nichts tun können. Sie haben den ganzen Tag verschlafen, und es sieht so aus, als würden Sie heute nacht das gleiche machen.«

Hemlock lächelte und schob mich sanft am Ellbogen in den Gang. Ich war benommen, schlief noch halb und fragte mich wieso, davon einmal abgesehen, daß ich nicht an das lange Aufbleiben gewöhnt war, das der Besuch im Alcott Club am vergangenen Abend mit sich gebracht hatte. Ich wartete an dem Fenster, das auf die verwilderte Seite des Dorfs hinausging, während Hemlock den Rest des Handgepäcks zusammentrug. Lord Hughs Mappe war nicht darunter.

»Wo ist –«

»Seine Lordschaft hatte eine Besorgung zu machen und ist ausgestiegen, sobald der Zug anhielt. Ich soll sie in der Equipage nach Carnhaven bringen.«

Es war Hemlock gelungen, sowohl mich als auch das Gepäck die kleinen Stufen hinunter auf den Bahnsteig zu befördern. Die nächtliche Luft war kühl, und ich zog meinen Reisemantel enger um mich. Doch die Equipage wartete bereits, schwarz und von stiller Vornehmheit, mit zwei dunklen Pferden, die aus ihren Nüstern weißen Nebel in den Lampenschein bliesen wie den Rauch eines Zauberers.

Hemlock wäre oben mit dem Kutscher gefahren, aber ich bestand darauf, daß er mit mir in den Innenraum kam. »Es ist kalt, mein guter Mann, und Sie haben selbst gesagt, daß ich etwas brauche, das mich wachhält.«

Also setzten wir uns in das geräumige Innere der Equipage mit dem intensiven Geruch nach Leder und ratterten auf einer seidenweichen Federung in Richtung Carnhaven.

»Wie spät ist es, Hemlock?«

»Zehn Uhr durch, Miss, nach meiner alten Taschenuhr.«

»Es ist eine herrliche Uhr. Ich frage mich, wie ich es geschafft habe, die ganze Reise über zu dösen. Sie haben mir doch keinen grünen Tee eingeflößt an Bord des Schiffes, nicht wahr, Hemlock?«

»Himmel, nein, Miss. Aber da ist schon das Haus, Miss, man ist sicherlich Ihretwegen noch aufgeblieben. Ich glaube, Seine Lordschaft hat telegrafiert.«

Er begleitete mich zur Tür und übergab mich Symes' gleichgültiger Obhut. Mein bescheidener Gepäckhaufen erhob sich wie eine einsame Insel in dem Meer des kalten schwarzweißen Foyers. Symes schenkte der Störung keine Beachtung und überließ es einem Boy, meine bescheidene Ausstattung nach oben zu befördern. Ein versteckter Aquamarin, schien es, war kein Zaubertalisman, um eine gute Behandlung durch Symes zu erlangen. »Man spielt Karten im Salon«, teilte er mir eisig mit.

Ich lief nach oben, um meine Kleidung in Ordnung zu bringen und mein Gesicht zu erfrischen und fuhr noch mit Madame Louisas Rouge-Hasenpfote über meine Wangen, bevor ich wieder nach unten ging.

Als ich die Türen öffnete, hörte ich gedämpfte Unterhaltung und fand ein Quartett rings um einen der kleinen Kartentische an den Verandafenstern sitzend vor.

»Aaaaha! Da ist ja ein anderer vierter Mitspieler für euch, Devora. Ich bin am Ende. War schon immer verflixt schlecht darin, ohne Einsatz zu spielen – verflucht, wo ist der Whiskey, ihr habt doch nicht schon wieder Symes bestochen zu bummeln, meine Mädels -?« Sir Georges Lachen war nicht humorvoll, als er seinen ausladenden Körper vom Tisch wegschob und zu dem Klingelzug an der hinteren Wand torkelte.

»George, du weißt ja nicht einmal, ob Amberleigh nach ihrer Reise spielen will.« Devora verlieh ihrem Ärger Ausdruck, indem sie aufgebracht gegen die Locke blies, die ihr in die Schläfe hing.

»Tja, tja, da ist unsere Mietzekatze, zurück aus London. Und haben Sie die Queen gesehen?« Norahs Blick glitt wissend zu mir, über die Karten hinweg, die sie immer noch vor den Blicken der anderen geschützt hielt, obwohl die Partie vorüber war.

Doch es war Elaines Gesicht, das mich an diesem Abend fesselte. Es war erst wenige Tage her, seit ich sie zum letztenmal gesehen hatte, doch sie war überall dünner geworden, wie eine Modepuppe, die zu klein für ihre Kleider war. Der ganze Alabasterteint war durchscheinend geworden, und ihre Harfenistinnenhände waren so straff gespannt wie Harfensaiten selbst.

»Nein so was, Amberleigh, kommt es von dem Licht, oder haben Sie etwas mit sich angestellt? Ich habe Sie kaum wiedererkannt«, stichelte Devora. »Sag doch etwas, Elaine, sitz nicht nur so verträumt da. Du bekommst in letzter Zeit überhaupt nichts mehr mit.«

»*Das* habe ich mitbekommen!« brauste Elaine auf und erwachte zum Leben wie eine dünne Wachskerze, die plötzlich brennt. Ihre grauen Augen sprühten Funken in die Richtung ihres Vaters, der gerade einen überdimensionalen Whiskey mit Soda von Symes' Tablett entgegennahm.

»Du sollst dich nicht einmischen«, gab Devora zurück und fegte die Karten zusammen. »Sie geben, Norah.«

Cousine Norah breitete Karten mit der Bildseite nach unten vor sich aus, fast so wie Tarotkarten.

»Es ist spät, ich bin müde«, sagte ich und wollte mich zurückziehen.

»Ach ja?« Die Herausforderung lag allein in Devoras Tonfall. »Setzen Sie sich wenigstens einen Moment und erzählen Sie uns, was Sie in London gemacht haben. Dort muß es jetzt so öde sein, wo die Saison gerade erst anfängt. Es passiert nie etwas, wenn die Dinge gerade erst anfangen.«

»Ich dachte, Sie wüßten es. Ich war bei einem ... einem Spezialisten.«

»Und?«

»Ich werde mich wieder erholen, scheint es.«

Norah zeigte plötzlich Interesse an Devoras und meinem Dialog.

»Stimmt ja, Amberleigh, Sie waren in diesen letzten Tagen ja nicht bloß zu Besuch bei irgendwelchen Leuten. Was hatten Sie denn genau?« Norahs Worte waren nichts anderes als eine muntere, fröhliche, normale Nachfrage, und doch hätte sie der Lordscharfrichter selbst sein können nach der Grabesstille, die sich über den Tisch senkte, als sie ihre Frage stellte.

»Einen verstauchten –«

» ... Gebrochenen ...«

»Knöchel«, schloß ich und überging Devoras alberne und unwahrscheinlich klingende Verletzung. »Es ist so völlig dumm von mir. Ich nehme an, Sie haben es nicht gehört. Ich habe einen meiner Spaziergänge in der Abenddämmerung gemacht und bin ausgerutscht – auf irgendwelchen schmutzigen Blättern. Ich hatte vergessen, daß schon Nebel aufzieht und alles glatt macht. Es war ein Glück, daß ich mir den Fuß lediglich verstaucht habe. Zuerst dachte man, er sei gebrochen.«

Den letzten Satz sagte ich mit einem bedeutungsvollen Blick zu Devora. Ich hatte die Vermutung, daß sie die wahre Natur meiner Verletzungen ebenso verschleiern wollte wie ich. Norah hatte während meiner Geschichte mechanisch ausgeteilt, und ich nahm die Karten gegen meinen Willen auf. Nun, ich würde eine oder zwei Partien spielen und mich dann charmant nach oben in mein Zimmer verziehen. Wenn ich gerade nicht Herz und Pik nach der Farbe ordnete, schaute ich verstohlen zu Elaine.

Doch sie beobachtete mich offen.

»An dir ist etwas anders, Amberleigh, ich kann beim besten Willen nicht sagen, was. Bist du dünner? Ich glaube, du bist dünner. Aber da ist noch mehr. Du – siehst anders aus.«

»Vielleicht ist sie einfach – leichtfüßiger?« schlug Devora mit einem verschmitzten Lächeln und in der Absicht, Elaine abzulenken, vor. Ihr Scherz ließ ein zögerndes Lächeln auf Norahs Gesicht treten, doch nicht auf Elaines Gesicht.

»Nein, es ist etwas an ihrem Gesicht«, fuhr Elaine hartnäckig fort. »Ich bin überrascht, daß du es nicht bemerkt hast, Devora, du bist immer so gut in Gesichtern ...«

Devora fegte ihre Karten zusammen und knallte sie auf die Tischfläche. Sie wollte ebensowenig über meinen Zustand reden wie ich. »Wir sind alle zu lange aufgeblieben, denke ich. Ich jedenfalls ziehe mich zurück. Spielt weiter, wenn ihr wollt.« Sie war so jäh verschwunden, daß Schweigen das einzige Spiel war, das wir übrigen spielen konnten.

»Elaine.« Sir George kam wieder zu unserem Tisch herüber, fast so, als ziehe Devoras Abwesenheit ihn an. Er legte unbeholfen die Hand auf Elaines hellen Kopf, doch das niedrige Whiskeyglas schwappte über, und er richtete sich auf, um es gerade zu halten. Sein Blick, der wirr in die Runde ging, fiel auf mich.

»Dünner«, sagte er, wie ein Kind, das in einem Gespräch von Erwachsenen ein Wort wiedererkennt und es daraufhin bei jeder sich bietenden Gelegenheit kräht. »Dünner.« Sir George nickte weise. »Sollten nicht zuviel Fleisch verlieren, mein Mädel. Sonst lohnt die Jagd kaum noch.« Er kniff durch den Ärmel in meinen Unterarm und lächelte schief.

»Vater!« rief Elaine, stand auf und lief zutiefst beschämt aus dem Zimmer. Sir George sah mich weiter wirr und lüstern an. Ja, lüstern, da gab es kein Entrinnen. Ich schaute zu Norah hinüber und sah, daß sie den Blick zwar niederschlug, doch den Mund fest zusammenpreßte.

»Ich gehe wohl besser hoch«, sagte ich unvermittelt und entfernte mich rückwärts von meinem Stuhl und dem Tisch und fast aus dem Raum. »Gute Nacht«, murmelte ich doppeldeutig dem Paar zu, das am Spieltisch zurückblieb, und floh nach oben.

Diesmal verspürte ich nicht den Wunsch, Elaines Zimmer aufzusuchen.

»Na, was ist denn los, Miss Amber? Miss Elaine kommt rauf, als ob die Banshees vom Moor hinter ihr her wären. Dann kommen Sie, so verstört wie Tom Tabby, wenn Mrs. Featherstone ihm mit ihrem Besen zugesetzt hat. Was soll 'n das Theater? Na, na, setzen Sie sich erst mal, Sie sehen immer noch nicht ganz gesund aus, nicht wahr. Ich wollte gerade etwas Rosenwasser für Miss Elaine holen, aber Sie sehen auch 'n bißchen geschafft aus.«

»Geschafft, nein, Henrietta – lediglich ein wenig müde davon, so zu tun, als bekäme ich nicht die Hälfte von dem mit, was in diesem ungewöhnlichen Haushalt vor sich geht.«

Henriettas dichte Augenbrauen schnellten in die Höhe, fast bis zu dem Spitzenbesatz ihrer Haube. Ich hatte mit dem Klatsch angefangen, und es fiel mir schwer, damit aufzuhören.

»Es ist nichts – eigentlich eher amüsant –, wenn es nicht so erbärmlich wäre. Sagen Sie es Elaine nicht, sie hat schon genug darunter zu leiden. Es geht um ihren Vater, Sir George – ich konnte es einfach nicht fassen. Er, nun, er spielte zu sehr den wohlwollenden Gastgeber mir gegenüber, mehr, als es sich gehört.«

Henrietta nickte weise, ihr Interesse war augenblicklich gedämpft.

»Ich find's auch ungehörig, Miss Amber, das können Sie mir wahrhaftig glauben. Und die halbe Zeit, wenn er die arme Bridget nicht gerade ausschimpft, kneift er sie ins Hinterteil, o ja.«

»Was hast du gesagt?«

»Ich sag', er hat sie ins Hinterteil gekniffen, jawohl.«

Ich mußte Henriettas Behauptung erst einmal verdauen.

»Na ja, am besten vergißt man es schnell wieder, denke ich. Ich hatte eigentlich nicht die Absicht, darüber zu tratschen. Ich war einfach so erschrocken ...«

Henrietta verließ mich, um ihr linderndes Rosenwasser zu Elaine zu bringen, während ich mich, so gut ich es allein vermochte, aus meinen Kleidern kämpfte. Es war ein langer, langer Tag gewesen. Ich erinnerte mich an die beiden Kartenspiele, in die ich hineingezogen worden war. Und lächelte, als ich an den unschuldigen Hemlock dachte, wie er Karten an eine austeilte, die Jahre zuvor Jenkins um sein Tabakgeld erleichtert hatte. Hemlock hätte nicht mal ein einziges Spiel gewonnen, dachte ich, wenn Blackbeard mich nicht abgelenkt hätte. Ob Cousine Norah und Sir George noch die unbehagliche Behaglichkeit des Salons teilten, fragte ich mich. Na, das wäre ein merkwürdiges Paar.

Ich hörte ein Klappen im Korridor und vermutete, daß Norahs Tür mir gerade die Antwort auf diese Überlegung gegeben hatte.

Wie niederschmetternd für Elaine. Ich mochte ihr kaum gegenübertreten. Ihr Vater – ein Trunkenbold und, schlimmer noch, ein Wüstling. Zumindest hatte er Elaine von der Frage meines Gesichts abgelenkt. Sah sie eine Veränderung an mir, weil ein Teil von ihr wußte, daß sie da sein würde, die Narbe? Ich nahm meinen Morgenmantel und ging nach nebenan. Elaine war ordentlich ins Bett gepackt, und Henrietta eilte umher und legte ihre Sachen weg. Elaine sagte nichts zu mir, bis die drahtige kleine Zofe aus dem Zimmer eilte.

»Ich wollte keine Szene machen«, sagte sie. »Aber du siehst tatsächlich anders aus. Allerdings weiß ich jetzt, was es ist. Es ist dein Haar, dein Haar ist anders, nicht wahr? Natürlich, das ist es. Ich wußte, daß da etwas war. Es hat mich gestört.«

»Und da war nichts anderes, Elaine? Etwas, das zu sehen du erwartetest und das nicht da war?«

»Was sollte ich denn erwarten? Ich hatte erwartet, dich schon viel eher wiederzusehen. Warum mußtest du losgehen und dich verletzen? Es hat mir nicht gefallen, hier allein zu sein.« Elaine stand auf und ging nervös zu ihrer Frisierkommode, wo sie sich hinsetzte und ihr feines goldenes Haar bürstete. »Adrian war hier. Während du weg warst. Hast du das gewußt?«

Ich starrte sie an.

»Nein, das wußte ich nicht. War er lange hier?«

»Einige Tage. Sie hatte ihn natürlich eingeladen, sobald sie wußte, daß du nicht gleich zurückkommen würdest.« Elaines schmale Finger wanden eine Haarsträhne um den

Elfenbeingriff der Bürste. Ihre grauen Augen sahen mich funkelnd in dem Spiegel an. Es ähnelte so sehr einem Augenblick bei Miss Meachum – und war doch so ganz anders.

»Ich wünschte, du wärst nicht hier!« platzte Elaine dann heraus. »Ich wünschte, du hättest das gerade nicht gesehen. Es ist so demütigend. Warum kannst du nicht weggehen? Geh weg.«

»Elaine. Wenn du mir gegenüber so empfindest, werde ich es tun. Ich hatte ohnehin vor abzureisen, weißt du –«

»Dann solltest du es vielleicht wirklich tun. Es ist besser für dich. Ich weiß es.« Sie stieg wieder ins Bett und wickelte sich in die Bettdecke wie ein schmollendes Kind. Ihre letzten Worte drangen gedämpft durch das Federbett. »Also geh, es ist das Beste für dich, Amberleigh.«

Ich stand einen Moment da, vor Überraschung und Unglauben gelähmt. Ich hatte erwartet, daß ein Gespräch mit Elaine mir den allerletzten Verdacht gegen sie austreiben würde. Statt dessen war sie feindselig und fremd, ganz ähnlich der Person, die mir im Wald Schaden zuzufügen suchte, die mit einem Messer über das Schilf gefahren war.

Ich drehte die Lampen herunter und zog mich zur Tür zurück, entlassen wie Henrietta, nachdem ich meine Aufgabe erfüllt hatte. Die Fragen, die Geheimnisse um Carnhaven waren schließlich doch nicht so aufregend. Es waren billige Probleme, die ich nicht zu lösen wünschte, Schimmelflechten, die zu dunklen, feuchten, nach Moschus riechenden Orten führten. Carnhaven war ein Mausoleum, und ich war der Nachtwächter. Sollten die Familiengeheimnisse doch sich selbst überlassen bleiben. Norah Chandler hatte unrecht. Ich wollte nicht wissen, worin sie bestanden. Und vor allem wollte ich mich nicht davon verschlingen lassen.

23. Kapitel

Der Morgenhimmel war ein grauer, über die Hügel und Heide geworfener Schal, gefältet und von gedeckter Farbe, nur am Horizont von blauschwarzen Schatten ausgefranst.

Ich zog mich an und hielt nicht an, um einen Blick durch die Tür nebenan zu werfen, als ich nach unten zum Frühstück ging. Lass' sie schlafen, lass' sie alle schlafen. Bald würde ich die einzige sein, die überhaupt wach war in diesem gottverlassenen – ich blieb erstaunt vor meinem gewohnten Platz an dem leeren Tisch stehen. Ein hellsilberner Kreis schimmerte neben meinem Teller auf, der einzige Lichtstrahl in dem schattigen Eßzimmer.

Ein Brief. Für mich. Von wem? Warum? Ich hatte Angst, daß die porträtierten Menschen rings im Zimmer herbeieilen und meinen Schatz stehlen würden. Ich griff danach, doch ein Rascheln in der Halle ließ meine Hand zurückfallen.

Devora und Norah, die wie Freundinnen zusammen zum Frühstück herunterkamen. Ich wagte es nicht, ihre Neugier zu erregen, daher schloß ich mich ihrer Prozession vor der Anrichte an.

Tabletts mit dampfenden Wurst- und Fleischpasteten, Tee und das beißende Aroma von Kaffee. Brötchen und Kekse und Muffins, heiß und weich in dem Leinen – wer wollte essen, wenn es einen Brief zu verschlingen gab?

Doch wir setzten uns alle um den Tisch, und sie begannen zu essen, als sei ihnen nichts Ungewöhnliches aufgefallen. Ich warf begehrliche Blicke auf die seltsame Handschrift auf der Vorderseite des Umschlags. Der Absender, ja – das letzte Wort sah aus wie »Vereinigte Staaten«. Und davor, könnte ich jemals die nüchternen Buchstaben vergessen, die so viele Jahre lang meine Postadresse gewesen waren (für die wenigen, die mir schrieben) – »Boston«?

Dann kam Elaine, und »Guten Morgen«-Wünsche gingen hin und her, während sie an der Anrichte entlangzog und ihren Platz am Tisch einnahm. Irgendwie gelang es ihr, mich aus ihrer allgemeinen Begrüßung auszuschließen. Ich registrierte unwillkürlich, daß sie nur Porridge nahm und warf mir im stillen vor, ein unverbesserliches Kindermädchen zu sein.

Doch nach wie vor schaute ich verstohlen auf den Umschlag, den Symes am frühen Morgen auf den Tisch gelegt hatte. Endlich ein Antwortschreiben von den Willoughbys. Es lag neben meinem Teller wie eine Schlange, doch ich wagte nicht, die dicke, blaßcremefarbene Sendung zu öffnen, bevor ich nicht allein war. Cousine Norah schien sich auf ihre Würstchen und die Fleischpastete zu konzentrieren, doch ihr schiefer Blick glitt ein wenig zu oft in meine Richtung, dachte ich. Devoras Blick ebenfalls, wenn sie meiner seltenen Post gegenüber auch hoheitsvolle Gleichgültigkeit an den Tag zu legen schien ... dennoch, ich wollte sie meine Pläne nicht wissen lassen, oder wie bald ich imstande wäre, sie in die Tat umzusetzen.

Elaine klopfte träge mit ihrem Löffel gegen ihre Porridgeschale, ihr Blick hing leer und halb verträumt in den Lichtbalken, die durch die geschlossenen Fensterläden hereinschlüpften.

Ich nahm einen letzten Klecks Marmelade und aß das Croissant auf, ohne das ich den Tag nicht überstehen zu können schien.

»Tja. Ich habe vor, viel zu zeichnen, und es sieht nach einem herrlichen Tag aus. Ich laufe besser los und hole meine Sachen. Elaine, hättest du Lust mitzukommen?«

»Nein, vielen Dank, Amberleigh.«

Überaus beiläufig nahm ich den Umschlag vom Tisch und hielt ihn harmlos gegen meinen Rock. Sie beobachteten mich, als ich hinausging, und ihre Augen funkelten alle irgendwie neugierig. Aber das mußte ich mir einbilden; mit Sicherheit waren meine Aktivitäten für keine der drei von solch brennendem Interesse.

In meinem Schlafzimmer riß ich den Umschlag auf, ohne mir die Mühe zu machen, zuvor das Siegel zu öffnen. Das dicke Papier fiel hinaus, mehrere Bögen. Merkwürdig, es war von anderer Farbe und Beschaffenheit als der Umschlag ...

»Für wen auch immer es von Belang sein mag: Dies dient dazu, Ihnen Miss Amberleigh Dunne zu empfehlen, eine so verworfene Gouvernante, wie ich nur jemals zu beschäftigen das Vergnügen hatte. Ihr moralisches Bewußtsein ist ungemein schwach ausgebildet; ja, sie hat sich während ihrer ganzen Laufbahn mit Liebhabern eingelassen, und selbst die Kinder mögen, nach allem, was ich weiß, vor ihren lüsternen Annäherungsversuchen nicht sicher sein ...« So ging es weiter, stieg zu noch schlimmeren Unwahrheiten herab, vulgären Ausdrücken und dergleichen, bis ich beim Lesen rot wurde. Weiter auf diese Art drei elende Seiten lang. Ich untersuchte vorsichtig das Siegel, das ich in meiner Hast intakt gelassen hatte. Da – war da der Abdruck verwischt, als sei er aufgeweicht und in einem Stück abgehoben worden? Die Poststempel auf dem Umschlag waren eindeutig echt. Mrs. Willoughby hatte das erbetene Empfehlungsschreiben, wenn auch verspätet, aufgegeben. Aber das hier war es nicht. Dies waren die Delirien eines sehr unglücklichen Menschen. Eines Menschen, der vor Unglück halb wahnsinnig war. Eines Menschen, der es darauf anlegte, anderen alles zu verderben.

Ich untersuchte die Handschrift, große, kühne Schriftzüge in schwarzer Tinte. Es sah nach der Schrift einer Frau aus, trotz der Zerstörungswut, die sich in dem Geschriebenen zeigte. Von welcher Frau? Oder könnte es doch ein Mann sein? Wie schwierig wäre es, einen Brief abzufangen? Er hatte vermutlich den ganzen Morgen auf dem Tablett in der Halle gelegen, bevor Symes ihn zu dem späten Frühstück der Familie auf den Tisch gelegt hatte. Und er war wohl gestern abend gekommen.

War es lediglich ein boshafter Streich? Oder verfolgte jemand einen bestimmten Zweck, indem er meine Abreisepläne durchkreuzte? Die Ausführung hatte etwas Kindisches und Gehässiges. Ich wandte meine Gedanken zögernd Elaine zu. Sie war in letzter Zeit so distanziert gewesen, konnte so leicht ihre Persönlichkeit wechseln. Jede, die imstande war, das Wissen um einen Liebhaber abzublocken und darum, einmal schwanger gewesen zu sein ... Nein, Elaine war kaum zu solch obszönem Geschreibsel fähig. Aber wußte ich denn wirklich, wozu Elaine fähig war?

Viel später, als ich nach dem Abendessen zu einem Spaziergang aus dem Haus schlüpfte, spukte mir dieses Rätsel immer noch im Kopf herum. Alle hatten versteckte Anspielungen über meine Fähigkeit gemacht, mir den Knöchel zu verstauchen und auf meinen Spaziergängen für längere Zeit zu verschwinden, doch ich ging nicht darauf ein. Nur ein einsamer Fußmarsch von langer Dauer würde mir helfen, das Durcheinander zu ordnen, mit dem mein Gehirn vollgestopft war wie ein unbenutzter Schrankkoffer auf einem Speicher. In irgendeinem Fach mußte ein längstvergessenes Überbleibsel lagern und darauf warten, zu nochmaliger Prüfung hervorgeholt zu werden. Und ich hatte keine Angst mehr vor der Messerstecherin. Irgend etwas sagte mir, daß sie ihren Feldzug auf ein anderes Gebiet verlagert hatte.

Das Seeufer rief mich, um diese Tatsache konnte man nicht herum. Seit Adrian ... Adrian und die geisterhafte Rudergesellschaft, die nach wie vor ihre unsichtbare Bahn auf der leicht gekräuselten Seeoberfläche zog. Der See wirkte wie ein Ort des Verhängnisses. Selbst in der hellen Sommersonne, an den Tagen, wenn Blattmuster das Wasser am Ufer sprenkelten, wenn Ruder flach in die kleinen, gleichmäßigen Wellen eintauchten, selbst dann hatte er Unglück gebracht.

»Ein Ungeheuer«, hatte sie gesagt, lebe dort, dieses Mädchen – wie hieß sie noch? Dieses besenstielähnliche Geschöpf von Hausgast, auf vortreffliche Weise dazu gebildet – kranichgleich –, in seichten Gewässern des Lebens auf

Futtersuche zu gehen. Wie typisch, ihr Name war mir entfallen, so wie jede Eigenschaft, die sie haben mochte. Wo war sie jetzt, diese Keine-Konkurrenz-für-die-liebe-Elaine-Person, trank sie in irgendeinem leidlich schicken Londoner Stadthaus Tee aus Sèvres-Porzellan?

So namenlos, wie sie jetzt für mich war, hatte sie doch mehr Gelegenheit, Adrian Carstairs zu sehen, als ich. Devora würde schon dafür sorgen.

Ungeheuer! Sie brauchen keine stillen Binnenseen zur Tarnung, du armes, naives Mädchen in Flamingo-Rosa. Sie geben sich damit zufrieden, in den bodenlosen trüben Gewässern umherzupaddeln, die wir Seele nennen. Ach, aber das war ja nur Bitterkeit. Ich bog ab und ging langsam in eine andere Richtung, genoß den Herbstnebel, der wie Dampf aus einem riesenhaften unterirdischen Kessel vom Boden aufstieg. Die kahlen Äste der Buchen, die einsamen Ranken der massiven Eichen erinnerten mich irgendwie an den kürzlichen Wettlauf zwischen mir und der Unbekannten, die voller Haß war auf – irgend etwas. Elaine schien es an diesen Ort zu ziehen. Ich blickte zur *Argonaut*, die dumpf gegen den niedrigen kleinen Anlegesteg schlug.

Brich, brich, brich
An den kalt-grauen Steinen dich, O See!
Doch die zärtliche Anmut eines Tages, der verblich,
Wird niemals zurückkehren zu mir.

Wird niemals zurückkehren zu mir, wird niemals
zurückkehren zu mir …

Tennyson gab einen feinen Trauergenossen ab. Und was hatte ich zu betrauern? Einen blondhaarigen Jungen, weil er eben nur das war und nicht mehr? Meine blondhaarige Freundin, weil sie mehr war, als es den Anschein hatte?

Ich fröstelte – die Sonne hatte sich hinter die Baumwipfel geduckt, und ein grauer Schwefelhimmel dräute hinter ihren dunklen Ästen. Der Nebel kroch langsam dahin, und ich zog den grellbunten Paisley-Schal, ein mir auf peinliche Weise von der impulsiven Norah aufgedrängtes Geschenk, enger um meine Schultern.

Sich gegen die frostige Kälte zusammenzukrümmen, schien es nur noch schlimmer zu machen. Ich mußte zum Haus zurück, bevor die Dunkelheit vollends hereingebrochen war, zurück zu einem weiteren lustlosen Abend im Salon der St. Clares. Und dann zu Bett. Muße tat mir nicht gut, merkte ich. Dann wurde ich sentimental, ich fing an, mir Dinge einzubilden – denn da, ja, auf der Oberfläche des Sees, war da nicht ein schwarzer fester Punkt, der kurz zuvor noch nicht dagewesen war?

Ich trat leicht auf den hölzernen Steg, fürchtete fast, er könnte sich unter meinen Füßen in Papier verwandeln und mit mir zusammen in unvorstellbare Tiefen versinken – es lag solch eine gedämpfte, teilnahmslose Stimmung über der Dämmerung. Als sei die ganze Welt ein Loch, in das man fallen könnte ... Alles war still, bis auf das rhythmische Klatschen der *Argonaut* zu meinen Füßen. Dennoch, alles still. Doch die Schwärze bewegte sich. Sie bewegte sich, gleichmäßig wie ein imposanter schwarzer Schwan aus einer deutschen Oper – wie die Barke, die aus Avalon kam, um Arthur zu holen. Meine Augen durchbohrten ungläubig den Nebel. Wie groß war es, wie weit entfernt, lieber Gott, wie bewegte es sich fort? Ein Balken – ein langer, schmaler schwarzer Balken, der bloß den Eindruck erweckte, als treibe er gleichmäßig und glänzend und glatt vor Nässe in der Ferne dahin, das war alles.

Ich stolperte rückwärts über den Steg, meine Schuhe glitten auf den aufgerauhten Brettern aus, meine Absätze blieben in Astlöchern hängen. Als ein Fuß unerwartet rückwärts die paar Zentimeter zum Erdboden hinuntertrat, entfuhr mir ein seltsamer kleiner Laut. Ich gebe keine »Ohs« von mir, sagte ich mir entschlossen, während ich mein Tuch und meine fünf Sinne zusammenraffte. Nur Maisie Dillinghams gaben »Ohs« von sich.

Ich entfernte mich weiter vom Ufer und empfand keinerlei Triumphgefühl, weil ich mich an den Namen erinnert hatte, der mir zuvor entfallen war. Die namenlose schwarze Form, die nach wie vor in meinem Blickfeld dahinglitt, bedurfte dringender einer Bezeichnung. Etwas, das kleiner war als diese Masse, doch ebenfalls schwarz wie die Hölle, ragte aus dem Wasser. Etwas, das einem Hals sehr ähnlich war.

»Und was machen Sie hier, Mädchen?«

Die Stimme war so weich und irisch wie der Nebel, und sie legte sich um meinen Hals wie eine Schlinge. Ich fuhr herum, stumm, um mich ihr zu stellen. Und sah einen weiteren amorphen Umriß vor der Buchenlichtung und den sich schnell herabsenkenden nächtlichen Schatten. Dieser Umriß war allerdings erkennbar menschlich, und es lohnte sich, ihn näher zu betrachten.

»Sie seh'n aus, als ob ein Wassergeist Sie im Schlaf überfallen hätte, um Sie als seine Braut zu entführen. Würden Sie gern im kalten blauen Wasser leben, Mädel, und den ganzen Tag Seetang flechten?«

»Nein«, war alles, was ich sagen konnte, fasziniert von dem unsichtbaren Gesicht, das Worte hervorstieß, die ich mir nur als lyrisch verhüllte Drohungen auszulegen wußte.

»Nein, Sie haben zuviel von den Sterblichen an sich für

dieses Schicksal. Und wenn Sie dran interessiert sind, weiter sterblich zu bleiben, halten Sie sich nachts vom See fern, ja?«

Die Stimme aus dem Nebel hatte etwas Einschmeichelndes und etwas Unheimliches. Es war eine Stimme, der man gehorchte. Ich nickte, bemühte mich jedoch, den geheimnisvollen Sprecher zu erkennen. Ich sah kaum die Umrisse der typischen Tweedmütze, die die Männer von Glennverran trugen. Irgendwie verspottete mich die Stimme. Sie hatte eine vertraute Melodie, trotz des Varieté-Dialekts.

»Und die Wassergeister, sind sie Ungeheuer?« fragte ich, um der Stimme mehr Anhaltspunkte zu entlocken.

»Nicht so sehr Ungeheuer als vielmehr einsam. Sie kommen in einer Nacht wie dieser aus den Tiefen gekrochen, und der Nebel hüllt sie ein vom Scheitel bis zur Sohle. Sie sind Nixen, und es sind Frauen, nach denen sie suchen, die Wassergeister. Sterbliche Frauen, die das tiefe Wasser mit ihnen teilen sollen. Und sie behalten sie viele sterbliche Jahre bei sich, gefesselt mit Perlenketten von gesunkenen Schiffen und Netzen, die Fischer am weiten, schwarzen Grund zurücklassen.«

»Sie warnen mich und doch erzählen Sie mir Geschichten. Was soll ich da glauben?«

»Glauben Sie, daß der lange, einsame Weg durch den Wald dort drüben zum Großen Haus heute nacht sicherer für Sie ist, als an diesem Strand ein Frage- und Antwortspiel mit mir zu machen, Schwester.«

Seine Stimme hatte etwas Trauriges und Sanftes. Und ich nahm die Warnung ernster als vorhin, als er so hart gesprochen hatte. Ich fröstelte. Fast wollte ich den Namen sagen, der mir in den Sinn kam. Fast wollte ich ihn einordnen, ihn überführen. Devlin. Fast sagte ich es. Ich wußte, daß es

Devlin war, der mir da diese alten Geschichten erzählte und mich warnte, daß in dieser Nacht eine Untergrundaktion im Gange war. Ich blickte noch einmal zum See hinüber. Das bewegliche Ungetüm war verschwunden. Mein ganz persönliches Geheimnis. War es jemals dort gewesen?

»Beeilen Sie sich, wenn Sie dem großen Wassergeist entgehen wollen, weil er langsam hinter Ihnen aus dem Wasser steigt. Beeilen Sie sich, Mädchen, wenn Sie ihr Leben nicht an 'nen andern verlieren wollen ...«

Diesmal weckten seine Worte genügend Furcht in mir, daß ich in unverhohlener Flucht den Fußweg hinaufhastete, wie ein kleines rotes Huhn, das über den Scheunenhof läuft, und die Zipfel meines Tuchs flatterten hinter mir wie Flügel.

Ich rannte fast den ganzen Rückweg, blieb erst stehen, als ich sicher in der geschäftigen, warmen Küche angelangt war – wo ich immer noch spürte, wie die Äste nach den Fransen meines Tuchs griffen, wie kleine Schweißperlen auf meiner Stirn verdunsteten, die von dem Lauf durch die Kälte schmerzte.

Ich würde darauf achten, mich nicht mehr allzu kurz vor Sonnenuntergang nach draußen zu wagen.

24. Kapitel

Wenn Sie etwas von großer Wichtigkeit erfahren wollen«, stand auf dem schmutzigen Briefpapier, das an der angestoßenen Puppe befestigt war, die an diesem Abend schief auf meinem Kissen saß, »bezüglich Ihrer Freundin und ihres Findlings, dann begeben Sie sich morgen vor Einbruch der Dunkelheit zur Bridey's Well. Es wird sich lohnen. Ein Freund.«

Ein Freund, ja? Nach allgemeiner Einschätzung galten Absender anonymer Briefe kaum als Freunde. Ich studierte die schräge graue Kalligraphie. Mit Bleistift ausgeführt, und zwar mit einem nicht allzu spitzen. Die Handschrift war ungeübt, wenn auch nicht die Formulierung. Andererseits sprachen viele Menschen eindrucksvoller als sie schrieben.

Die abgenutzte Puppe bereitete mir Sorge. Ich konnte sie

als Symbol für Elaines Säugling deuten. Falls es so war, hieß das, daß das Baby sich nicht in guten Händen befand?

Oder gar in Händen, in denen es nicht sein sollte? Der Gedanke an Entführung war mir nicht gekommen, bis ich das weiche Spielzeug aufnahm und es untersuchte. Eine gewöhnliche Puppe, nicht viel anders als die, die vor zwanzig Jahren mein Rollbett mit mir geteilt hatte. Doch sie war abgenutzt, das arme Ding, hatte ein rissiges Porzellangesicht und klumpig ausgestopfte Arme und Beine. Ich fröstelte heftig, als ich sie so hielt. Ich hatte von Eingeborenenkulten gehört, die Magie an kleinen, naturgetreuen Puppen praktizierten. Einen Augenblick fragte ich mich, ob ich dadurch, daß ich die Puppe hielt, irgendwo weit weg einen Säugling dazu brachte, sich zu regen. Oben im Norden. Ich legte sie am besten wieder hin. Warum sollte ich auch nicht ein wenig eingeschüchtert sein? Ich unterhielt mich ja nicht oft mit namenlosen Beobachtungsposten und erhielt nicht unterzeichnete Nachrichten, die von einem solch wenig mitteilsamen Boten überbracht wurden.

Ich setzte mich auf den Bettüberwurf und glättete geistesabwesend das struppige Haar der Puppe. Devora hatte sich das nicht ausgedacht. Wenn jemand von Elaines Geheimnis wußte, ihr Kind fortschaffen und damit drohen konnte, ihm etwas anzutun – oder einfach seine Beziehung zu den St. Clares zu enthüllen –, oh, dann wäre Devora in der Klemme. Eine flüchtige Sekunde lang genoß ich fast den Gedanken an die verheerende Wirkung, die solch ein Vorfall auf Lady St. Clares ausgeklügelte Täuschung haben würde.

Aber wieso ich, wieso, um alles in der Welt, sollte ich ausgewählt werden, um für Elaine zu verhandeln? Oder war Elaine selbst zu wenig verläßlich? Und Bridey's Well, kurz vor dem Dunkelwerden. Es mußte sich um St. Bridget's Well handeln, den Brunnen, auf den Adrian und ich bei dem Ausritt im Sommer gestoßen waren. Es war ein schlimmer Ort, um dort einen Fremden zu treffen, möglicherweise einen übelwollenden Fremden. Oder etwa keinen Fremden? Jemanden, der mir bekannt war?

Ich drehte die Puppe um und inspizierte die winzigen Knöpfe, die ihren schmutzigen Kittel zusammenhielten. Sie waren vollzählig; dieser eine liebevolle Zug gab mir Zuversicht. Ich setzte sie aufrecht auf meinen Bettschemel, und sie sah in dem warmen Lampenlicht fast fröhlich aus.

»Na schön, Thumbellina«, sagte ich zu der ernsten kleinen Gestalt, bevor ich die Lampen herunterdrehte. »Ich werde zu deinem Rendezvous hingehen. Wenn es mir auch nicht behagt – angefangen dabei, daß ich eines dieser unmöglichen Pferde nehmen muß, bis zu dem Treffen mit deinem anonymen Besitzer.«

Ich seufzte und sprang ins Bett, sobald das Licht der Lampen erstarb, eine Angewohnheit, um meine Knöchel vor den Menschenfressern, die unter dem Bett lauern mochten, in Sicherheit zu bringen. Angewohnheiten aus der Kindheit sind nicht totzukriegen, dachte ich. Und die Schrecken der Kindheit lagen noch nicht weit genug hinter mir, als daß ich mich nicht vor einem einsamen Ritt zu einem Treffen mit einem Unbekannten an Bridey's Well fürchtete. Es wäre ganz und gar dumm von mir, es zu tun. Ich fragte mich, wofür ich mich letztendlich entscheiden würde, wenn morgen die Abenddämmerung anbrach. Dieser Gedanke und seine Nachwirkungen schwirrten mir durch den Kopf wie Mücken, bis ich sicher war, daß die Morgendämmerung bereits die hohen Fenster hinter den Vorhängen erhellte.

Thumbellinas aufgemalte Augen waren das erste, worauf mein Blick fiel, als ich erwachte. Und ich trug ihren leeren Blick den ganzen Tag mit mir herum, während ich dazwischen schwankte, ob ich diesen sinnlosen Gang tun oder das ganze Problem einfach an Devora übergeben sollte. Wie gewöhnlich fiel der gesunde Menschenverstand meinem Mißtrauen Devora gegenüber zum Opfer.

Die Stallburschen waren beim Abendbrot, als ich in den Stall schlich und an der langen Reihe der Boxen entlangging. Ein muskulöser Brauner wieherte und bewegte sich nervös, als ich an ihm vorbeikam. Ich wich instinktiv vor dem großen Pferd zurück. Sie sahen alle gleich aus, massive Köpfe und Schultern streiften die Seiten der Boxen, als sie sich heranschoben, um den Besucher zu inspizieren. Welches war Lady Jane? Welches glänzende braune Auge war das, welchem ich als einzigem trauen zu können glaubte? Jesters Box war markiert, jedoch leer. Zeit und Verfall hatten die meisten anderen Namen ausgelöscht ... ich machte kehrt und ging die Reihe erneut entlang, dabei trat ich in dem trüben Laternenlicht nicht mehr so behutsam auf wie zuvor. Offenbar hatten die Burschen den Stall ausgemistet, bevor sie sich zu ihren schlichten Brötchen und dem starken Tee zurückgezogen hatten. Oder noch stärkerem Zeug, mit dem sie das Essen hinunterspülten.

»Lady?« Mein Flüstern hing so sichtbar in der kühlen Luft wie mein Atem. Doch da war ein Wiehern weiter die Reihe hinunter, und ich rannte zu der Box, aus der es kam. Lady Jane, da war ich sicher. Ich öffnete die Tür der Box und führte sie an dem Seilhafter, das um ihr samtenes Maul geschlungen war, hinaus. Ihre Hufe erzeugten auf dem Steinfußboden ein Echo, das mich ganz nervös machte. Lady stand sanftmütig da, während ich zur Sattelkammer eilte, um Geschirr und Sattel zu holen. An die Decke dachte ich erst, als ich bereits wieder bei ihr war.

Ich hatte mindestens hundertmal in meinem Leben gesehen, wie ein Pferd gesattelt wurde. Es konnte nicht sonderlich schwierig sein. Aber in der Abendluft waren meine Finger kalt, und das steife Leder stellte mich vor Probleme. Sie zu satteln war einfach. Den Steigbügel zog ich nach Gutdünken zurecht. Schätzungen mußten reichen, für mehr hatte ich nicht die Zeit.

Lady wieherte und stieß mich mit dem Kopf an die Brust, als ich soweit war, sie aufzuzäumen. Ich musterte sie unsicher und hielt ihr meine beste Gouvernanten-Strafpredigt.

»Na, na. Wir werden so ein braves Pferd sein. So ein williges Pferd. Siehst du, ich muß lediglich dieses Stück Stahl nehmen und es dir ins Maul stecken. Also lächle für mich, Lady, und laß es mich reinstecken. Na komm, so ein hübsches Mädchen, so ein gutes Mädchen. Du weißt besser als ich, wie es hineingeht, also tu etwas damit, bitte.«

Ich redete ihr gut zu und sang ihr leise vor, ich hielt die Gebißstange an ihre großen viereckigen Zähne und hoffte. Nichts geschah. Ängstlich drückte ich ihr Maul mit den Händen auf und zog die Gebißstange schnell hinter ihre Zähne, als ihre Kiefer sich trennten. Der Stahl rutschte schließlich an die richtige Stelle in dem natürlichen Kanal zwischen ihren Zähnen und ihrem Rachen. Ich seufzte erleichtert und flüsterte ihr weiter in die Ohren, die sich aufstellten und wieder anlegten wie Semaphoren, die eine Nachricht übertrugen, die ich nicht zu lesen vermochte. Das mühselige Unterfangen, beide Ohren gleichzeitig unter die Riemen des Zaums zu bekommen, war wie der Versuch, die Finger in einen Kinderhandschuh zu zwängen. »Ach, so ein feines Pferd, so freundlich. Na komm schon, wir machen nur einen ganz kleinen Ausritt. Nur wir zwei, also komm mit.«

Sie folgte mir ganz sanft über den Stallboden nach draußen. Ich mußte den Block zum Aufsteigen benutzen, um auf sie hinaufzukommen, und riß mir dennoch eine Naht am Unterarm auf.

Es war früh dunkel geworden, stellte ich fest, als ich die Zügel ordnete und mich ein letztes Mal im Hof umsah. Die Küchenfenster von Carnhaven blinkten mir über den Kopfstein hinweg gelblich zu. Ganz oben am Himmel reflektierten die glatten weißen Wolken immer noch Licht. Doch der Horizont, zu dem ich Lady Jane lenkte, war dunkel, die Nacht brach vorzeitig über das Land herein. Lady Janes Hufe klapperten im Schritt, bis ich den Hof hinter mir hatte. Dann, aus Sorge wegen der Zeit und daß mich ein früher Sonnenuntergang den Schreiber der Nachricht verfehlen lassen würde, gab ich ihr die Sporen. Wir trabten über die dunkle Landstraße und dann den steinigen Fußpfad zu den Klippen hinauf.

Je höher wir uns hinaufschlängelten, desto besser konnte ich die im Westen stehende Sonne sehen, wie sie hinter einem Vorhang aus purpurroten Wolken in die See glitt, die sich über den halben Horizont warf und die Wolken auf der anderen Seite der Welt hinter mir rosarot widerspiegelte.

Es war einsam, einsam, so hoch oben auf Lady Janes breitem Pferderücken zu hocken. Allerdings war es eine herrliche Szene. Ich hatte noch nie einen Sonnenuntergang von einem Ort aus gesehen, der dafür so geschaffen war wie die rauhen, hohen Klippen von County Clare. Dennoch hätte ich mich in diesem Augenblick nur zu gern mit einem in grellen Farben getönten Stereoptikonbild desselben begnügt. Ich kam mir vor wie ein finsterer, grimmiger Pilger in einem farbenprächtigen Land, das im Begriff stand, sich in einer letzten Explosion selbst auszulöschen. Mein Reitkostüm bestand aus warmem schwarzen Wollzeug – robust genug für die Jagdsaison von November bis März. Trotzdem fröstelte ich auf Lady Janes Rücken. Einmal ließ ich sie beinahe kehrtmachen, um auf der Straße nach Carnhaven und zu einem normalen County-Clare-Abend zurückzureiten. Bis jetzt hatte man mich vermutlich nicht einmal vermißt.

Aber wenn ich es richtig anfaßte, würden sie mich überhaupt nicht zu vermissen brauchen. Ich hatte ihnen Ausreden hingestreut wie Brotkrumen. Nähen, hatte ich gesagt. Etwas Handarbeit in meinem Zimmer. Ich fühle mich nicht ganz wohl, hatte ich gesagt, würde mich vielleicht früh zurückziehen, mich einfach wegstehlen, sie sollten sich keine Sorgen machen … Als ob ich irgend jemandem auf Carnhaven so viel bedeutete, daß er sich Sorgen machte.

Nein, das war ungerecht. Elaine würde sich Sorgen machen. Auch wenn sie dazu nicht geschaffen war, auch wenn sie nach außen feindselig gewesen war. Um mich würde Elaine sich Sorgen machen. Eine Zeitlang.

Lady schlängelte sich den stetig ansteigenden Pfad hoch. Selbst im Zwielicht ertastete sie mit den Hufen einen Weg, der von Felsbrocken frei war. Schließlich dachte ich, der Kamm sei nahe – es war alles so anders als bei Tageslicht. Die Entfernungen trogen. Die Felsen über mir hockten da wie ein Troll mit gekrümmten Schultern oder ein verirrtes Meerungeheuer aus Stein.

Und kein Licht. Ich hatte nicht daran gedacht, für den Rückweg eine Laterne mitzunehmen. Auf den vielen Meilen dünn besiedelten Lands ringsum erhellte keine Ansammlung von Herdfeuern die Umgebung. Ich war auf dem Weg zu einem Rendezvous mit einem möglicherweise mordgierigen Fremden, und ich hatte mich nicht einmal mit einer Lichtquelle ausgerüstet. Mir war nicht bewußt, daß ich Lady Janes Zügel angezogen hatte, doch das Pferd war stehengeblieben, weil es wohl meine Unsicherheit spürte.

Welch große Dummheit. Eine so begriffsstutzige Person sollte nach Einbruch der Dunkelheit nicht nach draußen dürfen. Ich sollte hübsch im Schulzimmer sitzen, zusammen mit den anderen Kindern, die sich mit ganz gewöhnlichen Dingen in Angst versetzen, indem sie sie in nächtliche Ungeheuer verwandeln. Braves Mädchen, ja, klopf dem Pferd auf den Hals, Amberleigh. Lady Jane hat keine Angst. Und sie ist nur ein Pferd. Ich glitt von Lady Janes Rücken hinunter, entschlossen, es durchzustehen. Ich war schließlich ein Abgesandter, von dem geheimnisvollen, unbekannten, anonymen Briefschreiber persönlich ausgewählt. Ein Erpresser, ein Entführer, der sein Lösegeld wert war, tat seinem Abgesandten nichts zuleide. Natürlich nicht.

Ich tastete in der zunehmenden Dunkelheit nach einem Stein, der schwer genug war, um Ladys Zügel zu halten, während ich weiter nach oben zu dem Treffen ging mit – nun, mit was oder wem ich mich auch immer treffen sollte.

Doch dann rutschte ich aus, was einen Hagel aus kleinen und größeren Gesteinsbrocken hinter mir auslöste und konnte mich nur fangen, indem ich mich mit einer Handfläche auf dem Erdboden abstützte. Ich spürte, wie sie über irgendwelche spitzen Felsvorsprünge schürfte. Meine Füße rutschten unter mir weg, und ich fiel auf ein Knie. Hinter mir schnaubte Lady einmal kurz, und ich sah undeutlich ihren nervösen Kopf über mir auftauchen. Sie tänzelte mit den Hinterhufen rückwärts und hob die Vorderbeine hoch an, als sie seitlich zum Abhang zurückwich.

»Lady! Lass' mich nicht allein, Lady«, bat ich leise und tastete zwischen den spitzen Gesteinsbrocken verzweifelt nach den schmalen Lederenden ihrer Zügel. »Lady! Oh, Lady.«

Sie war endlich stehengeblieben, ein düsterer, ungleichmäßiger Schatten etwa zehn Meter den Weg hinunter. Hinter ihrer massigen Gestalt fiel County Clare zu verschwommenen, dunklen Regionen ab, so unbekannt wie das Schicksal. Ich ging ein paar Schritte auf sie zu und sandte einen weiteren Steinhagel zu ihren zarten Fesseln. Sie tänzelte wieder rückwärts und blieb schließlich noch weiter entfernt stehen.

Verzweifelt wandte ich mich zum Gipfel, der sich jetzt gegen einen Himmel abhob, aus dem bis auf eine letzte Schicht alle Farbe herausgepreßt war. Dort schien es irgendwie besser, freundlicher zu sein als auf einer nutzlosen Jagd den felsigen Abhang hinunter. Ich seufzte und machte mich daran, die letzten Meter zu St. Bridget's Well zu erklettern. Als ich mich ein letztes Mal umsah, suchte Lady Jane sich ihren Weg den Pfad hinunter und verschmolz mit der Landschaft, die sie schließlich ganz verschluckte, ein schwarzer Abgrund.

Abgrund. Großer Gott, jetzt galt es, vorsichtig zu sein. Mir fielen die schrecklichen Senkgruben ein, die hier oben steil abstürzten. Ich konnte von Glück reden, daß ich schon einmal hier gewesen war, damals mit Adrian, daß ich, wenn ich die Augen schloß, einen Tag voll Sonnenlicht und sentimentalen Erinnerungen heraufbeschwören konnte. Hier befand sich eine Grube. Mehr als eine rein romantische Fallgrube. Eine tiefe Grube am oberen Ende des Weges, dann waren wir um einen großen Gesteinsbrocken geritten, und da, wo der kleine Ziegenhirt vor uns aufgetaucht war und uns vertrieben hatte, war die Stelle, die man St. Bridget's Well nannte. Ein rundes, finsteres, tiefes Loch zur Hölle.

Ich kroch langsam um das herum, was ich für den Rand der Öffnung hielt, spürte unter meinen Händen nackten Fels und tastete mich daran entlang. Ich traute diesen unbestimmten Formen, die sich vor einem fahlen Himmel auftürmten, nicht. Es war dunkel dort, noch nicht stockfinster, aber so dunkel wie ein Haus in der Nacht, wenn nur das Mondlicht durch die Fenster hereinscheint. Ich wollte mir nicht die Zehen an einer Polstertruhe anstoßen, ich wollte nicht stolpern über einen –

Die Welt stürzte ab und ich mit ihr. Ich ließ einen Schrei hinter mir zurück, der von dem Fels widerhallte, den ich gerade noch berührt hatte. Meine Füße strampelten ins Leere, meine Schulter schlug gegen eine harte, unnachgiebige Fläche. Ich fiel, großer Gott, fiel – ich kam unsanft auf, immer noch auf Stein, immer noch fast aufrecht stehend, an eine Felswand geklammert. Vorsichtig streckte ich einen Fuß nach hinten und rechnete damit, einen weiteren metertiefen Abgrund ins Leere unter mir zu finden. Nein, Boden. Unebener, steiniger Boden. Ich konnte nicht tief gefallen sein. Ich stand reglos da und versuchte nachzudenken, wagte es noch nicht, den Fels freizugeben, obwohl ich erwartete, daß er sich jeden Augenblick in Sand auflöste und mir durch die Finger rann. Dann würde ich immer weiter und immer schneller in die Tiefe schweben. Für diese Alice gab es keinen Kaninchenbau. Kein kleines weißes Kaninchen. Spät, es war zu spät. O Lady, warum hast du mich verlassen? Mein Herz schlug gegen mich, eingeklemmt zwischen meinem Körper und dem Fels, an den ich mich klammerte. Ich dachte schon, es werde aus eigener Kraft hochspringen und versuchen, sich in Sicherheit zu bringen wie ein Hase vor dem Jäger.

Ich fing an zu weinen – kleine, verspätete Schluchzer, weil ich zu betäubt war, um sagen zu können, wo ich verletzt war, zu verängstigt, um laut zu weinen. Also unterdrückte ich meine Angst, und mich drückte ich gegen den einzigen festen Orientierungspunkt, den ich hatte, den Fels.

Ein Prasseln war zu hören, wie das Klickern der kleinen Steine, als ich abgestürzt war. Ein gedämpftes, gleichmäßiges Prasseln, so milde wie höfliches Klatschen in einer entfernten Halle. Es regnete – sanft, beruhigend –, ein süßer, weicher, kalter irischer Regen. Ich kratzte genug Mut zusammen, um am Rand der Grube entlangzukriechen, bis ich eine Stelle fand, die durch einen Überhang geschützt war. Ich ging in die Hocke und beschloß zu warten. Auf denjenigen, der mir die Nachricht geschickt hatte. Oder auf den Morgen.

Ich brauchte nicht lange zu warten. Ein leises Scharren über mir kündigte an, daß sich entweder Huf oder Stiefel über den gefährlichen Boden bewegte, der mein Untergang gewesen war. Ich fragte mich kurz, ob es klug war zu rufen, aber schlichte Angst und gesunder Menschenverstand überstimmten die Vorsicht.

»Bitte! Ist da jemand? Ich bin abgestürzt – können Sie mich herausholen?«

Stille. Das Scharren hörte auf. Dann ging ein Hagel aus Kieselsteinen mit dem Wasser zusammen neben meinem Gesicht nieder. Ich kauerte mich enger gegen den Fels.

»Amberleigh? Sind Sie das?« Die Stimme klang so erstaunt, wie ich ungläubig war. Ich kroch unter dem schützenden Überhang hervor und sprang auf die Stimme aus der Dunkelheit zu.

»Meine Güte, Devlin! Sie sind es tatsächlich! Was, um alles in der Welt –?«

»Aye, es gibt nur ein Mädel in ganz County Clare, das sich selbst in solch eine Klemme bringt ... verdammt, ich muß Sie da rausholen, bevor – Hier, seh'n Sie meine Hand? Ein Glück, daß Sie die tieferen Löcher verfehlt haben – das wär' 'ne Rutschpartie geradewegs in die Hölle geworden.« Ich hörte ein Kratzen auf Stein und geschäftige Geräusche über mir und hielt dankbar das Gesicht in den sanften Regen.

»Oh, Devlin, Sie wissen ja nicht, wie erleichtert ich bin, Ihre Stimme zu hören. Ach, es ist wirklich alles so verworren, und ich bin davon auch schon halb verrückt, also halten Sie mir keine Strafpredigt, holen Sie mich einfach raus, wenn Sie können.«

»Sie haben das Glück der Iren, Lady, daß ich darauf angesetzt war, heute abend hier vorbeizugehen«, hörte ich ihn sagen, und dann schob sich seine dunkle, gesichtslose Silhouette auf die Felskante über mir. Er schien nicht allzu weit zu sein, und seine Hand, ein noch fahlerer, verschwommener Fleck als sein Körper, streckte sich zu mir herunter.

»Können Sie mich an der Hand packen? Wenn ja, dann zieh' ich Sie rauf wie einen Eimer Wasser aus St. Bridget's Well – wenn Sie nur auch so leicht wären.«

»Wenn Sie mich aus diesem scheußlich kalten und nassen Loch herausholen, ist es mir egal, wie viele irische Beleidigungen Sie mir an den Kopf schleudern. Beeilen Sie sich bitte, Devlin. Da kommt noch jemand –«

»Und woher wissen Sie das? Na, dann fassen Sie mich mal bei der Hand, und hören Sie mit dem Geschwätz auf!«

Ich reckte mich hoch, bis meine Finger Fleisch ertasteten anstatt Stein. Devlin beugte sich weiter herunter, und ich spürte, wie seine Hand sich an meiner entlangschob, um mein Handgelenk zu packen.

»Es ist 'ne eiskalte Hand, die Sie mir da geben, Miss Dunne, meine Liebe. Und Sie sollten mir lieber 'ne warme Erklärung für das alles liefern, oder ich stecke Sie für ein Weilchen wieder in die Grube. Jetzt geben Sie mir Ihre andere Hand, wenn Sie es schaffen –«

Ein dumpfes Krachen hallte irgendwo über uns wider. Ich spürte, wie der Griff von Devlins Hand plötzlich fester wurde und sie schmerzhaft mein Handgelenk drückte.

»Devlin! Sie tun mir weh. War das ein Donnern, dieses Geräusch in der Ferne? Es hat mich erschreckt.« Seine Finger lockerten sich, und ich spürte, wie meine Hand aus dem Kreis der Sicherheit, den er mir darbot, herausrutschte.

»Devlin! Wir müssen es noch einmal versuchen. Vielleicht komme ich auf diesem Felsen höher.« Ich schob meine Füße den Abhang hinauf und reckte mich wieder nach oben. Seine Hand war nicht da. Ich drehte die Wange zu dem feuchten Fels, um mich höher recken zu können, und tastete mit meinen ausgestreckten Fingern in einem Bogen nach hinten und nach vorn. Einmal streifte ich Devlins Finger, und seine Hand schwang leicht hin und her, durch meine Berührung in Bewegung gesetzt. Ich griff wieder nach oben, um seine Hand zu erwischen, diese Schlaffheit zu beenden, die Schreckliches bedeutete.

»Devlin. Antworten Sie mir! Das ist kein Spiel. Es ist nie ein Spiel gewesen. Es ist dunkel und naß und kalt, und ich bin, ich bin – Devlin!«

Ich fand seine Finger wieder und versuchte, sie zu pakken. Sie rutschten schlaff ab. Ich kam mir plötzlich vor wie ein boshaft verspieltes Kätzchen, das mit seiner Beute spielte. Wie etwas Lebendiges und Skrupelloses, das mit der zerstörten Illusion von Leben herumspielte. Mir wurde übel, und ich sank in die Höhlung aus rauhem Gestein zurück, die mir jetzt mehr wie eine Zuflucht, nicht wie eine Falle vorkam. »Devlin«, rief ich einmal leise, aber es kam keine Antwort. Nur der Regen, wie er auf den Kalkstein prasselte, in den Schlamm peitschte, in Rinnsalen an meinem Gesicht hinunterlief. Ich preßte mich an die Seite der Grube und wartete. Nichts war zu hören. Einmal reckte ich mich wieder hoch und berührte Devlins Knöchel. Seine Hand war tödlich kalt.

Viel später hörte ich ein Scharren auf dem harten Grund und hob den Kopf, um zu horchen. Hatte Devlin –? Ein Schnüffeln, dann ein durchdringendes Jaulen, das kalte Schauer über meinen bereits halberfrorenen Körper jagte.

»Boru«, rief ich, »Boru!« Der große Hund antwortete mit einem Geheul, das zu dem dunklen, wie in ein Leichentuch gehüllten Himmel aufstieg und von den Felsen rings um uns zurückkam. Einen Augenblick lang verschmolzen mein Rufen seines Namens und das herzzerreißende Geheul des Tiers zu einem grotesken Duett. Ich sank wieder auf die Knie und kauerte mich zusammen, lauschte auf die Klage eines Hundes, der um seinen Herrn trauerte. Nein, das stimmte nicht. Kurz darauf ließen sich andere Geräusche vernehmen – ich hörte wieder ein Scharren zwischen dem unvergeßlichen Geheul des Hundes.

»Sssst, Jungs. Hier ist was verdammt faul. Schnappt euch das Vieh am Halsband.«

Ich stand auf, voller Hoffnung.

»Bitte. Da oben ist jemand. Bitte, ich muß Devlin helfen, ich glaube, er ist schwer verletzt, bitte!«

»St. Patrick schütze uns! Riley, hol die Frau aus diesem Loch raus. Ach, es ist Devlin Quade, tatsächlich. Glatt durchgegangen. Von hinten. Bring die Laterne her, Barry. Aye, da ist nix mehr zu machen.«

Kräftige Hände zerrten mich an den zerklüfteten Felsen hoch.

»Das Licht, Riley. Ah, es ist diese Frau bei den St. Clares. Die kleine Dunne. Was machen Sie hier? Was wissen Sie von der Sache?«

»Nichts, nichts. Aber wo ist Devlin? Ist er wohlauf? Ich glaube, er wurde angeschossen – das war's, was ich gehört habe, wie es gekracht hat, ich habe es gehört.« Ich kroch zu der dunklen Gestalt hinüber, die in einem Kreis von Laternenlicht am Rand der Grube lag. Sie hatten ihn auf den Rücken gedreht und vom Abhang weggerollt, doch sein Arm baumelte immer noch steif über der Grube.

»Oh, Devlin – nein. Er wird sich wieder erholen. Bestimmt wird er sich wieder erholen! Er ist gekommen, um mir zu helfen – oh, es ist noch nicht lange her, deshalb wird er sich wieder erholen! Aber helfen Sie mir, ihn aus der Nässe wegzuschaffen, er wird ihm schaden, der Regen. Wir haben ihm schon einmal geholfen. Damals war er auch so bleich, aber wir haben ihm geholfen. Hier, bringen Sie ihn weg, sie werden ihn finden, und das lasse ich nicht zu. Das lasse ich nicht zu.« Ich zog an seinen Armen, wie an dem Tag auf dem Hügel beim Feenkreis. Aber irgendwie war Devlin schwerer. Ein Totgewicht.

»Barry, hol die Frau von ihm weg, wir können nicht zulassen, daß die Leiche so traktiert wird. Und der Hund, schnapp dir den verdammten Hund. Dafür wird jemand bezahlen, verdammt, verdammt.«

Der Mann, der das sagte, kam schließlich selbst zu mir herüber und zog mich am Arm hoch.

»Na, Mädchen, Sie dürfen sich nicht so aufregen. Tot ist

er, und tot wird er auch bleiben. Ich hab' schon 'nen Boten geschickt, er soll nachsehen, ob das Geheul des dummen Viehs das ganze Dorf aufgeweckt hat, so daß die verdammte Miliz kommen könnte und wir um unser Leben laufen müssen. Aber ich werd' mich noch mal hierüber mit Ihnen unterhalten müssen –«

»Jack, Jack, hey, Jack«, schrie ein Mann, der um den Felsvorsprung gelaufen kam. »Da kommen Pferde, zwei oder drei, scheint's.«

»Verdammter Köter«, stieß Jack hervor, ließ meinen Arm los und verschwand mit den übrigen Männern, als ob sie alle aus Nebel wären.

Ich schleppte mich zu Boru hinüber, der immer noch neben seinem Herrn stand und winselte, und legte die Arme um seinen feuchten, struppigen Nacken. Wenn ich so kniete und er saß, hatten wir dieselbe Höhe. Ich streckte die Hand in den Regen und berührte Devlins Gesicht. Es war, als streichle man einen Stein.

Ich hörte das Getrappel nasser Pferdehufe durch den Regen, hörte die Pferde wiehern, als ihre Reiter abstiegen, hörte die Stiefel saugende Geräusche im Schlamm schmatzen.

»Na, was ist denn hier los? Wir haben das Geheul bis unten in der Kaserne gehört –«

Ein Mann kniete sich neben mich und rüttelte mich an der Schulter. Ein anderer Mann zündete eine Reiselaterne an und brachte sie herüber. In dem schwachen Licht sah ich ein Gesicht, das ich wiedererkannte.

»Na, was ist? Welche Teufelei hat man denn nun wieder angezettelt?« fragte Captain Mayfair ungeduldig. Ich fand Worte, die weit entfernt dahinwehten, und trieb sie in den Kreis, den ich zusammen mit dem Hund und den beiden Neuankömmlingen bildete.

»Es ist ... Devlin. Devlin Quade«, sagte ich matt und zeigte auf die reglose Gestalt vor der Grube. Captain Mayfair beugte sich schnell über Devlin, während Boru leise knurrte, aber ich hielt ihn weiter fest, und von ihm ging keine Gefahr aus.

»Großer Gott, ich glaube, der Mann ist tot. Und wer sind Sie, Miss, die an der Seite eines toten Mannes sitzt?« Das Licht der Laterne hatte noch nicht voll auf mich geschienen, und ich war froh darüber.

»Amberleigh Dunne. Von Carnhaven. Aber Devlin ist nicht – tot. Wenn Sie ihn nur zu einem Arzt bringen würden. Er ist nicht tot.«

Der andere Mann kniete sich neben Devlin und berührte seinen Hals. Er hielt die Laterne hoch über uns, doch selbst in diesem schwachen Licht erkannte ich die Narbe.

»Sie haben es gesehen!« wandte ich mich an ihn. »Hemlock kann Wunder wirken, Sie haben es gesehen. Sie haben es selbst gesagt. Hemlock könnte die Toten erwecken. Bringen Sie ihn zu Hemlock.«

»Es ist zu spät«, sagte Lord Hugh. »Diesmal ist es zu spät«, sagte er und stand auf. Als der Lichtschein sich von Devlins Gesicht zurückzog, hatte ich das Gefühl, als nehme er damit Devlin irgendwie das Leben.

»Nein, Sie dürfen ihn nicht aufgeben! Das letzte Mal ... das letzte Mal war er auch bleich. Ich lasse ihn nicht sterben, ich habe ihn schon einmal gerettet. Es muß doch irgendeinen Sinn gehabt haben.«

Captain Mayfair hielt mich an den Armen fest, als ich vor Schluchzen nicht mehr sprechen konnte, und ich erschlaffte schließlich, zu erschöpft, um noch etwas zu sagen.

»Hören Sie, Hugh, es ist mir verdammt peinlich, aber könnten Sie zu den Barracken zurückreiten und einen Sondertrupp für die Leiche holen? Ich werde das Mädchen nach Carnhaven bringen, denke ich, und ich muß mit ihr reden, sobald sie sich wieder gefaßt hat.«

Er schob mich zu seinem geduldigen Pferd, und hob mich in den Sattel. Captain Mayfair ritt mit mir, aber sonst erinnere ich mich an fast nichts mehr von diesem Ritt.

25. Kapitel

»Na schön, Miss Dunne, ich verlange eine Erklärung.« Einen Tag zuvor hätte ich gelacht bei der Vorstellung, daß Captain Thaddeus Mayfair etwas anderes in mir erregte als den Drang zu kichern. Oder rot zu werden bei der Erinnerung an gewisse vorgetäuschte Indiskretionen.

Doch als er in dem kalten hohen Salon in der Halle der St. Clares vor mir stand, wirkte er nicht mehr so sehr wie jemand aus Gilbert and Sullivan, sondern mehr wie ein Vernehmungsbeamter vom Militär, der mich jederzeit einsperren lassen konnte, sollten meine Erklärungen seinen phantasielosen Verstand nicht zufriedenstellen.

Er hatte mich geradezu ins Haus geschleift, jede Hilfe abgelehnt und mich – triefend naß und wie betäubt – in den Warteraum für unangemeldeten Besuch verfrachtet.

»Eine Erklärung?« Ich konnte nicht anders. Meine Zähne klapperten, und ich spürte, wie das Wasser langsam von meinem Saum auf den bloßen Fußboden tropfte, wo es eine klare, dicke kleine Pfütze bildete, die mehr als alles andere in dem Raum meinen Blick auf sich zog. Es war so unwirklich, so absurd, daß ich hier saß und das St.-Clare-Parkett naß machte, während ein gleichermaßen absurder Schokoladensoldat mit einem lächerlichen kleinen Schnäuzer mich verhörte. Irgend etwas war mit mir geschehen. Gerade noch war ich in der kalten, nassen Welt draußen gewesen, und im nächsten Moment saß ich geblendet im Lampenlicht, von der Helle der Wände gebleicht, die in sauberem Anstrich und Normalität erstrahlten. Mir war, als ob ich in die Sonne gesehen hätte.

»Ich kann rein gar nichts erklären. Ich weiß nichts. Ich fühle mich so müde. Schwer, hat Elaine einmal gesagt. Ja, ich fühle mich schwer.« Mein Blick fiel wieder auf die Pfütze zu meinen Füßen, als ob sie ein Zauberspiegel wäre, in dem ich meine Zukunft lesen sollte. Ich wandte schnell den Blick ab und machte wieder Captain Mayfairs Gesicht ausfindig. Wie war er nur so streng geworden? Er sah ziemlich einschüchternd aus, er sah aus ...

Als ich ihn beobachtete, gab er einen Ausruf des Ärgers von sich. Er ging zur Tür, riß sie auf und brüllte nach einer Decke und etwas Brandy.

Ich nahm die Decke entgegen, als sie kam – schwere einheimische Wolle, die zwar die Feuchtigkeit gegen meinen Körper drückte, mir jedoch irgendwie ein Gefühl von mehr Sicherheit gab, als ob die Zivilisation mich wieder umfangen hätte, nachdem ich an einem Ort gewesen war, der wenig Menschliches hatte. An einem kalten Ort mit einem Regen, unter dessen Peitschenhieben ich mich duckte – ein

Land aus unnachgiebigem Fels und Unwettern, wo Druiden noch ihre großen Feuer anzündeten. Vielleicht hatten Druiden es getan, die Hand geopfert, die wie ein stehengebliebenes Pendel über mir hing, während ich unten in der Grube wartete. Ich hatte von solchen Dingen gelesen. In Geschichten. Vielleicht vermischte ich Dinge, die ich gelesen hatte, mit Dingen, die tatsächlich passiert waren ...

»Setzen S-Sie sich, bitte.« Captain Mayfair hatte sein Stottern und seine gewohnten Umgangsformen wiedererlangt. Als ich aufschaute, sah ich, daß er geschrumpft war, wie eine Figur in einem Melodrama, die sich zum letztenmal im Rampenlicht verbeugt und wieder normal wird. »Wieso sind Sie dorthin gegangen? Es war ihr Treffpunkt, müssen Sie wissen.«

»Ihr Treffpunkt? Von wem?«

»Der United Irish«, sagte er seufzend und beugte sich hinunter, so daß sein Gesicht dicht an meinem war und ich die beiden schwachen Fältchen in den Winkeln seiner sehr jungen Augen sehen konnte.

Trösten Sie sich, Captain Mayfair, eines Tages werden auch Sie nicht mehr jung sein und auch keine Autorität mehr haben. Was kann ein solch junger Offizier in einem solch alten Land ausrichten? Können Sie sich auch nur entfernt mit den Druiden messen? Sie fordern Menschenopfer, wissen Sie. Nein! Meine Gedanken gingen wild durcheinander. Das durfte ich nicht zulassen. Die United Irish, hatte er gesagt. Ihr Treffpunkt. Natürlich, Bridget's Well. St. Bridget's Well war ein geheimer Treffpunkt für die United Irish. Das war der Grund, warum die anderen Männer später gekommen waren. Zu spät. Devlin –

Ich blickte wieder zu Captain Mayfair hoch. Sein Gesicht verschwamm wie in einem sehr schlechten Spiegel. Ich war ganz aus Wasser, ein Meer tropfenden, sich in Pfützen sammelnden Wassers. Ich blinzelte, und meine Sicht wurde kristallklar.

»Wieso sind Sie zu einem Treffpunkt der United Irish gegangen? Ich kann nicht recht glauben, daß Sie eine von ihnen sind. Sie weihen sehr selten Frauen in ihre Verschwörungen ein, auch wenn die Männer ihre Schmutzarbeit später mit ihren Unterröcken zudecken. S-sagen Sie es mir.«

»O nein, damit habe ich nichts zu tun. Ich gehe nur – ich gehe oft dorthin, ich bin einmal im Sommer hingeritten, wissen Sie. Diese Stelle – ich hänge daran.«

Die Nachricht. Ich durfte nie und nimmer das zerfledderte Stück Papier erwähnen, das mich dorthin geführt hatte. Es zu erwähnen hieße, Elaines Baby zur Sprache zu bringen, die ganze Geschichte. Nein, ich war dorthin gegangen, weil ich es wollte, und damit hatte es sich. Vielleicht hätte ich behaupten sollen, daß ich zu den Irish gehörte. Dann hätte ich eine Ausrede gehabt, um dort zu sein. Langsam bekam ich wieder einen klareren Kopf. Der Tag, an dem es mir nicht gelingen würde, einen Captain Mayfair zu täuschen, ganz gleich wie naß oder ermattet ich war, wäre der Tag, an dem ich es verdiente, überführt zu werden.

»Sie hängen daran?« Seine Stimme klang ungläubig.

»Ja. Natürlich. Ich bin einmal mit einem, einem alten Verehrer dort gewesen. Im Sommer. Ich habe eine sentimentale gefühlsmäßige Bindung an diese Stelle.«

Ich setzte mich aufrechter hin und zog die Decke enger um meine Schultern, so wie ein Umschlagtuch. Ich war die Zarin aller Russen, und dieser, dieser Kosak verhörte mich. Ich starrte ihn an, forderte ihn heraus, etwas an meinen Beweggründen auszusetzen.

Er schüttelte seinen hellen Kopf, und erst jetzt fiel mir

auf, daß er ebenso naß war wie ich. Seine Hände beschrieben in der Luft eine kleine Geste, öffneten und schlossen sich; er drehte sich um, ging zur Tür und ließ eine kleine Pfütze zurück, wo er gestanden hatte.

»Auf ein andermal dann, Miss Dunne. Ich lasse nicht zu, daß in meinem Zuständigkeitsbereich ein Mann stirbt und ich nicht weiß, aus welchem Grund.«

Er jagte mir keine Angst ein. Ich beobachtete, wie er sich umdrehte und wie ein Kobold hinter der breiten Tür verschwand. Gut. Ich wollte allein sein mit meiner prophetischen Pfütze und meinen Gedanken. Ich konnte noch nicht ganz klar denken, irgend etwas paßte in meinem Kopf nicht zusammen. Ich war ja schon wie Elaine, ich war – ich sah auf die Wasserpfütze zu meinen Füßen. Irgendwie erinnerte sie mich an die Ungeheuerlichkeit der Ereignisse an diesem Abend. Triefend naß im Gästeraum zu sitzen wie ein Eiszapfen zur Unzeit ... ich zitterte. Ich war so durchgefroren, es würde mit Sicherheit mein Tod sein. Tod. Nein, das Wort wurde von meinem Hirn zurückgeworfen wie Licht von einem Spiegel. Das Wort zuckte in eine Ecke des Raums, in einen Schatten, und lag dort auf der Lauer.

Die Tür öffnete sich erneut. Sie knarrte. Oder waren es Reitstiefel, die da geknarrt hatten? Hatte Captain Mayfair geknarrt? Nein, seine Stiefel wurden vermutlich zu gut von dem Boy in der Kaserne gepflegt – Captain Mayfair knarrte nur sprachlich. Ich betrachtete die Gestalt in der Tür. Sie war schwarz und zeichnete sich drohend gegen das helle Licht aus der Halle ab, das in mir den Eindruck einer Vielzahl eilig zusammengetragener Lampen weckte. Es war Lord Hugh, der dort stand, und sein Gesicht war das Gesicht der Vergeltung. Nein, die Hürden dieses Abends waren nicht alle so leicht zu nehmen wie Captain Mayfair. Bei seinem Erscheinen hatte ich erschrocken Luft geholt, und jetzt stieß ich die Luft langsam wieder aus. Er würde nicht mehr von mir erfahren als Captain Mayfair. Das schwor ich bei allen Heiligen aus Devlins Repertoire. Devlin. Ein kalter Luftzug legte sich um mich und drückte zu, bis ich dachte, meine Arme würden kaum noch die Decke um meinen Schultern halten können. Dieses andere Wort regte sich in der Ecke und bat winselnd darum, herausgelassen zu werden. Ich sperrte es ein und biß mir auf die Unterlippe.

»Diesmal muß ich die Wahrheit wissen«, sagte Lord Hugh, schloß fest die Tür, drehte sich um und kam auf mich zu. »Es ist nicht meine Absicht, unfreundlich zu sein –«

»Dann muß es ein angeborenes Talent sein«, warf ich ein. Er war naß und schlammbespritzt von dem Ritt und hatte es versäumt, sich seiner Reitpeitsche zu entledigen. »Wenn Sie das da weglegen würden, wäre ich vielleicht auskunftsfreudiger«, sagte ich und wies auf die Peitsche. Er schien sie erst jetzt wahrzunehmen und legte sie mit einer beherrschten Geste auf den Tisch. Er sah mich kurz an, dann ging er zu einer Karaffe auf dem Bibliothekstisch hinüber, goß sich ein Glas von der bernsteinfarbenen Flüssigkeit darin ein und trank es in kurzen Schlucken aus. Er schwenkte den Alkohol in seinem Glas und war weiter in seine Gedanken vertieft, als sei er mitten in irgendeiner Tätigkeit abgelenkt worden. Ich fand, daß er müde wirkte.

»Dürfte ich etwas davon probieren?« fragte ich nach einer Weile sanft.

»Nur zu«, sagte Lord Hugh und zeigte sich in keiner Weise schockiert von meiner Bitte. Er nahm die Karaffe und ein zweites Glas in eine Hand und stellte sie auf den Tisch vor meinem Stuhl.

»Könnten Sie für mich eingießen, bitte? Ich würde meine Decke verlieren, wenn ich es selbst versuchte.«

Er fügte sich, ein wenig ungeduldig, ich nahm das Glas, blickte flüchtig zur Tür, die er so dramatisch geschlossen hatte. Keine Zeugen. Ich trank einen mittelgroßen Schluck und biß fast in den Glasrand, als ein wahres Feuer mir die Lippen verbrannte und sich in meinem Mund und meinem Hals ausbreitete.

Lord Hugh beobachtete mich von dem Stuhl gegenüber, das Kinn in die Hand gestützt.

»Ich habe so etwas noch nie getrunken«, keuchte ich.

»Nein, es gibt wohl nichts Vergleichbares«, sagte Lord Hugh und füllte sein Glas noch einmal großzügig. Mein Respekt vor ihm wuchs zusehends. Ich tauchte noch einmal die Zunge in mein Glas und zog sie hastig zurück. Es wurde mit der Zeit nicht milder. Lord Hugh glitt von seinem Stuhl auf den Fußboden vor dem Kaminfeuer und legte seine schmutzigen Stiefel auf die Kacheln. Das nasse Leder knarrte, und ich fuhr fort, von dem Whiskey zu kosten.

»Ist das also irischer Whiskey?«

»Der beste.«

»Er ist stark.«

»Ja.«

Ich blickte müde auf die Flüssigkeit in meinem Glas. Sie hatte die Farbe geschmolzenen bernsteinfarbenen Schmucks, wie zerflossener Topas. Amber, wie mein Name. Ich überlegte, ob ich mich wohl in flüssigen Bernstein verwandeln, mich in das Glas ergießen und um mein Leben trinken könnte. Dieser Gedanke hatte etwas Inzestuöses. Ich sah dem Züngeln der Flammen zu. Erst jetzt begann mir wärmer zu werden, erst jetzt vermochte ich meine Gedanken wieder aus einer gewissen Distanz zu der Szene an der morastigen Grube zurückkehren zu lassen.

»Wohin hat man ihn gebracht?« fragte ich nach einer Weile.

»In die Kaserne. Und anschließend zu Father McManus.«

»Er ist für immer fort, nicht wahr? ›In den Krieg ist er gezogen ...‹«

»Er ist tot, man kann es nicht schonender ausdrücken.«

»Oder grausamer«, sagte ich, aber die Stimme versagte mir, die Tränen flossen und fielen in das Glas, das ich mit beiden Händen fest vor mein Gesicht hielt. Keine Schluchzer mehr. Lediglich Tränen, die unerbittlich über meine Wangen rannen, in meinen Mund, bis das Salz das Feuer auf meiner Zunge würzte. Es war ein bitterer Trank, den ich da mit Lord Hugh und dem Geist von Devlin Quade teilte.

Sein Profil war dem Feuer zugewandt, ich glaube, er hatte sich mehrere Minuten lang nicht gerührt. Ich fühlte mich immer kühler, als die Tränen versiegten und ich wieder klar sehen konnte. Die Gestalt von Lord Hugh schien sich in ein kleines Tableau zurückzuziehen, die ich durch ein Fenster betrachtete. Ich trank noch einen Schluck. Diesmal schien es nicht so arg zu brennen.

Lord Hughs Glas war fast leer, stellte ich fest. Doch halb saß er, halb lag er dort, auf seinen Ellbogen gestützt, und schwenkte den wenigen Alkohol, der noch in dem Glas war, um und um.

»Wenn Sie nicht so anspruchsvoll wären, so – unnachgiebig, dann wäre ich vielleicht imstande gewesen, Ihnen mehr zu sagen – die Wahrheit«, sagte ich schließlich.

»Aber ich bin so«, erwiderte er schroff und stand auf. »Ich werde jetzt gehen.« Er trank einen letzten Schluck und blieb kurz mit dem Glas in der Hand vor mir stehen.

»Vielen Dank«, sagte ich und streckte die Hand aus, weil ich irgendwie das Gefühl hatte, daß er mich als einziger hatte wissen lassen, daß Devlin tot war. Und letztlich hatte er keine einzige seiner Fragen gestellt. Er nahm flüchtig meine Hand und schaute mich irgendwie fest und wortlos an.

»Verdammter Devlin Quade!« stieß er dann plötzlich hervor, drehte sich um und schleuderte das Glas aus geschliffenem Kristall in den Kamin, wo es zu einem Regen aus glitzernden Splittern zersprang, mit einem Geräusch, bei dem mir das Herz wie wild bis zum Hals klopfte. Er war zur Tür hinaus, bevor mein umnebelter Verstand sich von dem Kamin lösen und wieder auf ihn konzentrieren konnte. Aus der Halle war ein Rascheln zu hören, hektische Bewegungen, dann kam Elaine zur Tür herein und zu mir herüber.

»Amberleigh, was ist denn passiert, niemand will es mir sagen. Und was hat Lord Hugh dir getan?«

»Ganz und gar nichts, Elaine«, sagte ich leicht verwundert. Aber was hatte ich ihm getan?

»Na, du kommst jetzt gleich rauf mit mir«, sagte sie fast herrisch. »Dieser schreckliche Captain Mayfair – wie er spuckt und stottert –, was hat er sich bloß dabei gedacht, so mit dir zu reden? Du bist ja ganz naß. Und dann Lord Hugh! Was ist los, Amberleigh? Irgend etwas ist doch, ich spüre es. Sie denken, daß ich nichts mitbekomme ... Du kommst mit nach oben. Henrietta! Hilf mir mal.«

Gestützt von Elaine und Henrietta, die auf Elaines Rufen hin erschienen war – die durchnäßte Decke zog ich hinter mir her wie eine ungefällige Schleppe –, wurde ich an einer Devora mit verkniffener Miene und einem Sir George mit hochrotem Gesicht vorbeigeführt, der wegen meiner Eskapade zweifellos von einem geruhsamen abendlichen Trinkgelage im Arbeitszimmer weggeholt worden war. Auch Symes' nüchternes Gesicht tauchte undeutlich vor mir auf, als wir rasch und ich zum Glück wie benebelt durch die Halle und die Treppe hinaufgingen. Selbst die neugierigen

Augen und der schlampige Pompadour von Cousine Norah zeigten sich über den Gesichtern der Diener, die geradezu schamlos durch die Tür zur Halle starrten.

Ich wurde ausgezogen, in mein Bett gesteckt und bis zur Nase von Henrietta zugedeckt.

»Jetzt bleiben Sie mal still unter der Bettdecke liegen, Miss Amber, wenn Sie sich nicht erkälten wollen. Und 'nen heißen Grog, der Herr hat gesagt, Sie sollen 'nen heißen Grog kriegen. Also geh' ich ihn mal holen, und dann legen wir uns alle wieder schlafen.«

Sir George hatte eine Behandlung für mich empfohlen? Es rührte mich, daß mein Zustand in sein entrücktes Bewußtsein vorgedrungen war. Doch all dieses Einpacken, all diese verwirrende Geschäftigkeit konnten nicht den tiefen Riß in meinem Herzen schließen, wenn immer ich an Devlin dachte. Endgültig fort diesmal. In meinem Kopf ergaben die Worte einen Zusammenhang, doch in meinem Herzen mußten sie einen tiefen Abgrund überwinden.

»Amberleigh.« Elaines helles Haar umrahmte, in dem Lampenlicht schimmernd, ihr Gesicht, als sie sich auf die Bettkante setzte. Einen verworrenen Augenblick lang dachte ich, sie sei Cousine Norah. Henrietta war eilig zurückgekommen und hatte einen Zinnbecher in der Hand, in dem etwas Starkes und Stärkendes dampfte. Ich drehte den Kopf weg. Der Whiskey im Salon hatte meinen Verstand bereits leicht getrübt; ich war unschlüssig, ob ich es riskieren sollte, daß er sich vollends auflöste. Doch Henriettas Hand war entschlossen und hartnäckig. Der Metallrand schlug unangenehm gegen meine Zähne, und ich beugte mich. Eine würzige goldene Flamme züngelte über meine Lippen und zuckte durch meinen Körper.

»Jetzt geh' ins Bett, Henrietta. Ich bleibe noch ein wenig

bei Amberleigh.« Henrietta zog sich zurück, ziemlich erleichtert, wie ich trotz meiner Benommenheit feststellte. Elaine seufzte tief und drehte sich zu mir um.

»Jetzt sag es mir, sag mir, was passiert ist. Und zwar bevor du zu durcheinander von Vaters ›Medizin‹ bist.« Sie zog den Becher so hartnäckig weg, wie Henrietta ihn mir hingehalten hatte. Ihre Augen glänzten wie die einer Schulkameradin, die gespannt auf den neuesten Klatsch ist. Da wurde mir klar, daß sie über die Vorgänge des Abends sehr wenig wußte, nur daß ich das Zentrum irgendeines skandalösen Dramas war.

»Devora ist geradezu aschfahl. Sie war natürlich mal wieder den ganzen Abend mit Kopfschmerzen in ihrem Boudoir eingeschlossen, deshalb konnte sie mir kaum etwas darüber sagen, was dir zugestoßen ist – o nein, meine Liebe, sie war einfach zu, zu müde. Aber du bist nicht zu müde, Amberleigh. Also erzähl du es mir. Bitte. Ich mag es nicht, wenn man mir nichts sagt, immer passiert etwas Schlimmes, wenn man mir nichts sagt«, sagte sie in einem eigenartigen Ton, der mich wieder wachrüttelte.

Im Nu hatte ich die Wirkung des Grogs abgeschüttelt bei dieser Erinnerung an eine Elaine, die eine gefährliche Seite hatte, und zog mich an den Kissen hoch.

»Es heißt, heute abend wurde ein Mann erschossen, Amberleigh. Und daß du ganz in der Nähe warst, als es passierte. War es einer der United Irish? Ich wußte doch, daß sie hier einen Schlupfwinkel haben. Aber natürlich wollte niemand auf mich hören. Sag mir, was passiert ist, Amberleigh, starr mich nicht nur so merkwürdig an –«

»Elaine, es stimmt, daß ich in der Nähe war. Ich war direkt dort, als er erschossen wurde. Und es war jemand, den wir – kannten. Elaine, es war Devlin.«

In ihrem Gesicht öffnete und schloß sich etwas, mit sicherer, langsamer Präzision, wie das träge Ausbreiten von Schmetterlingsflügeln. Sie stand auf, und in dem künstlichen Nachtlicht dreier angezündeter Lampen sah ich ihr Gesicht glasklar. Sie streckte die Finger aus, als suche sie nach einem Halt. Und sie schwankte, mit geschlossenen Augen, ihre Lider glitzerten lavendelfarben in dem künstlichen Licht.

»Elaine. Es ist eine furchtbare Nachricht, aber – Elaine. Elaine.« Ich senkte die Stimme zu einem Flüstern. Sie wirkte fast wie hypnotisiert. Ich wünschte, ich hätte diesen seltsamen Arzt jetzt hier bei mir, damit er mir sagen konnte, was ich mit ihr anfangen sollte. Ich ergriff ihre Hände. Sie waren eiskalt, leblos, so wie die von Devlin es gewesen waren ...

»Elaine.«

»Sie – haben – ihn – getötet. So wie damals. Sie – hat – ihn – getötet.«

Jedes Wort platzte mit seiner eigenen besonderen Betonung heraus, mit einem kleinen Keuchen, als ringe sie nach der nötigen Luft, um es auszustoßen. Ich hatte nie miterlebt, wie jemand einen hysterischen Anfall bekam, befürchtete jedoch, daß dieses Versäumnis jetzt behoben werden sollte.

»Elaine.« Selbst die ganze Autorität, die ich in meine Stimme zu legen wußte, schien die Glasglocke aus Gefühl, die sie umschloß, nicht durchdringen zu können.

»Ich wußte, daß es letztlich geschehen würde. Sie konnte es nicht dulden ... es ist meine Schuld, meine Schuld, meine Schuld!«

»Schsch, schrei doch nicht so, du weckst das ganze Haus auf, und dann kommt Devora ...« Der Name ihrer Stiefmutter beruhigte sie augenblicklich.

»Ja«, zischte sie plötzlich geheimnisvoll, ließ sich aufs Bett sinken und packte meine Handgelenke. »Wir müssen sehr leise sein. Oder Devora kommt. Wir dürfen Devora nicht wissen lassen, was wir wissen.«

»Was wissen wir denn eigentlich, Elaine?« Ich sprach so beschwichtigend wie möglich.

»Wie sie starben. Sie beide jetzt. Beide tot. Ich – ich kann es nicht mehr ertragen, Amberleigh, ich kann es nicht ertragen –« Ich riß ihre Hände von ihrem Kopf weg, voller Angst darüber, wie verzweifelt sie ihn umklammert hielt, als könne sie anfangen, sich in ihrer Verstörung die Haare auszureißen. Elaine stand unmittelbar vor einer gewaltigen Gefühlskrise. Und nur ich war da, um sie das überstehen zu lassen. Wenn überhaupt. Zumindest hatte sie keine Probleme, die Tatsache von Devlins Tod zu akzeptieren.

Während es mir sehr schwer fiel. Meinem »praktischen und vernünftigen« Verstand gelang es nur allzu leicht, Zaubertricks mit der Zeit auszustellen. »Noch vor vier Stunden«, erinnerte ich mich bei einem Blick auf die Uhr, »standen wir beide lebendig auf dem Kalkstein. Noch vor sieben Stunden fuhr ich um Carnhaven herum und Devlin war unten im Dorf oder ging durch den Wald« – und ahnte nicht, daß eine blitzschnelle, harte Kugel am Rand des Kalksteinabgrunds auf ihn wartete. Elaine schien jedoch nicht mit den Stunden jonglieren zu müssen, zu fragen, wer oder warum … sie schien zu wissen.

»Elaine, Devlin war Mitglied der United Irish –«

»Ach, das.« Ihr Ton wechselte zu gleichmütiger Verachtung. »Das wußte ganz Glennverran. Du glaubst doch nicht, daß er deswegen tot ist, Amberleigh?«

»Ich dachte –«

»Nein, diesmal kann man sich nichts vormachen. Es ist ihr Werk, genau wie damals.«

»Wer ist ›sie‹?« So sacht ich auch fragte, es reichte nicht, um Elaine eine Antwort zu entlocken.

»Ihr Name? Nein, ich kann ihren Namen nicht sagen. Bist du wahnsinnig? Wenn ich laut ihren Namen sagte, dann wüßte sie ja, daß wir von ihr reden. Sie würde alles wissen, was wir sagen. Ich darf niemals ihren Namen aussprechen.«

»Aber das ist doch Unsinn, Elaine. Die Leute können doch nicht hören, was man denkt. Das ganze Haus schläft, hier ist niemand außer uns. Wer sollte es deiner Meinung nach denn hören?«

»Sie kann es. Sie ist sehr – leise. Sie kommt ganz leise, und niemand weiß, daß sie da ist. Aber das ist sie. Und sie hört. Und sieht. Und dann –«

Sie brach wieder in Schluchzen aus. Ich ließ sie sich ausweinen, während ich überlegte, wer »sie« sein könnte. Elaine sprach oft von Devora als »sie«, aber irgendwie hatte ich den Eindruck, daß »sie« wieder jemand anders war. Es lag nicht nur Haß in der Art, wie Elaine diese einzelne Silbe aussprach – da war etwas wie ehrfürchtige Scheu. Als ob »sie« irgendwie über den normalen Naturgesetzen stünde. Und die Einbildung, daß diese »Sie« die Gedanken eines Menschen lesen konnte, wenn man ihren Namen nur einmal laut aussprach – das war ein kindischer Aberglaube, der zu der von Gespenstern und Gnomen bevölkerten Phantasie einer Neunjährigen paßte, nicht zu der einer erwachsenen Frau. Vielleicht war das Elaines Problem – sie war nie richtig den Gnomen entwachsen.

»Ich hätte da sein sollen, als er starb.« Elaine hob das tränennasse Gesicht von der Bettdecke. »Aber natürlich hat man mich ferngehalten. Sie sorgte dafür. Devora ließ mich kaum rechtzeitig zum Begräbnis zurückkommen. Sie wollte uns trennen. Sie war eifersüchtig, weil wir uns so nahe gestanden hatten. Sie wird nie jemanden so gut kennen. Und er lebte noch, eine Zeitlang. Danach. Aber ich kam nicht rechtzeitig zurück. Da war er schon kalt. So kalt.«

Es war ihr Bruder, von dem sie sprach. Nicht Devlin. Devlin war auf geheimnisvolle Weise mit einem Jungen verschmolzen, der vor fast einem Jahrzehnt gestorben war. Der Junge, von dem mir Devlin an jenem Tag vor der Abtei erzählt hatte. Jason. Der Waghals. Jason. Der Bruder.

»Sie hat ihn getötet!« Ihre Stimme nahm diesen schrillen Ton an, der mir auf die Nerven ging. Ich rüttelte sie leicht an den Schultern.

»Elaine. Elaine, hör auf, so zu reden. Das kannst du nicht wissen. Es muß ein Unfall gewesen sein. Ich habe davon gehört. Das Fahrrad ... Ich habe selbst auf einem gesessen, das sich selbständig gemacht hat. Es ist so leicht, direkt auf ein Hindernis zuzufahren ...«

»Nicht er. Er konnte auf dem Wind reiten, auf allem mit vier Hufen. Oder auf zwei Rädern. Wir drei hatten solchen Spaß zusammen. Wir konnten nicht mit ihm mithalten, Devlin und ich. Aber wir haben uns Mühe gegeben. Und jetzt bin nur noch ich da. Übrig. Nur ich. Ich wußte, daß sie ihn töten würde. Ich wußte es ... Dann kam Devora. Mit ihrer neuen Wäsche mit dem Monogramm aus London. ›S‹ ließ sie darauf sticken, noch bevor sie herkam. ›Satanin‹ muß es bedeutet haben. Das ist ihr Wappen. Die Schlange ... Ach, Amberleigh, mir ist das Herz so schwer. Ich fühle mich so krank. Als wäre mir gerade etwas Entsetzliches eingefallen – was habe ich gesagt? Was sollen wir ohne Devlin anfangen?«

Da sprach sie wieder, die Elaine, die ich kannte, und der Wechsel war so chamäleonhaft, daß ich einen Augenblick den Kontakt zu ihr verlor. Ich wollte dieser anderen Elaine noch weitere Fragen stellen. Sie machte mir angst, doch sie war auch mein Orakel für die Geheimnisse hier auf Carnhaven, meine Ariadne gegen den Minotaurus. Ich brauchte ihre Worte nur abzuwickeln, den Faden der Wahrheit darin zu finden und ihm zu folgen. Allerdings konnte ich meiner Elaine ihren normalen Kummer um einen für immer verlorenen Kindheitsfreund nicht verübeln.

»Willst du jetzt nicht wieder ins Bett gehen, Elaine? Es ist spät. Und wir können nichts tun.«

»Nein. Nichts tun. Ach, Amberleigh. Wenn du nicht hier wärst, wenn du nicht du wärst, ich wüßte nicht, was ich anfangen sollte ... Ich kann nicht behaupten, ich hätte nicht gewußt, daß wir ihn eines Tages finden würden, zerbrochen. Es war alles vorherbestimmt. Von damals. Aber damals hätte ich mir nie träumen lassen, daß Devlin auch – *sie* muß es getan haben. Es ist die einzige Möglichkeit –

Sie sah es sofort. Als sie aus London kam. Und es gefiel ihr nicht. Eifersüchtig, sie war immer eifersüchtig. Wir zwei standen einander so nahe. In allem. Unnatürlich, nannte sie es. Ich werde es nie vergessen. Es war in Devoras neuer Suite – Suite, der gesamte Westflügel. Er wurde noch renoviert. Rosarot und grau. So schick. So ganz wie sie. Sie rief mich herein, fort von der Miss und fort von ihm. Es war kühl dort, wie im Innern eines Champagnerkübels. Ganz Eis und kalter Dunst und kleine Lichttropfen, die glitzerten. Die Vorhänge waren frisch aufgehängt und zugezogen.

Sie saß dort und sagte mir, es sei unnatürlich. Daß ich weggeschickt werden müsse. Daß ich mit keiner Menschenseele darüber sprechen dürfe. Daß ich schlecht sei, daß wir beide schlecht seien. Sie werde sich augenblicklich darum kümmern, sagte sie. Und sie werde dafür sorgen, daß ich mit einem anständigen Grafen verheiratet würde. Daß ich meine Geheimnisse lieber für mich behalten sollte, daß Vater mir nicht helfen würde. Und sie sagte, Jason könnte sie schon zähmen, daß ihn schon vor langer Zeit jemand hätte zähmen sollen …

Also wurde ich zu Miss Meachum geschickt. Und war kaum ein halbes Schuljahr fort, als sie mich zurückholten. Zu seinem Begräbnis. Da wußte ich, daß sie ihn getötet hatte. Aber es war nicht so falsch, was wir getan haben. Es schien so natürlich – ich verstehe es nicht. Verstehst du es? Ich werde es nie verstehen. Ich will es einfach vergessen. Das ist alles. Vergessen. Ich kann das so gut. Ich hätte nie – mit Devlin. Aber einen Augenblick lang dachte ich, er sei – ich bin so verwirrt. Sie sind tot, nicht wahr? Warum sollte ich mich sonst so schwer fühlen? Bring mich ins Bett, Amberleigh, ich bin so müde.«

26. Kapitel

Beim Aufwachen am nächsten Morgen dachte ich an Königin Hatschepust. Oh, das war nicht ihr richtiger Name, so hatten nur wir Meachumianerinnen diesen seltsamen mehrsilbigen ägyptischen Namen verballhornt, um unsere regelmäßigen Prüfungen in Geschichte zu bestehen. Es hatte nicht funktioniert. Der Spitzname blieb, während der richtige Name wieder in die graue Vorzeit zurückglitt, wo er hingehörte.

Aber heute dachte ich an sie. Wieso?

Natürlich. »Pustete Hatsche aus ihren Bruder Maus? Wo baute sich die Königin ein Haus?« Das war der Reim, den wir uns ausgedacht hatten, um uns an die Geschichte zu erinnern. Hatschepust hatte ihren eigenen Bruder geheiratet – Thutmosis, hieß er nicht so? –, ihn geheiratet, und bald darauf war er tot, und Hatschepust war Königin. Die Ägypter machten solche Sachen. Wir hatten alle über die Vorstellung, seinen eigenen Bruder zu heiraten, gekichert. Ich am meisten, weil ich nie einen gehabt hatte. Die Episode bekam jetzt einen gewissen schaurigen Beiklang. Ich versuchte, mir Elaines Gesicht in jenem Moment vor langer Zeit vorzustellen. Sie hatte zu der kleinen Gruppe gehört, die sich um das provozierende Geschichtsbuch scharte. Doch ich konnte nur mehr ein Stück eines grünblauen Kittels heraufbeschwören – den sie an jenem Tag getragen hatte. Welcher Ausdruck auf ihrem Gesicht gelegen hatte, war für mich nicht von genug Interesse gewesen, um auch nur eine Vorahnung auf die Zukunft zu haben.

Sie hatte ihren Bruder geheiratet und ihn umgebracht, die bärtige Dame, die das Geschichtsbuch Königin Hatschepsut, ja, das war's, nannte. Und Elaine? Die Königin hatte den zeremoniellen Bart von Ägypten angelegt, sich selbst zum Mann und offensichtlichen Erben ernannt und den Thron bestiegen. War Elaine jetzt nicht Alleinerbin? Hatte sie nicht die Aussicht, Carnhaven ganz allein zu erben?

Es waren gemeine Spekulationen, und ich schob sie beiseite. Ich würde an etwas anderes denken. Ich wollte nicht wissen ... Und war Devlin auch ein Bruder für sie gewesen? Jemand, der zu sehr in ihre Intimsphäre eingedrungen war und deshalb sterben mußte? Oder starb er, weil sie etwas vergessen mußte, das unvergeßlich war? Nein, an so etwas wollte ich nicht denken. Nicht jetzt. Ich würde an etwas anderes denken, irgendein anderes Problem. Es gab weiß Gott genügend Probleme, die zu bedenken waren. Henrietta kam herein, als ich dalag und wieder die Ereignisse des Abends in meinem betäubten Kopf abspulte.

»Ich schleich' mich nicht an, Miss. Das Lämmchen nebenan schläft so tief, als könnt' nicht mal das Jüngste Gericht sie aufwecken, deshalb lauf' ich den ganzen Morgen auf Zehenspitzen. Kann ich Ihnen zum Frühstück einen Keks oder so bringen?«

»Nein – ja. Ich sollte besser etwas essen, und mir ist noch nicht danach, mich unten der Anrichte zu stellen.«

»Himmel, Sie sehen auch ziemlich geschafft aus, Miss Amber. Ich hab' gehört, oben auf der Heide sind gestern abend schlimme Dinge vor sich gegangen. Mr. O'Rourke aus dem Stall war bei Tagesanbruch in der Küche, und er schwört, daß die ganze Nacht durch ein schrecklicher Hund gejault hat, und er hat 'ne ganze Meute mit großem Geheul in die Morgendämmerung hetzen sehen. 'ne Gespenstermeute, behauptet er. Da ist 'n Mann umgebracht worden, hab' ich gehört, also passen Sie auf sich auf, wenn Sie wieder mal einen Ihrer Zeichenausflüge machen wollen.«

Armer Boru, mit Sicherheit war er der »schreckliche Hund, der gejault hatte«. Henrietta schaffte es beinahe, die ganze Tragödie unwirklich erscheinen zu lassen, wie eine Bauernkomödie, vor der der Vorhang fallen würde. Anschließend würden sämtliche Akteure vortreten und ihre Verbeugungen machen. Alle bis auf Devlin.

»Hier, Miss Amber. Sie frösteln ja, und kein Fenster steht auch nur 'nen Spalt breit offen – dann sollten Sie sich besser anziehen.« Bei Henrietta, der Praktischen, gab es keine Widerrede. Ich kramte mit wenig Interesse im Schrank.

»Wie soll das Wetter werden, Henrietta?«

»Meistens schön heute. Klein Jack von den Stallungen sagt, der Tau verdunstet schon. Sie brauchen sich nicht sehr warm anzuziehen.«

Dann wäre es ein guter Tag für einen Spaziergang – noch

ohne zu wissen, was ich anfangen wollte, zog ich ein gelbes gestepptes Kleid aus den übrigen hervor, das ich vor nicht allzu langer Zeit unter glücklicheren Umständen getragen hatte. Es war wie eine Handvoll Sonnenschein.

»Ah, das ist viel besser. Miss Amber. So sehen Sie schon wieder fast wie die alte aus. Ich bring sofort Ihr Tablett, aber zuerst schau ich noch kurz zu unserer Kleinen rein.«

Also schlief Elaine noch. Ich glaubte es gern, denn ich war sicher, daß unser – Gespräch von gestern nacht alle Dämonen, die sie noch quälten, ausgetrieben hatte. Es war, als sei ihr endlich bewußt geworden, was ihr widerfahren war. Und dann vergessen hatte. Aber inwieweit konnte man die Tragödien vergessen, die einen verfolgten? Konnte sie ihre beiden Liebhaber denn leichter abtun, als ich einen Mann loszulassen vermochte, der mir nicht mehr bedeutete als das, was Freundschaft mit sich brachte? Oder war er mir mehr gewesen als das?

Ach, es war ein entmutigendes Durcheinander und Vertrauen der Preis, um zu einer Antwort zu gelangen. Und ich hatte sehr wenig von diesem seltenen Gut zu geben; ich war in Lügen und Andeutungen verstrickt, die andere um mich gewoben hatten. Ich konnte nicht einmal sicher sein, daß Elaine nicht – in ihrem Wahnsinn, sicherlich, aber nichtsdestoweniger real –, ich konnte nicht sicher sein, daß nicht ihre Hand das Messer geführt hatte, daß nicht sie der böse Geist war, der diejenigen, die ich gern gehabt hatte, niederzustrecken schien. Oder die wir gern gehabt hatten, denn Elaine hatte zwei verloren. Sowohl Jason als auch Devlin. Zwei Liebhaber-Brüder. Und ich hatte keine Liebhaber, die ich verlieren konnte.

Wie unerklärlich, daß der Tod ihre beiden verbotenen Liebhaber eingeholt hatte – der Lohn für die Sünde? Doch ich konnte Elaine nicht als schlecht ansehen, wie andere es tun würden. Sie war wie eine Puppe mit Porzellankopf, die für die Spiele anderer benutzt wurde.

Die Spiele anderer. Es waren immer die Spiele anderer. Devora benutzte mich, um Elaines Schande zu verbergen, Lord Hugh benutzte Devora, um zu verbergen, was immer er zu verbergen trachtete ... und was hatte er in der Kaserne bei Captain Mayfair gemacht, daß sie beide gestern abend so schnell gekommen waren? Das war ein Gedanke, der weitere Nachforschungen lohnte. Sie waren herbeigeeilt, zusammen. Beide vorbereitet. Ich erinnerte mich an ihre schlammbespritzten Stiefel, die warme Kleidung, die sie trugen, geeignet für eine lange, nasse Nacht draußen im Moor. Das gab den Ausschlag, ich mußte es herausfinden.

Ich wartete nicht einmal auf Henriettas versprochenes Tablett oder nahm mir einen Hut, sondern schlich durch den Korridor und die Hintertreppe hinunter und ging durch den Garten zum Feenkreis.

Die Lichtung war still, als ich sie überquerte, lag verlassen in der Morgensonne, als verzichte selbst die Tierwelt darauf, sie zu betreten, wenn es nicht unbedingt sein mußte. Ein unheimlicher Ort, und nun mit einem Mal auch bedrohlich – denn ich sah das bleiche, weiße Gespenst von Devlins Hand, da, nahe dem Unterholz. Es war alles vergeblich gewesen, dieser verzweifelte Kampf die Böschung hinauf, die ich jetzt mit Leichtigkeit erkletterte. Und hier, hier hatte Lord Hugh Devlin auf Blackbriar weggebracht, um ihn von Hemlock pflegen zu lassen. Der liebe Hemlock. Wenigstens hatte Lord Hugh bei jener Gelegenheit den ihm Anvertrauten nicht verraten. Vielleicht konnte ich ihm einen Teil von dem, was ich wußte, erzählen, und er würde dann die Rätsel klären, deren Gang nur er kannte.

Ich ging über den schmalen Reitpfad und blieb auf der Spitze des Hügels stehen, der sich zu der breiten Straße hinunterwand, zur Shallowford-Brücke und den von Bäumen beschatteten Mauern des Hauses selbst.

Hier war ich in der Flucht vor der Messerstecherin fast unterlegen, war das tatsächlich erst wenige Wochen her? Doch mich ließ mehr als das innehalten, um die Buchen zu betrachten und meine Vorgehensweise neu zu überdenken. Lord Hugh war ein Buch mit sieben Siegeln, ein Rätsel. Konnte ich es wirklich wagen, ihm zu trauen? Wollte ich es denn? Vertraute er mir? Wollte ich ihn überhaupt wiedersehen? Unentschlossenheit war von jeher einer meiner Fehler.

»Er ist nicht daheim.« Die Stimme kam von hinter mir. Ich fuhr herum und sah einen Mann in groben Kleidern, der aus dem Wald trat.

»Haben Sie keine Angst, Miss, ich will keinen Ärger machen. Ich bin bloß ein Beobachter«, sagte er grimmig.

Dieser selbsternannte Beobachter hatte ein zerfurchtes und ledernes Gesicht. Wenn ich ihn in einem ländlichen Drama besetzen sollte, dann wäre er der primitive Küstenfischer, oder vielleicht der listige Wilderer. Meine letztere Einschätzung war vielleicht stichhaltiger, denn seine klobigen Budapester hatten nicht das kleinste Quietschen von sich gegeben, als er sich mir näherte, und etwas von einem Jäger glitzerte andeutungsweise in seinen grauen Augen.

Während er sich geradezu beängstigend auf mich konzentrierte, spürte ich doch, daß er zugleich jedes Gekreuch und Gefleuch im Unterholz wahrnahm, daß er, falls es nötig wäre, kehrtmachen und so spurlos in den Schutz der Bäume entschwinden könnte wie ein Hirsch.

»Sie sind das Mädchen droben von Carnhaven.« Angesichts der Art, wie er die Lippen bei dem Wort »Carnhaven« kräuselte, wollte ich nicht die Besitzerin sein. »Devlins Freundin. Ich möchte mit Ihnen reden.«

Ich hätte nicht weggehen können, selbst wenn ich es gewollt hätte. Er versperrte mir den Rückweg, und ich sah keinen Sinn darin, es auf Shallowford zu probieren. Ich hatte den Eindruck, daß er recht gut über das Kommen und Gehen seiner Bewohner Bescheid wußte.

»Wieso war'n Sie mit ihm da draußen?« fragte er schroff. Ich muß erschrocken über die Plötzlichkeit seiner Frage ausgesehen haben, denn er fuhr fast entschuldigend fort: »Gestern abend. Als wir ihn gefunden haben. Und Sie. Was wissen Sie von den Aktivitäten von dem da?« Er wies ruckartig mit dem Kopf in die Richtung von Shallowford. »Sie sollten es mir lieber sagen, Mädel. Mir liegen Grobheiten gegen Frauen nicht, aber ich will Antworten ...« Er verlagerte sein Gewicht und nahm die Flinte, die fast harmlos an einem Stumpf neben seinem Bein gestanden hatte. Sie sah aus wie ein Spazierstock.

»Sie sind Jack«, sagte ich unvermittelt, als ich mich endlich wieder an seine Stimme erinnerte.

»Aye.«

»Dann wissen Sie es – nun, Devlin gehörte zu Ihnen, Ihrer Gruppe. Ich wurde – dorthin bestellt. Aber ich stürzte in die Grube. Und dann kam Devlin – ich weiß nicht, wieso er dort war oder wieso er gerade in dem Augenblick vorbeikam. Jedenfalls kam Devlin. Er half mir gerade aus der Grube heraus, als –«

»Aber wieso war'n *Sie* dort, Mädchen? Sie hatten keinen Grund, dort zu sein. Es sei denn, Sie wären eine von uns. Oder von ihnen. Es war 'n Treffen, und niemand außer uns hatte dort was zu suchen. Aus dem Grund war Devlin da, aber weshalb er so früh kam, weiß ich nicht, ich schwöre es bei St. Bridget. Also sagen Sie mir aufrichtig, Mädchen, was hat gestern abend dieses schreckliche Unheil in die Gegend gebracht?«

»Ach, ich weiß es nicht! Würde ich es Ihnen nicht sagen, wenn ich es könnte? Fehlt mir Devlin nicht ebensosehr wie jedem einzelnen von Ihnen? Ich erhielt eine Nachricht, über etwas, das einem Freund von mir viel bedeutet, in einer rein persönlichen Angelegenheit. Es war dumm von mir hinzugehen, die Nachricht war verdächtig. Aber ich bin gegangen. Und stürzte in die Grube ab. Dann war Devlin da ... und dann war Devlin nicht mehr da. Er war ein guter Freund. Ich hätte ihn niemals verraten, das müssen Sie mir glauben!«

Jack rieb die Bartstoppeln an seinem spitzen Kinn, und seine Augen waren vor Skepsis so schmal, daß sie fast verschwanden.

»Und was ist mit dem da?« fragte er wieder und zeigte auf Shallowford. »Der da ist mir immer noch ein Rätsel, genauso wie man nicht weiß, warum 'ne Katze über die eine Straße geht und nicht über die andere. Warum geh'n Sie zu dem da?«

»Ich – ich dachte, er wüßte vielleicht etwas über die ganze Sache. Aber jetzt denke ich, daß ich mich vielleicht getäuscht habe. Oder wenn nicht, daß ich vielleicht gar nicht wissen will, was er weiß.«

Jack lachte, ein irgendwie schrilles, pfeifendes Lachen, das mich erschreckte. »Sicher, wenn das die logische Art ist, wie man 'n Rätsel löst – ›Ich weiß nicht, ob ich wissen will, ob er weiß, was er wissen könnte‹ –, kein Wunder, daß Sie wegen der Ereignisse 'n bißchen überspannt sind.« Er gluckste wieder, wie ein Mann, der selten etwas lustig findet, doch bald darauf nahm sein zerfurchtes Gesicht wieder seinen ursprünglichen Ausdruck an.

»Es ist 'ne Zeit zum Fürchten, Mädchen, keine Zeit für neugierige Kätzchen, die ihre Nase in das Treiben von Katern stecken … Ich schätze, daß Sie uns oder unserer Sache keinen Schaden zugefügt haben, außer durch zuviel Neugier. Aber diese Eigenschaft hat die Miezekatze umgebracht, Missy, und ich möcht' bezweifeln, daß Sie noch genug Leben haben, um sich in unsere Angelegenheiten einzumischen.« Nachdem er diese muntere Rede gehalten hatte, wandte er sich zum Gehen.

»Warten Sie! Wegen Devlin. Wann ist die – Bestattung?«

»Morgen. Gegen zehn. Der Friedhof unten beim Dorf. Sie kommen doch, oder?«

»Ich weiß nicht. Ich kann allerdings kaum glauben, daß er fort ist, daß er nicht wieder beschwingt um eine Ecke biegt und so pfeift, wie er es immer getan hat …«

»Aye, er ist ganz bestimmt tot, Mädchen, und er war 'n guter Mann für uns. Tot wie tausend Burschen vor ihm, die alle darauf brannten, die verdammten Engländer aus diesem Land zu vertreiben. 'S ist 'ne verdammte, kleine Insel, und ich fluch' nicht nur.« Er nahm die Flinte und wandte sich wieder zum Gehen, machte mehrere Schritte, bevor er stehenblieb. Er sprach, ohne mich anzusehen. »Die Totenwache ist heute abend. In der Kate seiner Mutter, an der Limerick Road hinter dem Dorf. Wenn Sie kommen wollen, werden Sie sehen, wie wir unsere Toten betrauern.«

»Ich weiß nicht, man könnte es auffassen als – ich möchte nicht stören …«

»Ob's 'ne Störung ist oder nicht, nun, das steht und fällt damit, wie Sie empfinden, oder, Mädel?«

Und er war so schnell im Schatten der Bäume verschwunden, daß ich mich flüchtig fragte, ob ich nicht mit einem Kobold gesprochen hatte. Ich stand zitternd auf dem schattigen Pfad, wie angewurzelt, und hatte Angst, vor- oder zurückzugehen.

»Devlin.« Ich sagte seinen Namen fast schluchzend, und es tat gut, ihn hier zu hören, wie er zwischen den Blättern und zum Himmel entschwand, als lebe er noch irgendwo, sei noch immer real. Ich erinnerte mich an den festen Griff seiner Hand. Ich war das letzte Lebewesen, das er berührt hatte. Für mich hatte er sich in die Grube hinuntergebeugt und war zur Beute des Phantoms geworden, das in diesen Mooren und Wäldern umging. Mit dem Messer, mit der Flinte. Aber ich fürchtete keinen Feind so sehr, wie ich den schmerzenden Knoten fürchtete, der meine Gefühle zu einem Fadenspiel knüpfte, einen bitteren Kummer, für den ich keinen Namen wußte.

An diesem Abend entschuldigte ich mich von dem Abendessen mit der Familie und verließ, nachdem ich das zweckmäßige schwarze Reitkostüm angezogen hatte, das Haus praktisch unbemerkt durch die Küche. Henrietta und Norah tranken an dem großen Küchentisch eine Tasse Tee, aber ich entkam mit einem Nicken und ohne Erklärung. Ich hatte unter meinem Zimmerfenster einen trostlosen grauen Schatten bemerkt, und als ich aus der Tür trat, kam Boru langsam zu mir herüber.

»Mrs. Featherstone.«

Die massige Köchin erschien auf mein Rufen in der Tür, mit roten Augen und ernst.

»Es geht um Boru. Devlins Hund. Er scheint sich mir angeschlossen zu haben. Könnten Sie von Zeit zu Zeit einige Reste für ihn auftreiben, damit er etwas zu fressen hat? Ich weiß wirklich nicht, was ich sonst mit ihm anfangen soll.«

»Du meine Güte, sicher kann ich das. Aber wenn er auch nur entfernt einen solchen Appetit hat wie Devlin, wird's schwierig.« Sie schien wieder den Tränen nahe, deshalb ließ ich Boru in die Küche und ging selbst hinaus. Wenn ich eines auf meinem Gang zu Devlins Haus nicht gebrauchen konnte, dann einen Gefährten in meinem Elend.

Der Stallbursche sattelte Lady Jane in einer oder zwei Minuten – ich hatte nicht um Erlaubnis gebeten, sie nehmen zu dürfen, sah aber auch nicht, wie jemand Einwände haben könnte –, und wir ritten die Straße entlang. »Hinter dem Dorf an der Limerick Road.« Dutzende kleiner Katen schmiegten sich um das Dorf, jedes mit einem Strohdach und einer Katze auf der Schwelle ausgestattet. Und gewöhnlich einem kleinen, aber herrlichen Rosengarten. »Skizzenblock-Szenen«, oder so ähnlich, hatte Lord Hugh es genannt und damit angedeutet, daß sich unter all diesem brüchigen äußeren Reiz das Skelett der Armut verbarg.

Ich hätte nicht kommen sollen, sagte ich mir, als Lady Janes Hufe sich sicher den Weg über die holperige Landstraße bahnten. Vielleicht könnte ich die Kate nicht finden, vielleicht würde es stockfinster werden und ich würde mich verirren. Oder, schlimmer noch, vielleicht fand ich das Haus und würde nicht willkommen sein. Ich war bisher nur in den großen Häusern gewesen; Katen waren Lokalkolorit für meinen Skizzenblock. Für eine Person mit solch dürftigen Aussichten, wurde mir plötzlich bewußt, bewegte ich mich in ziemlich gehobenen Kreisen. Was würde Devora denken, wenn sie sehen könnte, wie ich auf Elaines reinrassiger Stute zu der Kate eines bloßen Pächters trabte? Der Gedanke trieb mich weiter.

Ich hatte dann doch keinerlei Mühe, sie zu finden. Eine Gestalt hier, dann dort, neben der Straße und auf der Straße, sie alle strebten auf einen unausweichlichen Punkt zu – ein weißgetünchtes Steinhaus genau dort, wo Jack gesagt hatte. Meine Mitreisenden waren überwiegend alte Frauen mit schwarzen Tüchern auf dem Kopf. Sie marschierten gleichmäßig und entschlossen dahin und nahmen keine Notiz von dem wundersamen Anblick einer Trauernden zu Pferd. Sie gingen alle zu Fuß. Hier und da trippelte eine barfüßige Dreier- oder Vierergruppe von Kindern stumm neben einer Gestalt, die zu gebeugt war, um ihre Mutter zu sein. Ich begann, mich vor diesen gekrümmten Gestalten zu fürchten. Ich fragte mich, was sie wohl anstelle von Köpfen auf diesen schiefen Schultern trugen. Ich fühlte mich, als würde ich in einer Prozession von etwas ganz und gar Abnormem mitgerissen, von stummen Ghuls vielleicht, die auf dem Weg waren, um zu beobachten, wie die Seele eines jungen Mannes übertrat. Ich hatte flüchtig von Totenwachen gehört, von Vater.

»Die Bischöfe mögen sie nicht«, hatte er einmal gebrüllt. »Deshalb trinke ich auf diesen einen Brauch.« Und er hatte ironisch gelacht, seltsam bei einem so ruhigen Mann. Doch Vater war ein eingefleischter Kirchenfeind gewesen, das begriff ich jetzt. Ebenso wußte ich, daß die römische Hierarchie den Versuch machte, die Praktik der Totenwache zu ersticken, vielleicht weil der Brauch aus Quellen heidnischen Aberglaubens schöpfte. Oder schlicht aus Whiskey, der dann kräftig die Runde machte.

Ich band Lady an eine Buche fünfzig Schritt von der Kate entfernt und ging den Rest der Strecke zu Fuß, wobei sich mir gegen meinen Willen meine Weggefährten in einer Art Prozession anschlossen. Ich hatte meine Reitkappe am Sattel hängen lassen, nahm jedoch den schwarzen Schleier an ihrem Rand als Kopftuch mit.

Wir Frauen bahnten uns den Weg zu der schmalen Tür, um die eine Gruppe von Männern stand und sich unterhielt. Ich sah, wie sich einer erhob und eine Flasche gegen den dämmerigen Himmel hielt; er trank und gab sie weiter. Einer murmelte etwas, als ich vorbeiging, doch Jacks Stimme ließ sich aus dem Dämmerlicht vernehmen. »Ist schon gut, Barry.«

Ich drehte mich nicht einmal zu ihm um, sondern trat mit den anderen über die niedrige Schwelle.

Ein kleiner, überfüllter und doch irgendwie gemütlicher Raum. Ich schaute zu behaglichen Dachsparren aus Holz hinauf, in die Runde vieler fremder Gesichter, meist die von Frauen. Eine breitete ihr Tuch über ihre Schultern, und ich sah, daß ihr Gesicht ebenso jung war wie meines.

»Hier herein, Miss.«

Sie zog mich von der Menge weg in einen anderen Raum. Ich war froh, daß sie mich führte. Der Nachbarraum war kleiner als der andere. Und leer. Bis auf das Feldbett, das schmale, niedrige Feldbett an der weißgetünchten Wand. Ich sah es und stieß mit einer Art Würgen die Luft aus. Das Mädchen neben mir streckte einen Arm aus, und ich griff danach.

»Sie kennen den Brauch, nicht?«

Ich nickte. Ich hatte nicht recht gewußt, was mich erwartete. Aber nicht das – Devlin, in einem weißen Hemd auf einem Feldbett aufgebahrt, das mit weißem Leinen bezogen war. Ein Kreuz steckte in seinen Händen, die auf der Brust lagen, um seine Hände war eine Schnur aus großen Holzperlen gewunden, ein Rosenkranz. Sein Gesicht war so marmorbleich wie die Klippen vor Dover. Und auch so hart. Das Licht einer Gruppe von Kerzen auf einem Tisch am Fußende des Feldbetts spielte auf seinem Gesicht – schien es fast mit Leben zu erfüllen … da, zuckte nicht ein Augenlid, einer seiner Mundwinkel, bewegte er sich nicht? Ein Finger –? Nein, er war reglos. So reglos, wie ein Mensch nur sein konnte. Tot. Man konnte es nicht freundlicher und nicht grausamer ausdrücken.

»Bin ich …? Ist es üblich …« Meine Stimme klang brüchig und hohl in dem Raum, der doch zu klein war für ein Echo.

»Sie können noch bleiben und im Knien ein Gebet sprechen«, antwortete das Mädchen. »Dann kommen Sie wieder in die Küche. Vielleicht kommen noch andere«, erklärte sie und ging hinaus.

Im Knien ein Gebet sprechen. Das hatte ich nicht mehr getan, seit ich ein Kind gewesen war, auf Geheiß von Mrs. Bowers. Doch ich tat es jetzt, bestrebt, ihren Sitten zu entsprechen, sie auf keinen Fall zu kränken. Von meiner Position aus konnte ich Devlins Gesicht sehen. Ich blickte kurz auf die breiten Holzdielen des Fußbodens, bevor ich wieder hinsah. Er ähnelte einem Alabastermönch, einer Gestalt aus einer mittelalterlichen Romanze. Oder gar König Arthur auf der Fahrt nach Avalon. War Avalon nicht genau das? Ein ruhiges Leben nach den Stürmen einer gewissen Zeitspanne auf der Erde? Doch Devlins Zeit war zu kurz gewesen, war auf unnatürliche Weise – abgeschnitten. Ich wußte nicht einmal, wie alt er gewesen war. Und jene Lieder, die schlichten Melodien mit den klangvollen gälischen Worten, die er gesammelt hatte – wer würde sie künftig singen? Die Saiten dieses jungen Sängers waren ebenfalls entzwei gerissen. County Clares einzige treue Harfe war zum Verstummen gebracht. Und die Sache, zu deren geheimer Armee er gehört hatte? Ebenfalls eine Chimäre. Eine Sache, seit Jahrhunderten umkämpft, mit wenig Erfolg. Ich begriff es nicht, überhaupt nichts. Und ich wollte nicht dort bleiben, in diesem kahlen kleinen Raum, mit einem marmorierten Körper als einziger Gesellschaft. Ich hätte niemals kommen sollen.

Ich ging durch den niedrigen Türbogen, blieb auf der Schwelle stehen und sah mich nach einem Weg um, wie ich schnell durch die Küche in die belebende Abendluft entkommen konnte. Ich würde allein durch das Spalier der Männer gehen müssen, doch selbst das war besser als die furchtbare, erstickende Atmosphäre, die ich da drinnen gespürt hatte. Nach draußen. Ich mußte nach draußen. Das Mädchen, das vorhin meine Führerin gewesen war, hielt mich auf halbem Weg durch den Raum auf.

»Möchten Sie vielleicht 'ne Tasse Tee? Und die Mutter des Jungen kennenlernen?«

Die Einladung war zu laut ausgesprochen, um sie zu überhören. Ich bedankte mich bei ihr, erhielt eine schwere weiße Porzellantasse, randvoll mit einer schwarzen Flüssigkeit, und wurde zu einer Frau geführt, die neben einem groben Tisch mit einer Menge von Nahrungsmitteln saß, von den Nachbarn vermutlich. Sie schaukelte kaum wahrnehmbar hin und her.

»Guten Tag«, sagte ich leise. »Ich bin Amberleigh Dunne. Von Carnhaven. Devlin ... ich ... wir waren Freunde.«

»Freunde?« sagte sie dumpf nach einer langen Pause. »Aye, Freunde, die hatte er. Hatte immer viele Freunde. Der älteste ist nicht immer der warmherzigste. Will vielleicht nach Amerika gehen, oder will einen vom Hof weghaben, sobald er verheiratet ist. Devlin wär' niemals weggegangen. Oder hätte geheiratet. Er war für mich und für das Land da. Und für uns.« Ihre Stimme zitterte bei dem Wort »uns« wie eine Harfensaite. Da wußte ich, daß diese Mutter bereit war, ihr Kind an eine Sache zu verlieren, die Freiheit oder Homerule genannt wurde, oder was immer man ihr sonst für einen Namen gab. Es lag ihr im Blut, es zu wollen – dieses Ding namens Freiheit –, und es machte mir angst. Ich an ihrer Stelle hätte jeden Menschen und jede Sache verflucht. Das war, woran ich mich nach Devlins Willen hatte beteiligen sollen, diese blinde, opferbereite Einäugigkeit, diese – unmenschliche – Hoffnung auf eine Zukunft ohne Abhängigkeit von einer anderen Nation. Das könnte ich niemals tun. Armer Devlin, all diese Worte an mich verschwendet; Worte, und ihm blieb nicht mehr viel Zeit, wenn er es auch nicht ahnte. Wenn Vater mißtrauisch gegenüber Priestern war, dann war ich mißtrauisch gegenüber Sachen. Besonders, wenn Kummer und Leid der einzige Lohn waren.

»Es tut mir leid. Er wird mir fehlen.«

Da lächelte sie zu mir hoch. Für einen Sekundenbruchteil wurden die über ihren breiten Wangenknochen und in vielen Krähenfüßen vergrabenen Augen strahlend blau. Sie war, so erkannte ich, vielleicht nur etwa zehn Jahre älter als Devora. Vor zwanzig Jahren war sie in meinem Alter gewesen, sie war …

»Ihnen fehlen? O ja, er war einer, der den Menschen fehlen wird. Sein Schatten wird mich mein ganzes Leben begleiten. Aber vorher werde ich noch erfahren, wie er von mir genommen wurde. Dieser Jack Reilly hat es mir versprochen.« Sie lehnte sich eifrig vor, als sähe sie mich erst jetzt richtig. »Wissen Sie es?« Ich begegnete diesem Blick und wünschte, ich könnte ihr eine Antwort geben, um dieses fiebrige, häßliche Verlangen zu lindern. Ich schüttelte den Kopf. Sie ließ sich zurückfallen, ihr Verlangen nach einer Antwort nach wie vor ungestillt. Ich wich zur Tür zurück.

»Erst der Ehemann, dann das«, sagte meine Führerin leise. »Und doch würde Maureen alle ihre Jungen in den Krieg schicken, sogar die Mädchen, wenn die United Irish sie haben wollten. Machen Sie sich um sie keine Gedanken, sie wird es überleben. Wir Irinnen haben schlimmere Zeiten als diese überstanden. Jetzt gehen Sie lieber, bevor die Totenklage anfängt. Kommen Sie gut heim.«

Ich bedankte mich bei ihr und zwängte mich durch die Tür, vorbei an dem leise murmelnden Kreis der Männer, deren Stimmen verstummten, als ich vorbeikam. »Gute Nacht, Miss«, rief ein ganz Dreister mir nach, mit einem unangenehmen spöttischen Unterton. Aber die »Psssts«, die auf diesen Ausbruch folgten, machten, daß ich weniger um mich fürchtete als an dem Tag mit den Soldaten. Ich band Lady los, stieg unbeholfen auf und setzte meine Kappe wieder auf, bestrebt, es zu den Stallungen von Carnhaven zu schaffen, bevor es vollends dunkel war.

Devlin, so denke ich, hätte über meine Flucht gelacht. Devlin hätte über viele Dinge gelacht, die ich als todernst empfand, seine eigene Totenwache eingeschlossen, ging es mir durch den Sinn. Ich lächelte zum erstenmal seit jenem Alptraum auf den Kalksteinklippen. Devlin lebte noch, solange der Gedanke an ihn ein Lächeln hervorrief. Ich sang den ganzen Weg leise vor mich hin.

Sheilagh, dunkle Sheilagh, was ist es, was
du siehst?
Was ist es, was du siehst,
Was du im Feuer siehst?
Ich sehe einen Mann, der mich liebt,
Und ich sehe einen Mann, der mich verläßt,
Und einen dritten Mann, einen Schattenmann,

Und er ist der Mann, der mich betrübt.

Es hätte die Grabschrift sein können, die Devlin selbst für unsere Freundschaft ausgewählt hätte. Der Mann, der verläßt, und der Schattenmann, der betrübt ... Der mich trauern ließ. Aber die, die eigentlich trauern sollte, war Elaine. Nur, daß sie das Trauern aufgegeben und eine neue Art von Leben angefangen zu haben schien. Diese Fähigkeit, sich von Kummer abzuschotten, davon, wie die Dinge waren, war keine normale Eigenschaft. Vielleicht sollte ich weniger an die Toten denken und mehr an meine Freundin Elaine, die mich womöglich immer noch brauchte. Ich tätschelte Lady Janes Samthals, als wir in den Hof gelangten, und flüsterte ihr ins Ohr, während ich abstieg.

»Du warst ein braves Pferd und hast auf mich aufgepaßt. Jetzt muß ich vielleicht auf deine Herrin aufpassen.«

27. Kapitel

Aber die Toten lassen sich nicht ganz so leicht abtun. Am nächsten Tag legte ich zusammen mit meiner Trauerkleidung für die Beerdigung – meine eigenen schwarzen Kleider diesmal, nicht von Elaine geliehene – eine bedrückte Stimmung an. Ich sagte ihr, wohin ich ging, doch sie nickte nur mit ernsten grauen Augen und stellte keine Fragen. Devlins Begräbnis.

Devora holte mich in der Halle ein, um mir den Dogcart anzubieten, was ich ablehnte. Sie versperrte mir den Weg, in weiß und grau gestreifter Seide, und erzählte mir, daß sie ja einen Kranz zum Friedhof hätte schicken lassen, daß es jedoch unter diesen Umständen unpassend schien ... Ihre spitz zugeschnittenen Nägel bohrten sich nervös in ihren Pompadour, und ihre braunen Augen flatterten von meinem Gesicht davon wie ein gejagter Schmetterling. Auf ihre Art betrauerte Devora Devlin ebenfalls.

Ich genoß es, in stumpfem Schwarz durch eine Welt von Grün zu gehen, die trostlos geworden war. Der Wald umgab mich mit seiner lebendigen, belaubten Üppigkeit; die Geschöpfe des Waldes begleiteten mich zwitschernd und zirpend auf meinem Weg zu dem freien Gelände rings um das Dorf und dem weißgetünchten Turm der kleinen katholischen Kirche. Ein Knäuel von Dorfbewohnern stand auf dem Gras des Kirchhofs. Ich ging die letzte Anhöhe hinunter und steuerte auf die kleine Lichtung zu, wo graue Steine das Grün mit mehr als natürlicher Regelmäßigkeit übersäten. Bis auf diese makabre Symmetrie hätte es ein beliebiges County-Clare-Feld sein können, mit Steinen durchsetzt, die die Erde wieder gen Himmel gespien hatte.

Am Tor zögerte ich. Ich erkannte niemanden vom vergangenen Abend wieder. Es waren alles einfache Leute in grobem Leinen und Wolle. Die alten Frauen mit ihren Kopftüchern und Schals und die jungen ebenso schlicht angezogen. Die Männer standen zu einer Seite, scharrten und murmelten und drehten ihre Mützen unablässig in ihren knotigen Händen. Ich hatte noch nie Männer mit solchen Händen gesehen, Hände, die davon geformt waren, daß sie ihren Lebensunterhalt dem Boden abrangen. Es machte, daß ich mir verschwenderisch vorkam.

Ihre Messe war gerade zu Ende gegangen; mehrere Männer trugen den hölzernen Sarg zur Tür hinaus, gefolgt von Father McManus in einem weißen Chorhemd und violetter Stola. Zwei kleine Jungen mit zerzaustem Haar so schwarz wie Kohle und steifen Gesichtern so weiß wie die Sorge gingen ihm voran. Ich trat hinter die Frauen und hörte zu, wie die klangvollen lateinischen Silben auf den schäbigen Holzkasten fielen. Er war noch primitiver als Vaters jämmerlicher Sarg. Mir wurde plötzlich bewußt, daß ich schon einmal verwirrt und unglücklich vor einem Grab gestanden hatte. Wie traurig, daß dieser Mann, den ich nur wenige Monate gekannt hatte, mir durch seinen Tod tieferen Kummer zufügte als mein Vater, und doch war es die Wahrheit.

Ich erwartete halb, daß Devlin aus dem Sarg heraussprang, um zu verkünden, daß es eine Art List gewesen war, ein Fehler. Doch das leise lateinische Gemurmel dauerte an. Der Wind fuhr durch die Tücher, die die Frauen vor mir und meine Stirn beschatteten. Es war schneller vorüber, als ich gedacht hatte. Der kärgliche Leichenzug ging los, zuerst die Männer – sie blieben einer nach dem anderen kurz am Grab stehen, um eine Handvoll Erde hineinzuwerfen. Dann wurde die Erde hineingeschaufelt, mit diesem dumpfen Geräusch, wenn sie aufkommt, das sich mit keinem anderen Geräusch der Welt vergleichen läßt, weder auf einem Feld vor London noch auf dem steinigen, grünen irischen Boden. Die Frauen blieben ein letztes Mal stehen, seine Mutter kniete sich hin und sprach mehrere »Ave Marias« über dem unempfindlichen Kasten, der unter der Erdlast verschwand. Ich blieb bis zum Schluß, wagte nicht, mich ihnen in ihrem Kummer zu nähern. Ich war eine Außenseiterin.

Das Loch füllte sich rasch auf. Was eine Wunde im Erdreich gewesen war, wurde durch die Arbeit der Totengräber lediglich zu einem weiteren vielsagenden Hügel. Meine Erinnerung bohrte sich durch zwei Meter loses Erdreich und Steine, um mir Devlin vorzustellen, wie ich ihn zuletzt gesehen hatte. Bei der Totenwache, friedlich und jung, mit einem Gesicht wie aus geschnitztem Elfenbein. Ich stellte mir seine Augen geöffnet und leuchtend blau vor. Was würde er zu mir sagen, wenn diese Lippen sich bewegen könnten, welche letzten Worte gab es für ihn? Ihm war nicht einmal eine Abschiedsrede gegönnt worden, ihm, der es so liebte, sich Worte auf der Zunge zergehen zu lassen, die Sprache zu Knoten zu knüpfen und wieder zu glätten. Er war gekommen, um die Überlieferungen der Älteren zu sammeln. Und er war wieder gegangen, noch bevor die Arbeit halb getan war. Und die Alten lebten weiter, um zu trauern.

Der junge Sänger in den Krieg ist gezogen,
In des Todes Reihen findet man ihn …

Schlimmer Tod, der selbst blauen Augen ihren Schimmer raubt. Sinnlos. Und sinnlos, sich dagegen aufzulehnen.

Ich drehte mich nach Boru um, der mit Abstand den ganzen Weg von Carnhaven hinter mir hergelaufen war. Ich hatte nicht das Herz gehabt, ihn zurückzuschicken. Der langgliedrige Hund lag ausgestreckt hinter einem Gedenkstein, der nicht höher war als er. Dies war kein Friedhof mit Erzengeln im Kampf oder in Abrahams Schoß sich schmiegenden Opferlämmern. Nein, nur schlichte Steinblöcke. Ich ging langsam wieder den Hügel hoch, las die Namen – McGillicuddy, Ryan, McCafferty, Kelly …

Einmal, als ich mit gesenktem Blick ein halb abgestoßenes Datum nachzog, hatte ich das ganz eigenartige Gefühl, beobachtet zu werden. Direkt hinten an meinem gebeugten Nacken, als ob die Stelle dem Blick eines Unbekannten so ungeschützt preisgegeben wäre wie dem Beil des Henkers. Ich hob so schnell den Kopf, daß Boru meine Bewegung imitierte. Überall reglose, grüne Stille, mit einem Anflug von Grau. Bis auf die dort aufgehäufte frische Erde …

Dummkopf! Erwartete ich etwa, daß Devlin plötzlich hinter einem Grabstein hervorsprang, begierig, die ganze Sache zu einem Streich zu erklären? Ich blickte zu Boru hinüber, der mit seiner breiten schwarzen Nase interessiert, jedoch nicht alarmiert in der Luft schnupperte. Nein, Boru würde ein Geheul anstimmen, daß es diese Toten zum Leben erwecken würde, wenn er seinen Herrn in der Nähe witterte. Trübsinnig. Ich wurde allmählich trübsinnig. Es hatte mit Elaines Entbindung an jenem trostlosen Ort oben im Norden angefangen – meine Nerven waren nicht mehr, was sie einmal gewesen waren, und ein gewaltsamer Tod hatte sie auch nicht eben beruhigt. Das war alles.

Ich wandte mich um und trottete den Hügel hoch, zu der verschwommenen Reihe junger Bäume, die den Wald nach Carnhaven säumte. Es war Vormittag. Die Vögel zwitscherten, als hinge ihr Leben davon ab, daß sie Devlin seine letzten Lieder zum Ständchen brachten. Boru war neben mir, die Kirche und der geweihte Boden lagen hinter mir.

Und doch ... und doch, mir gefielen die einem Zaun so ähnlichen scharfen, schmalen Linien jener jungen Bäume nicht. Dieser Wald hatte etwas Geheimnisvolles an sich, etwas Verborgenes in sich. Noch immer jagten Fetzen von Morgennebel über den Boden. Kleine Wölkchen wehten nach oben und klammerten sich an die kahlen Äste, fast so wie Lumpen, die munter von den Gliedern einer Vogelscheuche flatterten ...

Und dort war jemand. Ein Beobachter. Ich wußte es. Es war keine bloße Vermutung, es war nicht meine Einbildung, die verrückt spielte. Da war schlicht und einfach jemand.

»Boru.« Der große Hund blieb gehorsam stehen, als ich mit der Hand in seinen dichten Nackenpelz faßte. »Die Straße. Wir nehmen heute die Straße, Boru«, sagte ich leise und zuversichtlich zu meinem einzigen Gefährten. »Heute nicht den Wald, Boru.«

Ich mußte ihn von den unzähligen Gerüchen und Trippelgeräuschen weglocken, die auf den Hügeln und in den Mulden unter den Bäumen darauf warteten, daß er sie ausschnüffelte und ihnen wild hinterherjagte. Er folgte mir, als ich scharf in Richtung Straße abbog und wir auf dem langen, beschwerlichen Umweg nach Carnhaven zurückkehrten. Aber danach fühlte ich mich nicht mehr beobachtet.

»Hier, Boru, Mrs. Featherstone wird dir Futter geben, du ausgehungertes Biest, du«, flüsterte ich, als ich ihn in die Küche ließ. Dann ging ich durch den Flur zur Vorderseite des Hauses.

Das war der Weg, über den Devlin mich so zwanglos geführt hatte, an jenem ersten Tag, als ich neu auf Carnhaven war und noch ganz unsicher. Inzwischen kannte ich mich nur zu gut aus mit seinen verschlungenen Wegen. Mir war, als sei ich schon immer durch die Flure und Zimmer von Carnhaven gewandelt, als sei ich hier eingekerkert und würde für den Rest meiner Tage hierbleiben – um, wie Norah, mit der Atmosphäre des Hauses zu verschmelzen, mich in seiner Größe zu verlieren und einfach zu lernen, ein Teil davon zu sein –

»Oh! Symes! Haben Sie mich erschreckt!«

»Sie erschreckt, Miss? Es tut mir leid, Miss. Ich war lediglich auf dem Weg in die Küche, um nach dem Weinkeller zu sehen.« Daß Symes seine Handlungen erklärte, gab mir irgendwie das Gefühl, als sollte ich für meine Rechenschaft ablegen – für meine Dummheit vielmehr, weil ich wie ein Tennisball, der ins Netz ging, um die Eingangstür herum in die aufgetakelte Halle gelangt war.

»Ich habe nach Boru gesehen und –«

Ausnahmsweise einmal unterbrach mich der untadelige Symes.

»Ach, der Hund. Ja, ich verstehe, Miss. Nun, ich wollte Ihnen gerade das hier bringen.« Symes wich vom Kurs ab und segelte zu dem Konsoltischchen hinüber, nahm ein kleines Silbertablett und hielt es mir zur Begutachtung hin. Die Art, wie er »das hier« gesagt hatte, machte mich auf den Anblick einer Schlange gefaßt, die sich auf der glänzenden Fläche zusammenrollte.

»Es wurde vor einer Stunde von einem Boten überbracht«, sagte Symes mißbilligend, was soviel hieß wie, wäre ich gewesen, wo ich sein sollte, dann hätte ich es früher erhalten.

Ein viereckiger weißer Umschlag, an mich adressiert. Vielleicht war es doch eine Schlange, die Handschrift hatte etwas Reptilienhaftes. Eine eigenartige Handschrift, ich hatte diese Schrift noch nie gesehen. Ich konnte das dicke, weiche Wachs des Siegels auf der Unterseite des Umschlags spüren. Ich betastete die Prägung, bevor ich ihn umdrehte. Es war, wie ich befürchtet hatte, ein »D«.

28. Kapitel

Ich erhielt so selten Post, daß ich einen Augenblick dastand und den Umschlag betrachtete, bevor ich ihn öffnete. Und durch einen Boten überbracht. Symes, der vor Neugierde regelrecht zuckte, war gezwungen, sich mit einem enttäuschten Lächeln auf seinem förmlichen Gesicht zurückzuziehen.

Schlichtes weißes Briefpapier, aber schwer. Ich schlitzte das Siegel schließlich mit meiner Jethaarnadel von dem gedeckten Strohhut auf, den ich zu Devlins Begräbnis aufgesetzt hatte. Die Nachricht stammte von Lord Hugh und war schroff.

»Ich würde mich über Ihre Anwesenheit zum Abendessen freuen. Acht Uhr morgen. Hugh Davenant.« Eher ein königlicher Befehl als eine Einladung. Ich glaubte zu wissen, was er wollte. Nicht meine Anwesenheit, sondern Informationen. Sein Hunger nach Informationen wuchs mit jedem Tag. Und die Handschrift, aufdringlich in schwarzer Tinte, aber auch exakt und gefällig. Es war nicht die Handschrift, die ich von ihm erwartet hatte. Aber man brauchte sich nur anzusehen, wozu mich Devoras schüchterne, nach hinten geneigte Schrift vor nicht allzu langer Zeit gebracht hatte. Es war unklug, auf solch unbestimmbare Dinge wie Handschriften zu vertrauen, entschied ich.

Hingehen oder nicht hingehen. Ich überlegte hin und her, las die kurze Nachricht noch einmal und war neuerlich gekränkt von ihrem Ton. Er würde sich freuen, ja doch! »Seine Lordschaft würde sich über die Ehre Ihrer Anwesenheit bei Ihrer Enthauptung freuen. Bitte sagen Sie nicht ab.«

Nun, ich hatte keine Angst vor ihm. Jedenfalls nicht übermäßig. Ich ging nach oben und grub das zweckmäßige Briefpapier aus, das ich benutzte – cremefarbene Anonymität für eine Person, die zwischen zwei Welten lebte.

Ich verfaßte ebenfalls eine kurze Botschaft. »Ich werde dasein – pünktlich. Amberleigh Dunne«, kritzelte ich in meiner aggressivsten Schrift. Kein »sehr gern«, kein »mit Vergnügen«, lediglich »pünktlich«. Und ich läutete nach Henrietta, damit sie die Botschaft nach unten brachte und der Boy sie zustellte. Ihr schwarzer Rock war kaum um die Ecke und meinem Blick entschwunden, als ich sie auch schon zurückwünschte. Zu spät. Man mußte zu seinen Impulsen stehen oder untergehen.

Erst beim Essen an diesem Abend, in dem länglichen, düsteren Speisezimmer, mußte ich dafür gradestehen.

»Heute habe ich einen interessanten Brief mit der Post erhalten«, bemerkte Devora verträumt bei der Kartoffelcremesuppe. Elaine versteifte sich, ich konnte ihre Betroffenheit über den Tisch hinweg spüren. Devora hatte die Angewohnheit, Träume mit dieser Stimme zunichte zu machen – die anderer, nicht ihre eigenen.

»Er war von Adrian«, sagte sie, plötzlich lebhaft, und schaute direkt mich an. »Es scheint, als erfordere die Familienbrauerei, oder wie man diese Fabriken sonst nennt, wieder seine persönliche Anwesenheit, und er bat um die Erlaubnis, mich besuchen zu dürfen. Uns.« Bei dem letzten Wort lächelte sie ganz besonders mich an. »Ich werde ihn selbstverständlich einladen, morgen mit uns zu essen und hier zu übernachten. Das müßte Ihnen doch gefallen, oder nicht, Amberleigh?« Ihre Stimme war so leicht und so spitz wie eine Hutnadel. Meine Gedanken kehrten prompt zu dem Brief zurück.

»Es spielt keine Rolle, ob es mir gefällt oder nicht, Lady St. Clare«, erwiderte ich gelassen. »Morgen abend werde ich nicht hiersein.«

»Nicht hiersein? Und wieso, wenn ich fragen darf, meine Liebe? Wo sonst sollten Sie denn sein?«

»Ich werde zum Abendessen auf Shallowford erwartet.«

Ihr Gesicht, von kalkulierter ruhiger Grausamkeit, wurde nur einen Augenblick starr. Ich sah, wie sie als alte Frau aussehen würde, ohne ihren Puder und Schminke. Sie senkte den Blick und rührte nachdenklich mit ihrem Löffel in der Suppe. Es erzeugte ein unangenehmes Geräusch.

»Zum Abendessen auf Shallowford ... Nun, dann müssen Sie Lord Hugh Grüße von mir ausrichten. Ich bin sicher, Adrian wird – untröstlich sein, Sie nicht angetroffen zu haben. Ich bezweifle, daß er mehr als einen Tag für – uns erübrigen kann.«

»Das ist bedauerlich«, sagte ich und meinte es aufrichtiger, als sie wissen konnte. »Es kommt eben immer alles zusammen.«

Elaine gab mir plötzlich unter dem Tisch einen Tritt. Ich schnappte nach Luft, und als mich alle ansahen, murmelte ich: »Die Suppe, sie ist heiß.«

Elaine lachte neben mir fast hysterisch bei der Vorstellung, daß kalte Kartoffelsuppe zu heiß sein sollte.

»Elaine, hör auf, so zu kichern, Kind!« Lady St. Clares Stimme wurde hart. »Man könnte meinen, du wärst immer noch ein Schulmädchen und nicht eine erwachsene Frau und –« Sie hatte offenbar auf Elaines Schande anspielen wollen, beherrschte sich jedoch, mehr aus Rücksicht auf die Dienstboten als auf ihre Stieftochter. Elaine zuckte mit keiner Wimper. Sie war in letzter Zeit immer so, fast zu unempfindlich gegen Schmerz, wie jemand, den man betäubt hatte.

»Ich werde hiersein«, verkündete Elaine. »Um Adrian zu unterhalten, meine ich, da Amberleigh nicht hier ist. Adrian und ich kommen sehr gut miteinander aus, also brauchst du dir keine Sorgen zu machen, Devora, daß er sich beim Abendessen langweilt. Ich bin sicher, wir beide werden unsere Sache beim Essen ganz gut machen, Devora.«

»Aaaah! Nimm die verdammten Kartoffeln weg«, bellte Sir George plötzlich. Er hatte seinen Wein in Windeseile ausgetrunken und wenig Anteil an dem Schlagabtausch an der Tafel genommen. »Wenn dieser Carstairs schon wieder kommt, wirst du allein die Gastgeberin spielen müssen, Devora. Ich habe dem Squire ein Kartenspiel versprochen, und er schuldet mir verdammt zuviel Geld, als daß ich bei einem deiner feinen Abendessen den Stutzer spielen könnte.«

Sir George stemmte sich von seinem Stuhl hoch, vertrieb den aufmerksamen Diener, der sich vorbeugte, um ihm zu helfen, mit einem finsteren Blick und torkelte aus dem Zimmer. »Symes, einen Whiskey in mein Arbeitszimmer«, befahl er noch, bevor er ganz zur Tür hinaus war.

In Augenblicken wie diesen schämte ich mich fast für Devora. Ich warf einen verstohlenen Blick auf sie, ihr Gesicht war so klar und scharf wie das Haupt der Medusa, das Theseus auf dem Standbild in der Halle empfängt.

»Er muß essen!« platzte Elaine heraus. »Er hat wieder kaum etwas gegessen. Es ist deine Aufgabe, dafür zu sorgen, daß er ißt, Devora. Du könntest dich darum kümmern.«

»Elaine, du solltest dich lieber um dein Essen kümmern und still sein, oder heute abend fastet mehr als ein St. Clare.«

»O ja, es ist leicht für dich, so mit mir zu reden. Aber eines Tages, wenn er – wieder er selbst ist, bin nicht ich es, die vom Tisch weggeschickt wird.«

Elaines Gesicht war dunkelrot vor Wut. Ihre Hände zitterten, und ich beobachtete fasziniert, wie ein Funke von etwas, das nach Rebellion aussah, auf ihrem schmalen Gesicht erwachte.

»Elaine ist nicht sie selbst, Lady St. Clare, aber sie hat recht. Ich weiß nicht, wie lange ein Mann noch leben kann von –«

»Und Sie, Sie halten sich da raus! Sie sind hier nur geduldet, Miss. Und auch das nur ihretwegen.«

»Ach, bin ich das? Ich dachte, es gäbe dafür tiefere Gründe als das.« Sie überging meinen Hieb und wandte sich Elaine zu, die immer noch ihren Suppenlöffel hielt wie ein Soldat ein Bajonett gegen eine Kanonenkugel.

»Ich habe alles für dich getan, was in meiner Macht stand, junge Dame. Mich monatelang begraben in diesem elenden –« Sie suchte nach dem schlimmsten Schimpfnamen, den sie kannte – »Ackerland! Ich habe die Dueña und die

Anstandsdame gespielt, bis ich mir wie eine Siebzigjährige vorkam, das schwöre ich. Aber es hat mir wenig genützt, und –« Ihr wurde plötzlich bewußt, daß Dienstboten zugegen waren, und etwas von ihrer gewohnten Selbstbeherrschung kehrte zurück. »Wie dem auch sei, ich will keine Vorwürfe von dir hören. Oder auch von deiner Begleiterin.« Das letzte Wort stieß sie an mich gerichtet hervor, dann stand sie unvermittelt vom Tisch auf, wobei sie fast ihren Stuhl mit der Schleppe umwarf. Ein Dienstmädchen beeilte sich, ihn aufzufangen.

»Oh, jetzt hast du's geschafft, Amberleigh«, sagte Elaine leise und triumphierend. »Es ist deine Einladung zum Abendessen auf Shallowford, was sie so aufregt. Ich könnte wetten, daß sie davon wieder einen ihrer Migräneanfälle bekommt und wir sie für heute abend los sind. Lass' uns zu Ende essen, und dann will ich mit dir reden. In meinem Zimmer.« Sie warf einen warnenden Blick zu der schweigsamen Norah, die auf ihrer Seite des inzwischen fast verlassenen Tisches nahezu züchtig ihre Suppe löffelte.

Nach dem Abendessen scheuchte Elaine mich in ihr Zimmer, verlangte einen Bericht über meine Einladung und stellte die wildesten Vermutungen darüber an.

»Ach, es ist so herrlich bitter für sie, Amberleigh. Sie dachte, sie hätte ihn voll und ganz an der Angel, verstehst du. Und da kommt eine Einladung für dich zum Abendessen. Allein.«

»Das ist es ja, was mir Sorgen macht. Ich weiß nicht, ob es sich gehört.«

»Ob es sich gehört? Natürlich gehört es sich nicht. Deshalb ist es ja so aufregend. O Devora, du mußt jetzt rasende Kopfschmerzen haben.«

»Elaine, du kannst sie doch nicht so sehr hassen?«

»Ach nein? Und ob ich es kann. Ich hatte viel Zeit, es zu lernen. Vater war nie, na ja, väterlich. Aber er trank auch nicht Whiskey wie Wein, und er war nicht nur ein reizbarer – Trampel, bis sie kam. Ich kann ihr nicht vergeben. Niemals. Manchmal könnte ich sie umbringen. Für das, was sie uns angetan hat. Sie hat mich gezwungen, von ihm wegzugehen, sie hat uns getrennt. Und dann sah ich ihn nie wieder. Nie. Nie.«

Sir George mochte ja ein anderer Mann geworden sein, während Elaine bei Miss Meachum verkümmerte, aber ich bezweifelte, daß seine Persönlichkeit sich so völlig gewandelt hatte, daß Elaine das Gefühl hatte, sie habe den Vater von früher für immer verloren. Bei Elaines melodramatischen Übertreibungen mußte man vorsichtig sein. Daher tröstete ich sie und streichelte sie und heuchelte Interesse an meinem bevorstehenden Ausflug nach Shallowford. Elaine war bei weitem entzückter von der Vorstellung als ich. Aber vielleicht half mir ihre Begeisterung, diesen kleinen Zweifel zu bändigen, der hartnäckig in meiner Magengegend nagte.

»Was willst du denn anziehen? Du mußt etwas anziehen, etwas Devorahaftes!«

Also gingen wir meine zusammengewürfelte Garderobe durch und entdeckten schnell, daß ich nichts Passendes für ein tête-à-tête mit dem Lebemann von Shallowford besaß.

»Im Ernst, Elaine, mir ist gleichgültig, was ich anziehe. Wenn du die Einladung gelesen hättest, wüßtest du, daß ich sogar in Lumpen kommen könnte, es würde nichts ausmachen –«

»Dieses Nachmittagskleid steht dir wirklich ausgezeichnet, Amberleigh, aber es paßt einfach nicht für den Abend – wie wär's mit dem hier, dem aus weißer Spitze?«

Das mit der weißen Spitze. Nein, irgendwie wollte ich nicht in Madame Louisas geliehenem Kleid nach Shallowford gehen. Ich wollte zu meinen eigenen Bedingungen hingehen, mit meinen eigenen Kleidern bewaffnet und mit meinem eigenen Ichgefühl gewappnet, nicht als eine Modepuppe, die angezogen war, um etwas zu beweisen. Ich war es leid, nach den Bildern, die andere von mir hatten, zurechtgemacht zu werden.

»Elaine, das hier wird genügen. Es ist Moirétaft, ganz der richtige Stoff für abends. Und schwarz – passend zur Trauer –«

»Es ist so steif, Amberleigh, mit diesem hohen Kragen. Du wirst aussehen wie eine herausgeputzte Gouvernante.«

»Vielleicht bin ich ja genau das.«

Elaine betrachtete das Kleid prüfend. Es hatte elegante Linien, eine Taille mit Besatz und einen luftigen, geschwungenen Rock, ganz zu schweigen von den geschickt gefältelten Keulenärmeln. Doch in ihren Augen war es nicht halbwegs anziehend genug, das merkte ich.

»Laß es mich wenigstens Henrietta geben, damit sie es für dich aufbügelt. Und eine Spur mehr Besatz – etwas Gediegenes in schwarzem Samt wird helfen, bestimmt. Du hast nicht eine einzige Londoner Saison miterlebt, Amberleigh, ich sechs. Ich werde es schon richtig für dich machen.« Und sie zog mir das Kleid mit einer gebieterischen Geste weg, die mich so amüsierte, daß ich sie gehen ließ. Zumindest grübelte sie nicht mehr über Devora nach.

Devora selbst ließ sich weder für den Rest des Abends noch am folgenden Tag blicken. Ihre Zofe brachte Frühstück und Mittagessen auf einem Tablett in ihr Boudoir und warf Elaine und mir wütende Blicke zu, wann immer wir ihr im Korridor begegneten.

Wohl zehnmal an diesem Tag muß ich dazwischen geschwankt haben, Lord Hugh die ganze Wahrheit zu erzählen oder ein komplettes Lügengespinst aufzutischen. Ich muß in Gedanken auch ein Dutzend halbwahrer Versionen eingeübt haben, und am späten Nachmittag war ich völlig durcheinander. Manchmal dachte ich, daß auf Carnhaven ein solcher Zustand des Mißtrauens und der Verzweiflung herrschte, daß ich glaubte, nur die volle Wahrheit könne das Durcheinander klären. In anderen Momenten stellte ich mir vor, wie ich Elaine verraten würde, und ich konnte den Gedanken einfach nicht ertragen, sie der gleichen hämischen Verachtung auszusetzen, mit der die Welt mich gestraft hatte.

Elaine, die von meinem Dilemma nichts ahnte, organisierte den Tag für mich wie eine Kinderfrau, die ihren liebsten Zögling zum Tee schickt.

»Hier, Amberleigh, Henrietta hat das Kleid gerade fertig bekommen. Es ist sechs Uhr, also solltest du es lieber anprobieren.«

»Was habt ihr beide bloß damit angestellt? Da stimmt doch etwas nicht!«

»Ich habe es lediglich etwas – schicker machen lassen. Du wirst es gleich sehen. Hier, laß mich die Häkchen für dich schließen, aber Henrietta kommt auch noch. Sie besteht darauf, dich zu sehen.« O ja, es war in der Tat schicker. Die Schlaue hatte Henrietta angewiesen, die ganze Passe zu entfernen, so daß aus einem völlig harmlosen Nachmittagskleid ein schulterfreies Abendkleid geworden war.

»Also, Amberleigh, du weißt ja, was für Sachen Devora trägt – und es war eine gute Idee, du siehst aus wie eine Schauspielerin!«

»Ich will nicht aussehen wie eine Schauspielerin, Elaine!

Ich habe noch nie eine Frau gesehen – nun ja, die zu langen Ärmeln ein Dekolleté trägt ...«

»Ich weiß, wie du aussiehst. Du siehst aus wie eine Königin. Wie Maria Stuart. Es sieht wunderbar aus zu deiner weißen Haut und dem roten Haar, trag es!«

Ach ja, Maria Stuart war enthauptet worden. Vielleicht war das Kleid doch passend. Und jetzt paßte es auch besser zu einer Einladung zum Abendessen, wie flüchtig hingeworfen diese auch immer sein mochte.

»Ich hole die Whitby-Jetperlen meiner Großmutter – oder nein, hier ist ein Stück schwarzes Samtband, leg es dir mal um den Hals –, ja, sehr hübsch.« Und hatten die Damen der Französischen Revolution nicht rote Samtbänder um den Hals getragen, um zynischerweise das Zeichen der Guillotine anzudeuten? Zumindest war meines schwarz.

»Ich wünschte, du würdest dir mehr Mühe mit deinem Aussehen geben, Amberleigh, das ist wirklich ganz wichtig. Manchmal denke ich fast, du würdest am liebsten wie Cousine Norah herumlaufen, in Lumpen und schleifenden Unterröcken ... So. Henrietta wird dir beim Frisieren helfen. Und bitte, benutz ein bißchen Schminke. Und die Hasenpfote!«

Elaine schloß die Tür, kaum daß ihr letzter Befehl über die Schwelle gedrungen war. Ich konnte ihre Unbeschwertheit kaum fassen. Und Devlin war erst seit, wie lange, achtundsiebzig Stunden tot? Nein, seit zwei Tagen. Was würde Devlin sagen, wenn er mich jetzt sehen könnte, fragte ich die zweifellos dramatische Gestalt im Spiegel. Ach, Rotschopf, würde er sagen, ein feiner Anblick bist du, aber was geht da in deinem Kopf vor? Denkst du noch an was anderes als an morgen und was aus dir wird? Hast du dich je gefragt, was aus diesen Farmern und Cottage-Bewohnern und Fischersleuten werden soll, die dein Volk sind?

Aber es war nicht mein Volk. Devlin glaubte, daß eine reine Zufallsgeburt, Zufallsnationalität einen zu einem Patrioten machte. Drängte mich immerzu, mich einer Sache zu verschreiben, an der ich kein Interesse hatte. Sang immerzu sein Lied, das über den jungen Sänger – oh, wie treu er immer wieder das alte Lied sang, daß »eine treue Harfe« sie »preisen« werde, diese in endlosen Schlachten und nutzloser Rebellion gefallenen Iren.

»Meine Liebste ist ein Erdbeerbaum an der Grenze von Lean,
So schlank und schön mit ihrem Gürtel aus Grün ...«

Ich summte schon wieder eines seiner Lieder. Und verstummte. Eines sprach für Irland, was auch immer seine politischen Irrtümer sein mochten, dachte ich, als ich mich zu dem Spiegel beugte: Seine taugetränkten Morgende glätteten die Haut. Selbst die Narbe in meinem Gesicht schien zu verblassen, wie ein Alptraum, der verblaßt, wenn man aufwacht. Wer hatte mir das angetan? Eine Frau. Elaine, falls sie es gewesen war, mußte als dieser andere Teil ihrer Persönlichkeit zugestoßen haben. Ich konnte mir nicht vorstellen, daß die Elaine, die mich so schlau angezogen hatte, ihre Nähschere gegen mich richtete.

Devora? Nein, diese aristokratische Hand sollte zu Dolchen und Drama greifen? Aber ihre Kopfschmerzen, die sie manchmal stundenlang isoliert und unbeobachtet in ihrem Zimmer festhielten. Und ihre Eifersucht. Sie war wahnsinnig eifersüchtig, das hatte ich gestern abend beim Essen gesehen. Begleiterin, hatte sie gezischt. Sie konnte mich nicht ausstehen, zog mich mit Adrian auf und haßte mich wegen einer Einladung zum Abendessen auf Shallowford. Sie hatte gedacht, sie sei im Vorteil. Bis sie eines Besseren belehrt worden war.

Und Adrian. Ich hatte angenommen, daß er Carnhaven scheuen würde wie der Teufel das Weihwasser, bis ich in sicherer Entfernung war. Was brachte ihn zurück? Ich wünschte fast, ich ginge jetzt die Stufen hinunter, um zu einem Abendessen mit Adrian zu entschweben. Doch die Kutsche, von der tüchtigen Elaine bestellt, wartete. Henrietta stand mit meinem schwarzen Lammwollcape und dem Tüllschleier bereit, und die Würfel waren gefallen. Vielleicht würde auch mein Kopf fallen.

Nach einer letzten Kußhand von Elaine, die von ihrer Tür aus zusah, ging ich leise die Treppe hinunter. Vielleicht wäre Adrian in der Halle oder im Arbeitszimmer, vielleicht würde er mich vorbeigehen hören und herauskommen – aber im Haus war es still, und ich stieg mühelos in den Wagen, ohne einen Blick auf ihn zu erhaschen. Ich war leicht melancholisch, andererseits hatte man mich noch nie in solch großem Stil herumgefahren, seit ich auf Carnhaven war. Wenn es ein Schinderkarren war, in dem ich fuhr, dann ein eleganter. Auf Shallowford, das abends viel älter und düsterer aussah, hob der Kutscher mich heraus und klopfte an die veraltete bogenförmige Tür. Dann wurde ich an den nach wie vor ausdruckslosen Butler übergeben, der mir mit erlesener Gleichgültigkeit das Cape abnahm und mich zur Bibliothek führte. Lord Hugh wartete drinnen.

Er war vertrautes Terrain, dieser Raum mit der sonderbaren Decke, von der sich große Stuckkegel hinunterschwangen wie die Draperien im Serail eines Sultans, und den domartig gewölbten hölzernen Bücherregalen, Balkonen und Geländern. Trotz seiner Größe hatte der Raum eine intime, ja sogar verschwörerische Note.

»Sie sind in der Tat pünktlich«, sagte Lord Hugh und führte mich zu einem Morris-Sessel aus rotem Leder, der plump am Kamin hockte. Ich würde es nie lernen, diese modernen Möbelstücke zu lieben. »Darf ich Ihnen etwas Sherry vor dem Essen anbieten? Ich habe den Tisch hier drinnen aufstellen lassen, das Speisezimmer ist etwas zu groß dafür, daß nur wir beide mit unseren Gabeln klappern.«

»Ich wußte nicht, daß es ein Anlaß zum Gabelklappern sein sollte.«

»Das müßte es auch nicht sein, wenn Sie Ihr Messer mal einen Augenblick weglegen könnten.«

Er trat zur Wand, um nach dem Butler zu läuten, ich ließ mich in der roten Monstrosität zurücksinken und sah erst jetzt den kleinen runden Tisch, der auf dem Balkon in der Nähe einer Lesenische aufgestellt war. Er sah wirklich reizend aus. Lord Hugh sah auch nicht sehr unzivilisiert aus, er trug einen eleganten Cut mit Aufschlägen aus schwarzem Samt. Zumindest von der Kleidung her paßten wir zueinander, wenn auch nicht von der Stimmung.

»Sie sehen – anders aus«, sagte er, als er mir den Sherry in einem feingeschliffenen Glas reichte, nachdem der Butler sich zurückgezogen hatte.

»Soll das ein Kompliment oder Kritik sein?«

»Ich glaube, weder noch«, sagte er nachdenklich. »Ich betreibe beides selten bis zum Exzeß.«

»Und ich suche beides nicht«, erwiderte ich gelassen.

»Habe ich angedeutet, daß Sie es tun? Falls ja, bitte ich Sie um Verzeihung.«

Dann trat Stille ein, und Lord Hugh wirkte allmählich nervös. Es war alles so absurd. Im Alcott's hatte uns zumindest ein gewisser gesellschaftlicher Stoff umgeben, der uns dabei half, ein Gespräch zu weben. Doch jetzt war ich auf der Hut und irgendwie frustriert und nervös. Lord Hugh zog das schmale Silberetui aus seiner Brusttasche und bat mich um Erlaubnis, rauchen zu dürfen. Ich erteilte sie ihm und beobachtete wieder fasziniert, wie das Ritual sich bis zur Entwicklung des blauen Rauches entfaltete.

»Ich war nicht sicher, ob Sie kommen«, sagte er unvermittelt.

»Wieso denn nicht? Sie haben einmal angedeutet, daß ich nicht wählerisch wäre, wessen Gastfreundschaft ich suche, Sie haben doch nicht erwartet, daß ich so spät noch Unterschiede mache?«

»Wenn ich einen Fechtpartner zum Abendessen gewünscht hätte, dann hätte ich einen eingeladen.«

»Was haben Sie erwartet? Ich weiß sehr gut, weshalb ich hierherzitiert worden bin.« Er hob die Hand, um zu protestieren, doch ich sprach eilig weiter. »Sie wollen Informationen, alles, was mit den schmutzigen kleinen Verschwörungen zu tun hat, die überall im Dorf ausgeheckt werden. Ich habe noch nie eine Gegend erlebt, die so voll ist von Komplotten und Gegenkomplotten. Es ist abstoßend, und ich wünschte, jeder würde – die Dinge direkt ansprechen, anstatt Dinge anzunehmen oder den Worten anderer Leute in – bestimmten Dingen zu glauben …« Ich hatte eigentlich nicht derart leidenschaftlich sprechen wollen und legte eine Pause ein, um einen Schluck Sherry zu trinken, dessen mildes Brennen meine Zunge besänftigte, bevor ich mehr sagte, als ich wollte.

»Also bevorzugen Sie momentan Offenheit. Sehr gut. Ja. Ich will Informationen. Und wenn ich früher über genügend Informationen verfügt hätte, dann würde Devlin Quade jetzt vielleicht nicht auf dem St.-Stephen's-Friedhof vermodern und es würden ihm nicht bald ein Dutzend weitere Männer seiner Art Gesellschaft leisten. Ist das offen genug für Sie, Miss Dunne?«

Ich hatte noch nie zuvor richtig geschaudert, doch jetzt tat ich es, als mir seine Worte geradezu ins Gesicht schlugen. Lord Hugh stand am Kaminsims, trank von seinem Sherry und beobachtete mich ungerührt, wie ein Schachspieler seinen Gegner.

»Sie! Sie reden, als wäre es meine Schuld, daß ich mich Ihnen nicht anvertraut habe. Wieso sollte ich? ›Miss Dunne dies und Miss Dunne das‹ – es ist doch klar, daß Sie mich seit dem Augenblick, als wir uns begegneten, nicht leiden konnten, und ich schätze mich sehr glücklich, Ihre Gefühle zu erwidern. Außerdem, wie hätten Sie irgend etwas ändern können? Es ist nicht fair, mir Devlins Tod zur Last zu legen, nur weil, weil … es ist nicht fair. Und Sie müssen gerade so reden. Sie waren lediglich daran interessiert, Devora den Hof zu machen, um sich auf Carnhaven einzuschleichen. Und war Devlin denn etwas anderes als ein Problem für Sie, als er verwundet hierherkam? Sie haben kein Hehl daraus gemacht. Mich Ihnen anvertrauen! Nein, Sie wollten nicht, daß Ihre Pläne durch solche unkontrollierbaren Dinge wie eine Revolution durcheinandergebracht werden, o nein. Aber wirklich etwas in diesem elenden, ausgesaugten Land zu verändern, tatsächlich eine Rolle in diesem blutigen kleinen Drama zu spielen, das sich Irland nennt – nein, ich glaube, Sie wollten hinter den Kulissen bleiben, kein Blut an den Händen haben –«

Mir wurde mit einem Mal bewußt, daß ich ebenso mich wie ihn beschrieb und brach jäh ab. Die Worte hingen noch zwischen uns in der Luft. Ich sprach mit Devlins Stimme, wie er zu mir gesprochen hätte, wäre er so schroff gewesen.

Dann brach Lord Hugh glücklicherweise das Schweigen, er sprach so offen, daß ich überrascht war. »Ich habe ebenfalls ein Interesse an diesem Land – und nein, ich meine nicht bloß ein finanzielles. Ich denke, daß etwas bewegt werden kann. Es war eine ganz knappe Angelegenheit, als die Homerule vor sechs Jahren nicht durchkam. Eine sehr knappe Angelegenheit. Wenn Parnell sich nicht selbst diskreditiert hätte, indem er sich mit O'Sheas Frau einließ ... Eine politische Übereinkunft könnte den Konflikt lösen, könnte dieses sinnlose Töten beenden und – wollen Sie etwas?«

»Noch Sherry, bitte«, sagte ich und hob mein Glas. Die Einsicht hatte mich getroffen wie ein Schlag. Ich hörte kaum, was er sagte. Ich war tatsächlich gleichgültig gewesen, so wie Devlin auf seine neckende Art gesagt hatte. Und hier stand Lord Hugh und sprach ernst und aufrichtig über die Homerule und politische Übereinkünfte, und ich kannte mich nicht mehr aus, trieb wie auf hoher See und kam mir wie eine Schiffbrüchige und wie eine Heuchlerin vor.

»Es tut mir leid«, sagte er. »Ich habe Sie heute abend nicht hierher eingeladen, um Sie aufzuregen. Allerdings hatte ich gehofft, einige Dinge klären zu können. Wohin ich auf Carnhaven auch sah, immer waren Sie da. Anfangs dachte ich, Sie wären vielleicht ein Kurier aus Amerika, der Geld für Waffen überbringt – das ist nicht so lächerlich, es besteht ein starkes Band zwischen den Emigranten und denen, die noch hier sind. Ich ließ Sie sogar auf der Reise nach Norden verfolgen, da ich dachte, es sei möglicherweise eine Einfuhr von Waffen über den Seeweg geplant. Doch als mir von Ihrem Ziel berichtet wurde – andererseits gab es eine verdammt gute Tarnung ab.«

Es war, als denke er laut, zähle die Wenns und Warums

meines Verhaltens auf wie ein Geschworener, der Beweise gegeneinander abwog, wie ein Richter, der ein Urteil sprach. Ob Amberleigh Dunne wohl für zu leicht befunden würde? Oder nicht? Oder hieß es einfach »Mangel an Beweisen«, das vernichtendste Urteil überhaupt.

»Sie haben mich verfolgen lassen? Warum sollten Sie so weit gehen?« fragte ich halb ungläubig. »Selbst wenn Sie ein altruistisches Interesse an dem Land selbst haben, was ich bei einem Engländer für unwahrscheinlich halte, – uns nach Norden verfolgen zu lassen, uns auszuspionieren, um – also, Sie *sind* ein Spion!«

Er stellte das Glas mit solchem Nachdruck auf dem geschnitzten Holzsims ab, das der Sherry heftig von der einen Seite des Glasrands zur anderen schwappte. Ich sah mit großen Augen zu, wie ein von einem Briefbeschwerer, in dem Schnee fällt, fasziniertes Kind.

»Spion ist ein Wort, das ich in meinem Haus nicht zu hören wünsche.«

»Es gibt Worte, die ich selbst auch nicht zu hören wünsche, das hindert allerdings niemanden daran, sie zu benutzen«, erwiderte ich ziemlich scharf. »Wieso sollten Sie sich denn sonst für das interessieren, was ich tue?«

Er ging ein Stück von mir weg, dann blieb er stehen.

»Es war ein Spiel für mich«, sagte er in dem bitteren Ton der Selbstkritik. »Die nette Zerstreuung eines Gentleman unter dem Deckmantel der Diplomatie. ›Davenant, Sie haben ein Gut in Clare. Sieht nach einem Rebellennest aus. Sehen Sie sich da oben mal um. Keine größere Sache. Halten Sie lediglich die Augen offen …‹ So hat es angefangen. Und sie hatten ganz recht, irgend etwas geht hier vor. Genug, um Quade sterben zu lassen.«

Gewissensbisse. Oh, ich erkannte die nassen, glitschigen

Schlingen, die sich einem um den Hals legten, die Selbstquälerei, bei der jeder Punkt begann mit »Hätte ich doch« oder »Wenn ich nicht gewesen wäre«, und jedesmal endete es damit, daß mir Devlins Gesicht lebendig und lebhaft vor Augen stand. Ich schloß die Augen, aber das Gesicht blieb.

Lord Hugh kam zu mir herüber und kniete sich vor den roten Sessel. Er nahm meine Handgelenke und zwang mich, ihm direkt in die Augen zu schauen.

»Hören Sie zu«, sagte er entschlossen. »Ich weiß nicht, wer oder was Sie sind, aber dieses Spiel ist zu abgründig für Sie. Es ist nicht einmal ein Spiel, und ich glaube, Sie wissen das inzwischen gut genug. Ich brauche die Wahrheit von Ihnen. Um jeden Preis. Erzählen Sie.«

Sein Blick war ernst. So mußte Eva überredet worden sein, von den Äpfeln zu kosten. Nur ich war sein Baum der Erkenntnis ... oder doch nicht?

»Wofür halten Sie mich? Wieso glauben Sie, daß ich in irgendwelche besonderen Informationen eingeweiht bin? Komme ich Ihnen vor wie eine Agentin, eine Meisterspionin? Wirklich, Mylord, Sie sind absurd!«

»Ich weiß nicht, was Sie sind. Deshalb frage ich ja. Sie könnten auch einfach eine von vielen Dorfjungfern sein, die man nach einem Stelldichein und neun Monaten durchschaut hat ...« Ich wandte den Kopf ab, doch er legte die Hand unter mein Kinn und zwang mich, ihn wieder anzusehen. »Oder Sie sind eine übereifrige Anhängerin der United Irish und opfern Ihren Ruf, um über Kurierdienste hinwegzutäuschen. Oder Sie sind sogar eine extrem gerissene irische Agentin mit der Absicht, eine Reihe häßlicher Zwischenfälle in unserer ruhigen kleinen Grafschaft anzuzetteln. Wie dem auch sei, Sie gehen heute abend nicht eher von hier weg, als bis ich die Wahrheit weiß.«

»Und was wollen Sie tun, wenn ich fragen darf?« rief ich aufgebracht, riß mich von ihm los und stand auf. »Gibt es ein Verlies hier in Ihrem Schauerschloß? Irgendeinen passenden Ort, wo die Dienerschaft mich nicht schreien hört? Ich kann es mir sehr gut vorstellen. Bevor ich Ihnen auch nur den zweiten Vornamen meiner Großmutter verrate, will ich wissen, warum Sie ein solch glühendes Interesse an diesen Angelegenheiten haben.«

Beim Auf- und Abgehen war ich bei seinem abgestellten Sherryglas stehengeblieben. Ich trank schnell einen Schluck daraus, doch das linderte die Erregung nicht, die mich aufwühlte. Vielleicht konnte er mich ja tatsächlich foltern, der Morris-Sessel war für den Anfang schon mal unbequem genug. Ich stützte einen Ellbogen auf das niedrige Kaminsims und legte meine schmerzende Stirn in die Hand. »Sie haben ganz recht. Ich weiß einige Dinge. Aber glauben Sie mir, sie beziehen sich ausschließlich auf persönliche Angelegenheiten. Und es gibt Gründe, warum ich keinem lebenden Menschen davon erzählen darf.«

»Nun, ich habe nicht vor, mein Leben dafür zu bieten, um in Ihre Geheimnisse eingeweiht zu werden«, erklärte Lord Hugh ironisch. Er war mir durch den Raum gefolgt, aber in einem gewissen Abstand. »Sie sehen gerade aus wie die Bernhardt«, sagte er, nicht ohne Mitgefühl, »in einer ihrer tragischeren Tragödien. Erzählen Sie es mir, Sie werden sich danach besser fühlen.«

»Werde ich das?« sagte ich bitter. Denn ich wußte in diesem Moment, daß irgendwann im Laufe der letzten zwei Minuten das letzte Hindernis gefallen war. Ich würde es ihm sagen, ganz einfach, weil ich zu müde war, um es nicht zu tun. »Aber wenn jemandem irgendwelcher Schaden aus dem entsteht, was ich Ihnen erzähle, werde ich Sie töten«, fügte ich grimmig hinzu.

»Das war mehr wie die Duse«, sagte er kühl und ließ sich elegant auf dem Morris-Sessel nieder.

»Sie werfen mir unablässig vor, daß ich eine Rolle spiele«, brauste ich auf, »und dabei sind Sie der eifrigste Regisseur hinter den Kulissen von Glennverran. Vielleicht erklären Sie mir mal Ihr Interesse an einem solch schmutzigen Unternehmen wie Politik, Mylord.«

»Rein sachlicher Natur, wirklich. Ich nehme an, es kann nichts schaden, wenn ich Ihnen erzähle, daß ich im Auftrag des Home Office hier bin, um genau das Blutvergießen zu verhindern, von dem Sie oben im Hochmoor eine Kostprobe erhalten haben. Nach den Phoenix-Park-Morden sind die Burschen aus der Politik mehr an Prävention interessiert als früher. Mehr darf ich Ihnen nicht sagen. In allem anderen müssen Sie mir schon vertrauen.«

Vertrauen. Oh, da war ein furchtbarer Mangel an Vertrauen. Dem Mann vertrauen, der mich unter Druck setzte, der mich verspottete, der pünktlich als Retter in der Not erschienen war, als Devlin starb? Doch ich war es leid, mich allein durch das Durcheinander zu kämpfen. Ich setzte mich in den Morris-Sessel ihm gegenüber und umklammerte meinen zurückeroberten Sherry wie einen Talisman.

»Was wollen Sie wissen?«

»Ihre Reise nach Norden«, sagte er und beugte sich gespannt vor, mit einem Schatten des Triumphes in seinen hellen Augen. Ich war zu ausgelaugt, als daß es mir etwas ausmachte.

»War, was das Gerücht sagte und nichts weiter. Ein abgelegener Ort, um ein unerwünschtes Kind zur Welt zu bringen.«

»Sie wurden – schwanger in Amerika?« Seine Stimme klang irgendwie gedämpft, heiser.

»Ich verstehe nicht, was das zu tun hat mit –«

»Sie sagten, Sie würden mir auf meine Fragen antworten.«

»Na gut. Nein, ich wurde *nicht* – schwanger in Amerika.«

»Also waren Sie hier und gaben nur vor, aus Amerika zu kommen?«

»Nein. Ich wurde auch hier nicht schwanger. Ich war niemals – schwanger.« Ich trank einen großen Schluck Sherry, während eine lange Pause eintrat.

Woran ich monatelang festgehalten hatte, der falsche Eindruck, den ich vor der ganzen Welt um mich hatte weben lassen, wurde mit einem Schlag zerrissen wie ein sommerliches Spinnennetz. Ich hielt den Blick gesenkt, irgendwie beschämte mich das Eingeständnis meiner Unschuld mehr, als Schuld es getan hätte. Im Zimmer herrschte noch einen Moment völlige Stille. Dann sprang Lord Hugh auf.

»Natürlich, Elaine St. Clare – und all diese Monate, niemand hätte sich träumen lassen oder in Zweifel gezogen ...« Ich sagte nichts. »Elaine St. Clare ...«

»Wenn Sie es auch nur einem Menschen erzählen, wenn Elaine auf irgendeine Weise darunter zu leiden hat ...«

Doch er brachte mich mit einer Handbewegung zum Schweigen, immer noch mit den schockierenden Tatsachen beschäftigt.

»Ich hatte einfach geschlossen –«

»Es war eine ganz natürliche Schlußfolgerung.«

»Elaine St. Clare, ein Hauch Meeresdunst, der sich so ganz der Vorstellung entzieht – natürlich dachte man, daß Sie es waren. Und Sie unternahmen nichts, um die Leute davon abzubringen.«

»Was sollte ich denn tun? Einen Ausrufer anheuern, damit er seine Runden machte und rief: ›Es war Elaine St. Clare‹? Sollte ich so einer Freundin beistehen?«

»Unglaublich.« Er schaute mich an, als hätte er mich nie zuvor gesehen. »Ich lasse mich nicht oft von Frauen täuschen. Ich hätte schwören können, daß sie keine Jungfrau mehr sind.«

Ich war nicht zu erschöpft, um rot zu werden. Ich war es nicht gewohnt, mit solch verbotenen Worten um mich zu werfen wie »schwanger« und »Jungfrau«. »Aus Ihrem Mund klingt es wie ein Makel. Und außerdem habe ich lediglich gesagt, daß ich nie schwanger gewesen bin. Auf etwas anderes habe ich keinen Anspruch erhoben.« Aus welchem Grund ich mich veranlaßt fühlte, vor Lord Hugh als weltläufig zu erscheinen, hatte ich nicht näher untersucht, aber meine Andeutungen zeigten ohnehin keine Wirkung. Er schüttelte nur den Kopf.

»Meine liebe Miss Dunne«, sagte er, und es klang ausnahmsweise, als meinte er es auch so, »Sie sind bemerkenswert. Wenn ich nur solch einen Freund hätte.« Er goß mir Sherry nach und fing an, energisch auf und ab zu gehen. »Demnach war es die arme Elaine ... und Sie haben sie beschützt, weil – aber wie konnte sie zulassen, daß Sie die Schuld auf sich nehmen?«

»Elaine wußte kaum, in welchem Zustand sie war. Es war alles so ... so fremd für sie, daß sie das Ganze wohl einfach auslöschte, als sie es hinter sich hatte. An ein wenig hat sie sich wieder erinnert, erst vor kurzem«, fügte ich hinzu. Er brauchte nichts von Jason und Devlin zu wissen. Das war nun wirklich persönlich. »Aber es ist ihr wieder entglitten. Sie wissen, wie Elaine sein kann. Ich konnte sie nicht den Grausamkeiten aussetzen, die es nach sich ziehen würde, wenn es allgemein bekannt wäre. Devora war hart genug zu ihr –«

»Devora? Erkenne ich da ihre feine lateinische Handschrift in dieser Sache? Sie sind doch nicht einfach so nach Carnhaven gekommen und haben sich aus freien Stücken für die Rolle des Köders erboten, oder?«

»So edel bin ich nun auch wieder nicht«, sagte ich ironisch.

»Sie überraschen mich. Hier, lassen Sie uns zu Abend essen. Wir können es bei etwas Entspannendem zu Ende besprechen.« Er führte mich zum Tisch und schob mir den Stuhl hin. Der Sonnenuntergang verwandelte den Horizont in lebendes Fleisch, und ein graues Wolkenband, an den Rändern von glänzendem Kupferrot, spaltete den Himmel wie eine Narbe.

»Lassen Sie den Kopf nicht so hängen«, drang er über das makellose Tischzeug hinweg leise in mich, als der Butler und der Servierdiener mit dem Wein und dem ersten Gang hereinkamen. »Sie machen, daß ich mir vorkomme wie ein Grobian.«

Jetzt, da er meine Geschichte aus mir herausgepreßt hatte, schien er es zu bedauern, sie gehört zu haben. Nun, er *sollte* sich ja auch schlecht fühlen, es war eine elende Geschichte und konnte für seine Interessen nicht von Belang sein.

»Würde es helfen, wenn ich Ihnen etwas Nettes sage, zum Beispiel, daß Sie atemberaubend aussehen?«

»Das sagen Sie nur, um meine Stimmung zu heben«, erwiderte ich und trank von dem Wein – ein Weißer diesmal –, um einiges ausgiebiger, als Louisa gutgeheißen hätte.

»Was kann ich sagen?« fragte er, sobald die Diener sich zurückgezogen hatten. »Ich hatte kein Recht, mir über Sie Gedanken zu machen, aber ich dachte – sehen Sie mal, es könnte dennoch von gewissem Belang sein. Was ist mit der Frau, die Ihnen im Wald folgte und Ihnen diesen Schnitt beibrachte? Oder ist das ein weiteres Mißverständnis?«

»Nein, das war tatsächlich die Wahrheit. Nur, daß ich keine Nachricht hatte, ich war nicht als Kurier für irgendwen unterwegs. Damals dachte ich, es könnte Elaine gewesen sein. Sie murmelte mit heiserer Stimme etwas über Liebhaber, diese Frau, und bei Elaines Zustand ... und sie wußte, wo ich war, daher nahm ich an – aber jetzt denke ich, daß es eine andere war.«

»Also ziehen Sie auch Ihre Schlüsse«, sagte er leise.

Ich hob den Blick vom Teller und schaute kurz in sein Gesicht. Er sah sehr ernst aus, ich merkte, wie seine Züge schärfer wurden, wenn sein Gesicht besorgt war. Irgend etwas störte mich. Dann wurde mir bewußt, daß ich nicht wollte, daß Lord Hugh ein betretenes und beunruhigtes Gesicht machte. Ich wollte sein altes arrogantes Wesen zurück. Damit konnte ich umgehen. Doch nun schienen wir zu zwei anderen Menschen geworden zu sein, mit denen man viel schwerer zurechtkam.

Ich aß mäßig – weil mein Appetit nachgelassen hatte – und trank mehr Wein als gewöhnlich. Eine angenehme Mattigkeit ergriff mich im Verlauf dieses größtenteils schweigsamen Abendessens. Lord Hugh war so geistesabwesend, daß er kaum Notiz von mir nahm, und ich – ich nahm alles viel leichter als vorher. Nach dem Essen nahm ich mein Weinglas und ging zu dem Morris-Sessel hinüber, ließ mich in seine Tiefen fallen, als sei er ein alter Freund, und streckte beide Arme über die Lederarmstützen. Ich kam mir vor wie Ophelia, ich trieb dahin.

»Ich fürchte, ich habe zuviel von Ihnen verlangt«, sagte Lord Hugh, der verdutzt und ziemlich nervös vor mir stand.

»Wieso?« erkundigte ich mich träge und trank noch einen Schluck von dem Dessert-Portwein. Ich betrachtete die dunkelrote Glut in dem Glas, die einem sattrubinroten

Blutstropfen so ähnlich war. Mir war, als sei eine riesengroße Last von mir genommen, wie ein nasser Mantel an einem bitterkalten Herbsttag. Mir war nicht klar gewesen, wie unmenschlich man sich fühlte, wenn man ein Geheimnis mit sich herumtrug. Es war beinahe, als hätte ich die Bürde an Lord Hugh weitergegeben. Er schien immer nervöser zu werden, während ich mich entspannte.

Er kam unvermittelt zu mir, nahm mir das Weinglas aus der Hand und zog mich hoch.

»Nicht noch mehr, ich muß Sie nach Carnhaven zurückbringen lassen, bevor es zu spät wird oder Sie zu – durcheinander sind, um es zu schaffen.«

»Wieso? Bei meinem Ruf besteht doch sicherlich keine Eile?« Ich lachte, warf dabei den Kopf zurück und hatte plötzlich den Eindruck, daß der Raum schwankte. Ich schaute geradeaus und schüttelte den Kopf, aber Lord Hugh mußte mich nach wie vor leicht stützen. »Ich glaube, ich habe etwas zuviel Wein getrunken«, sagte ich und versuchte, den unbändigen Wunsch zu kichern zu unterdrücken.

»Der Herr steh' mir bei«, sagte Lord Hugh.

»Ein Selbstlob?« fragte ich neckisch.

Er stützte mich so leicht, wie ein Ballettänzer seine Partnerin im Gleichgewicht hält, und sah zunehmend entsetzt aus.

»Hören Sie«, sagte er ernst, aber ich gestehe, daß sein Ernst nicht durch meinen ersten richtigen Rausch zu mir durchdrang. »Es lag wirklich nicht in meiner Absicht, daß das passiert. Es muß eine schreckliche Belastung für Sie gewesen sein in all diesen Monaten, und ich nehme es Ihnen nicht übel, daß Sie mich verabscheuen – aber reißen Sie sich zusammen, Miss Dunne, ich kann Sie so nicht nach Carnhaven zurückschicken.«

»Wieso denn nicht?« In diesem Zustand schienen es mir die »Wiesos« angetan zu haben. »Es wird zweifellos Ihrem Ruf als einem Lothrar-, Lothari ... ach, als Liebhaber förderlich sein«, sagte ich ziemlich keß und schob meinen Finger durch das Knopfloch an seinem Aufschlag.

»Setzen Sie sich«, sagte Lord Hugh und trug mich halb zu dem Morris-Sessel zurück. »Rühren Sie sich nicht vom Fleck. Ich werde nach Kaffee läuten.«

Das tat er, während ich mich von meiner Granatwolke aus im Zimmer umsah. Als er nicht hinsah, holte ich mir das Weinglas und trank einen kräftigen Schluck. Sofort stürzte er zu mir, riß es mir aus der Hand und führte mich wieder zu dem Sessel.

»Arme Elaine«, deklamierte ich betrübt, während wir auf den Kaffee warteten. »Sie hatte kein leichtes Leben. Ich hätte kein Wort sagen sollen.«

»Ich werde bei Todesstrafe keiner Menschenseele von Ihrem Geheimnis erzählen, also seien Sie in diesem Punkt beruhigt«, sagte er. Als der Diener eintrat, fragte er nach Hemlock, der kurz darauf erschien, während ich in die Betrachtung einer großen Glaskugel vertieft war, die auf einem Tisch in der Nähe meines Sessels stand.

»Kaffee, Hemlock, stark und in Mengen. Und bringen Sie ihn selbst«, hörte ich Lord Hugh grimmig sagen. »Halten Sie die Dienerschaft da raus. Miss Dunne hatte eine Art Schock«, erklärte er.

Hemlocks verwunderter Blick glitt zu mir, die ich über den Morris-Sessel drapiert war, und seine Augen wurden riesengroß. Er verschwand in Windeseile, mit einem wissenden Blick.

»Nein, nein, nein! Ich werde keinen Kaffee trinken! Es ist ein Barbarengetränk. Tee, ja, Tee würde ich vielleicht trinken. Louisa hat mir Kaffee oh lä gegeben. Nein, Café au lait. Der war ganz gut. Aber ich werde ihn auf keinen Fall, auf keinen Fall schwarz trinken«, sagte ich, als die zierliche Tasse, die das starke, beißende Aroma verströmte, vor mir hingestellt wurde.

»Hemlock, vielen Dank, Sie können gehen. In Ordnung, Miss Dunne. Sie werden Kaffee trinken, und Sie werden trinken, bis sie mit klarer, artikulierter, glockenheller Stimme um Gnade flehen. Kommen Sie schon.«

Er führte die Tasse an meine Lippen und zwang mich, einen Schluck zu trinken, dann noch einen. Nach Ablauf einer halben Stunde hatte ich mindestens drei Tassen der widerlichen Flüssigkeit zu mir genommen.

»Nicht mehr. Mir wird übel, wirklich!«

»Na, dann drehen wir eine Runde durchs Zimmer. Los, auf die Füße mit Ihnen.« Er marschierte eine weitere Viertelstunde lang mit mir durch die Bibliothek.

»Du meine Güte, ich war ganz schön beschwipst, nicht wahr?« fragte ich, als wir zum zwanzigstenmal am Kamin vorbeikamen. Lord Hugh ließ meinen Arm los und musterte mich prüfend.

»Ja, so ist es schon besser«, sagte er und führte mich zum Kaminsims hinüber. »Eine Zeitlang waren Sie richtig grün im Gesicht.«

»Das war der Kaffee«, beteuerte ich.

»Nein, es war mehr als das.« Er lächelte. »Ich verspreche hoch und heilig, daß ich nichts von dem, was Sie mir heute abend gesagt haben, verlauten lassen werde. Aber wir sollten uns noch einmal darüber unterhalten – ich fürchte, wir sind von unserem Ziel abgelenkt worden.« Nein so was, auf einmal häuften sich bei ihm die »Uns« und »Wir«. »Geht es Ihnen jetzt besser?«

»Ja, danke, ich bin wieder ganz die alte«, erwiderte ich.

»Keine Schwindelgefühle? Kein Gekicher mehr?«

»Habe ich gekichert? Es war mehr ein leichtes Lachen, wenn ich mich recht entsinne.«

»Ja, jetzt sind Sie fast völlig nüchtern. Oder?«

»Ganz und gar«, sagte ich und schaute ihm direkt in die Augen. Wir standen uns vor dem Kamin gegenüber.

»Gut«, sagte er mit einem ganz sonderbaren Ausdruck in den Augen. Ich hatte seine Augen nie so dunkel gesehen, ohne daß er zornig war; es war, als wäre er eine Katze, deren Iris zur Nacht explodiert waren. »Ich möchte, daß Sie dafür nüchtern sind.« Und er legte die Hände auf meine Schultern und beugte sich zu mir. Er wird mich küssen, dachte ich und fragte mich zugleich, warum ich nichts tat, um ihn davon abzuhalten. Ich stand starr da. Die Zeit schien den Atem anzuhalten. Ich spürte einen eigenartigen, wie hypnotisierenden Sog, ihm mein Gesicht entgegenzustrecken, kämpfte jedoch erfolgreich dagegen an. Ich hielt mein Kinn standhaft gerade, doch er beugte sich ohnehin zu meinem Mund hinunter. Unsere Blicke hielten einander fest, der meine wie gelähmt, der seine mit einem Ausdruck, den ich nie zuvor gesehen hatte und der mich auf einmal atemlos machte. Oh, Amberleigh Dunne, was hast du getan? Sein Mund drückte sich auf meinen, und da war Wärme, Feuchtigkeit, ein Feuer wie von Whiskey zwischen uns.

Als er sich schließlich zurückzog, blieb ich vollkommen still stehen. Abgesehen von meinen leicht geöffneten Lippen und der Art, wie mein Mieder sich schnell hob und senkte, hätte das ganze Zwischenspiel ein Traum gewesen sein können. Wir standen immer noch dicht beieinander und schätzten uns immer noch stumm mit den Blicken ab. Er streckte langsam die Hand aus und öffnete das Samtband an meinem Hals, ließ es langsam über meinen Nacken gleiten, bevor er es in seine Tasche steckte. Ich fragte ihn nicht, warum er es haben wollte. Ich fragte ihn gar nichts, obwohl mir nichts als Fragen durch den Kopf gingen. Ich stand einfach da, vollkommen nüchtern, und betrachtete ihn.

»Ich werde den Wagen bringen lassen, damit Sie nach Carnhaven zurückfahren können«, sagte er wenig später ruhig. Und das tat er, führte mich zu dem Gefährt, hob mich hinein und sagte nichts weiter als »Gute Nacht, Miss Dunne«, als der Wagenschlag hinter mir zufiel.

29. Kapitel

Auf Carnhaven war es fast völlig dunkel, als die Kutsche davor hielt. Ich war es nicht gewohnt, es so zu sehen – unnahbar, geschwärzt, beinahe fremd. Vielleicht warf seine Fassade auch nur meinen eigenen inneren Aufruhr zurück. Ich kam mir vor wie ein Aschenbrödel, deren Ballschuh bei der Verwandlung verlorengegangen war und deren verlorener Schuh zu Kristall wurde. Etwas war genauso und doch nicht genauso. Aber wenigstens war ich nicht geköpft worden – zumindest glaubte ich, daß mein Kopf noch da war und heil, obgleich ein kleines Pochen hinten in meinem Nacken anfing, meine Gedanken zu trüben.

Ich ging still die Steinstufen hinauf. Symes ließ mich wortlos herein und zeigte auf den Treppenaufgang, der von dem flackernden Gaslicht auf dem Geländerpfosten erhellt wurde. Die weißgestrichenen Stäbe warfen ein tanzendes Muster auf die Wände. Diese Stufen hinaufzugehen wäre so, als kletterte man eine gespenstische Tonleiter aus wirbelnden Schattengestalten hoch. Ich blieb am Fuß der Treppe stehen, lang genug, um das Knarren einer Türangel zu hören. Im nächsten Moment kitzelte mich ein kleiner Luftzug hinten am Nacken. Ich wünschte, Boru wäre nicht unten in der Küche mit den Steinfliesen. Ich wünschte sogar, Lord Hugh wäre da und erwiese mir die Ehre eines weiteren Kusses. Ich fürchtete mich davor, mich umzudrehen und dem zu stellen, was diese kleine Luftbewegung verursacht hatte – fürchtete, es könnte eine Frau sein. Mit einem Messer …

»Amberleigh …«

Das Flüstern war gedämpft und sonor und irgendwie vertraut. Ich drehte mich um und erschrak über das Schleifen meiner Röcke in der Stille auf dem Fußboden.

»Amberleigh …« Es war fast unwirklich, wie die Stimme über den harten Marmor des Foyers glitt und sich zu meinen Ohren hochringelte. Wie Nebel hüllte sie mich ein und zog mich zur Tür der Bibliothek. Meine Schritte dröhnten in dem stillen Haus, aber Symes war längst meinem Blick entschwunden, und niemand kam, um mich aufzuhalten. Ich schob die angelehnte Tür ein wenig weiter auf.

»Adrian!« Ich hatte vergessen, daß er hier war. Er zog mich rasch in den halbdunklen Raum und schloß die Tür. Ich hatte einen Augenblick fast Platzangst. Bis mir wieder einfiel, daß es ja nur Adrian war. Das Feuer war fast ausgegangen, und eine einzelne Lampe schien gedämpft auf einem Hepplewhite-Tisch.

»Sie sehen halberfroren aus, kommen Sie hier herüber.« Adrian führte mich zu der schwachen Glut. »Sie sind so weiß wie ein Gespenst ... Es tut mir leid, wenn ich Sie erschreckt habe, aber ich wollte mit Ihnen reden, und ich hatte Angst, daß ich Sie morgen früh nicht erwische.«

»Nein, wir scheinen uns zu verfehlen – morgens.« Ich konnte mir die etwas bittere Bemerkung nicht versagen, bei der Erinnerung an den Ball. Ihm entging mein Unterton.

»Sie sehen großartig aus, Amberleigh. Einfach großartig.« Der Schein der Lampe überzog sein Haar mit einem honiggoldenen Schimmer, seine – nicht so strahlend wie die Devlins – blauen Augen wirkten sanfter, es war einfacher, in sie zu blicken als zuvor. Er sprach halblaut, vielleicht aus Furcht, das ganze Haus könne uns hören, aber ich war überrascht von dem kleinen Funken des Triumphs, den ich spürte, weil ich wieder mit Adrian Carstairs in einem stillen Winkel stand.

»Großartig«, sagte er wieder, als wäre es das sicherste Wort in seinem Repertoire. Schwer vorzustellen, daß der zungenfertige Adrian um die richtigen Worte verlegen war.

»Sie überraschen mich«, sagte ich freiheraus und ließ mich auf das S-förmige Sofa fallen. »Ich hatte nicht damit gerechnet, Sie noch einmal wiederzusehen.«

Er schaute hinunter und setzte sich mir gegenüber auf den Queen-Anne-Lehnstuhl vor dem Kamin. »Nein, vermutlich nicht. Ich habe bestimmt auch nicht damit gerechnet, Sie wiederzusehen. Ich war enttäuscht, Sie nicht hier anzutreffen.«

»Tatsächlich? Ach, kommen Sie, kein Spiel ist so ernst, daß man es ewig spielen möchte. Ich vermute, Sie waren sehr froh, mich wieder in meine Schachtel hier auf Carnhaven packen zu können. Diese Art von Schachspiel kann einen teuer zu stehen kommen, nicht wahr? Sie standen dichter vor dem Schachmatt, als Sie dachten.« Ich nahm meinen Schal aus schwarzem Tüll ab und faltete ihn auf meinem Schoß zusammen. Die darauf verstreuten Jetpailletten fingen den Feuerschein und tanzten mir vor den Augen. Adrian schien weit weg zu sein, das verschwommene, schwache Zeichen einer verblaßten Zinnletter. »Es gibt ja immer noch Maisie Dillingham.«

»Zorn ist wenigstens ein Lebenszeichen«, erwiderte er, beugte sich ins Licht und stützte die Arme auf seine Knie. Er trug einen sehr feinen Anzug mit Weste aus grauem Melton. Ich konnte ihn mir auf Vorstandssitzungen, in der Oper, auf den richtigen Wohltätigkeitsbällen vorstellen, über die Jahre hinweg, die sich vor ihm aufreihten wie Würste an einer Schnur. Er würde untersetzt werden und zuviel trinken und in seiner zweiten Kindheit jungen Mädchen aus sehr altem Gewerbe zuzwinkern. Er würde sich ein Wappen kaufen und einen Familienstammbaum und eine Jagdhütte in Schottland sein eigen nennen. Er würde den richtigen Wohltätigkeitsorganisationen spenden und die falschen Zeitungen abonnieren. Er würde seine Söhne ins Parlament bringen und seine Töchter mit den wenigen ehrbaren Leuten verheiraten, die Großbritannien verblieben waren. Er würde sehr erfolgreich sein, und er würde mich wahrscheinlich sogar heiraten, wenn ich es richtig anfing.

War meine Zukunftsvision so furchtbar? Er saß mir gegenüber, schmuck, in guter Verfassung, nicht allzu langweilig, nach wie vor mit einer Schwäche für Milton unter seinen Mittelklassetugenden und -lastern. Ich könnte schlechter abschneiden. Elaine St. Clare könnte schlechter abschneiden. Wer war ich denn, um an einem verpaßten Einsatz in einem Gespräch herumzumäkeln, einem Mißverständnis ... einem zu schnellen Kehrtmachen auf dem Absatz. Er war wieder da, möglicherweise zerknirscht, und ich wollte ihn nicht. Glaubte ich wenigstens.

»Devora sagte, Sie seien zu Davenants Haus hinübergefahren.«

»Devora nimmt es, wie gewöhnlich, sehr genau mit der Wahrheit.«

»Sie sollten so etwas nicht tun. Ich habe vermutlich kein Recht, mich einzumischen, aber Sie müssen vorsichtig mit Ihrem Ruf sein –«

Da lachte ich. »Oh, Adrian, warum? Wenn ich mich recht entsinne, waren doch Sie es, der vorsichtig wegen meines ›Rufs‹ war. Zu welchem Schluß sind Sie gelangt, daß ich schließlich doch nicht so degeneriert bin? Zwischen Lipp' und Kelchesrand schwebt der finster'n Mächte Hand, und mein Kelch ist ja kaum übergelaufen? Haben Sie keinen Milton parat, den Sie mir zitieren können – Elegie für eine gefallene Frau, der verziehen wurde?«

»Ach, um Himmels willen«, sagte er gereizt und stand auf, um in dem Schatten auf und ab zu gehen. »Ihr Frauen dramatisiert alles immer so. Ihre Vergangenheit ist mir verdammt egal. Wirklich. Das ist mir klar geworden, als ich in Ruhe darüber nachdachte. Kein Grund für mich – zimperlich zu tun.«

»Und wenn ich Ihnen sagen würde, daß es nicht wahr ist? Angenommen, ich könnte Ihnen eine zufriedenstellende Erklärung liefern –?«

»Aber es spielt keine Rolle, verstehen Sie nicht? Sie brauchen mir keine Erklärungen zu liefern ... Ich war wirklich naiv in dieser Sache. Als ob Sie eine Porzellanfigur wären, die sich den Rock nicht schmutzig machen darf – wir denken ja nicht an eine lebenslange Verbindung. Ich habe mich aufgeführt wie St. Georg mit dem Drachen, und es gab gar nichts zu erschlagen. Sie könnten mit mir zurückfahren. Nach London. Es gibt Dutzende hübscher kleiner Häuser, die zu Ihnen passen würden. Es ist allemal besser, als auf Carnhaven zu vermodern und Elaine für den Rest Ihres Lebens, bis zur Altersschwäche, zu begleiten –«

»Sie müssen sich für mich schon deutlicher ausdrücken. Ich fürchte, ich bin es nicht gewohnt, so spät noch auf zu sein, es macht mich ganz wirr im Kopf.«

Ich hielt den Blick auf den Tüllschal gerichtet, der aussah, als sei er aus dem Stoff gewebt, den man Illusion nennt. Ich faltete und glättete ihn. Ich verstand ihn nur zu gut – er bot mir das Leben, das Louisa mir vorausgesagt hatte. Ich konnte von einem zum anderen gehen, mich behutsam in einem gewissen Kreis weiterreichen lassen, bis ich zu alt wurde, und dann würden sie vielleicht alle zusammenlegen und mir einen Altersruhesitz bezahlen, an einem diskreten Ort wie Wales. Es war leichter als man dachte, eine gefallene Frau zu werden, überlegte ich. Und warum nicht? Es war eine recht praktische Lösung für die lästige Frage, wohin ich gehen sollte, in einem Monat oder in einem Jahr. Ich könnte eine Meisterin darin werden, ihnen zu schmeicheln, ihre Schwächen ausfindig zu machen und sie zu stützen.

Louisa hatte recht, ich könnte sehr gut darin sein. Und der gerechte Zorn, der mich, wie ich geglaubt hatte, von jeder Erwägung eines solchen Lebens abhalten würde, wo war er? Wie konnte ich dasitzen und mechanisch meinen Schal falten und so gelassen über einen solchen Schritt nachdenken, wie ich mir den Besatz an meinem neuen Herbstkostüm durch den Kopf gehen ließ? Devora hatte mich soweit gebracht. Keine Illusionen, kein Adrian Carstairs, der von meiner Schönheit, meiner Klugheit, meiner liebevollen Art hingerissen war und dem bescheidenen Gänsemädchen Hand und Herz antrug. In dieser aufgeklärten Zeit gingen solche Dinge viel reibungsloser über die Bühne.

Er ging wieder im Kreis vor dem Kamin, nachdem er den ehrenrührigsten Teil seines Angebots von den dunkleren Gefilden des Raums aus gemacht hatte.

»Ich hatte geglaubt«, sagte ich, und aus irgendeinem Grund war meine Stimme ohne Leben, »daß ich mich freuen würde, Sie wiederzusehen.«

»Was ist los?« wollte er wissen. »Sie sind doch nicht hingegangen und haben eine Dummheit mit Davenant gemacht?« Sein scharfer Ton sagte mir, was er mit Dummheit meinte, und auch, was er tun würde. Sein Angebot würde höflich zurückgezogen werden.

»Es war ein Gespräch über Politik«, sagte ich ironisch.

»Ziehen Sie sich für Gespräche über Politik immer so an? Ich muß mal Ihre Partei überprüfen.«

»Lord Hugh hat nicht das geringste Interesse an mir, und ich wünschte, Sie würden aufhören, aus Mücken Elefanten zu machen. Ist das eine Art, unkonventionelle Anträge zu machen?«

»Sie nehmen es mir übel, ich wußte, daß Sie das tun würden.« Er kam zu mir und zog mich hoch, damit ich ihn ansah. »Na schön, dann sehen Sie mich eben nicht an, aber hören Sie zu. Ich mache das nicht jeden Tag, müssen Sie wissen. Ja, ich habe es bisher sogar noch nie getan – oh, es war sehr amüsant, mit all diesen einnehmenden jungen Damen zu flirten und Sie doch auf Abstand zu halten. Ich bin ein richtiger Experte darin geworden. Aber bei Ihnen scheint es nicht zu klappen. Sie haben mir gefehlt, wissen Sie. Oh, es hat mich selbst überrascht. Herrgott noch mal.« Er schüttelte mich leicht, und ich spürte, wie mir der Schal aus den Händen glitt. »Ich heirate Sie sogar, wenn ich muß.«

Das allergrößte Opfer. Jetzt blickte ich ihn an, erstaunt. Er sah jetzt schon aus, als tue es ihm leid, daß er das gesagt hatte. An den Schultern zog er mich näher zu sich und küßte mich flüchtig, ungeschickt auf den Mund. Und warum auch nicht? Heute abend war ich offenbar unwiderstehlich.

»Warum machen Sie, daß ich mir wie ein Schuljunge vorkomme?« fragte er und ließ die Hände verärgert sinken. »Ich bin gewöhnlich um einiges besser in diesen Sachen, wissen Sie. Ich warte auf Sie wie ein Kind auf die Zuckerfee, und jetzt komme ich mir vor, als hätte ich die Rote Königin erwischt.« Traurig schob er die Hände in seine Taschen und betrachtete die Glut, die allmählich im Kamin verglomm.

»Adrian. Bitte. Das ist zuviel Drama für mich. Machen Sie Ihren Abgang, wir versuchen es irgendwann einmal mit einer neuen Probe. Ich weiß nicht, wie ich Ihnen gegenüber empfinde. Aber ich war zornig« – er drehte sich um und wollte protestieren –, »ich war sehr zornig über das, was Sie allem Anschein nach von mir denken können, und ich glaube nicht, daß es viel Sinn hat, es noch einmal durchzusprechen. Sie verstehen mich nicht, ganz gleich, wie hingerissen Sie von mir sind, und ich wäre sehr unglücklich in der Rolle, die Sie mir anbieten. Und jetzt lassen Sie mich bitte nach oben gehen.«

Er machte eine Bewegung, als wolle er mich aufhalten, noch etwas sagen, und ich sah die zwischen seinen hellen Brauen eingegrabenen Falten. Er war sehr attraktiv in dem Dämmerlicht, sehr jungenhaft. Ich fühlte mich alt und leer und extrem müde. Ich ging nach oben und hieß die züngelnden Schatten wegen ihrer hypnotischen Wirkung willkommen. Ich mußte wohl endlich mal wieder ordentlich schlafen.

Adrian war mir bis zum Fuß der Treppe nachgekommen, um zuzusehen, wie ich hinaufging. Ich hörte seine vorsichtigen Schritte, schaute jedoch nicht zurück. Diese Eurydike kehrte ganz gern in ihr Gefängnis zurück, falls Carnhaven das für mich war. Im Korridor gab es kein Licht. Ich tastete mich an den Wänden entlang und fand so meine Tür. Irgendwo im Haus war ein schwaches kleines Knarren zu hören. Es klang so, wie mir zumute war. Ich schloß die Tür hinter mir und sank erleichtert auf das Himmelbett, dabei spürte ich, wie der Taftrock sich um mich blähte wie ein großer Ballon. Ich merkte, daß ich ziemlich unbequem lag, daß das Fischbein an meinem Korsett sich in mein Fleisch bohrte und die Nadeln in meinem Haar in meinen Kopf. Aber ich war zu erschöpft, um mich zu rühren oder gar zu entkleiden.

Die Gefühle purzelten in meinem Innern durcheinander wie Nadeln in einem Kästchen, jede ein Stachel für mein Wohlbefinden, meine Geborgenheit. Da war Gehässigkeit – ein scharfer Stich des Triumphs, weil Adrian mir gelegentlich den Hof machte. Eine Art weibliches Machtgefühl, das wohl der Anstoß zu mehr als einer griechischen Tragödie gewesen war. Das Leben war so ungerecht für eine Frau. So abhängig davon zu sein, was *er* tun würde, davon, ob *er* an einen dachte oder den entscheidenden Brief schreiben würde oder sich auch nur verneigen würde, wenn man auf der Straße aneinander vorbeiging – aber Rache, nein, die verschaffte einem nur scheinbar Befriedigung.

Und Lord Hugh, der mich heute abend ebenfalls berührt hatte. Seltsam, ich hatte ihn stets für unnahbar gehalten, für unfähig, mir entgegenzukommen. Und doch war es Adrian – der gewinnende Adrian mit den Lachfältchen –, der steif dagestanden, mich auf ein Dutzend verschiedene Arten beleidigt hatte und zu blind war, um es zu sehen. Vielleicht kam es daher, daß ihm der Gegenstand seines Spiels zum erstenmal wirklich etwas bedeutete. Oder hatte ich mich einfach zu schnell damit abgefunden, als er mich verließ; wollte er mich anspruchsvoller, damit er sich von neuem zurückziehen und beweisen konnte, daß Frauen lediglich überflüssiger Ballast für den wohlhabenden feinen Herrn waren?

Wie furchtbar verwirrend. Ich war immer noch bitter und mehr als verwirrt. Und Elaine. Elaines Geheimnis gehörte nicht mehr nur mir. Eine Nadel der Furcht stach mich in der Magengegend, als ich im Dunkeln den Taft abstreifte und anfing, mit den Haken des Korsetts zu kämpfen. Wenn er es verriet – aber nein, es war nur Klatsch, und ich glaubte nicht, daß Lord Hugh, was auch sonst seine Fehler sein mochten, etwas auf ländlichen Klatsch gab. Er hatte gesagt, er handle im Auftrag des – wessen –, des Home Office? Überwältigt setzte ich mich wieder aufs Bett. Ich hatte bisher noch nicht richtig begriffen, was er gesagt hatte. Demnach hatte er mir etwas erzählt, was er geheimzuhalten wünschte. Es war ein gleichberechtigter Austausch von Informationen gewesen, und es half, sein Interesse an Carnhaven, an meinem Tun, an Elaines Geheimnis zu erklären. Aber in welchem Auftrag? Devlin. Konnte er etwas mit dem Verrat an Devlin zu tun haben, etwas, wovon er mir nichts erzählt hatte? Mir fiel ein, wie in der Nacht, als Devlin starb, das Glas im Kamin zersplittert war. Hatte er so seine Schuld bannen wollen?

30. Kapitel

Ich wachte früh auf, zwang mich jedoch, im Bett liegenzubleiben, bis der Schlaf mich wieder einhüllte, trotz des hellen Tageslichts, das durch die Fenster hereinströmte. Wenn ich lang genug im Bett blieb, so wußte ich, wäre Adrian bereits auf dem Weg zum Bahnhof und meinem Leben so fern, wie ich es mir wünschte. Es war schwierig, weiterzuschlafen an diesem Morgen; gegen meinen Willen horchte ich auf das schwache Klappern von Pferdehufen auf dem Pflaster. In meinem schläfrigen Kopf zog ein Phantomdogcart endlos seine Kreise in der Auffahrt und nahm ebenso endlos eine elegant gekleidete Gestalt auf, die einstieg und verschwand, nur um die Prozedur von neuem zu wiederholen, wenn ein neuer Geräuschfetzen sich durch die Fenster hereinstahl. Ich blieb dort, bis sämtliche Morgengeräusche verstummt waren, bis Adrian längst weg sein mußte. Wenn ich nur Lord Hugh ebenso auf die Reise schicken könnte, dachte ich, als ich schließlich unter der Bettdecke hervorkroch.

Aber der Herr von Shallowford ließ sich nicht so leicht abweisen wie der noch kürzlich große Herrscher des Ephemeren. Als ich die Frühstücksanrichte bereits leergeräumt vorfand, wandte ich mich um Stärkung an Feather.

»Da wartet ein Junge für Sie auf dem Hof«, lautete die Mitteilung, die sie mir zusammen mit meinem Croissant und Aprikosenmarmelade präsentierte. Ich wagte mich nach draußen, während ich noch kaute, und stieß dort tatsächlich auf einen leicht sommersprossigen Burschen von etwa dreizehn Jahren, der sich in der Nähe von Norahs Opal herumdrückte, die wiederum auf einer kleinen Bank mit einer Puppe spielte. Der Blick des Jungen fiel auf mich, und er kam etwas unschlüssig herüber, die Nase schon gerümpft wegen der unangenehmen Aufgabe, die er zu erfüllen hatte.

»Miss Dunne?« Die förmliche Anrede klang eigenartig bei einem so rauflustigen Gesicht wie dem seinen, aber ich gab ernst Antwort.

»Ja, das bin ich, woher wußtest du das?«

»Der Herr sagt, Sie wären so wie ich.« Der Bursche fuhr sich mit der Hand durch seine drahtigen kupferfarbenen Locken.

»Ach, sagt er das, ja? Dann brauche ich ja nicht zu fragen, wer dein Herr ist, denn im Herausnehmen von Freiheiten findet man niemanden in ganz County Clare, der so wäre wie *er*.«

»Aye.« Der Junge grinste, freundlicher jetzt, da ich instinktiv in eine der hiesigen Gegend angepaßtere Ausdrucksweise verfallen war. »Ich hab' 'ne Nachricht für Sie,

Miss Dunne, und ich soll sie so bestellen.« Er stopfte seine schmutzigen Hände in die Taschen seiner Kniebundhose und ratterte die auswendig gelernten Worte herunter.

»Seine Lordschaft möchte seiner Verehrung Ausdruck verleihen und den Vorschlag machen, daß Sie Ihr unterbrochenes tête-à-tête mit ihm heute morgen auf der Shallowford-Brücke fortsetzen, wenn Sie die Güte hätten, Miss Dunne.« Wie typisch. Eine machiavellistische Botschaft, mit einer französischen Formulierung unterlegt, in einem solch groben Umschlag zu senden.

»Und hat Seine Lordschaft, dein Herr, sich dazu herabgelassen, einen Zeitpunkt für dieses Rendezvous zu erwähnen?«

Der Junge kniff die Augen zusammen bei dieser neuerlichen französisierten Ausdrucksweise, doch dann klammerte er sich an den offensichtlichen Teil meiner Frage.

»Elf, Miss. Obwohl ich nicht genau weiß, ob's nicht schon später ist, und es ist auch nicht nur mein Fehler –« Der unwillige Blick, den er mir zuwarf, weil ich ihn im Hof hatte warten lassen, während seine Botschaft langsam erkaltete, war erhitzt. Es erinnerte mich an Devlin, dieses plötzliche Aufflammen von Ärger in diesem Jungen. Ich wollte den Arm um seine Schultern legen und ihm sagen, er solle das Leben nicht ganz so ernst nehmen. Aber dreizehn – das war der Beginn des Mannesalters für diese irischen Jungen, besonders in einer solchen Zeit, und ich durfte diesen Zug entschlossener Unabhängigkeit an ihm nicht verletzen.

»Komm herein«, sagte ich statt dessen, »Mrs. Featherstone hat bestimmt ein Brötchen für dich.« Seine Stirn umwölkte sich bei dem Gedanken, die Schwelle der St. Clares zu übertreten. »Es ist bloß die Küche, junger Herr – ein Ire kann doch sicherlich eine Küche betreten, ohne gleich zu kollaborieren?«

Er warf mir einen grimmigen Blick zu, vermutlich weil ich seine Zwicklage erkannt hatte. »Du wirst Mrs. Featherstone mögen. Devlin kam ganz prächtig mit ihr aus, und sie hat zweifellos Heimweh danach, den Dialekt zu hören, hm?«

In seinen braunen Augen schien ein Licht auf, wie ein Nachtlicht vor einer Heiligenstatue. »Aye, Devlin Quade. Sie kannten ihn, Mum? Ich hab' ihn hier beim Haus gesehen und auf der Straße, er war 'n ganz Schlauer, nicht, Mum? Ging herum und sang dabei wie der Dorftrottel und kämpfte die ganze Zeit für die Sache. Bis sie ihn dafür umbrachten.«

Ich sah schon vor mir, wie ein neuer Heiliger in die Litaneien des Dorfes aufgenommen wurde, und die Vision ließ mich frösteln.

»Er *war* ein Trottel, junger Mann«, sagte ich scharf, wenn mir die Worte auch selbst weh taten. »Er ist tot. Wenn das der Preis für eure Sache ist, dann ist er sehr hoch.«

In den Augen des Jungen schwelte Widerspruch, aber er sagte nichts. Ich begriff, daß er beschlossen hatte, daß man mir nicht trauen konnte, auch wenn ich Devlin gekannt hatte. Ich trauerte wieder. Aber hätte Devlin gewollt, daß sein Name diese Kinder zu grimmigen Worten und sinnlosen Ideen über Tapferkeit und solche Sachen für noch eine weitere Generation entflammte? Ich glaubte es nicht. Im Herzen war er ein Barde gewesen, Devlin, eben der »Dorftrottel«, der damit zufrieden war, Melodien zu seinem Lebenswerk zu machen. Woanders wäre er schlicht und einfach ein Dichter gewesen, so denke ich. Hier wollte man einen Heiligen aus ihm machen, und dafür war er zu schade.

Wir gingen hinein, und der Junge machte die Bekanntschaft einer hin- und hergerissenen Feather. Sie verwöhnte ihn mit allen Näschereien, die sie zur Hand hatte, ein seltener Genuß für einen Jungen aus den Katen. Ich schaute auf die Küchenuhr – es war fast Zeit für den Tee. Wenn ich die Absicht hatte, Lord Hughs Verhandlungsangebot nachzukommen, sollte ich mich auf den Weg machen.

»Ich gehe nach oben, einen Hut holen«, verkündete ich dem ernst kauenden Paar am Arbeitstisch. Und floh, in dem Wissen, wie erstaunt Devora über meinen neuen Eifer beim Ankleiden wäre. Aber aus irgendeinem Grund wollte ich an diesem Morgen unbedingt einen Hut – einen hübschen mit breiter Krempe, der mein Gesicht beschattete. Ich grub einen Livorno-Strohhut aus und stülpte ihn mir nachlässig auf den Kopf. Ein flüchtiger Blick in den Spiegel ließ mich innehalten. Nein, er saß nicht gut auf meinem Pompadour – hastig zog ich die Nadeln aus meinem Haar, bis es mir offen auf die Schultern fiel. Ich hatte an diesem Morgen ein lebhaft gemustertes Kleid aus cremefarbenem Organdy mit violetten Blumen angezogen. Im Hinblick auf meine neuen Pläne bedauerte ich das. Es war zu protzig, zu geziert für einen Waldspaziergang. Es würde fast so aussehen, als hätte ich mich für den Anlaß herausgeputzt. Ich wollte es noch ändern, wurde jedoch von meiner eigenen Entschlossenheit daran gehindert, nicht die geringste Zeit darauf zu verwenden, mich irgendwie nach Lord Hugh zu richten, oder danach, was er denken mochte oder was der äußere Anschein sagte.

Nun, falls ich aussah wie die Schäferin in einem Bühnenstück – ganz Rosenknospen und breite Hutkrempe –, war das nicht mein Problem. Wieso sollte ich mich für ihn weniger auffällig anziehen? Aber im Spiegel sah ich außergewöhnlich reizend aus, es war sehr schade, daß ich niemanden von Bedeutung hatte, dem ich es zeigen konnte. Ich nahm meinen Skizzenblock, den lieben, verläßlichen Vorwand für alles und jedes, und ließ ihn dann wieder fallen. Ich sah eine Spur blaß aus im Spiegel. Zu matt. Man würde sich fragen, ob ich krank war und wieso ich durch den Wald marschierte. Nur ein Hauch von der Hasenpfote, nur eine Spur Farbe – so. Besser. Louisa wäre stolz auf mich gewesen.

Ich rauschte zur Tür hinaus, wobei meine Unterröcke unter dem Organdysaum hervorwogten, lief die Stufen hinunter und kam atemlos auf den Hof heraus. Opal spielte immer noch in der trüben Frühlingssonne, servierte ihrem ausdruckslosen Sprößling feierlich Tee aus Laub. Der Junge drückte sich wieder in der Nähe herum, die Hände in den Taschen und den Blick auf Opals exotisches Profil gerichtet – eine karneolfarbene Kamee mit zwei Kreisen so schwarz wie Kaffee in vollendeten Ovalen als Augen. Ihre zarte Schönheit nahm mich kurz gefangen, ebenso wie sie den irischen Jungen fesselte. Ich sah, wie er etwas zu ihr sagte und sie mit einem Lächeln aufschaute. Kindliche Landliebe – ich war froh, so alt und vernünftig zu sein, daß ich für solche Albernheiten unempfänglich war. Dunne, die Gouvernante würde sich über so etwas nie den Kopf zerbrechen müssen!

Hingegen mußte ich mir sehr wohl den Kopf darüber zerbrechen, daß ich Lord Hugh auf diese Weise traf, im Wald. Wieder eine per Bote überbrachte Nachricht, die zu Verdacht und Gerüchten Anlaß gab. Es sah ganz nach einem Rendezvous aus. Und nach dem gestrigen Abend, nun, ich wollte einfach nicht den Eindruck bei ihm erwecken …

Es war niemand an der Brücke, als ich dort anlangte, daher legte ich meinen Skizzenblock auf das Steingeländer und meinen Hut obenauf. Die Sonne, die durch die Bäume schien, strahlte warm auf meinen Kopf. In der Ferne konnte ich Schafe an der Abteiruine weiden sehen, die gerade den Horizont berührte. Seit jenem Gespräch mit Devlin war ich nicht mehr dort gewesen. Ich bezweifelte, ob ich jemals wieder hingehen wollte. Ich stützte leicht die Ellbogen auf den Stein, in der Hoffnung, daß kein Schmutz an meinen hellen Ärmeln hängenblieb, und schaute in das leise plätschernde Wasser direkt unter mir. Es floß schnell aber gleichmäßig dahin, nur von wenigen Steinen behindert. Das Schilf auf dem Grund züngelte wie eine Phalanx aus grünen Schlangen. Man würde nie vermuten, wie kalt dieser hübsche kleine Bach sein konnte. Ich fröstelte.

»Zwei Pence für Ihre Gedanken.«

Lord Hugh kam mit großen Schritten die Straße entlang, in Reithosen und Jacke über einem nicht dazu passenden Pullover.

»Ich dachte, mit nur einem Penny kauft man die Gedanken«, bemerkte ich, als er neben mir stand.

»Aber Ihre sind den doppelten Preis wert, wie mir allmählich klar wird«, flachste er.

»Ja, meine Gedanken sind teuer. Ich bin nicht sicher, ob Sie sie gern teilen würden.«

Er stützte sich auf die Mauer und schaute wie ich blind in den Shallowford, ohne zu antworten. Doch ich wollte unbedingt meine Gedanken mit ihm teilen, denn es gab ein Geheimnis hier in diesem von Vogelgezwitscher erfüllten Wald und auf den grünen, grünen Wegen. Und ein noch größeres draußen auf den Kalksteinfelsen, wo große Höllenkrater die Landschaft übersäten. Und dann war da noch das größte Geheimnis von allen, die Menschen, die hier am Werk waren. Die mit dem Messer, Elaine – wenn sie nicht ein und dieselbe waren – und Lord Hugh. Devlins Geheimnis war am leichtesten zu lösen gewesen. Ein Junge voller Begeisterung, der sein Land liebte und dafür starb. Oder doch nicht? Wer hatte diese heimtückische Kugel ausgesandt, die seinen Körper durchbohrte und ihn für immer verstummen ließ?

»Darf ich Ihnen einen Sitzplatz anbieten?« fragte Lord Hugh, drehte sich jäh um und hob mich auf die Brückenmauer. Ich klammerte mich kurz an seinem Arm fest, aus Angst, ich könnte noch einmal in dieses eiskalte Wasser fallen. Aber die Mauer war breit, und das Gefühl verging. »Da ist noch etwas, das Sie mir über den Abend auf der Klippe nicht erzählt haben«, sagte er. »Das spüre ich. Der Abend, als wir Sie gefunden haben.«

Nein, ich hatte ihm nicht von der Nachricht bezüglich Elaines Baby erzählt. Sie war anscheinend ebenso unsinnig, so irreführend wie dieser gemeine Empfehlungsbrief, der angeblich von den Willoughbys kam. Also tat ich es jetzt, während er vor Konzentration die Stirn runzelte.

»Aber wußten Sie auch, weshalb Devlin dorthin kam, wie er mich zufällig fand?« schloß ich. »An dem Abend sollte dort ein Treffen der United Irish stattfinden.«

Lord Hughs Augen verengten sich plötzlich. »Also ist das einer ihrer Plätze. Erschrecken Sie nicht, Sie haben nichts verraten. Sie werden nicht wieder hingehen, nachdem die halbe Kaserne dort war.«

»Aber Devlin kam zu früh. Die anderen Männer kamen erst viel später – hinterher. Viel später. Ich weiß nicht, weshalb Devlin so früh kam. Wenn Boru nicht wie gewöhnlich hinter mir hergetrottet wäre – vielleicht hätte niemand bemerkt, daß etwas nicht stimmte.«

»Sie haben ihn in Pflege genommen, wie ich sehe.« Lord Hugh wies mit dem Kopf zur anderen Seite der Brücke. Ich drehte mich überrascht um und sah Boru geduldig gegenüber auf der Brücke sitzen. Ich hatte ihm in aller Strenge befohlen, mir nicht zu folgen. »Boru!« schimpfte ich. Er legte sich langsam hin und bettete traurig seine Schnauze auf die Pfoten, wobei er aussah, als sei er ein ungehorsamer Welpe anstatt der größte, furchteinflößendste Hund von County Clare. Da lachte ich, zum erstenmal, seit wir Devlin verloren hatten.

»Lassen Sie ihn ruhig da, er hält sich für meinen Beschützer, wissen Sie.«

»Ich habe den Eindruck, als könnten Sie einen brauchen«, sagte Lord Hugh. Irgend etwas in seiner Stimme kam mir zu vertraulich vor. Ich mußte einiges klarstellen, was die Vorfälle des vergangenen Abends betraf.

Ich nahm meinen Hut, um seinen festen Blick aus den haselnußbraunen Augen von meinem Gesicht abzulenken, und zog die violetten Bänder durch meine Finger. »Wir sind hier, um einige Rätsel zu lösen, Lord Hugh«, sagte ich streng. »Nicht, um Schäferspiele zu veranstalten. Ich möchte sichergehen, daß Sie sich nicht irgendwelchen – Mißverständnissen bezüglich meiner Person hingeben, weil ich mich nicht auf irgendwelche – Flirts einzulassen wünsche. Aber gewiß sind solche Vorfälle lediglich von untergeordneter Bedeutung für Sie, also –«

»Oh, ich versichere Ihnen, es war nichts Persönliches«, unterbrach er in spöttischem Tonfall.

»Nun ... gut«, sagte ich. »Ich halte es lediglich für richtig, daß wir einander verstehen.«

»Tun wir das?« sagte er und hielt mich mit seinem Blick fest.

»Ich denke schon. Es ist doch klar, daß Ihr Hauptinteresse anderswo liegt. Bei Devora«, fügte ich hinzu, um ihn dazu herauszufordern, es abzustreiten.

»Ah, Devora.« Dann lachte er, und aus irgendeinem Grund schien mein Atem zu stocken. Ich wollte unbedingt wissen, was er von Devora hielt.

»Devora ist seit langem nur noch eine geheuchelte – wie soll ich es schonend genug für Sie ausdrücken, Miss Dunne?« fuhr er noch spöttischer fort. »Eine geheuchelte – Freundschaft.« Er zog das Wort Freundschaft so ironisch in die Länge, daß die Bedeutung gänzlich klar war. »Sir George und seine ländlichen Tisch- wie Bettmanieren haben Devora schon vor langer Zeit überzeugt, daß Salon- und Gartenartigkeiten alles an Tribut sind, was sie braucht.«

»Also geben Sie sie ihr?«

»Wenn ich es nicht täte, dann jemand anders. Vielleicht Carstairs. Zerbrechen Sie sich nicht den Kopf über Devora – wissen Sie nicht inzwischen, daß sie bestens selbst auf sich aufpassen kann? Und ich brauchte sie, sie war mein Schlüssel zu Carnhaven, wo, da bin ich mir nach wie vor sicher, eine Menge dieser – Aktivitäten irgendwie seinen Ursprung hat. Devora war mein Schlüssel.«

»Und nun haben Sie einen anderen gefunden«, sagte ich bitter. Er war sehr geschickt im Umgang mit Frauen. Er verstand es, sie umzudrehen wie Schlüssel, damit sie verschlossene Türen für ihn öffneten. Zu geschickt. Saß ich nicht gerade hier mit diesem Mann auf der Shallowford-Brücke, die Hälfte der Zeit voller Angst, in den Bach zu fallen, und zur anderen Hälfte voller Angst, mich in ihn zu verlieben?

Es war das erste Mal, daß dieser Gedanke mir offen durch den Sinn ging. Sämtliche Geräusche schienen zu verstummen, als ich den Gedanken näher untersuchte. Ich hörte keine Vögel, kein Wasserrauschen, nur ein Pochen in meinem Hals, als mir das Blut ins Gesicht schoß. Ich heftete den

Blick auf die Hutkrempe, die ich, wie ich feststellte, mit den Fingern zusammenrollte, keine sehr gute Behandlung für einen italienischen Strohhut.

»... Sie wurden in letzter Zeit zu oft in dieser Art benutzt, um mir zu glauben, nehme ich an«, sagte er. »Aber ich will Ihnen lediglich helfen. Ich sehe, daß Sie beunruhigt sind ...« Er legte seine Hände auf meine, um sie festzuhalten, und ich spürte, wie Panik in mir aufstieg. Es war, als steige der Shallowford lautlos empor, um mich zu verschlingen. Gleich würde ich zum Glück ertrinken ...

»Sie! Sie sehen gar nichts!« Ich riß heftig die Hände weg. »Sie sind solch ein – Schürzenjäger, dabei wissen Sie rein gar nichts von Frauen! Ich gebe nichts auf Ihre Hilfe«, fuhr ich grausam fort, »wenn das die Art Trost ist, die Sie der armen Louisa zuteil werden lassen, die Sie sehr gern hat und die Sie unter all dieser gesellschaftlichen Raffinesse behandeln wie – wie ein altes Faktotum der Familie.«

»Louisa?« Er trat etwas zurück, und im Schatten schien es, als sei sein Gesicht blaß geworden. Er sah verwirrt aus, und mir wurde mit einem bangen Gefühl klar, daß er nichts davon geahnt hatte, daß sie ihn liebte. »Was wissen Sie über Louisa?« Seine Stimme war hart, zum erstenmal an diesem Morgen empfand ich echte Angst vor dem Wasser hinter mir und diesem Mann vor mir.

»Gehen wir ein Stück«, sagte er unvermittelt und zog mich so grob am Handgelenk herunter, daß Boru knurrte und seinen zotteligen Kopf hob. Lord Hugh merkte es offenbar nicht. Ich folgte ihm etwas außer Atem. Schließlich schien er sich wieder an mich zu erinnern und ging langsamer.

»Was wissen Sie über Louisa?« wiederholte er ruhiger und ließ mein Handgelenk los.

»Ich weiß, ›wie genau sie in all das hineinpaßt‹.« Irgendwie schienen ihre eigenen Worte dafür immer noch die einzig charmante Umschreibung zu sein.

»Woher?«

»Sie hat es mir erzählt.«

»Zugleich hat Sie zweifellos ihre unsterbliche Liebe zu mir gestanden.«

Seine Worte waren ungläubig, bitter. Ich spürte, daß ich mich in ein Gewässer vorgewagt hatte, das zu tief für mich war, aber es gab kein Zurück mehr. Er hatte den kleinen Reitpfad eingeschlagen, und wir kämpften uns langsam den Hang hinauf. Boru bildete die Nachhut, ich konnte sein beruhigendes, schwerfälliges Tapsen hinter uns hören. Lord Hugh sah aus, als könne er jemanden erdrosseln. Ich fürchtete mich.

»Sie hat es mir nicht mit diesen Worten gesagt«, erwiderte ich, plötzlich verlegen, weil ich eine Botschaft weitergegeben hatte, die ich bloß gefühlsmäßig empfangen hatte. »Meinen Sie denn, eine – solche Frau hat keine Gefühle, daß sie dieses Leben führt, ohne sich jeden Tag zu fragen, wann es ihr unerträglich erscheinen wird? Sie ist nicht mehr so jung, wie sie einmal war. Sie ist einsam. Und sie –« Ich konnte nicht sagen »liebt«, das Wort brachte ich nicht über die Lippen – »schätzt Sie sehr. Aber Sie, Sie kommen und gehen, wie Sie wollen, mit Ihrer lässigen, arroganten Art ... wie können Sie so grausam sein?«

Er blieb stehen, um einen dünnen Ast hochzuhalten, damit ich darunter hergehen konnte. Sein Gesicht war weiß und angespannt. Irgendwie stach die Narbe an seinem linken Auge besonders häßlich hervor.

»Ich bedaure, daß ich Sie zu Louisa gebracht habe. Es tut mir leid, daß Sie von dem – Brauch erfahren mußten, an dem sie mitwirkt. Es ist eine gemeine Methode, sicherlich angemessen, um die Töchter von Mayfair und Belgravia zu schützen und sie blütenrein auf den Heiratsmarkt zu bringen, aber dennoch eine gemeine Methode, die großen Schaden anrichtet. Wie kann ich Louisa so behandeln, fragen Sie? Und ich dachte, ich erwiese ihr einen Freundschaftsdienst. Die meisten von ihnen wollen nichts mehr mit ihr zu tun haben, müssen Sie wissen, sobald sie ein gewisses Alter überschritten haben. Ich konnte sie nie ganz – verlassen, so einfach.«

Wir waren am Feenkreis angelangt. Es schien keinen Fleck in County Clare zu geben, zu dem ich gehen konnte, ohne daß mir dort der Geist von Devlin Quade auflauerte. Doch diesmal dachte ich kaum an ihn. Ich setzte mich auf den alten Baumstamm, wo ich mich zum erstenmal an Aquarellfarben versucht hatte. Mein Skizzenblock und mein Hut lagen noch auf der Shallowford-Brücke, wie mir zusammenhanglos einfiel. Lord Hugh setzte sich neben mich und sprach wie unter Zwang. Er sah mich nicht oft an.

»Sie kann damals nicht viel älter als fünfunddreißig gewesen sein«, begann er leise. »Und sie sah wie zwanzig aus. Und ich, ich war ein idealistischer Junge. Ein Träumer. Ich hielt sie für das schönste Wesen, das ich je gesehen hatte. Ich konnte nicht glauben, daß dieses so wunderbar raffinierte Geschöpf auch nur ein flüchtiges Interesse an mir haben könnte.

Diese Dinge werden auf sehr delikate Weise in die Wege geleitet, verstehen Sie«, sagte er und wandte sich mir zu. Ich konnte seinem Blick nur eine Sekunde standhalten und senkte schnell den meinen. »Nein, ich dachte, es ginge alles ganz – natürlich vor sich. Was in gewisser Weise ja auch stimmte. Sie nimmt selbstverständlich immer nur einen –

Auftrag in einer bestimmten Zeit an. Daher hatte ich keinerlei Ahnung, daß es eine fortlaufende Sache war. Ein nettes, sauberes geschäftliches Arrangement.«

Ich wollte es nicht hören. Ich wußte, wie die Geschichte weitergehen würde. Er hatte sich in sie verliebt. Beging die einzige Sünde, die in solchen Kreisen zählte. Er hatte sich nicht nur in eine Frau verliebt, die völlig unpassend für ihn war, sondern auch in eine, deren Zärtlichkeiten gekauft waren und von jedem weltklugen Vater aus guter Familie in seinen Kreisen bezahlt wurden.

»Es war natürlich eine todunglückliche Jugendschwärmerei. Ich war erst achtzehn und gerade aus Oxford zurück. Ich weiß nicht, ob Vater je herausfand, woher der Wind wehte, aber als ich meine üblichen Drohungen ausstieß, mich zu einem kleinen militärischen Abenteuer in Indien zu melden, redete er es mir nicht aus, wie er es gewöhnlich tat ... Ich wollte mir selbst einen Namen machen, verstehen Sie, unabhängig werden, damit ... damit die Dinge sich nach meinen Vorstellungen regelten. Ich wollte sie nicht verlassen, andererseits war mir nicht entgangen, daß eine Uniform einen Mann reifer erscheinen lassen kann. Ich trat natürlich als Offizier meinen Dienst an. Das war ebenfalls ein Ergebnis meiner familiären Beziehungen.

Erst bei meiner Ankunft in Indien hörte ich von ihr. Von den anderen, die sich bei lauwarmem Whiskey und Soda auf der Clubveranda in Bombay in Erinnerungen ergingen. Zum Glück war ich nicht so dumm gewesen, jemandem meine Erwartungen anzuvertrauen.«

Er machte eine Pause, und ich fand keine Worte, die ich sagen konnte, um das Schweigen zu brechen. Die Sonne schien warm, unangenehm warm, doch ich konnte mich nicht rühren, um Schatten zu suchen. So mußte es in Indien gewesen sein. Unbarmherzige Sonne. Unbarmherzige Selbsterforschung. Kein Wunder, daß er mir gegenüber diese spitzen Bemerkungen über meinen Charakter gemacht hatte. Ich mußte ihm wie eine weitere kompromittierte Frau vorgekommen sein, die sich alle Mühe gab, als eine andere zu erscheinen. Welches Mißtrauen mußte es in ihm erzeugt haben.

»So habe ich mir das hier eingehandelt.« Ich hatte noch nie gehört oder gesehen, daß er auf seine Narbe anspielte, jetzt berührte er sie mit dem Finger. »Aber selbst ein Heldentod wurde mir verwehrt, wenn auch nicht durch mangelnde Tollkühnheit meinerseits. Natürlich ließ Mutter mich zurückkommen, als sie Wind davon bekam, und machte meinem Vater die Hölle heiß, weil er mich überhaupt hatte gehen lassen. Es war mir gleichgültig. Ich war nicht länger versessen auf indische Abenteuer. Hemlock ist der einzige Gewinn, den ich aus dieser ganzen verdammten Episode gezogen habe.«

Und doch war er zu ihr zurückgegangen. Beiläufig natürlich, zu seinen Bedingungen, aber vermutlich als einziger des Haufens, der nicht beim Brandy ihren Namen herumposaunte, wenn die langweiligen Ehefrauen aus guter Familie sich nach dem Abendessen in den Salon zurückzogen.

Und er hatte nicht geheiratet, dabei mußte es an die zehn Jahre her sein. Zweifellos waren die Londoner Debütantinnen in seinen Augen fade nach dem Speisezettel, den Louisa für ihn zusammengestellt hatte. Sie war eine erstaunliche Frau, diese Sirene, die eine andere Frau in vierundzwanzig Stunden für sich gewinnen konnte. Sie konnte ihn natürlich niemals wieder richtig zurückbekommen, einzig in kleinen, oberflächlichen Dosen. Und das war traurig, denn sie hatte ihn ebenfalls geliebt, auch wenn es ihr wahrscheinlich nie in den Sinn gekommen wäre, daß er diese Gefühle erwidert hatte und sogar die Absicht hatte, sie zu legitimieren. Sie hätte sich nie soviel angemaßt. Nicht eine Frau in ihrer Position.

»Ich halte Geständnisse über die Dummheiten, die man in seiner Jugend anstellt, für keine sehr angenehme Beschäftigung, Miss Dunne. Sicherlich finden Sie es gleichfalls langweilig«, sagte er, pflückte einen langen Halm von dem Gras zu unseren Füßen und kaute nachdenklich daran. »Aber diese Sache mußte geklärt werden. Und ich entsinne mich, daß ich Sie in nicht allzu ferner Vergangenheit ebenfalls ziemlich eingehend ausgeforscht habe. Sollen wir Waffenstillstand schließen?« fragte er leichthin, mit dem alten Ausdruck in seinen Augen.

»Ja«, willigte ich ein. »Ich habe auch dumme Sachen angestellt. Und vor kürzerer Zeit als Sie«, fügte ich wehmütig hinzu.

»Aber Sie waren nicht verliebt.«

»Nein.« Ich suchte mir einen eigenen Grashalm und biß hinein, um die Röte zu verbergen, die mir ins Gesicht steigen würde. Er schmeckte süß, aber auch bitter.

»Sollen wir uns dann wieder den gegenwärtigen Rätseln zuwenden?«

»Ja«, sagte ich leise, sehr wütend auf mich, weil ich Geschichten aufgerührt hatte, deren Ende ich nicht wissen wollte.

Dann herrschte Stille. Ich mußte sie entweder ertragen oder brechen.

»Elaine …«

»Ja, was ist mit Elaine?«

Ich hätte um ein Haar ihre Beziehung zu Devlin ausgeplaudert. Dieses Geheimnis war eindeutig zu heilig, um es zu teilen. Ich hätte ihm nicht einmal die Wahrheit über Elaines Entbindung erzählen dürfen ... »Elaine hatte das Gefühl, daß Devlin nicht wegen dieser Homerule-Angelegenheit getötet wurde. Sie schien zu denken, es sei jemand anders gewesen. Die Frau, die mich durch den Wald verfolgte.«

»Sie schon wieder? Sind Sie sicher, daß Sie sie nicht irgendwann aus praktischen Gründen erfunden haben, als Sie versuchten, unterschiedliche Geschichten miteinander in Einklang zu bringen?«

»Das hier habe ich nicht erfunden.« Er mochte es nicht, wenn ich auf meine Narbe anspielte, ich konnte ihm die Abneigung dagegen im Gesicht ablesen. Doch er runzelte die Stirn und dachte offenbar über die mysteriöse »Sie« nach.

»Könnte es auch ein Mann gewesen sein? Eine männliche Stimme, die flüsterte? Neuerdings treiben sich nachts ein, zwei finstere Gestalten herum, wissen Sie, töten Vieh oder legen Feuer an Gebäuden, alles im Namen des Aufruhrs und der Homerule. Einer von diesen aufbrausenden Bauernjungen könnte sich einen Spaß daraus machen, verkleidet im Wald herumzulaufen. Nichts erzeugt einen solchen Sinn fürs Theater wie die Revolution.«

»Ich nehme an, es könnte auch ein Mann gewesen sein, es war alles wirklich schrecklich verwirrend. Aber ich konnte mich von ihr befreien – oder von ihm – in jener Nacht. Ist es denn wahrscheinlich, daß ein Mann, der die Absicht hatte, mich aufzuhalten, sich die Chance hätte entgehen lassen?«

»Nun, Sie sind kein so schwaches Mädchen, er könnte nicht auf Widerstand gefaßt gewesen sein. Und einige von diesen Irish sind drahtige Burschen –«

»Es paßt nicht zusammen. Es war eine Frau, kein Mann könnte vortäuschen, was sie gesagt hat, diese enttäuschte

Weiblichkeit – ich kann es Ihnen nicht beschreiben, Sie hätten es hören müssen. Sie haßte Männer. Sie sagte es nicht direkt, aber es war glühender Haß, von ganzer Seele.«

»Ich dachte nicht, daß es Frauen gibt, die Männer hassen.«

»Ein eingebildeter Mensch, das sind Sie.«

»Nein. Ich meine, tief im Innersten, ob die Frau nun eine Suffragette ist oder eine Nonne oder eine – Gouvernante, ich glaube nicht, daß es eine Frau gibt, die wirklich und wahrhaftig aus Prinzip Männer haßt. Gewöhnlich gibt es einen Grund dafür. Und es hat gewöhnlich damit angefangen, daß sie einen Mann liebte. Oder Männer.«

»Aber damit kämen wir alle in Frage für – sie. Es könnte auch –«

»Elaine sein«, sagte er brutal.

»Oder Devora«, konterte ich.

»Oder selbst – Mrs. Featherstone«, fügte er hinzu, um Frieden zu schließen.

»Ich staune, daß Sie mich ausnehmen.«

»Sie sind die Hauptzeugin für ihre Existenz ... oh, ich verstehe. Nein, sie haben weniger Haß in sich als jede andere Frau, die ich gekannt habe.«

»Dann kennen Sie mich nicht«, sagte ich, weil mir plötzlich all die gemeinen kleinen Triumphgefühle einfielen, die ich in letzter Zeit auf Devoras Kosten genossen hatte. Und Elaine konnte ebenfalls hassen. Elaine haßte Devora. Das hatte ich selbst gesehen. Und Devora, könnte sie ...?

»Was überlegen Sie, ich kann sehen, daß Ihnen irgendwelche Zweifel gekommen sind.«

»Devora.« Ich sah ihn gelassen an. »Vielleicht können Sie Zeugnis für ihren Aufenthaltsort zu den fraglichen Zeiten abgeben.«

Er schüttelte den Kopf.

»Aber weshalb Devlin? Devlin war der durch und durch liebenswerteste Mensch in County Clare. Wer würde Devlin töten? Aus welchem Grund? Was hat er jemandem getan? Elaine – mochte ihn. Selbst Devora schmolz bei ihm dahin. Er umschmeichelte Mrs. Featherstone und walzte mit der unscheinbaren Cousine Norah durchs Zimmer. Sagen Sie mir, wer? Weshalb?«

Sein Gesicht hatte sich mir verschlossen. »Dann müssen es die Rebellen sein«, sagte er stur. »Nun, Devlin Quade war Lieutenant. Neben Jack Reilly und Barry O'Day wußte er mehr als jeder andere darüber, was im Gange war. Und etwas ist im Gange, ich bin ›Spion‹ genug, um das zu wissen. Vielleicht ist das der Grund, weshalb er jetzt tot ist, vielleicht haben sie sich gegenseitig bekämpft.«

»Oder vielleicht einer der Ihren –«

»Nein, die Soldaten wurden alle gesehen. Und ich« – er richtete seine gelben Augen auf mich und durchbohrte mich damit – »plädiere auf unschuldig.«

Ich hielt seinem Blick einen Moment stand. Mir war der Gedanke gekommen, daß ein Schatten der Schuld über ihm lag. Nicht durch irgendeine direkte Handlung vielleicht, sondern durch etwas anderes, eine Information, die er vor der falschen Seite hatte fallenlassen. Nein, dazu war er zu vorsichtig. Ich nickte, und er schien zufrieden.

»Ich gehe es immer wieder durch«, fuhr er fort. »Ich glaube, es war schlicht Mord. Das sagt mir mein Instinkt. Ein skrupelloser, blutiger Mörder, der irgendeinen Grund hatte, Devlin zu erschießen, vielleicht sogar auch dafür, Sie bei Nacht und Nebel mit dem Messer zu verfolgen. Sie sind seither unbehelligt geblieben? Ihnen ist kein – Unheil geschehen?«

»Nein ... nichts dergleichen.«

»Was?«

»Was meinen Sie?«

»Sie dachten gerade an etwas.«

»Der Brief. Das Empfehlungsschreiben. Es war eigenartig, aber es könnte auch ein dummer Streich gewesen sein, es ist nichts weiter. Ich hatte an meine früheren Arbeitgeber in Amerika geschrieben, mit der Bitte um eine Referenz. Damit ich Carnhaven verlassen konnte. Nachdem Elaine zur Ruhe gekommen war. Und es kam auch Antwort, aus Boston, mit dem Poststempel und so weiter. Aber Mrs. Willoughby hätte nie im Leben so etwas schreiben können. Es war – böse, schmutzig, das, was ein Halbwüchsiger nachplappern würde, der heimlich ein skandalöses Buch gelesen hat. Es war etwas über mich.«

Lord Hugh hatte zum Rand der Lichtung geschaut, ich war etwas ungehalten, daß meine komplizierten Ausführungen auf ein so wenig begeistertes Publikum stießen. Aber mitten im Satz drehte er sich zu mir um.

»Vielleicht säßen Sie auf dem Boden bequemer.« Er hatte mich am Ellbogen genommen und aufs Gras gezogen, so daß ich mit dem Rücken gegen den Baumstamm gelehnt saß, noch bevor ich mein gewohntes »Aber –« sagen konnte.

»Keine Tiere«, sagte er schnell, als er sah, wie ich nervös den feuchten Erdboden im Schatten des Balkens hinter meinem Rücken beäugte. »Ich sollte Ihnen sagen«, fügte er hinzu und lächelte freundlich, »daß wir beobachtet werden.« Er streckte sich aus wie eine Katze auf dem Teppich und legte den Kopf in meinen Schoß. Er war schwer. »Wenn Sie jetzt noch etwas Bukolisches in A summen könnten, ginge es mir bestens.« Er lächelte und hatte die Augen geschlossen wie ein zufriedener Kater.

»Wenn uns tatsächlich jemand beobachtet, geben Sie dann nicht eine ziemlich passive Zielscheibe ab?«

»Oh, ich bezweifle, daß wir in unmittelbarer Gefahr schweben. Es ist einfach besser, niemanden wissen zu lassen, daß wir die Verbindung zu den United Irish auf Carnhaven erörtern. Wir können auch andere Themen erörtern, wissen Sie«, sagte er und schlug kurz die Augen auf, um mich anzusehen.

»Was meinen Sie, wer es ist – die United Irish? Und wieso sollte es sie kümmern, wenn wir uns unterhalten – obwohl dieser Mann sehr an Ihrem Kommen und Gehen interessiert war ... Und an meinem.«

»Welcher Mann?«

»Im Wald. Ich ging einmal hinüber – nach Shallowford. Gleich nachdem, Sie wissen schon – Devlin. Und ein Mann beobachtete Ihr Haus. Sagte, Sie seien fort. Und wollte wissen, was ich in der Nähe Ihres Hauses machte.«

»Dann geben wir ihm jetzt die Antwort«, sagte er, winkelte ein Knie an und legte das andere Bein darüber, als mache er sich bereit für eine schöne lange Rast in meinem Schoß.

»Und wenn es jemand von der anderen Seite ist? Zum Beispiel Captain Mayfair?«

»Das ist schon in Ordnung. Er weiß über uns Bescheid.« Er grinste.

»Ich glaube, Sie erfinden sich das Ganze, weil Sie zu faul sind, sich anständig hinzusetzen –« Ein Flattern, als sich etwas jenseits des Unterholzes bewegte, beendete meinen Satz. Da draußen war tatsächlich jemand. Unbestimmt und schwer faßbar. Ich hielt erschreckt den Atem an. Ich wußte, daß der Feenkreis seine Geheimnisse hatte. Bis jetzt hatte ich nicht gedacht, daß es tödliche Geheimnisse sein könnten.

»Wenn Sie es über sich bringen könnten, meine fiebrige Stirn zu streicheln, wäre das der Illusion sehr förderlich«, schlug Lord Hugh nett vor, mit einer Art ästhetischer Distanz.

Seine Augen lachten zu den meinen hinauf. Ich hatte ihn noch nie so attraktiv gesehen, sein dunkles Haar fiel ihm an den Schläfen nach hinten, wo der Anflug von Grau fast wie das vermenschlichende Zugeständnis eines Künstlers an einem allzu vollkommenen Portrait wirkte. Seine Zähne waren weiß, gleichmäßig, unverschämt gesund. Seine Stirn legte sich in Falten, als er zu mir hochsah, und die Künstlerin in mir hatte den Wunsch, sie zu glätten, sie rauhten ein zu hübsches Blatt auf. Mir ging durch den Sinn, daß er noch nie so männlich gewirkt hatte wie in diesem Augenblick, als er sich wie ein Kätzchen auf meinem Schoß rekelte.

Es gab einen wesentlichen Unterschied zwischen Mann und Frau, eine tiefe Kluft. Ein Geheimnis, das sich vielleicht offenbarte, wenn die Rüstung abgelegt war und sich die Brücke über den Burggraben senkte. Er liebte es, seinen Spott zu treiben, mit den Konventionen zu spielen, die mich in ihren Fesseln hielten. Adrian hatte sich daraus ebenfalls ein Vergnügen gemacht. Männer bauten Mauern um Frauen, dann lachten sie und versuchten, sie niederzureißen. War es wirklich nur eine spielerische Form des Mann-Frau-Geplänkels, das bestand, seit das Paradies verloren war? Oder hatten sie recht? Konventionen waren dazu da, so hatte er gesagt, um die Töchter von Mayfair und Belgravia zu schützen. Vielleicht waren die Töchter Evas in einem zu weitmaschigen Netz gefangen. Regte jene erste Frau sich etwa auf, weil sie keinen Hut oder Handschuhe im Wald trug, oder gar, weil ein Mann in ihrem Schoß lag? War das nicht der natürlichere Vorgang, verglichen mit Salon-Schmeicheleien und Teetisch-Tändeleien?

Er beobachtete mich nach wie vor, und mir wurde bewußt, daß meine Überlegungen mich weit von dem Feenkreis weggeführt hatten. Und von beiden Augenpaaren, die mich beobachteten. Ich zitterte leicht wie vor der Schlange im Paradies.

»Was –?« mußte ich fragen, als sich um seine Augen Lachfältchen bildeten, unzählige winzige Fältchen.

»Meine fiebrige Stirn«, wiederholte er und zeigte darauf.

»Das einzige, was Ihre Stirn fiebrig macht, ist diese dumme Idee«, sagte ich in meinem bissigsten Gouvernanten-Tonfall.

Denn ich wollte ihn nicht berühren. Es wäre so, als würde man die Oberfläche eines stillen Teichs durchbrechen und ohne Sinn und Zweck das Gewässer aufrühren. So, als nähme man ein Gemälde und betaste es, wenn die Farben noch naß waren ... Immer dieses Treiben bis an die äußersten Grenzen der Konvention, immer dieses Herausfordern, die Fesseln abzustreifen, die Grenze zu übertreten. Und dann, nun, dann würde man von dem Spiel disqualifiziert. Am Rand des Spielfelds stehengelassen, um von jemandem mitgenommen zu werden, der sich immer weniger an die Spielregeln hielt. Er forderte mich heraus, ihn zu krockieren. Ich dachte an das unschuldige Krockettspiel auf dem Rasen von Carnhaven zurück, als ich ihn überhaupt zum erstenmal richtig gesehen hatte. Er hatte keinerlei Bedenken gehabt, unnachsichtig auf Sieg zu spielen. Und meine Chance zu einem kühnen Zug, mich Schlag um Schlag mit ihm zu messen, hatte ich nicht genutzt. Ich hatte auf Sicherheit gespielt. Und die Wahrheit war, ich hatte es getan, weil ich ihn damals auch nicht berühren wollte, ob via Krockettschläger oder mit der Hand. Ich hatte so viel zu verlieren.

Er hatte noch einen dieser bitter-süßen langen Halme

abgerissen und war damit beschäftigt, ihn träge zu zerrupfen. Halb geistesabwesend streckte ich die Hand aus und fuhr mit einem Fingernagel leicht an seiner linken Schläfe entlang, knapp oberhalb der Narbe, über die er mir heute morgen erzählt hatte.

Er packte meine Hand, als sei ich ein Angreifer, und schaute wieder zu mir hoch. »Sie haben Ihren Stachel nicht verloren«, sagte er, und sein Blick suchte den meinen, irgendwie schmerzlich und irgendwie triumphierend.

Ich wußte nicht, weshalb ich es getan hatte. Sein bohrender Blick fand in meinem Gesicht nur Verstörtheit. Er setzte sich neben mich, und ich merkte, daß er schnell, flach atmete, wie ein wildes Tier, das man in seinem Bau aufgestört hatte. Seine Finger umschlossen noch mein Handgelenk, sie fühlten sich so leicht an wie ein Armband. Mir war zumute, als wäre ich lange gerannt, ich war erschöpft. In meiner Brust war ein Engegefühl, das mich zu ersticken drohte. Ich wünschte, er würde mich loslassen, ich könnte ihn abschütteln. Ihn und seine Narben und meine Narben –

»Vielleicht brauchten Sie es«, sagte ich und schaute ihn vorsichtig durch die Wimpern hindurch an, an denen aus irgendeinem Grund Tränen zitterten.

Daraufhin seufzte er, als habe er lange Zeit den Atem angehalten. Und half mir hoch. »Unser Beobachter ist ohnehin gegangen, denke ich. Wir können unser Gespräch fortsetzen. Und unseren Spaziergang.«

Ich stand in meinem Feenkreis, dem ich einen Namen gegeben, den ich gemalt und in dem ich um ein Leben gekämpft hatte, wie eine Fremde. Er stand ganze fünfzig Zentimeter und eine ganze Welt weit weg. Wenn er mich berührte, so glaubte ich, würde ich in Stücke brechen, und wenn er es nicht tat, so glaubte ich, würde ich weinen.

»Ich – ich kann nicht. Ich habe Ihnen alles gesagt, was ich weiß. Ich muß nach Carnhaven zurück. Wirklich. Ich habe Ihnen alles gesagt.«

»Ja, diesmal haben Sie das wohl«, sagte er ernst. »Am besten gehen Sie nach Hause.«

Ich schaute ihn kaum an und schüttelte meine Röcke aus. »So. Ich hoffe, daß dieses Gespräch hilft – bei allem. Daß wir uns befreien können von all dem, dieser Verwirrung ...« Ich verließ die Lichtung, ohne zu Ende zu sprechen, ohne einen Blick zum Abschied. Erst als ich den Wald schon halb durchquert hatte, fiel mir wieder der Beobachter ein. Ich blieb stehen und legte die Hand auf einen jungen Buchensprößling. Er fühlte sich wirklich und robust an, dort in dem den Wald sprenkelnden Tageslicht. Es war tatsächlich Tageslicht. Es war eine wirkliche Welt. Auf der Lichtung war nichts vorgefallen. Kein Beobachter war aufgetaucht, um uns zu bedrohen. Es war die Gefahr, die Anspannung, die mich so ängstlich machte, mein Herz so heftig schlagen ließ – auf der Lichtung war nichts vorgefallen.

Ich blieb einige Minuten stehen, um das Gras von meinem Rock zu wischen und um wieder einen klaren Kopf zu bekommen. Ich mußte anwenden, was ich von Lord Hugh erfahren hatte, nicht davor zurückscheuen, weil, weil – Ein skrupelloser Mörder, so dachte er. Keine Sache, kein Nationalismus, sondern schlichtes Morden. Ein Mörder, frei, wieder zu töten. Und jemand von Carnhaven. Er glaubte das, ich konnte es spüren.

Ein Junge, mit genügend freier Haut zwischen den Sommersprossen, die sein Gesicht sprenkelten, um sich vor Anstrengung zu röten, holte mich im Hof von Carnhaven ein.

»Miss, oh, Miss«, rief er schon aus einer Viertelmeile Entfernung, als hinge sein Leben davon ab, und schwang etwas über seinem Kopf. Ich wartete amüsiert, während Cousine Norah zur Küchentür hinausspähte, um zu sehen, wer den Krawall machte. Er kam zu mir gestolpert, atemlos, aber erleichtert.

»Sie müssen Miss Dunne sein. Der Herr sagt, ich soll Ihnen das hier geben.« Keuchend glättete er meinen Skizzenblock und den Hut und reichte mir beides.

»Vielen Dank – ich habe die Sachen vergessen, auf ...« Ich sah Norahs zusammengekniffene Augen an der Tür. »... auf einem Zeichenausflug. Aber habe ich nicht schon mal jemanden gesehen, der dir sehr ähnlich ist?«

»Meinen Bruder.« Der Junge grinste. »Kevin. Er ist jetzt draußen im Torfmoor.«

»Tja, du hast dich mächtig angestrengt, um mir die Sachen zu bringen, und ich habe nicht mal eine Krone bei mir –«

»Ist schon gut, Miss«, sagte der Junge, und sein Gesicht färbte sich noch dunkler, bis zu seinen vorstehenden Ohren. »Man hat mir ein Huhn für meine Mum versprochen.« Er zog verlegen den Kopf ein und lief wieder los, quer über den Hof zurück.

Ich schlenderte auf das Haus zu, schob die verrutschten Blätter zusammen und inspizierte bedauernd die leicht verbogene Hutkrempe. Ich bemerkte, daß eine Kokarde aus Shamrocks, bei uns Engländern Klee, unter das Band geschoben war und mußte lächeln. So etwas hätte Devlin tun können, wenn Lord Hughs Motive auch mehr ironischer Natur waren. Ich schaute hoch und sah Norah unverblümt auf das grüne Büschel starren, mit leicht angewidert verzogenen Lippen. Ich hatte sie für eine leidenschaftliche Verfechterin der Homerule gehalten, es kam mir eigenartig vor, daß sie irische Insignien ablehnte, wie unbedeutend sie auch immer waren.

Ich drehte den Hut in meinen Händen, weil ich nicht wollte, daß mein Sträußchen unter ihrem Basiliskenblick verdorrte. Ich wußte, was sie sagen würde. Sie war zu derb, zu grob, um meine kleine Blumengabe durchgehen zu lassen. Typisch Mann, würde sie sagen, wohlfeile Gesten, und später ziehen sie dir dafür das Fell ab. Ich schob mich in der Türöffnung an ihr vorbei und hielt den Hut ein gutes Stück von ihr weg. Ich wollte nicht hören, was eine Frau, der man ihre Illusionen geraubt hatte, mir zu sagen hätte. Ich kannte ihre Meinung schon zur Genüge. Ich lief die kühle Hintertreppe hoch und flüchtete mich in mein Zimmer. Sie war zwar hereingelegt worden, aber das hieß nicht, daß es auch mir passieren würde. Immer zog sie irgendwelche Schlüsse, immer vermutete sie Liebschaften, wo keine waren. Genau wie Devora. Diese selbstgefällige, überhebliche Besserwisserin –

Ich hatte das Bündel Grün aus dem Hutband gezogen und stand jetzt da, ratlos, was ich damit anfangen sollte. Nicht die kleinste Vase im ganzen Zimmer. Es wurde allmählich schlaff von meiner Handwärme, ich müßte mich bald entscheiden. Ich stand über den Korb gebeugt – Abfall, den das Dienstmädchen im oberen Stock holte und wegwarf? Ich dachte daran, es in meinen Band Tennyson zu pressen und wurde prompt rot. Um Himmels willen, Mädchen, behalt einen kühlen Kopf, es ist bloß eine Handvoll wilder Blätter ... Ich entschied mich dafür, sie in mein breites Gürtelband zu stecken, eine Mode, die ich gesehen, aber nie kopiert hatte. Ich überprüfte die Wirkung in dem länglichen Spiegel. Reizend – aber es war, als habe er mich berührt, als ich es an meiner Taille befestigte, als sei er da und habe eine Hand um mich gelegt – der Lord hat einen Schatz, sagte ich zu mir, zu der strahlenden Gestalt im Spiegel mit einem Strauß Klee in ihrem Gürtel – du bist verliebt in ihn. Ich war es, ich war es schon länger, als ich mir eingestehen mochte.

Außer Atem, aber das kam von den Stufen, ging ich zu dem Fenster mit Blick auf die Terrasse hinüber. Ich brauchte eine weitere Perspektive. Die Welt dehnte sich weit in klarem, feuchtem Grün, Hügeln und Wald, vor mir aus. Und ein Schornstein, dort, das war Shallowford. Ich streckte die Finger aus, um diesen Turm durch das Glas zu berühren, und lehnte meine glühende Wange gegen die Scheibe. Mein Kinn lag unbequem auf dem Mittelpfosten, aber eine kleine Dosis Wirklichkeit konnte nur nützlich sein.

»Verdammt«, zischte ich gegen die Scheibe, froh darüber, meine Stimme zu hören, das Schimpfwort in dem leeren Raum hallte. Es war so – verflucht, das war das einzige genügend starke Wort –, so *verflucht* vorhersehbar. Es war, wovor ich unwissentlich während meiner ganzen bisherigen Zeit auf Carnhaven davongelaufen war. Ein Dutzend, hundert Frauen vor mir, nein, tausend, hatten vermutlich dieselbe Dummheit gemacht. Was für ein Mist. Der Schlüssel liebte die Hand, die ihn umgedreht hatte. Oh, Elaine, eine Zeitlang in deiner Licht-und-Schatten-Welt zu sein, sich vorzustellen, daß die Dinge nicht so sind, wie sie sind –

Wann? Kein Wunder, daß er in seiner neckenden Art mit mir gespielt hatte. Er hatte gesehen, was ich nicht sah ... nein, ich werde nicht rot. Wozu ein vollkommen echtes, wohlverdientes Erröten an einen leeren Raum verschwenden? An einen selbst? Und doch, wenn ich nicht in diese Richtung dachte, wenn ich mich nicht mit der grausamen Wirklichkeit konfrontierte, nun, dann würde ich mich von dieser Welle des Hochgefühls, der Erregung mitreißen lassen, die mein Innerstes nach außen zu spülen drohte. Ich konnte sein Bild heraufbeschwören, wenn ich wollte, ein Wesen, das wie das lebende Vorbild selbst aussah, wie er. Ich konnte jetzt zum Feenkreis zurückgehen und diese so ganz unfiebrige Stirn mit fürsorglicher Zärtlichkeit überschütten. Und vorhin, nicht imstande, mich zu rühren, Liebkosungen vorzutäuschen, hatte ich seine zarteste Stelle berührt. Ihn gestochen, wie er sagte. Ob er wußte, daß ich es aus Mitgefühl getan hatte, weil die Liebe noch in mir verschlossen war? Daß die Narbe, die uns verband, meine Hand nur deshalb anzog, weil ich, ganz gleich, wie sehr er sie hassen konnte, sie nur um so mehr zu lieben vermochte?

Wieso sollte er irgend etwas davon wissen? Oder es ihm gar etwas bedeuten? Er würde vielleicht über meine Sentimentalität lachen. Ich würde es auch tun, in ruhigerem Zustand. Und dennoch rief ich ihn vor mein geistiges Auge, auch wenn ich mir sagte, daß es keinen Sinn hatte. Wann er dies gesagt hatte. Wann er jenes getan hatte. Wie er eine Braue hochgezogen hatte. Wie er mich angesehen hatte. Wann er mich geküßt hatte, erst gestern abend – es reichte nicht, ich wollte ihn wiedersehen. Jetzt. Und dann würde ich mein Bestes geben, um so zu tun, als sei nichts geschehen, und die ganze Zeit jeden seiner Atemzüge beobachten, während ich so tat, als sei ich ins Gespräch vertieft.

Ich konnte ihn niemals wiedersehen. Er würde es wissen. Sie würden es alle wissen. Norahs schmaläugige Spekulationen, Devoras Nase für solche Entwicklungen, Elaines manchmal peinlich gefühlsmäßige Einsicht. Ich hatte es endlich geschafft, mich ganz und gar lächerlich zu machen. Hugh Davenant. Lord Hugh Davenant. Hugh. Was war er? Ich versuchte ihn in einzelne Worte und Gesten und Blicke und Regungen zu zerlegen. Aber es klappte nicht. Ich konnte diesen Mann nicht nüchtern und sachlich sehen. Er war er. Nicht mehr und, Gott steh' dem Mädchen in Stellung bei, nicht weniger.

Ich preßte den Klee schließlich doch in meinen Tennyson. Eines Tages, dachte ich, wenn ich alt und grau bin und vernünftiger, wird mich der Strauß zweifellos amüsieren. Jetzt hingegen brach mir sein Anblick schlicht das Herz. Ob mit Empfehlung oder ohne, ich würde Carnhaven schleunigst verlassen müssen. Bevor die so wenig gouvernantenhaften Gefühle der Gouvernante das Leben noch schwerer machen würden, als es der Abschied von hier wäre, der Abschied von daheim, der Abschied von ihm.

31. Kapitel

Ich hörte das Geplauder entfernter Stimmen, das mich überspülte wie weiche Wellen aus einem Traum. Ich trieb in diesem Gefühl dahin, bis mein Verstand ungeduldig wurde und anfing, sie zu unterscheiden. Norahs heiseres Lachen. Ein Murmeln für Elaine. Scharfe kleine Wortsalven von Devora. Frühstück auf der Terrasse. Es war bereits ein schöner Tag, Indianer-Sommer, hätten wir es in Boston genannt. Ich konnte es an der sonnengewärmten Luft spüren, die durch mein geöffnetes Fenster hereinwehte.

Ein Baß gesellte sich zu dem Streichertrio draußen vor meinem Fenster, neugierig glitt ich von dem hohen Bett hinunter und ging zu den Vorhängen. Es war amüsant, auf ihre sonnenüberfluteten Köpfe hinunterzuschauen. Elaines helles Haar schwebte über dem Halbmond des mit Leinen gedeckten Tisches, den ich über die Markise der Terrasse hinweg sehen konnte. Ich hörte wieder das herzhafte Lachen und schätzte, daß Norah zu dicht am Haus saß, um sichtbar zu sein. Ein Arm in blaßblauem Chiffon griff nach der Teekanne, das konnte nur Devora sein. Das tiefe Gemurmel setzte wieder ein – war das vielleicht Adrian? War er zurück aus dem Süden und wieder zu Besuch, trotz meiner Gegenwart?

Der Gegenstand meiner Überlegungen schlenderte zur Balustrade hinüber, mit einer weißen Tasse, die mit etwas Schwarzem gefüllt war. Kaffee. Ich schaute fast direkt auf Lord Hugh hinunter. Dabei konnte ich nur sein dichtes kastanienbraunes Haar sehen, den Norfolk-Tweed, die weiße Tasse. Was um alles in der Welt tat er hier zu dieser Zeit? Ein Blick auf die kleine Messinguhr sagte mir, daß es später war, als ich gewöhnlich aufstand, und doch, er war bisher noch nie so zwanglos vorbeigekommen – und das nur einen Tag nach unserem Gespräch im Feenkreis ...

Weibliches Gelächter wehte klingend zu mir hoch, wie wenn ein Silberlöffel gegen eine Untertasse schlägt. Er war vermutlich charmant, zum Teufel mit ihm. Ich schaute wieder nach unten, beugte mich vor, um die Gruppe in Augenschein zu nehmen. Lord Hugh saß mit seinem Kaffee auf einer Steinbank, einen Ellbogen auf die gemeißelte Steinbalustrade gestützt, als gehöre er hierher. Dann trank er einen großen Schluck, wobei er den Kopf zurücklegte. Ich sah fasziniert zu, bis mir aufging, daß er mich sehen könnte, wie ich vom Fenster aus spionierte. Ich zog mich rasch zurück, und mein Herz schlug eine unangenehme kleine Mazurka in meiner Brust.

Ich wollte wieder hinsehen, ich wollte im Boden versinken, ich wollte wer weiß wo sein. Noch vor ein paar Stunden hatte ich gedacht, ich wollte ihn mehr als alles andere auf der Welt wiedersehen. Ich wollte es nicht. Ich konnte es nicht. Aber ich mußte hinuntergehen, ich konnte mich nicht hinter meinen Vorhängen verstecken wie eine ungeschlachte Statue in einer Museumsnische. Sie würden mich in Kürze erwarten, sie würden es eigenartig finden, wenn ich nicht auftauchte. Sie warteten unbewußt auf mich. Ich sah den Kleiderschrank durch und suchte instinktiv nach etwas, das sich vorteilhaft gegen Blaßblau absetzen würde – Dummkopf! Ich wählte meinen schlichtesten schwarzen Rock, meine steifste weiße Hemdbluse aus. »Gouvernantenhaft-haft« würde Elaine es nennen. Nun, ich brauchte eine Gouvernante, um dieser albernen, oberflächlichen Person in meinem Kopf ein, zwei Lektionen zu erteilen, bevor jemand anders es auf gröbere Weise tat.

Schulmädchenschwärmerei, dachte ich boshaft und faßte mein Haar hinten im Nacken zu einem unvorteilhaften Knoten zusammen. Es wäre besser gewesen, sich Adrians unkomplizierter, beleidigender Zuneigung hinzugeben ... Ich eilte nach unten und zögerte kurz auf der Schwelle der offenstehenden Verandatüren, bevor mich jemand bemerkte.

»Ah, da ist Amberleigh.«

»Guten Morgen, Lady St. Clare. Und allen Anwesenden.« Es gelang mir, den Blick so unverbindlich über die Terrasse schweifen zu lassen, daß er an niemandem hängenblieb. An keinem Mann. Ich hätte auch eine Versammlung von Stühlen und Balustraden ansprechen können.

»Hmm, probieren Sie mal Feathers Käsekuchen, er schmeckt himmlisch.« Norah lächelte eines ihrer seltenen offenen Lächeln, als sie mir einen Teller mit einem dicken Stück besagter Köstlichkeit reichte.

»Danke, Norah.«

»Du hast so lange geschlafen, Amberleigh, ich dachte schon, wir würden dich heute morgen überhaupt nicht mehr zu Gesicht bekommen. Du mußt angenehme Träume gehabt haben.«

Ich hätte Elaine den Hals umdrehen können. »Ich träume selten, aber ich habe gut geschlafen«, antwortete ich.

»Den Schlaf der Unschuld.« Devora richtete ihre messerscharfe Bemerkung an mich, blickte jedoch zu Lord Hugh.

Er sagte klugerweise nichts, als ich ihn verstohlen unter den Augenlidern hervor beobachtete, während ich so tat, als sei ich mit einem Bissen des Käsekuchens beschäftigt, auf den ich keinerlei Appetit hatte.

»Das ist wirklich köstlich«, sagte ich zu Norah.

»Ja, nicht wahr? Ich finde wirklich, Feather hat sich selbst übertroffen. Natürlich bin ich auch völlig wehrlos, wenn es um Essen geht. Ich werde allmählich so rundlich«, sagte sie unbekümmert und zog an ihrem Bund, »daß die Leute mich schon fragen, wann es soweit ist.« Sie brach in ein schrilles, wildes Lachen aus.

Völlige Stille folgte auf diese Bemerkung. Ich untersuchte meinen Käsekuchen, Devora ihre Nägel und Lord Hugh seine Stiefel. Nur Elaine nahm die Bemerkung Gott sei Dank gelassen auf.

»Ich finde nicht, daß Sie dick aussehen, Norah. Sie haben so spindeldürre, kleine Arme, Sie sehen überhaupt nicht dick aus.«

Ich stellte mit Erstaunen fest, daß Norah recht hatte, sie legte um die Taille zu. Sie trug auch Rock und Hemdbluse, ganz ähnlich wie ich. Unvermittelt sah ich zu Lord Hugh hinüber und fragte mich, ob er bemerkt hatte, daß wir wie Tweedledee und Tweedledum aussahen. Er schaute weg, ziemlich gelangweilt. Ich spürte ein Augenpaar auf mir und wandte mich augenblicklich an Devora.

»Wir werden noch alle miteinander dick, wenn wir nicht aufstehen und irgend etwas tun«, sagte sie abrupt, wobei ihr unverhohlen abfälliger Blick die ganze Zeit auf meinem Gesicht ruhte. »Begleiten Sie mich ins Dorf, Hugh? Das Gespann braucht Bewegung, und ich muß einen Schal ausbessern lassen, für den nur Mrs. McGuillicuddy fein genug näht. Ein spanischer Schal, er ist mir an der Terrasse hängengeblieben ...«

»Heute nicht, Devora«, sagte er in einem abschließenden, gleichgültigen Ton, der mich getroffen hätte wie ein Peitschenhieb, wenn er ihn mir gegenüber benutzt hätte. Der Affront glitt zwar nicht an Devora ab, aber er traf sie auch nicht tief.

»Sie werden allmählich wirklich ganz schön faul, Hugh«, sagte sie ruhig und entschwebte ins Haus.

»Elaine, vielleicht hättest du Lust, heute einen Zeichenausflug zu machen«, sagte ich und stand auf. »Es ist so schönes Wetter.«

»Ich glaube nicht, Amberleigh«, sagte sie mit zermürbender Begriffsstutzigkeit. »Ich bleibe einfach hier auf der Terrasse sitzen.«

Ich setzte mich wieder und goß mir eine Tasse Tee auf. Lord Hugh kam mit seiner leeren Tasse zum Tisch herübergeschlendert.

»Noch Kaffee?« fragte Norah mit seltener Gefälligkeit und beugte sich vor, um die Silberkanne zu nehmen und ihm mit etwas wie echter Grazie nachzuschenken.

Alle hatten sich verschworen, mich auf der Terrasse festzuhalten. Ich konnte mich natürlich einfach entschuldigen und hineingehen, aber irgendwie kam mir das feige vor. Was für ein nervtötender Mann, saß einfach da und sah aus wie der Hauskater, der gelassen wartete, bis die Tauben sich zerstreuten, damit er sich seinen Sperling greifen konnte! Ich merkte, daß ich mir einen bitteren dunkelbraunen Tee aufgegossen hatte und verdünnte ihn mit einem ungewohnten dicken Klacks frischer Sahne, um den Geschmack zu neutralisieren.

Norah lehnte sich in ihrem Korbsessel zurück, wippte mit ihren in Hausschuhen steckenden Füßen und trank Tee. Elaine baute ein Haus aus Zuckerwürfeln. Lord Hugh trank endlos weiter. Und ich trank bitteren Tee.

»Ich glaube, Miss Dunne«, sagte er so plötzlich, daß wir alle drei aufschraken, »ein kleiner Spaziergang auf dem Rasen würde Ihnen besser bekommen als dieser Tee da.« Er war herübergekommen und stand bereit, um meinen Stuhl wegzuziehen. Es blieb mir nichts anderes übrig, als mich zu fügen.

»Sie sind ein verhältnismäßig durchsichtiger Spion«, mußte ich einfach sagen, als wir von der gräßlichen Terrasse weggingen. Ich konnte nicht anders. »Wird man sich nicht fragen, weshalb Sie meine Gesellschaft suchen?«

»Zweifellos«, gab er zurück, und ich spürte, wie sein Blick kritisch über meine Aufmachung glitt. Ich blieb stehen und sah ihn an.

»Ist irgendwas? Gibt es etwas, das Sie mir sagen wollen?«

Wie konnte ich so bissig sein angesichts dieses trägen haselnußbraunen Augenpaars, in das ich zum erstenmal an diesem Morgen sah? Ich hatte seine Augen für golden gehalten, wie die einer Katze, aber sie waren doch von einem sehr menschlichen Haselnußbraun. Ich bemerkte wieder die grauen Strähnen an seinen Schläfen, als habe ein leichter Pinselstrich dort seine doch auffällige Spur hinterlassen. Ich hatte aufgehört, aufbrausend auszusehen, stellte ich fest, und sah zweifellos nach etwas ganz anderem aus. Ich korrigierte das Versehen.

»Mißfällt Ihnen irgend etwas?« fragte ich wieder in herausforderndem Ton. »Dann sagen Sie es mir bitte, und ich denke darüber nach, ob ich es abstelle.«

»Und die Iren sollen angeblich so artig mit Worten umgehen können.«

»Ich bin nur zur Hälfte Irin, oder ist es das, was Sie stört?«

»Sie wissen, was mich stört«, sagte er leicht zornig und packte mich am Ellbogen.

»Lassen Sie mich los. Ich bin Ihre Schikanen leid und Ihre Spötteleien und Ihre Geheimnisse und Ihre Spielchen. Ich gehe zum Haus zurück.«

Er ließ mich nicht los, sondern stand da und sah fast verletzt aus. Ich bereute meine Worte sofort. Ach, es war schwierig, vernünftig zu sein, wenn man etwas wollte, was nicht gut für einen war.

»Was ist plötzlich mit Ihnen los?« fragte er. Und ich konnte nicht antworten.

»Ich möchte ein paar Worte mit Ihnen reden, soviel können Sie sich doch bestimmt noch abringen«, sagte er dann und lotste mich in den Buchsbaumirrgarten.

»Nein. Ich will weder ein paar Worte mit Ihnen reden noch zwanzig. Es hat keinen Sinn. Sie sind immer –«

»Ich bin immer was?« Wir waren in dem Irrgarten und von der Terrasse aus nicht mehr zu sehen.

»Ich weiß es nicht, aber Sie schaffen es immer. Na, sind es diesmal Fragen zu Elaine? Irgendeine kleine Einzelheit, die Sie bestätigt haben wollen? Ein Happen für Captain Mayfair vielleicht?«

Er lachte, es war ein volles, unbekümmertes Lachen, das mich noch wütender machte.

»Du meine Güte, heute morgen sind Sie das wandelnde Abbild von Cousine Norah. Gibt sie Ihnen Unterricht? Oder ergibt sich das zwangsläufig so bei alten Jungfern?«

Ich zog die Luft ein. »Ich würde jetzt sagen, wie können Sie sich unterstehen, so mit mir zu reden, aber ich kenne die Antwort schon. Stört es Sie, daß es alte Jungfern auf dieser Welt gibt, die es umgangen haben, sich zu einem Anhängsel im Leben eines Mannes machen zu lassen? Norah ist keine alte Jungfer, sie hat ihren Mann in Kalkutta verlassen, einen Lump, der es verdient hat, verlassen zu werden. Zumindest war sie klug genug, etwas zu tun, sie streicht nicht nur durchs Haus wie die liebeskranke Elaine und läßt alles mit sich geschehen. In meiner Zukunft gibt es keinen Lanzelot, und ich bin froh darüber.«

»Was ist mit Ihnen passiert? Irgend etwas ist doch mit Ihnen passiert seit –« Er packte meine Arme. Ich schüttelte seine Hände immer wieder ab, als er mich festzuhalten versuchte. Ich war wie ein Vogel, der sich mit den Flügeln aus dem Käfig freischlägt.

»Sie sind dumm«, hörte ich mich zu meinem Entsetzen sagen. »Sie wissen gar nichts. Sie sind der dümmste Mann auf Erden.«

Ich riß mich los und stürzte um eine Biegung im Buchsbaum und wieder um eine Biegung, über kurze, schmale Wege, die in Sackgassen mündeten. Ich stand mit rasender Furcht vor diesen Sackgassen. Ich mußte entkommen. Ich wollte nicht, daß er mich fand, mich berührte. Schließlich kam ich zu einem gepflegten viereckigen Platz mit einer kleinen Steinbank. Ich setzte mich und preßte die Hände in meinem Schoß zusammen, bis die Knöchel so weiß waren wie die kleine Statue einer liegenden Nymphe, die sich kokett in der Nähe meiner Bank rekelte.

»Amberleigh, Amberleigh.« Mein Name klang fremd aus seinem Mund. Es war ein leises Rufen.

Zumindest rief er nicht laut nach mir und lud die Welt dazu ein, unser – was auch immer zu hören. Nun, ich würde mich nicht von ihm finden lassen, ich würde aus dem Irrgarten heraus- und zum Haus zurückfinden. Wenn ich mich von ihm fernhielt, würde sich meine Aufregung von selbst legen. Gestern war ich in solcher Hochstimmung gewesen und heute – ich stand auf und ging vorsichtig um eine andere Biegung.

Der Irrgarten war ein wahres Labyrinth. Wenn ich nicht aufpaßte, würde ich mich in Lord Hughs – Klauen wiederfinden, ja, das war das richtige Wort. Ich bog wieder um eine Ecke. Und wieder. Er hatte aufgehört, meinen Namen zu rufen, deshalb konnte ich nicht sagen, ob er gegangen war oder ... Er hatte wissen wollen, was mit mir los war. Und wenn ich ihm sagte, ihm sagte, daß ich – aber tat ich es denn? Und glaubte er, daß mehr mit mir los war, als daß ich einen bloßen Stimmungsumschwung hatte? Vielleicht dachte er, ich hätte irgend etwas erfahren, etwas, das ihm schadete. Gab es – Beweise hier auf Carnhaven gegen ihn, pirschte er sich deswegen so behutsam an seine Bewohner heran? Ich würde mich nicht täuschen lassen durch etwas, das sehr gut falsche Gefühle sein konnten. Ich brauchte seine Behauptung, er arbeite für das Home Office, nicht für bare Münze zu nehmen, schließlich mißtraute ich ihm in fast jedem anderen Punkt ... Wo war der Ausgang, warum hatte ich mir den Weg nicht gemerkt, als wir hereingekommen waren?

Ich bog um eine weitere Ecke und stand wieder vor der Nymphe. Sie schien die steinernen Lippen eine Spur spöttischer zu verziehen. Umkehren, das war, was ich zu tun hatte. Und zurückkehren. Aber wie bloß? Wie? Ich erinnerte mich nicht. Ich hatte nachgedacht, mich selbst beobachtet und vergessen, den Weg im Auge zu behalten. Verliebt in ihn? Wie konnte ich verliebt in ihn sein? Gestern war es reine Einbildung gewesen. Ich – mochte ihn nicht. Ja, das war es. Und er war gefährlich für mich. Er war gekommen und hatte Devlin das Licht genommen ... Wieder links? War das nicht derselbe Weg wie vorhin ...? Die Sonne schien hell, es war noch nicht einmal Mittag, ich konnte mich nicht in einem Buchsbaumirrgarten von dreißig Quadratmetern mitten auf Carnhaven verirrt haben. Ich konnte nicht hier verhungern, ich mußte letzten Endes hier herauskommen ... aber woher diese kopflose Panik, diese Angst, dieser Drang, stehenzubleiben und zu schreien ...?

Die Buchsbaumhecken ragten hoch und dicht zu beiden Seiten empor, krümmten die Schultern wie eine Reihe riesiger Trolle, die mir den Ausgang verwehrten. Ich ging um eine weitere Biegung, diesmal rechts, und stand vor noch einer leeren Sackgasse. Ich fuhr herum und ging denselben Weg zurück, so schnell, daß einige Zweige an meinem Ärmel hängenblieben und abknickten. Hinter der nächsten Biegung hielt ich fassungslos an. Da war ein breiter Platz, bepflanzt, gepflastert und mit einem Brunnen und drei kleinen Steinbänken versehen. Es war das Herz des Irrgartens, wo Devora mit ihren Liebhabern spazierenging. Wo sie mit – ihm spazierengegangen war.

Ich drehte mich um – jetzt konnte ich hinausfinden, es mußte einfach sein von hier aus, vom Herzen der Dinge ... Ich bog um eine Ecke und um noch eine und kämpfte gegen die Schluchzer an, die in meiner Kehle aufstiegen. Es mußte jetzt einfach sein. Ein Satz, und ich stand verblüfft auf einem U-förmigen Weg, der ebenso gepflastert und bepflanzt und mit einem Brunnen versehen war wie die andere Stelle – war dies die Mitte des Irrgartens?

Ich schwenkte wieder herum und stieß gegen Lord Hugh, der selbst wie eine Statue hinter mir aufragte. Ein Schluchzen – halb aus Erleichterung, halb aus verdoppelter Angst – entfuhr mir.

»Sie sind ja fast zu Tode erschrocken«, sagte er, »um Himmels willen, warum?« Und er drückte mich an sich, schob mein Gesicht gegen seine Schulter in dem rauhen Stoff und vergrub die Hand in meinem Haar. Ich schloß die Augen gegen die Buchsbaumhecke, und mein Widerstand ließ nach, ich klammerte mich an ihn und hatte Angst, die Augen zu öffnen, Angst, daß ich den Liebesdämon des Buchsbaums umarmen könnte, eine Statue, die zum Leben erwacht war.

Mit den Fingern beschrieb er sachte Kreise hinten an meinem Nacken und erinnerte mich so an meine Verletzlichkeit. Ich wandte den Kopf, um ihn in seiner Überlegenheit herauszufordern, und traf seinen Mund, der sich dem meinen näherte. Es war nicht wie das letzte Mal, dieser lange, weiche Kuß vor dem Feuer und voll sanften Feuers. Sein Mund drückte sich hart und suchend auf meinen, bat um etwas, verlangte etwas, für das ich keinen Namen wußte. Als ich mich zurückbeugte, kam er nur nach. Er war ganz auf mich konzentriert, und mein Flattern machte ihn nur ungeduldig, als wäre ich ein Knoten, der sich nicht lösen ließ, und er hätte nur einen kurzen Augenblick dafür Zeit.

Ich war verängstigt, verängstigt durch die Art, wie er mich an sich preßte, so daß ich selbst durch die gestärkten Biesen an meiner Hemdbluse den Druck seiner Fischbeinknöpfe an meinem Körper spürte; verängstigt dadurch, wie er ohne jede Eile meine rechte Hand packte, die ihn wegschob, und sie an meinem Rücken festhielt, als sei jeder

Protest, den ich geltend machen könnte, völlig bedeutungslos ... Ich würde mich nicht so benutzen lassen. Ich ... würde ... mich ... nicht ... Meine linke Hand schoß hoch, ich krümmte instinktiv die Finger und hob sie an seine linke Schläfe. Ich fuhr mit den Nägeln nur einmal über sein Gesicht, eigentlich nicht fest genug, um die Haut ernsthaft zu verletzen, nur um eine deutliche Erinnerung an mein Widerstreben zurückzulassen.

Er wurde augenblicklich starr, und sein Mund zog sich von meinem zurück. Seine Augen waren schwarz. Ich dachte wieder, daß ich mich getäuscht hatte, sie waren doch nicht von einem menschlichen Haselnußbraun. Er hielt mich einen Augenblick fest, dann sagte er ziemlich beherrscht: »Sie haben recht. Sie haben völlig recht. Sie können sich in jeder Situation selbst helfen.«

Und er machte auf dem Absatz kehrt und überließ mich dem Irrgarten. Und meiner panischen Angst davor.Ich rief fast seinen Namen. Einmal. Fast. »Hugh«, rief ich fast. Aber es klang fremd in meinem Kopf. Er war meinem Kopf fremd.

Dann fing ich an zu weinen, erstickte, selbstmitleidige Schluchzer. Ich ging zu der kleinen Bank hinüber und riß mich zusammen, bis ich glaubte, daß niemand in der Nähe war. Meine Schluchzer wurden zu einem leisen Wimmern, durch das ich immer noch nicht Gefahr lief, entdeckt zu werden. Ich hatte die größte Lust, mich richtig auszuheulen, aber auf Carnhaven war kein Platz dafür. Ich würde mir meine Tränen für später aufsparen müssen, wenn ich sie mir erlauben konnte, mein unvergossenes Salzwasser aufheben müssen, wie ältere Damen auf Beerdigungen ihre Tränen in zierlichen Fläschchen sammeln, um ihren Kummer zu konservieren und sich daran erinnern zu können, daß sie ihn einmal gespürt haben.

Nach einer Weile wurde ich sehr ruhig. Ich stand auf und merkte erst jetzt, daß langsam Wolken vom Meer heraufgezogen waren und der Tag grau wurde. Ich verließ den kleinen Garten und schlug von dort die am wenigsten wahrscheinliche Richtung ein. Ich fand so leicht aus dem Irrgarten heraus, als hätte ich den Weg gekannt.

Boru saß auf seinen zotteligen Hinterbeinen am Eingang. Armer Boru, immer kam er zu spät. Wo war er gewesen, als ich ihn brauchte, damit er mich durch sein Knurren vorwarnte? Eines Tages würde er auf sein Stichwort erscheinen ... Ich tätschelte seinen Kopf, und er folgte mir die Rasenfläche hinauf. Ich war immer noch traurig, fühlte mich irgendwie verloren. Voller Bedauern. Ich hatte das Gefühl, wenn ich nur ein wenig den Kopf drehte, wenn ich aus den Augenwinkeln hinter mich blickte, dann könnte ich Devlin sehen, wie er hinter mir den Rasen hinaufging, sein Fahrrad schob und leise pfiff.

»Ein Mann, der mich liebt
Ein Mann, der mich verläßt
Und ein dritter Mann, ein Schattenmann,
Und er ist der Mann, der mich betrübt ...«

Ich blieb stehen und stellte mich dem Phantom, das mir folgte – leere Luft. Ich senkte sogar den Blick, auf der Suche nach den Reifenspuren auf Devoras gepflegtem Rasen. Nichts.

Kinder. Sie waren vor so langer Zeit alle Kinder gewesen. Elaine. Und Devlin. Und Jason. Und wir drei waren ebenfalls Kinder gewesen. Devlin und Elaine und ich, wie wir gefährliche Spiele spielten, mit halb County Clare als unserem Kinderzimmer. Was war zwischen meinen beiden

Freunden gewesen – nichts weiter als kindliche, schlichte, leise Sehnsucht? Nicht wie – Devlin erfuhr nie von dem Kind, das ihn wohl dazu veranlaßt hätte, die Kindersachen wegzuräumen. Die Kriegsspielzeuge. Devlin starb als Kind. Und Elaine würde als Kind all die vor ihr liegenden trüben Jahre auf Carnhaven durchleben.

Ich ließ Boru an der Küchenpforte zurück und ging hinein. Die Zeit hatte alle anderen verstreut. Ich verbrachte den Tag in meinem Zimmer und besserte meine Kleidung aus. Henrietta hätte es tun können, aber die Nadel tanzen zu lassen beruhigte mich. Ich dachte während des ganzen Abendessens und des stillen Abends im Salon über alles nach. Schließlich ging ich in die Bibliothek, wo ich den Roman einer Mrs. Sowieso ausgrub, und träumte dann den ganzen Abend über dem Geschriebenen.

Als ich am späten Abend meine Bettdecke zurückschlug, fand ich den abgetrennten Kopf der Botenpuppe friedlich auf meinem Kissen liegend vor. Kinder. Mit kindischen Tricks. Ich warf sie beiseite, ohne groß darüber nachzudenken. Wenn nur mein Kopf ebenso friedlich auf diesem Kissen liegen könnte. Und es war seltsam, eigenartig, ich dachte in dieser Nacht viel über Hugh Davenant nach. Ich fand die kleine Schwellung innen an meiner Lippe, wo seine Küsse ihre Spur an mir hinterlassen hatten, und untersuchte sie nachdenklich mit den Fingern. Es brannte etwas und gab mir das Gefühl, als werde ich von außen nach innen rot.

Drei Tage später erhielt ich einen Brief von ihm. Sehr kurz. Er lautete: »Verzeihen Sie mir. Ich habe mich abscheulich verhalten.« Der Poststempel war London.

32. Kapitel

Die nächste Woche zog sich unerträglich lang hin. Alle schienen mich irgendwie zu beobachten. Elaines graue Augen wurden starr, wenn ich ihren Blick auffing. Devora war untypisch still, als warte sie darauf, daß ich mit irgendeiner Enthüllung das Schweigen brach. Norah lächelte mir zu, freundlicher denn je, als spüre sie meine neue Verwandtschaft zu ihr.

Denn machte ich es nicht ebenso? Ich lief vor einem Mann davon, einem Ungeheuer von methodischem Wahnsinn, der sich alles, was man hatte, zu leicht nahm. Norah hatte recht. Sie waren eine gefährliche Spezies.

Zu dem Zeitpunkt, als sein Brief eintraf – eigentlich eher eine Notiz, und energisch, arrogant trotz der Entschuldigung –, hatte ich mir fast schon eingeredet, daß er Satan höchstpersönlich war, der verkleidet auf Erden wandelte, um Jungfrauen ins Verderben zu stürzen. Mein Magen vollführte einen merkwürdigen Tanz, als ich die Handschrift auf dem Umschlag sah. Ich erkannte sie inzwischen wieder. Aber ich fand nichts darin, was meine Meinung änderte oder wodurch sich meine Unruhe legte.

Das Frühstück wurde zum gräßlichsten Teil des Tages, wenn meine drei Schicksalsschwestern sich jeden Morgen versammelten, um stumm meine Zukunft zu befragen. Wohin gehst du, Amberleigh? Die Frage stand in ihren Augen, wenn sie ihnen schon nicht über die Lippen kam. Und ich konnte ihnen keine Antwort geben.

Eine Woche nach der Szene im Irrgarten fand ich beim Herunterkommen einen Brief, weithin sichtbar auf dem glänzenden Silbertablett, an meinem Platz, vor. Diesmal waren sie mir alle voraus, und sechs Augen beobachteten mich, als ich die Sendung mit der violetten Tinte und der verschnörkelten Schrift in die Hand nahm. Es war eine dicke kleine Epistel, und ein kurzer Blick auf ihren Inhalt brannte mir das Wort »Hugh« ins Gehirn. Ich faltete sie schnell wieder zusammen.

»Er ist von einer Londoner Bekannten«, erklärte ich verhältnismäßig wahrheitsgetreu. »Und so lang und schwatzhaft, daß ich wirklich nicht unhöflich sein möchte ... Ich werde ihn später lesen.«

»Bitte lassen Sie sich von uns nicht abhalten«, drang Devora in mich. »Ich bin sicher, uns würde etwas Schwatzhaftigkeit guttun. Sie sind es in letzter Zeit ja weiß Gott nicht gewesen. Nicht seit –«

»Ja, Amberleigh, was ist mit Ihnen los? Haben Sie die Sprache verloren? Oder etwas anderes?«

Ich zog es vor, Norahs unumwundene Neugier zu ignorieren. Allerdings konnte ich nicht ignorieren, wie mir bei ihrem Kreuzverhör langsam das Blut in die Wangen stieg. Elaine sagte nichts. Sie hob nur einmal ihre hellgrauen Augen vom Teller und schüttelte kaum merklich den Kopf.

Nach dem Frühstück, von dem ich nicht sehr viel zu mir nahm, steckte ich meinen Brief ein und ging nach draußen auf den Rasen. Ich überlegte hin und her, ob ich zur Abtei oder zum Buchsbaum gehen sollte, um ihn zu lesen, den Buchsbaum empfand ich jedoch als zu unheilschwanger. Schließlich überquerte ich den Rasen und hielt auf den Feenkreis zu.

Ein roter Fuchs suchte bei meinem Erscheinen das Weite und wedelte sowohl zum Abschied als auch aus Trotz mit dem Schwanz. Die große Tanne war so unnahbar und unverbindlich wie eh und je. Vielleicht hätte ich nicht herkommen sollen. Ich hatte den Eindruck, als seien überall um mich herum Augen – Devlins Augen, verzweifelt im Unterholz. Augen von Soldaten, schmal vor Erwartung und einer Art Gier, die mir immer noch eine Gänsehaut machte. Haselnußbraune Augen, goldgefleckt, träge haselnußbraune Augen, die zuviel wußten ...

Die was wußten? Ich ließ mich wieder einmal auf dem massiven Baumstamm nieder und kam mir dabei albern und sentimental vor. Und ich öffnete Louisas Brief. Ich lächelte über die Grußformel – »Liebe kleine Amberly ...« Nur Louisa konnte von mir als klein denken, nur Louisa konnte einen Rechtschreibfehler wie eine Verfeinerung erscheinen lassen.

»Ich hatte versprochen, Ihnen zu schreiben – und ich bin nach wie vor ach so sehr interessiert an Ihrem Fortkommen, sollen wir es so sagen? – Ihr Engländer mögt es, wenn man solche Dinge delikater ausdrückt, als eine Realistin wie ich es zuwege bringen kann. Haben Sie weiter darüber nachgedacht, ob Sie in mein London kommen und die Stadt auf das Ohr stellen wollen, wie man so sagt? Oder war es die Nase? Ach, diese Redensarten werden mich noch umbringen!

Sie müssen Deutsch lernen, meine Kleine, und dann können wir herrliche Gespräche führen über alles, was sich so tut, ohne daß es jemand hören kann.

Sie sind eine Nachbarin von unserem überaus mysteriösen Hugh, *n'est-ce pas?* Verzeihen Sie mein Französisch, über Liaisons möchte ich in jeder Sprache reden, nur nicht in diesem so unbeholfenen Englisch. Ich bin völlig durcheinander, mein Verstand, er will nicht aufnehmen, was passiert ist. Da gibt es eine Dame, da, wo Sie leben, ja? Eine sehr vornehme Dame, vielleicht ist sie der Grund. Sie müssen es mir sagen, Liebchen. Nicht nur, um meine unverschämte Neugier zu stillen, sondern es ist wichtig. Irgend etwas stimmt ganz und gar nicht.

Ich kann offen zu Ihnen reden, aber Sie müssen mir versprechen, meine – Detektivarbeit, würde man es nicht so sagen? – für mich zu erledigen. Hugh hat mich so durcheinandergebracht, daß ich es kaum in Worte fassen kann. Er kam in die Stadt, zu mir, diese Woche. Um zu viel von meinem sehr guten Brandy zu trinken, können Sie sich das vorstellen? Er versuchte sogar – nun, Sie sind eine Frau von Welt, Amberly – zu tun, was wir nicht mehr getan haben, seit er ein Junge mit Flaum auf den Wangen war. Dann, statt dessen, stürzt er meine Treppe hinunter, als ob der Teufel hinter ihm her wäre. Wie verwirrend. Es ist nicht so, daß ich nicht damit rechne, daß man gelegentlich sehr schlechte Liebe mit mir macht – ach, aber Sie wünschen nichts von meinen schlimmen Taten zu hören –, doch daß Hugh so zornig auf sich selbst ist, auf mich und beinahe plump. Ich kann es nicht verstehen, ich habe ihn Besseres gelehrt als das. Es ist, als sei er ganz plötzlich wieder jung und dumm geworden. Sie müssen nach Anzeichen für das, was ich sage, suchen und mir berichten. Und erzählen Sie mir von dieser Dame. Ich befürchte, daß etwas sehr Schlimmes nicht stimmt.

Tun Sie das für mich, wir sind alte Freunde, Hugh und ich, auf eine Art, die Sie nicht verstehen würden. Aber natürlich kann ich nichts darüber zu ihm sagen. Eines Tages, wenn Sie und ich wahre Freundinnen sind, werde ich es Ihnen erzählen. Seien Sie tapfer, kleines Küken, und machen Sie sich nicht wieder die Federn im Shallowford naß.«

Louisas Abgleiten in jede andere Sprache, nur nicht Englisch verwirrte mich. Ich saß da, und der Wind fuhr zwischen die violett beschriebenen Seiten in meinem Schoß.

Ich wollte nicht wissen, daß er nach London gefahren war, daß er sich verändert hatte, daß er versucht hatte, sehr schlechte Liebe mit ihr zu machen, wenn auch nur einen Moment lang. Ich hatte Lust zu weinen, und ich hatte Lust, jemandem den Kopf abschlagen zu lassen. Die Salome in mir stellte sich den Kopf zu meinen Füßen mit golden-haselnußbraunen Augen vor.

Tiere, alle Männer waren Tiere. Jetzt war er hingegangen und hatte auch noch Louisa verletzt. Nur, daß Louisa sich eher besorgt als verletzt anhörte. Nun, er hatte auch versucht, sehr schlechte Liebe mit mir zu machen, es hatte nur nicht geklappt. Louisa mochte ja an solche Dinge gewöhnt sein. Ich war es nicht.

Ich starrte auf den Druidenbaum, auf seine schlichte, dauerhafte Festigkeit. Doch sein Stamm löste sich immer wieder in vier Stämme auf, vier Pfosten, und ich sah wieder Louisas kunstvolles Himmelbett vor mir, das Schimmern des Satins in dem dämmerigen Kerzenlicht. Ich stellte mir vor, wie er Louisa aufs Laken preßte, sie so fest hielt, wie er mich gehalten hatte – nein! Es war mir gleichgültig, gleichgültig. Wieso sollte er nicht nach London und zu Louisa fahren? Ich hatte ihn ja zurückgewiesen, oder nicht? Ich hätte recht, hatte er gesagt, ich könne mir in jeder Situation selbst helfen.

Der Feenkreis verschwamm vor meinen Augen zu einem braungrünen Fleck. Ich wollte das nicht über ihn wissen. Ich wollte nichts davon hören, daß er schwach und dumm gewesen war. Wieder wie ein Junge. Louisa hatte recht – es war sehr besorgniserregend –, Hugh Davenant, zornig und rücksichtslos. Oh, wie würde er jetzt gegen sich wüten. Mir grauste bei der Vorstellung, wie sehr er sich selbst martern würde für diese unbedachte Handlung. Und ich war schuld. Nicht diese »sehr vornehme Dame« auf Carnhaven, sondern diese sehr unvornehme Dame auf Carnhaven.

Ich war so vorsichtig gewesen, so sorgsam darauf bedacht, daß niemand mich verletzte, daß *er* mich nicht verletzte, daß ich nie den Gedanken zugelassen hatte, ich könnte imstande sein, ihn zu verletzen. Es war alles an Elaine gegangen. Und an Devlin. All meine Fürsorge, meine Zärtlichkeit, die weicheren Seiten an mir. Ihm hatte ich nur Obsidian gegeben, eine Mauer aus Vorsicht. Etwas Kleines und Rundes glitzerte auf dem Brief in meinem Schoß. Dann löste Louisas violette Tinte sich auf und rann in einem kleinen Bach über die Seite. Ich hatte ebenfalls »sehr schlechte Liebe« gemacht.

Ich schaute noch einmal auf das Datum in Louisas fast miniaturartiger Handschrift. Es war drei Tage her. Lang genug, daß jemand London verlassen und nach Glennverran zurückfahren konnte. Jemand? Immer noch spielte ich meine Spielchen mit mir selbst. Ich steckte den Brief in die Tasche und wünschte fast, ich hätte einen geheimen Platz, um ihn dort verstecken zu können. Es gefiel mir nicht, mit einem Stück von dem Herzen eines Menschen in der Tasche herumzulaufen. Ich spielte mit dem Gedanken, ihn in den Baumstamm zu stopfen, auf dem ich saß – aber dann würde er zur Beute jedes Erdhörnchens und jedes zufälligen Spaziergängers der Umgebung werden.

Daher ließ ich ihn, wo er war, wobei mir bewußt war, welch verräterische Ausbuchtung er in meiner Rocktasche bildete, und bog in den Waldweg nach Shallowford ein.

Das Haus sah so still aus, so unverändert, von der Kuppe des kleinen Hügels aus, auf dem ich innehielt. Ich hatte fast das Gefühl, daß die Zeit rückwärts lief und ich in der Mission kam, mich von Devlins Sicherheit zu überzeugen. Devlin war jetzt jenseits aller Sicherheit. Und dennoch kam ich zurück nach Shallowford.

Ich seufzte und ging den Hügel hinunter, ohne weitere Überlegungen anzustellen. Am besten war es, mich Hals über Kopf in die nächste Begegnung mit dem Herrn des Hauses zu stürzen, ohne Vorbereitung, ohne langes Nachdenken. Niemand schien in der Nähe zu sein, und der Klopfer warf ein dumpfes Echo gegen die massive holzbeschlagene Tür. Ich wartete lange Zeit, daß der Butler mir öffnete. Fast wäre ich wieder gegangen, doch im letzten Moment hielt mich das Geräusch zurück, mit dem der Riegel angehoben wurde. Der Blick des Mannes, der mich im Zustand höchster Erregung hatte kommen und gehen sehen, ruhte wieder ohne jede Neugier auf mir.

»Ich bin gekommen, um seine Lordschaft zu besuchen«, sagte ich, sicherlich unnötigerweise, da es sonst niemandem in dem Haushalt gab, den ich aufsuchen könnte.

»Seine Lordschaft ist nicht im Hause«, gab Stevens, der Butler, knapp zurück.

»Meinen Sie damit, er ist noch nicht aus England zurück? Oder doch, und er ist nur nicht zu Hause?«

Stevens seufzte und zog die Tür so weit auf, daß ich hineingehen konnte. Junge Frauen standen in Stevens' geregelter Welt nicht auf Türschwellen und erkundigten sich nach dem Verbleib junger Lordschaften. Aber ich hatte in letzter Zeit damit aufgehört, wegen meiner Regelverstöße zu erröten, daher trat ich schnell in die Halle.

»Es ist sehr wichtig, daß ich mit ihm spreche, Stevens«, erklärte ich.

»Sehr wohl, ich werde Hemlock suchen lassen. Vielleicht kann er Ihnen Aufschluß darüber geben, wo Seine Lordschaft sich aufhält.« Die gehobene Augenbraue, die diese Worte begleitete, ließ wenig Zweifel daran, daß Stevens an Hemlocks Stelle seine Informationen für sich behalten würde.

Ich wurde in einen Salon geführt, den ich nie zuvor gesehen hatte und wo ich Gemälde schneeweißer Ritter aus dem Mittelalter und schmachtender Damen in der neuen präraffaelitischen Manier studieren konnte, während ich Hemlock erwartete.

»Nanu, es ist Miss Dunne.« Die Wärme in Hemlocks Stimme überraschte uns beide. Ich freute mich, sein ehrliches Gesicht zu sehen.

»Hemlock, ich hatte vergessen, wie lange es her ist, seit ich Sie das letzte Mal gesehen habe. Haben Sie sich von dieser Schaukelfahrt über die Irische See erholt? Mir wird immer noch etwas flau bei dem Gedanken ans Meer. Aber wenn Sie wieder da sind, muß er es auch sein.«

Ein Schatten überflog Hemlocks ehrliches Gesicht. Für

kurze Zeit erinnerte mich sein Ausdruck an den seines Herrn.

»Ich habe Seine Lordschaft auf seiner letzten Reise nach London nicht begleitet, Miss«, sagte er förmlich.

»Dann ist er nicht zurück?«

»Das habe ich nicht gesagt.« Er lächelte. »Er ist zurück und wieder fort.«

»Wieder fort? Außer Landes?«

»Eher draußen auf dem Land. Aber weshalb möchten Sie ihn so dringend sprechen?« Hemlocks fragender Ausdruck verwandelte sich plötzlich in Verlegenheit. Ihm war bewußt geworden, daß er seine völlig angemessene Frage in einer ziemlich unangemessenen Situation gestellt hatte. Ich wollte mich nicht durch reine Peinlichkeiten ablenken lassen.

»Es ist wirklich dringend, Hemlock, ich kann nicht näher darauf eingehen. Er ist heute morgen abgereist? Hat es etwas mit dem Untergrund zu tun? Den United Irish? Kommen Sie, Hemlock, wir beide wissen, in was er verwickelt ist.« Ich wurde ungeduldig über seinen allzu sturen Pflichteifer. Es war, als habe etwas von Stevens' Steifheit auf Hemlocks korrektes schwarzes Jackett abgefärbt, als sie in der Halle zu dicht aneinander vorbeigegangen waren. »Ich werde ihn nicht verraten, um Himmels willen. Ich will ihn nur finden, ich –« Ich brach ab, weil ich merkte, daß ich zu verzweifelt klang. »Dann ist er heute nachmittag zurück?« fragte ich ruhiger und drehte eine Runde durch den Raum, um meine Nervosität loszuwerden.

»Ja, Miss«, erwiderte Hemlock langsam. »Soll ich ihm ausrichten, daß Sie da waren?«

»Natürlich sollen Sie ihm ausrichten, daß ich da war«, fuhr ich ihn an. »Sie glauben doch nicht, daß ich die ganze Strecke hierher – umsonst zurückgelegt habe?«

Dann ging mir auf, daß tatsächlich alles umsonst sein könnte. Ich hatte einen Schritt getan, einen Schritt auf ihn zu, und er könnte sehr gut einfach zurückweichen und nicht darauf achten. Dann stünde ich da wie eine komplette Närrin, und nur wenige in Glennverran würden nicht davon erfahren.

Ich stopfte die Hände in die Taschen und spürte, wie das Papier von Louisas Brief unter meinen Fingern zerknitterte. »Ich gehe nach Carnhaven zurück, Hemlock. Sagen Sie es ihm.«

Ich hatte Hemlock noch nie eine Anweisung gegeben, und er versteifte sich leicht bei meinem Ton. Dann runzelte er die Stirn und sagte leise: »Ich werde es ihm sagen, Miss.«

»Passen Sie gut auf«, fügte er sanft hinzu, als er mich hinausbegleitete. Und der verblüffte Blick, den ich ihm angesichts dieser unerbetenen Besorgtheit zuwarf, traf auf ein Verstehen in seinen Augen, dem ich nur schwer standzuhalten vermochte.

Ich stapfte zurück nach Carnhaven. Diesmal hatte ich mich vollends lächerlich gemacht, indem ich am frühen Morgen an die Tür von Shallowford pochte, den Herrn zu sprechen verlangte und Hemlock herumkommandierte. Zweige knackten unter meinen Wanderschnürschuhen, und ich trat fester auf, genoß das Krachen wie ein Kind, das auf dünnes Eis tritt, das die winterlichen Straßen überzieht.

Ein neues Knacken kam zu meiner Waldtrommel hinzu. Ich erschrak, war jedoch nicht überrascht, als ich Jack Reilly vor mir sah.

»Morgen, Miss.« Er tippte sich an die Mütze und versperrte mir ebenso beiläufig den Weg.

»Guten Morgen Ihnen. Und es ist ein herrlicher Morgen, um die Zugbewegungen der hiesigen Tierwelt zu studieren, nicht wahr? Wissen *Sie*, wohin er gegangen ist?«

Er tat nicht so, als wisse er nicht, wen ich meinte.

»Aye, weg ist er. Und schon ganz früh. Wer könnte sein schwarzes Pferd übersehen?«

»Aber warum sind Sie dann nicht auch weg? Ach, Sie brauchen nicht unschuldig zu tun. Ich weiß alles über die Manöver von euch Staatsmännern. Und ich habe Grund anzunehmen, daß er nicht gerade jetzt nach Glennverran zurückgeeilt wäre, wenn nicht ein wichtiges Gespräch, Verhandlungen bevorstünden.«

Ausnahmsweise einmal war Reilly in der Defensive.

»Was meinen Sie damit, Mädel? Ich streit' ja nicht ab, daß wir den Mann in dem Haus drüben beobachten, aber es ist 'ne reine Vorsichtsmaßnahme, könnte man sagen. Wir Iren sind ein mißtrauisches Volk, aus gutem Grund, und wir haben das Recht, unser Eigentum zu bewachen. Oder was unser Eigentum sein sollte.«

»Er ist zu einem Treffen mit Ihnen gegangen, um Himmels willen, mit Ihren Leuten. Was sonst könnte ihn zurückholen, nachdem ... Also warum schleichen Sie hier um Shallowford herum, als wäre es eine Käsescheibe und Sie eine hungrige Maus? Die Katze ist doch auf dem Weg zu Verhandlungen, oder?«

»'n Treffen mit uns? Na, wir haben darüber geredet, aber heute war kein Treffen. Wir trauen John Bull nicht, wenn der Mond nicht scheint und uns Schatten gibt.«

»Kein Treffen mit ihm? Aber Hemlock wirkte so vornehm geheimnisvoll – es ist doch klar, daß er so schnell zurückgekommen und wieder ausgegangen ist, nur weil etwas ... etwas ...« Ein Angstfrösteln schlängelte sich über meine Arme.

»Na, na, Sie denken doch an was Bestimmtes. Und ich hab' das starke Gefühl, daß Sie was wissen, das Sie in unseren Augen nicht wissen sollten. Lassen Sie Ihre zarten Finger von unseren Geschäften, Mädchen. Oder Sie werden schwer bezahlen müssen –«

»Es geht vielleicht ganz und gar nicht um ›Ihre Geschäfte‹, Jack Reilly, ist Ihnen das schon mal in den Sinn gekommen?« fragte ich plötzlich und sah ihn eindringlich an. Natürlich! Devlin war zu der Grube gegangen, an der er den Tod fand, weil ihn jemand dorthin *gelockt* hatte, schon vor der verabredeten Zeit, nur zu diesem Zweck. Jetzt war ein weiterer Mann unter mysteriösen Umständen verschwunden, und diejenigen, mit denen er sich im geheimen traf, wußten nichts davon. Das hatte doch jemand arrangiert ... aus anderen als politischen Gründen. »Devlins Tod hat vielleicht überhaupt nichts mit Mutter Heimat oder Bruder Rebellen zu tun«, sagte ich zu Jack Reilly. »Wenn Sie mit den Engländern verhandeln wollten, würden Sie sich nicht mehr an den Senkgruben treffen, und irgend jemand auf Carnhaven weiß das, ist es nicht so? Schnell, sagen Sie es mir, machen Sie schnell! Oder wollen Sie, daß noch ein Devlin in irischem Boden vermodert?«

»Das Treffen? Wir haben es verschoben. Wieso sollte ich's Ihnen erzählen, gerade jetzt, wo sich die Entwicklung anbahnt, auf die wir gewartet haben?« Er schien verwirrt, aber nach wie vor auch mißtrauisch.

»Verstehen Sie denn nicht, daß ich keinen Heller auf Ihre Geheimnisse und Ihre billigen Komplotte gebe? Sie treffen sich nicht mehr an den Senkgruben am Meer, und dorthin wäre es auch weit genug, um ein Pferd zu nehmen ...« Als ich an ihm vorbeiging, packte er instinktiv meine Arme. Ich schüttelte ihn so grob ab, daß es selbst ihn überraschte.

»Sie Dummkopf, Sie dachten, Sie schüren eine Revolution, und Sie haben einen Mörder gedeckt! Devlin ist tot, weil

Sie einen Mörder geschützt haben. Und jetzt können Sie noch mehr Blut an den Händen haben, ohne jeden Zweck. Vielleicht ist es ja in Ordnung, wenn es sich um das Blut eines Engländers handelt.«

Er wandte langsam den Blick nach Shallowford, und ich nickte aufgebracht.

»Jetzt lassen Sie mich gehen – ich habe einen Verdacht. Kommen Sie mit, wenn Sie wollen.«

Ich rannte den Weg hinunter und schaute mich nur einmal nach ihm um. Er stand gedankenverloren da, für mich nutzlos, bis er sich entschieden hatte, ob er mir folgen sollte oder nicht. Ich wußte, was, aber nicht, wer – oder warum. Ich stürzte den Hügel am Feenkreis hinunter, knickte einmal mit dem Knöchel um und humpelte langsamer weiter. Bald wurde es wieder besser, und ich rannte auf den Stallhof von Carnhaven.

»Schnell, gib mit Jester«, rief ich dem erschrockenen Stallburschen zu.

»Jester ist aus, Miss«, antwortete er hastig, angesteckt von meiner Nervosität. Jester und aus? Es wurde immer schlimmer. Jester war auch an dem Morgen ausgewesen, nachdem Devlin gestorben war. Dasselbe Pferd, derselbe Reiter.

»Wer hat ihn genommen?«

»Ich weiß es bestimmt nicht, Miss. Es war früh, und ich war hinten beim Heuwenden –«

»Wer ist noch schneller als Jester?«

»Na, da ist noch True Blue, Miss, den der alte Sir George in seinen besseren Tagen zur Jagd genommen hat. Aber er ist stur und –«

»Sattel ihn. Herrensattel. Und mach schnell, um Himmels willen!«

Der verblüffte Junge eilte zur Sattelkammer und kam so

überstürzt mit dem Sattel wieder, daß die Steigbügel ihm um den Kopf baumelten. Nach weiteren zwei Minuten stand der respektgebietende True Blue, ein langgliedriger, muskulöser Fuchs, vor mir, die Zügel hingen auf den Boden.

Ich hob sie auf. »Los, hilf mir hinauf. Und beeil dich!«

Ich sprang mühelos zu True Blues breitem Rücken hinauf und schwang kühn mein Bein darüber. Unterröcke und Rock rutschten mir bis zu den Knien hoch, doch dem Stallburschen, dem der Mund offenstand, war es nur kurz vergönnt, diesen erstaunlichen Anblick in sich aufzunehmen, denn ich gab True Blue die Sporen, und das Tier verfiel augenblicklich in einen gleichmäßigen langsamen Trab die Straße entlang. Der graue Geist von Boru, der im Hof ein Nickerchen machte, erhob sich und sah mir verwundert nach.

Ohne zu zögern lenkte ich True Blue nach Westen. Ich mußte recht haben. Was könnte praktischer sein, als einen Mann zu einem Treffpunkt zu locken, der inzwischen aufgegeben war? Und True Blue mußte schnell sein, oder es wäre zu spät.

Ich gab ihm noch einmal die Sporen, und er ging in einen kraftvollen, schaukelnden Galopp über, der mich fast von seinem glänzenden Nacken rutschen ließ. Ich grub ohne Scheu die Hände in seine rauhe Mähne, die Gott sei Dank nicht für die Jagd geflochten war.

Genau über diesen Pfad war ich an jenem Tag mit Adrian geritten, als er bezweifelte, daß sich viele Ziegen auf die felsige Hochebene an der Küste verirrten. Nein, hierher kamen nur Mörder. Ein Mörder an jenem regnerischen Abend, als Devlins Blut zusammen mit dem Regen in die Grube rann. Damals konnte ich nichts tun, wieso dachte ich, daß ich jetzt von irgendwelchem Nutzen sein könnte? Wieso dachte ich –?

Da war der Tod bei den Senkgruben, der Tod für Tiere, die hineinfielen. Und ein vertierter Mensch, der gern tötete. True Blues Schultern färbten sich dunkel vor Schweiß, aber ich ließ ihn weiter so schnell es ging den schmalen Weg hinauflaufen.

Beim Gipfel sah ich Blackbriars Silhouette gegen den Himmel. Ich hatte recht gehabt. In meiner Hochstimmung zügelte ich True Blue, und das große Pferd wurde gehorsam langsamer.

Dann sah ich Jester, wie er mit gebeugtem Kopf an den wilden Gräsern malmte, die zwischen den Felsen sprossen. Seine Zügel schleiften auf dem Boden, und er stand weiter unten als Blackbriar, hinter einem Kalksteinvorsprung verborgen.

Ich seufzte. Es könnte lediglich ein Stelldichein sein, das ich störte. Falls es so war, würde ich mich fröhlichen Herzens einer Grube und der Vergessenheit anheimgeben, weil ich mich eingemischt hatte. Aber ich glaubte es nicht. Ich glitt von True Blues gewölbter Flanke hinunter, kam schlecht auf meinem Knöchel auf und rannte hinkend das letzte Stück des holperigen Pfads zur Hochebene hinauf.

Hier, wo Adrian und ich vor einer Ewigkeit das Meer betrachtet und geflirtet hatten. Nichts. Ich schaute mich panisch um und hörte nur das entfernte Kreischen von Möwen. Etwas fehlte. Es war zu still. Ich sollte eigentlich hören, sehen, wer auf diesen Pferden hierher geritten war. Einer mußte Lord Hugh sein. Und die andere Person ...?

33. Kapitel

Ich lief weiter an dem Steilhang entlang – mein Herz schlug mir bis zum Hals –, zu der Senkgrube im Kalkstein, wo ich Devlin zum letztenmal lebend gesehen hatte. Wo jemand einen Revolver in den Regen abgefeuert und Devlin nur mehr zu einer Erinnerung an ein Gesicht gemacht hatte. Jetzt begriff ich, worum es bei dem Verbrechen gegangen war. Erst jetzt, da es vielleicht schon zu spät war, da Lord Hugh zu einem Rendezvous mit einem Mörder geeilt war – doch die Lichtung rings um den tiefen Krater war verlassen. Still. Die Sonne zog sich gerade hinter eine graue Wolkenwand zurück, doch es herrschte ein stumpfes helles Licht. St. Bridget's Well. Es war ewig her, seit Wasser durch diese trockenen, vom Meer ausgespuckten Felsen nach oben gesprudelt war … St. Bridget, sei mir gewogen, dieser Satz ging mir immer wieder durch den Kopf. Ein unerklärbarer Impuls ließ mich um den hohen Kalksteinvorsprung herum und seitlich zu dem schmalen Loch gehen, das noch schwärzer war als die Grube, in der ich eine halbe Nacht in meiner Totenwache für Devlin verbracht hatte.

Der Körper eines Mannes lag am Rand des Schachts, mit dem Gesicht nach unten, und sah dabei Devlin so ähnlich, daß es mir doppelt das Herz zerriß. Aber ich wußte, es war nicht Devlin. Dann sah ich sie, ihr Haar wehte in dunkelgelben Strähnen, ihre dunklen Röcke flogen in dem Wind, der an uns vorbeifegte. Wir befanden uns auf einer Klippe, einer hohen Klippe, von der man auf das felsige Tiefland zum Meer blickte. Ich sah die Möwen, winzige Punkte, hinter ihr kreisen. Sie quälte sich ungeheuer, versuchte, den Körper zum Rand der Grube zu rollen. Sie drehte ihn um, und ich sah Lord Hughs regloses Profil. Die Brise zerzauste die kurzen, grau angehauchten Locken an seinen Schläfen.

»Sie haben ihn umgebracht! Sie heimtückische, verfluchte Hexe!« Es war der Schlachtruf einer Walküre, und er kam von mir, als ich mit einer Wut auf sie losging, die mir das Gefühl der Unbesiegbarkeit verlieh. Ich hätte sie Glied für Glied, Knochen für Knochen in Stücke reißen, ihre Einzelteile den Möwen zum Fraß vorwerfen können ... Dann drehte sie sich um, und ihre unerbittlichen braunen Augen wurden schmal. Das Funkeln in ihnen war schlimmer als damals, als sie gegen Großbritannien gewettert hatte, schlimmer, als wenn irgendein Hintertreppenklatsch sie boshaft aufleuchten ließ; der skrupellose Blick des Fanatikers glühte in ihren Augen. Die Glut völligen Wahnsinns.

»Ihn umgebracht? Ich will es hoffen. Es war ganz leicht. Ich wartete auf dem Felsen da drüben und spaltete ihm hiermit den dummen Schädel, wie einer Muschel.«

Sie schwenkte den großen Stein in ihrer Hand, mit einem

gemeinen Stolz, wie ein Handwerker sein Werkzeug. Dennoch ließ sie ihre primitive Waffe nicht los, vielleicht weil sie nicht sicher war, daß er tot war, schloß mein Verstand mit übernatürlicher Schnelligkeit.

»Wer will ihn denn schon?« höhnte Norah. »Er ist doch nur einer von vielen verdorbenen englischen Lords, die keinen Grund haben, einen Platz auf dieser Welt zu beanspruchen, als ihr Vorrecht! Es macht Ihnen doch nicht wirklich etwas aus, oder, Amberleigh? Sie sind über diese dummen Ideen hinweg. Sie taugen nichts, kein einziger von ihnen. Dumme, selbstsüchtige, häßliche Tiere, nur dazu gut, benutzt zu werden und dann ...« Sie trat leicht mit ihrer Fußspitze nach ihm, und ihr längliches Gesicht war von Verachtung verzerrt.

In diesem einen unachtsamen Augenblick stürzte ich mich auf sie und riß sie von ihrem Opfer weg. Er lag bedrohlich nahe am Rand, wie ich in dem letzten klaren Moment sah, der mir blieb, bevor da nichts mehr war als ihre wilden Augen und ihr übler Atem, ihre schweren Röcke und fliegenden Haare. Es war wie ein Ringkampf mit einem Dämon aus der Sage, so jenseits alles Menschlichen war sie für mich. Ich hielt sie an zwei Haarbüscheln, und wir rollten über den Erdboden. Vor nicht allzu langer Zeit hatten wir schon einmal unsere Kräfte gemessen, aber da hatte sie ein Messer.

Ich umklammerte ihr Handgelenk, die Hand, mit der sie den Stein hielt, drehte mich herum und biß dabei so fest zu, wie ich konnte. Sie stieß einen tiefen, leisen Schrei aus, vor Schmerz und Überraschung. Der Stein fiel bleiern zu Boden, aber in meinem Eifer, sie zu entwaffnen, hatte ich mich in eine schwache Position gebracht. Sie drehte mich mit einer erschreckenden Leichtigkeit herum, und hielt mich mit ihrem Gewicht nieder, mein eines Handgelenk war schmerzhaft unter meinen Körper gedreht.

»Also wollen Sie ihn tatsächlich, he, Amberleigh? Das war von jeher Ihr Problem. Sie hätten nie etwas aus sich gemacht, lediglich eines von vielen albernen, dummen Mädchen, das allem hinterherläuft, was nach ihm pfeift. Sie sollten dankbar sein, daß ich Sie vor sich selbst rette, wenn Sie auch nicht lang genug leben werden, um sich daran zu erfreuen. Halten Sie still. Und hören Sie mir zu. Es wird das letzte sein, was Sie zu hören bekommen.

Elaine – und Sie hatten sie immer in Verdacht, nicht wahr? –, sie ist mir doppelt zu Dank verpflichtet, obgleich sie allmählich den Verstand verliert, armes Ding, und niemandem von großem Nutzen ist. Ich dachte, durch ihn hätte ich das mit Ihnen erledigt. Aber ich habe mich getäuscht. *Er* war nicht derjenige. Ein bedauerlicher Irrtum, zumal Devlin noch eine Rolle in der Revolution zugedacht war. Aber ich brauche keinen von ihnen. Jungen, die Aufruhr spielen und zu dumm sind, mich mehr als Botengänge für sie machen zu lassen. Und die ganze Zeit war ich diejenige, die den Mumm hatte … Ich war noch nicht soweit, Devlin schon verlieren. Und es ist Ihre Schuld. Sie haben auf diese widerliche Art mit ihm geflirtet –«

Ich durchschaute ihre wahnsinnige Logik. Devlin und ich waren nie mehr als Freunde gewesen – einfach Freunde, die sich neckten. Ich liebte ihn, wie ich einen Bruder geliebt hätte, den ich erst spät im Leben kennengelernt hatte. Da war nichts von Flirt gewesen; sie hatte alles verdreht. Möglicherweise hatte sie noch irgendwo tief in ihrem perversen Herzen eigene Hoffnungen auf Devlin gehegt, wenn diese Gefühle bei ihrem Männerhaß auch dazu verurteilt waren, in Enttäuschung zu enden. Er war um meinetwillen gestorben.

»Wir werden unsere Revolution bekommen, Amberleigh, und es wird eine blutige Revolution sein, das verspreche ich Ihnen. Bomben und Aufruhr und Straßenschlachten ... jammerschade, daß Sie nicht mehr dasein werden und es sehen können. Aber ich werde dasein, jede herrliche Minute lang. Halten Sie still!« befahl sie und schlug mir hart ins Gesicht, als ich mich leicht unter ihr bewegte.

Für kurze Zeit geriet die Welt ins Wanken. Dann heftete sich mein Blick wieder auf ihr Gesicht, ein böses Gesicht, schmal und von häßlicher rosaroter Farbe, von kleinen Pockennarben gezeichnet. Sie war selbst eine Pest, eine Krankheit, die unbemerkt an den Menschen in ihrem Umkreis fraß, während sie anderswo nach Heilung suchten.

»Jason ...!« Ich dachte laut, der Gedanke kam mir zum erstenmal. »Waren Sie schon hier, als –?«

»Jason.« Sie lächelte verschlagen. »Damals war ich gerade aus Indien zurückgekommen, wissen Sie. Noch ein Junge, aber durch und durch verdorben. Ich merkte gleich, wie es um sie stand. Devora ebenfalls, nachdem ich dafür gesorgt hatte, daß sie es wußte. Wir Frauen sehen immer mehr. Es war Devora, die Elaine ins Internat steckte, aber ich kümmerte mich um den Hauptteil des Problems. Hinterher.«

»Aber Sie hatten unrecht! Das haben Sie doch gesehen. Es war unnötig, Devlin zu töten. Sie könnten sich auch in Jason getäuscht haben, es konnte doch niemand sicher wissen. Es war reiner Verdacht. Und jetzt brauchen Sie auch nicht wieder zu töten. Mit ihm haben Sie auch unrecht. Ich empfinde nichts für ihn, ich habe ihn weggetrieben. Er kann Ihnen keinen Schaden zufügen.«

»Ja, bei Devlin hatte ich unrecht ... aber diesmal nicht«, sagte sie boshaft und setzte sich fester auf mich. »Ich habe euch beide das Menuett tanzen sehen, das dazu führt, das

Tier mit zwei Rücken zu machen. Es ist widerlich! Unnatürlich. Es wird eine wahre Freude sein, Sie zusammen mit ihm zur Hölle zu schicken. Oder lieber noch vor ihm.«

Ihre Hände schlossen sich fester um meinen Hals unter der Hemdbluse.

»Ich bin überrascht, daß Sie mich diesmal nicht als Zeugin geladen haben«, sagte ich, um Zeit zu gewinnen, »wie bei Devlin, mit einer Ihrer durch Puppen bestellten Nachrichten.« Ich verspottete sie, da Spott ihre Sprache zu sein schien.

»Nein, für Sie sollte es diesmal das absolute Nichts sein – ein Vakuum. Man hätte ihn niemals gefunden. Die Behörden hätten angenommen, er sei in irgendeinem Londoner Nebel verschwunden. Und Sie hätten ewig darüber nachgegrübelt. Und gehofft. Ich kenne Sie, Amberleigh. Sie hätten gehofft. Ich hätte es genossen, Sie hoffen zu sehen, in dem Wissen, daß seine Gebeine am Grund der St. Bridget's Well verwesen ... ›Volle fünf Fuß tief dein Liebster liegt, und dies sind Kiesel, die seine Augen waren einst ...‹«

Eine Anleihe bei Shakespeare. Einen irren Moment lang suchte mein Verstand automatisch nach der Quelle – Halt! Warum ging der Verstand immer in alle möglichen belanglosen Richtungen, wenn man ihn am meisten brauchte? Norah war mein Ziel, ich mußte all meine Energien auf Norah richten.

»Zumindest hätte ich mit einigem Grund gehofft, Norah.«

Sie hörte die kühlere Berechnung in meiner Stimme und wischte sich grob die Hände an ihrem Rock ab. Sie bewegten sich scheußlich, kneteten, wuschen einander, bewegten sich immerzu. In diesem Moment wurde mir klar, daß sie, wenn sie sich nicht gegen jemand anders richteten, sich gegen Norah selbst richten würden. Die Einsicht war eine kleine Hoffnung auf Rettung.

»Ja«, fuhr ich fort, *»ich* hätte Grund gehabt zu denken, daß er, und daß Devlin, mich hätten wiedersehen wollen. Das ist es, was Sie nicht ertragen können, Norah, weil ihr ›Ehemann‹ – über den Sie verbreiten, er wolle Sie zurückhaben, er wolle hierher kommen, um Sie mitzunehmen oder zu töten –, es ist ihm völlig gleichgültig, nicht wahr? Er würde nicht einmal die Themse überqueren, um Sie wiederzusehen, geschweige denn den Indischen Ozean. Es war alles Lüge, alles Melodrama. Sie sind nur eine von vielen verlassenen, verschmähten Frauen. Mehr nicht.«

Sie ließ sich auf die Fersen zurückfallen, drückte mich jedoch nach wie vor auf den Boden. Ihre Hände wrangen jetzt an ihrem Rock.

»Sie! Wenn ich gewußt hätte, daß Sie hierher kommen, während ich hier bin, dann hätte ich die Waffe mitgebracht. Die Waffe reichte für Devlin. Oder meine Schere. Sie erinnern sich vielleicht an meine Schere. Ich werde Ihnen ein für allemal Ihren schmutzigen Mund stopfen. Sie würden anderen Leuten solche Lügen über mich erzählen. Sie haben es schon getan, deshalb wenden sie sich von mir ab: Nun, es macht mir nichts aus, ich will nicht ›gemocht‹ werden, das ist zu einfach. Jeder kann gemocht werden. Selbst Sie. Das ist nichts Besonderes.«

Sie hielt inne und holte ihre nächsten Worte von irgendwo aus ihrem Inneren, wo sie noch nie das Tageslicht erblickt hatten.

»Und er wäre mich holen gekommen. Ein sehr starkes Band, meinen Sie nicht auch, zwölf Jahre lang von mir besessen zu sein? Er konnte mich nicht gehen lassen, er hätte mich getötet, wenn ich versucht hätte zu gehen, wissen Sie. Ich bin diejenige, der das gehört. Nicht Sie. Nicht dieses Würstchen von Elaine. Ich hätte mir diesen Süßholzraspler ebenfalls vorgenommen – Adrian, so ganz Honig und Hinterlist –, wenn eine von euch auch nur einen Deut auf ihn gegeben hätte. Aber ich darf mich nicht ablenken lassen. Ich habe zu tun. Und es hilft auch der Sache, wissen Sie, zwei auf einen Schlag, verstehen Sie? Oh, aber Sie werden nicht mehr lange verstehen, Sie werden diese falschen, gemeinen Gedanken über mich nicht mehr lange verbreiten …!«

Damit begann sie, mich grob zum Rand zu schleifen, wobei ich mich die ganze Zeit wehrte, aber vergeblich, denn im Kampf hatte sich mein Haar gelöst, und es peitschte mir in der Brise ins Gesicht, blendete mich halb. Dennoch wehrte ich mich weiter, mit schnellen Tritten gegen ihre Beine, die durch unsere schweren Röcke behindert und abgeschwächt wurden. Sie war stärker als ich, getrieben von einem perversen Sendungsbewußtsein. Ich war durch Vernunft und Zivilisation und Unglaube gehemmt. Es konnte nicht wahr sein, dachte ich, noch während ich kämpfte, um ein Stück weit von dem Rand entfernt zu bleiben. Sie hatte mich fast am Ziel, doch ich klammerte mich an ihre Kleider wie ein Schmetterling an ein Blatt. Unbarmherzig schlug sie meine Hände weg, und ich spürte, wie ich mit einem Bein über dem Nichts hing. Mein Magen drehte sich mit einem schmerzhaften Ruck um.

»Nein, Norah«, konnte ich nur flüstern, »nein!« Zentimeter um Zentimeter rutschte ich unaufhaltsam über den Abgrund. Ich klammerte mich an jeden Vorsprung aus Kalkstein, den ich fand, doch meine Hände glitten ab, schürften darüber, jedesmal zu dem nächsttieferen Felsvorsprung. Es war, wie in Treibsand zu versinken, ein langsamer, langsamer Fall in das Vergessen. Und als ich hochschaute, in der Hoffnung auf Befreiung, sah ich nur das eifrige Gesicht von

Norah Chandler, das über mir aufging wie eine böse Sonne. Das sollte der letzte Anblick für mich auf Erden sein.

»Was ist mit Opal?« rief ich schwach, als ich spürte, wie mein Körper sich auf den Felsen nach unten streckte und schwer wurde, zu schwer, um mich noch viel länger zu halten. »Man wird wissen, daß Sie es waren, und was wird dann aus Opal?«

»Sie sind bereits hinter ihr her, die Stallburschen, ich sehe, wie sie ihr im Hof lüsterne Blicke zuwerfen«, murmelte sie mit einem bösartigen Funkeln in den Augen. »Mit *ihnen* werde ich mich später befassen. Nein, man wird nicht über mich Bescheid wissen. Wer soll es denn verraten? Sie doch nicht!«

Sie trat mit ihren robusten Schnürschuhen brutal auf meine haltsuchenden Finger. Meine Hände, die bereits schmerzhaft aufgeschürft waren, gaben nach, trotz meiner verzweifelten Sehnsucht nach Leben. Einen Sekundenbruchteil später spürte ich, wie ich der Welt entglitt. Ich war unsagbar traurig, als sich in meiner Kehle der Schrei formte, der mich auf meinem Absturz in die Grube unter mir begleiten würde.

Eine Hand aus dem Nichts packte mein Handgelenk, als es gerade nachgeben wollte, eine kräftige, steinharte Hand mit Knöcheln so weiß wie Alabaster. »Hugh!« Es war ein Schrei des Erkennens und des Abschieds.

»Halt dich fest, um Himmels willen, halt dich fest«, sagte er mit zusammengebissenen Zähnen.

»Ich kann nicht, o mein Gott, ich kann nicht! Gib's auf. Ich werde dich nur mitreißen. Gib's auf!«

Und noch etwas bedrängte mich, als ich da in diesen langen, grell-scharfen Sekunden hing. Ich hatte schon einmal an einer Hand gehangen. Ich wollte, daß er mich jetzt losließ, denn ich fürchtete mich vor dem peitschebden Geräusch, das jeden Augenblick von hinten kommen würde, dieser plötzlichen scharfen Explosion einer Waffe. Und er würde sich über mir in einen roten Sonnenuntergang auflösen und auf mich herunterströmen wie Regen. Ich wollte nicht in den Tod stürzen in dem Wissen, daß noch ein Devlin schlaff über mir lag. Ich wollte nicht, daß sie noch einmal gewann.

Norah war bei meinem Aufschub in letzter Minute zurückgewichen. Nachdem sie Kräfte für den nächsten Angriff gesammelt hatte, warf sie sich auf Hugh, schlug und trat ihn, damit er mich losließ. Er wehrte sie so gut er konnte mit einem Arm ab. Seine Augen waren fordernde schwarze Flecke in einem verzerrten, blassen Gesicht, und über seine Stirn lief ein rotes Rinnsal.

»Es müssen Fußstützen da sein, Amberleigh, such sie. Wenn du etwas Halt finden kannst –« Er duckte sich, als Norah ihn erneut ansprang, dann schleuderte er sie mit einem plötzlichen Stoß weg. Schnell tastete seine andere Hand nach meiner.

»Jetzt!« sagte er. »Kletter jetzt!«

Ich preßte mich an die Felswand, als wäre sie ein Liebhaber. Ich schob meinen Körper hoch, um Hughs beharrliches Ziehen von oben zu unterstützen. Aber meine eigenen Hände waren blutig und schlüpfrig, so heiß wie Feuer, obgleich es mich in diesem Moment nur wenig störte. Sein Griff lockerte sich.

Schweiß und Tränen strömten mir über das Gesicht. Besser wäre ich in einem glatten Sturz in der Tiefe gelandet. Besser als dieser sinnlose Kampf ... Hugh taumelte plötzlich rückwärts und zog mich in einer langen, schnellen Bewegung hoch, die mich fast ganz über den Klippenrand beförderte. Ich kletterte den Rest des Wegs aus eigener Kraft, schaudernd bei dem Gedanken, daß auch nur meine Zehen in der freien Luft hingen.

Hugh warf schnell einen Blick auf mich und fiel dann taumelnd auf die Knie. Norah lehnte benommen an den Felsen, gegen die er sie geschleudert hatte, und sah aus wie Thumbellina, die vernachlässigte Puppe, die meine Einladung zu Devlins Tod überbracht hatte. Sie wirkte wie eine Flickenpuppe, die die Hälfte ihrer Füllung eingebüßt hatte. Und sie war weiß, ihr Gesicht war weiß. Doch sie richtete sich schwankend auf und entblößte ihre schadhaften Zähne, bereit, sich wieder auf uns zu stürzen. Hugh ging ihr entgegen und hob sie am Hals hoch, wie ein Adler sich ein Schaf greifen würde. Er schüttelte sie stumm, und sie schlenkerte in seinem Griff tatsächlich wie eine Flickenpuppe.

»Nein, Hugh! Du wirst sie umbringen. Sie ist es nicht wert, sie ist wahnsinnig –« Ich kroch auf den Knien vorwärts und flehte ihn an, damit aufzuhören, schließlich hatte ihn um meinetwillen eine solche Wut gepackt. Zum erstenmal sah ich, wie Norah sich furchtsam duckte, als er sie fallen ließ wie ein Stück Aas.

»Ihr werdet mich nicht überwältigen«, sagte sie verbissen und wich zurück. »Ich war zu schlau für euch alle, habe euch dazu gebracht, daß ihr euch in den eigenen Schwanz beißt wie Hunde, euch gegenseitig jagt. Ihr seid Narren, wie ihr da in eurer behüteten, mit Rosenblättern bestreuten Welt lebt, während ich, ich den Schlüssel dazu in den Händen habe, daß der ganze Erdball sich in eine andere Richtung drehen wird. Eine neue Revolution. Ihr werdet mich nicht vor euer Gericht und eure Zeugenstände bringen. Ich werde euch trotz allem vor die meinen bringen. Und man wird euch schuldig sprechen! Ihr werdet mich nicht kriegen, nicht einer von eurer Sorte. Ich bin besser als Ihr«, sagte sie mit aufgeworfenen Lippen, »das werdet Ihr schon noch erfahren.«

Keiner von uns beiden rührte sich, um sie an der Flucht zu hindern. Wir waren zu erschöpft. Es reichte schon, daß sie ihre unnatürliche Kraft, ihren Zerstörungswillen nicht gegen uns richtete. Ich glaube, in diesem Moment hätten wir beide einem weiteren Angriff nicht standhalten können.

Ich hörte ein Tapsen hinter mir, ein seltsames und doch vertrautes Scharren. Ich spürte, wie der Kamm der Klippe in eine andere Zeit wirbelte. Taps, taps. Scharr, scharr. Fallen. Hand. Devlin. Etwas Großes flog in einem Satz an mir vorbei. Devlins Hund. Es war der große irische Wolfshund Boru. Seine Rasse war nicht umsonst seit zweitausend Jahren dazu abgerichtet worden, den Wolf in Schach zu halten. Er hatte mein Blut auf den Felsen gewittert, und ein uralter Hundeinstinkt zog ihn zu meiner Peinigerin. Vielleicht witterte er Devlins Tod an ihr.

Er sprang auf sie zu, und eine Spur klaren Verstands schien in Norahs stechenden braunen Augen auf. Sie hob schützend die Hände und wich zurück in die Leere über St. Bridget's Well. Boru prallte gegen sie und stieß sie vollends über den Rand. Er saß dicht an der Kante, den zotteligen Kopf auf die Seite gelegt, als ihr Schreien lange Zeit von den Felsen widerhallte, so schien es, bevor es dann verstummte.

Boru kam zu mir getapst und fing an, mir Gesicht und Hände zu lecken. Es fühlte sich tröstlich an, und ich umarmte seinen zotteligen grauen Kopf. »Du Nachzügler, du bist immer spät dran.« Halb lachte, halb schluchzte ich in seinen Pelz.

»Das Beste für sie, wirklich«, sagte Hugh.

»Ja.« Wie eigenartig. Norahs Tod ging mir so wenig nahe wie der einer Spinne. Zuviel war passiert, sie hatte zu sehr versucht, mich zu zerbrechen, als daß mir ihr erbärmliches Leben etwas bedeutete. Oder ihr Tod.

»Bist du in Ordnung?« Hughs Blick war besorgt, als wir uns beide dort auf die Ellbogen stützten und gierig Luft holten. Ich nickte. Zu sprechen erschien mir wie eine unerträgliche Anstrengung. »Und du?« stieß ich schließlich hervor.

»Mir geht's etwa so wie den Sahibs in Indien«, sagte er. »Mein Gott, sie war ein Ungeheuer! Wo tut es weh?« fragte er dann, musterte meine blutenden Hände und schob Boru weg. Der große Hund nahm die Zurückweisung widerspruchslos hin und ging den Felsvorsprung beschnüffeln, auf dem Norah zuletzt gestanden hatte.

»Überall.« Ich brachte zustande, was ich für ein schwaches Lächeln hielt.

»Wir gehen nach Shallowford zurück«, sagte er, als erwarte er keine Diskussion.

»Ja, Gott sei Dank kann sich Hemlock um uns kümmern. Ich werde allmählich ein Stammpatient von ihm.«

»Hemlock«, sagte Hugh und sah recht streng aus, »wird keinen Zentimeter von dir berühren. Es gibt noch Dinge, die der Herr sich selbst vorbehalten muß.« Und er küßte meine Lippen, die angeschwollen waren, als ich während meines Kampfs mit Norah darauf gebissen hatte.

»Tut es weh?« fragte er kurz darauf, plötzlich ganz aufmerksam.

»Ja, aber es macht mir nichts aus. Allerdings wäre etwas weiter links besser.«

Und er hielt sich höchst liebenswürdig daran.

34. Kapitel

Elaine und ich standen nebeneinander auf dem Bahnsteig, von meinem Gepäck – es war seit meiner Ankunft hier um einiges mehr geworden – umgeben. An solch einem klaren, frischen Tag wollte ich nicht in dem kleinen Bahnhofsgebäude aus Stein eingesperrt sein. Es erinnerte mich zu sehr an die Kette von Ereignissen, die ihren Abschluß in zwei Todesfällen fanden und die, als ich das letzte Mal dort drinnen gesessen hatte, noch in der Zukunft gelauert hatten.

Die bedrückte Elaine schwang ihr besticktes Retikül gegen ihren schicken, eleganten blauen Gabardinerock.

»Du wirst mir fehlen, Amberleigh.«

»Wir kommen ja noch für den Sommer nach Shallowford zurück. Und bis Dublin ist es keine Weltreise.«

»Nein«, gab sie widerstrebend zu.

Ich fühlte mich an unsere Abschiedstage bei Miss Meachum erinnert: Elaine, der es irgendwie widerstrebte, nach Carnhaven zurückzukehren, ich, wie ich mir gelobte, daß wir einander gelegentlich besuchen würden ... aber diesmal würde es sein, wie ich es mir wünschte. Es stand jetzt in meiner Macht.

»Du wirst eine ›Lady‹ sein, Amberleigh.« Elaine sprach meine Gedanken aus. »Ich bin lediglich eine ›Ehrenwerte‹.«

»Du wirst nie ›lediglich‹ etwas sein, Elaine.«

Ich wollte sie trösten, ihr die Hände auf die Schultern legen und sagen, daß es in ihrem Leben bald bergauf gehen würde – es mußte so sein. Doch meine behandschuhten Hände waren immer noch fast nicht zu gebrauchen wegen der argen Verletzungen von jenem verzweifelten Kräftemessen mit Norah Chandler auf den Felsen. Hugh war schließlich doch gezwungen gewesen, sie Hemlocks Obhut zu überlassen. Die Blutergüsse und Kratzer an meinem Körper verblaßten, wenn ich mich vier Tage danach auch immer noch etwas steif fühlte, meine Hände allerdings waren empfindlich und an vielen Stellen verstaucht und heilten schlecht. Deswegen wollten wir auch schnellstens nach London, und die Reise hatte sich nur verzögert, weil Hugh noch einige Details zwischen Captain Mayfair und Jack Reilly klären mußte. Diesmal würde ich einen echten Arzt aufsuchen.

»Und dann geht's zur Kapelle, meine Liebe, zu einer raschen Zeremonie. Wir werden in Dublin leben müssen. Wird es dir etwas ausmachen?«

Ich hatte heftigen Protest eingelegt. Unmöglich, sagte ich zu ihm. Seine Verwandten würden mich niemals akzeptieren. Er durfte nicht einmal daran denken, jemanden wie mich zu heiraten.

»Ich gebe nicht das geringste auf meine Verwandten«, erwiderte er entschlossen, so entschlossen, daß ich wußte, er tat es doch. Und das beruhigte mich. Es würde nicht so schwierig, wenn er ehrlich erkannte, welcher Widerstand unserer Heirat entgegengesetzt werden würde. Ich hatte mich nicht voll einverstanden erklärt, war jedoch bei ihm geblieben, um mich auf Shallowford zu »erholen«. Ich konnte mir nicht mehr vorstellen, irgendwo zu leben, wo er nicht lebte. Es war ein Vorteil, keinen guten Ruf mehr zu haben; dann konnte man tun, was einem gefiel.

So oder so hatte ich nicht viel von Hugh zu sehen bekommen, und unserer Reise nach London sah ich mit einer gewissen freudigen Ungeduld entgegen, so daß ich fast schroff zu Elaine war, weil sie noch zwischen uns stand. Denn sie wollte sich am Bahnhof von mir verabschieden, und Hugh war aus seinem intuitivem Feingefühl heraus verschwunden. Hemlock hielt sich diskret im Hintergrund, zum erstenmal in seiner Laufbahn nicht willens, unsichtbar zu sein, solange seine Schutzbefohlene ihn brauchen mochte.

»Devora ist auch nach London gefahren«, sagte Elaine aus heiterem Himmel. »Ich denke, sie wird diesmal ganz dort bleiben. Es hieße zuviel zu erwarten, daß wir sie für immer los sind, aber Vater scheint, nun, langsam wieder zu sich zurückzufinden.«

»Und du, Elaine, wie findest du zu dir zurück?«

»Es geht wunderbar, Amberleigh«, sagte sie, und ein Lächeln erhellte ihr blasses, gelassenes Gesicht. Sie war so ruhig geworden. Diese Seite ihres Wesens schien die Oberhand über die fiebrige Lebhaftigkeit gewonnen zu haben, die ich von der Schule her kannte. Sie würde niemals wieder das übererregte Mädchen sein, dessen ich mich bei Miss Meachum angenommen hatte.

»Bist du sicher, ich meine, daß es dir besser geht?«

»O ja.« Sie runzelte ihre Porzellanstirn und sprach fast unhörbar weiter. »Aber manchmal habe ich solche Träume, Amberleigh, sie kommen aus der Nacht, und sie sind nachtschwarz ... Aber hinterher kommt immer der Morgen. Daran versuche ich mich zu erinnern.«

Meine eigenen Träume waren kein Reich des Wunderbaren mehr, in dem ich vor den kürzlichen Ereignissen noch umhergetollt war. Manchmal war ich nach dem Aufwachen völlig verwirrt. Oft träumte ich, ich stürze in einen langen, dunklen Tunnel, wie Alice in den Kaninchenbau, nur hatte dieser Tunnel überhaupt kein Ende. Manchmal erschien eine Hand, um mich wieder auf festen Grund zu befördern. Oft gehörte das passende Gesicht zu dieser Hand Devlin.

»Wie geht es Opal?« fragte ich, da Elaine das Kind unter ihre Fittiche genommen hatte.

»Ich nenne sie Sara«, sagte sie unvermittelt. »Der Name scheint besser zu ihr zu passen, wenn sie ihn auch noch nicht mag. Sie ist ein sehr kluges kleines Geschöpf und von solch einer Liebe zur Farbe, Amberleigh! Henrietta ändert ein paar von meinen alten Sachen für sie um, und sie ist eine absolute Kleidernärrin, will ihren Aufzug drei- oder viermal am Tag wechseln!«

Es amüsierte mich, daß Elaine andeutungsweise mütterlich klang. Ich konnte mir nicht vorstellen, daß sie heiraten würde – ein Mann, der Bruder und Liebhaber in sich vereinte, würde sich nicht noch einmal für sie finden, das wußte ich. Und jenes andere, jener Säugling. Es machte mir zu schaffen, an ihn zu denken, wie er lernte zu krabbeln, zu brabbeln, auf der Türschwelle irgendeiner Kate im Norden. Halb Elaine, halb Devlin; es schien grausam, ihn dort bei Fremden zu lassen. Doch beide Eltern gab es eigentlich nicht mehr, auf die eine oder andere Art. Vielleicht überließ man diese Dinge doch am besten den sauberen, geregelten Lösungen, zu denen Menschen wie Devora seit altersher griffen. Zumindest war er nicht im Moor ausgesetzt worden, um dort zu sterben. Ich würde ihn allerdings im Auge behalten. Vielleicht, wenn es in der Zukunft einen diskreten Weg gab, seine Erziehung zu fördern – da, schon wieder spielte ich die Herrin des Hauses und ein böses Spiel mit Hughs Erbschaft, und wir waren noch nicht einmal verheiratet!

Vielleicht würde ich einfach Hughs Geliebte sein. Diese Phantasie versetzte mich wieder in die Räume von Madame Louisa zurück. Sie bildete gute Liebhaber aus, hatte sie gesagt; daß deren Ehefrauen, gegenwärtig und in Zukunft, sie für ihren Unterricht segnen würden. Ich machte mir jetzt meine Gedanken. Oh, ich war sicher, daß es eine ganze Anzahl schlechter Liebhaber gab, die sich in wohlverhüllten Schlafzimmern tummelten. Ich hatte genug Frauen gesehen, die die Lippen zusammenpreßten, wenn gewisse Themen sich ins Gespräch einschlichen, um zu wissen, was sie von ihren »ehelichen Pflichten« hielten. Ich wünschte, ich könnte Elaine fragen. Bei ihr schien alles ganz natürlich vor sich gegangen zu sein. Oder auch unnatürlich. Aber ich scheute mich, sie nach jenem Teil ihres Lebens auszufragen – es war, als kratze man Schorf ab, um zu sehen, wie die Wunde sich macht, eine unsinnige Quälerei. Aber Liebhaber, wurden sie nicht gut durch die Qualität der Liebe, die sie zu geben hatten? Nicht durch Quantität. Kein angewandtes, irgendwie preußisches Gewußt-wie konnte das ersetzen, sollte man meinen. Ich konnte Hugh nicht verstehen – für solch einen Mann von Welt hatte er sich bemerkenswert zurückgehalten.

Aber er war auch beschäftigt gewesen, der Arme, hatte Telegramme zur Küste geschickt und sich pausenlos mit Captain Mayfair getroffen – ich hatte gedacht, sie seien Verbündete – und sogar mit Jack Reilly. Irgendwie hatte das Clare-Kontingent der United Irish nach Devlins Tod, und nachdem Norah sie als Tarnung für ihren mörderischen Wahnsinn benutzt hatte, all seinen Kampfgeist eingebüßt. Dennoch, man sollte meinen, daß selbst all die faszinierendsten Umtriebe in Irland nur einen armseligen Ersatz für die zukünftige Braut abgeben sollten.

Ich erhaschte einen undeutlichen Blick auf eckige Schultern in einem gut gearbeiteten Chesterfield durch das Bahnhofsfenster über Elaines Schulter. Plötzlich fühlte ich mich innerlich leer und brannte darauf, mit ihm allein zu sein. Ich hätte Elaine bei ihren blauen Gabardineschultern nehmen und achtlos wegschieben können. Es war entsetzlich, zu welchen Phantasien einen uneingestandene Wünsche veranlassen konnten. Und das war der Punkt, an dem Norah auf Abwege geraten war. Wir waren nicht so sehr verschieden, nehme ich an, sie und ich – bis zu dem Moment, wenn es darum ging, sich aufrichtig seinen Sehnsüchten zu stellen.

Lieber Gott, hoffentlich war es nicht zu spät für mich, hoffentlich konnte ich ebenso ungezwungen und liebevoll sein wie, wie – mein Blick kehrte wieder zu Elaine zurück, die nach wie vor in meine unaufmerksame Träumerei hineinredete. Vielleicht war dieses kindliche Vertrauen der Schlüssel, trotz des Umstands, daß es für meine Freundin eine Büchse der Pandora geöffnet hatte. Aber das kam davon, wenn einem die Schlüssel zu früh im Leben gegeben wurden. Und ich näherte mich einem Alter, in dem alles, was mir bleiben mochte, die Schlüssel waren. Ach, Hugh würde schon alles für mich regeln – er würde die Zuhaltung ölen, den Bolzen zurückschieben, die Riegel öffnen ... Meine gedanklichen Metaphern wurden ziemlich anschaulich. Ich spürte, wie ich unter dem Gesichtsschleier meines elegantesten Reisehuts errötete. Arme Elaine, immer noch irgendwie so unschuldig. Ich durfte mich vor ihr nicht den schlimmen Gedanken überlassen, die mir durch den Kopf gingen.

»– es ist schade, daß du Boru nicht mitnehmen kannst, Amberleigh. Aber Mrs. Featherstone wäre ganz verloren ohne einen Streuner, den sie füttern kann ... Und er kennt Carnhaven so gut. Wir werden zusammen alt, Boru und ich – Eine wunderschöne Reise wünsche ich dir, Amberleigh. Und vergiß uns nicht!«

Ich umarmte Elaine, als ich das ferne Schnaufen hörte und den Dampf der dunklen Lokomotive sah, die das Gleis entlangkam. Wir traten in das Bahnhofsgebäude, um dem Dampf auszuweichen, Hugh gesellte sich zu uns. War es Einbildung, oder war sein dichtes Haar jetzt von mehr Grau durchzogen? Wenn graue Haare die einzige Nachwirkung unserer Schrecken waren, dann wäre ich zufrieden.

Der Zug stand vibrierend am Bahnsteig wie ein hochgezüchtetes Pferd vor der Jagd, sein vergoldeter grüner Metallkörper glitzerte im blassen Sonnenschein. Hemlock und das Gepäck waren schon an Bord. Hugh hob mich auf das Trittbrett; meine Hände waren zu wund, um nach dem Messinggeländer zu greifen. Wir machten es uns in einem mit grauer Wolle gepolsterten Abteil bequem und lächelten durchs Fenster Elaine zu, die trotz des Dampfs wieder auf den Bahnsteig getreten war und zum Abschied winkte. Ich schaute lange zurück, bis ihre schlanke Gestalt in einer Collage aus Wiesen und Wasser verschwand. Sie sah aus wie eine Gestalt auf einem impressionistischen Gemälde. Ausnahmsweise verstand ich die eigenartige Weltsicht der Künstler. Sie sahen sie durch eine Glasscheibe, unter Tränen.

Ich drehte mich um und betrachtete die Landschaft, die sich in einer Sarabande aus Himmel, Grashügeln und Steinwällen am Fenster vorbeischlängelte. Eigentlich fuhr ich ungern weg. Es war ein Wendepunkt, ein Wechsel, der alles für mich verändern würde. Ich warf einen Blick auf Hugh. Er wirkte müde, an der Schläfe hatte er noch einen Schnitt und einen Bluterguß. Davon einmal abgesehen, und von meinen Handschuhen ohne Finger und unseren nach wie vor abgespannten Gesichtern, würde ein zufälliger Mitreisender uns kaum für ein Paar halten, das wenige Tage zuvor um sein Leben gekämpft und eine Frau hatte sterben gesehen.

War das Leben so zerbrechlich – ein plötzlicher freier Fall durch den Raum, eine harte kleine Bleikugel, die durch die Luft sauste –, und dann gab es kein Leben mehr? Es wirkte sehr real, dieses Abteil und das sichere, beruhigende Schaukeln der Sitze, als wir in Richtung Dublin ratterten. Würde es immer so sein wie jetzt, die Ruhe nach dem Sturm? Ich konnte es mir genau vorstellen, wie Hugh und ich gemeinsam in die Zukunft aufbrachen, in vollkommener häuslicher Harmonie, für immer so, wie wir jetzt waren, für immer von dem festen Wissen eingelullt, daß wir zu demselben Ort fuhren – und doch würde es nicht so sein. Dieser Augenblick würde vergehen und mit so vielen anderen Augenblicken verschmelzen, daß er, wenn ich mich in einigen Jahren verzweifelt daran zu erinnern versuchte, wenn ich selbst jetzt versuchte, ihn festzuhalten, nicht greifbar wäre. Ebenso wie die Augenblicke am Abgrund bereits zu bloßen Erinnerungen wurden.

Aber manche Erinnerungen waren nach wie vor Fragen, die Antworten verlangten.

»Hugh, an den beiden Tagen, als du fast von früh bis spät weg warst. Nach der Sache auf den Klippen. Wo warst du, was ist passiert?« fragte ich unvermittelt. »Ich muß gestehen, da war ich so ausgelaugt, daß es mich noch nicht interessiert hat.«

Er lehnte sich zurück, verzog das Gesicht und holte eine seiner türkischen Scheußlichkeiten heraus, als die ich seine Zigaretten mittlerweile ansah. Man muß schon verliebt sein, um den Angewohnheiten eines anderen gegenüber so kritisch sein zu können, ohne ihn deswegen weniger zu mögen.

»Das, meine liebste Najade« – er würde mich nie mein würdeloses Bad in jenem längst vergangenen Mai vor seiner Türschwelle vergessen lassen –, »war ein Staatsgeheimnis, und zwar so geheim, daß das Home Office nicht einmal mich eingeweiht hat.«

»Also wirst du es mir natürlich nicht erzählen? Das nenne ich hart.«

»Also werde ich es dir erzählen. Es hätte allen genützt, wenn etwas darüber an die Öffentlichkeit gedrungen wäre. Es war der Grund für die Komplotte und Verschwörungen der Einheimischen, und es war auch wert, daß sie deswegen einen solchen Aufstand gemacht haben: ein verdammtes Unterwasserschiff – U-Boote nennen die Techniker es. Fuhr im See herum mit einer Dampfmaschine, wie man sie sich nur wünschen kann. Die Rebellen hatten das verfluchte Ding über Land gezogen und von der Insel geschafft, bevor wir sie stellen konnten. Daher bekamen wir nicht eine einzige Schraube davon zu sehen.«

Wir schaukelten einige Minuten stumm dahin, während ich diese Neuigkeit verarbeitete.

»Ich glaube, *ich* habe es einmal gesehen, Hugh.«

»Was sagst du da, zum Teufel! Und auf welcher deiner nächtlichen Wanderungen bist du diesem Fabeltier zufällig über den Weg gelaufen?«

Er wollte es wirklich hören, das konnte ich an dem gespannten Funkeln in seinen haselnußbraunen Augen sehen, an der Art, wie er sie zusammenkniff. Ich glaube, was Hugh an dieser ganzen Affäre am meisten bedauerte, war, daß er selbst das mechanische Monstrum, das im See umging, nicht zu Gesicht bekommen hatte.

»Ich erinnere mich nicht genau, wann ich es gesehen habe, aber es war am See, in der Abenddämmerung. Ich sah etwas Großes und Schwarzes, und es glitt so gleichmäßig dahin, mit einem großen Buckel auf dem Rücken –«

»Der Kommandoturm, der verflixte Kommandoturm! Weiter!«

»Es kam auf mich zu, und ich dachte, es sei das Seeungeheuer, das große finstere Wesen, das in der Tiefe haust. Dann stieg langsam ein langes schwarzes Ding hoch, wie ein –«

»Wie ein Geschütz? Sie haben kein Geschütz montiert, es ist unmöglich!«

»Laß mich ausreden. Und dieses lange schwarze Ding reckte sich hoch – ganz gerade natürlich, weil es ja Metall gewesen sein muß –, aber damals dachte ich, es müsse Fleisch sein, und außerdem schleimiges Fleisch ...« Hugh beobachtete ungeduldig, wie ich mit meinen unbeholfenen Händen meine Vision nachzeichnete. »Und dann fiel etwas heraus, ein kleines Schild. Und darauf stand: ›Erin go bragh.‹«

Er ließ sich in den Sitz zurückfallen, völlig empört über mein Lachen.

»Wieviel von dem Ding hast du tatsächlich gesehen?« fragte er bedauernd.

»Nur die Umrisse. Aber warum war es in unserem See?«

»Zu Testzwecken. In diesem Fall, würde man es paradoxerweise ›Trockenübungen‹ nennen. Es wurde von einem Schullehrer aus Clare gebaut, der nach Amerika ging, um sich das Geld dafür zu beschaffen. Es gibt Leute, die behaupten, solche Sachen würden nie funktionieren. Aber wenn doch, geht es um Millionen. Überleg nur mal, wie man dem Schiffsverkehr im Kanal zusetzen könnte. Was man in Kriegszeiten machen könnte … Himmel, hoffentlich gehen sie unter.«

Den Rest der langen Reise zu Wasser und zu Land über schwiegen wir, geistig so erschöpft, wie es am Rand der Grube unsere Körper gewesen waren, nachdem wir die wahnsinnige Norah abgewehrt hatten. Es war spät, als wir in Hughs Londoner Stadthaus anlangten – ich nahm kaum mehr wahr als den Glanz dunklen Holzes im Gaslicht, als ich nach oben gescheucht wurde, in ein Zimmer, wo ein riesiges Federbett wie für mich allein bestimmt wartete.

Am Morgen mußte ich meine jämmerlich zerknitterten Kleider selbst ausschütteln. Allerdings gab es ein Mädchen, das das Feuer anzündete und mich nach unten ins Frühstückszimmer brachte. Hugh war schon dort, er beendete gerade ein Frühstück aus Steak, Eiern und mit Marmelade bestrichenen Muffins. Ich nahm einen Muffin und knabberte daran herum. Meine Hände waren immer noch ziemlich ungeschickt, und es kostete mich Mühe.

»Warte«, sagte Hugh, der mein Dilemma erkannte, und warf seine Serviette hin, »am besten spielen wir Vogel und Nestling.«

Aber ich wollte nicht gefüttert werden, selbst nicht von seiner Hand ... »Nein! Hugh, die Dienstboten –«

»Der Schatten von Mrs. Willoughby. Und was ist aus der ganzen schönen sorglosen Unbekümmertheit geworden, was die Dienerschaft denkt?« schimpfte er.

Es stimmte. Ich hatte den verdutzten Blick gesehen, den das kleine Dienstmädchen mir zugeworfen hatte – Damen kamen einfach nicht des Nachts in Londoner Stadthäusern von Junggesellen an.

»Du hast recht. Ich komme mir wie bei einem heimlichen Rendezvous vor.«

»Dann werden wir dem Abhilfe schaffen. Du gehst heute wegen deiner Hände zu Boswell, und am Wochenende – werde ich feierlich für alles gradestehen und die ganze Familie zum Abendessen einladen, damit sie dich kennenlernen.«

Ich war fassungslos. »Heißt das nicht, ihnen den Fehdehandschuh hinzuwerfen?«

»Vielleicht, aber es ist besser, als wenn es ihnen durch den Hintertreppenklatsch zu Ohren kommt«, sagte er mit einem angespannten Lächeln. »Keine Sorge. Das dient nur dem Zweck, daß die Familie mir nicht die Hölle heiß machen kann, weil ich geheiratet habe, ohne es ihnen mitzuteilen. Du wirst deine Sache großartig machen. Immerhin bist du eine Leigh. Was du von ihnen hältst, ist wichtiger als umgekehrt. Wir Davenants machen nie einen sehr guten ersten Eindruck. Du hast mich anfangs schließlich verabscheut, oder nicht?«

»Nein«, protestierte ich verlegen.

»Es stimmt, gesteh es.«

»Woher willst du denn wissen, daß ich dich jetzt nicht verabscheue?«

»Du heiratest mich.«

»Aber nur wegen deines Vermögens.«

Der Glanz in seinen Augen wurde schwächer, einen Augenblick dachte ich, ich wäre zu weit gegangen. Die Panik, die in mir aufstieg, fegte alle Besorgnis, wie seine Verwandten mich aufnehmen würden, hinweg. Er war wütend über das, was ich gesagt hatte, und plötzlich wirkte der Raum wie leer.

»Das ist, was sie denken werden«, sagte ich leise, weil ich mich der Wahrheit nicht verschließen wollte.

»Wenn du gern weiter auf diesen halsstarrigen Annahmen beharren willst –«

»Halsstarrig. So hat Adrian mich einmal genannt.«

»Adrian war ein Narr«, sagte er knapp und beobachtete mich unter gesenkten Lidern hervor. Ich widersprach nicht. »Und ich bin keiner. Wenn ich sage, daß du halsstarrig bist, kannst du mir ruhig glauben.« Ein Lächeln spielte um seine Mundwinkel, als er sich eine seiner Zigaretten nach dem Essen anzündete.

»Amberleigh, du mußt einfach diesen dummen Gedanken aufgeben, daß du irgendwie eines solchen Vermögens nicht würdig bist. Einmal beinhaltet er, daß ich leichtgläubig bin, und ich werde nicht zulassen, daß das jemand denkt. Am wenigsten du. Es ist eine schlechte Voraussetzung für das Experiment, das wir vorhaben.« Er drückte die Zigarette vorzeitig in einer Glasschale aus. Ich sah die winzigen Glutstückchen flüchtig aufflammen, als er den Stummel liegenließ; dann wurden sie zu Asche.

»Welches Experiment wollen wir denn wagen, Hugh?« Ich hatte nicht in so ernstem Ton sprechen wollen, aber ich tat es.

»Glück«, sagte er und rückte seinen leichten Stuhl neben

meinen. »Und auch Traurigkeit, nehme ich an. Aber wir haben es auf Glück abgesehen, vergiß das nur niemals.«

Er zog mich an sich und küßte mich. Die ganze aristokratische Kamarilla der Davenants verschwand bei diesem weichen, süßen Kuß. Zum Teufel mit den Davenants. Wir brauchten sie nicht, dachte ich grimmig und lehnte meinen Kopf an seine Schulter in dem tadellos gearbeiteten Anzug. Schwache Worte, aber starke Gefühle. In diesem Moment hatte ich das Gefühl, daß die Zeit uns für immer in dem Frühstückszimmer von Caroline Terrace mumifizieren könnte, und ich wäre es zufrieden.

»Und was um alles auf der Welt meintest du mit diesem Leigh-Unsinn?« fiel mir plötzlich ein, und ich setzte mich aufrecht hin.

»Es ist wahr. Du hast tatsächlich eine Leigh in deiner Vergangenheit.«

»Und was, bitte sehr, ist ›eine Leigh‹?«

Hugh nahm noch eine Zigarette heraus und hielt sich ärgerlich lange damit auf, sie anzuzünden, bevor er antwortete: »Eine entfernte Cousine von mir, einmal. Du bist das unschuldige Ergebnis eines dreißig Jahre alten Skandals, ja, meiner entfernten Cousine Marianna Leigh, ›dem Mädchen der lieben Gwen‹, die ganz plötzlich mit einem gewissen schneidigen Iren durchbrannte ...«

»Tja.« Ich lehnte mich zurück, um es aufzunehmen, als sei es ein Ruhmesblatt für mich, das Ergebnis von etwas durch und durch Skandalösem zu sein anstatt von etwas nur leicht Skandalösem. Ich hatte Hugh in Verdacht, daß er die ganze verwandtschaftliche Beziehung erfand, um mich zu beschwichtigen, denn Vater war wohl kaum das gewesen, was ich als schneidig bezeichnen würde. Dann erinnerte ich mich an die feine Gravur auf einem Medaillon, das aus

Mrs. Bowers' Rettungsaktion von vor Jahren stammte – »Für M. von T.« Marianna und Terrence.

»Dann bin ich ja doch aus ›guter Familie‹. Wie konntest du es zulassen, daß ich mich die ganze Zeit für meine Unwürdigkeit entschuldige, wenn du es wußtest?«

»So gut sind die Leighs auch wieder nicht.« Er lächelte mich über einen züngelnden Kringel aus blauem Rauch hinweg an.

»Aber wie hast du die Verbindung entdeckt? Vater hat nie davon gesprochen, und meine Mutter starb so jung.«

Er breitete die Arme aus und sah peinlich berührt aus. »Ich habe den Werdegang deines Vaters überprüft, als ich mich um die Carnhaven-Affäre kümmerte. Und um deine Rolle darin.«

»Also daher all diese Reisen nach London, auch als du mich mitnahmst – damals?«

Hugh nickte vorsichtig, unsicher, wie ich auf seine Nachforschungen bezüglich der häuslichen Verhältnisse am Eaton Square reagieren würde. Plötzlich verstand ich, weshalb. Vielleicht war »das Mädchen der lieben Gwen, Marianna« verrückt gewesen. Und Vater hatte diese Welt gewiß nicht auf eine Art verlassen, die auf die Davenants den Eindruck machte, daß ich ihrer Verwandtschaft würdig war. Armer Mann, allmählich verstand ich den Impuls, der einen dazu bringen konnte, sich einen Revolver an die Schläfe zu setzen ...

»Dann weißt du über meinen Vater Bescheid, dir ist klar, daß er ... Selbstmord begangen hat.« Ich sprach das Wort entschlossen aus. Ich hatte nicht vorgehabt, es Hugh zu verheimlichen, ich hatte schlicht nicht daran gedacht, es zu erwähnen. Der Tod meines Vaters schien jetzt so lange zurückzuliegen. »Es war Selbstmord.«

»Vielleicht«, sagte Hugh zögernd.

»Was meinst du damit, ›vielleicht‹?«

»Dein Vater war mehr als ein Importeur von irischem Leinen und Spitze, Amberleigh. Er exportierte auch so einiges. Das ist einer der Gründe, weshalb ich dachte, daß du in diesem Carnhaven-Unsinn mitmischst. Terrence Dunne exportierte Informationen, Waffen, Munition, Agenten ...«

»Willst du damit sagen, mein Vater war ein Patriot?«

»Ich will sagen, daß er ein Rebell war«, berichtigte er mich mit gehobenen Augenbrauen. »Hör zu, Amberleigh. Ich muß dir noch etwas sagen.« Er nahm meine Hände. Im Laufe unserer kurzen Vertrautheit hatte ich gemerkt, daß Hugh selten bedeutungslose Gesten machte, deshalb wartete ich gespannt auf seine nächsten Worte.

»Unserem Home Office waren seine Aktivitäten bekannt. Damals, achtundsiebzig, gleich nachdem Parnells Homerule-Sache scheiterte, waren sie überempfindlich im Hinblick auf einen irischen Aufstand. Es war auch kurz nach den Phoenix-Park-Morden, und sie machten vor nichts halt, um die Rebellen zu stoppen. Sie setzten eine Menge Leute auf solche Sachen an. Sie könnten Druck auf die Branche deines Vaters ausgeübt haben, um ihn dazu zu zwingen, Farbe zu bekennen, indem sie ihn finanziell ruinierten. Aber was seinen Tod betrifft – und es tut mir leid, Liebes, ob er nun von eigener Hand starb oder durch die United Irish, um die Spuren eines enttarnten Agenten zu verwischen, oder gar durch einen Fanatiker aus unseren eigenen Reihen – so etwas gab es bekanntlich –, werden wir niemals sicher wissen.«

Ich saß einen Augenblick still da. »Vater ein schneidiger Ire, der mit einer verwöhnten Gesellschaftsdame durchbrannte, Vater ein Agent?« Mein verblüfftes Lachen muß

Hugh verwundert haben. »Ich kann es nicht glauben. Ich kannte den Mann kaum, für mich war er eine zerstreute Spinne, die ihre Netze über Geschäftsbüchern webte – und die ganze Zeit ...«

»Die ganze Zeit war er ein verkappter Rebell, so wie seine Tochter«, sagte Hugh.

»Ich werde dir einen Rebellen zeigte«, drohte ich und ging zu einem Scheinangriff auf seinen Hals über, doch sein steifer Kragen behinderte mich.

»Ich gebe mich geschlagen«, sagte Hugh, lachte und hielt in seinem Rückzug inne, um mich auf seinen Schoß zu ziehen und mich zu verschlingen, als sei ich Apfelgelee. Ich kicherte, während er mich küßte, bis die Küsse so beredt wurden, daß wir beide es vorzogen, uns auf das langsam brennende, sichere Feuer zu konzentrieren, das wir zwischen uns zu entfachen wußten.

»Shipstead«, sagte ich plötzlich, als mir der Reisebutler einfiel, und löste zögernd meinen Mund von Hughs. Seine Augen, rauchquarzdunkel, betrachteten mich mit – nicht Trägheit, sondern einer Art lasziven Zufriedenheit. Shipstead, hatte ich gerade entschieden, sollte ruhig schockiert sein, als Hugh mich sanft von sich losmachte und sich zurücklehnte.

»Ich muß heute morgen im Home Office vorsprechen, dafür sorgen, daß noch einige offene Fragen geklärt werden. Hemlock wird dich zu Dr. Boswell bringen. Es tut mir leid, meine Liebe, aber ich kann dich nicht begleiten.«

Und er war für den Rest des Tages verschwunden. Es war ziemlich enttäuschend. Ich warf ebenfalls meine Serviette hin, in weit üblerer Laune, fürchte ich, und schlenderte in den Korridor. Bis zum späten Vormittag wurde ich nicht gebraucht, und ich wußte nicht, was ich bis dahin mit mir anfangen sollte. Ich war natürlich unvernünftig. Hugh hatte eine Menge zu tun. Ich ging nach oben in mein Zimmer und fing an, mich um die Kleider zu kümmern, die noch in den Schrankkoffern am Fuß meines Betts eingeschlossen waren. Die Ausstattung des Zimmers war phantasielos, überall Stuhlüberzüge und Gobelins aus Nadelspitze, anscheinend für sehr flüchtige Übernachtungsgäste gedacht. Ich kam mir allmählich etwas fehl am Platz vor. Selbst der Routinebesuch beim Arzt war lediglich eine kurze Unterbrechung eines ansonsten entmutigenden Tages.

Und so, um gegen meine eigenartige Langeweile anzukämpfen, zog ich mich für das Abendessen und Hughs Rückkehr ganz besonders glanzvoll an, was ohne eine Zofe schwierig war, wie sich herausstellte. Und mein widerspenstiger irischer Kopf war nicht ganz richtig frisiert, wenn meine Hände auch schnell ihre Geschicklichkeit zurückgewannen. Ein leicht asymmetrischer Pompadour war Norahs Vermächtnis an mich an diesem Abend. Ich glaube, es hätte ihr gefallen.

Hugh und ich nahmen zusammen einen Sherry als Apéritif ein. Ich erinnerte mich an unser Abendessen *à deux* in der Bibliothek von Shallowford und seinen etwas unkonventionellen Ausklang. Hugh kam herüber, um sich das Aquamarin- und Perlenhalsband anzusehen, das ich weit liebevoller angelegt hatte als bei dem letzten, und ersten, Anlaß, zu dem ich es getragen hatte.

»Bist du sicher, daß du das tragen willst?«

»Was stimmt denn nicht damit?« Meine Hand fuhr an meinen Hals, ich war sicher, daß es sich an meinem Hals in eine Kette aus Heuschrecken verwandelt hatte.

»Das hier würde vielleicht besser passen«, sagte Hugh, und ein Lächeln spielte um seine feingeschnittenen Lippen.

Er zog einen kleinen Samtbeutel aus seiner Tasche und fischte etwas zugleich Dunkles und Helles heraus: das schwarze Samtband, das ich auf Elaines Drängen zu dem Abendessen auf Shallowford getragen hatte, das er mir abnahm, nachdem er mich zum erstenmal geküßt hatte. Jetzt war es von einer Doppelreihe zueinander passender Diamanten eingefaßt, mit einem Anhänger aus Smaragden und Diamanten, die wie Tau auf Gras funkelten.

»Hugh. Es ist – unglaublich! Wann –?«

Es mußte schon am Tag darauf auf dem Weg zum Juwelier gewesen sein, um jetzt fertig zu sein. Es rührte mich unsagbar, nicht wegen seines Werts, sondern wegen des Vertrauens. Vertrauen in den Zauber eines Augenblicks, den ich seither in vielen Augenblicken angezweifelt hatte. Er hatte nach Schmuck für mich geschickt, während ich steif auf der Shallowford-Brücke saß und ihm sagte, ich habe wirklich kein Interesse, mich auf einen sinnlosen Flirt einzulassen. Bei diesem Gedanken fügte ich zwei weitere Diamanten zu meinem Schmuck hinzu.

»Ich lege es dir besser an«, sagte Hugh, »sonst ist der Samt durchnäßt, ehe du es noch getragen hast.«

Das Halsband glitzerte im Spiegel wie tausend Sternschnuppen.

»Vielen Dank, mein Lieber«, sagte ich und gab ihm einen salzigen Kuß, gerade als ein indigniert blickender Shipstead klopfte, um das Essen anzukündigen.

Ich trug es zu unserer Hochzeit kurz darauf, dieses Halsband, das aus dem bescheidensten und dem kostbarsten Material bestand. Ich trug es zu meinem silberdurchwirkten Hochzeitskleid, einer herrlich geschnittenen Robe mit Ärmeln wie stolze Schmetterlingsflügel. Ich funkelte so irisierend wie eine seltene Spezies, meine Zeichnung war aus Staubperlen und Silberfäden gestaltet.

Es sollte »nur« die Familie anwesend sein in dem luftigen Salon von Hughs Schwester am Belgravia Square. Die Davenants waren schließlich doch keine Unmenschen gewesen. Als der Tag der Hochzeit endlich da war, hatte man mich oben behalten und den ganzen Morgen bemuttert. Und kein Essen. Es erinnerte mich an meine Qualen in Madame Louisas Zimmer. Der Gedanke versetzte mir einen scharfen Nadelstich, dann verbannte ich sie aus meinen Gedanken. Ich stand vor dem Spiegel, als die Zofe meine Schleppe für den Marsch durch den Korridor ausbreitete, dann die Treppe hinunter und durch den blumengeschmückten Bogen und weiter geradeaus, zu Hugh.

Schmetterling. Hatte ich nicht einst »Motte« gesagt? Adrian. Schmetterlinge leben nur eine Saison – oh, aber es war herrlich, so gekleidet zu sein und zu glitzern wie eine Prinzessin. Und keine Narben. Hugh. Ich hatte ihn kaum zu Gesicht bekommen an diesen letzten Tagen. Nicht allein seit – nun, das war schon besser, eine errötende, sittsame Braut. Ich hatte nie so schön ausgesehen – zwischen Louisas Lektionen und einem wirklich erstklassigen Schneider ... Nein, nicht schon wieder Louisa. Sie hatte die erste Blüte seiner Leidenschaft genossen. Ich war eifersüchtig. Wie konnte er mich je mit dem getrübten, unkritischen Blick glühender Schwärmerei sehen? Aber wenn ich glühende Schwärmerei gewollt hätte, dann hätte ich Adrian und sein hübsches kleines Haus nehmen können. Ich wäre mit ihm fertiggeworden.

Hugh, wer war er? Ein Fremder eigentlich. Doch das waren die Ängste einer Braut, das war alles. Ich wollte nicht nach unten gehen. Ich wollte mich ihm nicht anvertrauen. Zwölf Uhr fünfundvierzig. Ich wollte ihn. So wie Medea Jason wollte, genug, um dafür zu töten, das Undenkbare zu begehen.

Elaine. Schade, daß sie nicht hier war. Aber wir würden sie bald in Dublin wiedersehen, wo Hugh einen sehr raffinierten Auftrag für das Home Office zu erfüllen hatte. Nicht so etwas Vulgäres wie Spionage, sondern als informelles Bindeglied für eine neue anglo-irische Ordnung. Und ich würde dafür sorgen, daß wir keine antiirische englische Insel wie Carnhaven aus unserem neuen Heim machten. Wir würden irische Dichter zum Essen einladen, Dramatiker – Rebellen ... Wir. Hugh und ich.

Wie war ich zum Fenster gekommen? Ah, jetzt habe ich meine Schleppe durcheinandergebracht. Nun, Winifred wird sie schon geradeziehen. Diener, ich werde jetzt Diener haben, meinen eigenen Haushalt führen. Ob es mir gefallen wird? Es erscheint mir fremd. Es erscheint mir dekadent. Die dekadenten Davenants. Was würde Devlin denken? Warum haben sie mich allein gelassen? Meine Stirn ist heiß. Ich werde der Schwermut erliegen und zusammenfallen wie eine halbverzehrte Hochzeitstorte, wenn ich mich nicht zusammenreiße.

Zehn Minuten. Welch eine hübsche Uhr. Geht sie richtig? Ja, noch eine Kutsche draußen vor dem Fenster. Das muß der Bischof sein. Ist man mehr getraut, wenn man von einem Bischof getraut wird? Hugh, ich wünschte, ich könnte Hugh sehen. Ich könnte ihn fragen, ob es in Ordnung ist, ob es ... Hugh. Nanu, in meinem Bauch hat es schon wieder so seltsam geflattert. Schmetterlinge. Schmetterlinge für einen Schmetterling.

Höchste Zeit für die Handschuhe. Meine Hände sind feucht. Ich werde sie nicht anbekommen – sie waren schon immer so eng. »Eine Dame trägt immer die engsten Handschuhe.« Ich werde wie eine Waschfrau hinuntergehen müssen, mit dicken nassen Händen und ohne Handschuhe.

»Ihr paßte der Glashandschuh nicht, Euer Hoheit, möchten Sie sich eine andere Schwester aussuchen?« So, das wäre schon mal einer. Ich muß mich wieder herausquälen, für den Teil mit dem Ring. Ring? Vielleicht hatte man den Ring vergessen. Nein, nicht Hugh.

Drei Minuten. Ein kalter, matter Londoner Tag draußen – grauer Himmel und harte, schmutzige Steine auf dem Platz. Kein gutes Omen. Omen, ich brauche keine Omen, ich brauche Riechsalz. Ich brauche Hugh.

Und jetzt, plötzlich, hier und jetzt, gelingt es mir, in vollkommenem Rhythmus die Stufen hinunterzugehen, in diesem eigenartigen stockenden Gang, der feierlichen Zeremonien wie Hochzeiten vorbehalten ist. Und Hinrichtungen. Musik von irgendwo. Und vertraute Gesichter in unvertrautem Staat im Zimmer versammelt, Hekatomben weißer Rosen – Winterrosen – und grüner Zweige. Und der Bischof – nicht in vollem Ornat, wie erleichternd –, der fast wie ein Butler in Schwarz und Weiß vor dem georgianischen Kamin wartet, der übersät ist mit – weiteren Rosen!

Und dort Hugh wie am falschen Ende eines Opernglases. Der auf mich wartet. Ich hatte ihn noch nie im Frack mit weißer Binde gesehen. Er sieht prachtvoll aus, attraktiv, wie ein Bräutigam.

Und dann war er neben mir, und ich warf ihm einen Blick zu – einmal, verstohlen. Sein Gesicht war so weiß und steif und korrekt wie sein gestärkter hoher Kragen. Er war nervös! Ich schob meine Hand durch seinen Arm und lächelte. Der Blick seiner haselnußbraunen Augen hielt meinen fest. Der Bischof leierte. Wir schienen aufmerksam zuzuhören. Wir hörten nichts, zumindest ich nicht. Beinahe vergaß ich, den aufsässigen Handschuh rechtzeitig abzustreifen, aber mein Finger war bloß, als Hugh mir den Trauring ansteckte.

Etwas Grünes und Goldenes glitt an seinen Platz an meinem Ringfinger an der linken Hand. Weiteres Leiern vom Bischof. Und es war vorüber.

Die Zeremonie löste sich auf. Gesichter scharten sich um uns, um uns zu gratulieren. Ich schaute auf meinen Finger mit dem ungewohnten breiten Goldreif. Ich hatte vergessen, nach dem Ring zu fragen. Er war ein großer, viereckig geschliffener Smaragd.

»Hugh, er ist wunderschön. Wie bist du darauf gekommen? Ich habe Smaragde schon immer geliebt.«

»Nun, Grün ist deine Farbe.« Er lächelte, glücklich über meine Freude. »Aber sei vorsichtig damit, der Stein ist zerbrechlich.« Er streichelte meine Hand mit dem neuen Ring und wurde in die Gruppe der Gäste weggespült.

»Oh, laß mich mal sehen!« Ich überließ meine Hand einem wachsenden Kreis von Bewunderern. »Makellos«, verkündeten sie, und Neid färbte ihre Stimmen.

Es war eigenartig, wie bewußt ich mir dieses plötzlichen fremden Reifs aus Gold und Grün wurde. »Zerbrechlich«, hatte High gesagt, mit besorgtem Blick, denn mit Sicherheit hatte dieses funkelnde grüne Steinrechteck genug gekostet, um selbst einen Davenant einzuschüchtern.

»Du siehst aus wie die Lady mit der verdorrten Hand«, neckte Hugh mich in der Kutsche auf dem Weg zur Waterloo Station. Es stimmte, ich hielt meine Hand in dem Wildlederhandschuh im Schoß, als sei sie verletzt. »Auf jeden Fall«, fuhr Hugh unter der Krempe seiner Melone fort, »wenn die Davenants jemals knapp bei Kasse sind, können wir dich jederzeit betteln schicken – es ist wirklich ganz mitleiderregend, du siehst aus wie ein Vogel mit gebrochenem Flügel, Darling«, sagte er, lächelte und legte die Arme um mich.

»Hugh, der Kutscher«, protestierte ich, als ich die Läden und Passanten an den offenen Seiten unseres Gefährts vorbeiziehen sah.

»Zum Teufel mit dem Kutscher.« Hugh hob mit einer Hand meinen Gesichtsschleier und zog mich mit der anderen noch näher. Er küßte mich dort in der Ecke des Hansomwagens, den sonst jeder benutzte, um hierhin und dorthin zu kommen, er küßte mich, bis ich beteuert hätte, daß es keinen geeigneteren Ort auf der Welt dafür gab als den engen, harten Ledersitz eines Hansoms, der ruckelnd über Pflastersteine rollte, ohne daß das Schaukeln unsere Münder zu trennen vermocht hätte.

»Du scheinst vergessen zu haben, daß du auf deinen Ring aufpassen mußt«, bemerkte Hugh, als wir um eine Ecke bogen und meine Hand gegen die Seite der Kutsche schlug.

»Zum Teufel mit meinem Ring«, sagte ich und hob das Gesicht zu einer weiteren Vergnügungsreise mit Führer. Doch Hugh hielt mich auf Abstand und machte sich über mich lustig.

»Du fluchst mit soviel Gefühl«, sagte er lächelnd. »Ich muß gestehen, das war das erste, was ich unwiderstehlich an dir fand.«

»Das stimmt nicht! Wann? Wann hast du mich gehört –?«

»An jenem Tag auf der Lichtung, als du Quade den Hügel hinaufschlepptest, bis vor meine Füße.«

Bei der Erwähnung von Devlin huschte etwas über mein Gesicht wie der Schatten eines Raben, aber ich lenkte mich ab, indem ich mir das Hirn zermarterte, um mich an die aufgeschnappten Flüche zu erinnern, die ich benutzt hatte, um mich den Hügel hinauf zu treiben. »Oh, du hast mich doch nicht wirklich gehört? Ich hätte nie gedacht, niemals, daß du mich gehört hast.«

»Aber sicher habe ich das. Du hast ganz recht, die britische Soldateska besteht aus verdammten Schweinen, und sie würden es mit Stolz selbst zugeben. Aber nimm ruhig die Hände vom Mund, Mrs., ich bin noch nicht fertig.«

»O doch, das bist du. Und ich bin keine bloße ›Mrs.‹, Sir. Nehmen Sie Kenntnis davon, daß ich jetzt eine richtige ›Lady‹ bin, daher muß ich darauf bestehen, daß Sie sich den Rest der Fahrt über wie ein Gentleman benehmen.«

»Wie langweilig«, sagte Hugh und gab mich frei. Und das gerade rechtzeitig, denn der Droschkenkutscher hielt im nächsten Augenblick vor dem dunklen ehrwürdigen Steingebäude, das der Bahnhof war.

Und so durchliefen wir eine weitere Reihe von Zügen und Schiffen und Zügen, Land ratterte am Fenster vorbei, Wellen ließen uns sanft über die Irische See schaukeln, und dann noch eine klappernde Fahrt durch wahrhaft grüne irische Landschaft. Diesmal tuckerte unser Zug gen Norden zur Hauptstadt Dublin. Es war eine kurze Reise – keine Zeit für Seine Lordschaft, Gesichtsschleier in Unordnung zu bringen –, und selbst in der Intimität der Kutsche bezauberte mich der Anblick draußen vor den Fenstern mehr als das Gesicht meines Bräutigams.

»Es scheint eine so riesige Stadt zu sein. Und so georgianisch. Ich weiß nicht, wieso ich dachte, ich würde niemals wieder roten Backstein und weiße Giebeldreiecke sehen. Ich werde Carnhaven kaum vermissen.«

»Da bin ich aber froh«, sagte Hugh trocken, er sah etwas ungehalten aus, weil eine Stadt seine Braut in Entzücken geraten ließ und ihn selbst ins Hintertreffen. »Hemlock ist vorausgefahren, um alles in Ordnung zu bringen. Hoffentlich hat er sich um alles gekümmert ...« Hugh runzelte die Stirn und schaute auf seine Taschenuhr.

Es war das zweitemal, daß ich ihn auf eine Taschenuhr schauen sah. Er machte es so herrlich, schaute an seiner vollendet geraden Nase hinab, und die beiden winzigen Falten zwischen seinen dunklen Brauen waren so symmetrisch wie die Bahngleise. Er war schön, und ich durfte es ihn niemals wissen lassen, oder er würde unerträglich werden. Selbst die Narbe war zu etwas Vertrautem geworden und verblaßt. Ich fragte mich, wie ich je hatte denken können, daß sie ihn gefährlich aussehen ließ. Oder verwegen. Sie war schneidig.

Die Kutsche bog um eine letzte Ecke und hielt. Mein Blick glitt von Hughs Gesicht zu der Szenerie draußen – ein hübscher Straßenzug aus Reihenhäusern aus rotem Backstein, die vornehm hinter kleinen Gärten standen, umzäunt von schwarzem Schmiedeeisen. Unser Haus in Dublin. Es hatte eine gelbe Tür zwischen zwei klassischen Säulen. Dahinter befand sich eine herrliche in Schwarz und Weiß geflieste Eingangshalle.

»Es ist entzückend, Hugh. Ich werde hier glücklich sein, ich weiß es.« Das Oberlicht über der Tür warf ein unregelmäßiges Licht auf unsere Gesichter. Das von Hugh, bemerkte ich erst jetzt, sah aus, wie ich es noch nie gesehen hatte, ein wenig verlegen, auf eine zufriedene Art.

»Dein Hochzeitsgeschenk ist da drin«, sagte er und öffnete die Tür zu einem der nach vorn gelegenen Salons. Zunächst schaute ich nur verwirrt von dem Sofa zum Kristallüster, von der niedrigen Kommode zu den Beistühlen, und da, in der Ecke bei den Bogenfenstern, zum Klavier.

»Aber das ist ja mein Klavier! Mein Klavier vom Eaton Square. Wie hast du es nur gefunden?« Ich ging zu dem vertrauten, wuchtigen Instrument hinüber, fuhr mit den Händen über das polierte Rosenholz, liebkoste die tiefe Kerbe im Notenständer, auf den Pumpkin, der große orangefarbene Kater, den Kerzenhalter gestoßen hatte, als ich zehn war.

»Hugh, sag es mir. Sieh nicht bloß so unausstehlich selbstzufrieden aus. Wo um alles in der Welt hast du es aufgestöbert?«

»Hampshire.«

»Hampshire?«

»In einer Landpfarrei, wo nur an sechs Tagen in der Woche darauf gespielt wurde, ausgenommen sonntags, von der langfingerigen Gattin des Pfarrers. Sie ließ sich dazu überreden, sich nach einer beträchtlichen Spende an den Fonds zur Verschönerung der Grafschaft von ihm zu trennen.«

»Aber woher wußtest du ...?«

»Eine gewisse gesprächige Mrs. Bowers. Ich machte sie ausfindig, als ich den Eaton Square überprüfte. Sie gab mir einen detaillierten Bericht der letzten Tage dort –«

»Bis hinunter zu den ›Krähen‹, nehme ich an.«

Ich legte Hut und Handschuhe ab, und fing an, einige Noten zu spielen. Es war frisch gestimmt, aber es war eine ganze Weile her, seit ich auf diesem Klavier gespielt hatte. Die Tasten ließen sich mühelos anschlagen, meine Hände fanden allmählich zu ihrer alten Sicherheit, und die Akkorde, die ich spielte, hallten angenehm in dem stillen Zimmer wider.

Seltsam, welche Karusselfahrten Menschen und Dinge machten. Es war wieder da, dieses verlorengegangene Stück von mir. Und doch gab es Stücke, die niemals zurückgebracht werden konnten, nicht durch all den Wohlstand und starken Willen, über den Hugh Davenant verfügte.

Mein Vater. Und meine Mutter. Meine Mutter, die »eine Leigh« gewesen war. Ein Frau aus guter Familie, die sich unter ihrem Stand verheiratet hatte. Mit wem verheiratet,

Terrence Dunne, diesem stillen, farblosen Mann, den ich als meinen Vater kannte? Wie war er gewesen, daß sie ihre Familie für ihn verließ? Deshalb hatte Mrs. Bowers mir nie von ihr erzählt – es war eine Geschichte von Bitterkeit und frühem Tod und Entfremdung gewesen. Wir waren wahrhaft verlassen gewesen, Vater und ich. Und das einzige Verbindungsglied zu all dem war der Name, den meine Mutter mir gegeben hatte. Amberleigh. Leigh. Amberleigh Dunne.

»Ich glaube fast, ich habe eine Rebellin geheiratet«, bemerkte Hugh mit einem Lächeln in der Stimme.

Ich schaute zu ihm hoch, erschrocken. Er stützte sich auf das Klavier und sah mir beim Spielen zu. Verblüfft hörte ich meinen eigenen Streifzügen über die Elfenbeintasten zu. Es war die traurige, traurige Melodie des »Minstrel Boy«.

» ... in den Krieg ist gezogen,
In des Todes Reihen findet man ihn,
Mit seines Vaters Schwert hat er sich umgürtet,
Und die kühne Harfe hinter sich geschlungen;

›Land des Gesangs‹, sprach der Kriegerbarde,
›Wenn dich auch alle Welt verrät,
Ein Schwert zumal wird deine Rechte schützen,
Eine treue Harfe wird dich preisen!‹«

Ich trat das Vermächtnis von Terrence Dunne und Devlin Quade an. Beide tot, beide gestorben für eine Sache, an einer tödlichen Dosis von Vaterlandsliebe. Ich hatte beide eigentlich kaum gekannt, aber Devlin hatte recht gehabt. Ich war eine von ihnen, so gewiß, wie ich rotes Haar hatte oder wie ich Hugh Davenant liebte.

»Nein«, sagte ich zu Hugh und klappte das Klavier zu, »eine Patriotin.«

Annette und Martin Meyers

Ein Holländer in New York

Ein Kriminalroman
aus dem 17. Jahrhundert

544 Seiten

Man schreibt das Jahr 1664. In England regiert Karl II., der nach dem Besitz der kleinen holländischen Siedlung Neu-Amsterdam giert. Pieter Tonneman, der im Auftrag der Holländer als »Schout« über Recht und Ordnung in der Siedlung wacht, interessiert sich nicht sonderlich für den Freiheitskampf seiner Mitbürger; seit dem Tod seiner Frau hat er sich ganz dem Alkohol hingegeben. Doch als der Wirt seiner Stammkneipe erhängt aufgefunden wird, fühlt auch Tonneman sich bedroht ...

Barbara von Bellingen

Mord und Lautenklang

Ein Kriminalroman

304 Seiten

Als auf der Burg derer von Eichen einige Mitglieder des Hauses heimtückisch vergiftet werden, setzt sich die junge Wirtschafterin Gret Grundlin auf die Spur des Mörders. Trotz mehrerer Anschläge auf ihr Leben spürt sie ihm unerschrocken nach – und macht eine schockierende Entdeckung.

ECON Taschenbuch Verlag
Postfach 30 03 21 · 40403 Düsseldorf